*i*
imaginist

想象另一种可能

理想国
imaginist

# 华太平家传

朱西甯 著

四川人民出版社

图书在版编目(CIP)数据

华太平家传 / 朱西甯著. -- 成都：四川人民出版社，2023.9
ISBN 978-7-220-13417-3

Ⅰ.①华… Ⅱ.①朱… Ⅲ.①长篇小说－中国－当代 Ⅳ.①I247.5

中国国家版本馆CIP数据核字(2023)第149739号

HUA TAIPING JIAZHUAN
华太平家传
朱西甯著

责任编辑：唐　婧
策划编辑：黄平丽
特约编辑：黄盼盼
封面设计：wscgraphic.com
内文制作：李丹华　陈基胜

| 出版发行 | 四川人民出版社（成都市三色路238号） |
|---|---|
| 网　　址 | http://www.scpph.com |
| E－mail | scrmcbs@sina.com |
| 印　　刷 | 肥城新华印刷有限公司 |
| 开　　本 | 1230mm×880mm　1/32 |
| 印　　张 | 25.5 |
| 字　　数 | 630千 |
| 版　　次 | 2023年9月第1版 |
| 印　　次 | 2023年9月第1次 |
| 书　　号 | 978-7-220-13417-3 |
| 定　　价 | 138.00元 |

如发现印装质量问题，影响阅读，请与发行部联系调换。
电话：（010）84255532 转6085

作者像,摄于1994年

朱西甯、刘慕沙夫妇合影

《华太平家传》手稿：第一章《许愿》（现存台湾文学馆）

《华太平家传》手稿第1066页,也即未完成作品的最后一页(现存台湾文学馆)

# 《华太平家传》的作者与我

朱天心

> 啊，老船长死亡，时间到了！起锚吧！
> ——波德莱尔《旅行》

父亲离开以后，最立即明显的不惯就是，以前每隔几天便要发生一次的：我在浴室里大喊："大，救命！""大"是我们山东人喊父亲，"救命"是隐形眼镜在戴的过程中又不慎掉落哪儿了，这时，平日慢动作的父亲，总在第一时间，搁下手边正在写着的《华太平家传》，打把手电筒推门来解救。我扎煞着双手、尽力保持镜片掉时的姿势、不敢挪移寸步，父亲总非常耐心地搜寻我身上、洗手台、水龙头，乃至马桶瓷砖地上，在我很容易悲观的"算了算了！大不了花钱重配！"声中，父亲总不发一言地为我找到，从无例外。

不习惯的不只这些。没出门的白日里，大多是我和父亲各盘踞餐桌客厅遥遥相对，晚报来时，通常也是我们搁下书稿的下午茶，以及我的时事评论时间，我总是边看报边批评，反倒像个火气十足、不合时宜的老头儿。父亲总边吃东西边做我的好听众，同意我的说法时，便摇摇头苦笑。

父亲不在，没有仰仗了，奇怪的是镜片再没掉过一次，但仍恍惚以为，只要喊一声"大，救命！"父亲就会夺门而入。仍老是看到报上CoCo的漫画就本能望向父亲的座位，父亲每星期一次把包括《商周》《新新闻》上的CoCo漫画剪收齐了寄给上海也爱看政治漫画的亲戚。

不适应的只有这些吗？

过往，我们总是餐餐都像除夕团圆饭，一定摆妥了桌子，全家大小坐定了才一道吃，边吃边话讲不完，不论忙闲，不论晴雨。在我们家住过两三日的阿城就边抽烟斗边望我们一桌惊叹："真是山东农民！要下田干活儿似的顿顿扎实！"阿城是饿了才吃。

材俊上班、盟盟上学，变化不大。我们女的几个却往往下午一两点在吃早餐，饭桌空空，妈妈刚吃毕超市买的现成饺子，天文慢动作切水果丁佐优格，我以三块（或更多）希尔顿黑巧克力配美心的特调红茶……"那时没有王，人人任意而行。"

我们每天总会因触景而忆忆父亲，但都讲得假假的，不关痛痒，因为不约而同害怕极了谁谁眼中一闪真情的泪光会当场引爆不能想象的场面。我们且把父亲的骨灰盒摆在他与母亲的卧室床头，未设任何案头祭拜形式，每出远门前会去摸摸它，觉得那只是一项与父亲有关的纪念物，并不觉得父亲在那里。

我们且没遵守任何规矩的游荡好远（虽然父亲在时我们也常这么做），天文先随《海上花》去坎城，除了首映一步没踏入与影展有关的任何场子，自己在邻近小镇游荡半个月。夏天，我和妈妈、盟盟去欧洲一整月，城与城之间搭火车，城里镇里便用地铁公车和走路，每天不到九点天黑是不回旅馆的。我想试试看，能跑多远。予好友的一封信里，我曾试图描述：父亲不在后的最大不同，觉得自己像断线风筝，可以无挂碍地四下乱跑，但我简直不知如何形容这全新的感觉（是好是坏？）……

我走在黄昏长满野花的古罗马废墟的巴拉丁丘，在西斯汀教堂仰望米开朗琪罗的《创世纪》，在乌菲兹美术馆看达·芬奇、拉斐尔、乔托的圣母像和宗教画，在卢浮宫看委罗内塞的《加纳的婚礼》……一点儿感觉不出父亲会在其中，因为父亲曾经回答人家询问关于对死后世界的想望，基督徒的父亲说，应该是在天国做他喜欢的事情，例如写作。我且走到了天涯海角（时差八小时，我到过的纬度最高地），站在凯尔特人昔年为阻挡维京人所建的废城墙垣上穷尽目力望向天边，丝毫感觉不出父亲可能的去踪。

变得很幼稚、无知。过往所具备的一些知识、哲学、看待人生生死的老练……全部零蛋。我且老忙着打探亲人好友有没有梦到父亲，其中勉强有的，也都没一个令人满意（有那梦中仍不知父亲已死的，或很片断恍惚的），我自己做的就也很不成个款。理智上，我们互相安慰，父亲生前已少叮嘱挂念，之后怎么可能再来唠叨交代什么……但，他真的不想念我们了吗？

于是天文说出很恐怖的话，她说人死了就是死了，不会再有什么，我惊吓极了，想说服她其实我也不能被现存的任何宗教所描述人死后的世界所说服，但我以为它只是以一种我们完全无法想象的方式存在着，因为我一直相信，有一天我们在另一个时空里一定还见得着，而且父亲应该会说，关于他的后事种种，处理得挺好，简单、不拘形式……他满喜欢。

真的像是昨天早晨的事情，我们帮父亲换穿上他平日惯穿的舒适外出服，暂时在太平间等候，而后我们与医院附设的葬仪社老板商量后事的处理，我们未交换一眼一语地在有数十项的葬仪服务细目表格上只勾选了三项，环保棺木、火葬费和运送棺木的车资。我们不让父亲穿戴令人陌生的寿衣寿帽，我们不让化妆，因为父亲离去时的面容与平日无二，我们用在医院守夜睡沙发椅床共同盖过的家常格子被取代僵尸片里道士作法穿的道袍般的寿被……这一切，女婿材俊形容，仿佛是父亲在办自己的后事，因为，有他生前清楚明朗的行事风格，才有我们不用讨论、意见一致地应对各种无法想象又无经验的状况。例如父亲去后的二三日，当局领导人幕僚机构某一局处电话来说当局领导人要颁褒扬状，接电话的我们之一回答："谢谢不用，因为父亲非常不同意当局领导人的为人处事，而且一直以为文学的成就也不需政治人物来肯定。"次日，办事人员尴尬地再打电话，请我们不要为难他，他只是一个替人工作的，因为褒扬状已发下，他必须传到。我们没有为难他，只在他递给我们转身离开后，随即丢在门口旧报纸箱里给收废纸的载去垃圾回收了。父亲告别式的前一日，也有市府人员打电话来表示市长陈水扁届时将拨冗参加，我们回答："先把不礼貌的话说在前，若市长有空跟所有人一样教堂里排排坐到底、容父亲的友人晚辈台上追思，而他与其他政治人物不能上台，那，欢迎他来。"陈市长当然就不来了。告别式的会场，所有的花篮包括宋楚瑜的名条全取下，只遗憾懊恼会中那强出头临时插花跳上台的国民党文工会主任，材俊差点儿把她拖下台。

我在意极了父亲对我们处理后事的肯定，因为，我唯恐只因父亲一向行事的淡泊低调，会使得这一场、他的离去、他的文学成就、他的最后未竟的长篇小说，趁此被遗忘。

真但愿是我过虑了。

去夏，市政版上不起眼的一方小新闻，市府打算将中山南北路设计成文学步道，每隔数公尺立一文学看板，一面镌刻作者生平简介，另面是代表作中摘录的文句。于是包括郑清文、陈万益在内的遴选小组选了四十七位对台湾文学有贡献的作者，其中大约只二人是活着的（上述两个数字全凭记忆，误差应不大），父亲，在台湾活过五十年，娶苗栗女子，作品近四十部，二十多年前就被张爱玲说"西甯的学生遍天下，都见起来还行"……这样的父亲、我的文学前辈，并不在四十多人之列，我真希望有人告诉我，是因为他的作品不够多，不够好，住得不够久，不够与台湾有关系，而不是，他是如此的政治不正确。

早已有迹可循。

还在三十年前或更久，与我们有亲戚关系的吴浊流前辈（我的大舅妈是他的侄女）就告诫过父亲："多参加台湾人活动，少整天跟外省人一起。"外省人，不过是我们喊叔叔伯伯的司马中原、段彩华、舒畅、洛夫、痖弦这些同样是军职之外狂热写东西的人，父亲饭桌上转述这话与母亲时，沉吟着。

喊过父亲老师的众多学生中，有一位尤令我印象深刻，他来家很勤，饭桌上，他哑巴似的几乎没半句话，看不出聪明，父亲与他谈得特多，并对他带来的小说手稿阅读再三惊为天人并四下推荐。我们做小孩的，记得的当然不是这些，每年中秋前夕，他会准时寄来一篓真的好吃的麻豆文旦，我们叫他的本名：×××叔叔。他后来果然一书成名，并以取材他出身背景的小说屡被用来作为方兴未艾乡土文学的上好范例。他渐渐没来我们家了。有一年，父亲趁南下演讲去看在中油上班的他，他主动告诉父亲，他彼时最被称道有关劳资斗争题材的作品很多地方并不符实况，但为了服务政治理念也只得如此。多年后，甚至就是今年初，我在报上读到他检讨市长选战为何失利的文章，主要论点归因于外省人的褊狭、不长进、不认同台湾……我只想，他的"外省人"里一定没有父亲的名字吧，早没有了。

这类喊过父亲老师的学生很多，大多有一个公式可循，大约他们在开始出书发表时就某个场合中开始称朱西甯先生，再几年（端视事业升迁的速度而定），便改口直呼其名。我可都记得清清楚楚。

这一切，父亲却并未看在眼里，于是我长大到一个年纪时，开始不平则鸣，建议他把被学生占去的时间留点给自己写东西，并直言不要理谁谁谁、又某某某的作品根本没那么好……父亲总说，他始终记得在当流亡学生而又最对文学饥渴求知时，常想只要一个老师适时的随便一些点拨，不知会有多大的长进。

《华太平家传》的作者与我　v

其实，我哪也有资格批评计较他那些学生呢？很长一段时间里，几次我忍住质疑父亲，为什么会随国民党来台？因为在我看来，彼时绝大部分优秀的作家（尤其我喜欢的钱锺书、沈从文、老舍）全都选择留下，即使不为了共产党，也为了它背后所代表三〇年代以降社会主义热血青年追求的公平正义人道关怀等……我父亲，为何如此的政治不正确？尽管知道父亲的大哥（北伐前在县城里以国民党员身份办报）、二哥都因故去世，但这就足以支撑他做如此重大的抉择吗？

有一年，远企 Mall 刚开不久，我们拉父亲去吃吃逛逛（总是这样，老要把父亲拉离他的写稿工作，老怕他不知"外头"变成怎样了）。回程车上，父亲说，真像当年南京的某个商场。当时的父亲，正埋头苦读准备考清华工科，为能参与日后可比田纳西河谷水利计划的扬子江水利计划，但见四下里处处歌舞升平纸醉金迷，父亲寄居六姊家的南京新街口附近一天便开了一家远企般的新型大商场，其气派奢华迹近威吓，走在其中令人觉得寒伧和渺小无力，数日后，父亲弃笔从军。这回，我没再问父亲为何从的是代表资本主义、代表那"商场"的国民党军，我渐渐看待一代之人不以事后之明的分法，例如不再惑于用意识形态、主义、信仰（及其所衍生的阵营立场）来简单分出一代的"好人""坏人"，我比较好奇于分辨出心热的、充满理想主义、利他的、肯思省的……以及另一种冷漠的、现实的、只为自己盘算的两类人。前者，在任一时代，都有"站错边"的可能，而后者，当然是从不会"犯错"、绝不会被历史清算、最安全舒适的。——此中有高下吗？求仁得仁而已。

然而这一切，与父亲、与父亲花了十数年时间而又居然没写完的五十五万言《华太平家传》有什么关系呢？

父亲晚年，在面对一些热心询问他长篇进度的人时曾说，已不考虑读的人，不考虑发表、出版，已是"写给上帝看的"，我一旁听了直皱眉，听不出凄凉、自慰、或单纯的只是出于宗教信仰，毕竟没有问是哪样一种心情，因为怕忍不住烦躁地会说："这样岂不太抬举上帝了。"

为此，十数年来都不肯看这"写给上帝看"的作品，竟直至父亲不在。

读《华太平家传》，好一幅缓缓展开的《清明上河图》：天子下殿走、西南雨、望门妨、神拳、清明早露、粮草、老棉袄、躲伏、乘凉烤火、地瓜翻秧、风水、马窝、黄河见底、鱼鹰、打野、年三十儿⋯⋯（皆《华》篇章题名），历历在目，然而，就算好看极了又与我们的当下有什么关系呢？一边读着，一边我分神想着日后出版必将会有的质疑声，然而，更遥更远另一个时空的《追忆似水年华》《百年孤独》《复活》⋯⋯与我们发热病般狂爱的"台湾当下"，简直的也又有什么关系呢？

父亲的手稿中止于一○六六页，与他最后住了整整五十天的万芳医院一○六六房数字恰巧一致。那第一○六六页，字迹一如首页的整洁有力、意志满满，观之给我莫大的抚慰，原先我害怕面对的那页会是零乱涣散、或跃然纸上的不能罢休不甘终止⋯⋯但毕竟同样作为一名写作同业的人，会否因为未如作者原意结束而感到作品残缺或竟至影响整体价值？我以为某些人的创作方式或许会，但原计划百万言以上的《华太平家传》则不会，较之前者西画式的讲求结构布局严整，《华》比较接近一卷卷轴，好心情好风日好优闲时，可展全尽览，若不，打开多少看多少，并无碍于赏读的乐趣。

作为一个读者和写作者，我这么以为。

对于"写给上帝看的"这信念，我也稍后在本雅明的话里稍稍释然，本雅明说："小说家则是封闭在孤立的境地之中，小说形成于孤独个人的内心深处，而这个单独的个人，不再知道如何对其所最执着之事物作出适合的判断，其自身已无人给予劝告，更不知如何劝告他人。写小说是要以尽可能的方法，写出生命中无可比拟的事物……"

我永远记得那无可比拟的夜晚，父亲走前两夜，病床两侧我和天文一人睡一张沙发椅床，天文是连日弄《海上花》电影字幕困极了已倒下阖眼，父亲便要我也赶快睡下，一贯的话："累坏你们了。"

那夜的父亲，反常地没吃多少我带去的鼎泰丰八宝饭，我有些担心，便假装躺下并不敢阖眼，留有夜灯的病房，我可以清楚看到躺着的父亲睁着大眼四处打量，异于白日的因药物和贫血而昏睡。父亲确实清楚看到很多我无法看到的什么，他鹰似的爱观察的炯炯双眼，焦距左右远近不定地时时变换着，几乎我可以听到上好的单眼相机不断咔嚓的按快门声，但觉鹰眼就要扫到我时，便赶忙眯上眼装睡。整夜，父亲没睡，起来上厕所而我为他披衣时，真想问他看到了什么。

那夜，父亲在我的监视下不好离开，因为次夜，天衣异于我的方式念了一两小时的圣经诗篇并随即浅睡回避，因为事后她说，她觉得"死是一件很私密的事，无法当着即便是儿女的他人面前发生"，父亲果在沉酣声中离去。

父亲是替我探路去了，他知道我怕黑、怕鬼、怕病痛、怕死，他常笑我"恶人没胆"。

于是他有这样一场演出，病中的平和，上路的泰然，父亲的遗容，甚至是微笑着的，教我相信，遥遥未来的某一年某一日某一重要时刻，当我大喊一声："大，救命！"他一定会在第一时间里，破门前来帮助我。

## 挥别的手势
### ——记父亲走后一年

朱天文


父亲对于后事,算是交代过一次。在荣总双人病房里,夜深人静,听见父亲唤我过去,请我拿纸笔。他保持侧卧的睡姿说,这两天感觉很衰弱,一直要讲些话却不能集中精神,有时简直喘不过气,趁现在清醒想记下遗言。我蹲在床边屏息凝听,父亲重复说了两声遗言、遗言,我才明白他已开始口述,如同平常写稿的定下标题,他看我写好两个大字"遗言",始一字一字地口述如下:

一、丧礼以基督教仪式举行,葬于五指山示范公墓。登报周知。不发讣闻,不收奠仪。

二、所有动产不动产均为我与我妻所有直到两人均逝。后者有分配财产权。

三、长篇写作已完成部分五十五万字交由子女整理出版。

这是一九九七年十二月二十六日晚上十二点半。父亲住院检查两星期以来,始终笑语晏晏,圣诞节前才突然血压偏低,低到必须输血。在这之前,我曾听他对姜弟兄引述约翰福音的章节,"我父做事到如今,我也做事",他信守此言,活着的每一天都要做事,若一天不能写稿看书，不能做事了，就也可以不必再活。即使还写着的长篇未完，他亦对母亲说，也许上帝认为他所做的已有人做得更好，超过他所做的，那么也可以了。母亲的转述，父亲对上帝是说："如果这次真是该回天家了，希望不要太麻烦到小孩。"

三个月后父亲去世，我们姊妹谈起来，更加确认其实父亲是圣诞节那次说走可以就走的，不走，是为了让我们尽尽孝道，让我们以为在人事上可以感到没有遗憾。因为病中，大多时候父亲依然如阿城描写的："朱先生人幽默，随口就是笑话，想起朱先生的笑话，就笑，就觉得朱先生还活着。"父亲是为的盛情难却之下，多陪了我们三个月。事实上写遗言次日，全家聚在床边吃饭，传阅遗言，母亲反对为省钱而葬到示范公墓，那里又小又挤又难找墓碑，她宁愿骨灰摆在家里书桌上，待她身后骨灰并一处。姐妹们干脆说破，无论谁死先都烧成灰装坛，等齐了再违章建筑地大家理一块，看来是只得委托目前尚在念小学的盟盟代劳。精神好转的父亲点头道："盟盟辛苦了，一根扁担两肩挑（坛）。"

所以死亡是什么呢？死亡不会令死者再死，死者已越过死亡走过去。死亡只对生者才起作用，因而生发出无与伦比的意义。

是因为死亡，死者的存在才再度被发现，被赋予，如此鲜明，鲜明过他生前与我们同在时的几千几万倍。这样的存在，必然，伴随着深深、深深的悲伤和愆悔。

记得基耶斯洛夫斯基提到他的父亲，他是后来才知道父亲是个睿智的人，影响了他一生。基耶斯洛夫斯基说这是残酷的，父母最盛年美好的时候，小孩看不见，看见了也不知道；等小孩长大看见时，他只看到父母的衰颓，而对之充满了不耐烦。他的女儿十七岁在外地，有事他会写信给她，但他明白女儿一定不当是事儿，要到很久以后她或许偶尔翻阅再读到，一切豁朗在前，半点不错正如人生的悲哀永远是事情过去之后才懂得，只是当时已惘然。

我们因此十分斤斤计较于别人的活长活短。一般而言，众生大致是死一次，创作者呢，可能两次。

较佳的例子也许是舞者，有一天，舞者不能直接用自己的身体表达了，体能之死，他经历了第一次死亡。本来他是舞者，他也是编舞者，但他的身体势必先死，余下他的意念和技艺经由别人之身来言传，他只能做编舞者了。玛莎·葛兰姆强悍地跳到七十六岁，跳完《鹰之行列》，年老的特洛伊皇后海克芭看着她所爱之人一个一个死去，之后她不再跳舞，而继续编舞，非常痛苦，她说："非常，非常不容易。"

令我讶异的是读到《费玛最后定理》，一串数学家现身说法，数学，原来是年轻人的事。数学中，因年岁增长而来的历练深刻显然不及年轻人的勇气和直觉重要。哈代说："我从未听说过数学方面由年过五十的人开创重大进展的例子。"阿德勒说："数学家的数学生命很短暂，二十五岁或三十岁以后少有更好的工作成果出现。如果到那个年龄还几乎没有什么成就，就不再会有什么成就了。"挪威的阿贝尔十九岁做出惊人贡献，数学家评价说："他留下的思想可供数学家们工作五百年。"中年数学家退居二线，教学或行政工作。"年轻人应该证明定理，而老年人应该写书。"此因为数学是一种最纯粹的思维形式之故吗？比任何艺术或科学都距离实际的世界更远吗？

年轻人是不观察的，他浑然置身其中，观察与被观察一体。年轻人也不反省的，反省要有另一个眼光，但年轻人才正当他的眼光跟他的身体一起呢。

与此极端对照的，是今年元月列维-斯特劳斯在一场故旧门生同僚为他举办的研讨会上发表的简短谈话。列维-斯特劳斯九十岁了，他没想到会活到这把年纪，年老之尽头，自己的存在成了一个罕见的惊奇。他说："今日对我而言，存在着一个实际的我，不过是一个人的四分之一或一半,以及一个潜存虚拟的我,仍鲜活保存着对整体的观察。虚拟的我树立写书计划,构思安排好书中的章节,对实际的我说:'该你接手去做。'而实际的我,再也写不动了,对虚拟的我说:'这是你的事,唯你可以一窥整体全貌。'我现在的生活就展开于此一非常奇异的对话中。"他说:"我非常感激你们,由于你们的出席和你们的友谊,暂让这两个惯常对话得以歇停,并有了新的接合。我很了解这个实际的我将继续消溶,终至消解。但我感激你们对我伸出友谊之手,使我瞬间感觉到,它不只是消解而已。"

有生之年,我真高兴能听见一位伟大创作者把他老之将尽的存在状态,如此清晰地传达于世人。我们大约并不能活到他那个年纪,所以是如此可珍惜的他让我们明白,且等同亲历了那个我们大约走不到的长寿尽处。

最自觉的应该算卡尔维诺,他很早即着力于观察者、被观察者、媒介(南方朔的用词是"想说""被说""说"),三者之间精准密合的问题。他生前出版最后一本著作《帕洛玛先生》,索性将之标立为三,以数字1、2、3代表,系于每篇小题之上。好比"1.1.1.阅读海浪",意味着此篇全部是视觉的描绘(数字1)到了像做科学记录的地步。"1.2.1.乌龟之恋",意味着除了视觉资料外,也涉及语言叙述文化的元素(数字2)。"2.1.3.椋鸟入侵",则表示有叙事,有描绘,有冥思(数字3)。我知道就有个叫唐诺的书迷,读到后来他的乐趣之一是,遮住所系数字,如香水大师格雷诺耶般嗅辨香水的成分和挥发顺序,据以标出数字,看是否与卡尔维诺所设定的吻合。他们是在搞数字研究了。六十二岁去世太早的卡尔维诺,更早就先已走进他自己的星空。

那么米兰·昆德拉呢?十二星座中属于初生婴儿的牡羊座,总是跑得太快忘了把脑袋带走,今年七十岁矣。他的新作《身份》,该怎么说呢——同样是牡羊座的小说家骆以军,似乎特别有感地为我们摘出米兰·昆德拉自己的话语,用以体贴年老了的米兰·昆德拉:"从前,他只想占有新结识的女人,今后他的欲望会受到往昔的烦扰……他想回过身来,找回过去那些女人,再搂抱她们,一直走到底,凡是未加利用的都加以利用……"

我看到张爱玲,她像年轻数学家在二十五岁前就完成了她的传世杰作,沦陷区天空火树银花,她是其中引爆最亮的一束,在那光芒底下踽踽独行,走到终点。"十年一觉迷考据,赢得红楼梦魇名"。何止红楼梦考据,她还英译"国语"译《海上花》,又十年工夫掼下去,对此她不无寂寞地叹息:"张爱玲五详红楼梦,看官们三弃海上花。"是的,她的图像,她回过身来,找回过去那些女人,再搂抱她们,一直走到底,凡是未加利用的都加以利用。

费里尼晚年拍《舞国》,黑泽明拍《梦》、拍《八月狂想曲》,那图像是,一个虚拟的我,清明洞彻,观察整体,好怜悯地看着一个实际的我越来越弱小,越来越衰竭,再见了这个可钟爱可依恋的实际的我。

所以死亡是什么呢?是那个虚拟的我宣告独立存在了。而活人,以作品,以记忆,以绵绵不绝的怀念和咏叹,与其共处,至死方歇。

一年来,我仍不能适应这样地与父亲共处。我们还太新鲜,太生疏,以致我仍迟迟不愿去相认。我害怕会失态大哭。

人们记得父亲的《铁浆》《狼》《破晓时分》时期,那是一次创作高峰。六〇年代中间他开始转变,至七〇年代初写出来《冶金者》《现在几点钟》,他悄悄攀抵另一次高峰。但若不是去年底重读,我根本忘记到了不知道的程度,不知父亲曾经那样敏锐和犀利。似乎八〇年代以后,父亲与其作为小说创作者,他选择了去做一名供养人。

敦煌壁画里一列列擎花持宝的供养人,妙目天然。父亲供养

挥别的手势

"三三",供养胡兰成的讲学,供养自个儿念兹在兹的福音中国化,供养他认为创作能量已经超过他了的两个小说同业兼女儿。像《八部半》里马斯楚安尼对一屋子嚣闹妻妾大叫"老的到楼上去……"父亲把全部空间让出来给我们,自己到楼上去。有时母亲跟我们吵架泪汪汪地上楼告状,父亲安慰她:"不聋不哑,怎做翁姑?"他让出发言权,最后十年埋头著作《华太平家传》。这一切,果然如人生的悲哀要到事过境迁之后才懂得,我也丝毫没有例外。

所有杂尘渐渐沉底了,水深澄净里我看见,父女一场,我们好像男人与男人间的交情。

米兰·昆德拉借香黛儿之口道出:"我的意思是说,友谊,是男人才会面临的问题。男人的浪漫精神表现在这里,我们女人不是。"

接着香黛儿与尚马克展开一段关于友谊的辩论。友谊是怎么产生的?当然是为了对抗敌人而彼此结盟,若没有这样的结盟,男人面对敌人时将孤立无援。友谊的发源,可以推溯到远古时代,男人出外打猎,相互援结。现代男人是不打猎了,可打猎的集体记忆以其他变貌出现,看球赛,呼干啦,寻欢作乐一齐隐瞒老婆。于是从结盟衍生出来契约关系,秩序,文化结构。男人接受社会驯化的程度,比女人更久,更深,更内化为男人的一部分。女人驯化程度浅,此所以公认是女人的直觉强,元气足。千禧年来临,女性论述大行其道,准备要颠覆男人数千年的典章制度,其势可谓汹汹。

然我若有向往,男人间的友谊会是我向往的。它不是兄弟情谊(brotherhood),它比兄弟情谊升华一些。它是综合着男人最好的质感部分,放进时间之炉里燃烧到白热化时的焰青光辉,假如能找到一句现成的话形容,它是,君子之交淡如水。当然它也是,朋友十年不见,闻流言不信。这两个,都要有强大的信念和价值观做底,否则不足以支撑。那样的底,我一点也不想要去颠覆它。

《华太平家传》也许是一本违逆潮流的男性书写，父亲以这样的书写之姿向我们挥别。病中三个月，他不求，不问，也无所要交托，一如他平生待我们以男人的友谊，言简意赅，如水湛然。

信以为假……185
躲伏……205
粮草……225
天子下殿走……247
斯文在斯……285
新袄……305
天启……327
打野……351
铁锁镇上……379
道可道……397
远交近攻……409
年三十儿……431

# 目录

《华太平家传》的作者与我 …… i

挥别的手势 …… ix

许愿 …… 001

望门妨 …… 021

老棉袄 …… 043

鸟窝 …… 061

神拳 …… 081

风水 …… 099

西南雨 …… 121

卜筮 …… 145

妖孽 …… 165

鱼鹰……699

西体中用……717

**附录**

我们今生是这样的相聚……762

做小金鱼的人……768

看电联车的日子……773

朱西甯文学年表……778

新春…… 457

旧的去了，新的不来…… 485

热闹又冷清…… 511

开工大吉…… 527

春来无痕…… 543

清明早雾…… 559

黄河见底…… 579

乘凉烤火…… 597

锄禾日当午…… 615

地瓜翻秧…… 631

洋大夫管家…… 651

金风送爽…… 675

# 许愿

我就好脊后靠着墙，看东看西，不管靠的是屋里隔间的板壁，还是泥过没泥过的砖墙，脑袋一刻也不闲着地一倾一昂，让后脑一下下碰撞墙壁。风帽后尾上盘龙银饰那五条银链和上面悬系着的银铃儿，便跟着这一倾一昂，有板有眼儿的玎玲玲、玎玲玲、喤啷个不停，像在替我诉说心里头没着没落的冷清孤单。

那要等老爹打外头回来，笑说："老远就听到了，咱们太平又搁家里练铁头功了不是？"那我就好跟进房里，跟奶奶分享老爹打粮食袋一样的袖笼里抖出来的吃食，听两老拉聒儿。再不就得傍晚等妈进城来，扑过去，等不及地捉空儿叮奶。常时的冷清孤单，整日巴望和等待的，似乎尽在于此；也就只是这些。

那都是五岁前，我的家常日子。

我的记性一向不佳，勉强只可挂上个中等，还须偏低一些。坏是不至于坏到俗话所说："属老鼠的（我可是属老虎的）——搁爪儿就忘。"可比起老鼠的记性，我也强不多少。

就凭这样差劲儿的记性，我倒又别有一种禀赋。人是绝多都在五岁前不大记事儿，记也仅仅记些没头没尾的零星片断，我偏不然。

多少烟尘岁月，邈远飘忽，在我却杳然清明，依稀若在眼前。任挑一桩五岁前的旧事，如何始，如何终，琐琐碎碎，我可都大半了然。要说何以就能辨别五岁那道界线，那倒顶顶简单不过——五岁那年，我开蒙入学，也才断奶，也就在那年，祖父去世。这样就不必划一道界线也一样的前后分明；凡那些邈远的旧事中，只须辨认出凡是我还未曾入学，未曾断奶，或祖父尚在，即就足以肯定那都是我五岁前所留下来的遗事了。

这样禀赋独特的记性，已足为千万人所不及；更甚者，即使在我出生前，关乎我们华家上溯数代的盛衰沧桑，我也一如亲历其境，晓得够多、够真、够细致——只不知是否这也算作记性；要不又该算作甚么？算作异禀？老爹跟奶奶拉聒儿起关东或是祖籍那些陈年古代的老家旧事时，多半我都听不大懂——至多才五岁的孩子罢，能解多少人事？可我就偶尔忍不住插嘴，提醒或添补遗漏的地方。起初祖父也很惊异，不过，到底还因是个读书人罢，好思好想，把一直又喜又怕，逢人就说奇道怪的祖母按了按手，说是"咱俩儿陈芝麻烂豆子尽在这儿数来数去，遮不住这孩子朝天转前转后的，一旁一把把拾了些去，不定咱俩先前数过了多少遍，这再数时给数漏了，这孩子单巧帮你添一把儿……"奶奶听了不知是心服口不服，还是口服心不服，仍旧逢人就讲我这么个小孙儿："八成儿落了空儿，没喝迷魂汤罢！"接下来要看那一曚子我在奶奶跟前是轮到得宠还是失宠。得宠我就是个神童，不然就给打成个来路不明的小妖怪。

煕相信轮回的讲法儿，打那一世转生这一世，阎罗殿上发配阳世时得逼你灌下忘尽前生前世的迷魂汤，才准投胎托生。奶奶好歹是位长老师娘，伴着老爹到处传教大半辈子，敢是不信这些轮回转世甚么的，可说还是这么说了。

奶奶一辈子任性过来，老爹也都凡事依从她。

儿孙满堂，若照常情，定规是老爹奶奶疼长孙，奶奶却不尽然；

过一曚子挑一个来宠，再过一曚子另挑一个。儿孙众多，这样轮换着宠爱倒也有趣——而且但凡宠爱到哪一个，吃好的也拉着你，拉聒儿也拉着你，出去串门子、走干亲戚、赶热闹——像是放河灯、划龙船、看出会或大把戏，全都拉你一道儿。这样子也就非得轮换着不可，孙辈儿到我，上面已经两个哥哥、七个姐姐，大哥且已结婚，我五岁时做了叔叔以后，便又四世同堂了。人丁那么旺，南京的叔叔那边哥哥姐姐都还不算，单是我父这一房的我们这一辈，捎上大嫂就已足足十一口，要是一同挤进奶奶房里，分享她老人家私房吃食——茶食、点心、零嘴、喜果子甚么的，慢说那得整篓整筐子才够，只怕站都站不下。照这势路，是真得轮换着宠爱才行。可若是为的这个，就不该派奶奶的任性了。

说奶奶任性，那也不只是轮换着宠爱很不公平——譬如说宠这个久些，宠那个短些；又譬如奶奶压根儿就不是按照我们雁行排行顺序来轮换，好在哥哥姐姐都很兄友弟恭，没谁会在意老人家膝下争宠，或彼此排挤、咬嫉贪伴儿；又也不只是奶奶要宠爱谁就宠爱谁，一向都太没个准儿，主权完完全全操之于奶奶兴之所至的好恶；真正任性的还在奶奶无端地宠爱谁，一定也无端地同时把其他孙儿孙女统统一棒打落，往往打落得个个一无是处。

所以这样子褒一而贬众的作风，因为无端，也就无常；昨天还把你捧到天上，今天倒踩你踩到脚下。不过也还并非完全无来由，看你顺眼碍眼，也就够了。再说罢，有端无端，也尽在祖母的嘴上，褒谁贬谁，不患无词，也可说是一言兴邦，一言丧邦。要问咱们奶奶去跟谁来论断众孙儿孙女，那可不愁没人，除了给褒贬的当事人一律株连，以及与有荣焉或养教失责的咱们双亲大人，都得恭听懿训，此外尚有家里的伙计，与咱们同租马氏祠堂的众房客，左邻右舍，奶奶那些干姊妹、干闺女，路上遇见的熟人，礼拜堂的老姊妹等等——所憾者，咱们在尚佐县这个小城落户，到我出生也才三十个年头，仍还孤门独户，无一族人，老亲戚只有奶奶她亲娘，这时也已过世多年；以及护送这位外曾祖母投奔祖父而来的奶奶娘家四叔——咱们喊作四老太的元房三代六口，住在四五里外的西乡。新亲则只有打湖南跟过来的大嫂她母弟二人。要是放在关东，或胶东老家，同族和老亲世谊，那就多得不可胜数，奶奶也就会拥有更为广大的听众了。说来奶奶的任性也还是挺不如意，发挥挺不够尽兴。

不管怎么说，在祖母这种阴晴不定的性格下，独有我这个双亲膝下的老疙瘩儿子，有幸有不幸。有幸的是母亲早出晚归，白天我得跟老爹奶奶过；母亲须在城外养牛场帮父亲照料牲口，帮伙计忙那一日三餐；哥哥姐姐上学去了；奶奶喜我恼我，都得照料我吃喝拉撒；出去家访传道串门子，除非老爹在家，还非得带我到东到西不可。不幸的则是碰上奶奶没好颜色，虐待是决不至于，可就得跟在身边恭听奶奶与人家数说我的罪状；而基于"远了香，近了脏"的道理，划算起来，大半我是承欢的少，讨厌的多。

失宠的日子里，能躲远点儿也就罢了，却还非得跟随老人家去串门子不可，那就够不是味道的了；可又还得一旁愣听我那些罪状不可，愣挺诮贬总不容插嘴申辩，敢情分外不是味道。

奶奶口里的我那些罪状，就算是确有其事，总也犯不着逢人就数说；况又多半都是奶奶编排的诬陷。譬如跟那些外四路不相干的闲人数落我都上五岁了还没断奶，全是爷娘惯坏了的——先我就心里不服，哥哥姐姐跟我又不是喊爷娘，打大哥起就随尚佐县当地的喊法，喊大大妈妈。再就是五岁还没断奶，没错；惯我，没那回事儿。

老疙瘩儿子罢——那是个北方，做针线活儿，线纫了针，理理顺，线末尾绾个结儿，我就是那个疙瘩，雁行末了的一个幺儿。妈妈四十一岁生的我，敢情也是绾了个结儿，想生也没的再生。下边既没弟弟妹妹等奶吃，就由着我吃独食吃下去。大大罢，凡事顶真，"一言既出，驷马难追"，君子得过了头——只因乡下王五娘专程上城来恭喜送大礼，说了句"天下爷娘疼幺儿，将后来不晓要怎么疼这个老疙瘩儿子了……"妈妈是害臊过了四十还生孩子——大哥都已二十二、大姐二十一、二姐二十了，就跟王五娘咬耳朵说："还恭啥喜，命好都做奶奶姥娘了，还跟儿子闺女赛着生！真没脸……"大大敢情也有点儿害臊罢，把王五娘的恭喜噌回去，带点儿赌气味道啐了一声："甚么疼幺儿，偏不疼看看！"这一"看看"，便直到我十一岁那年，才看到大大对我现过一下笑脸。再就是哥哥姐姐都给父亲抱过，还有的有幸骑在父亲腿上，父亲颠颠颠，给唱着的赞美诗打拍子。我可从来从来没那福气。

这样子，奶奶还说我给爷娘惯坏了，有影儿吗？单一个五岁，也就够奶奶编排出整堆整垛的不是：五岁还尿床，五岁还等人给他擦腚，五岁还不会穿鞋袜……"他姑娘五岁都绣花绣跟萝卜皮儿样儿，细得找不出针眼儿。哼！哪是这臭小小子儿！瞧瞧，你都瞧瞧——"这就该扳转我前前后后给人家看我头上戴的风帽："这些银片子，一冬还没过过一半，你都瞧瞧，没一片不是给撞瘪了撞裂了的。有的没的，朝天就往墙上碰头撞脑呗。有天撞死也罢了小败类！银子的唉，能给啥好的穿！隔代人了，罢罢，咱都装看不见——眼不见心不烦不是……"人家多半回应是"小小孩这么个躁性子？真是的，哪天才躁到老！……"我得发誓，我是冷清孤单才碰碰脑袋解闷儿玩儿，才不是躁性子不躁性子。奶奶也明明晓得不是那回事儿，别人家弄拧了意思，她老人家却存心将错就错。横竖人家派了我的不是，正也迎合了奶奶称心如意罢。老爹就夸赞我是练的铁头功。

坏就坏在人赃俱全，叫人抵赖不得；让奶奶扳转着给人看前看后，风帽上的银饰果然瘪的瘪、裂的裂、走了样儿的走了样儿——有条银链子断了，连链头上坠的小银铃也不知掉哪去了，奶奶眼劲不济，还没留意到呢。这样子看在人家眼里，难道不头一个就想到这个臭小小子性子急躁，动不动就耍脾气，砍头拼命地乱撞墙。

风帽上不光是脑后琳琳琅琅的钉的有云头锁片儿、下垂五条银链子、条条链子坠着个小银铃；风帽当门上两只兔毛滚边儿的虎耳朵下面，额上也钉的有一排银饰，当央一块比二十文铜板大些的盘龙，一边两个银字儿，先前我戴的是"长命富贵"，今冬新帽子上是"开关通煞"。有的小孩风帽上是"长命百岁""天官赐福"甚么的。

这都算是打扮，穷人家小孩儿风帽当门就只钉颗红的、绿的琉璃珠，也还是脑后飘带钉个铜铃铛。有个响儿随时知道小孩儿跑哪里。半天没听见铃声，就好去找一找，不定倒在哪儿睡着了。像我这样不好疯、不好乱跑的馁孤小孩儿，又随时都玎玲玲、玎玲玲，撞着墙告诉大人我在哪儿，本该是个省心的乖小小子，可奶奶跟前一失宠，就八下里都成了不是。

那样子靠墙站着，东张西望的脑袋一仰一仰去碰墙，说不上甚么好不好玩儿，顶多不过图那玎玲玲、玎玲玲，一声声响着好玩儿罢。有时眼前没甚么好张望，或是又招奶奶数说了，就面壁过来，数着砖缝儿、板壁上的年轮或木结，找找这像甚么，那像甚么——多半找得出小人脸儿，正的、斜的、半边的，还有倒过来的，有眼有鼻子，就跟这些小人脸儿讲话忍忍躁儿，一面拿额头一下下碰墙，不紧不慢，卜个下劲儿都是一样，都不觉得撞疼了哪亥儿。

那些子银饰，都是银楼师傅精工细活搥出来的，我见过，踮起脚尖够在那张净是坷楞凹疤的台子边口看，老半天才敲出一点模样来，看得我脚脖都累酸了。银龙银字儿就是那么凸肚儿亮晶晶的精细，反面儿可是凹进去，也不怎么亮堂。说来那料子不是实心儿的，薄薄的怕还没有花生壳儿那么厚实，敢是经不起常川儿一下下碰撞。那银链子也像细丝儿一样,就算没断掉,也一个个圆环儿都给撞得长的长、歪的歪、瞎了孔的瞎了孔儿。

奶奶骂我"小败类""小败家星",实说该是个"瘟败类""败家瘟星";果若发脾气耍性子闹人,碰呀撞呀,拿银子乱糟蹋,那也还算败类败得个轰轰烈烈,败家也败得个地动天摇了。

尽管这样,可一旦轮到得宠,奶奶疼我又疼得过了头,日夜都不许离开寸步。

平常总都妈妈带我睡在东屋,赖奶嘛,不含着奶不肯睡。给奶奶宠上了就得硬生生地断夜奶,哭哭泣泣的想奶想个没完。奶奶就能不顾老爹劝告,解怀儿拿那瓠子一样长奶袋子来哄我,还心肝宝贝儿哄着,昵得要命。苦倒不在咂干奶——妈妈那里也是咽上老半天,咽得嘴酸舌硬,也咽不出几口奶来;怕的还是奶奶身上的气味不对劲儿。奶奶喜欢喂猫,奶奶身上就有小干鱼儿和樟脑丸那种腥囔腥囔的怪味儿。

属于奶奶的气味很多,一入夏就随身装一块咱们小孩儿老认是冰糖的明矾,和一只黄杨木旋的带盖儿瓶子,里面装一根手指大小的薄荷锭。在得宠的日子里,奶奶不光是时时刻刻不让你离开一步,还照应你周身上下无微不至。别说身上沾了甚么灰呀泥呀,连忙扑扑掸掸,抽抽打打,若是去不掉,立时换下来,立时亲手搓搓洗洗,从来不怕麻烦劳累。万一发现你让蚊子叮了,那可像人家把她小孙儿戳了一刀,大呼小叫,赶紧捽住你,照那蚊子叮出来的小疙瘩上呸口唾沫,掏出白矾块儿,就着唾沫上来回猛出溜儿。白矾棱棱角角的刮得肉疼还不说;唾沫窝在嘴里甚么气味也闻不出来,可就是出不得口,出了口儿那气道就不怎么正了,更经不得涂涂抹抹。祖母满口镶的假牙,又刷得很勤,却与呸出口的唾沫无干。唾沫已够难闻了,怎堪白矾再来凑热闹,更别说叫人闻了要有多恶心。只是一声落到祖母手里,任你吓得怎么样拉长了脖子想挣脱，也别想逃过那一劫。后来哥哥姐姐长大了，碰到一起但凡谈起祖母，少不得都要提到这种极深刻而至没齿难忘的祖荫恩泽，也少不得笑上个半死。好似谜语揭底，原来哥哥姐姐也一个都没躲掉那样的涝灾；唾沫和白矾双料的恶臭。

跟奶奶睡，碰巧来尿，奶奶非但不恼，还笑得可怜，夸奖小孙儿真叫孝顺，"把奶奶漂起来，漂到青泥洼，又漂到貔子窝，回了老家一趟……"奶奶娘家在貔子窝。青泥洼是咱们太太太公——高祖父的父亲——太祖、咱们华家闯关东的一世祖开马栈发迹起来的地方。到了太公，正打算把青泥洼连码头带海港一手买下来，不料叫俄国老毛子放黑枪给撂了，华家打那就一塌糊涂败落下来。大大讲过，青泥洼是给日本小矮鬼儿占了去，人小鬼大，才改叫大连；小日本也就打那自夸其得，改叫大日本儿。

反正不得宠时奶奶床沿儿也休想沾沾，来没来尿奶奶也不知道，也没淹到，也没漂走，逢人数说我五岁还尿床，就有点儿捏造了——碰巧失宠没跟奶奶睡的那阵子，反倒我连一滴滴也没尿过床，怎么不是赖屈了我？

那要怎么说？来尿泡湿了奶奶半边身子，反给夸奖成孝子贤孙；待到一点点儿也没沾上奶奶，压根儿就没来尿，倒又给诮贬得没出息、没章程、没材料等等，简直个儿给张扬得恶名四溢。祖母膝下承欢或讨厌，就是这么没准儿。

二哥说跟在奶奶身边儿打伴儿，"伴君如伴虎"。真的，全没准儿，由着奶奶"人嘴两面皮儿"，上嘴皮儿动动，把你捧上九天云霄；下嘴皮儿动动，可又把你打入十八层地狱了——这样子天上地下，大起大落，真叫人深感"天有不测风云，人有旦夕祸福"，说变脸就变脸的无常。

只有祖父体恤人，时常帮忙咱们祖孙两造开脱，跟奶奶是说：

"隔代人啦,多享点儿清福,别理这帮小辈儿,少烦多少心……"跟咱们孙辈儿就劝劝哄哄:"老如顽童嘛——那边儿跟他好了,这边儿跟你恼了,就那么回事儿呗……"

可老爹也已白胡雪贴了,怎就不那么顽童呢?我那六姐,姊妹里最刁,只她头一个想到,避过老爹奶奶偷偷说:"敢是啦,奶奶是老了,奶奶大老爹四岁不是吗?"

这样一算的话,我五岁那年,老爹大我整整一个甲子,奶奶好望古稀上爬了。孩儿家不免要问,是不是人要快上七十岁才算老?才算个顽童?——那也不一定罢,有时妈妈轮到失宠,受不了奶奶闲话、折磨,老爹瞒过奶奶劝说:"和平他妈,你娘我是一辈子过来凡事都让她,和平他大大也是一样儿,这你都再清楚不过,你也就委屈委屈,看在爷这个份儿上,让让罢……"

照祖父那么说来,一辈子任性过来了呢,奶奶就不是老来才如顽童了。

说轮到得宠,奶奶疼人也是疼过了头,一点儿都不假。昨天才逢人就数说你十恶不赦,今儿倒夸奖成十全十美,那都太平常了。这样子现鼻现眼的前言不对后话,奶奶可从来不管;昨儿罪状,奶奶自个儿要忘就忘,忘得一干二净,不足为奇,还得派定人家也跟着忘记,要听信今天的为是。

那些夸奖,也和抱怨一样,大半都是任凭她老人家天马行空捏造出来的。"迷魂汤"之说,就是一例。夸奖你是个神童还不算,一日忽发奇想,咬定我是孙中山转世。

隆冬大雪,爹儿仨围在焦炭炉旁烤火,奶奶一头烤着大颗大颗红铃枣,疼得眼睛不离我这个小孙儿。瞧着瞧着,眼里一闪,把颗冒烟又冒热气,胀得滚圆的枣子拿汤勺端给老爹,喜不自胜地说:"你瞧咱们这宝贝小孙子,瞧那个小模样儿,不是活脱脱的孙中山?"

老爹忘了趁热吃那香喷喷的烤枣子，瞆伺着我。老爹一双眼利得很，到老都还是炯炯有神，少有人经得住老爹那样盯着看的。奶奶一旁添斤添两地说："瞧那双眼皮儿双到两头儿，嘴唇儿削薄削薄的，还有嘴唇儿底下那道印儿，大拇指盖掐出来的一样儿，愈瞧你不觉着愈像，唵？……"

老爹八成不觉着像——奶奶但凡逢着甚么兴头上，老爹总是八下儿凑趣儿去附和的。能有三分像，老爹也一定夸到十分。就连我也不信我像甚么孙中山，妈就说我"眼皮儿一个单，一个双，哪兴这么调皮！"每逢站在床边，妈给我穿衣，常就这么又疼又怨地亲亲腮帮儿说。可见不像有的人刚睡醒顶着一对双眼皮儿，过一会儿又恢复单的了。要说嘴唇儿削薄削薄，父亲和叔叔还不也是，都像奶奶罢了。

老爹不得不凑趣儿，给奶奶一再一再敲边鼓，满口的"像、像、真像！"可刚刚跟上去，奶奶倒又嗖儿的一下子跳前去老远，"你说怎着？这么像法儿，遮不住就是孙中山转世，托生咱们家来了。这往后……"老爹可给惹得笑呛了，忙说："遮不住、遮不住。这往后，光大门楣，荣宗耀祖，可不都叫咱们这个宝贝小孙子一肩挑了！"

红铃枣边烤边吃，总是老爹一颗我一颗，奶奶一颗我一颗，合着我一人吃两份儿，得宠就有这么享福。

奶奶可还有下文，"孙中山跟你都是丙寅年生，孙中山乙丑年过世，第二年不又是丙寅年咱们这头小老虎出生了？这中间七天一殿，七七四十九天，走完七殿阎罗；再半年八殿阎罗，过后又该九殿阎罗了，不就要喝迷魂汤？孙中山那么个大人物，放在老年间不就是真命天子了？阎罗王见了都要下跪的，喝甚么迷魂汤？还不是十殿阎罗都齐来恭送转世？也选的是咱们华府上来投胎，天下再没华府上这个好人家了……"

老爹又给笑呛了，指头点着奶奶，憋得脸红大半天，咳完了才唤口气儿说:"听你这么活真活现,八成你走了阴差,亲眼所见不是?"

奶奶没搭理,愈说愈顶真,叫老爹这就查查黄历看,打孙中山过世,到宝贝小孙子出生,这中间是不是时候恰恰好——十殿阎罗将好走过来。说着就扑落扑落皮袄襟子上沾的烤枣子煳渣儿,要去找黄历来。

老爹陪笑说:"瞧你呗,听见风就是雨,真够急躁。得提醒你一提,这位孙中山可是信主之人,只受主审判,不受阎罗王审判,对不对,各归各的不是?"

奶奶老早说的没喝迷魂汤,一下子找到孙中山这个根由,入情入理,有凭有据,正自得意,吃老爹这一扫兴,脸就板了下来。说也是的,好歹咱们一家子信主,照世俗讲是在教,老爹又是位传道长老,奶奶也是位公称的华师娘,阎罗殿甚么的,真不好外头去张扬。尽管老爹奶奶传道,从没取过教会分文,受过洋人一点好处,可就只传道来说,不能自找嘴秃……老爹像给奶奶赔不是的低声下气,陪上半天好话。奶奶向来说了就算,敢是很在意,老半天都快快不乐。

就为这个,老爹没了头儿一样,一径还在笑脸伺候奶奶颜色,话也多了起来:"挺有意思,亏你头等头脑,我这个死脑子,打死了也想不到甚么迷魂汤、甚么孙中山、又还甚么十殿阎罗,实在挺有意思。说真个儿的,咱们来逗逗看,也还有的不大对榫,比方说罢,那孙中山没喝迷汤就来投生了,咱们华家上去两三代的陈年古事,他孙中山倒这么清楚?只这么点儿不大对榫,对罢?就只这么点儿——如外都挺有意思。所以罢,说说解闷儿是真的,像我这一顶真,可就没滋蜡味儿了不是?……"

奶奶还是不大悦意儿,噌了老爹说:"谁又不是说着玩儿啦?净看你搁那亥儿蒜血子喝水儿——老顶鼻子儿!"

老爹故意笑得哆哆嗦嗦,袖笼里掏出手捻子抹嘴,抹胡子,看样子是不要再吃烤枣子了——铁列子上可还有十来个烤着的红铃枣,就算跟奶奶对半分,还有的吃呢。要报答老爹省下来给我,便连忙跑去老爹书桌,爬上椅子够来水烟袋,双手孝敬给老爹。

奶奶瞧着老爹顾自傻呵呵的哑巴了,敢是以为老爹说不过她,遂又加把劲儿起来:"那孙中山,你不是说过也是个先知?先知不就啥事都知道?无所不知还不知道咱们家底子?……"奶奶得理不饶人,嘀咕个没完儿。汤勺又舀了一颗冒烟儿的煳枣子给我,没等我接,又搐回去,要笑不笑地审我:"你这个没喝过迷魂汤的,说,是不是孙中山托生的,给奶奶从实招来!"

正给老爹点纸媒子,又忙去接奶奶手上汤勺,给这一吓唬,两下里都顿住了。瞧奶奶假装的厉害相,情知是逗人,还是顺了奶奶,一连声儿应了十个"是"。

这一来,把两老都逗乐了。结果得了奶奶喜欢像什么似的顺手赏下俩揉头,打得我两跟跄;这一边得到老爹噌来一声"个小马屁精!"不过见我孝敬了水烟袋,炉口点着了纸媒子,可又夸奖了一声:"个小鬼精灵!"

不想奶奶冲着手心在那儿直呵疼,直怨我没戴风帽的光脑袋怎那么硬法,像打在石榔头上。

老爹一旁直拍大腿,乘势儿取笑奶奶:"得得得!没见过捱打的秋毫无损,打人的倒累着了,还打疼了爪子——你又不是不知道咱们家宝贝孙子练就的铁头功。"

奶奶还在呵着手心儿,打眼角儿瞋老爹。只这当口儿,才觉老爹有点儿老,陪着奶奶老如顽童。那我这顽童敢也跟着顺大流儿欢天喜地得要命。

可弄了半天孙中山不孙中山的,我也不大晓得是谁,好像有点儿熟。试着把纸媒子吹出活火头儿来,噗突噗突的,这本事老学不会,

许愿　　013

老爹安好了烟丝儿,笑吟吟等我,"嗯,人儿灯一样。小蒲包嘴儿不中用,来,老爹教你。"

愣瞧着老爷惨白胡子底下纠起嘴儿,一吹口气,紧跟住舌头尖一堵门儿,噗突一声纸媒子就死火上吐出活火舌头,真神!我问老爹:"孙中山是不是大哥大嫂,还有大姐她几个常说的总理?大哥房里还挂的有相片不是?……"

不过是闲问那么一声,一时老爹奶奶都给问得愣痴住了。哪犯得着那么大惊小怪,我也给愣痴住了,弄不懂这么一下下,怎就把老爹奶奶像吃红芋给噎住了一样。我是记得还有二姐跟四姐也常讲甚么总理长、总理短的,有时也说成孙总理,八成都是一个人儿罢。大哥大嫂住的对门儿马愣子家东屋,墙上挂的半个黑脸半个白脸大相片,好像就是孙中山。

奶奶瞪紧我,不知有多顶真地探问:"我说小太平儿,还记得你大姐?——见你都没见过,别瞎扯了!"

我像给冤枉了,瞪大了眼申冤:"才不是瞎扯,我记得的,大姐呀,不是大姐吗?跟三姐一模一样,胖一点儿,怎不记得!"

老爹跟奶奶也斜看我,好像挺怕我一样,脸色慌慌的一面小声数算起来。照我一旁连听加猜,合上我记得的拼凑到一道儿,敢莫是大姐在我出生前三年光景,就跟大哥下去南边儿加入南军了。约莫我出生那一年,大姐寻了个南军广东人的卢团长。这位大姐夫前两年在江西打仗阵亡,大姐的下落有两说,一是疯了,不知去向;一是去了广东夫家。到底流落到哪儿去了,还没个真信。王二舅下到南边去打听过,空空两手回来,没得到半点儿头绪。

奶奶转身揩紧我手,逼着我问:"那你大姐如今在哪亥儿?"我只觉好生奇怪,又不是我把大姐丢了,好像掉了甚么东西反过来赖我偷了还是藏了。我说:"不是在广东吗?"

老爹拦住奶奶,怪奶奶干吗拿这问我一个小人家儿。

奶奶可不服,跟老爹反口:"小孩子口里掏实话罢——况又这孩子知古老道精,但能探出点儿口风,也好让她二舅有个眉目去再打听,还有和平、镇西,也都好有个线索不是?"

老爹拧紧眉心,微微摇头,一副很不以为然的神色。一旁我也有些惶惶的,像是扯了谎给捅出来,又像干了甚么坏事儿露了底子,净等两老商量要怎么制我。

奶奶不顾老爹陪笑劝止,还是力逼活审地追问我一长串儿这个那个:"那你知道你大姐现下还好好的?那在哪亥儿?在广东哪亥儿?是你大姐她婆家——那个海啥县啦?海啥来……"老爹顾自咕噜咕噜吃水烟,装假没听见。

手让奶奶捽出汗儿了,奶奶像怕我挣跑掉,不肯松手,只顾逼问下去:"跟奶奶说呀,唵?现下你大姐真还好好的?给你生了小外甥没有?瞧你大哥四姐都得了儿子,你二姐也快了,你大姐早该做娘了不是?他卢家待你大姐怎样?奶奶操心就操心你大姐那么傻糊糊的——马善让人骑,人善让人欺,你大姐又那么死心眼儿,不定让人怎么欺负啰。你倒是说呀,知多知少都别瞒住奶奶……"

奶奶追问可是紧,问得热起来把我搂到怀里心肝宝贝的哄——一口猫味儿。热烘到那样,要不是十冬腊月里三层外三层穿戴那么厚实,奶奶一阵儿期切起来,真就要敞开怀来喂我奶了。

半大,老爹才插进嘴来相劝,也是帮我开脱:"瞧你疼咱们大孙女儿疼成这样!也罢了,这小云儿也算命薄没福分。想这小云儿心里定规有主的,自会求主救苦救难,你我还是交托在祷告里。我看你也别再难为咱们这老疙瘩孙子了……"

老爹真懂人,就是老爹看出我有多难为。给看成没喝迷魂汤真没甚么好,叫奶奶逼成这样,逼得人下不下蛋来,多不好受!这还逢上

许愿　　015

正得宠、正当令呢，就给逼到这个地步；要是碰上失宠，不吃奶奶上刑拷问那才怪。

别管没喝迷魂汤是真是假，有这样子记性真没甚么好，这样子记性再强又当得甚么呢？只能说是才无正用罢！我也常想，好记性若能正用到叫我过目不忘，别的先不说，至少至少罢，可粗通四国语言那是跑不了的——就算不作甚么精不精通的奢想罢。

怎不呢？英、日、法、俄文全都下功夫学过，没用，吃亏就在正用的记性反而坏极了。像学俄文罢，人都过过三十大几儿还不知命——本就记性差，记忆力又与日俱衰，矻矻孜孜苦学了两年，结果无疾而终，没花两年的工夫就全还给袁师。到如今只落下个拿国字注音的小小短句，"打倒俄罗斯亚"，意为"我是个俄国人"。就这，也还因谐音上头捡了点小便宜，才助我记到今天——似乎也会牢记下去，没齿难忘。至于这小小短句俄文，如果重现眼前，十有八九的把握，连字母也会相见不相识。看看罢，一旦正用我这劣等记性，就有这么惨法儿，老天！

别管怎么说罢，曾祖叫俄国老毛子放黑枪给打了，为曾孙者学习俄文，其志虽壮，单字儿记不得一个，倒是独独记住这一笔早给年深日久湮圮了的国仇家恨，记住那个小小短句，可笑地替民族和家族煞了点气儿，也算聊胜于无，像我五岁还在咽干奶一样。实则我是生性就不记仇的，记性很差嘛——当然，也常忘恩。

如今早已年逾半百，大半辈子过去了，一事无成。当年立誓打倒俄罗斯，所以苦学俄文，怀抱充任占领军指挥官的雄心壮志，也如健忘症，洗掉了多少影带纪录。

不过退一步想想，倒又无所谓。芸芸众生还不是大半而又大半尽如我这样的一事无成。遗憾的是自幼就让人视为生有异禀的我这超时空的绝顶记性，大半生过来都不曾派上用场。我已由怀疑而肯定——

我是个蠢材。

一个人的擅长，基督教会的术语谓之"恩赐"。对这，我是弄不清上帝把这超时空的记性，恩赐给我干吗。或许本当怪我自己，是我才不正用，一径亏欠了这一恩赐。说实在的，又能派上甚么用场？知过去而不知未来，过去又只限于咱们华家上溯数代，这算啥？可我发誓，决没有丝毫抱怨过上帝白白恩赐我一件废物，惠而不实。我也决没有丝毫抱怨过这个人世让我怀才不遇——想这人世还真不可能有个甚么等在那儿，等我空怀这样子无用的偏才去际遇际遇；更别说还会碰上甚么知遇。

人非圣贤，若问庸碌一生似我，总不免多少仍然有点儿自觉委屈，致生一些怨尤罢？

对了，人之常情嘛。不过那也得看看要算到哪本子账上。说真个的，别的一无所怨，单只一桩，像我这样小时了了，是真；大未必佳，其罪在我。因也除了自怨何以长大成人之后，我的发育即告迟钝下来。从来我都无意要自己开脱，转移目标去怨这怨那——怨什么家庭、学校、教会，怨社会、时代、国家等等小环境和大环境。况其对我生长其间的这一切种种，素来皆是我唯受无施，负而未酬，感恩图报之不暇，又何来丝毫怨尤！

所谓发育迟钝，依照咱们孔圣为世人设定的个人生态纪录标准——我不以为那是夫子自道——对比之下，我总 步跟一步地落后到十年以上，以至于"吾二十而志于学，四十而立，五十而不惑"。这样子遥遥忽忽老是跟不上趟儿，还不够迟钝！

所幸年逾半百，迟于苏洵二十三，"始发愤，读书籍"——不等于读俄文；紧赶慢赶，不惑之余竟得开窍，始知天命，可谓大器晚成；尽管大否成否尚在未定之天。

知天命，是悟得上帝所赏恩赐之义何在，也就是终算认知我这天赋异禀究有何用。天生我才必有用不是？自是大才有大用，小才有小用，我的偏才也自有偏用。

如此天启至明，天命难为，我的超前记性既比常人远溯数代，任此天赋与我同朽，才真是暴殄了天物。眼前这个世代虽则全人类都在抗拒甚至弃绝文字，我可还是坚信文字会比人寿长久。若得忠忠实实记述下我的所有记忆，写成一部我这《华太平家传》，至少可免白白糟蹋承自上天的恩赐，该是我人生一场唯一的价值奉献了。想我半百之年文不成，武不就，书剑皆落得个不上不下，注定今生今世必将以无籍籍名终——就算是孙中山转世，也徒然丢尽前生前世之脸。就算这《华太平家传》勉强有成，又何干生民荣枯、家国盛衰、天下兴亡？又岂非偏才偏用而何！

至于《华太平家传》何以如此定名？这样问我，实在说来，也并未有何用心，不过自量能力绵薄，多大的天地唯我自知；除题此名，别无选择。

比如也曾有过"华族家史"较为宏伟一些的抱负，且曾先后多番起稿，进行一二十万言而中途废弃，方悟我这天生超乎常人的记性，虽曾惊动过父祖上人，但在无止无尽、无涯无际的宇宙世界中，我这点儿超时空的记忆到底太过有限。就拿咱们家族来说，记忆中的悲欢岁月、沉浮沧桑、生死契阔，不过我前我后总共八九世而已——这算得甚么家史！再者，上溯至高祖、太祖那两世，时间去我久远，所记不详；下追至曾孙、玄孙、来孙等三代，则空间既遥且隔，今欲一一稽考也都无从下手。如此掐头去尾，能够记述翔实丰富些的，也仅仅局限于中腰儿三四世，历时尚不及百年而已。因就只得老老实实以我华太平个人为转轴儿，运会这周遭辐辏，就我亲历和记忆所及，据实留下时代中一个小轮所驰轨迹，如是罢了。

然而十载力耕，七度易稿，八度启笔，去岁终得冲破三十万言大关。只是进行中愈写愈不甚对劲儿，渐至犹豫不决，不得不暂行搁下冷却冷却再计。这一放下便不觉年余，旷日既久，难再拖延，待再翻将出来鉴定一下，以便定夺是存是废，怎料六本原稿，竟让白蚁占领殖民，繁衍起——已不只是家族，按其数十万众计，当属一原始游群的氏族部落矣。看来比我的"家传"规模伟哉壮哉得太多！

震惊之余，当下即有觉悟，天心示警如斯，天意助我决心如斯，若不尽弃前功，另起炉灶而从头再来，更待何如！

知天命就有这点吃亏——好在我今已届耳顺之年，非仅闻人言；即闻天言也已"知其微旨"矣。

只是遗憾我心有个疙瘩，是个信则大、不信则小的疙瘩。按命理有此一说，丙寅虎属之人，阳寿仅得一甲子，养生得宜仍多不过六十有五。证诸中山先生与先祖父，信然——尚有我曾祖，虽属非命之卒，何尝不是天意？历历不爽，必也验乎！

今我幸已闯过一甲子，比照我祖父大限，却也来日无多，诚有时不我与之慨。顷九度起稿，岁次己巳，挑中九月初九重阳谷旦开笔。屡败屡战，数不过九，于此祝告上苍，与我通融些个，大限之外假我十年，此家传料可底成，以期不负上天恩赐；也见证得命理谬说之不足信，以释世人之惑；且可为适巧又迟我一甲子出生的吾孙，一解丙寅之虎这一生死大结。

这样子的多重目标又多重功德，我若是上帝，既爱世人，自必欣然垂允。

似此挟这微不足道的甚么家传以自重，迹近贪生乞寿，思之不觉粲然！不过届时万一我志未酬，缘于上帝未便违其天地初始即已定下的法则，宁可成全国人所发明的命理之学；又或天意别有打算——依于天国秘密信息所透露：上帝系于世间借世事操练世人，以供其国度所需人才，故而目的不在其人事功成败，而在成材与否。据此证诸世间英才早折,大抵可信;天下英雄功败垂成,亦可不必再泪洒满襟。而上帝既不在意我所承受的恩赐得否施展,或至未喝迷魂汤也都白舍了,别管怎样,那总是非我负天,可以无愧,我也该当含笑掷笔,凭恃操练满分,潇潇洒洒物化而去,了无憾恨。

就这么在此许愿——

# 望门妨

时涵近百年的《华太平家传》，于过去八度易稿的屡屡挫败中，每为究从何时起头为宜所困。这一回经过长年慎思熟虑，终而决意挑选这百年之半为始，是即：

岁次庚子——

与此相关的纪年则为：

黄帝纪元四五九八年
西元主后一九〇〇年
大清帝国光绪二六年
日本帝国明治三三年
斡罗斯（俄罗斯）帝国尼古拉二世七年
中华民国纪元前一二年

这是个多事之秋的一年，春夏之交，义和拳神团以扶清灭洋始，继以八国联军打北京，西太后携光绪帝亡命，西奔长安，而以翌年辛丑和约终。不过四万万五千万两白银仍称庚子赔款。这一项足令中国倾家荡产的灾难，单是善后便须四万万五千万百姓，无分老弱妇孺按口承担白银一两。

这些大事放在当年，我和四亿多人口同样地都不很清楚，我只知道我父那时十九岁，给庄子上大户李府拉雇工，按月工钱一吊。李府宽厚待人，算是够高，一吊即一千文，拿绳儿串起来也有二尺来长。两文钱一个肉包子，挺管用的；可光吃肉包子，月逢大进一天十六个半，小月一天十七个，年轻力壮又干的是出力气活儿，每日一顿也不够。还管庄户人家哪兴吃肉包子过日子的，又还得养家——尽管元房四口不全指望这一千文，祖父还有见月一石小麦、一石杂粮的束脩。

我是只想大致算一算，这项赔款我家四口须得负担多少。若按五千文换银一两计，四两就合两万文，我父二十个月的工钱；二十串各两尺多长共两万枚外圆内方的小制钱，数也把人数死了，背了去完税也把人累倒在路上。我父一年八个月的苦活儿算是白干了。

这年春末，二麦都还在地里。义和拳起事，大麦早个十几二十天，这时才扬花儿；小麦也将将吐穗儿；大小秋秋锄过头一两遍。农活儿松得很，可家家户户才够忙着呢，农忙忙的是收大烟——大清早趁露水刮烟膏，紧赶慢赶地赶完了，接下来挨个挨个儿大烟葫芦上，划个三刀两刀，赶明儿大清早再来刮膏子。十天半个月就这么从早忙到黑儿。

有个四句头儿的俗话极老实："越热越出汗儿，越冷越打战儿，越穷越没钱儿，越有越置田儿。"听起来句句废话，却再也有道理不过。

种鸦片也是一样儿，没田没地不用说，就是田地不多的人家，明知种鸦片发人，图头儿大了，可不种正经庄稼种鸦片，哪来吃的、烧的、喂牲口的、喂猪喂鸡的？当真卖掉大烟土回过头来再买粮食、柴火、草料、杂粮、红芋、麦麸和糟糠、红芋鲜叶子、干叶子？那样子折腾倒不怕，心里不碱实才是真的。

李府上总共一顷八十多亩地，只这样人家才挪得出田来种鸦片。去年一放手就种上八十亩，还了偌大一笔债。李二老爹听了我祖父旁敲侧击一番话里有话的进言，今年就只种了四十亩（约合两甲七分多），是为的了结去年没还清的那笔债，不老少个尾数儿。

鸦片是种来不费事——除了种子细小如鱼子，得拿干粪末儿拌匀，老手撒种才撒得疏密宜当，耙锄都省了。可收成起来又要人手又要赶活儿；要赶露水，还要赶那十天半个月。要紧还是大烟葫芦难伺候，嫩点儿老点儿都不出膏，老阳儿晒久些那膏子就熇干了巴在上头，刮不利落。

一颗上头刮不干净是不多，千颗万颗残存的干渣儿可就许多了。烟土论两卖，二三两干渣儿就上十来吊钱，那真蚀耗不得。

四十亩鸦片，这十天半个月间，见天至少也总得十来个人手。李府上小哥们儿五个都正当年，那是没错儿；可就连老两口、两房媳妇儿、还搭不上手干活儿的小妹子，外带我父这个长工，帮忙灶上灶下的沈家大美姑娘，所有都打进去，只不过十二口。况又饭食茶水的要招呼，媳妇儿姑娘就够忙活忙得手脚不失闲了，哪里下得了湖——当地土话不知因何把下田叫作下湖。这样就非得要些帮手不可。

所好李府上人缘儿好，小哥们儿几个招揽的三朋四友也不缺，别说家下没种鸦片，有那空儿；就是种个几亩，只须家下人手够，也都跑来帮忙。这帮吆呼来的帮手，尽是我父十八九岁一般的半桩大小子，不如说凑场连日热闹才是真的。往后的年月里，这些臭在一堆儿脱裤子比家伙的乡巴佬，可大半都跟我父换帖子结下生死之交——有的还种了咱们家的地，佃农，这地方土话叫"作户"。

金兰之交弟兄八人，习俗老规矩，"拜双不拜单，拜单死老三"，

还有个所谓"八拜之交",这一伙儿把子弟兄可说是结交得合辙对榫,中规中矩。我父排行老四,依序那是:

老大　钱在仁　家在前陆庄　称大爷
老二　季福禄　家在小沈庄　称二大爷
老三　高寿山　家在沙庄　称三大爷
老五　沙耀武　家在沙庄　称五爷
老六　沈长贵　家在沙庄　称六爷
老七　李嗣义　家在沙庄　称七爷
老八　李永德　家在大李庄　称老爷

咱们华家在这尚佐县落户才四个年头,算是个外来户,甚么甚么总得入境随俗,对人也须依着当地人来称呼,这里头都有考究,称伯父母为大爷大娘,爷和娘就得发轻声,且常轻至省掉了;那该和称呼父亲大大或大都是成套儿的罢。称叔婶为爷娘,则仍阳平发声。四声之别正所以长幼有序也;要不然,父执辈中长于父亲者,让你喊成幼于父亲的了,岂不父子皆失礼了!为此,我父称祖父母为爷娘,已改不了口,到得咱们这一辈儿,人家既是成套儿的,也就只好跟着整套儿称呼,喊父母就喊大妈了。

收人烟有好几端热闹,先就是那罂粟花别说有多鲜眉亮眼儿了,白的雪白,红的银红、朱红、桃红,紫的雪青里带些蓝尾子,配上绿叶儿,月白净楚子,放眼四十亩地,那可是千针万线精绣的花缎子。桃李怒放的花季,也比这失色多了。收割时节,满眼早熟的罂粟果儿总有鸡子儿大小,不等三五日这一波刮净膏子,紧接着一波波花谢了,新结的葫芦又跟上来。更还一波波盛开,一波波大大小小花菇朵等不及地后浪推前浪,十天半个月撑到临了,也还是这一朵、那一朵,开个没完，只是疏落得多，不大成器了。

就那么的人跟蜜蜂蝴蝶一道儿忙活儿，年轻人穿梭花丛间，眼花花，心花花，笑脸儿也映上面花花。人过得滋晕自在，俗话说是"赏花看景的日子"，春浓向夏，年轻轻这般半桩大小子，可不就朝天过的这种好日子！

收大烟耗的时光多是多，可不是重活儿。大烟葫芦拔有大半人高，除了脖子倾久些儿有点酸，划缝儿、刮膏子间，手底下使的小刀儿得像剃头匠子刮脸儿那么小心轻重，说来真累不着人。这在干惯了出死力气又尽是粗活儿的庄稼汉来说，倒像是姑娘家绣花绣朵儿，熬的是个耐性。闷着头一熬可就是一整天，手脚不闲，闲下耳头儿嘴头儿拿啥来忍躁解闷儿，那可不愁，唱小调儿、俚说话讲斗嘴皮子、也有的伴在老人家身边听讲讲儿、拉拉聒儿。热闹就热闹在这，比方冬里煻棉花柴烤火、老阳儿地里蹲暖儿、暑夜看场看坡子乘凉……说实话罢，家常里各忙各的活儿，哪闲工夫这么齐全的凑到一堆儿，只有大正月里连庄儿出会才有这么热闹。

单冲这个，年轻人就能啥都放下，赶来凑趣儿。不光是庄子上的，邻庄的几个也都跑来了，天天过正月。大烟地万紫千红里，只见打横儿拉一长排，十几二十个差不多一般岁数儿的这帮半桩大小子，一人管两行，就那么俚说话讲，哼哼唱唱的一路刮烟膏刮过去，俩俩中间正够你掏我一拳，我掐他一把，顺手就够得到的那么远近。有那老惹事儿的像沈长贵，刻薄挖苦，嘴上无德，撩了这个闪开，又撩那个躲走，净见他缩脖子插到别人当中去。也有那想把甚么新鲜儿事跟哪个咬耳朵的，凑过去情商换个空子。只上了年岁的，另外一排文文静静刮着烟膏，拉家常聒儿。

这样子伸手帮撮，谁也不图工钱不工钱，给工钱那可是骂人一样儿。可怎么说也不好叫人白白贴工又贴肚子，也就像麦口儿抢割小麦一般，酒饭鱼肉伺候罢。跑来帮忙的，多是天不亮就起去，干噎张把两张煎饼卷咸菜，水瓢插进水缸舀上半瓢，咕嘟咕嘟灌个足，这就赶了来。地里茶水不断，黑瓦罐子黑窑子碗，搁到地头树荫凉里。待到老阳儿一竿子高，刮膏子多半完事儿，就点心送到地头上，不是绿豆麦糁子薄饭儿配咸菜，就是抢锅炸汤面疙瘩，或就大秫糁子小米儿熬粥，有盐有油的面糊涂，过午还有一顿点心也是一样儿。晌午饭是回来家里用，无非鸡鱼肉蛋，晚饭才三花酒任凭放开量来灌。单这就天天都像过年过节。李府上待人厚道，饭食上头就别说有多丰足，贫寒人家过年过节也未必及得上。

地头上沈家大美挑来两罐大叶子茶，差不多总是那个时节，小伙子眼尖，两下里隔么么远就瞭上了。一时间十几二十张嘴，都拿这姑娘跟我父拉扯到一块儿嚼咕起来。要不是碍着我父，这窝儿蜜蜂准就齐打伙儿借口口渴奔去那朵富富泰泰大白牡丹花了。

大伙儿里头敢是只有我父一眼也没瞧，一会儿工夫就独自一个刮膏子刮到前头去。大伙儿猛啜哄我父歇歇手，嚷嚷着嗓眼儿干得贴死了，要不我父领头儿谁也不方便去。

嚷嚷最紧的敢又是沈长贵，我父给腻猥烦儿了，回头过来也不看他，冲着想起哄老插不上嘴儿的高寿山招呼说："结巴子，牲口干成这样，你不牵驴过去饮饮！"

高寿山说话不算太怎么口吃，就只是一开口非连来几声"阿枯恰"不行。听我父这么一招呼，"阿枯恰"半天，没"阿枯恰"出半句话来，索性顺口呵呵呵地愣笑了。哥们儿里数这寿山最高，没姓错，天生的扬场好手，一木锨连麦带糠带芒带土不费劲儿扬上去，足比三层炮楼顶子还高，任是一点儿风丝儿也等不到的闷燠天气，左等右等等死了扬场的，找他高寿山来帮一手，人家等不到地风，独他够得到天风，锨锨扬上去，滚滚一溜儿落下地，麦是麦、糠是糠、芒是芒、土是土，打了线一样儿清楚，不含糊。

可那么黑高粗大，顶天立地的壮个头，让俗话说个正中，"人大愣，狗大呆"，高寿山除了嘴上不顺活儿，人也真有三分愣，两分呆，结结巴巴净让口上便宜给人占，他那里只有拾人一点剩笑的份儿。没脾气，至不济"阿枯恰阿枯恰日你的！"再连上呵呵呵愣笑一阵子。

只是傻人傻福，没到二十岁大就得了儿子，他那口子能言善道，补上了他这结巴毛病；手脚又灵活勤快，能得个要死——敢也是上头没公婆管，才那么凡事不用高结巴子烦心，自由自在，啥都尽她作主。

谁知这一回倒让他高寿山福至心灵，拾到个巧儿，我父看他傍着沈长贵近便，叫他当牲口牵去饮水，愣笑的工夫，蒲扇大的巴掌就近赏了沈长贵后脑勺儿一个焦薄脆，"阿枯恰阿枯恰俺日你，一笔写不出——写不出俩沈字儿，阿枯恰任谁都好拿大侉兄弟跟……跟沈家大美寻……寻开心，阿枯恰就你这个……这个大舅子怎……怎好跟人腚后瞎……瞎胡闹！"

难得高结巴子也有冒出巧话儿这一天，大伙儿闹嚷嚷的直叫好。打那往后，沈长贵这个少见的贫嘴小子，可就捱哥们儿喊大舅子给喊定了。

按说小伙子上了十九，闺女十六，万不兴到这个岁数儿还亲事上没个头儿。就算不曾成亲，也早该传过喜，正式正道文定过了。

我父像我还没断奶这么小就已定亲，那一头是跟咱们家世代都有生意来往的金州富商。依照我祖父十五岁迎亲，十七岁即生我父这个先例，上面曾祖母打三十一岁便寡居了半辈子过来，又家大业大，人丁不算旺，敢是巴不得尽早给我父这个大孙子带媳妇儿，不定六十岁前就捞到个四世同堂，那可算上帝恩宠有加，又一回贴补她老人家早年丧偶那样子不幸，这辈子也算过得去了。为此，甲午那年我父才交十三岁，合家上下一开年就嘈嘈喝喝给我父张罗大礼。可就在那年，日本小鬼子平白炮火连天地打过来，咱们华家青泥洼大祖父的马栈、普兰店三祖父的天日盐场、金州我父那个岳家的参行，牛庄曾祖母领着祖父主事的槽坊，全都旦夕之间给毁的毁、霸占的霸占，曾祖母落得个尸骨无存。直到咱们祖父这一房，先是逃进关内，再打胶东祖籍逃荒一般漂流到尚佐县地，落户到今四个年头了，除了打听到貔子窝祖母娘家一些信息，关东所有族戚可全都至今下落不明。就算金州那边儿本当作咱们母亲的姑娘家还全和，也都彼此断了音讯；就算打听到了，凭咱们眼下这光景，贫寒无依，哪儿还讨得起媳妇儿，只好搁着再看了。

那沈家大美姑娘也是打小就定亲，两年前小女婿夭折了，这就成了"望门妨"的命——还没过门就克夫，看有多命硬，又多命薄。这样的闺女往后只俩路好走，一是挑剔不了人家，管他穷的、丑的、残废的、不正干的、没出息的，能出得了阁就算不错；要就是等呀等，等过了二十还没找到头儿，只得给人家娶去做填房，进门就一大窝光腚丫头小子等这个晚娘去拉拔。

我父跟这大美姑娘同是李府上雇工，倒是一主外，一主内。真真说来，李府上哪要这俩工，五个儿子三个都接手湖里活儿了，小的两个虽在我祖父馆里念四书，遇上农忙也都家里家外搭帮上手。锅上灶下针线茶饭，有二奶奶领俩媳妇儿，也就足够了；忙是忙一些，妇道人家哪个又不是起五更、睡半夜的手脚不失闲。这就还是李府上二老爹心地仁慈，看中我父刚正肯干，日后定有出息。眼前受穷受困，他李府别的也尽不上力，我父要能低就一下，跟他跟前小弟兄几个下湖辛苦辛苦，习练习练，学点儿种地本事，总归是庄户人家应该应分的本行；日后就算不做庄稼人，这本事钉在身上也累不着；再还有日后置了地交给人种，懂得多些农事，总少让人欺哄。要说工钱，尽管有限，多少总还能补贴点儿家下生计。李府二老爹便是这番心意。

饶是这样盛情——人家本不需人手，倒为此多用个人，多开销高过一般三四成的工钱，人家也没半点儿赏你口饭吃的意思。当初跟我祖父试个试个提这主意，李府二老爹倒还像是万分对不住人，生怕屈费了我父——好歹总也是个不管背时不背时的举人老爷家大公子罢；又开不得口，又连声儿直告罪。

我祖父还有甚么说的，实秉实的话，我父凭他才十六岁大，一斗的字不识半升（祖父尚不知我父在跟我叔偷偷学认字，是时新约圣经已念完四福音书），不上不下，不单不合的，啥饭也吃不上。我祖父自是满口称谢，满口答应了。只祖母难过了一阵子，真真的觉着家道落魄了。

那沈家大美姑娘也是一样，李府二老爹怜这闺女给个"望门妨"罩得死死的，婆家断了，娘家也把醒龊气儿都出到这丫头身上——说也难怪，辱没家门，打这往后就得遥遥无期养个没人要的老闺女。就为这些个，坑得这丫头没好日子过，闲饭吃不下去，倒又一肚子闲气撑死人。说实在的，人可没闲着，朝天赶去五六里外河东那边儿割牲口草，一去一个长半天，赌气啥也不带，一副架筐挑子一把镰刀，不吃不喝——家里也听由她空肚子去，空肚子回。靠那割来的七八十斤青草挑回家换顿晚饭，也还是吃着给数落着这不是，那不是，眼泪当咸菜，就着薄饭嗯噜下肚。有那一天想不开，跳下黄河寻无常，得亏过路人给救上来，湿淋答挂的送来家。不承望有过这一场，家里人越发没好颜色，合着又一回辱没家门，招她奶奶妈妈更有的数落；丢人现眼的，喧腾得四邻八舍看笑话，多有脸罢，死了也罢，外死外葬倒干净，怎又不死！……

小沈庄近在西邻里把路，李府二老爹一趟一趟跑断了腿儿，劝解沈家上两代老的，末了就只好把这个才十三四岁的丫头雇来家，按月六百钱拿回去，吃住都搁他李府，又允了日后给找个好人家。说说这都两年过来了，日子过得顺遂，丫头出落得白大似胖的大姑娘一个了，人又勤快，又有眼色，手脚麻利，见人不笑不说话，一笑就是一个单酒窝儿。那人缘儿就别说有多好了。李府二老爹、二老奶奶都拿当亲生闺女疼，下来哥们儿、媳妇儿几个也是一样儿，没谁瞧这丫头是个外人还是个下人。

我父早这大美姑娘两年雇到李府上，先来后到都行的是一道车辙，两人儿心知肚明，人家哪是里外忙不过来急等着人手？就算巴望拉人帮工，也不兴雇个十六岁生手小子下湖干活儿、雇个十四岁也跟个生手差不多的小闺女办甚么针线茶饭。分明是拉拨你一把，帮衬帮衬，收拢你个安身之处罢。偏这两人又一般样儿脸软心软，受不得人家一点点儿好——况又是这样子大恩大德，报答起人家连命都肯贴出去，敢是下死劲儿拼命干活儿；分内的不消说，没活儿还八下里找活儿干呢。

这样便俩人儿不是同命也是同命了，那心眼儿里自也躲不住两相疼惜，明里暗里都难免不有个体贴照应。不单他俩儿心下有数儿，瞧在谁眼里也该当是天配的一对，地生的一双。

庄稼人嘛，任怎样能言善道，嘴上话说不齐全心上话，祝呀愿啊甚么的，从没那些个斯文；就算有的念过几天书，肚子里倒装了点儿货色，可也没谁好意思尽在这不正经上头正正经经践起文儿来。再说罢，庄稼汉子啥都直来直往，小调子小曲儿唱的不错，四季相思、叹五更甚么的，郎呀妹呀、情呀意呀，唱是那么唱，照实说，到头来还不是夙憋得慌，图的不就是偷偷摸摸搂到一堆儿玩那好事儿——粗说那是"干"，跟大口大口猛往肚子里噇馍是一个音儿，一个势儿；不粗不细是说"弄"，文雅些的该说是"睡"——比方说：谁跟谁高粱地里睡过了。可也还是够嫌直勃拢捅。

我父好歹是生的念书人家，怎么来粗的也还是比庄稼人斯文得多多，口里便从没有过村话。拿那好事儿挠乱人，寻寻开心，尽管存心是好，撮合人家好事儿，轮到这帮半桩大小子把我父和沈家大美拉扯到一堆儿当闲话嚼舌头，也不好意思净耍粗，终还是顶多到"睡"为止；拉正经聒儿，也都啜哄我父"睡"了再说，"先养儿子后成家"不是没有过。就这样子文雅，我父也只作没听见，从不搭那个碴儿。哥们儿碍着我父，任拿大美怎么嚼舌头，也从不拉扯上自个儿或别个小子，这样子嘴上留德，让人姑娘家清白干净，放在乡下这还少见。

方才高寿山把沈长贵打发了，给大伙儿拍手打掌一嚷嚷，上了劲儿，瞧着地头那边沈家大美还没走——约莫把剩茶折进新茶里，他这一时兴起，唱起了小唱儿，"手扶那栏杆苦叹——一更呀，大美妹想死了那有情的大侉哥呀……"唱起小唱儿就不用阿枯恰阿枯恰的结结巴巴了。亏他愣大个儿还又动了心眼儿，把个"小妹子""有情的郎"都给换了主儿。

大伙儿等着笑，愣着笑，一头你一嘴我一舌地啜哄我父；大侉哥，赶忙去打个尖儿罢……大侉哥不干呐？去湿湿嘴儿不好！……一准呐，怀揣着好吃的，急等俺大侉哥呢！……得趁热乎吃才香呗大侉哥……

实说起来，庄稼人嘴上这么含着露着的，可够斯文又斯文了，也只有冲我父才得这样子干净细缓。

上下相去上十弓子远，高结巴子愣大个儿，嗓子却又细又尖，加上捏扁了的娘们儿腔，沈家大美敢是听得到罢，不知听不听得清大美妹、大侉哥甚么的，急急地打树下挑起空茶水黑罐子走去，白大布褂子给老阳儿照得反光刺眼。

这一闹哄，我父手底下没停一下活儿，早把大伙儿丢到后头好几弓子远。

大烟葫芦约莫小鸡子儿大，稍稍有那么七八道棱儿，得凑这棱上下刀，深浅得宜就切忌划透了壳儿。今割三两道棱儿，隔夜刮膏子；

等再剩下的棱儿上割下三两刀。一个葫芦也就经得上三两天割割刮刮。今已到七天了，那头一两波大烟葫芦让这几天好风好阳儿一飚一晒，大半都干成酱黄酱黄的空壳儿，里头满满一下子种子，摇起来像小孩儿玩的花棒槌一样沙沙响，这就好顺手摘下来，家去捡那壮实的留种，连梗子扎成把儿，吊到灶房屋顶笆上烟熏，免遭虫子蛀。余下的磕开来，细像针眼儿的种子，粒粒一包油，掺上生盐干炒炒煳，再拿擀面轴儿擀成细末儿，有油有盐的，卷煎饼或沾馍儿吃，可比芝麻盐那道菜还要香死人。

我祖母好这个——实说还是好事儿，好赶时令，凡事总好抢鲜，也是抢先。头天晚上就丢了只布插口给我父。可见到满眼干黄的大烟葫芦，我父才记起那只带系子的布插口忘在家里。或许压根儿就不乐意打人家地里摘甚么弄回家，也才没把这个差事放在心上。

大烟葫芦除了留种——那也不要多少，一颗葫芦里头怕不有几百粒籽儿，就算今秋还是要下四十亩的种，五十颗扎一把儿，三四把就足够下个上百亩的种。余下的谁要谁敞壳儿摘去家。尽管这样，我父那种死也不占人家一星星儿便宜的性子，打心底儿就腻畏把甚么都往家里扒扯。可慈命难违，老七嗣义肩挨肩，脊梁后背个粪箕，我父摘了干葫芦就往那里丢，只拣那瘪的瘦的小不点儿的塞进褂兜儿里，就这么着，我父也还是满心不舒坦地直噜：凑合点儿尝尝鲜罢，哪还当饭吃不成！……

嗣义一向眼欢心活，人又厚道——李府二老爹跟前就数这二房有父风。一旁像瞧出我父心事，边割划大烟葫芦边小声儿说："瞧俺粗心，这才记起来。大哥，多拣点儿胖的壮的，给干姥娘捎些子去煠芝麻盐尝尝——干姥娘喜欢尝新鲜物……"祖母是收嗣义他媳妇儿认干闺女，嗣义就比着跟前的小丫头喊我祖母干姥姥。

我父像给人抓到贼赃，好不窝囊，心上更加恼起我祖母——娘俩儿总是这些上头老顶撞。我父火火儿地拍拍褂兜儿，板硬着脸儿说："中了，意思意思罢，难道要当炒面，整把儿朝嘴里掩？少点才稀罕。"心里不由得念着，连这褂兜儿里歪翘瘦爪的一小堆儿待会儿也扔掉个干净，拼着家去给数落，没甚么了不得。

哥们儿见我父脸色不悦，猜不出怎么了，也便把大美不大美的丢开，找别的嚼咕寻乐子。

天到这时刻，日头早磨西了，可还火辣辣的晒人。

打起头收大烟到今儿，一总都是这样万里无云的响亮大晴天，热得好像入夏了。凭这样子一点也不费劲儿的轻快活儿，人一样给闷出一身汗儿；只是一早一晚还是离不开棉。

庄稼人向来这样，要就是棉，要就是单，扔下棉袄头儿，便剩单褂儿，没啥夹的厚些的衬在棉和单之间。这样子还算不错的，有那一冬过来，都是光脊梁顶件空壳袄，下头单裤子外罩只有裤筒的棉套裤，图的是干活儿利落，不似棉裤那么累哩累赘；可动不动一拱进灶房，先就冲锅门口烤屁股——千层单不抵一层棉，况只一层单。

这时节，地里不老少都是上身打赤膊，下头老棉裤或套裤。老棉裤里头也是空壳儿，热出一腿裆的汗儿只有忍着，从来没长的短的衬裤那么多讲究，棉裤怎样捂人，也敢是脱不得。那光脊盖儿上，抓痒抓出一道道白绺子。一冬过来皮肉不见天日——实算算可不止一冬，秋后不久那根根汗毛就起始冬藏了，顾自螺丝转儿似的一圈圈盘紧，盘像鲤鱼子那么大小，上面自生一层蒙皮儿盖上，封个死死的，这跟牲口入秋便逐日换上又密又细的绒毛好过冬该是一个道理。待到春暖，牲口脱毛，拿锈断的锯条截下拃把长，钉个柄儿当耙子，给牲口理毛挠痒儿，一把就梳下整把整把滚成毡饼子的绒毛。这时节人也该蜕层皮儿了——一出汗，根根盘成螺丝转儿的汗毛阿在蒙皮下头可就不安分了；加上光了脊梁叫风日一飚一晒，浑身上下没一处不是刺刺闹闹；抓抓挠挠间，眼睁睁的根根汗毛醒过来一般，打着弯儿支棱起来，像打地底下冒出芽儿，不一刻儿就挺直了。

想必千年万世都是这样子，可到我父才头一个看出这个窍门儿。不一定只是细心；要说细心那谁也比不过我叔叔。祖父说我父这是"能见人所未见"，极力夸奖之外，还拿来教导我叔叔："记住要跟你哥学，念书也要在书里见人所未见，才有出息。"李府二老爹看中我父也是这些，用这去教训五个儿子："要学学人家华大哥就没错儿，凡事都得有个心麈，得打心上好生过一过，品品滋味儿——休像猪八戒吃人参果儿，食而不知其味……"李府二老爹把这叫作"有心麈"，约莫就是好好用心的意思。日后我父每提到这位二老爹，总不忘赞叹一声："是位少见那么有心麈的大贤人。"可说是我父与这位李府二老爹的知心所在罢。

我父受到这些子夸奖，大约只有一个人皱紧眉毛不自在，那是我祖母。只能说是母子无缘罢，祖母轮换着疼咱们孙辈儿，却对俩儿子始终只疼叔叔，弥留时还竖竖两个指头，记挂远在四川的二叔。平素跟我祖父磨嘴自有一套理儿："一个瞎字儿都不认，还能比二房有出息？说给谁听！"动起气来就常呕我祖父："好罢，日后你就跟这个有出息儿子过呗！咱没那福气，只得跟没出息老二拉根打狗棍儿去讨饭……"祖母就是这样的，非但容不得人家（包括祖父和叔叔）善待我父，即便说我父 句好话，也常惹祖母生气。祖父也是两难，堆着笑脸哄不好，装聋没听见也不成——祖母会认定那是存心护着大房了。除非硬说老大比不上老二，方可罢兵；我祖父偏又俩儿子一样疼，出心眼儿就不肯平白编排哪个儿子不是。

家下这些小争小斗，实在也不当甚么，祖母可不管出了气还是没出到气，都会照贩给那般干姊妹、干亲家、干闺女，以至四邻八舍。人家不信亲娘对亲子偏心到这样，只犯疑我父不是祖母亲生儿子——

外乡人罢，家世底细谁都知不道那许多。

不过怎样家贫，祖母怎样不顾惜我父衣食饥寒，到底还是一直"城里人"过来的，我父倒没落到扔掉老棉袄头儿就得光脊梁那么简陋。但依祖母看来，我父是个败家子，"啥好的到他身上不是三天两头这刮了个口子、那扯豁了襻儿，再不就又挣绽了线儿！穿啥好的？没配那把命，穿铁的才行……"为此，也便叫我父入乡随俗，一来学着人家庄稼户，一单一棉就一年四季足够了。二来江南暖和太多了（祖母总是只要在老家以南的地方，都叫江南，且常跟圣经里上帝应许以色列人的"迦南美地"混为一谈），又是干的庄稼粗活儿，无须做大棉袍子；加上人又正贪长，大棉袍子今年长到脚面儿，农闲、过年，才穿穿，上身不两回，明年就短到小腿肚子了，后年不定只到蹅勒盖儿上头，不是白糟蹋了针线材料！就算还穿得出去，人家不笑儿子二百五，倒要骂做娘的甩料无能。三来罢，打跑反跑进关，随身包袱带得上路的一些冬夏家常衣物，老两口凑合过来，没添新的；叔叔这三四年里简直个儿没见长——人都说叔叔他人太聪明，叫心眼儿压矮了；不过日后还是长了许多，没我父高大，总算中等身材。叔叔是祖母替他想，既为祖父看守塾馆，大学长，好歹是位小先生，不能不讲究点体面，这样四月天，便穿的夹袍子；入夏则是一袭白麻布大褂子，秋后收单衣时才下水轻揉揉，去去汗气。叔叔就是那么天生的干净又惜物。这夹的单的可是新添的行头，上身两三年还像新的一样。叔叔的不肯长个头儿，遂也在祖母口里夸奖作"多懂事啊！才多大的孩子，体贴家境拮据，他都不要长高。瞧谁有他这本事，连长不长高都管得住。"这话叔叔听去都笑呛了，偷跟我父咬耳朵："真的，谁有这本事？只有娘才行！"

一家四口，可就是我父那个个头儿一股劲儿猛窜，也往横里猛发，恼得祖母带长挂口上："小祖宗爷，行行好罢，少上点儿大粪，猛镦个啥！人高不为富，多穿二尺布！也跟你兄弟学学好！"那真强人所难了。

带进关的衣服早就上不得身了；短点儿还可凑合，瘦的、扁窄的、纽扣儿逗不到头，胳肢窝儿下裉给勒紧得俩胳膊垂不直，捆在身上像个打鬼的。想那光景，怎怪我父身上长牙，扯豁了扣襻儿，挣绽了线裂了缝儿；又怎怪从来不动针线活儿的祖母一阵儿恼起来，恨得咬牙切齿——祖母生来就是倒扣齿，下牙扣在上牙外，有的叫"地包天"，生气起来配上三角眼儿，分外叫得怕人，像要下口咬人一块肉。只是待至我幼时轮到失宠，碰上这种脸色就不怎么害怕了。祖母没到六十岁，就换了全口假牙，不再见到原先下边儿那两颗又长又尖的虎牙。

说实在的，那时节真的新衣添置不起。单为哪一个添置还勉强凑合，哥俩儿一同的话，是真张罗不来。"新老大，旧老二，补补缝缝是老三"，好样儿人家也都是这样，小的拾大的，按理给我父添新才划算，可这在祖母斤两上，不是老大老二分个先后轻重，坏在我父是个祖母看来瞎字不识的老粗汉，用不着穿戴那么体面，又有身上到处长牙专嘬衣装的坏毛病，经他穿不上的衣服只怕尸骨都不存了，叔叔也没的可拾。故此就拣祖父穿旧了的改给我父。

比方说，近晌午热起来，我父脱下挂到地头枣树上的那件皂青棉袄头，便原是祖父春秋二季家常穿的旧棉袍子，算算都上十来年了，鼠灰褪成鱼白，前大襟儿给双膝顶住的那两片，后襟儿靠臀一带，不光是驼绒里子给磨研得绣像麻袋一样，色绒全光了，里头棉絮也成了猪网油——这尚佐县叫作花油，迎空儿看，大块大块的透亮过儿。瞄那袍身大小，是比我父随身穿进关来的棉袍子长一些——那时我父本就比祖父矮半个头。可十七岁一拔高，就跟祖父身架儿差不上下了。压一年，猛窜过祖父半个头。凭这么个出入，还想凑合给我父拾旧过冬，分明穿不上的，可祖母硬说行，谁也反不了缰。照祖母那个强梁法儿，这旧棉袍子敢不老老实实听命，绷裂了也得赶紧挣长个尺儿八寸。

我祖父看不过去，好言好语一旁接腔，拉过我父挨肩儿比了比高，力言我父穿不上。叔叔也凑过去解围，比比身高，说他要了。惹得祖母翻了脸："不穿上身怎知大小？穿穿试试也会掉层肉！"

我父只得扒扯着往身上套，可怎样小心又小心，还是撑得这儿那儿喀吧喀吧响儿。像穿纸糊的衣服，不定哪儿随时都拐个口子，嗞啦个裂缝。待叔叔一旁帮忙，总算绷上身，可铜纽子没一颗扣得拢，下摆也只顶到半个小腿肚儿。祖父拍手叫好，"这可像扎糊店金童玉女烧货了。"祖父意思还是嫌这老棉袍太老了，里面棉絮不是死成硬板儿，就是扯花了，像块块网油，压根不耐寒。可又不能照实说，那会惹奶奶疑心祖父派她不疼大儿子的不是。

末了，拗不过祖母，照祖父主意，折半儿，剪掉前后下襟儿，袍改袄，棉絮合起来弹弹松，铺厚实些。身里不够宽敞，好在要全拆，面子里子洗过染过洋青，前后中缝儿拿下摆剪下的布接个一两寸宽——鞋不差分，衣不差寸，足够了。这样便凑合了两冬——可那也只好说是一冬；一年过来，去秋再穿就收肚子缩肋巴骨，勉强扣得上几个铜纽子，领口就再也扣不上。那样子连大气都不敢喘，怎行！只好学庄稼人，一颗钮子也不扣，把大襟子拉拉紧，包在小襟子外头，拦腰一根搐腰带，绕身三两圈儿扎个紧，有那小襟子搭巴着三两寸不够的空子，倒比扣纽扣子还贴身护暖。

可乡下用的搐腰带舍得很，理平了扯直，根本就是一匹十来尺的蓝大布，一尺二寸宽，绺起来约莫手脖子粗，腰里缠上几圈儿怕不抵得上一两层棉。只是咱们家哪有这玩意儿，我父截根麻绳凑合，也觉不妥，直贡呢面子，勒久了伤到那么细缓料子。还没走出门，就叫祖母要了命地喊回头，直吼我父："你个讨债的！催命的！你那不是存心咒你爷你娘！……"我父这才弄清怎么回事，孝子身上孝袍子才拿麻秸子勒腰。我父只怪自己粗心犯忌，忙回西间房找找看。叔叔已给吵醒，听出是怎么回事，手上提溜根挺粗的裤带等在那儿。

这兄弟真够机灵！我父不接，问我叔叔："你自个儿呢？"叔叔走前来说："哥还怕咱提拉裤子上学屋？——得先试试看够不够长。"拉直裤带两头，让我父把老棉袄小襟儿往左拉紧，大襟儿再拉紧过来裹住小襟儿，叔叔把裤带打后腰绕过来，两头一逗，哥俩儿都喷一声笑，叔叔先打一道结儿，示意两头只剩大半寸，又煞煞紧，也只一寸多些些；"哥这样儿虎背熊腰，瞧这只够系个死疙瘩了，怎办？"我父急等去李府抢这天头两挑子水，就催叔叔："管它死疙瘩、活疙瘩，帮我系上就行！"叔叔生得一双巧手，才把长的粗带子头居然还打成结儿，放在我父一双粗手，连这死疙瘩也系不成。可往后难道见天都得把兄弟喊醒帮他结疙瘩？……心下正自这么寻思，叔叔拍拍那个死结，又止不住喷笑出来："哥将就今儿一天罢，晚上找找零碎布条，给哥捽巴根长的。"

真就将就了一天，晌午热起来，穿不住，我父没敢脱棉袄，直脖子闷汗儿，怕解了系不回去，敞着大襟儿像啥？又不是琉璃球嘎杂子混事儿的。

到底女人心细眼尖，叫沈家大美瞧去了。晚饭放下饭碗，我父打算回家，走到大门口，不想给躲在过道里的大美喊住，暗里塞过一大团儿似乎打个大结的甚么，小小声儿说："俺大哥不嫌弃，拿去使罢——是俺大留下的，搁那亥儿也屈费了。"

我父估量着怕不方便理开来看看，手底下摸弄不清。这大美姑娘眼欢，忙添一声："搛腰带啦，又不是甚么好东西。"我父一愣，又一时感念得好生难过，连声推辞："这怎行！这怎行！……"口吃了起来，"你……你小根儿兄弟还不是早晚儿要使这个！"大美连忙推回来:"那还不知要等哪天啦!"好像这也不是一声谢谢就算了事的,得跪下来磕个响头才是——可那成吗?别把人家姑娘家吓死。"那你娘可晓得?"大美两手一齐摆:"不碍事!不碍事!歇晌午那阵儿,俺回家拿,俺妈也看到了。俺大哥,不碍事啦!"说说就跑走了。

咱们家就在李府背后东北角上,原本李府的老仓屋,外加盖一小间灶房,前后围上一圈儿小秫秫秸——也就是高粱秆儿的篱笆帐子。我父绕到李府后场上,四下无人,腰里死结也不想去解,倒是把大美给的搯腰带打开,缠一圈儿又一圈儿,三道还剩,够结个活扣儿——死扣也无妨,这么粗像小手脖儿的带子头好解得很。可大伙儿搯腰带死扣活扣都不兴打,只把两头拉拉紧,掖到箍紧的三道带子里层就成。我父还是生平头一回勒这搯腰带,挺生手。别看那么简单,缠来绕去,接头弄到后腰不是回事儿;解了再来,又错到一旁腰眼儿里,也还是不宜当;如此反反复复,解了重勒,解了重勒,黑里折腾许久,蠢哪!土啊!一头啐着自个儿,总算把两头逗到肚子正中,塞进紧绷绷的带子里层,拍拍打打地抚摸着好生熨帖,这才挺挺腰杆儿,活络活络筋骨,只觉上下紧衬,浑身凭空来了劲儿,这就飞檐走壁一身的轻功了。不怪戏台子上扮武生的单凭那副丝绦板带一扎裹,便一身的结棍,跟头连跟头,旋子打个没完儿,海里蹦儿一般的欢儿上了天。

回到家,东间乌黑,天还早,祖母敢是串门子去了。西间亮着洋油灯,门帘一掀,大辫子一扯,我父学那武生出场亮相儿,拉起山膀架势,挺到兄弟脸前。一见叔叔摊开半床条条碎碎的烂布绺,如今不用兄弟点灯熬油伤眼了,心中又是一乐,戏词儿也出来了:"谢过贤弟,为兄的有了这个买卖儿,勿劳贤弟费心了!"叔叔一见我父扣不拢的小袄束紧大半尺宽这么一副搯腰带,忍不住手痒,左右开弓掏过来两拳,人一乐,小丑的京白也冒出来:"我说大哥,怎的这一身荣耀!恭喜大哥、贺喜大哥。"待解下搯腰带,灯下看个究竟,剩下细不拉秧的裤带勒在腰间，单薄寒碜是不像样子，解不开的死疙瘩等在那儿，分外见怜感恩——兄弟的一份情，大美姑娘也是见了这根儿小孩子裤带系在大汉子腰上太不衬，才生了那番体贴之意。就在这要解舍不得解、又解不开的眨眨眼儿工夫，叔叔眼欢儿，走上来解，还笑着凑趣儿说："解铃还要系铃人，兄弟我来效劳。"叔叔那么灵巧的手，解了半天，还又下口龇了半天，龇松了才解开。

一条搐腰带，把哥俩儿逗乐了半天，得了甚么宝儿也未见得这么兴头。叔叔没问搐腰带是谁的，我父也没说，老巴望早日娶得个嫂嫂进门的这个小兄弟，要是知道谁送的，怕不乐疯了。

搐腰带扎裹得好的话，抵得上半拉儿袄，靠它一冬过来，硗实多了。奇的是祖母从没关问一声倒罢了，祖父和叔叔跟我父之间可算是很够父慈子孝，兄友弟恭，却也没探问过一声这搐腰带是何来路。我父没意思要隐瞒，也不想喳呼得尽人皆知，可还是希望同是一家人，多两个人谢谢人家姑娘也是应该。

那条搐腰带折上几折，和老棉袄一起挂在地头那棵弯枣儿树上。可这天大烟地里收工，大伙儿回到地头上，拍拍打打，披袄的披袄，登鞋的登鞋。老阳一含山，身上便冷飕飕的，我父那件老棉袄不见了；搐腰带倒是一团肠子一样，还挂在树上。

那真要我父的命。

# 老棉袄

庄子里传来璜琅、璜琅串铃响，那是我祖父牵驴出庄子。我父听到那串铃响着往东来，知道祖父要上城去，便招呼嗣义一声，放下活儿，手指缝儿还夹着割大烟葫芦的小削刀，走去北边儿地头上，等祖父路过看有甚么吩咐。

芦篾编的斗篷摘下来扇凉，老阳儿偏西，还是热烘烘的，拿袖口儿抹了把汗，额头上让斗篷衬箍儿喊出一道圆印子。前半坡儿光头上毛茬子青根根的，早晚儿该剃剃了——那都是哥俩儿你给我剃、我给你剃的。盘在头顶的涡三发大辫子松散了，像活的一样儿，盘了条长虫，顾自滑下一圈儿，停停，又再滑个半圈儿，塌在白竹布小褂子打了大块坎肩儿的补靪上。白竹布小褂子也是祖父大褂子改的，两胁放宽两指多，还是紧裹在身上，领子扣不拢。白竹布也早都不白了，可乌油油大辫子拖下来，还是相衬得黑是黑，白是白。

庄子里不可乘车骑牲口，谁都得守的礼。祖父拉着他那口跟"华长老"齐名的麦花小叫驴，走经地头上，手搭凉棚儿瞧了瞧大烟地里万紫千红，直叹："好看，好看，织锦花缎也没这么鲜正儿！"也算是先出声儿招呼了我父。好似一眼望不到边儿的大烟地这么美法儿，我父也给夸赞进去了。

我父微躬着腰身问道："爷进城去？"说着贴近来，整了整驴鞍鞴肚带。祖父炯炯目光一直停在眼前迎日灿放的一片织锦花缎上，不当回事儿地说与我父："风声挺紧，弄不好，洋人怕都要跑走了，教会得出出主意——不定上天有意，看看不靠洋人，教会能不能自个儿站站走走，不用扶，不用搀。"

祖父说的风声，敢是指的闹义和拳。尚佐县算是好的，耳传只是南乡、北乡各有一处坛口，五里路外老城集也像有人开坛练拳——听说背后撑腰的还是李府的一门亲戚。可比起茌平县八百处拳厂，就小小不言算不上一回事儿了。不过那都是去年入冬前的光景。打抚台毓贤奉召进京，拳徒失掉靠山还不说，袁大人来接巡抚，到任就下了一道通令，"严禁拳匪暂行章程"，俗称"杀头八大条"，先就认定这义和拳为匪徒，练拳者杀、办拳厂者杀、赞助拳厂者杀、纵火焚教堂与洋务机关者杀、伤害洋人洋务者杀……甚且犯者家产充公，以其半赏予报案告密者。这半年，神团师父吴经明、孟广汶、吴方城、李潼关、庞燕木多名，尤其是家喻户晓的大头目朱红灯，俱坐"盗匪啸聚罪"，一一斩决，气焰下去了许多；拳徒收山的收山、流走的流走、多半往北拉去直隶，也有的投奔今又放官山西巡抚的毓贤大人去了。

祖父每每十天半个月即打城里携回厚厚一叠子天津直报和上海申报，我父起先都是听叔叔念那一本本报子上的信息，渐渐认字多了，又觉得很有意思，磕磕绊绊地念出味道来，早晚儿问问叔叔儿个冷字儿，多半都看得懂了，天下大事倒知道不少。当下忙问祖父："这几个月来咱们这一带不是愈来愈平静了么，怎又凭空吃紧起来？"

或许不知从何说起，祖父咂了阵嘴儿，又摇摇头："难讲，难讲……尽管袁抚台雷厉风行，下面阳奉阴违还是不老少。就拿县里黎太爷来说，都还以为是袁抚台带来的人，乡下几处坛口，这位黎爷不会知不知道，可就是不管。现下都还摸不清太爷到底风朝哪刮，别的州县且不管,这尚佐县就谁也打不了保单。"

搁了半晌儿,我父看看老阳,请祖父上驴。临去,祖父交代了一声:"你娘不大利索,晚上就尽早家去照应照应。我这也说不定三更半夜才得回来,别等门儿了。"

白底子麦红碎花小叫驴,是靠祖父声望和李府二老爹帮忙掌眼儿淘换到的一口好样儿走家。两年多前到手时才只对牙儿,岁半光景。这头毛驴儿说拗也是够拗,没骟过的叫驴莫不是牵它不走、打它倒退的犟脾气;可说驯也够驯,就只是服我祖父和我父爷俩儿,便是叔叔也近不得身。

祖父骗身上驴,立时又稳又快的小碎步,串铃璜璜琅琅嘈响得金光闪闪,祖父也背上一身西照,颠颠颠的,像笑抖着肩背,金光闪闪一路上城去。

小毛驴差不多上十吊文交的手,合着半买半送。卖主一知道是华长老要的牲口,方便四乡八镇去传教,又顶着李府二老爹出面招呼,忙道一头小驴驹子能值几文,拱手送了。祖父哪里肯依,硬请讲行的出个价。讲行的行佣都舍了,不成交易不出价,耍起嘴码子:"长老造福地方,乡民奉上匹大马都不为过,可不是俺慷他人慨,理当这样子⋯⋯"卖主退让,只索二十文一枚铜板,算是有个买卖意思。祖父也不依,说他纵有善行,上天自然赐福;受了人酬谢,善行也不成善行了。李府二老爹懂得祖父真意,照行市丢下四块银洋。说死说活,卖主还是退还了两块,满口赔上"贪财",又添了副鞍鞴,祖父也便不好尽拂人家一番真心实意,千谢万谢地身受了。

说的善行,祖父对此也老大不自在。行善不为人知——基督比这还严格,叫人右手行善,别让左手知道。可事关一方安危,众人祸福,捂也捂不住。祖父借着赶鬼驱邪,收伏了南乡县界铁锁镇上大瓢把子,人称毛胡子朵把儿的花武标。打那以来,不光是朵把儿洗手归农,邻近三县两三百里方圆少一大害；朵把儿手下那般徒儿法孙也都一一招安的招安，良民的良民，南半个县地就别说有多平静安乐，人都说手上捧着白花花现洋走你的路。没人打你主意，连个挖窟子掏洞儿小毛贼秧子也尽都绝了种。要这样子善行瞒住人，那怎成！前任县太爷颁下"福我百里"涂金黑匾一面，办喜事一般的吹吹打打抬来乡下，悬到塾馆里，祖父那个名声不消说家传户喻，妇孺皆知，城乡无人不晓。对此，教会里的牧师长老很吃味儿，洋人跟前争不过这个功，又看我祖父是个穷外乡人，传教也才三四年，比谁资历都浅得多，怎该说这样子出头露脸，难免就有闲话；可别的也指责不了我祖父，只好引用圣经上的话，说我祖父太高举人、太荣耀自己，不知把耶稣放到哪去了。只是教会里的牧师长老无不心知肚明，民间喜欢相信的就是这活真活现的驱邪赶鬼，对教会办的学堂、医院，非但看不上眼儿，反而敌挡，乱放些捕风捉影的谣传，说学堂专门教中国人数典忘祖，一心一意做二毛子；说医院打着益世济人之名，干的是叫中国人断子绝孙、亡国灭种之实。有的叫明了要信也信华长老传的教，不信洋鬼子和二毛子的那一套。这都很让我祖父为难，生怕自个儿把教传拧了、传左了。

　　串铃去远了，祖父隐进东边大李庄的树林子里。

　　我父回到地里，赶上大伙儿一排，手底下分外加快割着大烟。一心记挂着祖父没怎么多言就透出来的信息，地方上又要不平静了。

　　这事除非家去跟兄弟议论议论，真还没人可去诉说。尽管跟这帮哥们儿也算无话不说，只这种看不见、摸不到的事情，让我父说个清楚也挺难，哥们儿也都没这个兴致。闹义和拳，大伙儿只当热闹打听，早就高寿山几个不知哪听来的，老城集那边有个私密坛口，夜夜偷着练什么红灯照、黑灯照，一伙儿啜哄着李府哥儿几个看怎么套近乎，够得上人，去瞧个究竟。

先前抚台大人毓贤,一力给义和拳撑腰,多少州县当告示一样贴遍神团昭帖,揭示神旨,足可套上西皮二黄唱出来:

> 神助拳,义和团,只因洋人闹中原。
> 奉洋教,乃欺天,不敬神佛忘祖先。
> 不下雨,闹荒旱,全是教堂得罪天。
> 神爷怒,仙爷厌,神仙下界把道传。
> 非谣传,非白莲,口头咒语学真言。
> 升黄表,焚香烟,请来各路大神仙。
> 神降坛,仙下山,普救人间把拳练。
> 兵法易,助学拳,要杀洋人不为难。
> 挑铁道,砍电杆,河上毁他火轮船。
> 日德法,心胆战,英吉斡罗势孤单。
> 一概洋人全杀净,大清一统庆升平。

那势头分明指名道姓跟各国洋人翻脸,对直对的叫阵搦战了。那时节,城里几位洋牧师、洋教士就已沉不住气,打算逃命了。还有洋碱店、洋油厂、洋布庄也都打算关门避避风头。为此我祖父倒是奔忙了一阵儿,跟衙门接上头,领着卜德生牧师几个洋人去见太爷,当下得到太爷首肯,洋人住宅、学堂和其中的教堂、医院、城外三处洋行,连同北关外的天主堂,俱都差派了一些团练洋枪队子分别护卫,才把一时危难稳了下来。洋行和教堂花了点银子,也算破财消灾了。

那时节我祖父便曾乘势与教会进言,君子贵在自省吾身,求诸己,教会自身不是无过,该有醒悟。教会淑世,办学堂、开医院、放赈济灾,不无功德;却不免梁武帝的造寺度僧,抄经说法。只一个根底子上化外于民,就不可单怪义和拳的扶清灭洋,与洋教为敌;教会的一笔抹杀华夏文明、经典圣哲、俗世民情，即就是与中国作对，则教会不是洋教也是洋教，百姓安得不反？又岂止义和拳？教会替天行道，救人救世，就先要救救义和拳，化敌为友。万不可一头鄙薄拳徒愚蠢迷信，不置一顾，一头又把拳徒视为蛇蝎豺狼，张皇失措。如此一无对应之道，爱心哪里去了？

洋人如卜德生牧师、任恩庚牧师、老姑娘周教士等，倒都很虚心领受我祖父进言，只是不知道该怎样去行；那种领受也一如卜德生牧师的长袍马褂，拖根三四尺长的旱烟袋，到此为止，再往里层进去一点儿，就又是一口牛羊膻骚、黄毛遍体粗腻腻的皮肉了。

令人着恼的还是康、唐、吴几个长老，不知是装糊涂还是真糊涂，刚硬之心如埃及法老——这是祖父讲与我父哥俩儿时打的比方。除了咬定义和拳即是撒旦徒众，信徒本当与魔鬼为敌，此外便是把与百姓为敌的罪过推诿给见官加一级、恶霸一方、扶官衙欺压善良的天主教。至言华夏文明，只不过俱是属世而非属灵的道理，故一则无生命可言。再则这地上既是撒旦的世界，凡属世者，必都是属魔鬼者，俗世民情自都在撒旦权势之下。三则这地上属灵者唯有圣经与教会，其他任何经典圣哲俱非属灵。四则耶稣圣训"爱人如己"，义和拳既属撒旦徒众，已属非人，无须待以爱心；所以一定要是个人，方可打我左脸，右脸也让他打，索我外衣，内衣也交把他去……

大抵这也都言之成理罢，祖父要小哥俩儿习练习练看事。比起叔叔，我父钝一些，也厚一些，凡事心里过一过，前前后后总好想个周到。叔叔为人机灵，小我父四岁就毛躁得多，一听到教会把罪过推诿给天主教，一下子便崩了。叔叔并没半点意思要护天主教，恼的还是教会瞪大眼睛自欺欺人，你尽管分出个天主教、耶稣教，洋教就是洋教，他义和拳才不管你这许多，你撇清撇得了吗？合着洋人就是洋人，谁也分不清你天主教神父都是法国人、耶稣教的牧师都是美国人、教

老棉袄

士又都是英国人。不光是义和拳，老百姓眼里也一样，洋鬼子没一个好东西，反正"日德法，心胆战，英吉斡罗势孤单"，莫不是"一概洋人都杀净"，一个也休想逃得过。

杀洋灭洋不是空口大话，肥城义和拳放火烧毁一所教堂，杀掉一个传教的洋人卜克斯。高密义和拳洗劫铁道机房，放火烧个干干净净。砍电报杆、扒铁道、杀害在教的二毛子，更是时有所闻。像尚佐县这么个内地三等小县，既无洋兵扎营，洋炮船甚么的也远在海上、大江大河上，进不来又窄又浅的这一段运河。故此县里传教的、看病的、偶尔来去的经商人等一般洋人，平常无事尽管高人一等，官衙也总是买账，一旦起了乱子，像那样巡抚衙门都彰明较著地唆使义和拳对付洋人，可就身家性命难以自保，除非一逃。这一逃不打紧，人家洋人逃到大城或是海口，就像回到本国本土一样，苦只苦了撇下的二毛子——吃洋教的和吃洋行的，可都成了没娘孩子。

那阵子四乡风起云涌，你能我胜的比着开坛口、闹拳厂，这儿兴乾卦拳，那儿练震字拳，还有离字拳、坎字拳，阴阳八卦各显神通，是人是鬼都冒出来，不是师父，就是师兄，一身戏班子行头，还花丽狐哨打了花脸，集镇上徒众簇拥着，大马金刀地亮相儿，铺子摊子献金献银，大放鞭炮，碰不巧有人认得："那不是谁——不是敲梆子卖油的胡三儿货郎！"千奇百怪，那都不大稀罕了。

城上的学堂、医院、教堂、洋行、洋人，二毛子等总算得到县衙太爷应允包庇，至于四乡福音堂，教会自顾不暇，城门都少出为妙，哪还有余力闻问，唯有祷告交托，让各福音堂自求多福去。这可又少不得我祖父不顾安危，一头小毛驴奔东奔西，不停蹄儿这里那里去看望福音堂，安抚住堂长老、传道、众信徒。一面卖他那点儿面子，扒扯着拜候各个拳厂三头目——师父、大师兄、二师兄，和那背后撑腰的乡董人等，陪着人家拼酒的拼酒，歪大烟铺的歪大烟铺，地痞流氓也都攀攀交情，不管说通说不通，谈拢谈不拢，大伙儿看在这位脱籍的举人老爷份儿上，太爷赐匾褒扬驱邪赶鬼的名声上，糊弄着你不犯我，我不惹你，万幸一径都没出事儿。一等袁大人上任烧起三把火——袁大人兵力也足，除了带来武卫右军，又将全省团练勇营三十多营编练武卫右军先锋队，两三个月下来，绝多拳厂总算明里不敢声张，个个收敛的收敛、拉走的拉走、散掉的散掉。

这其间，独独南乡没让祖父操心，敢是仰仗有个花武标在那边坐镇。

人称朵爷的花武标，如今铁锁镇上便住持了一所福音堂。打城上到铁锁镇八十里地，半中腰里东一个阳河，西一个卜子集，也各有一所福音堂，虽则洋人牧师也曾来过三两回，乡人只当稀罕景儿看，少有把福音堂算到洋教账上。当地福音堂领会的长老俱是老员生出身，跑得最勤的祖父，不问是布道、培灵，还是跟这般同工交通，无不致力把洋味道剔剔洗洗，炮制个愈土愈好。福音堂与乡绅父老总还算融洽相处，没甚么猜忌。信徒和拳徒中都不乏当初毛胡子朵把儿那般徒子徒孙，彼此叫明了井水不犯河水，故也相安无事。这南半边县境，历经一场说大不大，说小不小的乱子，倒真经得住患难，尽管外头大风大雨，顾自还是风和日丽过他太平日子。

所有这些功德劳累，一来祖父从没跟教会求援或邀功；二来教会里中西人士即便晓得些实情，仍不免觉得我祖父尽走邪门歪道，逢迎巳俗，只好装聋扮哑，故作不知。好在我祖父唯向上天承担差遣，敢也没有若何计较。大约只有回得家来，祖母的抱怨闹气，才是顶顶不好受的紧箍咒。可那也难说，祖父任由祖母怎样耍小性子，无不是笑脸相迎，转受气为承欢，看上去似乎也不以之为苦。

这一向原都觉乎着一场没闹起来的乱子过去了，只除了还在流传的俚谣孩童口里唱来唱去："这苦不算苦，二四加十五，满街红灯照，那时才真苦。"听来老叫人心里怵怵的不硬实，而外再没甚么好叫人不宁。可祖父上城去，凭空里风声这又吃紧起来，按理这义和拳罢，说怎么再闹乱子总也闹不过去年那么大；去年闹成那样子，洋人还是撑过来了，如今倒要打算逃走，叫我父不懂，八成自个儿对外界甚么变故知道的还太有限……回到地里，我父一径牵肠挂肚的闷在心里，耳听哥们儿依旧说说唱唱，戏嬉打闹，心上却自沉沉的老有个放不下心的甚么。

义和拳对付洋教，我父只觉没啥好怕，上有天父，下有人父，人家把教会看是洋教，没看错；可咱们华家没吃洋教，没靠洋人，没沾一点点洋边儿，怕谁？不比城上教会自欺欺人，把耶稣教跟天主教分家，就哄着自个儿不是洋教了。咱们华家元房四口，兄弟矻矻孜孜读的是圣贤书；自个儿矻矻孜孜的下湖干庄稼活儿；娘就是千般的不是，从没像别的师娘老在洋教士、洋师娘前前后后打滴溜转儿拾好处；爷更是从不买洋人的账儿。灭洋灭洋，洋本就该灭，管他东洋还是西洋，没一个好东西——关东人受尽了洋罪，没那么客气，洋人，不是人，不配看作人，只有东洋鬼子、红毛鬼子、老毛鬼子。没经过屡屡家破人亡，不知道这般好像生来就该收拾中国人的鬼子有多魔鬼！

要说怕，要说忧苦，咱们家元房四口一条心，还在一开头就看清了义和拳，指望义和拳去灭洋，只有"成事不足，败事有余"。可这义和拳也不是死定良心非要坏事儿不可，非要找死还再拐上众人陪斩不可。那我祖父又非得费尽心思护住这个洋教还要不落好才行。我父牵肠挂肚，怕的就是这个，忧苦的也就是这个。一想到两面儿都那么无是无非，无情无义，祖父身在其中，真真受的是刑堂上的"夹板子"罪，我父便一刻也难心安。

人是少心无魂地跟着大伙儿收工回到地头上来。

除了穿草鞋的用不着脱掉下地，树下一双双的蒲鞋、麻鞋、布鞋，居然还有双驴毛窝儿。大伙儿拍拍打打清理鞋壳儿，大李庄李永德金鸡独立在往脚上套他的驴毛窝儿，又让哥们儿笑骂一番，糟蹋他穷霉带转向，甚么时令还六月天穿皮袄。李永德打十二三岁就那么高，到今儿死不长，现成的诨名"破磨钉"，也有人喊他大个子。就像有的笑他"怨不得长不高，日你的，秧子捂蔫巴了！"也有的骂他"肏你的大个子，贪长也不能单单保重你那对臭脚丫子！"

我父脚上是自个儿打的草鞋，苹草里挑那靠心儿的，打得又细又密又紧，一双顶上三双那么耐穿。来到地头不用找鞋清理鞋壳儿，就对直去弯枣树那儿取那老棉袄。一抬头，树桠上只塞着那团沈家大美送的搭腰带，不见老棉袄。忙低头看看地上，不要是打树桠上滑掉了下来。就近倒有几件棉袄，一点儿也不疼惜地那么撂在就地，可一件件不是老蓝就是灰不留丢，大块补靪，没他那件青面儿驼绒里子老棉袄，只觉奇怪，怎么就平白不见了。

许是过于心慌了，适巧一阵儿小风溜过身边儿，冷飕飕的起了鸡皮疙瘩。取下搭腰带，搭到肩膀子上，一头留意别会给人家地上棉袄压到底下了，一头搓着手指头上黏垢子，往回想是不是午饭过后，棉袄丢在李府上没穿了来；可过午地头上喝绿豆棋儿粥时，似乎还看到塞在弯枣树桠子上。哥们儿多半收拾完了，老棉袄也不是啥小家伙，就近地上树上再没瞧头儿。思前想后越发么也不记得了；记得的也信不过了。

眼看大伙儿这就回庄子去，我父不肯死心，又不肯张扬，推说找个东西，大步大步拉去南边儿地头，防着万无一失，别会一阵儿迷糊，干活儿干到那一头，身上热烘起来，老棉袄一脱，顺手撂在那边儿地头上了，不赶去找找死不了心。先还疑心哥们儿里谁个促狭，把他老棉袄藏起来。可偌大一抱东西，不是鞋子首巾甚么的，随便塞到哪儿都够人找一气的。顺着西边狭沟奔到南头，啥也没有，又再顺着东边狭沟走回头，没着没落，愈觉慌张。尽管屡屡闪过个念头——不要叫人偷走了罢？可我父总急忙把这念头扇到一边儿去；再不就噜一声"谁那么无聊，偷那不值一文的玩意儿！"只是这念头哪驱得走，就像夏天傍晚有种虻虫子，老钉住人脑袋打转儿绕，走哪跟哪。那件老棉袄，管怎么旧，管怎么这儿绽了线，那儿豁了襻儿，两边肩膀上也打了补钉，可夹在尽是粗大布的棉袄堆里，单冲着青市布面儿，驼绒里儿，就抢眼得很。过路行人存心要偷的也罢，临时起意的也罢，要偷敢是偷这一件。果真给偷走了，那算是丢了卵子——完蛋定了。

回头李府路上，身上可真冷飕飕的凉上来。这昝子只剩一个指望，或许大美姑娘好心，送茶去地头上，见老棉袄哪个襻子豁了，哪里针缝绽线儿了，老棉袄是谁的，敢是一眼就认出来，便不作声拎了回来，抽空儿缝缝缭缭。她人生得伶俐，能一眼就瞅见拿根细裤带搐腰不像话，趁歇午忙赶家去，翻箱倒笼找出他爷遗留下的搐腰带。这老棉袄敢就能顺手花点儿针线功夫，帮忙整整破烂儿。衡衡情，倒不是甚么痴心妄想。

时令正逢蒜薹市，院心两张地八仙，一桌一大海碗蒜薹红烧五花肉、一大洋盘蒜薹煨鲤子、搭配的还有蒜薹炒鸡子儿、爆腌蒜薹、蒜薹凉拌、蒜薹肉片子氽汤……可真掉进蒜薹窝儿里了。蒜香加上三花白酒香，单凭这个就叫人像是一头攮进吃热喝辣，不要过日子的胡调里了。

我父从不沾酒，只过年过节陪祖父喝两盅。就这晚上，身子寒上来，打算多来两口取取暖。

双直到此刻，还没有谁觉乎出我父丢了棉袄。季福禄是个齆鼻子，说话不像伤风也像将将哭过一场，只他留意到我父一身单，笑我父"卖膘"，谝示有多壮，有多好筋骨，也还是没想到我父把棉袄丢了。高寿山见我父一口一盅灌酒，连连拼了三盅，结巴了半天直叫好：

"阿枯恰阿枯恰,日他哥,怎挑今……今个好日子,开……开戒了!"沈长贵还是不忘记老拿沈家大美闹我父:"有好事儿,准有好事儿,等会儿得钉住些大伢哥!"身为小老板儿的嗣义,直冲一房招呼哥们儿吃喝的他大嫂叶呼:"你瞧你瞧,俺大伢哥喝水儿一样,酒量这么行!"那李府大媳妇掩口笑,没赶上说甚么,倒让那旁二奶奶听了去,直骂二儿子和大媳妇:"难得他大哥起了酒兴,你倒是疼酒舍不得给人放量了!他大嫂你还那儿愣笑,还不麻利把酒坛子搬来!……"

这一闹哄,我父连忙爬起来,直跟李府二奶奶打躬作揖地告罪,又跟李府大媳妇抱拳道不是,推说一时逗着耍猴儿,压根儿就没量,一面邀呼哥们儿齐声拦住再添酒。经这一嘈喝,我父那连连下肚的三盅酒,三花白尽管只合四锅头、五锅头,挺淡的高粱,也还是胸口里火炭儿一般滚烫起来;李府一家人又这么热烘烘张罗,加上哥们瞎起哄;这样子又是酒又是情意的,真就醺醺的了。

可就是这样,又该如何呢?想不到的平白把个棉袄丢了,别人敢是更加想不到我父这一身单衣,一劲儿灌酒,都只为丢了件棉袄。彼此都太想不到了,也不好还再怪个甚么"朋友有千万,知心能几人"了。

到这昝子,只剩下的那么个指望,我父倒还没有这就断念。替沈家大美想,守着众人,八成也不好意思舍着脸把收拾妥的老棉袄递给他。大美一径都拱在灶房里忙活儿,也曾大盘大碗地上过菜,快脚快手地来来去去,水缸那旁花椒树上挑着只褪色红灯笼,亮儿照不多远,又不好盯着看,想能大美一张大白脸子上瞧出个甚么神情,甚么眼色,也无从瞧起——怪也是要怪的,这丫头还是瞎聪明伶俐,棉袄缝缝缭缭收拾妥了,何必等着没人了再递过来?挂到显眼儿的院子里哪根桩子柱子上,不就得了!

等着一个个酒醉饭饱,咂嘴剔牙的散了,我父假扯帮忙收拾桌子板凳，还有些零碎杂活儿，手脚不闲地忙忙，真真的还是愣等大美姑娘怎么来打发。偏生灶房里洗洗刷刷也不清闲，似乎一时半时大美还走不出灶房来的样子。

所好收收拾拾的零碎散活儿倒挺暖身子，靠大美这副揹腰带绕着单褂子缠高些，这阵子倒没觉出怎么冷。可院子里也没啥要收拾了，不能空俩手儿瞎磨蹭。嗣仁嗣义各自房里出出进进，哄孩子的哄孩子，洗手洗脚的洗手洗脚，见我父就催着家去歇歇。等急了，只有撞进灶房去瞧瞧问问，"搬点儿柴火明儿早上好煮粥罢？"慌得嗣义媳妇儿和大美她俩儿直叫不用，"累了整天啦，他大爷，速速家去歇歇了。"大美也跟着嚷嚷，"够烧的了，俺大哥，快麻家去了！"

蹭出李府大门，还指望大美追出来，可甚么也没等到。一绕过宅子东头，便是庄子北口，没遮没拦的荒郊野湖，天上没阴，地上没风，只是迎头一股子寒寒夜气，直叫人打冷嗝颤。

咱们家跟逃荒不差甚么的路过这沙庄，让李府二老爹留下来落户，打那时起，就住到李府宅子后这三间草屋。原本是李府后场边儿上的一座三通间仓屋，李府上另围了草园，把仓屋腾出来，隔出东西两头房，架起秫秸篱笆帐子，有个前后院儿，又加盖了一间灶房，这就是咱们家定居尚佐县的头一个窝儿。难得的单家独院儿，只是一入夜，一入冬，家家关门闭户，就嫌好生冷清，孤凋凋蹲缩在整个庄子北口撂梢儿上，像是谁都不搭理，算不得这庄子上的人家。

可就凭这么个癞癞疤疤小窝儿，也全都不是咱们自个儿系得起来的。想那光景，上无片瓦，下无寸土，就是一把草，一铦泥，也没哪儿取得来。

四年前，祖父领着元房四口，痛下狠心打祖籍弥阴县流落南来。一挂独轮儿小土车，被物行囊上头坐的是走不远路的小脚祖母，车底下嘀溜搭挂的锅碗瓢勺一些吃饭家伙。我父推车，虚岁才十六，咬牙咧嘴够吃累的。叔叔肩一根绳缆前头拉车，有的无的使点小劲儿罢了。祖父拄一根三尺来长斑竹旱烟袋，傍着车边儿，跟祖母、我父，有一句没一句的拉拉聒儿忍躁儿。日行多则七八十里，少则四五十里，早遇上可投宿的小庙、祠堂、空屋，就早早歇下来，埋锅造饭，不定还捞到抹个澡，洗洗脚。有时老阳西沉了，都还上不巴村，下不巴店，那就多赶一程。也有过人家看坡儿老棚子里凑合一宿。打算是打算到得江南，谋生较比容易些，料着路上不要个把月，也得二十来天。没想到整整第十天，走过六七百里地，五月初的天，不该那么热法儿，晌午心儿里，不说推车的汗如雨下，坐车的打个油纸伞也搪不住人给烤得红虾儿一样。打北河底上来，撑到这个村儿，一株上百年的大皂角树下赶紧歇下来，四只热鸡儿，耷拉下翅膀，呼嘟呼嘟，张嘴直喘。叔叔身子生得娇，更别说瘫成啥样儿，大片金针菜墩子，倒到上头直挺挺像害了大病。

　　先就找水，喝的洗的都急等着救命仙丹。村儿上正碰麦口，湖里不少人割麦，村儿上人出尽了，看场的也都树下歇午扯鼾，听让小鸡儿偷麦粒儿吃。围上来几个上身小褂，下身光屁股小小子，请个大点儿的领路，我父拎只小桶量子去找井。谁知看上去二三十户人家的村子，就只一口土井——不是直上直下深进地底下的水井，不如说是一口大坑，打坑岸走下去，到了底儿才是个不大的水塘，倒不用多长的井绳。叵那水混混黄黄的，这哪能喝！迟疑了一阵儿，问清那带路的小小子，再没别的地方打得到水，只得放下小桶量子上尺把长的绳子，系下去打上大半桶的浑水。

　　回到大皂角树下，不知怎么还有那么多闲人围上一圈儿。祖母一见水来了，忙就怨我父怎去那么老半天，"还当你去海边打水了呢！"待见到一桶黄泥水，差些儿要跳脚，一股子恼恨儿子存心跟娘作对的怨气冲上来，"哪寻摸来的泥浆子，这么混法儿，洗都下不下手，还喝！"反正我父一向习以为常了，愣听着懒得回嘴。一路上也都是难伺候，车子推快了嫌颠，慢了嫌晃得头晕，早晚碰上个闪避不开的坑坑洼洼，来上个大颠大歪的，又少不得赏一顿："干脆你把娘掀下地得了，娘这把骨头早晚让你撞散了板儿才趁心不是？……"逢到这光景，祖父总暗中拍拍我父，捽捽我父胳膊肘子，尽在不言中；或是待会儿停下歇歇人，避开祖母，丢句话给我父："娘就是那张嘴儿，有口无心……"

冲着这一小桶量子浑水，祖父干抹着脖子底下汗，笑笑地说："别急别急，摆那垓儿澄澄看，澄澄就清了。"算是哄了祖母，也安抚了我父。

就这工夫，围观稀罕的大人小孩趄开来，一位赤红大脸盘子，眼角吊梢儿自来笑的老汉，咬着老粗老粗玉嘴儿旱烟袋走近来，那是咱们家头一眼见到的李府二老爹。

老汉拿下旱烟袋，跟我祖父拱拱手招呼。一见小桶量子浑水，别过脸去打大人孩子里唤了个大小子："那谁——小四儿，把这桶水拎家去，倒到大缸里，别糟蹋了。把水桶涮涮，舀桶清水来。"遂又跟我祖父抱拳道了不是，"见笑了，这水不拿白矾搅搅不能用。俺这一带地脉深，又是沙灰地，存不住水，到今还找不到一处泉眼，苦就苦在这——水太珍贵了。"

我父尽管忙跟那个叫小四儿的大小子——李府小老四嗣智，争提水桶去换水，还是很留神听到李府二老爹这话，紧记在心。五年后，自助天助，我父终得在庄子上打了一口深井。

没争过嗣智，只得跟了去李府。打这大皂角树下往西不到百步，便是李府后场，一场晒着金光刺眼的麦稞子。场真够大，占地一两亩，敢是个大户人家。我父跟这小四儿请教了尊姓大名，又挺用心地认清李府大门，感人家恩只能存心里，或许来日混好了，再来报这一桶水的大恩。

　　小四儿也才十一岁,东庄私塾念书,这是放麦假在家。人小可懂事得很,小桶量子浑水倒进一口约莫小圆桌大小的大水缸里。缸沿上横担一根两三尺长竹竿子,梢上劈开个叉叉,夹着块冰糖一样的明矾,敢是澄水用的。小四儿拱进南墙一溜没前墙的敞屋里,拎出一只大花鼓桶,走去另外一口小一些的水缸那里,掀开缸盖子舀水。我父这才愣过来,忙说不用那么多,一人喝几口解解渴,顶多擦把脸就成了。可说是这么说,相相咱们那只小桶量子,就算盛满了,也只合两小脸盆水罢了。

　　俩人客气了半天,我父还是拗不过这小四儿,大半下子花鼓桶清水,小四儿心细,还把舀水瓢也放进桶里,又问要不要带只铜脸盆去好洗脸。

　　俩人合拎了水桶回到大皂角树下,李府二老爹跟我祖父蹲着吃烟,拉聒得老熟人一般,不知哪来的一大黑罐子茶,祖母坐一张咱们自家的麻扎子,跟我叔叔一人一黑窑子碗,正喝着茶呢。叔叔添满一碗茶给我父,去土车那里掏脸盆,伺候祖母洗脸,等不及过来,喜孜孜告诉我父:"不定咱们就要留下这儿了。你瞧这位李伯伯,跟爷简直个儿一见如故,愈拉愈热烘儿——说不准有这缘分。"

　　没料到就真么么落脚下来了。顶乐的敢是我父,十天下来,手脚都磨出水泡,一步一步咬紧牙硬撑过来。去江南少不得还有上千里地,撑到江南也是无亲可投,无友可奔,单靠碰运气罢了,那才多点儿指望!

　　一挂小土车推进李府大门。住是暂且住进东南角儿上三层炮楼,忙过麦口,便将后场边儿上三通间仓屋腾空出来,屋顶拿新麦穰厚厚实实缮过,四壁内外重新泥上一遍,隔出三间两头房,外又盖上一间灶房,院子里连水磨也帮咱们支起来了。

庄稼人差不多的个个都会盖屋，打墙、架梁、缮顶、泥墙，只除了门窗得找木匠师傅，没一桩不拿手。也像收大烟一般，左邻右舍不用去拉人，闻风都来掌掌眼儿，伸手帮帮闲，趁空儿亮一亮手艺有多行。那份儿热闹法儿，好似过年过节找乐子，聚到一堆儿练练高跷、耍龙、小曲儿、锣鼓家伙、俚说话讲，唱唱和和，不知多有兴头。这其间顶多扰扰烟茶，碰上时候跟着点点心；除非从头到底顶住了干活了儿的几个，才好意思受李府酒饭招呼。

多少眼睛、多少主意、多少手脚，齐大伙儿一帮撮，老仓屋打扮一新。天干物燥，不几天就住得进人，桌椅床凳多是李府匀出来的，祖母手上多多少少还有点儿私房，倒是爽爽快快挺出来一些，添置点儿家常里杂里估东。前后吃住李府上半个来月，也就搬进这整旧如新的三间两头房，单门独户过起日子来。

小秫秸编扎的篱笆门，里外都开得。祖父还不曾回来，东间没灯亮儿。西间里叔叔还在寒窗小坐苦读诗书。我父缩背抱胳膊索索地躲进院子，舒展一下脊梁，换了几口气，才装得出没事人儿走进西间来，房里还是暖和多了。

问了声叔叔娘怎样了，我父便顾自上床歪下来，眨巴眨巴地愣瞅着屋顶笆，念着那件老棉袄，十有十成是给人偷走定了，再没一星星指望了。

一早一晚还这么冷，这要熬到何时？俗话说："吃过端午粽，才把棉袄横"，到那时才无需棉衣，算算可还有二十来天的罪好受，总还抗得住罢。怕的倒是给娘看出来了，那不翻了天才怪。为今之计，只有泥萝卜洗一段儿，吃一段儿，暂顾眼眉，能瞒一天是一天。揑冷挺腰杆，学那"老鸹子，是好汉，冻死了迎风站"，千万别畏畏缩缩叫人看出来，笑他卖膘逞能就由人家笑罢……

# 鸟窝

洋人牧师和教士，是由烟台、威海卫那边的领事馆打电报召回去了，天主堂的神父也奔去青岛了。我祖父带头和教会众长老求见上任不久的知县黎太爷，一直不得理会。

衡情量事，我祖父判定，尽管洋人都回去了，可不比去秋那一回吃紧，不必去求县衙甚么的。只是单巧有一对天津卫乡下逃出来的陈牧师父子，全家十八口被拳徒无分老弱妇孺，杀掉十六口，教堂和连在一道的住家，也都一把火烧得片瓦不存。父子南逃路过这里，投奔教会勾留了两天，备述京津一带义和拳烧杀抢掠种种。教会帮了陈氏父子盘缠，打发上路。这么一来，可就沉不住气，齐钉住祖父，援去秋前例，求告县太爷抽派些练丁护卫教会。道生碱店老板张长老，那么个出名的"抠腚哑指头"吝啬鬼，为了保住身家性命，也宁肯每个练丁日给三百文外快儿贴补贴补。我祖父说怎样也推不掉，只得持帖一再拜托吃衙门饭的几位熟识小吏从中帮忙疏通，却总得不到回音，要紧怕还是太爷铁了心儿不理这个碴儿。

此后不数日，祖父收得一大叠《直报》《申报》，上头报的尽是北国各地拳徒造乱的信息，这才方知大事不妙，怨不得各外国领事馆那么紧急，把行商传教一概人等就近召回驻有洋兵把守的通商口岸。

当初年轻的美国牧师任恩庚，曾跟各长老执事提过，教会若有需要看报的话，可由他通知上海或天津卫那边差会代购，经由邮传寄来，需款有限，差会代垫那是小事一桩——就像差会替他几个外国人代购的外国报一样。

各长老执事没谁对此热心；非但如此，还好像借机表功一般。长老中不乏童生秀士一干酸儒，夸口甚么"秀才不出门，能知天下事"，用不着看报。也有的引洋经，据洋典，"信就是所望之事的实底，是未见之事的确据——希伯来书十一章一节。"以示信即一切，也透出圣经啃得有多滚瓜烂熟，不但能知天下事，还知天上事，该比秀才还神。又如涂长老，人下过江南，见多识广，深知报册也者，无非世俗之物，不是盗娼凶案不上报，甚而诸多论断朝廷或毁谤西国人士者。故此，教会，尤其教友，似都不宜去碰这报册。

这位美国差会的年轻牧师，才只三十出头，小我祖父四岁，西人牧师中，官话地道，好得可以细谈风土人情，也跟我祖父较为投契，来过咱们家探访，见到供有"华氏门中先远三代祖宗之神位"，非但不以为忤，还打躬作揖见礼了一番。这位任牧师平素便挺热心于开启民智，众长老执事既都无意于此，报册一事也就算了。我祖父不便太拂同工众议，事后独自找上任牧师，打听了一下怎个情形。任恩庚大致地跟我祖父引述了个梗概，指说天津卫的直报传送到此地较比快些，却因直报为海关与洋行合办，偏重商情，时事嫌少了一些。还是上海几家，因有租界保护，颇多世界各国大事，于朝事也颇有论断，值得一看。大致上这些南北各报日出一册，约八文钱，邮传外加十文。若得积十天邮传一回，月按三十天计，约三百文不到。当下我祖父便自愿出钱，托这任牧师代购南北两报各一。任牧师还是决定让差会代购，个人出钱反而麻烦。我祖父想想，自个儿从没占过教会一点好处，落个报册看看也还算不得吃洋教。又且众长老执事口说不须看报，真正的报册来了，还不是大伙儿同观同赏，总不至只他独享罢。

可这两年下来，竟就我祖父一人独享；众长老执事不知是呕口气，心里刚硬到底，还是真的怕给俗世玷污，洁身自爱，整叠整叠的报册送到，没谁去碰一碰。如今拳徒扶清灭洋，报册上日日皆有信息，主内的关注总该是情不自禁要知道一些，却也还是没谁搭理，也真够有志气了。

邮传局子嘈嘈喝喝多年了，小县城也还是至今没办起来，暂且仍由老镖局子传送。这一趟报册积有半个月光景，数数三十多本。直报三月底的这才到，比申报还迟得多，不止半个月，猜想八成旱路不平静，走海上水路才会耽延这么久。

依时间先后，所报义和拳信息，可真够瞧的了。

### 三月二十二

拳徒潜入京城，遍布昭帖于各教堂，声言月杪起事，剿灭教会。法国一教士，咨照步军统领衙门。统领复照，以此昭帖查系无稽之言而罢。

### 三月二十六

天津卫西南二百余里之任邱县，遭义和拳偷袭，官军大败。

### 四月初八

距京西南二百里之来顺村，天主教民住家房舍被焚，教徒遭害七十三人。

### 四月十九

直隶涞水县，天主堂被焚，中国教民为拳徒杀害达六七十人之众。

**四月二十二**

直隶总督裕禄派副将杨福同领兵弹压拳徒,于涞水、定兴间大败,杨副将遇难身亡。

各国使臣会商调兵护卫使馆,教会人士逃京师避祸者日增。

拳匪大举攻掠京师近郊卢沟桥、琉璃河、长辛店等三处火车站,纵火焚尽车站、货栈,及铁道枕木,并将沿铁道电线杆拔除付丙焚毁。拳匪并声称铁道与电报皆属洋人妖术,誓将铲除净尽云云。

……

信息大抵如此,就这势头推断,可想京畿之地乱象已明。唯是令人不解者,一面朝廷宣旨,降罪义和拳为乱国妖寇,称之匪类,严饬各府道州县速予敉平;一面当权的诸王爷,极谋借重义和神团灭尽维新余党及其靠山外洋列国。然而尽管如此,令人莫知所从,但就当权诸亲王那样得势,足可左右朝廷观之,只须哄得西太后宠信,认定"扶清灭洋,民心可用。肃清康党,在此一举"。义和拳之将为当朝倚重,只怕是势所必然。

我父昆仲二人看了报,也听了祖父这番议论,放在普通人家,未必惊心;此去京津远在天边,只须本县本州以至本省安静无事,哪用忧惧那么许多。咱们家也不是甚么胸怀大志、心系天下的忧国伤时之士,更非身在当朝,或作官为宦,不可不有社稷家国之虑;只不过历尽甲午战火之毁,备尝身家性命亡散而一无依恃的失国之痛,深知华夏金瓯不容伤缺,哪怕远在天边地沿儿星星烽火,也势必殃及神州万民,无一地一人可逃劫毁。关东大败于东洋鬼子,多少生灵涂炭,山河变色,贤能如李府二老爷,对此也闻所未闻,遑论其他乡愚。可单是赔款二万万三千万两,他李府连裸褓子里的奶孩儿一并算上,合家

鸟窝

十二口,就要承担六两九钱银子,折合制钱就是三十四吊五百文,该是我父三十四个半月不吃不喝攒下的工钱。朝廷耗损在打仗上的兵费——打百姓身上课去的田粮赋税还不算。顶倒楣的还是台湾一行省,真的是远在天边地沿儿,千万省民惹谁欠谁了?还是关东大战犯下甚么滔天大罪——是淮军吃了败仗,就把淮地割给东洋鬼子赔罪罢;是湘军吃了败仗,就把湖南割给东洋鬼子赔罪罢;出兵关东的还有鄂军、粤勇、桂勇、湘勇、旗人神机营、黑龙江镇边军、东山猎户……可就是没有台军一兵、台勇一卒,怎该把台湾割给了东洋鬼子赔罪,哪根筋扯得上台湾?

无怪乎《马关条约》一经中、西报册布露,参劾李中堂的奏章如雪片一般,乞请朝廷拒签此约。只是,光绪帝还是苦于无能再战,挥泪批准。

有这些血泪前车,虽义和拳滋事作乱远在直隶京津,我祖父爷儿仨可都很知道厉害,敢是为之忧惧不已。从这些信息,也才明白那般洋人牧师、教士,以及神父,为何一个个都被召回;去秋尽管闹得那么吃紧,不过还只限于地方,如今这势头弄得不好,竟又闹成朝廷跟列国间要命的交恶,终局不敢设想。单是肥城教堂被焚,省上就赔偿九千两库银。事情闹大,朝廷呆定斗不过东西洋列国,末了必又一一磕头赔罪,赔银子又赔地。银子还不是又得黎民百姓承担,地就不知道要割掉神州哪一方皇天后土。

如此在人事上头,不是我祖父爷儿仨所能丝毫尽心尽意使得上劲儿,便只有仰求祷告,交托上天。而因清楚大势所趋,反而对城里教会与北乡西乡福音堂不去在意,不似去秋那一回那么吃紧,求靠官厅护卫。

我祖父嗤的一声,像冲着自个儿噌笑起来:"你都猜猜看爷打甚么主意——爷倒想,看看能不能帮一把儿义和拳。"

我父哥俩儿听了这个倒不惊怪，也像祖父一样，只觉诧笑，事儿怎就颠三倒四变成这样不上数儿，不上款儿。我祖父跟俩儿子说："你都想想看，明眼人无不看得出来、也无不怪罪义和拳愚蠢无知，哪里扶啥清、灭啥洋！别弄个反儿，白白灭了清、扶了洋！可愣睁睁地就是没谁给义和拳帮上一把，帮他别那么愚蠢无知。如今连咱们教会在内，大伙儿对待义和拳，要不是等热闹看、等笑话看，就是视若蛇蝎，怕了要死。像前任毓贤那位糊涂抚台、像这些报册上的一些王公大臣，那样一力给义和拳煽火、撑腰，可万不是帮忙义和拳，是把义和拳朝火坑里赶，弄得不好，怕还得把社稷安危，百姓祸福，也都一道给赔上去……"

难得这一晚上，爷儿仨齐齐全全聚到一堆儿，祖母不知哪儿串门子去了，可也好好儿尽兴闲聊了个痛快。

义和拳铺坛练功，十人有十人没见识过，却十人有十人道听途说都晓得不少；就像谁也没见过鬼，谁都能随时来段儿讲鬼。我父那帮哥们儿，就天天、天天都有义和拳奇离古怪那许多新鲜传闻。对这些，我父不是避开，就是极力不去搭话。那些个邪门儿歪道，一听就知是胡扯瞎谵。可无凭无据的，大伙儿就信；你也是无凭无据，只得衡情夺埋去把义和拳那个底儿给捅个亮儿，可偏就没人信。

传闻说义和拳是小闺女修炼红灯照，媳妇儿修炼蓝灯照，老娘们儿修炼黑灯照，都是一手提只灯笼，一手摔把芭蕉扇，扇着小碎步子走圈儿。先练的是黄窑子大盆里盛上水，走那寸把宽的盆沿儿。走三天，盆里舀出一瓢水；走三天，盆里舀出一瓢水；等盆子里水光了，走空盆子沿儿盆子不翻，功夫就差不多了。满了七七四十九天，人就飞上天去。红灯照"照到洋枪洋枪断，照到洋炮洋炮软，照到教堂教堂塌，照到火车火车翻。"

明明这太唬人了，可哥们儿信，各路神仙都来助阵罢，敢就有那么神。哥们儿纵都知道咱们一家全在教,七天就上城去礼拜一趟——我父遇到活儿放不下手,就不去;叔叔守住塾馆没甚么礼拜天,去也只赶一场上半天大礼拜;祖父祖母可是一趟也没遏过。哥们儿没谁反洋教,信义和拳那一套也只合是信那玩大把戏的绕眼法儿,贴上画了符的黄表纸,一攮子戳进肚子里,鲜血横飞,铜锣翻过来要钱,"人命关天,人命关天,有钱帮个钱场,无钱帮个人场,爷台不能见死不救。那位二哥老腿站稳,别跑,跑了冤魂也追到府上讨命……"等逗钱逗个差不多了,小攮子拔出来,肚皮抹一抹,连个刀痕也不见。你倒是信不信呢?信那后一段不信前一段罢,没那回事儿;下回再看,小攮子活真活现捅进肚子里,只剩一截刀把子,瞧那脑门上黄豆大汗珠子,瞧那龇牙扭嘴痛的可怜样,鲜血明明汪在塌进去足有一拳深的注洼儿里,是你眼睁睁瞪得个一清二楚,你能不信邪?热乎义和拳那一套有多神乎其神,敢也就是这么回事儿,顶多罢,等着看看土菩萨跟洋菩萨斗法儿,管他哪边儿赢,哪边儿输,横竖一场热闹别让遏过了没赶上,给谁拍手叫好都一样。

祖父听了我父讲的这一番,直夸儿子:"这得给你拊掌叫好!"叔叔机灵,立时给大哥拍手。祖父长叹了一声:"这就好,这比啥都好。爷亏待了你,怕就怕你干粗活儿干下去,把人也干粗了。"叔叔趁空子忙跟祖父禀告:"爷或许还不知道,哥不声不响把《新约》念完了。现下《旧约》也都念到《出埃及记》了。有天半夜醒过来,听到席子上甚么嗤啦嗤啦响,又不像老鼠,原来哥躺在那一头,手指头正在席子上写字儿,默写主祷文……"

祖父耳听叔叔诉说,直盯住我父看,听着听着,有一阵嘴角直往下撇拉,腮帮子搐了搐,眼也似乎红了一圈儿。我父但觉心头怵怵的,忽像自己个儿犯了甚么,忙道:"这也是本分罢,应该的,一家人都读书解字,总不好独我一个睁眼瞎子,坏了门风。不肯进塾念书是我自作自受，怨不到爷娘。"

我父失宠于祖母，似乎打一出生就少见那么一点也没带母子缘分来——就像叔叔讲给我父听的左传故事："初，郑武公娶于申，曰武姜。生庄公及共叔段。庄公寤生，惊姜氏，故名曰寤生，遂恶之，爱共叔段。"叔叔刁钻，千方百计套祖母的话，至少我父出生时，全没郑庄公出生时那等光景。《圣经·创世纪》也有类似故事，以撒妻子利百加也是疼次子雅各，不喜欢长子以扫，没有缘因。遍寻不出祖母为何不喜我父，只好说古往名人就有这两个例子，想来母子无情也并不稀罕罢。好在我父与叔叔手足情深，不致因母子不和，弄得兄弟反目。

就因这样，我父出生没等满月，就给我外老太抱去貔子窝乡下，花钱雇奶妈子喂奶，算是外曾祖母把我父抚养长大。乡下私塾不那么方便，外老太又太过骄纵我父，到得该上学年岁，我父不肯，外老太也就由着我父撒野。直到十一二岁了，外曾祖父一过世，就只一个过继的舅老爷，还因太小，没有过门来，祖母就把外老太和我父接去牛庄。十一二岁再启蒙也不是不可以，凭当年咱们家大业大，就算请位先生来家教教，叔叔又早已入塾了，教教小哥俩儿正好，真太花得起那点小小不言的束脩银子。可那时祖父正贪恋赌窝儿，祖母朝天在外跟一些七大姑娘八大姨的吃喝玩乐，谁还管这档子事？祖母讨厌我父依旧，一句话，"你存心不学好罢，就让你趁心，就罚你个不准进塾，日后拖根打狗棍子讨饭去！"那时节，曾祖母全心全意都放在槽坊和教堂上头，又是隔代人，悉听我祖母怎么作主怎么算——要不然，"老爷奶奶疼长孙"，说哈也不会让我父还没满月就扔给外曾祖母去抚养。

那样子幼年失学，直到在这尚佐县落户下来，都已十五岁半桩小子了，斗大的字儿，我父还认不到半升。

爷仁儿又把话头转到义和拳神功上头，祖父和叔叔一样也听到不少种种传说，一个接一个讲不完那么些的荒谬绝伦，讲得又可笑、又可恼、又可忧。

提到这些神功练得到刀枪不入的地步到底可不可信，祖父倒是讲起"拒铁丹"咱们家有过的宝物。那还是高祖父的年代，有个自称华山真人的道士登门化缘，高祖奉为上宾，末了献出一宝，华山五彩大菇炼成的拒铁丹。那年间家下养有不少保镖炮丁，专为护卫赶有名驹的马贩子和大队盐车，上路之际，人吞一粒拒铁丹，管得上一个对午时，浑身上下刀砍不伤，枪攮不进，洋枪散弹也抗得住。世间无奇不有，故此我祖父并非全不相信义和拳神功，只不过童男子儿练个九九八十一天，坤道七七四十九天，就能练得那么神乎其神，还是叫人犯疑。

叔叔到底还是个大孩子，胡天胡地的，兴头一下子钉上这拒铁丹，喜孜孜追问这个那个，又说要是还有这种宝贝，如今倒可帮义和拳一把。要不然，通个风给义和拳，设法去华山寻那个秘方，想必那般高人道仙定肯帮助这义和拳。功夫加上拒铁丹，多份儿本钱，对付洋人敢就多份儿胜算。

祖父只顾抽他的水烟，咕噜噜、咕噜噜、水泡泡儿像开了锅，一袋又一袋，半晌儿才叹口气说："提起这拒铁丹，倒是千真万确的不含糊，可世代不是那个世代了。就说你老爹罢，大和尚坡给老毛子打了，家下人等都事后懊悔不迭，叹你老爹太过仁厚，从无提防小人之心。出那趟远门儿，又要正打千山过路，没防老毛子，响马胡子总该防一防不是？要是服了拒铁丹，多少总当回事儿。当时爷才五岁，人事啥也不懂，你两房奶奶也都痛悔这个。那以后出过几回事，才知拒铁丹抗得了刀砍枪刺、洋枪散弹，可抗不了快枪快炮。要说拒铁丹分量上多添些服下去，要服多少能抵得住快枪快炮，敢是难说。我看，这是两码子事儿，配比说，铁榆打的包铁寨子门，那可刀枪不入；那圩子墙也是够厚够硬的，刀砍一定卷刃儿，枪刺也一定折了头子，谁疯了才拿刀枪跟圩子墙拼命。可快枪把寨子门打得蜂窝一般，好样儿圩子墙，快炮一打一个洞。血肉之躯哪是对手！要紧这快枪快炮不光是铁器，打得快，来得远，那炸药崩起来，冰冻三尺跟石头没两样儿地面儿，一炮就炸出个圆桌大小深坑。对人来，那不是指头戳腻虫子，碰碰就泥糊了！想想那一点儿气功刀枪不入，碰上快枪快炮，又何尝不是螳臂当车，碾个烂糊，魂儿也休想落下？想那旮子咱们都跑反下乡，没亲身经历，可回去牛庄，你哥俩儿不都见识了？那光景，人算甚么？蝼蚁不如的，就算你钢头铁骨，当得个啥？……"

祖父避而不提曾祖母尸骨无存，可那片惨景，槽坊和住家两百多间房屋，地塌土平，寸草不留，爷儿仨都如在眼前一般的又过目了一遍，一时心神跟着洋油灯沉沉地暗将下来。

叔叔离座起来，说去拿油瓶子添油，也是不想这话头再连下去。

洋油灯是拿洋医院的药水瓶子盛油，康熙通宝大明钱做盖子，拿根大半扠长细铜管子打大明钱当央的方孔穿过去，再拿火纸媒子穿进细铜管子，两头露出来，一头浸在洋油里，一头点火。点洋油是比菜油亮得多，也比菜油便宜些，就是烟子大，灯下靠近了念书做针活儿，久了鼻孔儿藏黑。铜管子是我父赶老城集，碎铜烂铁地摊子上寻摸来的水烟袋嘴子，整个儿洋油灯也是我父在城里人家见过，自个儿凑合出来的。故此庄子上只咱们一家使这洋油灯照亮儿，使惯了菜油灯的左右邻居，一来咱们家，总有点儿吃惊地喳呼："这么亮法儿！"也有的叹口气："唉，这洋玩意还是比俺老土货高强！"

端午节这天，祖母嫌人少，不包粽子，老法子还是买来两斤糯米下锅煮干饭，上铺两层芦叶，图那麦香味儿。盛到碗里，洒上黄香松糖，吃起来还真像粽子。

端午过午，是晌午这顿过节。午前我父便打李府收工家来。李府这季大烟收成好,烟土价也不错,过节特赏了我父一吊文,外带十只一串儿的牛角粽子,糯小米儿包的,热腾腾水淋淋的拎回来。

桌上倒都是应景儿世俗,雄黄酒、百草头煮的白蛋、蒜泥醋拌白肉等等。酒过一巡,祖父跟叔叔便抢过牛角大粽来剥。黄亮亮的糯小米儿可比大白糯米香多了,倒把祖母煮的粽子饭给冷落到一旁。

祖母没当回事儿地接过我父孝敬的一吊钱,本就没活活脸儿,一见这光景可恼了,也不怨祖父跟叔叔抢吃粽子,倒怪我父不先招呼一声李府上会送粽子,"早知道就不煮这劳什子,邋邋巴巴跑去北河底儿摘芦叶,还不落好儿。不如倒给谁家喂猪去得了!"说着就动手收那盛在一碗碗里的粽子饭,吓得一个个护住饭碗。

祖父脸前摊开的黄粽子都已咬掉一个角角儿,连忙赔上笑脸哄祖母:"别介别介,过节罢,欢欢喜喜,吃这点食儿可切忌一灌风,二生气,存食儿就不好了。"叔叔也赶紧跟上去承欢:"娘别慌,先拿这喂人,等会儿再拿娘做的喂我这口猪。好的留着压轴儿不是么?"我父哪还敢去动李府拎回来的粽子?尽管啥也不贪,单就是视黏甜之食如命,却也只好闷着头,老老实实扒祖母做的粽子饭。

祖母尽管还在唠唠叨叨,甚么"不是家贫包不起粽子嘛",又是甚么"甩料嘛,粽子都不会包",可那么大的牛角粽子,居然一口气吃掉三个,自个儿煮的粽子饭,反而一粒也没动。

别管怎么说,端午粽子算是吃过了,一早一晚那个寒法儿,没个棉袄还是架不住。老棉袄给人偷走大半个月了,日子可难捱得很。数着撑过来,怪的还是没一人觉出我父少了件棉袄。惯找我父碴儿的祖母没知觉,细心体恤如叔叔、如沈家大美,也都一点儿没留意到我父这一眭子受的苦。

像我祖父那样子最善体恤人,又因祖母太过偏心,就分外加意地关爱这个大儿子,可带我父夜去老城集,也只临上驴子,顺口关问一声："要不要家去添件衣服？"我父回称不冷，也就没再放到心上，总还是想也没想到我父的棉袄让人偷走快上一个月了。

这天我父下湖锄地，收工回到李府，便见到堂屋里八仙桌两头，祖父正跟李二老爹对酌，一径不住嘴儿在议论甚么。

院子里吃露天食，炸汤浆豆麦面条，地八仙上放着干酱豆子、萝卜干儿、自家拐磨的辣椒酱等咸菜。没谁上桌，一人捧一大黑窑碗，搂点儿咸菜放碗边儿上，各自找个去处，蹲的蹲、坐的坐，唿噜唿噜的狼吞虎咽，眨眨眼就又添一碗，整碗直倒进肚子似的那么快法儿，就把一顿饭打发了。

一番吃热喝辣，倒把人吃得满面红光，棉袄都褪掉不要了。我父没棉袄可褪，胸口汗津津的，也就把搐腰带松开，重新绕窄一点儿，一头跟李府弟兄笑说："松裤带，穷舅舅。咱没舅舅，穷不到谁。"是说吃撑了，不关乎冷热，怕人觉出他棉袄怎么不见了。那心事真难说，一头拿谁觉出他老棉袄丢了，谁才够意思，来试试人情；一头可又生怕让人知道了去，撩人笑话——怎这么大人还把棉袄丢了，真够甩。敢是更怕传到祖母那儿去；小事儿都怄上几天的气，丢了棉袄岂不要拼命！

我父坐到磨床一头，扳一条腿蜷在怀里，等堂屋里祖父。水磨上盘掀开晾着，斜靠到磨床那一头。磨齿沟儿里刷洗不够净，粮食渣子透着些馊气儿，家常过日子就这味道。堂屋背后冲天榆上，给晚霞映得金飒飒的喜鹊窝，敢是里头已下了蛋。春来眼看那一对喜鹊——这当地人叫它花喜喜，一根根指头粗的树枝子衔了来架大梁。再一根根稍细的枝子垒墙、盖顶。再后是极细的叶梗儿缮檐，缮墙。末了，时令正好牲口褪毛，净见一对对这花喜喜落在牛背驴背上，下死劲儿扯起整片冬日过来绒毛擀成的毡子，想必那就是坐月子被褥了。连前带后约莫个把月才算完工，没甚么鸟窝能像喜鹊窝这样子的大兴土木，

鸟窝　　073

费时又费工。凭那本事，去给牛郎织女天河上搭桥，那还有话说！

家，敢是要打平地干起。每看这喜鹊窝，我父总虑着咱们这个家该谁来兴。上人年纪不算大，祖母也才三十九还没上四十；祖父三十五，该正当年。可两老的都不是创业的干家。祖父创他的业是没错，只是一来念书人，求田问舍没那个心，也没那个本事，二来尽管落难到这个地步，祖父祖母都还不脱旧日大少爷少奶奶一些习性，从没想到要口省肚搦积攒点儿，吃穿用度上头但能有三分讲究，就两分也不要将就。眼前这样日子，吃好的穿好的是没有，可不缺吃、不缺穿，至少我祖父已感心满意足。世俗争名夺利固不在祖父意下，只是往后天长地久过日子，却也从来一点点打算都没有。祖母罢，吃好穿好惯了，这光景再凑合年把两年约莫撑得过去，再压两年可就难免生怨，啜哄着搬进城里去就不止一两次了。下来小惠这个胞弟罢，也是个念书人，凭那人品、学识、聪明、相貌，没错儿，日后准要出人头地。只是纵然念出个功名，不难辉煌腾达、光宗耀祖，再早那也得十年二十年后，那之前倒得多少安顿、多少供养，得多像样儿个家世才出得起那么个子弟！

带常的这么思来想去，成家立业这副千斤沉的挑子，爷娘胞弟都没这个心，就只有担在自个儿肩膀上，谁也使不上劲儿——要就只有讨个贤能、又是个干家的媳妇儿，千斤沉挑不动，两人抬的话，不说一半一半儿，轻个两三成，扁担上的系子往自个儿跟前搂近点儿，两腿就挺得起来，走远路也撑久些。

喜鹊窝那是真讲究，再没别的鸟窝比得上，顶上有个屋顶，进进出出有个屋门儿。那里头足足有尺把两尺深，风不透，雨不漏，可碾实。一个喜鹊窝，拆下来足足有上十斤，那功夫真叫吓人。这还不算，相传喜鹊窝里有灵芝草铺底子，长虫、黄鼠狼甚么的都不敢进去偷蛋偷雏鸟。传说罢，得趁热听个新鲜，凉了就没几人还信。可那窝门儿朝哪，这一年就哪边来的雨多，这倒信得过。打李府二老爹跟我父讲了这个，这两年全都灵验了。今年个个喜鹊窝都是门朝西南，庄稼户最乐。照李府二老爹讲法儿，打西南大湖上来的雨水，不光是甜，发庄稼；俗话且说"西南雨，大姑娘雨"，下起来斯斯文文，没风没雷暴。还说"西南雨，上不来，上来没锅台"，是说要下就下个足。东北雨、东南雨，都是海上来的雨，就没西南雨那么发庄稼。西北雨那可叫人害怕，先就大半个天黄上来，飞沙走石，雷公闪娘，狂风暴雨紧跟着来，树木庄稼折的折，倒的倒，不定再饶上一场雹子，那可不止树木庄稼，牲口飞鸟也都打得伤的伤，死的死，满湖里惨嚎。

要成个家嘛，也就像鸟垒个窝儿。我父的志气高得很，要给爷娘胞弟垒个窝儿，除非没那个本事，要垒就垒个喜鹊窝。我父心上的祖父叔叔都是尊贵人，都是公的，不是私的；依着基督徒来说，都该是事奉上帝的，要管地上俗事，屈费了，也没本事管。那就自个儿来管私的、管地上的俗事罢——要管还得管个一等一，才算下不亏欠人，上不亏欠天。

咱们家得在异乡重又爬起来，也就在我父这一念之间；一个棉袄遭窃，捱冷受冻苦撑着的穷小子立下的大志。

那样子看着喜鹊窝上晚霞一点点褪色，我父也不时偷瞭一眼灶房那边忙里忙外的沈家大美姑娘。假当眼前这就是两口子苦来的一片家业罢，用过饭了，他这当家的抱腿闲坐在磨床上剔牙，媳妇儿还忙个不停，就是这么个家常了。灶房里那口头号大锅还在熬猪食，烟烟火火的人家挺兴旺，能有这份儿安居乐业，无愁无虑，热热烘烘的日子，庄子上二三十户也只这么一家罢！

可这不成，我父心上的喜鹊窝不是这样子。这又算啥一片家业？看不到的湖里那两顷地，不光是我父不大心热，我父断定那对祖父、叔叔，也都不值甚么。要垒的喜鹊窝总不是这一式儿。

眼前这是东西两进院子，三层炮楼不算，约莫二十来间草顶土墙房子。草顶土墙没甚么不好，冬暖夏凉，厚重墩实，李府这些房子又都盖得高大宽敞，红草缮顶一尺厚，不愧是大户人家。可这又怎样？关东老家深宅大院都不用再提了，两下里根本不好作比；要紧还是我父凡事都先替祖父和叔叔着想罢。拿李府这片庄院家舍来配爷娘胞弟，只觉这也不合意，那也不称心。

起初权且住进李府东南角上那座炮楼时节，是因路上十天餐风露雨，没指没望，乍乍得到安顿，住到三层楼里，直似一步登天。可那兴头来得快，也去得快，一旦待下来，新鲜气过了，就一点一点不自在起来。

炮楼底层墙厚五尺多，门洞小得只可走戏台上武大郎矮子步，蹲进蹲出。底层也没一个窗口，单靠门洞和上楼去的梯门那里透点儿亮儿进来，不当甚么，黑得不点灯就伸手不见五指。楼上倒四壁都有一窗口，却带常里——关得严严的，要靠上三楼去的梯口透点儿亮儿进来。要是顶楼所有窗口也都关死，那这当中一层也不比底层能亮上多少。一面面都不到一尺见方的窗口就算是敞开来，只合是个枪洞，墙有两尺多厚，天光也得爬上半天才恍进来一些些。人住里头，可像下到大牢里一样。

炮楼之外，所有住房也都差不多，只是屋门高敞多了，当中一间明堂还好，左右两间里房也是单单一面不到一尺见方小窗洞，进不了多点儿亮儿。愈是响亮亮大白天，打外头一进房里，总活像让人照头一闷棍夯下来，两眼一黑，听得到脑袋里嘤嘤直响，得赶紧摸黑里捞个甚么抓头撑一下。

庄户人家，金科玉律守着古训，"年年防贼，夜夜防贼"，怎样太平年月，门户总以紧衬为贵。墙厚窗小，无非防夕人；此外，暑气寒气也都揠得多了。要说房里亮不亮堂，那倒不打紧，谁还拱进黑房里绣花不成。

乡下日子里还有许多都是爷娘胞弟过不惯的，比方说，家家院子里，定都有个偌大的沃垃坑。李府这两进院子，就各有一口比圆桌面儿还大的沃垃坑，不光是打打扫扫的垃圾，洗洗弄弄的脏水，尽都倒进去，各房尿盆儿、夜壶、小孩儿随处摆地摊儿的便溺、磨道驴粪甚么的，无不戽到里头沤肥。清理不够勤的话，就好堆成个小坟头。天一暖起来，大大小小各式苍蝇、虻虫，赶集一般拢成团儿，轰——一阵儿惊散开来，轰——一阵儿惊散，稀烂得黑墨一样的骚泥浆子，这儿那儿净冒泡泡儿。

夏天昼长，庄稼人晚上这顿饭偏偏喜在院子里吃露天食，院子再大，那沃垃坑总还是近在身旁，不说爷娘胞弟都是尊贵人，受不了这个，我父他自个儿打小儿虽是貔子窝乡下长大的，自知是个粗贱人，也还是一时随和不了——眼睛老离不开祖父和叔叔，祖父一皱眉，叔叔一苦脸，我父便不由得一旁就和着皱三皱，苦三苦。祖父、叔叔都是那么自重的人，寄食人家那半个月里，敢是没好挑剔的；就那样也忍不住皱眉苦脸，想情该多大的委屈。

可这沃垃坑才是种地人家的宝呢，庄稼靠这和大粪壮地，珍贵得很，怎样骚法儿、臭法儿，也都忘了；忍惯了也就觉不出甚么气道，反而闻起来大有仓廪饱满那么一股子熟香。

沃垃坑约莫十天上下要清一回，挑去后场菜园外头堆个山。这沃垃不去动它还好，一挖一铲那么一搅和，就别说有多骚臭冲天。我父起初乍干这脏活，常给熏得直冒眼泪。坑有大半人深，清除到底儿，木桔使不上劲儿，少不得跳进去一桔一桔铲了送上来。那滋味可更不好受。清一回总得十来挑子，一桔桔掏上来，沥沥落落装到拉条架框子里，一路沥沥落落挑到家后去。受不了那么冲脑子纛法儿，得憋住气儿，憋上半晌儿才得别过脸去，伸长了脖子喘口气。那敢是要偷偷地喘,别让人家瞧了去——你今种地为生还怕沃圾臭?那你就赶早别吃这行饭。

祖父半辈子过去了,叔叔这一生的世路也都明明白白摆在前头,爷俩儿饶是再怎么落难,也注定了跟种地这买卖儿无分儿。如此说来,那又何必日后还住这乡下?

打算给爷娘胞弟垒个甚么窝儿,我父总是怎想怎逗不对榫,待想通了,才知毛病出在这上头——命定的城里人,偏偏住在这乡下过活,敢是诸处都不相宜。

祖母是老早就贪想住到城里去。

祖母一向主意多,恰合俗话说的,"人心昼夜变,天变一时刻",一天一夜间,不知多少个主意生出来。但凡又打了个主意,祖父唯有满口应承:"好、好、好!"糊弄着对付,等那一阵儿热头冷一冷,祖母自个儿也都忘了,祖父才得私下里直"阿们"不已。

住到城里去,祖母热头一直不减,凡遇啥事儿跟这主意沾上一点点边儿,祖母总不忘旧话重提。祖父"好、好、好"之外,不得不再添点儿作料:"慢慢来,一步一步来好罢!"我父对此原先很不以为然,渐渐不大在意,待自个儿想通了,才觉祖母多如牛毛的主意,只这个听得入耳、入心、入情入理。不过我父也就只放到心底下暗藏起来,没影儿的事儿,我父口紧得很,跟谁也不透一丝儿声气。这个性子也就祖母膝前讨不得欢心;不像叔叔灵活,祖母吩咐个甚么,不管可不可以,做不做得到,叔叔顶会学着祖父:"好、好、好!"一连三声,又脆又响亮。祖母就是喜欢这样,可不管后事如何,从不理会那吩咐倒有几成兑了现。

大城大世面,我父不是没见识过,可生性讲究实在,从未贪得妄想过甚么深宅大院、高楼大厦。关东那边咱们华家三代创下的三处家业毁尽,我父自认他这一世怎样拼命,也没有重振当年家声那份能耐。

若拿鸟窝儿作比,能给爷娘胞弟垒个什么窝儿,思来想去,顶多不过白头翁那样子个窝儿,不大不小,硪实牢靠、严丝合缝到风刮不透,雨打不漏,也就公鸡吞花生——紧了力儿了。

好罢,白头翁就白头翁。按说,拿整个庄子比,李府上敢是个喜鹊窝,合家气旺人也旺,个个勤快有条理,两进大院子,喂两口大尖牛、三五口猪、二三十只大大小小鸡,两口沃圾坑,地上却随时都见扫帚扫过的道道纹路,锄栝筐篓杂七杂八的家什,无一不放的是个地方。少见有这么干净齐整的庄户人家。只好说甚么鸟蹲甚么窝,甚么人住甚么屋。懒斑鸠几十根细枝儿也就垒成个窝,打地上看上去,窝里下没下蛋,抱没抱出小斑鸠,全都瞧了一清二楚,可刮多大的风也摔不散,照样生儿养女,一窝又一窝,也没绝种。

打东院儿往这边西屋走来的大美,老远就笑过来。要能有天跟这个勤利能干、又俊又俏、没点儿好挑剔的姑娘白头偕老,同心合意垒个白头翁窝儿,想必垒得成罢?

大美姑娘迎面招呼过来:"俺大哥,还在等俺大爷呀?"我父忙放下腿,打磨床上半虾腰儿站一站,含糊回应了一声。

这姑娘喊人总这么亲,俺甚么俺甚么的,合着就是"我一个人儿的大哥,我一个人儿的大爷"那股子味道。得懂得这姑娘,要不的话,瞎目瞪眼动起情来,那才丢人。

大美走到西屋门口又回头来说:"俺大哥也不添件衣裳?清冷清冷的这天儿。"我父还是含糊地笑应了一声,想说"大妹子还不是挺单",没好出口。

就这当口,李府二老爹送我祖父走出掌了灯的堂屋,天就快洒黑了。

# 神拳

爷俩儿闲走到庄子当央路口上，路口也是风口，我父不由得抱起胳膊，可立时又放下，挺挺胸脯，偷瞥了祖父一眼。

三棵大白杨，无风也飒飒叶响，有点儿风就傻呵呵笑个不停，笑我父穷装硬汉。大白杨树下两口青石板牛槽，有的无的散发一股股膻气。

贴这路口往北，走咱们家东首，一条大路直通黄河湾子，长年都不须涉水便可过旱河底儿，除非夏秋之交发大水才要摆渡过河。

往东去，二里外便是大李庄，穿过庄子横在脸前即的还是黄河，没有北河湾子那么宽阔。河上有座打算造反的孟石匠造的拱门五孔青石大桥。过桥便是县城外郭的西圩子门。

打这路口南去五里，便是相传黄河六迁，冲走大半个县城剩下的故址，今称老城集，三八五十这四天逢集。隔一天一集为小集，隔两天一集为大集，其余日子为闲集。这样就逢大月可赶六大集、六小集；小月少个三十儿，少一回小集。大集各行各业出生意齐备，买卖大，赶集的人多；小集就买卖退版一些。闲集敢是一点儿市面也没有，开店作铺的闭门合户，大伙儿再去赶一七四九、二七四九别的集。

可这天又闲集、又天色这么暗了，祖父倒要上旧城集去一趟，吩咐我父家去拉驴,"爷走去前头等你。要不要家去添件衣服,跟爷一道儿走走?"

有这等好事!我父自是满口答应,兴兴头头赶回家来。这时光祖母多半不在家,我父交代了一下叔叔,急忙抱起鞍鞯,去后院儿备驴。套着辔头还在想,娘不在家省多少口舌,爷也约莫害怕噜嗦,才在庄头上等着。拉起缰绳刚一转身,只见祖母叉腰堵在西山墙和篱笆帐子间窄窄的走道上,想必是板着脸生气罢,天黑看不大清。

祖母一站下来,就喜欢双手叉腰——大拇指朝前的那样插法儿,别有一股架势,要人都听她的。

我父侧过脸去,灰心地吐口气,兴头冷了大半。

祖母开话了:"你那是干吗?唉声叹气的,听着我就够!好好家道儿经得住你几声叹气巴咳!……"

这样子出口伤人,好像家业败落到这个地步,其罪尽在这一声叹气。我父也是受惯了,说怎样总是亲娘罢,只有一声不吭地受着。

叔叔赶过来拉劝:"娘,又不是哥要用牲口,爷还外头等着呢,总有事儿罢……"祖母可跳了起来,直冲我父嚷嚷:"你爷怎样?你奉了圣旨不是?这就有价钱啦!……"

我父怕就怕的这个,说是无理取闹也不为过,为人子的倒又能奈何呢?

多亏叔叔,说好说歹,把跳一脚就骂一骂的祖母哄回屋里去。祖母虽非三寸金莲,总也不到半尺的小脚,单靠脚跟着地那样子一跳一跳,八成儿连脑袋也震得一昏一昏的,越发要气躁心烦了。

我父把小叫驴拉到院心儿,眼看堂屋里一盏洋油灯下,祖母拍桌打板凳地哭嚷成那样子,不觉气消了,心有不忍,双脚粘在地上走不开。

祖母不管叔叔怎么按住,挣过来站到当门,叉腰斥骂:"你休想

神拳　083

跟着半夜三更去游魂!你给我赶紧回来挺尸!粮食浸上锅了,你找谁来推磨?唵?想的可好,躲懒儿你躲得过?你休想……"

推磨研煎饼糊,敢都是我父的活儿。只须交代实在,别那么漫空骂人,敢是啥都好办。我父连连称好地应着:"那就别管我啥时回来,包在天亮前下磨可行了罢!"便拉了驴子掉头就走,不理背后我祖母又给惹着了甚么,还在嚷嚷不休。

伺候我祖父上了驴,我父跟在一旁地上步蹿儿。要说天冷,实在也没冷到非穿棉袄不可那个地步。像祖父罢,里面衬件夹袄,外罩夹袍,驴上飕着个小风儿,顶多有些凉阴阴罢。我父苦还是苦在没件夹衣,光穿一身儿单裈子,总是要有意抗抗才行。

天黑路白,我父暗里不时去抠抠驴尾巴根儿,驴子一护痒,蹄下就放快些,人跟着小跑儿,没上一二里,身上就暖和多了。

祖父约莫只顾动心思,一路无话。我父跟在一旁紧一步、慢一步地追。这时刻儿赶去老城集,到底为的啥,祖父一声儿也没交代,我父只觉这情景挺像亚伯拉罕领着儿子以撒上山去献祭。亚伯拉罕也是骑的驴子,也是啥都不说。背着柴火的以撒叮问再三,亚伯拉罕只说:"我儿,上帝必自己预备作燔祭的羊羔。"献祭,敢是没这个作兴,基督业已把自个儿为世人献上大祭了。可即便祖父要将他献祭给上帝——我父不禁自问了一声,你可甘愿?想也不用想,只觉一股子心酸酸的喜出望外。能有幸捞着爷使唤,求都求不到,就像冒冒的要他作伴儿来老城集,任叫干啥都不兴眉头皱一皱。

五里路小跑下来,身上没觉哪儿暖和些,到底是野湖上,跑起来唿唿拉风,人像小河里洑水。倒是勒在好几匝搐腰带里的胸口连着腰眼儿,有些汗溶溶的——合该是大美姑娘给人的热烘。

登过河堤便是老城集。河身南北走,河堤却是东西向,看出来是当年城北的护城堤防。传说黄河冲走了大半个城,依这堤势看来大约可信。那这河堤也就够老了，少说也该五六百年。

集上一条长街通到底，黑漆漆不见多少灯亮儿。我父赶过不少趟集，黑里大致也还熟识。

天还没到外头乘凉时节，也就长街上不见甚么人影儿。祖父一到集头上便已下驴步行，缰绳递给我父拉着。街心三条长石铺的车辙路，驴蹄子嘀嘀嗒嗒敲响青条石，时不时滑擦那么一下。总算遇上个方便问路的，问清了尤二爷府上怎么走。到此我父这才弄清楚祖父是来拜会人家的。可甚么油二爷、盐二爷的，从没听说过，也不晓得那是个啥人物。

找到后街尤府，打灯笼应门的两小子里，居然有个李府二房嗣义，地生人生的，乍见老熟人，一下子不知道多亲和。我父这才记起，怪不得晚饭时没见这家伙。

两小伙子给我祖父躬躬腰，打了个千儿请安，灯笼照路迎进去。早有个伙计接过我父手里缰绳，拉驴去边院儿上槽。

到底是集镇上的大户人家，别是一副架势，青砖青瓦房，地上也铺的是站砖，穿穿道道三进院子，再进去似乎还有个后院。这可不是庄子上首户李府上比得上的，不过跟咱们牛庄老家那又差得远。

客人给让进堂屋西间，祖父一进房就给请到烟匠上座。我父跟嗣义便请到贴南墙太师椅上落座。大烟铺、大烟盘儿一套家什，我父还是头一回见识。

祖父跟这位尤二爷见过礼，都在叙旧何时在哪儿哪儿见过。想来是彼此都很知道，没有交往，只是几度碰面之缘。又听嗣义称呼二表叔，那口气还很生疏，就算是一门表亲，也未必很近、很有往来。

敬茶敬烟，寒暄一过，这位尤二爷待要谈甚么正经的样子，四顾一下，像又算了一样，招呼我祖父说："来来来，长老，先歪一歪，俺给你烧个泡子，过它两口解解乏。"一面跟我祖父圆说："俺也没瘾，待客罢,应酬应酬玩玩儿就是。"

我父只觉这位尤二爷未免真人面前说假话,明明一脸子烟色,方嘴薄唇黑青黑青的,像冻成那样子。正自这么想,嗣义贴耳过来说:"嗳,真是!大烟鬼子真是十句话里没一句实言!"

看了嗣义一眼,我父好生心喜,又好生感念。这使我父得意自个儿挺有眼力,没看错这位尤二爷。再来是暗地里才只这么一想,嗣义就踩了一只脚印跟上来;一个是凭眼力看出来尤二爷的为人,一个是有凭据晓得这位表叔是个大烟鬼子,难得的还是这一时里两心如一心,怪不得李府昆仲五人,就数跟这嗣义顶合得来。俗话说"朋友有千万,知心能几人",知心敢就是这个意思罢。

我祖父早就老干瘪味儿侧躺下了,千层底儿浅口鞋褪在脚踏子上,打大烟盘子里取根短杆儿旱烟袋,就着烟灯吃他的旱烟。尤二爷还有点儿疑思,烟盅握在手上,有一下没一下地拿烟签儿挑烟膏子。半晌儿自语说:"各然这样……你哥俩儿搁那干坐不行,他二表哥,各然喊你表兄弟来,找他陪你跟小华先去三元宫走走——"一语未了,适才打灯笼引路那小伙子掀开门帘进来。尤二爷撂过眼去:"正要请二表哥去喊你来——"小伙子斯斯文文地应道:"俺听到了,去三元宫不是吗?"我祖父一崛拉坐起来,跟尤二爷商量:"宜当吗,让他小孩子去看练功?"尤二爷欸——一声,扭过脸去,脖子拉得更长,笑说:"长老你真见外了!别说甚么,就是再见不得亮儿,还好隐瞒你长老不成?你听俺说,先让他小哥们儿伫过去,招呼一声,打点儿打点儿,俺爷们儿这里聊聊,烟茶足了再过去看看——"我祖父忙说:"不是见外,是怕小孩子不知轻重,看了到处去乱张扬。所好咱跟前小犬别的长处没有,就是一个口紧,交代一声就行。他李二哥也甚么……也忠厚老实。总归你哥俩儿跟大兄弟过去,哪儿看,哪儿了;看啥都当没看。可千万千万别漏一个字儿出去,哪怕亲娘老子,谁也不可透一点点儿口风！"

祖父那一对眼睛炯炯闪亮，厉害起来谁也经不住两瞪。连一旁尤二爷也似乎震了震。这对我父又是一回历练，浮面儿上训斥了自家小犬——嗣义也不是外人，祖母收了他媳妇儿做干闺女。这边既让他尤二爷放心，又叫他惊心，明白这开坛练功有多私密，万一漏出去，后果可真了不得。我父到此也才弄清楚，祖父这一趟乘夜来老城集，可不是寻常拜客；更还想不到，谣传老城集有个坛口，不料倒是真的，又还恰巧是李府一门亲戚——这位尤二爷主事。

尤府小表兄弟头前带路，临要出房门，祖父当着尤二爷面，又紧叮了我父和嗣义一声："你哥俩儿务必记牢，走了风声，拿你俩是问，那可是抹脑袋瓜的买卖！"尤二爷却还在一旁打圆场说："没么么吃紧，没么么吃紧。登科，你可得好好招呼着。"宾主二人似乎一个老往重处拉，一个净朝轻处扯，有点讨价还价味道。别人不知怎样，我父盯住祖父和尤二爷两人脸色看，倒不知为何，好生记挂起来。

这位登科小老表，人生得细缓，心思也细密，出门不几步，撂下一声"等等"，掉头跑回去，拎了件挺沉的大夹袄子给我父披上，扇起一股子风，也一股子脑油加汗性气。

这太叫人意外，我父给弄得愣怔了半天才明白，连说："不冷，不冷……"打脊梁上扯下来，推让了一下，不得不道声"多谢了"。嗣义旁加了一句："披上罢，人家好意，又热不到你。"我父倒给弄得腼腆起来。

捱冷受冻这些日子，可算只此一人又体贴到家，又不吭气儿就这么照顾到了，还又是个全不相干的生人，相识还不到一盏茶工夫。不用说，一股子打心底顶上来的感念劲儿，不下韩信受漂母施饭之恩。

走去三元宫的夜路上，我父一直都还在暗里嘀嘀咕咕放不下心。此刻尽管弄清楚了祖父跑来老城集尤府上拜望，为的义和拳是没错；

神拳　087

可弄不清楚是要来帮一把，还是倒一把——就像那一夜父子三人为了上海、天津卫报来的信息，忧心天下大事那般，夹在义和拳和洋人当央，到底要向着谁，对付谁，真难说。两下里这样子对上了，看看这一头，看看那一头，哪一头都嫌也不是，怜也不是，叫人真难拿捏。

我父挨了一阵，到底还是披上沉沉的大夹袄子。迎着长街尽头溜湖刮来的风口儿，敢是暖和多了。披上身的工夫，尽量就着脊梁上轻悄悄扯弄，防着抖出气味，却仍扇摁了一股子杂八凑儿——不只是脑油、汗性，夹的有冲鼻子烟辣和大蒜溷味儿。想必是急匆匆奔家去，顺手抓了件不知谁的衣服，万不是这白漂素净小兄弟自个儿的。不过暗里摸摸弄弄一阵儿，旧是旧，倒有个细布面子，没一块补靪，不像干粗活儿穿的粗衣。念这位小兄弟一片好心肠都念不够，哪还嫌好识歹穷挑剔！任谁穿久些的旧衣服不都是自个儿闻不出甚么气味，别人才闻得出？连斗篷子也是。

单为这位登科小兄弟——我父祷念着，但愿我祖父肯帮尤府上一把，尽管连嗣义也对他那位大烟鬼子表叔老是齉鼻子。

三元宫远在集镇外，出街尾也还有大半里路。走着走着地势陡然高上去。登科手上有盏上书一个又扁又胖的黑漆"尤"字红灯笼照路，也只能照出前后两三磴石台儿。一路拾级而上，黑地里瞧不多远，倾蚓倾蚓爬了半天，像要打这一直爬上天去，顶上该会一直通到南天门。

到顶儿其实也不过三四十磴，登科挑高红灯笼，影影绰绰三面拱门，像座牌坊，大钉门可都紧闭住。正瞪大眼想能瞧清楚些甚么，右首大门轰轰轰恰是时候地从里头打开，好似有隔墙眼，看得到门外有人来。

那两扇钉门先只开开一扇，立时门内好似一团红雾，似明似暗，不见灯火，叫人疑心那里面哪儿失火了，远远影照过来。

登科不等另一扇门打开，低唤一声"俺都快点儿进去罢"，便领先超过足有尺多高的门堃,跨进门里,转身照亮高门堃,怕我父跟嗣义给绊倒。

一道门堃为界,里头可像灶房一样热烘,满眼尽是整排整排火把,多半一人高,根根竖在那里,嘶嘶嘶的跳着一团团火舌头,油馇气有点呛人,又有点熏眼。

这里是三面拱门内大开间的一溜敞厦,面北是一方夹在东西两偏殿向低下去尺多深的挺大的天井,约莫不出多少幢幢人影,乱糟糟的却奇怪一点点声息也没有,所以也才只听出无数火把嗞嗞啦啦响,火舌头时不时也会出声儿,像是没防着一口热粥烫到了,突鲁突鲁弹弹舌头。

来不及细看眼前这从未见过的巧奇古怪,一伙儿三五人迎上来施礼,一式儿的手持红哨棍,勒的红首巾、红腰带,胸口红绦子从肩到腰打个大叉儿。全身上下也都一式儿火光里看得出来的鼠灰裤褂儿短打。侧身可见脊后没扎辫子,红首巾尾梢儿盖住一把长毛儿,披散到腰杆儿上下。为首的挂着一把钢刀,没疼惜地听让刀尖刮在砖地上,人是生得胖活活的圆头抹脑,登科给两下里引见,称这矮胖子二师兄。

登科人虽年幼,生得嫩嫩巴巴,不过十五六岁,可又懂事儿,又应对老干,当下给这二师兄交代说:"甚么你都别打理,找小徒弟给俺三个备个坐处就中。老师那边俺也不打搅,你二师兄赶紧去招呼正事儿。"矮胖儿二师兄也不虚让,嘿嘿呵呵的怎么说怎么好,给三人一躬到底施个礼——也是瞒示常人来不了的那点儿功夫,两腿打直,两手对握一垂到地。随即领那几个十岁上下的小妖儿,踘踘踘踘的小碎步儿,风快走去西偏殿。

一条足可给木匠师傅做刨床的长板凳,两名小徒弟小老鼠搬家一般,偷偷摸摸、匆匆忙忙搬过来,一放下就又闯了祸似的跑走。登科相相哪儿才合适,跟嗣义合抬起来,放到这敞厦偏角一个暗处,又挪

神拳

了挪位子，打这儿大致可把天井看个周全，天井那边明处看不大清这边暗处，我父坐下来四下里观望一圈，不由得不心里暗暗服了这位尤府上小少爷有眼色。

或许来得正是时候——无怪那位二师兄客气得怎样过意不去，也只得赶紧招呼了就走。三人一坐下来，就只见天井里徒众穿梭来去，忙着赶个甚么。铺砖地上似乎各有定位，渐次看出来一个个站开，横摔住红哨棍，前后左右试着彼此棍头碰不到，慢慢就各自站定下来。这才我父看出头绪，这么多徒众，但等各定各位不再有一人稍动，原来打横、打直、打斜儿看过去，莫不成行，打了线一般齐整，倒像一些大户陵地上的黑松林，横成排、竖成行、斜成趟儿，全都一般粗细高矮。

说这登科小伙子行，越发地更神了，站起来跟坐在当央的我父换了个位儿，方便跟两边儿讲话。登科可是啥都懂得，指指戳戳脸前摆开来的这个阵势儿，靠近东配殿的是乾字小神团，这边站成两方阵的则是离字、坎字两小神团。等这三阵小神团九九八十一天出师，接着还要修炼红灯照坤字小神团。每个小神团呆定二十五人，摆开阵来直四横六，四六二十四，余下的一个就是站在阵前当央的那位团头，专管二十四名小将聚散进退⋯⋯

我父专心地边听登科像在说私房话，边留神这个摆列成"品"字式儿阵仗的动静；心中不住佩服这位跟叔叔一般年幼的小兄弟，凡事莫不心上有个账本儿，一明二白。问清了这登科也是属犬的，因想合该是丙戌年生人全都这样聪明伶俐——看来叔叔跟沈家大美尽是一路的了，只不过各居各位，各有本命才干就是了。

眼看这么多徒众，连同一些护卫、打杂儿人等，怕不七八十来口人。想到牛庄槽坊，所有掌柜的、站柜的、槽把式师傅、伙计、学徒，也不过四十来张嘴吃饭。那样子也就大灶房整天忙过了上顿忙下顿，天不亮忙到天大黑，就只为一日三餐。再还有李府，遇上农忙也不过二十来张嘴吃饭，也都合家婆媳外带那位手脚一个抵俩的沈家大美，也是灶上灶下，大笼大罐子的忙茶饭。像眼前这般练拳脚把式的半大小子，怕比干庄稼活儿有闲有使还要累人；又一个个尽是生在贫苦人家，年岁正当贪长又贪食，肚子可是无底深坑，得要多少粮食填这七八十张嘴！我父止不住凑近登科小兄弟耳根儿说："瞧这上百口子人，要多少花销，府上这副挑子可真沉不是？"

登科听了，翘翘身，侧过脸来看看我父，白净子脸给火把烧红了半边，神色又是喜又是感念，好像可也碰上个人体恤到他府上难处，掩住口说："那可不！没法子说了。单讲这灯笼火把，百斤大油篓，使不到十天。还算是使的棉籽油，省得多，可一篓棉籽油，毛要一石五小麦，这一折算就吓人了。没法子，当紧练这神拳不比寻常拳脚，非得起过二更，众神下界，众仙下凡，才捞得到真本事，硬功夫……"

像这样诉说难处，要不是透着夸富的味道，就一定弄成苦呵呵的哭穷，登科这小兄弟口气就像他人一样，干干净净，不沾一些些刺挠人的甚么，叫人听了受用。可就凭这样透明透亮的一个玻璃人儿，怎的也深信神呀仙呀，这叫我父不免觉着有些可惜。登科又说了，挺自重地双手拢在口上："所好罢，九九八十一天，过去四十来天了，有个限期就熬得过去。要不的话，八十来口子，见天要吃要喝，无头到肚那么要下去，慢说俺家这点儿家底了经不住啃，再十个二十个这样家底子，也招架不了多少日子……"

天井里一直没动静，徒众一根根牲口桩子一般栽在那儿，不知老等甚么。

登科像是生怕我父和嗣义枯等不耐烦，怠慢了客人，难为他八下里找聒儿拉，好忍忍躁儿，便又夸赞起种种神功。就中讲到徒众一旦出师，老师父只须一人赏给作过法的制钱二三十文，串了吊在腰里，

神拳　091

就走遍天下终生，吃喝用度使不尽，花不完——只要钱串儿上留个一两文压底子，不要花光，眨眨眼工夫就又是二三十文。神团神团，"兵马未动，粮草先行"，神团不用备粮草，单凭这一手神功，出兵打仗就够打遍天下无敌手了。

行说着这么个透明透亮玻璃人儿，怎的就信些邪魔歪道，这可又来了。可见人是不定迷上哪一道儿，中了哪一邪；怎样没知没识，也该晓得二三十文钱，一生一世用不尽，那可只能当作鬼话儿讲，鬼话儿听，哪有谁把这个当真来着！只是虚心下来仔细想想，可也难说，圣经上跟这相仿的奇事也挺多，像是五个大饼、两条鱼，喂饱妇孺不算的五千口人，完了把些剩头碎脑收拾收拾，还满满腾腾装了十二筐子。总不好说，只准你洋教的奇事是真，人家都是假；只你在教的都是"信"，轮到人家就是"迷"了。那不是太过强横霸道？……

或许我父太过喜欢登科这个小兄弟，弄得不忍心派谁的不是，反而心里没主儿了。

正这刻儿工夫，可也等来了动静，三人一同朝东配殿那边望去。东配殿一溜六扇花棂子门，当央两扇笼着的一面竹帘子，让一名背大刀的拉起双股绳，竹帘子哐哐哐地卷上去。两扇花棂子门洞开着，领头出来四名灰衣的，一人手持一面引旛，戏台子上常见那个式儿的门枪旗，走下五磴石台，分头往天井四个旮旯儿里站定。随后两个黄衣的——一个是那位矮胖矮胖的二师兄，灰衣换了黄衣，大红首巾扎额，多加了一顶黑纱罩，也是戏台子上高有大半尺的渔网巾。二人各拄一杆出头顶一两尺的镗镰，月牙铲两头朝天的尖尖上，扣的有几圈儿铁连环。镗镰一步一顿，铁连环便随着一哗啦。鸦雀无声里，这清冷冷的一声一声冰渣子嘣脆儿响，像是扣住板眼儿，一下一下摇铃铛，听来倒是押赴刑场砍头去的死囚脚上拖着大镣，一步挨一步拖过青石大街。

这俩师兄走下石台,脸对三阵小神团,分站两头。不一刻儿工夫,竹帘子那里,师父老师出来了。

这半天,我父都像看戏等着开台一样,这师父一出来,就真似出将入相那里上了大角儿亮相。但见这细高䠷儿师父头上戴的是戏台子上黄天霸花罗帽,插满了银红绒球球和各色琉璃珠珠,一步一闪闪、一颤颤。穿的也是一身杏黄,胸前红扁带打叉儿束腰,却不是短打裤褂,穿的斜领箭袖,和尚褊子那种左大襟儿长袍子,底摆左襟角子掴上来,掖进右腰间橘红宽丝绦勒腰带子底下,滴溜打挂儿带几分邋遢。手上拄的是吕布使的那杆方天画戟,垂一穗大红缨儿。不知是灯笼火把太过混混糊糊不够亮,还是银红绒球球和杏黄长袍色气都太嫩,衬得一张龙长脸黑阴阴的像个荞麦角子,看不出究有多大岁数,敢也不年轻了,可也不很老就是。

摆开来的品字三方阵,师父师兄三人各据一方。几十口子十岁上下童男子儿,一声不声,一动不动,过了好大半晌儿,这才师父、师兄一齐顿了顿手里家伙——没留神数,似乎连连顿了三下。那师父沉沉的粗声开唱起来,中气听来挺足:

"日出东天——是一点红,惊动了弟兄——天下行……"

挺耳熟的关东口音,略带上些胶东尾子,与咱们华家口音大半相近。说那是唱罢,不是唱戏,唱小调儿、小曲儿那个腔调,倒有些打号子那股味道。

"弟兄惊动李天土,李天王惊动杨二郎,杨二郎惊动封炮王,封炮王惊动老君显灵来灭洋……"

念过咒,方天画戟再照砖地上顿三顿,两位师兄手里锐镰也跟着顿三顿,铁连环儿哗啦哗啦响三声。没防着只见所有徒众猛可儿僵尸一般跳了三跳,半转了身过来,张张脸子适好都冲着我父三人这边。

尤府小兄弟机灵得很,约莫觉出我父收腿收胳膊不大安顿,忙贴近我父耳边小声说："不碍事，不碍事，练功都是这么着，得朝东南观音菩萨普陀道场，可不是对俺三个来的……"

只这一点，登科的细心叫我父觉得过了头，那体贴也给弄拧了。三阵小神团一下子转身过来，我父还当是特意正对着他这三人练功献技，只觉有些担当不起，才不由得把坐得随便了些的身子正一正，手脚也都规矩起来。不想这小兄弟误认我父害怕这般徒众要来对付他三个，"不碍事，不碍事"，我父懂得那是"不怕，不怕"的意思——这当地人就是这个说法儿；岂不是"裤裆放屁——两岔去了"？

这样子不管对谁都敬重人家三分的习性，我父也是不知不觉从上人那里承受了来。往日跟在祖父身边上戏园子，听大戏、大鼓书或八角鼓甚么的，莫不头排当央藤椅座儿，逢上台子上角儿冲我祖父施礼，也有抓哏儿拿我祖父打趣、恭维的，祖父总是收拢下手脚，正正身子，算作还礼甚么的，我父也就不觉间学了礼数儿。

场面上的分寸，我父也经历过一些，像给咱们太公做冥寿、给普兰店大太奶奶过七十（我祖父亲生母是太公小房，合家公称二奶奶）、戏班子请来家唱堂会戏；还有正月里出会，槽坊门面前打楼上吊下来的千挂头鞭爆烟火里，抬阁架阁、高跷、舞龙、轮换着耍来耍去献吉祥；旱船、歪蚌精、舞狮子，更是涌进大宅院子里，敲锣打鼓玩上一通热闹。逢上这些场面，家下总是鞭爆迎、鞭爆送，正立正坐地观赏，不兴随便打发，照例是当家主儿——大太奶奶，或二太奶奶，或我大祖父、祖父、三祖父出来行赏，恭恭敬敬把喜红纸封的赏钱——搁在牛庄就常是一两口贴上方福儿喜红纸的整坛烧刀子，亲手捧给领头会主儿，一再打躬作揖谢过人家，礼数上从不马虎。眼前神团拉开阵仗，一派专给他这小哥们儿献技的气势儿，怎不叫我父顿生敬重之意。

东西两廊下，就地烧起金银纸箔，庑廊这边正对着当中庙门的一座大半人高三脚鼎铜香炉内，也焚起大把大把香火，咕嘟嘟冒起浓烟，一时熏得人张不开眼,呛得我父拼命压住咳嗽,脖子鼓像癞虾蟆。想到俗话说的"小庙小鬼经不起大香火",不由得笑自个儿只配是个小庙里的小鬼。面前是来不及的两眼赶着这里那里张望,要看个周全。只见西配殿左首甬巷里,三个斜背大刀片儿的家伙,一人拎只桶量子出来,分头奔到师父老师和两位师兄身旁伺候。

细高䠷儿师父接过长柄子木勺,舀起一舀子桶里清水,试了试高低,擎上去对住为首的团头,泼泼洒洒地沥落下来。就这工夫,徒众齐声唱起来:

"清清志心归命理,奉请龙王三太子,奉请天光老师父、地光老师父、日光老师父、月光老师父、长棍老师父、短棍老师父,再请神仙哪吒三太子……"

重来重去这么念念唱唱,师父和两位师兄分在三阵小神团间,挨个挨个给徒众一一浇水灌顶。

也跟打号子差不多的唱唱念念,念念唱唱,都还是又尖又嫩的小孩儿嗓子,没变声的童男子奶腔儿。一开头那么泼泼洒洒的灌顶,上身大半都淋湿了,我父止不住脊梁骨儿一寒一寒,夹袄披在身也还是止不住抱紧一下胳膊,有如身受。

也不知请来了多少仙家神佛,水浇完了,咒儿也停了,师父师兄分从阵后回到阵前来,看上去除了一身的打扮不衬,走道儿那架势儿倒像三个庄稼汉,浇完了三片菜园回到地头上来,接下来就该蹲到堆儿,安上一袋烟,打火吃烟歇歇腿儿。可师徒三人没等换口气,才一站定就又手里的家伙照砖地上顿三顿,肩膀子耸了又耸,往上提气儿,比先前还要使足了劲儿,颤颤索索扯长声儿吆呼起来:

"天灵灵,地灵灵,奉请祖师来显圣!"

师父师兄一声未了,徒众紧跟着又再齐声唱念:

"一请唐僧猪八戒,二请沙僧孙悟空,三请二郎来显灵,四请马超老黄忠，五请济公我佛祖，六请洞宾柳树精，七请飞镖黄三太，八请前朝冷子冰，九请华佗来治病，十请托塔天王金吒木吒哪吒三太子，率领天上十万天将与天兵，齐来灭洋并扶清……"

这样唱唱念念到半中腰儿，除了师父师兄竖在那儿不动，徒众全都鼓臃起来，先弄不清怎的，稍稍过一会子才看出来，个个浑身上下索索打颤儿，总不至浇了冷水灌顶，冻成那样。渐渐就有的单脚离地，一条腿原地跗着一蹦一蹦跳起来。一请二请，十请请完，个个都还那么不停地打哆嗦，单脚跗趟儿跗个没完儿，愈来愈快，喘气也呴儿呴儿像给盐馪到了，喘得愈粗愈重，脑袋到得自个儿作不了主儿地那么猛摇，像个拨浪鼓儿，又像得了摇头疯。那样摇法儿，都该站不住脚才是。不用说，个个排立横竖成行的三阵小神团，眼看歪歪散散，乱了正形儿。

这样子够久了，登科像怕我父跟他表兄不耐烦儿，给二人宽宽心说："速了速了，就速下神了；但等个个口吐白沫，就见得出神功来。"

这时节，那三个背刀的家伙又从西配殿左首巷口子里出来，一人抱一大捆红漆木棒，根根七八尺长。瞧那样两胳膊尽了力儿抱得满满一怀木棒，该派挺沉的，人却摇摇摆摆走过来，好像轻得全不当回事儿，可真要点儿功夫底子——倒没瞧得起这三个看来不过打杂儿的家伙，脊后斜插花背着大刀片儿，倒不是做样子，个个都还真的有点本事呢。

我父盯住为首那个家伙瞧，是那种走道儿一摇三跩的身架，一大抱棍棍棒棒，就算是分量顶轻的柳木棍罢，一根也有两三斤重，二三十根总有八九十斤沉，却没碍到他那副顸怠相儿，真叫人疑心他一头干这活儿，一头肚子里哼哼周姑子戏，才整个身子那么跟着一扭三掉弯儿，骨头没四两重。

待这个顸怠鬼走来庑廊底下，走过我父这三人面前一片空地上，像是一下子滑了手，大邋遢一松胳膊，棍棍棒棒戽水一般滚落下来。眨眼儿工夫，可吓得我父忙挤紧了眼，像一个大闪把人眼睛都刺花了，接下来，缩着脖颈罄等那一声照头打下来的霹雷——眼前这么悄悄无声，一根绣花针落地都听得见，哪经得住那一大抱二三十根棍棍棒棒那么高的迸散开来，滚落到硬砖地上，那不是要天崩地陷的大动静……却不料空等了半天，耳旁只闻一小阵儿喊喊嚓嚓，像一小伙儿甚么人，怕给人听了去那样地贴紧耳根儿争说私房话，顶多也不过比作一阵儿小风刮来，嗖嗖嗖旋起地上落叶，连响声都说不上。

待我父好生不解地张开眼来，那一堆散落的棍棒还有一两根没落实，单蹦儿滑滚下来，轻飘飘地着地，又轻飘飘地弹起，跳了跳再着地，人像是耳闭了，听不见一声响儿。一时弄不清这是啥的法术，还是那棍棍棒棒是啥的料子。

背大刀片儿的那个家伙，这再从大堆棍棒里榄起一小抱，就地揿揿齐整，下到天井里，给仍在打着哆嗦的徒众一人擢一根。我父不方便过去够一根来看个究竟，就着条凳上斜翘开身子，想凑近些认认。登科一旁扯了扯我父，笑笑说："认不出来罢？——上了红漆的蒉秸秆子，也有转转莲儿秆子。神团就神在这上头，别看不上眼儿这些空心秆子，师父老师作了法，使唤起来，一根根可都有孙悟空金箍狼牙棒那么厉害。用这空心秆子，也是练轻功，等会就见识到，撑着翻跟头、撂螃蟹，折不了。"

这当地人把向日葵唤作转转莲，媳子窝外老太那边却叫照葵。我父忽然记起这照葵秆子不可玩儿——往日在姥姥家给惯得"要天许半个"，小孩儿玩啥都行，单就是不准拿这照葵秆子耍，怕戳伤到哪儿，见血就准得破皮疯。我父忙把这个正告登科，嘱咐了又嘱咐："真的，大意不得。破皮疯难治就难在不发便罢，发就来不及治……"谁知这尤家小兄弟异想天开，捂着嘴笑说："那不正好！打得洋鬼子个个生了破皮疯,不是罄等俺去收拾!"

我父听了也觉挺有意思,跟着笑了笑,不过还是又叮了一声:"可功没练成,不留神先把自家人给伤了,还是太甚么了不是?"登科先前虽那么当作玩笑,却也挺认真地谢过,且应允要提醒那两位师兄多留些神,再不然就索性全都改使蒚秸秆子。

这当口,天井里的徒众挂住红棍,叉开两腿,仍旧在周身哆嗦,脑袋像蔫巴了的花儿朵儿,不再摇头疯那样,只看不出来口吐白沫了没有。不一刻工夫,师父老师顿了顿方天画戟,立刻好似一声令下,这天井大场子上动了起来,徒众大梦初醒,一个个猴儿一样,生龙活虎地"嘿!呵!哼!咳!⋯⋯"喝声四起,捉对儿厮打开来,只见挥挑刺挡,砸拐闪劈,硬碰硬地一来一往,路数有板有眼儿。烟火腾腾里,愈觉杀得天昏地暗。

我父一旁直看得提心吊胆,尽管分明是一对对你进我退,我劈你挡,呆定的路数,可到底跟戏台子上全武行那些个招式还是两码子事儿,这可都打的是真的,出的辣手,回的凶煞,除非练就了"铜头铁脑袋,越敲越自在",要不的话,作过法的照葵秆子既赛似孙悟空金箍狼牙棒,一棍子夯下来,就足够把个活人揍闭了气,不定脑浆崩裂。破皮疯不破皮疯的,或许白操心了,作过法的棍棒,敢莫真就不再是照葵秆子,邪门儿就邪在这上头。这照葵秆子纵算挑那顶粗的,看似木铦柄子那么壮,可材料又脆又稣,空心儿里尽是白棉团儿一般的瓤子,两手打横攥住,经不住膝蹅膝盖儿上一磕,便一搋两截儿。像这么猛敲猛打了半天,没见有哪根断了,劈了。我父不能不信这个邪。撇开登科给他讲的甚么红灯照、砂锅罩、踏空术、封炮法、生火灭火咒儿,且都不去说它,单这亲眼所见小小奇招儿,也就惊心义和拳不含糊,是有两下子。

# 风水

祖父东扯葫芦西拉瓢，当作闲拉聒儿；那尤二爷过足烟瘾，云山雾罩，又猛吹猛侃；两下一凑，我祖父总算套出一桩暗中官绅勾搭的不少行市。

原来县里黎太爷，到任不久，便由黄师爷出面，托付了地方上的乡绅董事联防，以行保境安民。但凡成起乡勇，一经点验属实，满三十名者赏哨官；满百人者赏长夫。言明这成团放官，除非联防相助，越乡会剿匪徒；平时保安乡里，概不移调外乡或拉出县境。这就无异拿人头多寡以定捐官大小，首领及乡勇家户皆予蠲免钱粮，蹲在家里为官。如此大办乡勇，就算是守住清白，洁身自爱，不去作威作福，鱼肉乡民，可总是坐地一方，非比等闲。一般乡绅董事，率多乐意从之。

说来也是这位新任黎太爷使弄权术，利诱乡镇有点头脸的人物，抢着甘为县衙爪牙。可这位黄师爷官场老手，不着痕迹地暗自授意，不问原本为红枪会也罢，大刀会小刀会也罢，乃至不管甚么帮会都成，只须有本事保境安民，一概不究既往。这般绅缙试以招募义和拳充当乡勇，求教黄师爷是否可行，却遭告诫："义和拳也是提得的？就算你开起拳厂，看在抚台袁大人份儿上，你总不宜'谋身拙为安蛇足，报国危曾捋虎须',明目张胆搭台子玩儿罢你!……"

本来打了多年的捻子,所有红枪会、大刀会、小刀会,也都受到连累,难以为继,逃的逃,散的散,眼睛放亮些的帮会,莫不让官家招安,吃粮当军了。因而说起民间起兵,还有个帮会甚么的,差不多就只有这两年才兴起来的八卦拳,和这八卦拳分出来的这一支、那一派。眼前想要成起乡勇,舍此义和拳,还真别无可求。事后果验得那位老滑头黄师爷意在不言中的交代,待西乡蔡家集开坛练功,县上官差下去点验,随后就下官帖官印,放了办拳厂的蔡某人一员长夫。打那便成了官家团勇,瞒省上不瞒县下。恰恰衙门也正通令各州县就地筹办绥境团练,保民安土,真是时候。绅缙人等不能不叹服这位知县太爷之善为官,也推断省上必定有人在内打点,以致才一上任,就在这大办团练上头,拔了各州县头筹。为此,各乡绅董事除了胆儿小怕事的、肉头死眼子的、守财奴不肯为地方花一文钱的,此外,没有谁不是热火火要办团练的——明是公益邻里,造福乡梓,私下里可不光是贪图那一官半职——别看那长夫小不小的,比叙起官军来也合一员管带呢;有得这个地位,要紧还是跟县衙门一下走得又近又亲。挂上这么个大钩儿,不用花销他衙门分文公帑,太爷反过来倒欠一笔情分;彼此帮撮,谁不靠谁呢?那就别说凡事多有仰仗、多有方便了。可这事儿也不是那么一厢情愿,还有下文。

闲拉聒儿里,有一桩拉扯上风水的公案,挺惹我祖父打起兴致。

也是那位受到众乡绅不知多少好处的黄师爷透出的口风,是说这位黎太爷善观风水,到任后四处巡视,一眼就看出北关外的天主堂主克城厢。那座足有六七丈高的尖顶儿钟楼,上竖个十字架,恰是一把尖刀抵住真妙山龙脉咽喉,县衙倚山临水,倚的山叫尖刀抵住咽喉了,自也是极不利一县之主。再还有北关内耶稣堂——本是废弃的老考棚,给洋人强购了去盘用,里头不只造起一所洋教堂,还大兴土木盖了不

风水

少洋房,又是高小洋学堂、又是女子中等洋学堂、又是洋医院,地势全都高过县衙。如此洋跟洋声气相通,恰与北关外天主堂里应外合,又都位处县衙正背后,隔断真妙山一路下来的灵气,知县太爷怎不如芒在背,瘄痳难安!

余外,如美孚洋油厂,楼高三层,城南地势步步走低,就连不很打眼儿的外郭土圩子也都足以把它洋油厂给比了下去,这也罢了;可阳宅单巧讲究的就是前满后空——千家万户正堂无不朝阳,城郭大小南门也是正对离方,轮到要这洋油厂楼房高上去才是道理,偏又死狗撮不上墙,择了个洼地起楼,岂不是有意拗着来,真够怎么瞧怎么不顺眼。所幸总算前人经营县城有些见识,以河堤为地基的南圩墙,长达二里多不辟一门。只在东南、西南两隅各开一皆非南向的小角门,这就顺向得多,也便不必去计较洋油厂了。

再还有东城外,全城最热闹的东大街那所道生洋碱行,四层洋楼,猛过一溜东城墙两堞子高,所幸尚未高出东城门楼,且是后门冲着城墙根,勉强还算不怎么太犯冲,暂可放下不去理会——只是毛虫爬脚面儿,不咬人也还是哏喳人罢了。

太爷相过整个城厢,总括一句话,本县风水尽遭洋人非伤即破了;不禁长叹:洋人见官大一级,洋楼也都是高过民房官厅,乃至城楼、庙塔——像城东南那座奎星楼,三层宝塔也给道生洋碱行给比了下去。怎该事事物物人人尽比这些番邦洋鬼子矮上半截子?

撇开洋油厂、洋碱行不提——只是对付上头有个缓急。北关外那所天主堂,先就风水上头把全城给克个死死的。又还不比北关里耶稣堂,敞开大门由着教民、病人、学生子进进出出,便是外四路啥样闲人儿要进去也都不难,没多少私密让人猜疑。他天主堂那扇下边带轮儿大铁门可整年整月莫不紧闭,不是望弥撒的教民谁也进不去,谁知道那里头弄甚么鬼!那座插天高的钟楼,不定那上头尖顶窗口直窥全城，衙门里一动一静全都一点儿不漏给瞧个尽。黄师爷只当是正事儿完了找点闲话说说，风水不风水的掩一点儿、露一点儿，没怎么明说，自也没有若何吩咐。事后众乡绅董事集议，把黄师爷正话闲话前后一逗，县太爷是个甚么旨意，也就司马昭之心，不难揣摩了。

为这位黎太爷想，既恨洋人入骨，誓废远在北关外一二里的天主堂不可，却又诸般犯难——不问来文的，来武的，官家敢都出不得面，这倒谁都能体念；可总不宜这就全都推给地方罢，且又是个暗盘。地方上也不是没能耐顶事儿，就这不可明来，只可暗去的手腕，县里未免太过滑头，万一事儿闹大，谁顶？对付洋人，现成的义和拳，像这样又怕省上的"死八条"，又不敢明让地方上开坛，言下却又透出拳厂可干不可说那个味道，岂不出头是他太爷的，砍头尽归小民？

众乡绅董事经这么一拼逗，一议论，便十有八九都打了退堂鼓。好在罢，你县太爷既不愿明来，拿不出明令压人，又对众家绅缙一无担保，买不买账那就由我了。

这档子事儿说说也就四个月头了，风传东乡西乡都有多处坛口，他尤二爷起先也有些迟疑——说到这，尤二爷赶紧下了注脚："俺可不是那般土肉头装孬，砍头也不过碗口大的疤儿。要创就别怕，要怕就别创。俺这里疑蹭是疑蹭的有没能耐。不瞒你长老，舍下叫着十顷地，实秉实没那么多，上有老母亲在，还有个寡嫂，承重孙大侄儿，这就三三分。要是分了家也罢了，任怎样花销，出在我那三顷米地里。可总不成为的练勇成团先分家，只好先跟家母寡嫂疏通，一回两回疏不通，三回四回，末了也不知多少回，总算老母亲点了头，老嫂子也没话讲——各然也是命定罢还是缘缘凑巧，西瓜葫芦秧子拉扯的亲戚，够上位八卦拳伏万龙师父，这就水到渠成了……"

为此，这个坛口起的晚，九九八十一天这才刚过一半儿单三天。他尤二爷可深以占得地利自夸自得，人站到河涯头上，便瞧见洋油厂

风水

一清二楚，三里路上倒有二里沙灰滩，一无水可涉，二无树木家舍遮挡，功夫到了家，火丹一吐三五里，冲那现鼻现眼两座洋鬼铁油仓钻去，沾火就没得救。再说天主堂，那可是县太爷心腹之患，要废天主堂钟楼，也该数他尤二爷这三个小神团最得地利，打今儿再挨过三十来天，神功圆满，黄河仍属旱季，乘夜打干河底子抄近路，直奔西北水门，连头到尾不需一个时辰，即可逼近天主堂。如今晚儿，里头洋和尚逃走了，到时候未必回得来，没的甚么洋法术可抵挡，真妙山上齐吐火丹，城厢内外一无惊扰，神不知鬼不觉就管叫它天主堂地塌土平，县里丝毫不担一点儿风险，可就大功告成了。

尤二爷过足了大烟瘾，吞云吐雾可吹得热闹："洋油厂、天主堂，弄不好捎上个道生碱店，一夜之间屁蛋精光，干净利落，漂漂亮亮。让你长老说说，怕他县太爷不赏个管带——一名长夫，还带俺爷们儿没放眼里，只恐他县太爷也拿不出手罢！"

真是吹牛吹得呜嘟嘟响，可他尤二爷大把银两、大堆粮草丢进去，自有他正经和顶真。吹是吹了些，拿当斋醮法螺又何尝不是吹！

冲着对脸儿歪烟铺的我祖父这个耶稣教长老，大言灭洋，尤二爷敢是先有过交代："一来，三岁小孩儿都晓得你华长老不是吃洋教的——那吃洋教的都叫洋教给使了，丢宗忘祖，败坏孔孟，甘心做洋鬼子狗腿二毛子；唯独你华长老使了洋教，不买洋账，自家还开馆传灯孔孟。二来罢，你华府上遭到那样子洋劫洋难，地地道道家破人亡，你华长老虽在洋教，俺说句配比的话，那也跟关老爷差不多，身在曹营，心存汉室，待机拨乱，打里头反出来。三来罢，那位黄师爷说的没错，耶稣堂跟县衙门轧的是近邻，到时节出了事儿，脱不了干系，丢官坐罪伍的，哪还有俺好果子吃？……"

尽管这位尤二爷自以为是，甚么使了洋教、甚么打里头反出来——那岂不成干了奸细，卧洋人的底了？我祖父只是笑眯眯的不以为意,也未置然否。倒是从那风水不风水的闲谈里,看透了这位小财主真真心迹。

从县上黎太爷的风水,尤二爷也顺口提到他尤府祖陵也曾请人看过。那是年前有位南蛮子地理先生,路过城里,因缘凑巧经人引荐,也便请来乡下看看,阳宅是说平平,不料阴宅佳城,竟断他尤氏祖茔与谥封文正公的曾涤生老大人家的龙脉相若。尤二爷说来颇有几分得色,却又力言不曾在意这事,讨个吉祥罢了,哪就当真?

可真人面前休说假话,如何瞒得过我祖父?他曾文正公固属编练乡勇起家,以至创立湘军,剿平长毛儿,封侯谥公,却怎说人家也是进士出身,官至吏部侍郎,丁忧居乡,始奉朝旨练勇,你尤老二凭的甚么?——效法先贤固属其志可嘉,可断不是这样子耽溺风水迷信。再说那位曾老大人,道德文章名震咸同两朝,又哪里是靠甚么祖坟进身宦途,终为社稷重臣?况那个甚么南蛮子地理先生,不定是个江湖郎中,湖南多山,这尚佐县地一片平洋,两下里山水大异,哪里好拉扯到一块儿来般比?拿"坤峰卓拔旂旄样,男为将军女帅府"十四字批言,欺得这位乡愚无知土财主晕头转向,真是贪财造孽!不过,不定这位尤二爷也早存大志,不觉间透了口风,那江湖郎中顺着大腿摸卵子,敢是要投其所好,以这句堪舆口诀来逢迎,可真给他尤二爷架了势儿。

当下我祖父还是一脸喜气,给这位日后势将以乡勇管带起家的尤二爷先道了喜,接着试上一试:"提起这堪舆相地,不才倒也略通一二,县城风水未必尽如咱们这位黎太爷所见,破法儿也未必高明,况那——"果然这尤二爷真热这一套,歪着歪着撅拉一下坐起来,一脸喜色说:"你华长老真真的博学!有你这位高人在,早晚罢,就和长老有空儿,给俺祖陵看看。高人掌眼儿,看那个弄去俺二十两银子的地理先生准不准,值不值得。"

我祖父心想，你既吃这一套，就生得出点子。遂谦让说："咱这是野狐禅一个，你二爷不嫌弃的话，改天一定效命。"便又接上先前话头："咱们这位父母老大人，地理敢是个通家，只是时务上欠把火候，首先罢，就不明白这天主堂跟耶稣堂，非但合不来，根本就水火不相容，哪里还甚么声气相通？依耶稣堂看来，说句难听的话，巴不得他天主堂给毁掉——尽管属你二爷说的，我这个'使洋教的'，打根底儿就看不中这两教干吗深仇似海，作阋墙之斗。起因是他们西洋人不合，咱们信教就信教，信的又都是皇天上帝，干吗要夹进他们洋人恩怨里去趟那摊浑水？咱们是到得西汉也还甚么教都没有，也不用甚么教，免得都是上帝子民，分出你我，彼此外气了。可往后佛教也来，耶稣教——唐太宗李世民时叫作景教，还有祆教、回教，接二连三都来了，咱们自己也弄出个道教。尽管各教互不相容，总还是咱们中国人打古到今，厚厚道道，三教九流来者不拒，也看得最清楚明白，教嘛，都好都好，教人做好人，教人行好事，何必你反儿我，我反儿你！咱们黎太爷那么不明白，就是这一点。"

讲起怎么破法儿，我祖父笑说："哪用劳动县太爷那么费尽心机！就算城外天主堂跟城里耶稣堂互通声气，里应外合，封死北门不就截了？况那北门本就是凶关，主克县令。天主堂位在艮方，艮为山，平地且要立座高塔镇一镇北关才是，怎说天主堂钟楼妨到县衙？如今果真把那座钟楼给废了，只怕首当其冲的倒是这位黎太爷——丢纱帽还算轻的，重的那就不必说了。念在令戚李府是舍下大恩人，你尤二爷可得恕我这样子直言……"

那之后，到闰八月间，县衙将北关封上，不单铁打的城门上闩又上了铁杠，贴城里这边门洞砖砌到顶。打那便只有绕道东西城门出入。尽管弄不清、也不曾打听是否我祖父尤府这一夕之谈，终至传到县太爷那儿，发觉北关果然大凶，至有此举；不过我祖父也还是为这个害得多少城内城外居民大不便而感歉然，提起来就不免自嘲："一言丧关，可不慎乎！"终我祖父一生，这北关未再开启，要到民国二十六年春，我大哥一位少时反日死党主县政，上任之后，一为便民，二为破除迷信，三为时局日紧，断定与东洋日本终将难辞一战，届时防空疏散，势必城厢多辟生路，方始重启封闭三十八个年头的这座北关。只是抗日战火随即波及小城，十二架日机一日内轮番轰炸，生命财产广受重创，县民倒又怪罪起这位县长触犯凶煞，贻祸百姓遭此大劫。

此是后话，暂且慢表。再说我祖父究竟为何要有这一趟夜访老城集上的尤府。

起头也是多方拍凑上了。先是尤府老奶奶为儿子毁家练勇，愈来愈弄成个无底洞，且不说多少家业赔将进去——老奶奶一直蒙在鼓里，不知厉害，一旦得知开坛练神拳原来触犯朝廷王法，身家性命都要贴进去，就别说有多焦心破胆。奈何儿大不由娘，规劝也规劝过了，咒骂也咒骂过了，掉泪苦求也都没法儿叫儿子回心转意，便只好找到一向为人排难解纷无有不成的李府二老爹这位表亲拿个主意，出面阻止。李府二老爹衡量这事难办，找到我祖父从商。李府二老爹当笑话说："尤家老表舅母也算信得过俺，才找上门来求救；也是病急乱投医罢，顾不得走漏出去惹祸招灾了。事儿本也容易，依袁大人'杀头八条儿'，给省里一举发，就足可把事儿放倒，人给抓去砍头，家产充公，俺这告密的还可得捞个充公家产一半儿，何乐不为！要不罢，让给你长老去举发，一事两够儿，灭洋灭洋，叫他自家先灭；再还又分他个几顷地，够俺大侄子种的——横竖你长老外乡人罢，不沾亲，不带故，怕连一面也没见过，啥顾碍也没有。再就是你不灭神团，神团灭你。啊？于情于理都说得过去不是吗，俺的个长老？"

说得两人都拍手打巴掌地笑开了。

这敢是祖父意想不到，求之不得的机缘——当然不是这当作笑话说说的告密举发。

教会自从所有的洋人一走,又对外面种种光景无知,便张皇失措不可终日。众长老、执事、教友,皆一力催促我祖父,凭他人头儿熟,援去年往例,去跟衙门交道,速速索要兵勇护卫医院、学堂、礼拜堂,以便吃紧起来,教友躲进去避难。有的可对这没指望——衙门只买洋人的账不是?早已把儿女,甚至家眷、细软,送去省城、青岛、烟台、或江南大城市,反正有亲投亲,无亲奔友,避避风头。

依我祖父权衡,此番变故不过是洋人在那儿猛吃紧,实情没到那一步——卜老牧师临走也说,各国纷纷召回属民,固然是甩给大清朝廷一点颜色看看,实里也还是领事馆对内地种种实情不明。照这位人情达练的老洋人看法儿,也与我祖父挺有同感,可怕的应是去秋巡抚毓贤主政时那样全省闹神拳。如今不问袁抚台的"八条杀戒"能否把义和拳整个儿压下去,连根儿拔掉,到底剩下的有限几处拳厂也还是化官为私,化明为暗,不敢公然招兵买马,铺坛练功。地方官也有省令压在身上,不出事儿还则罢了,一旦出事儿也必连坐重罪。

祖父心存这个底子,内里也实在多了。跟教会历陈了得失利害,教会不受,便也乐得不再闻问这档子事儿。本来这位黎太爷据悉与我祖父同科同年乡试中举,又都是同试于京师北闱,黎氏不过大挑得中,以知县任用。若叙年谊,至亲不过,不是不可求见请命,比跟上一任的知县还说得上话。今既无须求告,他太爷又避不传见,也便不去涉嫌巴结攀附,免欠份儿人情。

李府二老爹本意打算跟我祖父讨讨主意,祖父喜出望外有这个头绪让他弄懂一些义和拳内情,敢是热心得很。可真正要为李府这门亲戚便是清官也难断的家务事,谋求个避凶趋吉、家和人安之道,单凭尤府老舅奶奶吐的一肚子苦水,很难想出个法子来。祖父便跟李府二老爹提出不是主意的个主意,先打做儿子的尤二爷这边听听根由——

要紧还是想要儿子一方罢手不是？总不好对他这一方存心如何全不知情，就插进一脚去排解或者阻止不是？想要跟这位尤二爷碰面谈谈，还不宜他二老爹出面——他二老爹一出面，不是站在做娘的一头，也是站在做娘的一头了；想要摸清那位老表心事，也只怕得不到实情实话。这样就不如让我祖父借故去拜访，套话摸底，方便许多。但等弄清楚了他尤老二心意，那时再商量怎么去对付，再由他二老爹出面也不迟。比方说万一那位尤二爷执意不肯罢手拳厂，为尤府老舅奶奶婆媳老小身家性命着想，出个下策，约上三老四少帮忙分家分产，各立门户，出了事儿彼此无干，人也保住大半，家产也保住六七成，虽下策也不失为中策了。

李府二老爹没加思虑，便极口夸赞是个上策。

从商既定，二老爹便着二房嗣义先一步上城，买两拜盒茶食果子，到尤府上会知一声，借故我祖父想在集上开馆前来讨教拜会，一面私底下禀知表舅奶奶，串通好了装作不知我祖父受托探听拳厂内情，只当儿子这边来客招呼即可，以免儿子见疑。

我祖父可没有以说客自居，拍胸脯管保如何如何，本来也就只是为的刺探一下尤二爷的心事，却不料打这风水不风水上头，掐住了蛇头七寸，这就有得点子可出。清清楚楚的天助，不禁心中高声感谢赞美上主。

祖父据实点破了县里黎太爷断的风水，分明已叫尤二爷不禁动容，想必也动了心性。可那远远不足，为这开坛练勇投进那么多心血、银钱、粮草，善财难舍，哪就轻易放手？打铁趁热，临告辞时，二人都掏出了怀表一看，都已小半夜十点一刻，便相约日子，上他尤府陵地看看阴宅祖茔，查验一下那位南蛮子地理先生相的阴阳如何，看是真本事还是江湖。

祖父回来，紧赶紧抱住两本《堪舆经》翻了一遍，又偷偷赶去尤府陵地走了走。打周易衍生出来的堪舆这门学问，正经读书人忙科举赶考之不及，哪闲工夫碰这玩意。我祖父虽则是个读书人，并无意仕途。二十岁时，纳贡一百零八两规银，捐得一名监生，取到京官和地方官文结、地邻甘结、同考互结，远赴北京，于顺天乡试北闱奉天籍夹字号，得中乙酉正科举人，却也只为不负父祖荫佑，寡母养育，业师教诲，取个七品荣耀，不大不小功名报恩而已，便也到此为止——亲历"三场辛苦磨成鬼，两字功名误煞人"之痛，也是无意再求甚么会试之因，于是更与三科不第，六年一选的举人大挑放官也就此无缘。打那往后乐得做个举人少老爷，家居逍遥，游乐之余，闲书倒是翻阅不少，堪舆之学也曾涉猎，一度并曾热衷，深信其真其验，唯是悟得"盗天之术"与"以德通天"——基督教的"以信合天"，便只玩习玩习，不当甚么信靠，想不到今天倒派上用场。手上的"龙经三卷""入地眼"刻本，也是闲逛城上教场，无意中估书堆里翻到，顺手买下，还不曾一阅，这也竟然有了用。如此愈觉上主巨细皆早有预备，也愈好一无顾碍，放手去做了。

此外又还有一巧，祖父携去罗盘，偷偷看过尤府祖陵，以便回来从容翻书寻案，仔细琢磨——究竟不比行家老手，一肚子口诀烂熟。若不先蹓这一趟，到时候一阵儿勘察，一阵儿查书，先就叫人信他不过了。

量过位向记下，再在附近走走看看地脉，不意右首百步之外见一孟氏祖陵，黑森森的松林，占地较尤府者小了些，柏树却古得多，而主坟位向似甚相近；经罗盘拉线一量，位向竟仅两三分之差，不啻尽同。再细看那三座墓碑，三世墓碑上孝子署名"孟广鑫"，一见即似曾相识——至少总挺耳熟。回来一问李府二老爹，正就是那位独造黄河上五孔青石拱桥，以蓄谋造反之罪下牢的孟石匠。

五孔大桥的来历，祖父只听人约略地说过，李府二老爹所知甚详，就手给我祖父讲了个清楚。

这个孟家本靠做石匠起家,多少代相传下来,成了远近知名的孟大户。尽管单靠百顷良田——合上万亩,就已够得上全县数一数二的首富之家,可到得这孟广鑫,也还是以石匠为业。说好罢,算是不忘本;再者,石匠干到他孟家这么兴旺,单是石匠师傅就养上十几二十口,伙计八九十,也敢是轻易放不下手;只不过他孟广鑫这一辈子起,就已不拿破石的凿子榔头罢了。

单凭养得起那么多师傅伙计,不说日进斗金嘛,日进斗银可一定走不掉。千变万变不离一个石头,却千变万变的买卖儿就多了,家家户户少不得日常使唤的石磨、石磨盘、石碾子、石碓窝、石杵榔头、石滚子、石磟碡、石井口、石井台、石牲口槽、石臼子、石研窝儿……还有那石门楼、石门楣、石门台、石门磴、石鼓墩子、石狮子、上马石、石廊柱、石牌坊、石地界、石碑石龟、石供台——石瓶、石香炉、石烛台……数起来没个完儿,早晚遇上修桥、铺路、盖庙、筑廊等等,就更加干起积年累月的大活儿。虽说石器家什、营造材料,无不是一用几百年的子孙货,日常添置没有多少,可一集一镇一城所需不多,一县一州一府俱来光顾他这远近扬名的良工孟石匠,那可就无计其数了。

家道真就是发旺到无边无际、无可如何的地步,便合该有怪要作了——也是天道无亲、天道好还罢,所谓否极泰来,泰极否来;若不然,净让他孟石匠一家只盛不衰,只发不败,财富都聚敛到他那里,还有别人家的好日子过么?——他孟广鑫倒不是甚么为富不仁,财势欺压善良的恶霸人家;仗义疏财,热心公益,也是时有所闻;可单凭那月月放利、年年置地的发下去,高利肥田尽落他孟家门下,久而久之还是可畏可忧。

说来这好有三十年了,那孟广鑫据传是听了哪位高人指点,断他

风水

有九五之尊的真龙天子之命，大清朝廷气数将尽，正是民间起兵千载难逢之机。不知怎么给一煽火、一啜哄，竟然定意要造反起来。说甚么以他河西白虎，必降河东青龙，宜于秋日起兵。那位高人携走重金，去为他这位真龙天子求才访贤，招募天下豪杰，相约三年大桥造成，必有将相贤才领兵掩至，过河杀进县城，一路打到北京，大事可成，王业可就，天下可得。

那孟广鑫虽念过几年书，却是个没头脑的人，仗着财大气粗，一下子迷上这谋反大事。想想也是道理，白虎兴于秋，秋日则黄河必发大水，兵马千万总不可指望摆渡过河，遂依高人指点，拿出看家本领，先造石桥。

河宽约莫三里，全凭青石造上这么一座长桥，凭他万贯家私，怕还真难。几经筹算，不得不打通关节——仗着财势，修桥铺路又是大善行，不难得到知县太爷点头，商定由他孟家独造半里长石桥。两头填土筑路，东接外郭西圩门，西连西岸老河堤，统由县衙征用民夫，就河底取土筑之。

这座至今快上三十年的青石五孔大拱桥，容得两挂双拉大牛车挨肩并行那么宽，桥高两丈有余，桥长没有半里也该五六十丈远。如此一座大桥，单靠民家独力兴造，可也算世间少有。再说，此地方圆百里内，有限几处丘陵也尽是土山，须至百二十里外的官山拖来这大块大块青滑石，单这材料搬运就很不得了——那桥面、桥基、桥孔内平底，动不动都是六七尺长，二三尺宽厚的巨石，打磨像镜面儿一样，好样大车也只拖载个六七方。凭此不难想见那位定意造反，要坐龙墩的孟石匠，真是出了无大不大的钱财气力在这座大桥上。

抢了两个大半年的旱季，才将桥基桥墩立定，再一个大半年方始大功告成。石桥两头一通城上，一通西乡的通道，恰似横穿河身的长堤，由县衙征来城内和西乡民夫动手，倒是头一年即告完工。老天也挺架势儿，一连三年，入秋涨水还是涨了，没发大水就流冲不到甚么。大路两旁栽的柳行，两三年就已成荫，一片上好风光，更是小城一桩大事。

只是大桥竣工通行车马之日，鞭爆声里，猪头三牲大供未撤，孟广鑫披彩挂红一身荣耀尚自琳琅耀眼，却风云陡变，当场五花大绑，押进县衙，就此下进大牢。

光是大桥还未兴工，那孟广鑫便已先自礼聘了几位拳脚师傅，教习伙计家丁练功，那倒还算平常。等到另又招募乡勇成起团练，虽曾跟县衙报备，终因私买大批火枪惹眼儿，叫人见疑，也犯了大忌。依这大桥竣工才抓人的路道看来，无人不疑猜官家早就在他孟家藏人卧底，不然没那么清楚，也掐准了正是时候——那样子趁着孟家师傅、伙计、家丁、枪勇，全都手无寸铁，齐聚到大桥上庆功，祭告天地之际，县太爷随身二十几名护卫俱携快枪，一小队马快变服夹在百姓里，旗号一展，也都打太爷绿呢大轿内取出快枪，大桥两头一拦，直堵个死。老城集孟家老窝，官军也预先埋伏，围个水泄不通，但闻河上枪响，把个老窝儿兜底给端了，地窖子里、炮楼里、夹皮墙里，上天下地抄个干净，起出刀械火枪、弹丸枪药，少说也够成起一标人马。

造反这滔天大罪，除掉砍头，没二话可说——闹不好要五马分尸，再不就是凌迟万剐，外带灭九族。只是他孟大户究非等闲，纵然家舍田亩悉数查抄充公，家私浮产也都经不住官家掘地三尺，刮个干净；大石材敢是没人动，动不了，动了走也没大用，所存现货石琢家什可就谁抢听任谁抢了。纵然那样无异洗劫一空，但那祠堂公产尽是他孟广义独家捐献，钱庄蓄存的银两，外头各方放利的借贷，都不是官家管得了的，可都为数不少。孟家平日待人尚不算刻薄，人缘也还不赖——要打天下罢，敢是懂得诸处皆须要买人心；他孟广鑫人在牢里，传出话来还是自有他的力道，又是个心上钱财账目细大不遗的奇

风水　113

才，慨允并担保皆跟官家不供不咬所有底细，私下传出一帖单子，明列掌管或积欠那些钱财的百余人头，指名谁、谁挺出多少银两——只约合欠债一两成而已；并指引如何打点衙门上下内外，那余下的不问是银是钞、是租是贷、是典是藏，一笔勾销，悉数舍了。

那百余人头无非都是远近族人、亲朋好友、邻里街坊，正自害怕株连，不料却得这等好事儿，欢天喜地自不必说——可也还是有凭良心、有不凭良心又不怕事儿的，侵吞的侵吞、分赃的分赃、趁火打劫的趁火打劫。饶是这样，齐打伙儿凑了零头，足够把衙门里层层关节打通。末了这孟广鑫以姑念造桥功德泽及乡县，造反仅及谋算，未克遂行，判一个夫妻终身监禁。倒是拳脚师傅人等问斩了五名。如今那孟广鑫犹自坐牢，使钱使到尽头，大牢里单单隔出个别院儿，夫妇竟在里头生儿育女，过起家常日子，算算也就三十年了。成年的儿女出来本靠四十亩陵地过活，却也有在城里拾起生意来的。大难不死，未必都有后福，可落得这样子既保住了性命，还又子孙绵延，人人都说，别管怎样，修桥铺路到底还是积了大功厚德。

李府二老爹才一告知那墓碑上的孝男孟广鑫即就是那个造桥造反的孟石匠，我祖父便抚掌大笑，喜道："妙！妙！这可又是天助我也。"

黄河上那座壮伟的五孔青石大桥，祖父略闻过一些来历，只觉天下哪有那等荒唐的蠢物蠢事，因不可信也就没去在意。现经十来岁年幼时亲眼所见大桥完工盛事，并孟石匠一干人等当场捉走，又凡事瓷实可信的这位李府二老爹一番细说当年，愈听愈像在给那位尤二爷推算八字。回过来再参照尤、孟两家祖陵风水类同，看来自尚书所载周公营洛以后，三千年代代卓有伟猷的堪舆这门学问倒有多精准。

约定的日子，老城集尤府上差一顶轿子来接，我祖父推说看完地尚须进城一趟，还是骑自家麦花小叫驴去了。

天气热得可以，陵地远看是一片黑森森的松林，走进去却并不遮凉，柏树总是枝叶齐向上长，蔽荫不大；尤府陵地扁柏又且三十年不到，树干仅仅碗口粗细。当午烈日直下，密植的松林徒然挡风，别说有多闷燥。我祖父身着离皮离肉的麻布裤褂，拿起罗盘拉线定向，走来走去，早就前后心儿全都汗湿贴身。那尤府小二房登科，手持墨盒纸笔，跟前跟后一一记下我祖父报出的位向盘度，也是挥汗如雨。尤二爷则紧随一旁轧伙儿打扇，一面招呼伙计递茶递凉手巾，口口声声道着罪过，自个儿也是热得够呛的。

两座合葬主坟一一量毕，我祖父也不言吉凶，立在边口儿树下歇凉抹汗，边拿平顶麦秸硬草帽扇凉儿，边四下里皱眼张望。指指百步外那片松林，问是谁家陵地。没等凉快过来，我祖父把盘在头顶的辫子整了整，戴上草帽，故作不大在意那是谁家陵地，说要走去看看，比对比对，遂领尤府主仆四人，也不择路，穿过半人深的高粱、玉米田，对直走去。

孟家虽已败落，照常人看来，七七四十九株二盆子粗细的老柏，气势还是不赖。可罗盘摆下来，打线一量那主坟，我祖父报出的位向盘度，尤家登科少爷记着记着就傻了，连呼一样一样，一面称奇。

那尤二爷见儿子大惊小怪，不禁神色有些不对，沉不住气地挨近来，看看罗盘，又看看二儿子手上折子记的甚么天干地支，懂是不懂，却也觉出不妙。

这河西一带人家陵地，相沿成习，尽都一本粗略一个位向，"头枕真妙山，脚蹬黄河滩"，少有请来阴阳先生看地，便径自定向安葬，倒是一派乐天知命不作强求的泱泱民风。却奇在这尤、孟二姓祖陵与众乡民几近相反，同是亥卯未局，不是一位风水先生、也是一门师徒看的地。由是也可断知财富之家才在这上头讲究，富而求贵，贪图捞个发家。可这亥卯未局，不过小康，不管这是风水先生道行不足还是居何存心，总是天道无亲，常与善人，非与富人；若其不然，岂不富

风水　115

者恒富,贫者固贫!

两家祖陵,一样的俱是未山丑向,老黄河打西北往东横走陵前,左水倒右。不是大地,却也丑向最宜卯亥二水朝堂,算是一块小小福地;不过要说甚么官运、甚至王运,那就是江湖郎中唬人了。

起先我祖父在家,拿这两家祖陵实地依理抠算,见出两处阴宅相共一条辰戌线,这平洋之地一无起落,水向一变未变,不用细算也断得同属一局,不觉愣上一愣。如此一方小小福地,就算是像尤家老二那样,凭此痴心求官,至多不过破财求不得官罢了,何至于犯到孟广鑫那般大凶!百思不解,蓦然间灵光一闪,方始想到"太岁不可向",赶紧查查黄历,果不其然,孟石匠何年造桥,何年竣工,一一落在大凶。喜的又是今年岁次庚子,前亥后丑,与孟家当年巧合得不能再巧,不怕他尤二爷不大彻大悟,悬崖勒马,叫他尤府逃过一劫。

眼见这尤家爷儿俩惶惶怔怔,俩伙计也跟着木然一旁,我祖父忙笑笑说:"都是小福地,都好,倒跟那位南蛮子地理先生看的山向出入很大。咱们坐下来歇歇,消消停停儿拉拉。这家松林比府上的遮荫,凉快些……"

陵地上栽的其实都是柏树,大伙儿却称松林。这也有道理,缘因当地人没柏树这个词儿,把叶子像给压平了的柏树唤作扁松,把松树唤作针松。实则除掉叶形各异,所有树干、树皮、林相、气味、木料、长青耐寒、柏树也流松香,两者不放到一块儿,还真比不出有何分别。

祖父和尤二爷各自坐到碑前石案、石凳上,吃烟喝煳麦茶。俩伙计找棵树根儿靠上去蹲地。那尤登科年轻喜动,骑上背驮石碑的石龟脖颈,两脚悬空吊着荡荡。我祖父少不得装作不知孟家如何如何,就近拍拍那石龟脑袋说:"这可是个小有功名人家罢——'螭首龟趺',五品以上的官爷呢!"尤二爷笑道:"官儿?他孟家连个芝麻绿豆官儿也没出过一个。原来这上头有讲究?俺可只晓得'乌龟驮石碑',

以为乌龟最经得住压——巴掌那么大的小乌龟，两百斤沉的大汉站上去也休想踩垮可是？"我祖父把龙生九子之说讲了讲，指这驮碑之物并非乌龟，应唤霸下，又称赑屃，无非多扯些闲话，故作不以这孟家为意。及至听说这是个石匠家的祖陵，子孙有的是上好石材、上好手艺，敢是乐意怎么凿、怎么刻，由他随心所欲。我祖父却大不以为然，冲那石碑厉色斥道："那可不成，仗着自家勒石方便，不惜僭越礼法葬律，乱了纲纪，妄自封官，也亏官家一直没有查察——其实也是官家失礼枉法罢。这碑有多少年了？——"说着待要勾头去看立碑年月，先就发现碑臂这一侧记有更碑岁次丁丑，光绪三年，算算倒有二十三四年了。

当下尤二爷沉不住气，讲起孟石匠造桥造反大案，又领我父绕到三世墓那里，指出孝子孟广鑫名民，说到此人现下仍在县衙牢里……我祖父不待尤二爷讲个完全，忙说："这我略知一二，没想到这就是孟石匠他家祖坟。可这不大对路，断不是凶险之地，山向也不犯煞……"遂将尤登科小二少爷手上所记折子借来，反复查阅，一面寻思。

那尤二爷一旁等不及地说："将才一听两家祖坟一样风水，可把俺吓死了，这可……"祖父一心求解，只摆摆手回应尤二爷，那意思像是说"不妨事儿、不妨事儿"，又像要尤二爷先别打搅，且等求解。

打这里往北偏西看去，也就是罗盘上的亥向，遥见黄河上那座五孔大桥。桥南贴近桥墩是口深潭，春旱遇上河底尽都干枯朝天，唯独这口占地七八亩大的深潭仍自清滟滟一泓碧澄，西城用水也便只有此处可取，妇人家也多来此斋斋大件儿被面褥单，捣衣振响桥孔回声，空明似敲打金石。相去三四里，孟家祖陵这里，好像也听得那多少棒槌此起彼落的捣衣声；那一口深潭波光，也像明晃晃荡到眼底上来。

祖父看看手上折子，看看左自城厢，右至戈壁一般的黄沙河滩，

风水　117

突有所悟，反手拍拍折子笑说："有了有了，毛病不在地下，倒在天上。"因与尤二爷求教了孟石匠造桥年月，把天时逗弄个对上榫头，遂向这尤氏父子说说道理。

这亥卯未局是阴宅丑向，丑纳于兑，兑属金，正西之卦。水从亥向发源，走卯归海。一发源，一收藏，点滴不漏。由此引出口诀来，我祖父把折子还给尤登科，嘱他记下：

丑向震水旺丁财，库守田庄最乐怀。
出入尽是田舍郎，若想衣冠何处来？

这可好似对准了尤二爷说中了。

只是这孟石匠为何犯上了凶煞，我祖父引用周易的"吉凶生于动"："刘伯温的堪舆要言也说：'太岁不可向'，所谓：'太岁为一年之尊，不可冲犯。凶方宜静，不动不作祸。'这也就是'时之为用大矣哉'的道理。"

祖父深知世人识得易经者微乎其微，提起刘伯温或刘伯温烧饼歌，便是村夫村妇也无人不知，无人不晓。但凡刘伯温怎么说，也无人不信其灵验，尤家这爷儿俩自是竖直了耳朵恭听。

我祖父指东指西讲给这父子二人去认，大桥是打光绪元年兴工，是年太岁乙亥，大桥正置孟家祖陵亥方，动在凶方自必当凶；况且又是大兴土石，几百民夫填路，几十师徒筑桥。修桥铺路本当是大善积德，却也抵消不得凶方大动则大凶。这还不止，主墓前五品官的龟趺，他石匠行业难道不知？明知故犯，岂不罪加一等！这一年又逢丁丑太岁，碑在丑向，不动无事，反可镇煞；偏生又改竖越礼新碑，再度凶方冲犯，安得不火上加油，倾家荡产，一干家小打进大牢！真可说是神差鬼使，势非大凶不可。

解理到此，祖父笑慰这对父子，地利一同，天时有异，君子知时运，识时务，善用时令，也便一秉人和，趋吉避凶了。

尤二爷不语，倒是他跟前小二爷人生得聪明伶俐，约莫也比乃父多念些书，眨眨眼工夫，心上就有了成算，遂道："俺大，这真多亏长老大爷掌眼，不的话，多悬呐！"因又跟我祖父讨教："去年太岁己亥，明年辛丑，俺家祖坟是不是也正碰上坐煞？"

祖父狠狠夸奖了这小二爷了不得的聪明才智，既而顺水推舟，就此落案，指出他尤府阴宅去年亥向，明年丑向，俱犯太岁，与孟家当年尽同。"两煞夹一冬，四季不太平"，因之这夹在当中的庚子年，也还是冲煞，且属凶方凶向双犯，两不可动。太岁方向既然宜静不宜动，要静就要安分守己度日，方可万无一失。说到动，不只是不可动工、动土石，人事也不宜有甚么兴替更改。哪怕动个响儿，比如鞭爆、锣鼓、起火、烧纸，枪炮更不必说。

祖父急于进城，虽到饭时儿，尤二爷怎样苦留不住。临上驴了，祖父不能不假慈悲一番，私问一声："这么一来，咱们神团这可是甚么……"尤二爷尽管一直有些苦苦着脸，怏怏的打不起劲——不知是否烟瘾上来了，还是感念地陪上笑脸，连称："再说、再说，不劳长老挂怀，俺会小心仔细，再说了……"

# 西南雨

我父扛起锄头,就打树底下急忙走回棒子地里去。

背后嗣仁笑吟吟地还在叶呼:"话不是才半不落儿吗,听俺说全和哗……"

树下歇午儿工夫,半醒半迷糊,嗣仁精神得很,直跟我父穷扯蛋,扯儿扯的就扯起沈家大美。要是有一半正经也罢了,我父靠在棵老榆干上,还想再迷盹一会儿,合眼儿由他嚼舌头,可越听越不像话,说甚么叫他家里的跟大美说合说合,连床让出来都行,慷慨得够意思了……这嗣仁白白顶个排行老大,鬼里鬼气没一点老大样子。听着听着,碎嘴子碎到下作个地步,"洗脚盆儿都给你俩对上水搁那亥儿,周到罢?"也都亏他个大男汉子出得了口。我父闭得上眼可闭不上耳朵,待委实听不入耳,装睡也装不像了,只好爬起来,回地里干活儿去。

芦篾新斗篷还挂在那边树上,再回去拿又得跟嗣仁脸碰脸,好在天阴得挺沉,不用斗篷也行。

嗣仁见我父头也不回,就喊他收活儿:"大雨下定了——雨前栽秧雨后锄,锄也是白罢白!"

耳旁已听到天边儿闷闷的沉雷,到了地里四望没遮拦,才见到西南上镲子底儿一般黑云，一场大雨怕真憋不住了。

嗣仁说的倒是真话，趁雨前栽地瓜秧子，栽一根活一根，栽百根活百根。像这锄四遍，一是锄草，二是补补三遍培的土。待会果若来场大雨，连根儿清掉的野草，趁势儿可又扎回了根儿，培到棒子根儿四周的土垃，定又给雨水连打带冲给散掉。整上午锄过的十来亩地，那算白干——正就是嗣仁说的土话"白罢白"。

庄稼人会说，老天爷难当，大旱十年，一旦下雨，还是有人怨。庄稼人一肚子老阅历，"有钱难买五月旱，六月连阴吃饱饭"，麦口收麦打麦要好天。麦口早过了，地要雨了，可这场雨一来，哥俩儿白淌了一上半天汗，出了一上半天力——早就燥雨了，近响午时越发闷热，简直个儿汗都把人淌得虚虚的，末了落个白罢白。

眼看飕飕小风儿摇起青苗子飒飒响，俗话是说"风来到，雨来速"，起的是东北风，催的是西南雨，就靠这"顶风雨，顺风船"，来断哪一方起老云，上不上得到头上来。人是凭老阅历，代代相传；可那喜鹊比人还灵，窝门朝西南，眼看天都黑下来了，今年这头场大雨可不就给它算准了？比人还行；人得靠一代代阅历，编成多少顺口俗语，一代代传下来，碰巧儿不定都准。

我父没打算这就听嗣仁的，可也有点儿疑思，棒子地里走走停下来，回头瞧过去，一丛丛遮住庄子的黑葱葱树行、树林，风大起来，打远到近大事翻腾，路上也旋旋地扬起黄沙。那顶新斗篷，带子钩在一棵小麦榆断枝小橛子上，给风搅和得直打滴溜转儿，像只尾巴嫌轻了的风筝，打圈圈儿猛撞头。

新斗篷是立夏那天买的，衬圈儿、襻带儿，都得自家加上去。要图耐久些，六个角儿和尖顶都易磨散，顶好拿零碎布头给蒙个边儿，粗针大线缝缝，便牢靠多了。那沈家大美倒用的是出过蚕蛾的茧子替代布头，敢是分外坚实。眼看还没戴够一个月的新斗篷，上面又有大

西南雨　123

美姑娘千针万线缝进去的情意，风里跟树干乱撞乱砍，瞧看挺叫人心疼。不管收不收活儿，先把斗篷护住是真的。

雨一下下来，雨点打在硬地上足有铜子儿大，沙土地上像从地底下冒上来的一股股小黄烟。

两人呆在树底下，雨点打斜里哆得人还没处闪，使坏地狠劲儿打在斗篷上，可又只撒了一把，遂又停了，真逗。雨打斗篷，跟耳根贴太近，动静大得像要存心把斗篷擦出一个个窟窿。平空扬起香喷喷的土性气，挺爽人。还有阵阵野风助势儿，吹散了雨星星扫上光脊梁，凉籁儿不是热风了，凉阴阴儿别说有多给人提神。

湖里早有人撒腿朝庄子奔，我父他俩对瞅了一眼，有些沉不住气儿。斗篷罩住脑袋，不觉为意间头顶上黑重重像要坠到地面的乌云已布得匀匀净净见不到缝儿。眼前忽儿的抽下来金飒飒闪光，雷声紧跟着打下，亮脆亮脆儿，魂儿都要崩散了。

雨淋敢是要胁不了人，反把嗣仁歇午时直挺地上沾满那一脊梁的沙土冲了冲，只这打闪打雷不是好惹的，给劈死了还不落好名声。满湖里又一波扛着家伙，有的扬鞭赶着牲口，喳呼拉叫的撒奔子往庄子跑，不知有多乐和地逃命。我父他俩儿交个眼神，拔腿罢，锄口朝上拖在地上跑。长柄锄头大半截儿都是亮黄亮黄的拉条杆子，庄户人家也都懂得雷天闪地里别让铁器近身。

我父撒开两条长腿奔到前头，路过家边，踅了下脚，篱笆门枷上了——其实手打夹缝儿弯进去，摸弄到打横的拦门杠子，长点儿劲一挑也就开了。可好像连那点磨蹭也等不及，索性加快几大步，连蹦加跳，也就窜到前面李府高宅子上。

将才嗣仁踅在后头，大声喊呼，叫我父锄头扔下给他，自管家去换换衣裳，照应照应家下。那意思像是这场雨就许淹水淹进屋了，不定风大把屋顶给掀了；不的话，要啥照应！

一个大闪像打进大院心儿，眼前一矇，我父跃进大门敞屋里。捱过一声擂到头顶颞门子的响雷，探首出去，只见嗣仁像只大鹅，刺挐刺挐地这才转过宅子拐角，短裤衩裹紧在身上，乍看像通体都光着身子。接着打正对面也没命般的跑来俩汉子，泥水四溅，锄头也是拖在地上，是南湖里回来的嗣义嗣智弟兄俩，一时门里笑闹成一窝，都还有小孩玩水那样子乐和。脚底下干土地，经不住四条光身汉子滴滴落落，眼看和起稀泥。

雨像是不分点儿地直朝下戽。等不得雨小一些，嗣仁一闷头，先就窜去东院儿他房里去。接着老二、老三也分头奔去西堂屋和西屋。嗣仁是得赶紧去换衣裳才行，半长的短裤头儿，料子又是布丝儿络络的松纱白大布，淋湿了越发扁窄，紧裹身上就像光腔一样，前头一大嘟噜零碎儿，全都露脸亮相了，人再怎么撒村厚脸，家下妇道小女的好歹还是得避避的。可不管有理没理，丢下我父一人儿愣在这一溜儿三敞间过道里，坐没坐处，蹲也蹲不下来，拉扯着贴在身上的短裤，愣等滴水，跟满敞间里耸肩翘首，一身湿答答，没着没落的大鸡小鸡一样，只差没啾啾乱嘈唽。看来还是让嗣仁喊呼对了；家去换衣裳，不过就换件裤头罢，可没的换就得像这些淋了雨的小鸡一样，支棱在这亥儿，湿裤子凄在身上，愣等着不知哪年哪月才晾得干。

可家去也不是滋味儿，爷是十有八成没回来，兄弟也准在学屋，单蹦儿一个跟娘脸碰脸，"阴天打孩子——闲着也是闲着"，一身的不是，局在小屋里出不去，那可得罄让娘数落了。

我父身上的短裤时不时还在滴水，一时糊涂着不知怎办。屋檐水条条道道直泻有冰琉琉那么粗。遍地小鸡没淋成人这样——放野也只家前屋后打转转儿，腿快搭上翅膀扇揿，一下子就跑回家来，给雨打湿了表面儿一层毛罢了，刚这一会工夫也就干个五成了，只见一只只尽都勾着小脑袋遍身剔毛，剔一阵儿，抖抖毛再剔。没衣裳可换，凭

西南雨

这忙操操的剔剔抖抖，倒也凑合着干松多了。人还不如这扁毛畜牲，我父苦笑了笑，遂站到大门门堔外头，扯开一边裤角纠成团儿拧一拧，再扯开又一边裤角纠起来拧拧，真还像帚手巾一样，帚下不少水滴子。来去拧了几番，也学着小鸡，扯开来抖抖，倒是好多了，总是不再老贴在皮肉上凄得难过了。

大门里这一溜三敞间，顶东头支有一架磨面磨糁子的旱磨，那木板磨台像面大圆桌。靠西这两间，堆靠些犁耙铦叉土车种地干活的家伙。平素莫不各归各位，整整齐齐都是个地方，从来不兴干完了活儿顺手乱扔。泥地上也是随时打扫，一天里不知多少遍，大扫帚、小笤帚，谁见谁拉过来抓几下。李府二老爹就是这么起家治家的，这也都叫我父懂得一个人家兴旺，不在家大业大，得靠这些杂七杂八家常零碎全得有个规矩条理。李府上拉了四年的雇工，自不只是学上种地本事和那月入一吊文不薄的工钱；起家治家的心厘，才是毕生受用不尽的宝贝。

一阵子大雨泼下来，屋檐水从粗粗的冰琉琉柱儿——并作整片子水帘。我父轮换着伸出脚去冲净泥沙草末，也把给汗水沤得一股醍醐气的手巾就着这水帘子搓搓洗洗。回进大门里来，一面擦脸抹身子，一面四处瞒伺着看有甚么家伙没放到地方。东西两院儿所有屋门前，尽是盆盆桶桶罐罐放地上接雨，稍歇了一下雨势，便满耳都是雨水屋檐水打响这些盆盆罐罐的吵闹声。草顶的屋檐水黄澄澄的含着碱分，洗衣裳褪灰，省得化碱水，不退版灶灰滤的灰汤水。祖母那么样的不懂得俭省，也跟庄户人家学会了这些会过日子的德性。

我父正自一个人这么摸摸弄弄的，一掸眼儿见得靠到南墙上的一挂土车后头，有口似乎久没使唤的大黑罐子，待要绕过去，看看里头要没盛甚么，就搬过来涮涮干净，搁到露天去接水——用水艰难，横竖不怕水存的多；没想到这半天都没留意到这三间敞屋里还有个人，不禁小小吃了一惊。

原来旱磨上头,一捆金黄亮亮麦秸箇子,遮住了磨后李二老爹,光着上身披一条湿手巾,正自就着圆桌一般的磨台在做细活儿——把那麦秸管儿一劈两篾,编草帽辫子。

我父忙打了个千儿请安,挨过去的工夫,匆匆回思了一下将才这一刻儿,独自一个目中无人,有没有甚么失了检点,让这位二大爷冷眼瞧了去。

看样子下雨前二大爷就在这儿做这玩意儿了,那一边已酥就了一堆麦秸篾子,精细,匀净,了不起的头等手艺活儿。

亮闪闪的麦秸莛子,足有两尺多长,不知怎么寻摸来的。我父轻轻抽出一根来,理在两手上端详,赞不绝口。我父顶清楚不过,这位二大爷心地仁慈,置地尽是薄沙田,培进怎样的大肥,整根麦棵也长不过二尺半,莛子也休想上尺。我祖父吃的水烟多半是"上品皮丝",也有人送过"极品金丝",该是顶尖儿烟丝了。我父半蹲下来,趴到台盘一旁问道:

"像这样少见的长莛子,该叫极品金丝了,怕只有湖麦才长得到这么壮罢?"

李府二老爹等把一根莛子酥到底,这才放下手来,含豁含豁地笑笑:"嗯,在行,识货。没错,北湖来的——去谁……去二房屋里找条干的换换罢,多不舒服淩在身上!"说着就冲西堂屋那边,提提气要大声喊谁的样子,我父怕扰人家,忙站起来抖抖长到膝上的裤筒儿:"不用不用,焐差不多了。"

这李二老爹打草帽辫儿的手艺,真是没的可说。用的是刮烟土那种削刀,打麦秸粗的一头一划到梢儿,剖成两根一样宽窄的篾子。那刀口着力只要偏个一丝一毫,篾子就不均匀,编出来的草帽辫也便厚薄不一;再盘钉成草帽可更保不住板正,不是瘪一窝,就是鼓一绺,愣靠帽楦子硬撑,那就来不及了。我父知道李二老爹年轻时,与寡母二人没地没产,便单靠编草帽辫讨日子,才慢慢发迹,想来那老太太的手艺更不知有多精到。如今这位二老爹时不时还切弄这个细活儿,已不是为的生计,八成还是念旧,不忘出身贫寒孤苦罢。

李二老爹放下活儿,扑扑手,摸过小旱烟袋来安烟。看看各房都给大雨堵在屋里,不见人影儿,想使唤谁都不方便——闹闹哄哄的这种礴沱雨,盆盆罐罐又嘈嘈凑热闹,便是张口喊谁,也有点儿呼天不应,叫地不灵了。檐底下卖呆了一会儿,二老爹才回身过,地上拾起棒子缨儿火绳,把烟点上,扯腔儿念起来:"西南雨,上不来,上来没锅台。"

老阅历的话头了,指的是西南起云,大半雨都下不过来;可一旦临头,定是下得沟满河平。好在房屋盖在自家地上,总是垫起两三尺高的宅基。只有自家没田地,种人家地的佃户,小家小道起在老板地上,才都平地打墙,遇上雨下急了,就许屋里进水。不过庄子这一带尽是沙地,吃水得很,稀泥都少见,故此俗话说得好:"大雨歇一歇,大姐穿花鞋"。只是苦也苦在这上头,一场大雨过后,难得的坑坑洼洼存满了水,却不出三五天,便涸得干底儿朝天,空留一层游泥,龟裂成一片片翘边儿干泥饼子。

跟李二老爹闲拉呱工夫,只见嗣义打西堂屋里顶着件毛刺刺的蓑衣,冒大雨闯过来,大步大步溅起水花,敞间小鸡给惊得扑打乱窜,唧喳鬼叫,慌张得窜到院子去。捌毛抖毛半天才收拾个差不多,可又淋湿了。

嗣义一头攮进这又是大门过道,又是南屋的敞间里来,挺挺身子,听由蓑衣打脊梁上滑下来,蓑衣便像个半截人儿直立到地上。苹草编的蓑衣,刺猬的样子,根根芒刺上挑一滴水珠珠。嗣义抖开怀里揣来的一条白长裤,直叫我父顶上蓑衣,到他西堂屋的房里去换裤子。

我父推辞了，抖抖身上半长不短的湿裤子给嗣义看，问他是不是就快干了。不想旱磨那边二老爹数落起儿子："还当你是现纺纱、现织布、现裁、现缭，才赶出条裤子来。"那是怪儿子拱在房里磨蹭过久了。我父怕再推托，只有给嗣义招烦儿，忙说："好好好，我来换，我来换……"

这一溜三敞间，没处可遮拦，没哪儿好换裤子。西堂屋尽管三间两头房，嗣义他媳妇儿准在里头，那有多不方便哪！天生的脸薄罢，我父就算小时在姥姥家当野孩子，打记事儿起，就没有人前光过身子。祖父带他小兄弟俩下澡堂子，也都是拿手巾遮前挡后，学不来人家大人小子光眼子摇来摆去。这庄子上一些小子都好十三四岁了，还是一入夏浑身上下一丝儿不挂地过日子。要是跑去北河涯洑水，更是不分大小，一律赤条条地打打闹闹，厚脸厚得不知有多疯、有多乐。我父跟叔叔都来不了那一套，穿着裤头下水反而惹人笑话，只好玩别的。河边儿芦子生得旺，便摘芦叶裹响呗，比谁都裹得长，两三尺不稀罕，吹起来憋得脸红脖子粗，吽吽儿牛叫一般，像喇嘛僧吹的长号筒子。

正自为难，我父忽想到东南角炮楼，就算楼门上了锁，那门洞四尺多上五尺深，足够躲进去换裤子了。遂将白长裤往胳肢窝儿一夹，顶上蓑衣，丢下一声"我去炮楼了"，一纳头便冲进雨地，穿过二门，打那满地盆盆罐罐儿间绕过去，拱进只有两尺来高的炮楼门洞里。

包铁厚门的门鼻子上，虚扣着黑铁荷包大锁，要进去很方便，我父怕带进水迹子，弄得里头潮糊烂酱的，终年不见天日的这楼底下，不知哪天才干得了，便把褪下的蓑衣立在洞口挡住，喘口气儿看看怎么个换法儿。

门顶儿真矮，人蹲在里头，脑袋像给按住直不起来，窝窝憋憋还真不知怎么安排手脚才脱得下裤子，穿得上裤子——有点儿像叫人给看了瓜。庄户孩子没的玩了，就合伙儿整一个，把双手反剪绑了，脑

西南雨

袋捺进裤裆里,裤腰绷紧了蒙到后脖儿颈,人便一动也动不得。脸子卡近裆里小老二,就叫作"看瓜"。看紧一条黄瓜俩黄杏,休让人偷了去。

苹草厚蓑衣立楞在洞口,就靠这个遮挡,人在里头来去,褪下了口说凄干了却还是潮糊糊扒在身上的半长裤头,双手攥住了伸到蓑衣外头使劲儿帚干,把下身一遍遍狠擦了擦,再擦干净脚丫子。脚底下是光滑滑一整块大青石,也把这石面揾了揾。人一直蜷着像只小草虾儿,挺费一番周章才算换上嗣义的干裤子,再跪起来把裤子拉拉撑,扁紧裤腰儿。这也是到了这里才跟人学会的,两手将老宽老肥的裤腰朝前扯绷了再两手一前一后分向左右扯紧,按贴到腰眼儿里,吸口气缩缩肚子,顺手把折叠成四层的裤腰贴肉往下一搓,便滚成个轴子,可比裤带系腰还牢实,拉都拉不掉,真绝。

当初一家人给李府留下来,先就是住进这炮楼里,等那宅子后头三间仓屋翻修。炮楼可是人家重地,里头好几杆火枪、两架洋台炮、整包整包的炸药,平白让咱们一家外乡生人住进来,他李府真算得上大气了。

炮楼上下三层,平素很少住人,除非风声不好,地方上不大平静,才男丁住进去守夜。底层现成一张紧紧卡住三面墙的榻大床,二层有两张拿铺板搭的独睡床。合家四口一路上流落过来,祖父母挺顾面子,躲开城市大集镇,省得现眼现世。小点儿的集市又少有甚么店子客栈,少不得小庙、人家过道儿、打个地铺,又或是人家地边上看坡儿棚子蜷那么一夜。炮楼上一下子睡到像样儿床铺,可怜我父小哥俩儿简直个一步登天,乐得不知怎么好。二天绝早起床,二人偷偷把两张独睡席提撑到三层楼去,各据一方打个地铺,再睡个早凉儿觉。顶上这一层有八口窗洞,四下儿来风,真叫清爽。地铺上四腿拉叉挺直了身子,天下太平,一时再没甚么烦心了。稍稍翘起脑袋,打低矮的窗洞瞧去,一眼望得到天尽头。这样四面八方都好使眼睛、使火枪,倒像绕了一周城墙垛子,上面多个屋顶。哥俩儿说小也不小了,却鬼得不知怎好,跪着拿踏楞盖儿走,一口口窗洞去张望。房屋树木尽都矮下去一大截儿,好像大赢了甚么一场那样子开心。牛庄咱们家槽坊,临街的店面顶上也有两层楼,也常爬上去看街里街外的景致,却打小到大,到给炮火轰平了,从不曾像这样子少见多怪过。那真是我祖父常说的"享不尽的福,受不尽的罪",贫富苦乐哪有个准儿!

门洞里折腾老半天,我父总算把自己收拾利索了。可正待顶起蓑衣出去,外头冒冒失失一声尖叫,把我父怔住。

雨还是不见小一些,约莫院子里哪个妇人家滑倒了还是怎样。"男跌阴,女跌晴,小孩儿跌倒放光明",分明只是顺口溜儿一句,还是有人信,雨可没有要收收势的意思。

我父忙打蓑衣肩膀上小小空当中窥瞰出去。门洞正对着灶房屋山,打斜里只瞧得见这东院小半边儿。这一看,我父不由得小小一惊;像断了一股系子,咔嗒一下,心掉了掉。灶房门前那儿可不是大美么?——仇人一见,分外眼明,这喜欢的人也是一样,那身段儿一眼就认出来,不用看到脸蛋儿也认得。

人雨里,只见大美半蹲在那儿舀水,打接满了雨水的等磨大木盆内,一下下往小桶量子里舀。怕斗篷上的水滴上身,挺直了身子,像《大登殿》代战公主行的番礼。看那一身淡青衣裤刮刮净净,不像泥地上滑倒过,方才那一声没听出是不是大美叫的。

当院儿那口比圆桌稍小一圈的等磨盆,该说是大木桶,杉木板子拿两道铁箍儿箍成的。过年杀猪也用这个秃猪,秋里抬去黄河采菱角。要是发大水,淹到河涯上秋庄稼,也少不得坐这等磨桶当船,划在水上扦那露出水面的高粱穗穗。等磨桶接的是可当吃水的天雨,清滟滟那一大桶,跟得上两缸水罢。真是好雨,光这等磨盆,少说也省

西南雨 131

挑五六挑子水。

瞧大美姑娘那副架势,不由得打心里疼。头上顶的斗篷,遮雨遮不严肩膀,舀那几瓢水,淡青衣裤早就淋湿出斑斑黑青。将将忘了形迹的那一声聒耳尖叫,不定就是她大美,不是斗篷没系带子,滑歪了,就准是没留心弯了腰身,那都会不提防给斗篷上冰凉的沥水给浇进衣领里,冒儿咕咚被渣着了。

人躲在暗里,靠蓑衣做挡头,我父可把大美瞧个足。生得相貌富富泰泰,怎样也不像个"望门妨"薄命姑娘。瞧那一副菩萨相,挺直着白白净净的脖儿颈,双眼重成一道细缝儿,圆墩墩小下巴颏儿挤出两沟痕儿,越发就是座重下巴观世音菩萨像。那嘴角儿翘上去,乍看是笑着,上嘴唇差些儿就是翘到鼻尖上了,不定也是水淋湿了衣衫挺不是味道罢。尽管斗篷罩去小半边脸儿,又雨星儿像上了雾,濛濛糊糊,可看上去还是红是红、白是白,一副乡下姑娘少见的细缓、白净,好一副俏模样儿。

我父就那么顶真又心期地愣瞧着这个"大美"人儿,啥都没了知觉,只巴望那只小桶量没底,就也舀不满,一生一世舀下去,自个儿也一生一世拱在这儿愣守着。疼这姑娘疼得只觉心酸酸的蜇人,就是要看她,永世看不够。

大美戴的正是那顶新斗篷,尖顶儿跟六个角角都包上蚕茧壳儿,跟自个儿那一顶合该是天生一对,地生一双……

置个斗篷本算不得甚么,可我父干农活儿三四年过来,都是李府公份斗篷。人是自家身上脑油味、汗性气,自个儿闻不出,戴公份斗篷就得忍忍那七杂八溷恶气道。有了独自个儿斗篷才知多清爽。还管这顶新斗篷与众不同,有大美姑娘加把针线,又有我叔叔斗篷里子上浓墨描了"华记"两大字,且注上"置于庚子立夏",像要戴上一生再传给子孙的味道。

立夏那天置的斗篷，立夏那天大美姑娘跟我父尽管没言没语，却心知肚明似乎彼此就那么应了甚么，允了甚么。

立夏这天，年年都是按时行令两事，一是骟牲口，大自尖牛、骚马、叫驴，小到骚羊、公猪、母猪。二就是趁晌午前空肚子"约人"，大人小孩全都上秤称称身重。

差不多也就是庄子正当央，李府这块宅子东，麦场南的空地，像座三层宝塔的百年老桑罩在顶上，也正是庄子里东西和南北两条大路交合的十字叉儿。庄子上有甚么大事要公意从商时，正月出会练把式、练锣鼓家伙，都说"老桑底下见"。这"约人"敢是也都齐聚到这里，老桑横枝上也正好挂大秤。

秤钩跟上猪肉架子挂钩那么壮实，称粮称草常都上千斤，敢是经得住至多两百多斤的壮汉。秤钩悬空离地三尺，方便小孩儿一伸两手就攀到秤钩子，再蜷起腿来悬空打滴溜儿，等那掌秤的报斤两，看比去年、比一般大的别人重上多少。大人个头儿高，就得一手打后腿弯子底下抄上来，两手合吊到秤钩上，两脚才得离地；只是有点像绑了爪子上秤儿称着卖的老母鸡。

我父称下来是一百四十四斤，比去年重了八斤。俗话说"男长二十三，女长十八只一窜"，他这还有三四年可长呢。曾祖母老说我父相貌和身架活脱脱就是曾祖父；照那看来，等发足了个子，不知该怎么黑大粗高了。

一伙儿姑娘家跟在我父后头，大美姑娘领头招呼说："该俺几个来约了罢？"

这一声，多少有些儿冒失，我父一惊，忙闪身让开。

平日对这大美一动一静，我父总是眼也亮，耳也尖，没想到她人来到身旁不知多大会儿了。方才打大秤上落脚下来，恍儿惚之也没见到她人在哪儿，真像打天上掉下来。我父只管奇怪自个儿怎会木头到这么个地步。

姑娘家和妇道人上秤，不好跟小孩儿一样打滴溜儿，敢也不方便学男子汉那样仰八叉儿又拉㕠腿儿地半悬空里吊着，得坐上两头系上绳子的矮条凳儿，挂到秤钩上，人坐上去像打秋千。我父心动了一下，原想帮忙把那矮条凳挂上秤钩，却脸上一烫，还是站到一旁去。

倒是嗣仁跑过去伺候，又搬凳子，帮姑娘家坐上去称。矮脚长凳离地不高，待大美捽住两边重上好几股的蓢绳坐上去，人家多是蜷着腿，只她聪明，两腿并拢着平伸出去。肥裤脚落出一小截儿白像头波面的小腿肚子，下面是青布袜子，一双绣上喜鹊穿牡丹的青布鞋，说有多俏就有多俏。

沈长贵是这样子热闹当口定要凑上一脚的，连忙抢去掌秤，秤砣系子标着秤星儿移来移去，乘势儿耍贫嘴嚷嚷："加十贵卖啦，谁要谁要，加十，加十。"反话惹得人闹哄哄地笑骂，逗得几个大小子喊呼："俺要俺要！"

沈长贵也不理别人穷闹穷叫呼，使坏的直瞅我父吆喝："瞧俺那位大哥，竖起五根指头了，怎说？加五是罢？中，加五就加五……"

大美咬紧嘴儿憋住笑，装作没听见，忍不住问："到底约了没有？叫人家愣坐。"

沈长贵装作这才想起来，连忙理秤，把秤杆子稳平了，松开手报道："一百零五，去掉凳子绳子，一百斤整。加五该多少？谁帮忙算算。"一时好几张嘴齐喳喳嚷呼。老跑来庄子上瞎混的破磨钉李永德，人胖声高，叫得最亮："沈长贵儿，你真蒲种一个，日他的！俺大侉哥早算出来了，加五敢是五十斤，合着一共一百五十斤。俺大侉哥搁那亥儿数钱哩！"

沈家大美还是假装没听见，脸可止不住一红，下了板凳，把偷偷滑到脸前来的乌油油大辫子给甩到后头去，顺口啐了声"烧担子！"

没看谁，敢也是没冲的哪一个，没生谁的气；不的话，就该一扭头走开了。

我父没去理甚么胡扯八誕的加五加十，只在心里记住怎那么恰巧的整一百斤，好似挺贵重。要问贵重的甚么，可又说不上来；要末是凡属大美的甚么，总都是贵重的罢——真闹不懂。

上帝是顶叫人难懂的；说起来，这个大美不过是个乡下姑娘，不识字儿。打他觉出心上老有点儿牵挂这个丫头以后，见到大美就满心欢喜，见不到大美就满心空落落儿的，念着只要看到就好。这个姑娘家也叫人难懂起来。

难懂就听让她难懂罢，何苦要自寻烦恼！可人到这光景，就休想自个儿作主了。

照我父闷着头，独自个儿焐出来的道理看，约莫还是不脱俗话说的："信者有，不信者无"。放眼这么多人没信上帝，也就没谁要去懂上帝。敢是一样道理，姑娘家还没给喜欢上，敢是任随她去；可一旦喜欢上了，那就不由人不千方百计，苦苦的要去懂她——那双手是凉的、暖的、软和的、粗硬的？那条长过后腰的辫子是紧的、松的、柔软的、粗壮的？搽的是桂花油、刨花水，还是甚么也没搽，天生就那么乌溜溜、光滑滑？那辫子拆散了，人又该是个甚么模样儿？……就只这么点儿"皮毛"，也一点都不懂，别说还有那鞋袜里的、衣裳里的、身子里的、心眼里的……都是非懂不可又不知该怎么去懂。

说来真的是叫人受苦，又苦得叫人心甘情愿。

这跟要去懂上帝都是一样的受苦。只是要懂上帝，好歹还有那些牧师、教士、长老、传道，还有圣经、赞美诗、礼拜堂，都在那儿或多或少教人去懂上帝，可对这姑娘家，不懂就是不懂，没谁帮谁，得独自一个去受不懂的苦。除非——那要怎么说？除非成亲做了夫妻罢，就许要懂甚么就懂甚么。

西南雨

一百斤整,"女长十八只一窜",大美还有两年好窜呢。不管两年后再加多少斤,单这一百斤,我父就觉着不知有多贵重,抱得动的,这也算多懂了大美一分罢。配比说,人要能知道上帝上了大秤有多重,尽管不当啥,总也算多懂了上帝一分不是?

大美兀自跟几个闺女在说说笑笑。大美不走,我父敢也有点舍不得离开。又或许我父在,大美舍不得这就走掉。尽管小子一伙儿,闺女一堆儿,两下里谁跟谁都不相干,只是但得那个人近在一旁,听到声音,不用听清楚说的甚么、笑的甚么,只要这样天长地久愣待下去就好。

按说谁都不老少的田里活儿、家里活儿等在那儿,不比十冬腊月农闲时节,经得起这么闲蹲、闲站、闲磕牙儿。我父也自觉出这阵儿工夫,自个儿怎变得贫嘴聒舌起来,说话也好大声。原来不光是要苦苦的去懂她大美,自个儿也似乎苦苦地想去让她懂。

不过但凡来这上过秤的,差不多都还没见走人,像是等会儿还有的是热闹瞧。

立夏称人本不是甚么大事,也说不上是个节气,要好生歇歇活儿,好生吃吃喝喝过一过。可丢下活儿跑来,上秤只那么称一下就完事儿,有点不够本儿,索性蹲下来打万年桩,吃烟耍嘴头子。见谁又赶来上秤了,无非重叨着卖猪了、卖小鸡了,又是谁要了,讨价还价之类干笑话。有的带小孩儿来的妇道,男人家不方便寻年轻媳妇儿开心,就吓唬小孩儿:"妈妈上秤儿称了卖给人家喽,怎办?跟谁呀?……"那边有人噌过来:"人家老爹奶奶大大一大窝儿,跟谁也轮不到你个狗日的呗!"玩笑还是绕个弯儿开到小媳妇头上,可那两个人就许按倒地上厮闹起来,村的来,荤的去,逗得一旁看二行的个个乐哈哈,像吃了欢喜团儿。

将将才沾上夏天的边儿,满树发足了新枝叶,都还是一片片嫩绿嫩绿。天也不顶热,花花的树荫凉里,可自在得很,不怪大人小孩儿一个个都那么欢儿。

打这十字叉口儿往北去的牛车路,一直杠儿通到黄河崖,一个弯儿也不打。半天没再有人来上秤,倒是这北去的路顶头那里,远远现出个人影儿,挑着不知啥玩意儿。老远瞧过去,地气迎着日头,路上贴地一小片一小片亮闪闪的水汪,水起水落地游晃着。好似黄河漫上来了,那个人影儿也像蹚着水走,人和担子都没了下半截儿。

大伙儿放下玩笑厮闹,齐朝那边望去。愈是瞧不清到底挑的甚么玩意儿,愈都是一心要瞧个究竟,比比看谁个先猜出那是干哪一行的挑子。

有人猜是卖炕鸡儿的。算算时令是差不多,清明过后到谷雨,五天上一坑,二十一天出小鸡,末一坑要到小满,打这立夏过去还有半个月行市,眼前该还当令。

可再看看也就不对了。卖炕鸡儿的挑子不是这样子;啥行业也没卖炕鸡儿的挑子那副架势惹眼儿。挑子是一头一落两层的竹篾箩笼,足有吃酒席的圆桌那么大小,里面满满腾腾上千只才出蛋壳的绒毛小炕鸡儿——尽是等人领养的没娘孩子,一个个无知无识,挺直脖子齐喳喳的只管叫天,老远就听到那嘈闹。

为那两落箩笼太大,挑起来绊腿磕脚走不得,扁担便非要奇长不可。只是尽管头顶多百十斤,重不到哪儿去,扁担太长了还是保不住坠断掉,因就干脆用那铜匠挑子大弯弓款式,两梢翘上天去的扁担,像对老牤子尖牛角。那种扁担软溜得很,挑起来和着脚步,再趁住轻一下沉一下那股子活劲儿,有板有眼儿直扇搊,挺像正月里出会耍的"花货郎"高跷。

我父试过,沙耀武家有一把没那么弯的两头翘扁担,借来替李府挑一石绿豆去赶集。杂粮里就数绿豆顶打秤,棒子米一斗十三斤,绿

西南雨　　137

豆一斗却重十八斤，一石就是一百八十斤。可拿这式儿扁担挑起来，就不那么死沉沉压在肩膀头，力气省多了。照呆理来呆算的话，扁担每一翘上去的工夫，肩膀像空了一样，全没一点点儿重头。这一起一落合该各对半，挑上一百里，只合五十里。赶老城集只合挑上二里半。想那起始造这种扁担的镟木匠也真够聪明绝顶，给挑重走长路的苦汉子造福可不浅。

只是我父图这轻省也吃过一个小苦头。一回给沙耀武拉去帮忙收花生，也用的这两头翘扁担，一头两口麻袋。带壳儿花生就算是新鲜多水分，比起啥粮食也还是轻多了——可坏就坏在这不够重，地里又尽是筛过花生的一坟坟小沙堆，脚底下一没稳住，手也没挽紧，冷不防扁担翻了个个儿，不巧又是朝里翻过来，肩膀吃扁担锋楞狠歪了一记，跟钝斧刃口重重捺了下不说，还弹起来直勃浪到腮板子骨拐上，亏我父溜活儿闪了闪脑袋，没砍碎骨拐，可也青肿了一大块，像起了猪痄腮。

一伙儿偷闲汉子猜那远处趟着地气的来人到底是何营生，猜是卖炕鸡儿的碴磨钉李永德，立时遭到大人小孩儿抢白，笑他人矮瞧不远，打这就话头净在卖炕鸡儿的怎么个大箩笼、怎么个两头翘长扁担、怎么个挑法儿、走法儿，争着露露自个儿有多在行。人多时，我父素来不大插嘴讲甚么，却为大美姑娘在，不觉也饶舌了起来。我父敢是不讲给两头翘扁担砍了那一段儿，都是沈长贵那张坏嘴，哪壶不热提哪壶，全给抖了出来，还又添油添醋带做样子，逗得大伙儿笑坏了，我父也忍不住笑红了脸，直说"那可不比给人狠扇一嘴巴子轻！"倒是大美姑娘没怎么笑，勾过身子找我父腮骨看，眉心儿结起个小疙瘩——约莫是天生一双肉眉的缘故。

姑娘家也真会大惊小怪，该是大前年的老事了，伤要还留到今儿，那还得了！

可这拿一位十六岁小姑娘来说，多不容易！不光是那么疼惜人，没当笑话看，还又不顾这么多的眼睛嘴瞧了去要怎么嚼舌头根儿，守着众人这样露出真情。我父再一眼回过去谢她，却见大美姑娘眉心儿小结没解不说，一张嘴苦苦撧起，唇儿翘上去顶到鼻尖儿，一脸皱着喊疼的样子，还在为捱上那一扁担替人难受呢。我父忍住笑，深深一眼谢过这个善心姑娘，也等到了大美飞快一个领了情的眼色——真是聪灵灵透明透亮的玻璃人儿！可我父紧接着心里一慌，连忙转去看看南来的那个挑子，心上一直记挂着不知这样子是不是叫作眉来眼去；是的话，不是挺下贱？

等到那个挑子蹚过一片片水汪儿，腿脚出来了，挑的家伙也有个形儿了，到底挑的啥玩意儿，一时越发瞧不出个头绪，猜这猜那都不对，有人躁得骂骂嚼嚼起来。

看上去，扁担两头挑的是大半人高的圆墩子。要说是大锯扯下来的树干木段子，像倒也像，只是没那个道理。先就是不兴那么直竖着挑，那多晃肩儿，怕连脚步也拿不稳！再说，隔河过来，不问是蹚水还是摆渡，少说也上十里脚程，河南岸这边儿哪就缺那两段儿木头滚子？做啥用？要做斩墩子，该去卖给城里人，乡下可不稀罕这个。"千里不贩粗"，十里也不用贩这等粗货不是？再看那个人影儿，赶路赶得好生轻快，那两段大半人高，比人腰身还粗硕的圆墩子，果真是木头段子，就算松泡泡轻一些的柳木罢，两段合起来怕也少不了三四百斤，哪还能走道儿那么逍遥自在！

一个个都在那儿抢嘴，八下找理儿咬定那人挑的不是树墩子，可还是没一个人猜得出来，挑的是甚么。我父眼明，冷笑笑说："别猜了，准是个卖斗篷的挑子。"好似这半天都是我父破谜给大伙儿猜，看看没谁猜得出来，把谜破出来。一时大伙儿又怨又乐起来，像都上了个当，又透了口气，再盯向北去看了看，果不是的么？转回身来，

西南雨

你推我一把,我搡你一下,净怪人家愣瓜、蒲种……

尽管这么着,该把这个走庄子串村儿的挑贩拿来出口气,害人苦苦猜上这半天,可卖这玩意真赶得是时候,大伙儿平白还是填还了这个挑贩。

芦篾编的斗篷,落成大半人高,两落一百二十顶。整庄子人少有聚得这么多的,夏天今儿才开头,戴的都是老斗篷,不破也酥散了,多少张嘴打二十文还到十文,合着一个大铜子儿两顶,倒像不要钱,争着挑,犯了抢似的你两顶,他三顶,不消多大工夫,五十顶、六十顶,卖主儿不知甚么好运,去掉他半挑子。沈长贵又好来上俏皮话了:"你都把人家这一头买光了,一头轻,一头重,怎么挑啊!"眼见还有人要,又酸酸地说:"行行好啦,你都买光了,人家还卖甚么?欺负人嘛!"不惹人笑就不自在,沈长贵就是这么个人。

我父素来身上一个皮扣儿也没有,工钱见月一吊,绳扣儿原样儿不动交给祖母,祖母也从来想不到给个二三十文零用钱。只早晚赶集,祖父给钱捎个皮丝烟、火煤子纸,找回来的钱总叫我父"装身上罢"。这当口裤腰里扁的有一个大子儿单几文钱,斟酌了一下,自个儿开天辟地还没有过一顶斗篷,净戴人家公份儿的。等取出铜子儿来,先就想到大美,尽管姑娘家不大下湖干活儿,还是家前屋后少不得一些零散收拾,场上翻翻草、摊摊粮食,都是常有的顶着大太阳活儿。就索性一买两顶,免得找钱。待会儿回去再背着人给大美一顶。

新芦篾有股粽子味儿,清香鲜正,戴到头上真爽神。试着转转,不想刺刺刺刺犁了一下头皮。后半个脑袋有发有辫子敢是刮不着,前半落儿才剃过,刮得净光,可经不起斗篷里子粗扎扎那么梨拉,忙摘下斗篷,轻轻摸试着看是不是拉破了还是扎了刺儿,要不怎么头皮上有点又痒又痛的不利索。却没防着大美顶到脸前来,提提脚跟儿,够着要看我父头顶,又是那副皱眉翘嘴儿叫疼的模样,怨怨地笑说:"真是的俺大哥,不收拾收拾就戴,哪行!给俺罢,里里外外这都要拿碗口磨磨的,不的话,不扎头也扎手罢。"一面接去两顶落在一道的斗篷。我父乍乍的不知怎么好,忙道:"我懂我懂,不用劳你神……"待要抢回斗篷,大美手快,藏回脊背后去说:"哪光是把刺磨掉,不钉个帽箍儿、襻带儿,也戴得牢靠啊?真是的!"

那晚收活儿回来,吃过晚饭待要回家,大美赶到门口来,把响午买的那两顶斗篷双手送过来,两旁没人,反而害臊地扭扭身子说:"人家手蠢啦,俺大哥凑合使罢,别笑人家!"

我父满心要谢却忘了谢,作难该不该送一顶给大美,有点儿拿不出手,仓促间还是把一顶塞给大美:"我家就我一个用得着,这顶就是特为大妹你买的,咱们一人一顶正好。"那大美哪肯接下,推推攮攮,直说:"俺不,俺不,俺大哥,俺不……"我父有点儿急了,怕人看见,装着厉害说:"嫌了是不是?你大美送我那副搐腰带,我可没这么推托不要。嫌也得你收,不嫌更得你收!"得了大美姑娘一声"俺——大——哥——!"怨怨地还跺了下脚,没再把斗篷推回来,我父才松口气儿,忽为将才那样强派人家觉着不忍,慌张间不知怎样换过当地土话跟人家道歉,只好丢下一声"也没预先让你挑挑,告罪告罪!"拍拍大美肉活活肩膀,逃出大门来。

也不知怕的是啥,我父拍了大美那两下,壮起好大胆子才出得出手。像惹了匹还没上辔头的野马——那是青泥洼咱们家马栈常见的货色,打海拉尔赶来的整沟子马里总有三两匹难驯的烈性子马;再不就是惹了低下头去翻瞪大白眼时时翘起一对犄角要泼人的尖牛,还没骗过的。可这惹的是一头白白漂漂小绵羊,怎怕成这样?放慢脚步走到家门口,心还砰咚砰咚猛跳。

二天早起再拾起新斗篷,疼惜地摸摸弄弄,果真里外都光滑溜溜,不扎手也不拉手。不光是帽箍儿襻带都钉了,还六角和尖顶儿也

西南雨

都包了蚕茧。那帽箍也挺花功夫，硬靠子先做个圈儿，蒙层白布，细针细线缝合了再钉到斗篷里。蚕茧敢还是旧年的，新茧得等半个月才有，哪儿去找旧茧，谁还攒那玩意儿！旧茧都是出过蚕蛾的，有个洞就抽不得丝，煮到松泡了，硬拿手给撕松散，小团儿丝绵可让老嬷嬷使捻线砣儿捻成丝线，比棉线结实多了；家里有孩子上学屋，用来做墨盆儿瓤子也最好不过。留整茧子的真不多，亏她寻摸到。再看那帽顶尖尖，芦篾编到这里都是折断了再回头，尽管折上好几层，还是斗篷顶容易破散之处。大美挑那又厚又大的茧子，横里竖里两剪，撇成花瓣儿样子的十字哨，覆在顶尖上盖住，再拿针线钉个结实，真叫牢靠，好戴十年八年了。果若姻缘这就订在一对斗篷上，蒙上帝成全了夫妻，不定孩子好大了还戴这斗篷。到那时真该把这两顶斗篷给供奉起来。

我父这才品索出此中甘苦，不觉好笑——人是一声动了儿女私情，便就好的歹的尽都风吹草动莫不疑神疑鬼起来。寻常里谁疯了才把那么瞧不上眼儿的斗篷看作天大；可明明这上头是个好兆头罢，比如说，圣人立的大礼，男主外，女主内，不就是这么着？男子汉在外苦钱花钱，买东置西，坤道家在家针线茶饭，收干晒湿，不是都借这对斗篷透出兆头来了！

好笑是回事儿，爱惜这新斗篷还是顶真得要命。单为别让脑油灰垢浸黄了漂白漂白这个帽箍圈圈儿，我父三天两头就拆一回辫子洗一遍头，不管多晚家来，打上皂角或胰子，哗哗啦啦洗一通，比揾澡儿还勤。

大雨兀自不停，这西南雨是大闺女雨，真没说错，下了这半天，除了一开头有点儿风，响过几声雷，一劲儿就是这么规矩、正派，雨条条直上直下，不兴打个斜。

大美姑娘舀满了一桶量水，拎进灶房去，没如我父心愿多留一会儿——谁疯了才在大雨里磨蹭；就像巴不得那个桶量顶好没底儿，谁疯了才提溜个没底儿桶量去取水。

大美一走，心也像给提走了，人闪了一下，忘了该拱出门洞去，就那么愣住了。可还是有缘，没想到大美重又回来舀水，依然那个架气，番邦大礼，直直的身子半蹲下来。这一回正过来了一些，好似知道我父躲在炮楼门洞里——俺大哥喜欢看人家，就给你看，看个足罢……

可哪里看得足？看不够的，看不懂的……果真眼睁睁就让这么个叫人疼死的好姑娘去给人家做填房？那可连老天也没长眼睛！我父直嘀咕：别甚么望门妨！我还不也是个望门妨？咱们命硬合上命硬罢……

卜
筮

祖父一身松泡泡的白夏布短打儿，头戴大凉帽。生麻料子穿在身上虽说没款式，袖子裤筒都像猪大肠那样噗噗囊囊，可布眼儿织得绣，又不贴身，领子又是旗人那种剪裁，开领口不加站领。穿在身上像没穿，还真叫凉快。

骑驴行在黄河滩上，皇皇大日，天高地远，四望无人无物，人和牲口越发地孑然孤寂；只是那样的一望无边，尽是黄沙，丘起丘伏如女体，天地间只此一人一驴，看上去却又别是一派气概——承天御地，唯人尊大。

祖父原是上城之先，绕道老城集拜望尤府，回谢前些时的重礼，就便也套套口风，看看拳坛散伙过了还有些甚么善后可以帮得上忙。

十天前，尤府老奶奶领了挂骡车载来两份重礼，分送李府和咱们祖父，答谢狠狠救了尤家一把的大恩大德。

同是一般的两份礼，一家四匹四色洋布，四坛洋河大曲。礼是太重，不过极有诚意。洋布都是两尺半门面，上海洋机出的细纱织布。漂白、天青两色都是平织，老蓝、皂青两色则为斜纹棉哔叽。拿乡下来说，家居出客两皆相宜，若是绫罗绸缎，那才是存心要送不受之礼。

李府推谢再三，只肯收下一坛大曲。依李府二老爹意思，祖父理应受之无愧,该当全受。我祖父还是标着李府,也只收受一坛大曲。

推脱辞让间,很费了祖父祖母一番唇舌——识大体这上头,祖母还是帮同祖父,知所轻重的;尽管谁见谁也难免眼热那四匹四色洋布,不光是我家祖母会起贪念。可我祖父二十整年夫妇做过来,哪有不知祖母心事的道理?当然这也不足为贵,知妇莫若夫不是?当紧还在怎么对应罢。祖父十五岁成亲,新娘子已是十九岁大姑娘了,敢是一辈子都注定了非得以老大姐伺候妻室不可,怕不怕老婆由不得你是个大圣大贤,还是英雄好汉。少年夫妻那段日子,祖父只有逃进书堆,尔后逃进赌窟、酒楼、大烟馆、戏园子,只除了一个风月欢场不敢涉足罢了。可躲来闪去也只能减省一些碰头撞脸时候,夫妇岂有不打照面儿之理,见了还是须有对应。本来凡事悉听尊便,那在闺阁之中不难,可是人世日广,人事日张,主意哪能尽从枕边儿生?那就小事仍旧,关涉到别人又得有个是非的事,便要斟酌轻重了。只是素来唯唯诺诺,言听计从惯了,哪容你反强!这就逼使祖父一亮胆量,二用心机。后来一再得证硬来不行,胆量只有坏事儿;唯靠心机,诱得祖母自甘反起自个儿,才是上策。及至充任了教会传道,祖母给人师娘师娘地尊称起来,祖父一旁捧着撮着,哄得祖母不知东南西北,只知身为师娘就该母仪天下。但凡提醒祖母是位师娘,便必凡事都照着正道而行。仅此一念,居然一通百通,任遇何事无往而不利,竟是上上策。

比如这一回,祖父煞住话头,冲着尤府老奶奶说给我祖母听:"你老要是听不入耳小辈儿说的这些,就请你老问问咱们家眷——她可是位师娘,看她做师娘的怎么说,看能不能收下这份儿吓人的重礼。师娘要说能,我没半个不字儿。"

祖母敢是不负众望,除了给祖父帮腔儿,且还恳恳亲亲地进劝起尤府老太太:"表姑奶奶,厚脸说句不中听的话,果真提到甚么大恩大德要报答,咱哪承当得起,都是上帝赏下的大恩大德。要报答上帝,信教就好,比啥报答都合上帝心意。今儿你表姑奶奶没工夫,改天挑个日子专程去府上拜望,再好生跟你老叙叙怎么个信法儿……"

妇人家自有妇人家的体己话,跟爷们儿、哥们儿场面上来去那是另个路道。祖母传道能有多大能耐,祖父敢是一清二楚,让她起头儿领人上道儿,偏不了路,也是看家本领。要说再进二道门儿、三道门儿、进而登堂入室,怕就不行了。凭祖母生性就喜跟人攀扯,也有叫人见了就亲的天生好人缘儿,祖父倒是放心先把这尤府老奶奶托付给祖母了。

行想着祖母走不了又是那一套,不是认尤府老奶奶做干娘,一准就是跟尤府俩媳妇里哪一位结拜干姊妹儿;祖父一进尤府,上上下下一条声儿统称"干姑老爷",果不其然,还是拜在人家老奶奶膝下了。前两天尤府又拿小轿子去接我祖母,可祖母只告诉祖父,尤府老奶奶应允了上城去礼拜,只字儿未提认干娘这桩说小也不算小的好事。今乍乍让人家称呼一声干姑老爷,当下我祖父心里不能不生点儿怨;一桩好事,也算桩喜事,瞒得他这样子一无所知,敞着脸见新结的一门干亲,幸好祖父心眼儿转得快,厚着脸给干丈母娘干干地行了个大礼,抄在先头自嘲了嘲:"瞧俺这空空俩手,真是干姑爷行干礼!"亏这尤老奶奶不见外,闪身一旁,躲着不要身受大礼,还又收紧下巴假意斥道:"那是俺俗人俗世,只能行行俗礼。你长老老爷,举人老爷,屈就俺俗人俗世,尊声干姑老爷就够叫俺折福折寿了,哪还好身受大礼!"

可尽管这样,尽管保住他尤府身家性命尽了心、尽了人事,不无小小功德,只是一则尤二爷这场大梦本为上天安排,祖父自分不过是上天差遣了来拍拍醒尤二爷罢了,恩德自当在天。再则,单就人情来说,也只可以人家感恩图报,自家怎可厚颜居功讨赏!果若行善单为图的人世酬报,那岂不跟雇工图的工钱无二?雇工凭力气卖钱,哪还说得甚么功德、甚么善行？怕连本分不本分也都难讲了。祖父怕的是祖母有这样存心，天报遥不可及，只图人报来得实惠。古训教人行善不为人知，贵在积阴骘，立功德。基督则更加严格，"左手行善休为右手知觉"。诚然，既为人知，既为右手知觉了去，单这一个知，怎样大的善行功德也便因得了工钱，尽都化为日常里干活儿，落得个专为自身罢了。

那尤二爷果真就像才做了场好梦，醒来这许久了，还时不时老是让未能成其好事的那点儿遗恨给缠绵住。能言善道的那副削嘴薄唇，愈比先前还要处处都在自抬身价地猛吹，离谱儿得一听就知尽是虚假。不知旱烟吃过了头，还是家人面前极力挽回败家丢的面子；白白地给人一股俗话所说的"拉裤子盖脸"荒凉之感。

先前听尤家老奶奶诉说的，那般穷苦人家的丫头小子散了回去，原曾一人给了两百文——总共上二十吊。多少人家不那么好打发，还是领着孩子找上门来算账，争的是当初一言为定，说好了一等出师，人人都由师父老师赏给二三十文神钱，一辈子花用不完。如今说话不算数儿，虽则放给一人二百文，却花一文少一文，分明是个死钱，从没再长回去。为此宁可不要这二百文——有的老实头可怜，二百文拿回家去不知花掉多少，又东抓西借凑足整数儿来换那原先说定了的二十文神钱。

老奶奶送谢礼去的那一趟，诉说到这里，我祖父一阵心酸，竟至含泪了。可今天拿这桩事探问他尤二爷，回的可真方便："那还经住吓唬！讨神钱不是？日他，跟师父老师走啊，闯天下去啊，你当你还有这个臭小子、臭丫头？舍了罢——哎，当是给你一家栽培了一棵摇钱树？做梦！"瞧那神情狠瞪着一弯套一弯的站砖铺地直喝斥，像是那般贪图神钱的乡佬，一个个尽都给骂得无地自容，一个个理屈地矮下去、矮下去、顺着砖缝儿地遁了。可一下子又换了张脸，笑盈盈冲我祖父乐和："小事小事，不劳记挂。干这些土头土脑滋泥腿子，还不便宜！"

祖父关问起这个，也不是没话找话，顺便捎个嚼谷儿闲磕牙。打老奶奶讲起那般练神拳练得半落儿给散掉的穷苦人家小小子、小丫头，我祖父就心放不下，念起南关外汤机房要的大批妇孺人手，看看两下里怎么接个头儿，从商从商。

汤机房已是好几代相传织布、织绦、织线毯等为业。如今这一代老板，由祖父带领了受洗归主。是个才能精力两皆过人的干家。一则眼看俗称"大布"的土布给门面宽、布眼细、价钱低的洋布占了上风，终究不是对手；再则洋人牧师那里打听来关于洋纱、洋布、洋机等等见识；三则我祖父这边每将报子上所见官民所营洋务中关乎织造商情，传给汤弟兄以广见闻。基此三者，汤家几至处心积虑非要把祖传的基业给振兴起来不可。为此，汤弟兄先后不知跑了多少回上海、南通州，终至买下十架二尺半宽门面的新式洋织机，秋后当可水路运到。纺纱洋机是打算缓个几年再说，那都曾经过行家指点和仔细盘算，一来十架洋织机不需洋纺机供纱那个量，二来就地收棉，就算除籽、弹棉、手纺一起算上那手工钱，还是比价钱高过洋织机十倍也不止的洋纺机上算得多多。这样算来，饶是压几年再说，到时候也还是宁可再买十架洋织机，也不要一架洋纺机。

虽说日后是将采棉和手纺包给近城四遭的农户，还是一总都由机房雇工承担，到今也尚未拿走，可汤弟兄老早就已托付了我祖父顺传道之便，代为庄户人家打探民情，看看包工跟雇工何者为宜；那不光是考究工钱高低、本钱大小，要紧还在何者出活儿、何者出活儿快，又何者出好活儿。

祖父可并不是等到尤府老奶奶诉说了那些，这才想起那帮丫头小子，挂起了心事。早在断定这位尤二爷迟早不得不停了练功，把坛口给拆蹬掉，便已记挂那帮小妖儿日后会要怎么终局。

依我祖父推想，这帮半吊子小妖儿若都悉数跟随伏万龙师父和师兄人等一道拉去外地，也就罢了，眼不见为净罢，乱世里人命不值几文，百把个孩子给弄去胡作非为的瞎摆布，谁管得着？生死有命，怪给天地不仁也未始不可。不过若那伏万龙拍拍屁股一走了之，撇下这帮丫头小子不管，可就扎手了。都是无知无识穷苦人家孩子，经那一番疯疯邪邪，闹神弄鬼，不知天高地厚，怕就休想还能老实蹲在家下安分守己地男耕女织。要不妥善安排，高不成，低不就，终不免小则无补家计还不说，反而毁了家道；重则少不得滋扰善良，为祸邻舍乡里。

可今天诚心诚意拿这来跟他尤二爷讨教——讨来的是不当回事儿的片儿汤。

只是这也难以尽怪他尤老二罔顾后患——当初募来这批童男童女，也曾个个都打发了三吊钱安家。练功中吃穿用度也供济不薄，花的银子如流水。末了，个个丫头小子好歹还落个两百文，他尤老二落的啥？南柯一梦，家产三停荡去一停，母嫂面前无光，还叫他哪有工夫再多稍尽善后之心！

祖父既有这样体谅，好在汤机房那边也还不曾敲定，空头人情我祖父从来不卖，便找些闲话拉聒儿，看看时候不早，老阳快到正顶，遂起身告辞，给老奶奶婆媳二人再加把柴火，相约礼拜堂见。

这告辞，惹起老奶奶跟大媳妇儿直怪罪，算起旧账，前番留饭不肯赏脸，这一回千万不让走，又呵斥了老二怎不留住长老。老奶奶抓住我祖父双手不松："长老你看看天有多早晚！卡近饭时儿了，除非你长老嫌弃俺家——"祖父忙打断老奶奶这么激将，拿小辈儿称呼："尤奶奶、尤奶，你老听我说：我是淌着口水也非走不可。城上有要事，敢是非去不可，又敢是不在这一顿饭耽搁。只这盛情款待，胀了一肚子鸡鱼肉蛋，酒醉饭饱，哪还赶得了路？走过热沙滩，不中暑路毙那才没天理呢。改天，改天，专程来叨扰，好生尝尝府上大娘、二娘高手办的佳肴美酒，跟咱们二爷对酌尽兴，不醉无归。唵？这样好啵？"

尤府老奶奶一脸的为难，抓住我祖父还是不肯松手。可临时调度家事终有一手，回头把两个媳妇唤过来，一旁听候吩咐，便与我祖父诚心诚意地说："这大热天，固属要提防路上给日头晒坏了，说实话，人是不大有胃口。俺看这样，井底有现成冰冷冰冷的凉粉，找她妯娌俩给你大姑爷拌上一大碗，不用动火下锅，眨眨眼儿就中了。保你又开胃，又凉快，又尽饱吃，不用愁路上怎样。俺看就这么着了，你长老千万别再推辞了，就算垫垫饥，上城再吃好的去——说真的，乡下罢，粗茶淡饭，又是闭集，想大鱼大肉招呼也不行……"

这样子盛情，我祖父也只好随和留下来。果真没多大工夫，一盅龙井没吃完，尤府大娘便已亲手捧来一大描花碗拌凉粉，满得尖上去，净是作料，不见凉粉。滴滴啦啦的芝麻酱灌顶，浇在香豆干丁儿、小虾米、花椒叶儿、香椿末儿、芫荽碎儿那么多的交头上，调味的还有大蒜米儿、腌疙瘩丁儿、甜油、老醋、少许一些辣椒酱。合当又是菜又是饭了。

当下祖父也不客气了，一面兜底把作料拌拌匀，一面又夸赞又道谢，撇着当地话："俺这就不做假了——美味当前，果如尤奶奶说的，胃口大开；就怕不留神，口条儿都给带下去了。"凑趣儿加上撇的当地土腔儿不怎么地道，撩得一家老少都哈哈拍笑。

这当地压根儿没"客气"这个词儿，说了也听不懂。主人让客布菜都口口声声的"别做假""扚了吃"，意思最真，只是听不习惯的话，会觉得刺耳，未免太直来直往了。我祖父是真的一点没作假，稀里呼啦的不一刻儿工夫，唿噜个碗底朝天，作料根子也捧起大碗喝得一滴不剩，遂千恩万谢了尤老奶奶和俩媳妇儿。

麦花小叫驴也给伺候得水料饱满，撑得滚圆滚圆个大鼓肚儿，肚带只剩寸把长，差些扣不上。祖父拍拍鞍鞯下的驴肚子，笑道："瞧，连牲口都'隔槽饭香'，何况人乎！"——谢过尤府上老少，径自上城去。

老城集，老早就连个城魂儿也找不到了，土圩子也只落下河堤上残留一小段、一小段，给人老掉了牙之感。老黄河打西下来，遇城转向南行，到老城集脚下复又转个弯儿东去，故此这一带大河弯子里积沙又厚，又放眼瞧不到边儿。想得出当年黄河黄滚滚流过这里，裹带多少多少泥沙，把个河槽填成高堆起来的沙丘。

若是绕向城西，走五孔大桥进城，沿路断断续续多有树木遮荫。可那样得多绕二三里路，不如贯穿过沙滩，打西南圩门进城——一条路是弓背，一条路是弓弦，敢是要对直走过去。就便也看看差会打算盖大医院买下的地——祖父就是那么好事儿，人家买地盖医院与他何干！真是祖母抱怨的，人家蚂蚁打仗，我祖父都要抢前则去看个够。

炎炎烈日下，沙滩白得耀眼。旗人管沙漠叫作"戈壁"，这片河滩可也是四下里望不到边儿，也是寸草不生。不过怎样没有生机，也还是偶尔见得一小遍稀稀朗朗，微含绿意的一两寸长的苗茵，乍看错当是芦子、红草之类刚冒出土的小笋尖尖。其实这种苗茵长到老也还是只有那么高。苗茵剥开来，里面是一绺白白嫩嫩的丝丝，细像银发，又还挺似洋人卷毛儿那样，微打着波浪弯儿。城上居然有小贩儿拎着篮子叫卖这玩意儿，扎成小把子哄小小孩儿的，吃起来甜丝丝的嫩得不搪牙儿。大人多半不让小小孩买来吃，吓唬说那是死人头发长出来的，似乎也能吓得住孩子。谁都知道这苗茵出在河滩；更都知道，死囚总是拉到那里行刑砍头，是个脏地方——这在当地，意思可不是腌臜不洁的意思。说闹鬼或甚至凶地凶宅，都说是"脏地方"，或"那儿不干净"。

卜笙　153

去岁长老教会美国差会买下这一带近千亩荒地。官家的地产，没人想要它，卖得再便宜也还是白赚了，洋人又不懂这块地底细，算是占了个大便宜。日后万一出事儿，活该他洋鬼子倒楣。

地上庄稼是没有一棵，地界和房基都已钉过桩子，单等明年开工，打算盖上百间楼房，一面开医院——把县衙背后的医院搬过来；另三成给北关内中等学堂迁到这里来；另再一成留给牧师、教士、姑娘、大夫和家眷居住。

祖父曾与几位西人牧师亲莅现地大致看过，尽管这地已在黄河东岸，地势比沙滩高得多，发大水淹不淹到这里，谁也卯不定。衙门是力保无事，可卖瓜的哪会说瓜苦？但看天意罢。再就是地界上与脏地方沙滩紧邻，洋人哪有不知道之理？平心而论，这些洋鬼子纵有百般的不是，独独在这信德的修行上还是令人倾服，是真的妖魔鬼怪全不在意。这拿国人来比的话，慢说一般教友，就是长老执事一辈，怕魔鬼还没怕鬼怪那么深。我祖父也差不多罢，给铁锁镇花武标祷告赶鬼那昝子，临到末后恶鬼母女现形拼上了，猛撞紧闭的屋门，十刀丢到砖地上当啷啷响，不说花武标吓个半死，我祖父也怕飒飒的抖个不停。说来也是五十步笑百步罢，可他洋人真的就不在意这些，是压根儿不信天地间有甚么鬼怪，就是祖父赶鬼轰传全县，洋人牧师终还是认定那只是撒旦魔鬼。

打这里举目望去，县城西郭就河堤上筑的土圩墙，贴北边儿顺着堤势一路迤逦过来，到这西南角上陡拐个弯儿折向正东而去，倒是跟老黄河走势相伯仲。那座西南圩门便傲立在这堤身转折的西南角上。

给尤府看祖坟风水，临时现抓了两本堪舆温习温习，过去并不曾专心探究，只是兴之所至翻翻，待确知其出处信实，也就放心，没再深一层下功夫。没想到这一回温故而得许多新知，虽一点儿也未打算怎样，兴味还是未衰。摸一摸驴背上的褡裢，前番使用的罗盘还在里头，便取出来托在手上打量一番。日后这医院大门敢是要对城而开若得坤山艮向，方始无碍有吉，也正合阳宅坐空朝满之法。怕的是取正向，门对正东，酉山卯向，差偏四度即犯巽鸡之煞，"八煞八煞，勾勾搭搭"，大小总是个凶。这医院关乎千万人的死生荣枯，不比平常人家，吉凶只不过一门一户。日后究竟如何，风水还须看人气。他美国差会开办这医院，只须心正，为的是上帝与庶民，必定还是逢凶化吉，便八十煞也拗不过上天旨意。

当初我祖父玩味这堪舆之学，确知是《周易》衍生之术，便以其可信而放心，至于未再深入；其时祖父对基督教认识尚浅，两口子之所以领洗归主，十有十成为的是哄着虔信的曾祖母欢心罢了。当时祖父秉持的是儒家"以德通天"，也便无意于枝节之术。及后认真地信奉起基督教来，得到一个"因信称义"之宝，适与"以德通天"相融会，越发不把以术谋福放在心上。为此，祖父三十而立，便立的是举凡周易所衍生的星相卜算，无一不予相信，唯是不作信靠，壹是以信德为本。这样便也修得个无忌无碍，无疑无惑的金刚不坏之身。

不过经与西人往来多了，祖父处处怜恤起西人的一向不解天道行于人世究是怎样一个体统，总把中国所有星相卜算一概视为交鬼、交邪灵，与魔鬼交道的迷信。

其实西人也只是知其一、不知其二。岂知犹太人一样的也自古至今皆耽溺于星相卜算，否则也不容——载之于《圣经》，如景星指引三高士寻得圣婴朝拜；如《约书亚记》中祭司以利亚撒奉得上帝玉旨，圣谕以"乌陵""土明"、占卜问神；说实在的，整一部《圣经》，莫不是记载的天道径行于人世。奈何西人传教愚而迂，犹太人星相卜算俱是真道，他人行之便统皆怪力乱神，这叫谁服？

西人牧师中，只一位任恩庚，虽极年轻，却能虚心，深知并珍重我祖父的学问，时或找着我祖父请益。不过那也真难，诚所谓一部

《二十四史》，不知从何说起。不过带常的我祖父还是精简又精简，深入浅出把个太极、阴阳、五行、天干地支，给这位年轻的洋牧师解说了。我祖父自量经他这样曲意解说，又是比喻，又是举例，虽村夫村妇也该领悟，却这样一个聪明虚心的洋人，究竟能懂几分，真说不齐。就像那对碧绿眼珠子，瞧着你也像没瞧着你，敢是这些粗浅的道理也会似懂非懂。

这任恩庚牧师真算是西人中百不抽一的聪明人，可碰上中国学问，即就像个木头人了，俗说隔行如隔山，这隔国敢莫是如隔重洋。只这任恩庚算出类拔萃了，要紧还在珍重中国，不知者不妄口拔舌乱开腔，别的西人连这一点德性也告乏，何况又笨。真就无怪康熙帝在罗马教化王克来孟十一世"登基通谕"上亲笔朱批："览此告示，只说西洋人等小人，如何言得中国人之大理！况西洋人等无一人通汉书者，说言议论，令人可笑者多。今见来臣告示，竟与和尚道士异端小教相同。彼此乱言者，莫过如此。以后不必西洋人在中国行教，禁止可也，免得多事，钦此。"

可西洋外国，拿中国学问没疼热地胡乱糟蹋，看在不知者不为罪的份儿上，还算情有可原；每叫我祖父难过的还是教会中不乏知书达理，乃至秀士之辈，也都洋人怎么说，怎么是是，那样子一无气节的读书人，我祖父始终不信那能在上帝面前蒙恩。

关于星相卜算，我祖父并非一味地护短；尤以悟道之后，对这些过去都曾一一玩味过的物事，更有清明切中的分别辨正，那就是相信其理，而不信靠其用。在我祖父看来，这星相卜算非但不造就人，反而于人于事多有败坏。总而言之，其用可信其效验，信靠者却只为的是不劳而获。所谓德者得也，以德而得者正道；以术而得者皆非正道，是即不劳而获。正信与迷信，也就在上面分晓了。

一回与任恩庚牧师论道，祖父便曾指出这正信与迷信如何分野。

即以名教来说,哪个教都是好的,只是一旦落入人的私心,或是年深日久不免偏行,那就难免不出毛病。教会中人传道,常拿这些毛病责难中国所有的学问。可那哪是讲道?教会不也是常把教友带领到偏路上去?

试以那位孟石匠作比,那个看地理风水的江湖郎中,不过打着阴阳风水幌子敛财,却把孟大户一家坑得悲绝惨绝。可那也算到堪天舆地这门学问的账上?

依此推论,教会开办的医院,名为仁济医院,可仁济医院不曾治死过人么?——单说那位院主鲍达理大夫,也是位牧师,没见过有那种脾气暴躁的传教士,病人还未断气,就大吼大叫地吩咐人抬去停尸间,真的不把人当人。

可单凭那么一位大夫,就能指说仁济医院不仁不义?甚而指说委实很有一套的西洋医术无用,只能送人命不能救人命?

医有害人的庸医,卜有不灵验的庸卜罢?然则,总不能因这庸医,就责怪西洋医术之不可信;同理,总也不能因这庸卜,就归罪占卜皆为迷信。

实则单就卜筮而言,中国也绝不是凡事依赖卜筮,除非有疑待决;且虽卜筮,也并非悉听卜筮。尚书洪范七畴稽疑,便十分清楚地条理分明:

  汝则从、龟从、筮从、卿士从、庶民从,是之谓大同。
  身其康强,子孙其逢,吉。
  汝则从、龟从、筮从、卿士逆、庶民逆,吉。
  卿士从、龟从、筮从、汝则逆、庶民逆,吉。
  庶民从、龟从、筮从、汝则逆、卿士逆,吉。
  汝则从、龟从、筮逆、卿士逆、庶民逆,作内,吉;作外，凶。

龟筮共违于人，用静，吉；用作，凶。

原本天人之际，就是这样子裕余有亲。

《圣经》于此有不胜列举的纪事，俱是表明上帝已经立意如何如何，且已亲自昭示或借先知示警，唯经王、祭司、士师或先知、乃至于百姓，至诚求祷，上帝还是会收回成命；就像这洪范稽疑末了的一条，那便顺从天心，静而勿动。可《圣经》仅止于记事，昧于人事上寻求出一个可循之途。犹太的先知忠于传信，究竟不若中国圣贤的聪明尽心。商周之世远早于扫罗王的首建希伯来王国，那时就已将天人之际交合的路途，寻觅出"稽疑"这样子一套规矩，周延齐备，可放四海，可传万世；不又怎能称之为"洪范大法"。

按说几位长老中，康宏恩、唐重生二位秀士都必念过尚书，怎能不明这些道理，一棒打煞中国经典的那根棒子如何举得起，又如何打得下手？这都叫我祖父不解。

若就事功而论的话，邦国或朝代之间，中国向来行之若素的"兴灭国，继绝世"，三代以降，除却元、清两朝乏此汉家王道之思，所有历朝历代莫不如是。纵有征伐，也一本人不犯我，我不犯人之旨。孔子虽有"以直报怨"之说，也还是比对"何以报德"而言，儒家的仁至义尽，到底仍无异于道家的"以德报怨"。

可基督教前身的犹太教如何？单是打进迦南地，奉上帝之名，灭人之国七，杀人之王三十有六，无一役不是不分老弱妇孺，乃至牲畜鸡犬，赶尽杀绝，不留一个活口。以此来传"上帝乃爱"，成么？若非基督降世，以身殉道为挽救祭，则何以证果"上帝爱世人"？

基督真道无可置疑，然而其于事功如何？

后世如英国，以基督教为国教；它如法、德、意、斡、奥、美、荷、西、葡、比等所有西洋列国，无一不是信奉基督教或天主教的国度，可这些国度给教化得怎样呢？慢说从不曾有"兴灭国，继绝世"的义行，反倒无一不以"灭兴国，绝继世"为光荣。

那样的强横霸道，杀人越货，乃至谋人货殖，夺人土地，亡人家国，灭人种族，教会能够与之无干？教会若能将这些推卸个干净，则所有差会何不各在其本国本土重新宣教，老老实实先把自家的国王大臣官军百姓教化上道儿，再赴别国传道？否则，己不正，何以正人？己不救，何以救人？

如今，这般传教士却要千万里外，千辛万苦跑来中国，是要正中国，还是救中国？所传的教，是教给中国人揞揍了左脸，再送过右脸去找揍？那岂不是教给中国，要趁安南、缅甸给人霸占了去，再赶紧把两广之地也做个饶头奉送过去？又岂不是教给中国，要趁海关给强占了去，赶紧再把内地、大小关卡也都拱手让人掌管？又岂不是教给中国，要趁上海、广州、天津卫、威海卫等地给强划了去的租界，赶紧再把北京、江宁、济南、开封、西安等所有通都大邑全都划地招租？……

但凡粗通事理，略晓国是的中国传教士，所有这些左脸右脸、内衣外衣种种教义，尽管俱是大道，却都此时此地讲不出口。若说村夫村妇愚笨无知，不晓得洋人怎样欺压中国，可以不必顾碍，那才是欺人欺世，欺心而尤欺天。再说，村夫村妇当真不知洋人为非作歹，那又何来义和拳起而扶清灭洋？洋鬼子的恶迹昭彰，已是尽人皆知，岂容传教士一手尽掩天下人耳目？

为此，《圣经》中的道理，我祖父传教以来，便有斟酌衡量，有的传，有的不传。

在我祖父看来，一则，以色列人分明一贱民。而上帝所以以之为选民，基督所以降生于此邦，皆旨在"明上帝之明德而亲民"。《圣经》

中在在表明上帝爱世人，甚至爱到即使如此贱民也拿当心肝宝贝的地步。以是之故，施予贱民的教训，便不必尽施予经已教化有德之民。再则，以色列传得一部大经，是上帝借之示警，以期万世万方万民切勿效其劣行。故以色列人所作所为，俱属恶例，儒家倡忠恕之道，本于隐恶扬善，因而《圣经》所载事迹，不必尽传。三则，举凡不合国情礼法而被视为洋风洋俗的种种，皆提也不可一提——如直呼至尊上帝之名耶和华、救主之名耶稣，就挺大逆不道；蛮夷未受教化者，才会那么没上没下，不知尊卑长幼。

我祖父曾以此三者就教于诸牧师、教士、长老，也是除了任恩庚牧师肯于接纳下来去思想，卜德生老牧师八面玲珑，嘻嘻哈哈不置可否，其余无论西人、国人，都似乎对此不值一顾，有的甚至惊惧上帝的选民应是圣民，怎可以称之为贱民——不言而喻，该是我祖父离经叛道了。

还有就是一个天道与人事的分际交融。

是凡名教，依我祖父所略识者，无论为道，为释，为回回教门、基督教与天主教，莫不具有化世之功，也莫不缺乏治国之用；即所谓"国之要在政，天下之要在道"。一部《圣经》治天国有余，治地上之国则迄无所成。何况以色列寡土小民——七个以色列也才抵得一个山东大——又凡百无能，悉赖上帝，人事素乏建树，几无经国治世之实学。外邦只须弹指之功，吹灰之力，即足亡之；且亡之又亡，复国无日。至今犹然遗民亡命于世界列邦——河南开封府即尚有俗称"蓝帽回回"或"挑筋教"的"一赐乐业人"，改从汉姓者有赵、金、高、艾等七姓遗民。今逢世界列强诸霸谋亡中国日急之秋；若欲奉天得力以养修齐治平之功，这救亡图存、经国治世，终究还须求诸儒门之道。

教会中的行话，称传教为传道，这道敢是专指圣经之道。不过但凡称之为道者，道只有一，犹之天地主宰只有一位皇天上帝。这就是俗语所说的,"天无二日,国无二主",至于有异,非指日有二,主有二。圣经有言:"日头照好人,也照恶人",也就是"天道无亲"之意。唯这日头照在干沙滩上,穿了鞋子走在上头还是烫脚;照在田土上就没那么烫法儿。以色列承恩于天,对应出一部《圣经》宝典;中国承恩于天,对应出不只"五经",尚有无尽的诸子百家。这其间的差别,就我祖父所见,拿四书大学的首章来衡量,这《圣经》于"明明德"的功夫上,该是无与伦比——上帝亲自明其明德不是?只是以色列有闻必录而已,并未能转化创造为亲民,由是可知以色列亏欠于上帝者至深至重。

至于以色列的一无经国治世之学,根底上欠缺亲民事功,倒也于他国他邦无伤,倒楣的也不过只限于他弹丸小国自身的盛衰兴亡。可怜恤的却是悲在其无能于亲民,由而也不得真知天命,自其始祖亚当一路下来,欺瞒诈骗,贪得无厌,其凶残暴虐莫过于杀尽埃及全民长子,以及觊觎迦南之地,一再亡人之国,灭人之种,结果除了自身惨遭"亡人者人恒亡之"的恶报,且以其凶煞业根,诱人入罪;经由教会西传,夹杂于明明德之道,假传上帝玉旨于西洋列国,使之无不效尤以色列杀伐霸占迦南的无道,分向弱小施暴侵占,以至东来吞没中国四邻藩属,进而豪夺疆土,垂涎中原,此岂上帝仁爱之道?这样则圣经的道理安得尽传?即便尽传也仍欠缺亲民之用。如此则何敢轻言传道?传之而又安得不备加怵惕诫慎!

祖父找到一遍苗茵,畄卜驴子啃草,自个儿标着眼前所见的这上千亩地界桩子,踏着多半尽是烫脚的沙地,约略走上一个内圈儿,只为心上大致有个数儿。祖父头上戴的是洁白麦秸辫凉帽,没甚么款式,像个小锅儿覆在脑袋上。可这种凉帽上自朝廷命官、钦差重臣、封疆大吏,逢上暑日,莫不一律头顶这种小锅儿,只不过顶子上披一把红丝绦繐子而已。

这一带平洋之地，起伏有限，凭我祖父这点儿道行，不扒书本儿查来查去，还真难摸出甚么起脉走向，结果仍只在要开大门的所在，坐向方位有那么点准儿。到此我祖父倒是无端生出一个小小恶念——星相卜算，你都不是看作甚么邪灵、甚么交鬼么？连我祖父自己也不曾想到，一个"风水"就"杯酒释兵权"，把个尤长夫、尤管带的翎子给摘了；把个近在城根、早晚就要出事儿的拳厂给打散了。咱们就再邪灵一番，交鬼一番，让这医院大门犯冲八煞去！不见棺材不掉泪，到那时就管叫你洋鬼子、二毛子知道厉害了——这么个小小恶念，祖父倒把自个儿给逗笑了。

布道、传教、培灵，敢都是"明明德"的功夫。这开学堂、开医院、放赈放粮，该就是亲民了。教会在这上头仅能做的、又做得到的，不过就是秃头上的虱子，明摆着就这有限的几样儿，可人世庞杂纷纭，哪就这样直勃笼统，粗枝大叶？洋人自以为这都不知是多大施舍，已足令人生厌；教会中长老执事和教友，更都把这奉承为无大不大的圣心善行，无上功德，则越发叫人恶心。这竟使我祖父跟咱们一家人早晚生个毛病，从不去医院受施舍——按照民俗，甚么便宜都可贪，唯独看病吃药不花钱这个便宜占不得。也好在小病不愁家家户户都有现成的单方和草药，祖父自个儿也跟所有读书人一般，好歹总略通一些岐黄。大病倒是一家人谁也没生过，就算生了大病也准是请先生按脉抓药才算正道儿。为此，男子女子学堂一再商请我祖父就任教席，我叔叔也挺可以进学堂去习一些英国文、西算、博物等西学，我祖父也总是能推则推，能躲则躲，不愁没有婉转借口。

济人和育才，原本是大善事没错儿；可比起西洋打中国霸占去的地、杀害掉的人、挤榨去的银子、毁坏掉的产业，这善行再大，可又算得九牛一毛么？以这些善行赎罪的话，罪是万死莫赎的罪，罄竹难书的罪，可以赎的么？舍此而以认罪悔改为首要，为信徒入教的不二法门，则备受洋鬼子欺凌杀戮的中国黎民，罪将安在？这又是传教的一大难处。

数洋人之罪的话，义和拳要是清楚安南有多大、缅甸有多大、现又给霸占了去的台湾有多大，还有一个条约给讹去了多少银子、海关一年给吞去多少税捐、洋油洋碱洋纱洋布洋枪洋炮所有洋货又给赚去多少暴利……义和拳要都清楚这些，那末烧几所教堂、剥几张洋人皮、凌迟几个二毛子奸细，总也不过分罢，上帝都会插手帮忙罢——"我已把你的仇敌交在你手里"，这可是上帝常对以色列民降下的谕旨。按说以色列民才受多少苦，上帝都肯帮忙叫埃及人害痔疮。比对起来，中国百姓该受西洋人、东洋人多少苦——咱们家就是其一。上帝会强逼咱们先认罪再说么？

君子贵乎责己，认罪悔改是要从这上头来过，万不是先就给贬为刍狗，跪着爬着地罪该万死，这是一。像咱们给东洋鬼子炮火连天，毁得家破人亡，祖父真的是先就自责深负天恩、深负慈恩，痛悔前非，彻头彻尾重生而换了另一个人。只是若那东洋人来个牧师——和尚也行，要我祖父就这一场血战罪己，招认祸由自取，只字不提他东洋人屠城略地，烧杀抢掠种种恶业，则这人间尚有天理乎！

想到适才临时起意要让这所医院和学堂开个大凶门的一念，其实比义和拳也没甚么高明，同是受的君子害，同是报的小人仇，以直报怨到得这么地步，也是够惨的了。即使就是这么点儿意思，也都成了恶念，不可再有下文。洋医院究竟济的是中国人，洋学堂也究竟育的是中国才。济人育才既有功德，天道无亲，常福善人。以德通天，因信称义，堪舆神功到底还是盗天之术，非天所授，非德所得。

上西南圩门，须爬一段陡坡，祖父拉着驴子来到坡底，一仰首间，但见圩门那里凭空三四名兵勇，背刀荷枪在走动，似乎颇不寻常。牵着驴子上坡，祖父心想，甚么风声紧到这样，总不至于禁人进城罢……

妖孽

两椴杉木杠子打造的栅栏门,只少许开启一椴,空档里还拿铁链扣住,只容得单身人儿出入。我祖父远远便认出这几个兵勇都是大军粮子快枪队,不是县衙门管属的团练士兵。

依我祖父所知,袁抚台履任是带了自家练的新军"武卫右军"来的。只因握有兵权,遂将全省原本三十几营的勇营收编,整顿出二十营的劲旅,绥靖保民。眼前这般兵勇敢就是驻扎南营盘的甚么营罢。

看上海来的申报,时论有责难前任巡抚毓贤者,指其一手纵容义和拳,听由坐大,以致横生乱源。话是没错儿,也是实情,可内情不就那么简单。想那毓贤抚台任内,外有德国租去青岛胶州湾,横行胶东,一下子就半个省境都任由金毛鬼子作威作福;内则毓贤自身一无兵权,省内勇营率多阳奉阴违,不听调遣。适好地方上有办拳厂练神功的,总头目朱红灯愿将一向"反清复明"旗号改为"扶清灭洋",命抚台大人。毓贤内外皆受辖制,伸展不得手脚,敢是乐意送上门来的义和拳,收编成团以供驱使,委实也是情非得已罢。设若新上任的袁抚台手上也无一兵一卒,胆敢虎皮交椅还没坐暖,就把朱红灯抓了砍头,还又颁下那"死八条"?

还是怪天气太热,一段不怎么长,也不太陡的斜坡,爬得我祖父居然有点儿喘呼，掏出手巾直擦汗。往常从没见过城门圩门有这样子把守森严，至多有过宵禁，可那也不曾一个小圩门就这么些官军把守。看样子出入行人还要盘查的样子。

祖父抹着脖子，回头望一眼来处，白灼灼耀眼的沙滩直泛到天边儿去。从那边过来，连棵小树秧子也没有的大片光秃秃荒地上，全不见一个人渣巴，不觉心里怵了一下。想刚才一个人独自地走来，不知还在多老远，就已给这坂头上几个兵爷子紧盯慢盯，直盯到他爬上斜坡来。平时敢是没甚么，谁还管着谁骑驴行路来着？可既然这样放哨把守，不定出了甚么大案子。适才单人独个儿行路过来也就罢了，却在那上千亩的荒地上绕来绕去，谁也猜不出他在那儿干吗。只怕早就惹得这般大军粮子见疑，盯紧他不知打算怎么样图谋不轨呢。

果然还未等到我祖父走近圩门，两个兵勇便已捧着快枪迎上来，一面喝问甚么人、打哪来……那是个外乡口音，弄不好还许是个关东人。

我祖父没及时搭话，想要走近点儿再说，免得大声拉叫，气喘吁吁的还未平下来，叫人听了倒疑心他心虚怕事儿。

先头走来的兵勇没理会我祖父，径去我祖父脊后，搜查驴背上的鞍鞯和捎码子。没提防耳后冒冒失失喳呼喊叫的："嘀，你这位老乡，真是旗杆上扎鸡毛——掸（胆）子大得可以！"

祖父给吓了一跳，有啥犯忌的不成？急轴过身来，但见身后这个兵爷枪托指着驴鞍鞯，另一个忙绕过来看。我祖父一时还弄不清楚喳呼的甚么，这才见到枪托抵在鞍鞯下垫的深青棉线粗毯当央，那上头有个跳线织出的白十字架，那还是汤机房特意织造赠送的。跟过去的这第二个兵勇像看到甚么难得一见的稀稀罕儿，提眉吊眼地叫道："这不是洋教那玩意儿！"忙问我祖父："带这玩意儿你还敢乡下去乱跑？"

妖孽　　167

这才祖父给逗笑了说:"没啥敢不敢罢,传教嘛哪城上乡下之分?"

圩门栅栏那边还有两个兵爷,也三步两步急忙凑过来,四个人一式儿神情,疑疑思思地你瞧我,我瞧你,不大肯相信我祖父是打乡下上城来的样子。祖父笑说:"起码罢,老城集是啥事都没,咱们传教的还兴扯谎赚人不成?"

四个兵爷大约见我祖父是个斯文细缓,有点学问的外乡人,又是个传洋教的,不免有几分敬重,便没再搜查。我祖父就有与人广结善缘的天生本钱,人见人亲,撩得几个兵爷多嘴饶舌起来。栅栏门脱链打开,让人跟牲口进来。祖父水烟袋有花武标孝敬的凤台极品皮丝烟,火镰头打火,点着了纸媒子,门楼阴凉里让几个兵爷轮换着尝尝过瘾。像要回报极品皮丝,一个个你能我胜地把甚么甚么全都抖露了出来。

打刚才这几个兵爷冲着十字架大惊小怪那神情看来,我祖父已料得个六七成;几个笨瓜经不住我祖父似问非问套来的口风,果就不出所料,大天白日来起这门禁甚么的,真就是对付义和拳来着。只是套来的这些口风,着实叫人讶异,简直个儿在玩儿戏。

原来近日省上抚台衙门连连火急饬令,因据报尚佐县南乡有股拳匪蠢动,欲谋破城,于是严饬州府协镇就近火速进剿具报,并重申中丞前颁"严禁拳匪暂行章程"——即官民大半皆知的俗称"砍头大八条"或"死八条",并加令:匪首及重要从犯一经捕获,验明正身即行就地处决,不必押解进省。准此,本县驻扎南营盘的官军,奉得府里协镇军令,除分兵把守城厢外,已派遣王副管带率领一哨马队五十名,今儿绝早开拔,奔赴南乡请剿。

这几个兵勇知晓的、辗转听来的,大抵就是这些。是拿极品皮丝换来的,约莫有个七八成可靠。

我祖父先还替老城集尤府暗呼一声"险!"继而一琢磨,却觉出这其中另有文章。

官军协镇受督抚节制指挥,原是常规。只是未见县衙丝毫动静,协镇用兵也县衙一无所知,看势头似乎抚台已把知县怪罪下来。果若如此,上峰视这位县令黎公知情不报,那可就要吃罪不起。

可这位黎太爷哪那么简单,看似抗命,自管暗盘弄他的团练其名,神团其实,挟地方势力以自重,怕也断不是甚么血气任事,意气用事。做官为宦者哪有拿乌纱帽不当事儿的胡耍那个道理;况乎这位县令举人大挑任官,得之不易。这其中不定更有极高明的官场权术,跟耍把戏的绕眼法儿那样,看热闹的明知是假——像那大卸八块儿,将个活人一块一块儿肢解,身首异处,那脑袋还自拉腔扯调儿大唱:"杨延辉,坐宫院……"瞧不出一点儿破绽,你倒是信还不信!

这几名兵勇抖是确实抖出些信息,可有些推测和猜想却一听即知是道听途说,大半无稽。若说县衙给官军甩了,玩儿了,那只怕是弯儿都不曾打一个的直勃笼统之想;究其竟谁给谁耍了,那可还在未定之天。

先说这四乡,东、西、北乡尽都难防没有拳厂坛口,唯独这南乡,有个花武标坐镇,徒子徒孙遍在,半个拳徒也万万容不得;可官军大张旗鼓下去清剿,东、西、北乡都不去管,单单偏拣这南乡,这其中岂不大有文章!

且不说这般大军粮子——这还是袁大人亲手督练的新军呢,居然瞎目瞠眼,地方上风吹草动一无所悉。兵法有谓"知此知彼、百战不殆",兵事至低的看家本领,这要怎么说?无怪辽东一战,主将云集,兵员如山,火炮战船种种俱强过东洋而竟遭全军覆没,"殆"得于情于理皆不通。五十骑的马兵将何所获?弄不好,抓两个无辜回师交差罢?

这且不言,那是何人径向省上举发?而独指南乡有拳徒暴乱又是何用意?是何居心?

妖孽

我祖父把这些打心上一过,便推测出十有九成是这位黎太爷弄鬼。躲不住暗中勾结乡董绅缙,私练神团、私放黑官,纸包不住火,终为省里风闻。他黎太爷省里打点得宜,信息灵通还又不愁无人为之疏散,以至安排了一出"空乡计"。不会看戏的看热闹,锣鼓喧天全武行,只看到黎知县给人告发了,官军指使去南乡清剿拳匪,但等此去端了个坛口,捉拿到首犯从犯一干拳徒,这县令就有知情不报,纵容养奸之罪,必死无疑,何止丢顶纱帽。可会看戏的就该看出门道来,南乡压根儿连个拳徒渣巴也没有,捉拿谁去?原本那个举发就是谎报诬告,一经查明,清者自清,白者自白,他黎太爷落个还我清白,稳保他正七品紫鸳鸯补袍,素金顶戴。能说他黎太爷万不至出此上策保住官位么?

　　这都不过是我祖父看事调理,自设一盘棋局罢了。只是官场上真有这盘局,固算不得稀罕;就算不至有这么一手,也未见得能给官场增光。想想自个儿逃进关来,落个脱籍的空头举人,也就罢了;派个啥官儿,那罪也不是人受的——要耗尽那么多曲曲拐弯儿的心思!祖父因又想起当年中举,一位藩台任上罢官的父执老前辈关问起何时会试,我祖父禀明并无意仕途,仅以乡试得中一报父祖,二慰慈恩而已。那位老前辈称许之余,不禁慨叹:"小世兄,这就是你的高明了。人贵澹泊明志,洁身自爱。说句村话,官儿这玩意儿,配比女阴,人人皆嫌其脏,人人偏又为之贪享耽溺,生死以赴。能如你小世兄这样清心寡欲,置身事外,可说是千万人中不一见的高人了……"

　　一位从二品的高官大吏,宦海沉浮,玩味仕途而至出此乍听似甚荒谬之论,诉与小辈,也该当是肺腑之言了。只是话说回来,这位老长辈若非因案罢官,依然春风得意,怕也未必就有那等清明,不定犹在贪享耽溺难弃难舍的所谓女阴——村虽村,那可真是妙喻。每想到这位老前辈,我祖父总不免莞尔一笑,也分外庆幸冥冥中上天早有拣选安排，保住人身。

临去，祖父捏着凉帽檐儿，给兵爷们儿几个——弓腰施礼，道了辛苦。拉着驴待要下坡去，无意间扫过一眼，打这西南圩门里小小犄角儿高岗上左右瞧去，沿土圩墙朝东朝北迤逦着长长河堤，隔不多远便是一个兵勇，荷枪把守一纵身即可跃过去的土圩墙。刚刚子午炮响，此刻正值当午，老阳直上直下地降火，可真热得够瞧的。不比圩子门楼这里，多少还有片儿阴凉躲躲；圩墙那里一无遮拦，那土圩墙给下火的日头烘烤生烟，怕有烧红了的土灶锅框那么个烫法儿。吃粮的说也真够辛苦，那一身前后心儿都熰上个勇字的号衣，小领口儿，长袖笼，大辫子抵得上一条貂皮筒子，打脖颈后一路敷住脊梁骨儿盖下来，不只暖火，该焐出整遍整遍痱子来。伤了风的话，来这儿待上半个时辰，就不用扳火罐儿了。

可这么吃苦受罪，所为何来？可可的就是"主将无能，累死三军"。按理说，不管是不是这都给黎太爷的圈套给罩住了，堂堂的武卫右军——也或许是勇营给收编了的武卫右军先锋营，竟对地方上民情这么样的两眼乌黑，要这样的大军粮子中啥用！

其实这些也都不足为奇了。如今上从朝廷、中堂、下至抚军衙门，哪不都是又聋又瞎？尤以这兵事上头，耳不聪，目不明，打甚仗！兵法说得多严："不知敌之情者，不仁之至也，非人之将也，非主之佐也，非胜之佐也。"是真的枉受国恩，吃"冤枉粮"，无怪跟东西洋，一回又一回大吃败仗。可从来只怨人家船坚炮利，照眼前这个光景看，分明就是蒙住俩眼去打义和拳。果若有个拳厂等在那儿打埋伏，你开去五十名马队当得了甚么？一问三不知，给吃个干净还不知到了谁的肚子里。没的快枪快炮败给了义和拳，反叫义和拳不是神团也是神团了。

就拿东洋矮鬼子打辽东来说，北洋兵船比日本的大、比日本的多，船炮都比日本的船炮粗，出兵比日本出的多得多。单是旅顺口那出名的八炮台，没一处不是白石山、虎尾山、黄金山那些千年万载的红石、青石、愣凿出来的深窟地道。里头囤的弹丸火药粮草，打上个三五年也无需外援。连西洋红毛鬼子都说过，炮台固若金汤，港口子小，港肚子大，严冬不结冰上冻，数尽西洋列国，没一处军港比得上旅顺口这样子天成。北洋水军更是夸口旅顺口天险配上筑城，纵令三尺童子把守，也足保万无一失。

不管那是漫口吹嘘，还是实情，炮台军港不可谓不是易守难攻。可那一仗真打得祖宗八代的脸都给丢尽了——实则，仗在哪里？仗打了没有？镇守旅顺口的观察使龚照玙大人，受不住日本水军接连两三天港外故布疑阵，吊吊闲炮，就已胆战心惊，电报四处求援。日兵绕过金州小路进军，龚老爷也没弄清敌手才只不过一支小队，不足百人，枪声一响，就拔腿溜之乎也。龚观察手下统领黄仕林大人，一听说上官闻风逃遁，也就赶紧跑掉，空让东洋小鬼子不伤一兵一卒，就轻而易举拿下经营上百年的炮台船澳。

那个当口，旅顺城里都还一无所知呢，戏园子里，名角小云仙、朵朵红，可还"后庭花"唱得满堂彩，热闹非凡。水军统领丁禹昌得到告急，才戏看到半中腰儿，退出包厢跑掉。

前后那么一场赶鸭子大战，未还一弹，打也不曾打的大败仗，可说是"不战而屈己之兵"，岂不尽是败在既不知彼、也不知此，又聋又瞎这个毛病上？

祖父绕绕道道来至内城小南门，这里也有兵勇把守，只是有点像虚设，仅仅两名挎刀的卒子闲散无事，未闭城门，也似乎没把来往行人看在眼里。贴着城隍根儿，我祖父绕过大半边城汪，惯常把驴子拴到汪崖一排石桩子上，独自肩膀搭上捎码子走开。

城汪一片腻绿，水面大半都让丝苔和小浮萍给封死。靠近城隍根儿那一溜，倒是稀稀落落生些荷叶，长得不大起劲儿。人说"城门失火，殃及池鱼"，果须打这城汪里取水救火，尽可放心，这脏得可以的大塘里管保一条小鱼秧子也没有。

顺着比城汪还脏十分的文曲沟北走，横在前头的大街名唤衙前街，却没谁记得，也没谁那么斯文；打这文曲沟上的落魂桥起，往东那一段都统称衙门口儿。文曲沟一沟的黑污水是糟蹋了文曲星；落魂桥若不明就里，还觉乎着有点诗情缠绵，却不知指的是死囚押赴西城门外黄河滩去斩首，打衙门里解出来，走过这座不打眼儿的小石桥，那魂灵儿就已脱身而去。

落魂桥头的馄饨，倒是全城只此一家顶有名，贵在高汤，不靠酱油香油甚么的调味提鲜儿，俗称白汤馄饨；别家学不来那高汤浓淡，要不是过于油腻，就一定清汤刮水儿。好几代传下来的绝活儿，传媳妇不传闺女，没招牌也不求发旺，一个"落魂桥馄饨"，就够世代传承，薪火不绝，天长地久。

整衙门口儿的吃食，差不多都是这样子各有个拿手绝活儿，哪怕怎样兴旺，原本是个挑子、是个摊子，好似都忌讳忘本，世代相传永久还是个挑子、摊子。像刘瘸子胡辣汤、鲍对眼儿豆腐脑、何麻子油煎包子、古和尚火食、丘秃子熏肉、黄狗猪头肉……挑子摊子一旁也兴摆两桌地八仙、背后也兴挤进去个小店堂，太阳大了或下雨天也兴扯个油布篷子，叵除了丘家熏肉店有个正式正道两大间门面，高到屋顶的大镏子锅终年喷散熏香，老板也是一代代中年即就败顶败得童山濯濯，此外所有各式儿吃食，莫不是自管挑子锅、摊子锅里出货，一天就只卖那一锅。眼前这辈老板，没见谁是个瘸子、是个对眼儿、麻子，或刮个和尚头，不知是隔有几代的上人凭那诨号创出的招牌，不计那名目体不体面，生意做得俏就行，以至于流传到今儿，口碑不衰。

我祖父啥都澹泊，就是有点贪食儿嘴馋这个毛病，衙门口儿三教

妖孽　　173

九流熟识得很，教会里也挺不满祖父这样子颇有同流合污之嫌的附从世俗。"人活着不是单靠食物"为耶稣斥退魔鬼的名训，敢是也好援用到我祖父身上。

尤府上那一大描花瓷碗的凉粉挺压饿，此刻还饱饱的一肚子。可祖父一走过落魂桥，顺腿儿得很，还是馄饨铺子口儿坐了下来歇脚。门旁一株弯柳，倒很阴凉儿。

说起这衙门口儿，丁字路两条街，大半尽是客栈、烟馆、娼馆、菜馆。衙门辕门正对面，高高影壁前那一方空场子上，大半让些吃食挑子、摊子给占了去。这一带敢是享乐自在之地，可人一提起衙门口儿，只觉乎着那跟邻近的城汪都是一般的一摊浑水。

城汪周遭人家，常川划着等磨桶，捞那水面上永捞不尽的小浮萍来喂猪喂鸭子。官民人等里那辈碎杂子琉璃球混事儿的，也是常川在衙门口儿这一口高汤大海碗里，争相下口啜那汤面儿上漂着的油花子。举凡代人说事儿的、打点的、调停的、撮合私了的、打官司的、走门投路的，不用说，个个都得借这些吃喝玩乐打交道，各有好处可落——俗话说的"刮油水"。长久过来，"衙门口儿的"，也就成了一流人，多不过尽是成了人精的刀笔吏、衙役，给人唤作"黑墨嘴儿"的讼师。油水打脸前过，哪怕就只是一碗葱花酱油拿开水一冲，再溜上两滴香油的所谓神仙汤，也有本事尖起鸟嘴儿，啜尽那一圆一圆大小油花儿。

我祖父这个传洋教的华长老，就该是位德高望重的正人君子，可衙门口儿也挺熟人熟事。若说是来来去去不过打个尖儿，胡乱吃点儿甚么垫垫饥儿，却有时也来壶酒，拿锡酒鳖子没进开水里焐得一股子热香的二锅头，切一小盘儿熏卤下酒。这在县城里也不是别处没有，像东门口儿、教军场，多的是这一式儿的吃吃喝喝，价廉物美——虽说教军场远在城北，东门口儿也不很顺路，可我祖父还是喜欢的衙门口儿吃喝之外别有个意思在；官家大事小事、三教九流各式儿人色、小城种种民情流风，乃至世俗怎么看他这洋教……只须常打这儿过，泡泡拉拉，耳目不暇给，自是见多识广。就说现下这位父母官黎太爷罢，有心打听的话，今儿闲聊不出甚么眉目，明儿就有人闻风跑来，专程给你来一段儿，精彩不下于说书。要这样还嫌不周全，压一天，不定连太爷的祖宗三代都有人给你细说个端详。凡事不出三五天，包你前三皇、后五帝，啥都帮你刺探了来。

这位黎太爷虽则巧之又巧与我祖父同是乙酉中举，我祖父也可攀上个年兄，只是年岁上差多了，如今业已年逾不惑。听来的是这位太爷三科会试尽告落第，本已这辈子仕途无望，倒是幸逢圣上恩旨，疏通寒酸，年过四十还能碰上大挑得中这个机缘，还又获放知县，真十不一见，也算尚走老运，又安得不谨慎怵惕，用尽心机保住前程。

依我祖父所知，举人大挑概免书案笔试，唯重相貌气宇以及应对机智。应大挑只须取具同乡京官印结，呈报礼部，咨送吏部请旨差派亲贵王爷、贝勒贝子等出任挑选。应大挑者按省分科，十名一班入场，跪报试官钦差，次第高声自述履历。典试大员先令不合格者退出，就合格者中挑选出一等者，以知县任用，二等者为教职学官。这位黎公太爷，想必是相貌堂皇，气宇轩昂，显得年轻焕发而又言词应对卓异，不然则断难列上一等。

就在这落魂桥馄饨铺子门口柳树下，几个吃衙门饭的当差小史，听了我祖父没见过太爷却推断出太爷的相貌身架、言谈举止，莫不惊服这位华长老的神机妙算。

我祖父却谦称他这只不过按照"大挑八等"猜想猜想罢了，万说不上甚神机，甚么妙算。

这一干当差小吏都还闻所未闻甚么"大挑八等"，闹着我祖父教示一番。

妖孽

祖父这才打捎码子里取出水烟袋安烟。火纸媒子才抽出来，便好几只手抢过来点火。拿火镰头打火的赶不上擦洋火的快，两下里惹起小一阵儿笑骂。

咕噜了三袋烟——这有一说，富两袋，贵三袋，穷倒楣的无数袋。祖父把火纸媒子戳回媒子管儿里，吹起"大挑八等"来：

"这举人大挑，说是六年一场，可同治年间到今儿，也都没按时来办。搁上三科不第，不许再考会试，又还要年力精壮才行，挑中的为数不多，大半也不为人知，无怪你各位爷台无所不知，偏对这个生疏。

"所谓这八等，大抵还是指相貌气度来说，总共分出'同、田、贯、日'跟'气、甲、由、申'八等。和光同尘的'同'，脸方体正，身架魁梧，是头等相貌。田园将芜的'田'，端正方厚，身架矮矬。融会贯通的'贯'，头大面正，身架修长。日月星辰的'日'，骨骼精干，高矮适中。这三种都挑得中，可只算得次等。酒色财气的'气'，是指形体面相都不正。甲乙丙丁的'甲'，长相是头大身子小，上宽下削。情由事理的'由'，小头大身子，上削下粗。申冤告状的'申'，敢是上下皆细小，中腰鼓肚儿，打嘎嘎儿的青果相。这四者可就全不合格，十名一班进去，这四等就给试官钦差挥手叫退。故此俗话有说：'愿生歹命，不生歹相'，大概给大挑挑剩下的举人老爷，最为痛心疾首的就是恨生一副歹相罢！

"其实真个儿的，这也只是有此一说罢了。想那典试钦差未必就照这八等挑选。一母生九等，人心不同各如其面，又何止这八等来着！"

这一干小吏听了，直把我祖父视作满腹经纶，不知多有学问。有的跟老板急索笔墨，赶紧一一记下。有的比试相貌身材，你窝囊我，我挖苦你。有的空自不平，唠叨这相貌身材父母所生，天地命定，哪是自个儿好意的！命再好也不管乎，这哪行！也有的奉迎起我祖父，夸赞我祖父相貌身材，推为头等；不报大挑委实可惜。惹我祖父大笑："像我这样地道的甲字尻相，次等也挨不上。人罢，贵在知命，呆定穷酸的，连会试也碰都不敢碰，免得三科不第，大挑又给轰出来，不是祖宗脸都给丢了！"

跟这般当差小吏，我祖父敢是不提甚么无意仕途，说了也没人懂，更不必此辈面前卖甚么清高澹泊。

尻不尻的，可是个村话，原是指的人兽雄精，雄是个好字眼儿，雄风、雄姿、雄兵、雄才大略，骂人骂不起来，转个音还是指的那话儿，是脏是净立分，骂人也骂得极狠了。

适才这干小吏中一名刑房的麻录事，提到过黎太爷籍隶胶东文登，这一说起尻不尻的，我祖父头脑转得快，不由得一下子呛笑了出来。想这文登人可是出了名的嘴脏，就是跟长辈、跟妇道人讲话，也免不了一口一声的"尻养的"，故此人皆称文登人"文登尻"。文登人自个儿倒有辩解，说甚么去关东做教书先生的都是文登人，"文登雄"该是"文登学"说走了音。

众人不明所以，跟着诧笑，忍不住问我祖父笑的甚么。敢是都觉得这位传洋教的华长老，不光是跟那般死板板吃洋教的大不同，还是个市井间少见这么挺有意思的饱学之士。

我祖父再让这帮吃衙门饭的争一回点火，这才问起那位麻录事，黎太爷是不是满嘴挂着"尻养的"这句口头语儿。

这一问，遂又惹得众小吏再一回把这位华长老看作活神仙，有的简直要拜华长老为师了。

我祖父没再像"大挑八等"那样露出"文登尻"底牌，含里糊之地应付了一下，就让这一伙视他为活神仙得了。只跟那位麻录事老爷半正经半不正经笑道："玉藻兄，拜师罢我是授业、传道、解惑，全

妖孽　　177

都门门松；只要足下不怕信了洋教，数典忘祖就行……"

众小吏居然有点赌咒发誓的味道，齐嘈嘈抢着说，要是跟他华长老在了教，万不会洋里洋气地跟自家人划地绝交。一个个恭维起华长老，真就像等着要来领洗入教了。

教也可以这样传的？别把那般西人牧师、教士、国人长老、执事给吓得没魂儿了罢！走在路过马号的上坡儿上，我祖父还再追问着自个儿——教也可以这样传的？……

礼拜堂在县衙门背后培贤学堂里。打衙门东边绕过去，抄近路须走马号小教场。

大太阳把遍地马粪温火蒸出一股股粪香，好似漫地尽是滚滚黄烟。

这附近人家约莫也都闻惯了。可就算是久而不闻其臭，怕也比不得我祖父闻着就有不知多亲的老味儿。每走过这一带，滚滚黄烟总像看到一片海市蜃楼，重现青泥洼那一眼望不到边儿的马栈，一长溜一长溜的马棚，一长溜一长溜的红石槽，一长溜一长溜的秫仓和草垛子，还有远到海边儿去的溜马场。

这县衙门的马号里，带常不过二三十匹马，还不够一哨马队，比起咱们华家当年马栈，动不动上千骑，又尽是海拉尔名马，这马号敢是十停还不到半停。可早晚有个马粪闻闻，似乎也聊胜于无，当得了甚么的样子。我父也是见到骡马牛驴大牲口就走不动路，是视大牲口如命，但凡进城、赶集，少不得总在马号、四蹄行、西城门的牲口市这几处多走走，多转转，要是可以，准会不吃不喝就待在那儿一整天。人家路过这片训马小教场，多半是让马号养的那几只避马瘟的大马猴给逗留住了，我父则是贪恋看马，一看就没个完儿。这样子大有喜马的祖风，祖父看在眼里总是又酸心、又暗喜。尽管祖父自个儿也说不清日后该当怎样重振家道，可这拉扯上牲口的行业，他跟叔叔爷俩儿定规不是可承祖业的这式儿料子，除非我父亲这个大房了。

考棚早迁到新盖的真妙山下一片房舍,跟树人书院并在一道儿。这老考棚便由美国长老差会买下来,做了小学堂、中等女子学堂、医院和礼拜堂。大体上应都还是原先的格局,头门和龙门都未动,只中间儿一道原该是仪门的,连墙带门楼都已拆除掉,让头进和二进院落合成一片空场,好给学生子下课活动,也安上了两座三丈多高的秋千,比染坊晒布的高架还高、还粗壮。那秋千打起来,铁链环磨得吱吱呀呀叫,外头路上都听得见。

龙门前空场原是考生点名之处,进去一条长甬道,两旁号舍合约上百间,每间隔成六尺宽、四尺半深——这在南北各地府厅州县,连关东晚近方准岁考科考也才新建的考棚号舍,可都是一个德性。

学堂把这些号舍隔间拆除,重分成每间可容三四十桌凳的课堂。此外制式的至公堂、聚奎堂,以及东西主考房、各厅、所,还都堪用,其一改作礼拜堂,另一改作学堂的公事房,不过也都加了护墙、护柱。而外是贴近北城隍根儿一带空地,新盖了整排两层楼的长舍,供先生及女学生寝住。堂主、教士、医院,也都是新建的洋楼,单家独院,遍植花木,颜色式样皆有中国宫室所不及之处。总共这些鸠工所费,据说远超出购置整个考棚之资百倍。这一点不能不认他美国确是国富民强,单靠教友捐献,就轻而易举兴起了这一大片产业。

尽管昔日考棚已都这样地改头换面了,可谈起当年,唐重生长老和涂执事都是老秀才,吴长老则是位廪生,莫不慨叹赴考之苦。岁试、科试,不住夜还好,府城乡试不单是小号舍里连宿两夜,还都正值八月秋老虎当令,窝在那样"立不能直腰,睡不能伸脚"的小牢房里三天两宿,暴疾非命者几至场场皆有,那滋味儿合是噩梦,足够伴人一生,莫怪昔人有诗咏叹:

"三场辛苦磨成鬼,两字功名误煞人。"

这大片房舍,去秋义和拳闹得厉害时,教会即曾打算风声一旦吃紧，把教友都聚到这里做避难所，也都请准了县衙门差派团勇把守。如今西人逃走了，那两栋隐蔽树丛里两位英国教士住的小洋房也都空空的深锁。所好学堂里仍然弦诵不辍，热烘烘还挺寻常无事。

祖父来至礼拜堂边间一溜小平房，分作藏书、会务、晨更裤、开会之所。守堂的闻弟兄给我祖父倒茶、递蒲扇、还打了盆才出井的凉水洗脸。随即把积有大半个月的申报、直报捧过来，一本本落得齐齐整整，有的切口还没裁开，一瞧便知没人看过。

祖父匆匆抹了遍脸，谢过闻弟兄，便等不及走来翻阅，先按日子顺了顺，可就这工夫，未及细看，只才扫过两眼便处处叫人怵目惊心，禁不住啧啧哑哑自语："乱了，乱子大了！……国之将亡，必出妖孽，这不是要天下大乱了！"吓得一旁闻弟兄立愣着眼，满脸惊慌："怎么了这是，长老？"

摊在脸前四五十本的报册，其中且夹有几本上海新闻报，题头大字最刺眼，也很没忌讳，祖父挑了些义和拳闹事儿的信息，念给不识多少字儿的闻弟兄听：

### 四月廿九

拳众将京畿附近卢沟桥、琉璃河、长辛店三处火车站纵火烧光，沿铁道电报线杆均被砍倒或拔除。

### 五月初一

拳团以"洋兵将至，神团代守"为由，攻占直隶涿州城。知州被软禁，愤而绝食。

### 五月初二

直隶丰台火车站及京津铁道，均被拳徒焚毁或拆除近半。

## 五月初三

拳众扒断卢保铁道。

## 五月初六

刑部尚书赵舒翘与顺天府知府何乃莹,奉旨赴涿州遣散拳团。至则为拳团所俘,勒令烧香跪拜拳师,加入拳团。

## 五月初十

协办大学士刚毅奏准前往涿州平乱,至则烧香跪拜,亦行加入拳团。回京后朝奏太后,力保义和神团足可灭洋。

## 五月十三

太后自颐和园回銮皇城,拳众沿途摆队护驾。太后大悦,赏银二千两,面召神团入城。

英国使馆翻译生,于京彰仪门外西人跑马场与拳徒龃龉,枪杀拳徒一名。事端发生后,英国公使窦纳乐,立即向其国驻天津水军提督西摩尔求援,增兵保护使馆。

## 五月十四

拳团先锋百余名奉旨入城,一队执刀,一队执矛,一队执镜,红布裹首,率皆十二三岁童男,最长者不足二十。尾随者千余名拳众涌至,当即于城内各处庙寺设立拳厂,每一街道铺坛者一至五六所不等。

朝旨已特命反洋最力者端郡王载漪殿下,接任李鸿章中堂所遗管理各国事务总理衙门大臣。

安徽提督姚氏上京,进城后路见拳徒啸聚,凡见打洋伞、穿洋袜、或佩洋笔者，皆当众捕杀，遂勒马斥责，不料即遭拳众围殴，拉下坐骑上绑。拳徒为其焚化香表验身。依义和拳神法，若点香不燃，焚纸不尽，即必为洋人同党。当下连同随从护勇营官，一并斩首弃市。

**五月十五**

日本国公使馆书记杉山彬，于京永定门外，为甘军统领董福祥属下所杀。

列国救援纵队入京，与拳众战于廊房。自天津卫租界出兵者计：英国军九一五名、德国军五四〇名、斡国军三一二名、法国军一五八名、美国军一一二名、日国军五四名、意国军四〇名、奥国军二三名，合计八国共出兵两千一百五十四名。

**五月十六**

拳徒纵火京彰仪门外西人跑马场。外城姚家井一带教民家舍亦尽被焚毁，教民已逃入东交民巷谋得保护。

直隶北通州及武清县地各教堂及教民住家，悉遭纵火，化为灰烬。教民被杀害者甚众。

**五月十七**

太后任命庄亲王载勋殿下及协办大学士刚毅，为义和神团总统、副统，率领拳团会同甘军董福祥所属，始攻东交民巷列国使馆。拳徒首即战亡八名。

拳众于京右安门内，将教民无分男女老幼屠戮净尽，家宅俱毁。复于当夜烧毁崇文门内教堂，杀教民三百余众。

**五月十八**

拳徒纵火顺治门外教堂，大栅栏洋货店铺数家同遭回禄。

**五月十九**

义和团集众攻打奥国公使馆，被枪杀甚伙，已证符咒无验矣。

拳团于京内遍设拳厂，初仅市井游民纷纷加入，继则身家殷实者，甚而上自王公卿相，下至倡优隶卒，愈多入团，几至无人不团，无地不团矣。据传甘军董福祥统领，已与神团总首领李来中结拜金兰。辅国公载澜殿下，身着短打窄袖，腰束红巾，俨然拳徒装扮云云。

**五月二十**

自本月十五日迄今，列国救援纵队与拳众及甘军交战，双方皆伤亡甚众，互无进展。英国水军提督西摩尔下令撤军回津。于此六日间，列国援军计已战死六十二名，伤二三八名。拳众与甘军则伤亡不计其数，估量当为列国洋兵五六倍。

太常寺卿袁昶朝奏，慷慨歔欷，苦苦进谏，极言拳团不可恃，并力主保护列国使臣为要。

法国驻津领事杜世兰以最后通牒照会总理衙门及大沽炮台，限戍军于翌日午前二时交出炮台。

是夜，拳徒复纵火大栅栏，焚老德记西药房，月黑风高，延烧至前门大街与内城正阳门，殃及城楼并煤市街、西河沿、荷包胡同等处。水会救火受阻于拳众，计焚毁商铺民房四千余家。

妖孽

五月二十一

户部尚书立山,面奏太后,力谏驱除拳民,迅与列国使臣修好。

大沽口守将罗荣光于子夜四十五分,下令开炮,力阻列国兵船驶入。战至晨六时三十分弃守。日、斡、法及多国联军等战死六十四名,负伤八十九名。

五月二十二

内阁学士联元,苦谏出兵救平拳乱,严究拳头祸首,并保护东交民巷列国使馆,速修旧好。

五月二十三

德国公使克德林,遭拳徒聚众杀害于单牌楼。邮传部尚书盛宣怀策动,联同两江总督刘坤一、湖广总督张之洞、山东巡抚袁世凯等封疆大吏,一致通电上奏,不从"尽杀洋人、尽灭洋教"之旨。

# 信以为假

祖父念报念到后来,差不多也像起那位太常寺卿袁昶袁大人,歔歔欷欷,咽喉直打噎,两眼也一阵阵热。抬头一见闻弟兄——还有不知何时也站在一旁的闻单兄他家里,老公母俩儿都顶着张苦脸,自个儿顿觉有些难以为情。我祖父是心知这老公母俩儿未必如自个儿一样,忧是忧国,伤也是伤时;兴许听了半天也只一知半解,只是见我祖父泣然泪下,情不自禁跟着难过而已。

我祖父连忙陪笑说:"你都瞧我这么没章程儿!男子汉眼泪贵如金,轻易就掉起尿汁子起来……"忙把报册收拾收拾,好像都怪这堆纸惹得人没出息,别再提它了。

可看起来这闻弟兄老两口儿不见得就全然无知无识,那闻姊妹有些好说,一张嘴叭叭儿的,说着还拳头叩着手心儿:"这得感谢袁大人哪,亏他老保境安民哪,俺可都要给这位袁大人多多祷告,求主多多恩待他老,得多多祷告。你长老祷告最有用,一遍都顶得上俺这些人十遍……"这样一再念叨着,一再也叮她男人要多多祷告;提起义和拳闹事儿,倒是一脸惜怜苦皱,越发拳头紧捣手心儿,外带身子一哆嗦、一哆嗦:"想想多叫可怜,不都是才十二三岁小小子嘛,懂得甚么跟甚么,哪懂得天多高、地多厚呢!都是怎么屎一把、尿一把才拉把这么大的，驱去捱洋炮子子儿。俺看这老太后，不该说的，不是老得晕头转向犯穷霉了，也是痰迷心窍儿，按岁数儿这帮小鬼渣巴不该是小曾孙子了嘛，怎就忍心这么糟蹋孩子……"

一双小脚稍久一些便站不稳，老像踩高跷的，原地挪挪捣捣。许是生儿养女一个也没落住，尽都夭折了，才分外这么心疼小孩儿。

可就凭这么个无知无识老妇人，口口声声真心地感念袁大人——八成也把那位九卿袁大人都算作一个人儿了罢——就够懂事明理的了，又对那般给看作匪类无恶不作的拳徒，也竟存不忍之心，愈是叫人感佩。这些莫不强似多少有知有识的长老执事教友人等那么深恶痛绝义和拳；这闻弟兄老公母俩儿还是宽厚多了，也有人味儿多了。

挺令我祖父慨叹的就是教会传教传得有偏颇，仿佛人一信教，就只可感恩上帝，敬重上帝，人世间便不准对人有感恩，有敬重。

天生地养的恩典来自上帝，谁也深信不疑；不光是圣经如是我云，五经四书也无一处不见——单是尚书，上帝显现二十五回，诗经三十四回，其称帝称天者，尤不计其数。人之施恩于人，相形之下自是微乎其微。

救赎之恩来自基督耶稣，基督徒敢是谁也不配自居施救恩于人，原本这意思就是要基督徒活出基督的模样——谦卑柔顺，献身事奉于天于人。

唯是人世间从未有人不曾受恩于人、受助于人，受诲于人，受益于人，则怎可不存感恩图报之心，敬重仰慕之意？而唯其不准对人有感恩、有敬重，遂也对先圣先贤、列祖列宗也一概贬之为迷信偶像，这可真是差之毫厘，谬之千里了。故言基督徒于人世间无情无义，这样的讥讽也殊不为过。

譬如咱们一家受恩于李府二老爹，固属天意成全我华家起先这元房四口落居在这块地面上，日后上帝于我祖父、父叔，将有许多差遣。

只是如若依此而视李府二老爹不过是受命于天,不得不尔;供济咱们父祖两代四口安家落户,免于漂泊无定之苦,皆是他李府应该应分,而一无感恩图报之心,敬重仰慕之意,岂不人世间再无情义了?

对待义和拳,教会是仇之如魔鬼,畏之如蛇蝎,哪里还说得上忠恕包容,似闻弟兄老公母俩儿这样尚有体恤之情,宁是更合上帝的心意罢?

我祖父每觉犹太人对其始祖亚当夏娃的怪罪实实的过分,已到刻薄无情的地步,确乎不孝不敬至极。而大小先知之差中国圣贤垂教固远,即连闻弟兄愚夫愚妇这样的厚道也都大不及也。

想那亚当夏娃干犯天条之际,尚在赤身露体也还不知羞耻的髫龀之年,何忍苛责如是?又何忍将后世其族所遭天谴悉皆归罪于其始祖以至如是?那个岁数儿不也差不多就是眼前义和拳、红灯照这般童男童女么?上帝将之驱出乐园,旨在令其自立,与猫狗老母鸡一旦不须哺乳翼护即行丢窝儿并无二致——那猫狗给雏儿断奶极严,不惜狰狞叱咬相对;老母鸡也是一样,不容雏儿近身,甚而边追边啄,颇有赶尽杀绝之势。所有的飞禽走兽莫不如是,应是上帝所立律法,最最自然不过。犹太人的祖先唯其无明,所以视那种狰狞、不容近身,皆为上帝的震怒;视那种叱咬、边追边啄为惩罚;以至完全不识那都是上帝的慈爱,而非不慈不爱。不遵上帝这项律法的父母只会溺爱子女,民间有个故事,讲一个死囚幼时吃奶吃到五岁,刑场上索母最后一面,还是要咂一口奶,那母亲还真就解开怀来奶之;也真就无怪那个犯下死罪的儿子一口咬掉不慈不爱、只管溺爱的老娘奶头:"你就这样惯我,才害我今天跪在这里砍头!"

一回大正月里,教会按例开培灵布道奋兴大会,轮到祖父,开讲创世纪第三章,便是这样举例和比喻,得自天启,从圣经所载史乘就事论事,探求上帝本心,而舍弃犹太史笔中所有史论,以及西洋神学所有释义,并加规正,末了证以"哪兴女子恋慕丈夫这样宜室宜家的美事,会当作一种惩罚治罪?又哪兴男子下田耕耘这样安身立命的正事,也会当作一种惩罚治罪?没有那个道理。那只不过上帝为这一对童男童女断伊甸园之奶,并正告其应如何男女有别,是启三纲之本,以开万世太平,以立万代伦常。"

大会从初一到上元,为期半月,祖父方期三日后再度轮值证道,续讲创世纪第四章,将引老子的"反者道之动",及周易乾卦文言"先天而天弗违,后天而奉天时",以释亚当次子亚伯的反上帝而偏得上帝独钟其祭物之疑。不意教会换了司讲,尔后全年皆不轮派祖父在大礼拜中讲道。那在祖父来说,并没有甚么好去在意,只是若有所失;西人国人诸神仆,竟无一人来与我祖父辩疑疏义,就那么暗动手脚以示惩戒。

如今对这义和拳不问是仇是畏,教会中人岂不应关切备至?这么一大匋报册,却无人闻问,到头来倒只闻弟兄老两口来一共忧伤,却也是不期而然地碰上。看来相与一同忧国伤时者,就唯有自家一对犬子了——可众人不忧不伤,你那是干吗?——祖父又不免质疑起自个儿来。

说来也是正宗的大道,慢说同工,就是所有教友也都当以天国为重;这地上既是魔鬼的天下,家国也自属魔鬼的家国,朝廷官府、官军团练、山河疆土,乃至芸芸众生世间的身家性命,也都尽属魔鬼,则你以一名基督徒,又是一名神仆长老,你忧的啥国?伤的啥时?

祖父是真的仅能与两儿子相共,一通声气。父子三人凑在下了学的塾馆里,互传那一大匋报册来看。

昼长夜短,我父打李府饭罢出来,老阳还没落地,老大一颗红得冒油的咸蛋黄,愣挂在大美姑娘她庄子的柳树行里。

没见大美姑娘忙饭吃饭,人是家下有事回去了还是怎样,我父不由自主就两脚出了李府大门朝西走去。并没一点意思要沈庄走走,也至今都不清楚大美她家在沈庄哪里,心里只是有点儿疑思,碰巧碰不巧,就许大美姑娘打沈庄她家回来,现成地关问一声,不必没话找话说——那在我父可是很不乐意的差事。

谁知这么打个弯儿走走,庄西绕到庄前口儿,老远就瞧见麦花小叫驴拴在那棵老柿子树底下,塾馆门儿敞着。难得早就下学了,祖父跟叔叔还未回家,心中一喜,把那大美姑娘也一丢脑后,放快了脚赶去塾馆。

这塾馆原是王氏祠堂,倒的倒、塌的塌、仅余下较晚盖的三间土房,本也就是三通向,老早就废了的空屋。李府二老爹替我祖父成起塾馆,商得子弟最多的沙家,借用了沙家公产的这三间空屋,里里外外修缮一番,又拿石灰泥白了三间里墙,倒挺像样子。

庄子原称王庄,本是王家大户世居的田庄。王家人丁数代不旺,末世一代只有一女,招赘了沙耀武他曾祖,立据言明后人中一支从王姓,延续香火,余外各支子孙三代后任凭归宗沙氏。还因王家待这入赘女婿太苛,又只生一子,虽从王姓,却但等王氏曾祖母一去世,王家别无族人,沙耀武他祖父即行归宗,生得三个儿子,便是沙家的老三房。沙耀武他父亲排行老末,两兄作古,因也位居今之沙家老长辈,不是族长也是族长了。那王家祠堂敢是早就废了,连同陵地都算是老三房分家时留下的有限一点儿公产,无利可图,遂也无人理会。慢说那不到三分的陵地任由杂树丛生,几堆老坟风雨蚀耗已都一一相连,荒芜覆盖,连矮丘也几乎不存;这祠堂三间空屋,地堂上都生出荒草来。如今开起塾馆,可算是抬举了老废的空屋,眼前这辈青青子衿总也算是得享了古早那王氏一门仅遗的余荫了。

我父虽已识字不少,可还像那启蒙念书的孩童,看报看得吃力不说,不免尚要念出声来,手指也得从旁帮忙,指一字念一字,不出声儿像就念不进肚子里。只是念着念着,搐搐澿子,忍不住冒出一句:"还好,朝里还是有人!"

祖父和叔叔都为这一声愣住了,齐看过来。我父这才自觉冒失,忙捂住嘴。遂又觉乎着眼角儿湿湿的,越发难以为情,就近跨出门去,大拇指堵住一个鼻孔,噌一声擤去澿子;再按住另一个鼻孔,也擤了个干净,顺手又揉揉眼角儿。没甚么好伤心难过的,一点也不明白怎会这样抽抽搭搭没出息起来。

祖父一一看在眼里,说不出的又喜又惊,有甚于先前从叔叔那里得知我父如何下苦功夫念圣经学识字儿。祖父反被大儿子提醒,原来念报给闻弟兄听,弄得眼热鼻酸,不光是忧国伤时,也还有喜极而泣之意,自个儿倒没细察出来。本也是实实的忧伤太后摄政,幽闭皇上,弄得朝中无人,昏佞当道。不想值此存亡急危之秋,尚有多位诤谏朝臣,并一干通达文明的封疆大吏,合同挺身抗旨,忠烈可钦,正气可感。照此看来,家国天下犹有可救。安得不为此感泣而潸然落泪。

祖父静静瞧看又回到座位上喊喊嚓嚓念报的这个大儿子,不觉间又自谴、又自得,乃又自问,不知是否平日没大留神,老叹老叹朝中无人,竟把儿子也都带得好像没巴望了。为此,听得我父真情冒出一声"朝里还是有人",颇有绝处逢生的味道,倒使祖父暗叹声惭愧了。老大这样于家国有情,不光是心眼儿聪慧,还该算是有见识了。识书未必达理的人,比比皆是,那是念的死书。当下祖父出神了半晌未发一言。心中喜不自胜,外表反而分外文静。

实则人也不一定识书才得达理,大仁大智如李府二老爹,岂是绝多的读书人所可企及。一直祖父都为我父沦为得靠出死力气维生的粗汉,以至内疚至深;及闻我父也竟暗自用功向学认字,才心中稍安,却仍难释然;今见我父识书纵有限,而至如此达理,达理又不次于识书甚多的叔叔,自是喜极而不禁大感天恩独钟。

落户沙庄这几年,叔叔都是从祖父攻书,待在私塾里常川照顾,顺理成章的是位大学长。开讲是祖父的事——实则从"小四书""大四书",乃至《幼学琼林》《龙文鞭影》,若让叔叔开讲,也挺能胜任。只不过位分所在,祖父还是单让叔叔专管教念、背诵、批批大小仿儿。也须这样,才不负学生家父兄将子弟交给一个举人老爷教书的心愿。不过二十多上三十名的学生及其家人,没有谁叫叔叔大学长,背地或当面莫不称呼祖父大华先生,叔叔小华先生。

供奉"大成至圣先师孔子之神位"的条几前,那张藤圈椅,我祖父不在时,谁也不敢僭位,好像也是个神位。叔叔另有他自个儿桌椅,斜拉着放置在祖父位子和众学生书桌当间儿,算是半向先生,半向诸生。

平日祖父列馆,遇上这样热天,总有当值学生张罗茶盏、凉手巾把子、白鹅毛扇,一旁先给先生扇一阵儿那面大芭蕉扇子。小华先生就该把各生课业如何如何,一一唱名禀告给大华先生,某生某书念到哪里,背到哪里,末了不忘批上一语:"长进",或是:"退步"。

我祖父总是一脸的含笑,可那亮星一般的眼神,随着叔叔禀告,一一盯向某生,谁给盯住了谁就不由得浑身一紧。一双清眉底下,深进去弯弯朝下的月牙沟儿,紧兜住乌豆豆儿像能打里头亮出来的黑眼珠子,没谁经得住盯能不转眼看看别处。要说是害怕我祖父,这位大华先生可一点儿也不厉害,不骂不打学生,那把戒尺就从来也没用过,恭签筒子也都一直放在小华先生案头,反而叔叔命谁背书背不上来时,在使唤那把沉沉的戒尺。叫人发怵的还是怵的我祖父那双眼睛好似能把人心思瞧个透亮过儿,啥都休想瞒住他——就只是一回到家里,一冲着我祖母,那双眼睛就不怎么亮了。

叔叔则自有他自个儿才能,上三十名学生的课业,谁勤谁荒,全都随时紧记个一清二楚，没一个同窗不服他。当着祖父跟前，我叔叔是灶王爷朝见玉皇大帝，有一句说一句，不向着谁，也不染着谁。只是那么又聪明，又认真，放在乡下守住个塾馆，实则也没甚么好施展。

庄户人家少有把子弟上学当回事儿的，饶是有现成的塾馆，现成的高明先生，多半也仅男丁多一些的人家，挑那生得腼腆细致些的，不定老几，家里也是不大指望他干吃力的苦活儿，就送来塾馆上个三两年学屋，识点字儿，学点个斤求两、两求斤，抠得动算盘珠子，早晚查查黄历，宜啥忌啥，挑个婚丧嫁娶或支灶上梁好日子，自家或帮忙家邦亲邻打个竹报平安家书，这些也就足够是个识文解字的体面人了。

这样子念到十一二岁，就该老老实实书桌凳子搬回家，老老实实下湖干庄稼活儿；少有一直杠儿再念上去的。除非孩子身子骨儿生来就不怎么硬棒，念书念得越发单薄，庄稼活儿生疏抓不大起来，才有托人搭搭瓜葛，送去集镇上或城上买卖人家当学徒，学生意。若得先生识才，这学生聪明又肯下功夫，是块念书的料儿，三家村先生教书教到四书已到了顶儿，自会引荐到集镇上或城上去拜师，哪怕就要从此身不由己，求取功名，步上仕途。可这种光景少之又少，一个村儿十年八年不知出不出一个。

依这样乡情来说，只才三十户人家不到的这个沙庄，本当起不成一间塾馆。常川里庄子上不过五六个孩童上学，往日都是上庄东二里路的大李庄一位吴先生私塾。李府二老爹为我祖父起这个馆，还是凭他老人家这一带地面上人望，邻近的钱庄、沈庄、马陆庄去劝学，打着先生是位举人老爷名声，李府自家也把老四、老五全都算上，这样也才凑上将近三十名大小学生。先生束脩是冬夏二季各十石粮食左右，一个学童半年缴个四斗粮食罢了，贫苦些的也就不收了。

如此束脩，多是不多，可要是拿沙庄这一带亩收不及一石的薄田

信以为假

来说,也跟上二十多亩的人家了。论家计的话,加以我父拉雇工月得一吊现钱——折算约合三斗多小麦。家下顶实算来,不过两口半人吃饭,食量又都小得很,稍稍撙节些儿过日子,会是个小小殷实户了。

实说起来,祖父但得顾惜到日子过得再好一些,迁就迁就老会,便垂手可得多少补贴。再者,尚有崇实和培贤一男一女两间中等学堂,均曾数度情商,敦请出任教席,如愿应聘,进项可更丰厚。家计宽裕和教书方便,合家即可迁居城内。那样的话,顶趁心的当属贪享安乐、喜欢热闹排场,而又羞为乡下土佬的祖母了;祖父也可因之图个耳根子清净。

只是祖父自有他执意不移之志。我祖父深知教会是因既不可无他这个长老,却又诸般厌烦其不受约制,始欲以这些些优遇牢笼之。

实则我祖父并非天生脑后有何反骨,只不过与西人、国人同工之间,以一念之异而生差别。教会的正宗是视以色列人既为上帝选民,亦即是上帝的圣民,以色列所承传的天谕也就是一切,其他所有各国各民也该是得自天启的道理,却都不值一顾,且须力除净尽。殊不知以色列人得于明德之道与生命之光者确属无限,却在人世上的亲民、伦常和务实则极嫌匮乏不足;还须取于中国修齐治平的千百路程交相辉映,始可蔚然汇集为天上人间康庄大道。我祖父自幸深获天恩独宠,屡见异象,上帝明示今欲动用其在东方华夏之土与世人合同经营所蓄赀产,期与圣经所传者合而为一,俾得截长补短,适足以既明明德而复亲民,方可止于至善之境。

既然如此,自不可只为日子好过,妻儿自在,甘受教会辖制,弃上天异象与信息而不传。

其次乃是李府二老爹的一番恩情,报之犹嫌难报,怎可见到哪里得利,拔脚就走?禽兽尚知报恩,况为人乎?又况基督徒不可败此名声——虽则基督徒依于教会教导,人间施恩者只合当是上帝施恩所使的器皿，受恩者不必感恩于人。而这也正就是人一吃上洋教，便六亲不认、数典忘祖的病之所在。

我祖父的执意不移之志，唯一时受摇动者，约莫只有阃闱之中我祖母一人了。祖母羞为乡下土佬，也是一言难尽。祖母本就是地道的乡下大妞，可她人天生的娇巧白净，细嫩斯文，实实的拿尺棒子量量，金莲不出四寸，只能说是生错了地方；祖母因也一向自认命主富贵，断非久困穷山窝子里的一个农妇。实则外老太家虽不怎么富足，单凭就她这么一个宝贝闺女，打小到大，耽在娘家可没受过一点儿委屈。十九岁出阁，嫁到咱们大富之家，十五岁的小丈夫凡事无不听从于她。曾祖母里里外外一人肩挑，宠得她这个媳妇儿伸手不拿四两，油瓶倒了都不兴去扶起来。进门后连生二子，越发有了身价。就算是兵祸一场，逃进关内又遭咱们祖籍那般族人翻脸无情，吞尽上三代遗置的大片祖业，重又异乡漂泊，一生当中或就数这段日子受了苦，却连前带后不过个把两个月光景。这就惯得我祖母比信上帝还笃定，日常挂在嘴边的"有福之人不要忙，无福之人跑断肠"，再不就是"有福之人人服侍，无福之人服侍人"。祖母是真的笃信她自身是个天生好命的有福之人。验之祖母的后半生，直到八十二高龄去世，不问家国天下屡遭大小劫难，真的是一生不曾吃过甚么苦，受过甚么罪，一点儿也不错，是个地地道道有福之人。

乡居这四年，起先还好，人海茫茫终获安家落户了罢。可近两年来，便日益难耐乡下这冷清寒碜又一时没啥巴望的日子。对待这么个始终年长四岁的大姐姐妻室，我祖父自个儿也始终是个十五岁长不大的小弟弟郎君，尽管还不至于惨到"十八岁大姐九岁郎，夜夜招呼你别尿床。若不是公婆双双在，管保揍得你叫亲娘"。可祖父外头那么风光，广受敬重，又那么的执意不移其志，所有这些，到得祖母面前可都一文不值。何况夫妻床头无是非，不必白搭唇舌，噜嗦紧了，只有哄我祖母再委屈个一两年。空口无凭的话,祖父便拿俩儿子作当头——那也是实情,俩儿子待在乡下决非长久之计,不如等儿子再大一两岁,叔叔可赴丑年童试、寅年科考。顺遂的话,不定大后年赶得上卯年乡试——这些虽则都是哄我祖母的好话,至多有些一厢情愿,却又并非凭空诳人。再就是大房儿,终不能老那么拉雇工,来年也该城上去碰碰,弄个行业,找个事情做做。俩儿子既非如此不可,也就顺理成章合家搬进城去,才对这乡邻都有个交代,于心可安。

可我祖母虽常冒出些三岁孩童的不经之言,到底假精明还是很有些个小聪明,不那么轻易哄得过去。一阵子烦起来,总是认定祖父跟我父存心要在乡下打了万年桩。"横竖你爷俩儿都跟城上有仇是的,我跟小惠可陪不起你爷俩儿蹲在乡下生霉。你也少把他弟兄俩拉扯到一堆儿。既是个干粗活儿的命,又是个干粗活儿的料,就由他罢,城里有啥饭等他去吃?挑卖水还是挑大粪?——还压两年!压了几个两年了?至不济,乡下你教一辈子穷书罢,不仗你,我也教会里挤得上人,先给二房儿谋个洋差事,再不就找教会赒济两年,一路赶考上去,得个功名,让你爷俩儿眼红都来不及。我说这话先放这亥儿搁位,不信你就等着瞧罢——还靠你去赶考?日落西山啦不是?……"

这种话可连三岁孩童也说不出口——那不成了大房儿是他做爷的一个人儿子,二房儿才是她做娘的一个人儿子,哪兴这样子分家的?不明内情的生人听来,还误当她做亲娘的倒像个晚娘,老大该是前房撇下的眼中钉,连做爷的也像把老大当作个没娘疼的前房儿子,尽向着、尽护着这个失恃的哀子。

像祖母那种任性的孩子话说来,好似功名富贵在叔叔这边就该是自家地里长的萝卜,下手便拔过来。

论起叔叔学业,四书五经早就滚瓜烂熟,五言六韵试帖诗,乃至策论这些应试的玩意儿,也都难不倒他,《圣谕广训》尤属余事。就算本地落籍甚浅，凭祖父人头儿熟，寻得五童互结连坐也不难——好在这一套也在去年废了，所需廪生具结，认保确无冒籍、无匿丁忧、无顶替冒名、非娼优皂隶子孙、未曾犯案或操贱业等等，廪生既不难觅，身家清白也不怕人家作难。要不是新旧任知县交接，二月不及县试，暂伫一岁，不定也就礼房报取童试了。

唯是就算万事俱备到了顶儿，也只合五成罢，另一半还得听由考运，其中又大半得看考官并阅卷诸房师，出入挺大。一般更把这应试走不走运，归之于神差鬼使，甚么奇巧古怪都有，而率皆信以为真，总说考生一入考棚，即临因果报应紧要关头，有恩报恩，有仇报仇，硬要上溯几代祖宗积德还是积恶，结账俱在今朝。

其实这千余年科举，于今也已岌岌可危，存废或在旦夕间。前年百日维新若成，科举就已废了。维新未成，可大势所趋，学堂之兴，非止外国差会，朝廷新政也都在大办学堂，显与科举已成爪钩剃头——两路。我祖母敢是还不知这个光景。

叔叔真真的是个罕见的念书料子，十五岁的小子正贪玩儿，少有像叔叔那样子手不释卷地坐得住，求着他去外头走一走、皮一皮，也总求不动。这样的贤孝儿子，走遍天下哪里去找？又哪个为人爷娘的瞧着咱们华家这样子弟能不眼馋？祖母耳根子就别说受到多少夸赞恭维了。

祖母这个人，看起来精明能干得厉害，蹲在乡下没别的好，坤道间，祖母就是个见多识广的头儿。实则也只是好揽事儿，好给人出主意，偏又总是很少成得了事儿，敢还是瞎精明、瞎能。耳听那些离了谱儿的奉承，也都消受得很，顺着人家竖到跟来的竿儿往上爬，虚让也不虚让一下："可不是说，塾馆儿里罢，实秉实不都是这二房儿在那儿教书？束脩罢，实秉实不也是这二房儿赆的？家罢，实秉实也敢是这二房儿在养。还他爷呐，朝天不沾家，见不到他人影儿，塾馆儿

信以为假　197

等他教？哏，还胶,早散板儿了。大房儿罢，打那一嘎嘎小儿就是个野鬼，也是朝天不见个魂儿，指望他养家？铁锅早挂上墙了罢……"

这样子顺嘴溜儿，影儿都没有的，叔叔有时也在一旁，听了好生刺耳，一等人走了，便忙规劝娘别再那样子妄口拔舌，不实在的话说了又伤爷，又伤哥。捏造出家丑，外扬给人家当笑话听，所为何来呢？因将这其中谁都该懂得的理路，温温和和地说给祖母听："人家是冲举人老爷才凑得成这个馆的，我这毛头小子，哼，才脱掉开裆裤子几天，就算开个馆，鬼来啊？举人老爷来做教书先生，够屈就了。就算爷不用去四乡八镇传道，常时不在家，按分儿也用不着爷打早到晚儿守在那三间老屋里看老堆儿呀。人家稍稍明点理儿，懂点事儿，岂不心里暗笑娘又愣又傻，太没心眼儿了？……"

叔叔是抓住祖母最喜人家称赞她精明能干这个嗜好，拿又傻又愣又没心眼儿来投其所恶。祖母就是那种人，要是给人家看成愣子、傻子、少人一个心眼儿，那可比耳刮子扇到脸上还要她命。

说来祖母也有点儿邪，任谁冲她口出逆耳之言都受不了——祖父更得顺着毛儿扑撸，哪还敢戗着来？可就是唯独我叔叔，平常敢也是专拣好消受的哄着祖母伺候，碰上数落到这么重法儿，祖母也从来不恼，反而陪笑说："谈闲心谈闲心呗，哪好这么较真儿！娘也万没那么愣、那么傻不是？……"

可娘就是娘，又是偏心疼着自个儿，还能拿娘怎么长、怎么短么？叔叔只有安抚安抚自个儿，好在整天待在塾馆里，耳不听，心不烦，万不得已也才会早晚这样数落数落祖母。

其实这小哥俩儿都很能细意委屈地体恤娘亲，只不过我父为人太过耿直悍戆，这体恤上头就差叔叔一半，因也仅止于心意而已；祖母的任性、无理、偏心、一张嘴整天云山雾罩，尽拉辔些不经之谈——俗话说的吹牛，或谓卖唠药，我父对这些任是多反、多拗、多恼、听了多扎耳,可总念到亲生之母罢,还能把她怎样,也就细意委屈地体恤了。只是下一步想要像叔叔那样凑趣逗乐子承欢膝下,嘴里哄着百依百顺,那在我父亲千难万难了。

好在我父倒明知是自个儿死心眼儿,总把凡事不分青红皂白,尽都听从祖母——又只是嘴头子上虚言应承,那怎么不是诡诈?又好在明知叔叔为的是娱亲,断无诓亲之心;自个儿又何尝不想学学叔叔,为人灵活一些?却说是难——该是俗话说的,"江山易改,禀性难移"。也好在弟兄之间各有这样子体谅,做哥哥的又总视兄弟强过自个儿一等,如此也才无伤无碍哥俩儿兄友弟恭,手足情重。

这爷仨儿把整大摞的报册子几本几本分开,换来换去浏览个差不多了,祖父咕噜着水烟袋,望着渐暗的屋顶笆,在想甚么,又像在等甚么。

我父因须一字儿一字儿念出来,又时遇短路给梗住。说是看个差不多了,脸前积的报册却还落得比祖父叔叔的高,差的较多。可看在祖父眼里,似乎不知有多知足。一开头父子三人分开来看,我父是向来不问甚么,都让先给爷娘兄弟惯了,也便从一大摞报册顶底下抽出几本,坐到靠门一张位子上去念念有词。因也还未见到义和拳怎么个乱法儿,先就为朝中几位命官大臣冒死进谏,喜得泪汪汪,情不自禁叹出一声"朝里还是有人",不单叫人诧异了一下,还提醒了为父者心思未及之处,也让祖父意想不到地察知这个种地汉儿了粗中有细、卑中有尊、俗中有情,该算是无知的,却有家国天下的怀抱与见识。

许是喜出望外地这么心满意足,历经多少劫难,备感人世无常的祖父,省思之余,"满则招损"之念深入肺腑,时时皆给自个儿儆惕,便把俗语引来自嘲:"老婆是人家的好,儿子是自家的好。"老子看儿子好,算数儿吗?那可差得远。

我父敢是无从猜起祖父此刻所怀的甚么心事,只觉爷跟兄弟那么

信以为假　　199

快法儿就把大摞大摞的报册看完了,不免有些心慌。像是吃酒席,宾主都已人人放下筷子,只剩自个儿还在扒扒拽拽贪吃个没完儿,好生难堪。只好把吃得半落胡楂的玩意儿缩手缩脚暗暗放下,看祖父等在那儿待要说讲些甚么。一面还真就像好吃那么回事儿,贪馋得很,不时偷瞟一眼脸前剩下的三五本报册。"人前吃人后,还嫌吃不够",还没吃饱不是?或许饱是饱了,肚饱眼不饱,难得早晚捞上一顿犒赏,馋馋的真舍不得汤汤水水还剩下那许多。

祖父放下水烟袋,问起我父:"照你亲眼所见三元宫那个坛口练功,不是挺多神奇么?可那才不过是个入不入流都还可疑的小小土坛口儿,照你讲的那些,左不过尽是些花拳绣腿。只是到得那些大马金刀已成气候的大股神团,本事足以把涿州城拿下来,知州、知府、尚书也都给掳去加入神团,还又神气活现给老太后护起驾来,堂堂开进北京城,从一品的提台大人都拉下马来砍了祭刀,敢是真的神乎其神,可不简单!要不然的话,以协办大学士那么又饱学、又权重,以亲王郡王之尊,能说不是亲眼所见奇门神功,信服其神勇无敌,也才那么不单力保神团足以灭洋,还又出任神团总统、副统!可见这辈王公大臣,也并不是凭空生出事端,无知糊涂。你弟兄俩是怎么看这事?咱们不妨闲聊聊。"

我父听着听着,就觉自个儿得担许多不是。那一夜陪着爷去老城集尤府,回来路上尽把一些三元宫所见所闻——闻的是沈府登科小兄弟可信可疑地吹了不老少——一禀知我祖父。就像看了场变戏法儿,稀罕得大惊小怪。说是不信,明明看在眼里,活真活现的不由你不信;信罢,又信的是那些全都是假的,就只是想不通怎能把假的弄得跟真的一个样儿,怎么找碴儿找不出一点点破绽来。

禀告是一五一十据实禀告了爷,可倒又不如说是一口一声在追问爷,到底那都是个甚么邪门儿。祖父是用心地听,却只管"嗯!嗯!

嗯！"地应着，也像是挺惊怪；再不就是"嗯？嗯？嗯？"也都跟儿子一样，不知要问谁。不管是怎么个"嗯"法儿，总都让我父愈讲愈兴头。爷肯这么听，这么当回正事儿地顶真，比独独领他去老城集敢还是更加受宠，弄得像牲口跑热了蹄儿，收不住腿脚；我父这是讲熟了嘴儿，自觉口沫横飞，嗓管儿都有点儿哑叉叉的了。可一直讲到家门口，祖父除了"嗯、嗯、嗯"，顶多问一声"后来怎样？""结果怎样？"再没二话。

那一夜祖母是真的浸了大半锅玉米、淘了一大黄窖子二盆小麦。我父只有老老实实推上半夜磨。等把煎饼糊子刮净了，磨刷清了，上磨盘也掀起半边儿，㮳进木楦子晾着。收拾利落了，天也蒙眬亮儿了。

回家来的夜路上，祖父既未置一语解疑，我父只有死心眼儿纳着头，独自个儿苦思苦想。推磨横竖不用头脑，耳朵嘴巴鼻子眼全都用不着，磨棍儿横着顶在肚子上，就只管拨拉两条腿，绕着磨打圈子，包定岔不出磨道。这样子整一个半夜走下来，十几二十里路也有了，能想多少心事罢。只是人一熬到五更天，没有不是掉了半个魂儿一样，要不是每绕三圈儿就得舀上半勺粮食喂磨，真就能敞壳儿睡一大觉，照睡照推磨，好歹不用张开俩眼儿看路罢。

只合半个小半夜，三元宫所见所闻，着实给我父挺大的惊怪。盘在心头那么多疑难，脑醒心清都理不出个头绪，鸡鸣五更，一遍一遍，吵醒睡着了的人，反把醒着的催得直想倒头便睡。人一迷糊，想啥都起个头儿就断了，才起个头儿又断了。一个盹儿打下来，人还在没住脚儿走，漏了喂磨，没防着娘就站到当门儿，叉腰儿数说过来："你不情愿，就丢下磨棍儿挺尸去，别耍坏心眼儿坑人——研空磨，研得满糊子里都是石末子，要把人碜死不是？横竖你也不吃家里饭不是？人没良心屄没肋巴骨的！……"

空磨实磨哪就听得出，人又是躺在东间房里床铺上，不是存心找碴也不会竖着耳朵听磨声,遮不住人躲到外间门旁偷听老半天了。我父经这一数落,清醒多了,生怕忍不住顶嘴过去:"放着好好觉不睡,干吗啦!"赶紧找个事儿想想,防着搭那个碴儿。

整整那一个下半夜,磨道上要是走有二十里的话,少说也想了有十里。可苦思苦想有啥用,没哪条路走得通。一根红布裹的照葵秆儿劈下去,能把一落五块土墼打上到下块块劈成两半个,就任你去想罢;不是死力气也不是巧劲儿,中间隔着根儿一推就断的照葵秆儿,这一头使上多大多巧的力气也夯不折,那一头碰上硬土墼也砸不劈,奇就奇在这根儿秆儿上,能说没法术么?五块土墼摞起来尺把厚,土墼没砖头硬,可也不像砖头那么脆,想把一块三寸厚,拿黏泥掺了麦穰,大汉子不知踩上多少脚踩成的土墼给分成两半儿,不用锯子慢慢儿锯,也得柴刀砍上老半天。玩把式的手劈砖,也不是没见过,要知道血肉之手练得成铁砂掌,十年二十年的功夫不稀罕;瓦匠老手砌墙,茸刀略一敲,一块新砖硬一分两块,更是不稀罕;可那根儿不打眼儿的照葵秆儿倒有那么厉害的法力,就算他洋人皮厚肉韧,犯到义和拳的法棍下,总抵不上五块土墼还经得住揍罢?

我父是铁了心儿,又紧叮了嗣义,千万不要把三元宫所见所闻透半个字给要好得换脑袋瓜儿都成的哥们儿。明是重了又重我祖父严命不可漏出铺坛练功这桩私密,实则还是怕哥们儿这些家伙无知无识,听了去便信以为真,不疑有伪,这是一。信以为真,不疑有伪,也不能全都归罪给无知无识,倒是庄户人家有这个好,你说啥,他信啥;可那些个神功,跟哥们儿要讲就讲个活真活现,末了又再来说那些都是假,岂不无凭无据又无道理?自打耳刮子总也要打得脆酥响亮罢?这是二。再就是信教这上头,合家四口,外表看来,就数我父不冷不热。人家庄稼户,哪兴甚么礼拜天,开春忙到秋后,天不亮忙到天洒黑儿,逢到麦口或秋收,抢老阳,抢风雨,大夜里都得睡到场边上看场。除非冬里农闲——那也得天天挑水打扫,时不时赶石滚子压麦苗、护场、缮树、劈柴、搓麻绳,只须人勤快,就有干不完的活儿;又除非大正月里初一到十五,才真正甚么都歇了,干活儿反而犯忌讳。不然的话,人家忙活儿,你信洋教的倒躲懒儿上城去,又是上半天大礼拜、又是下半天小礼拜,别叫人家一沾上你洋教就忙不出活儿来罢。这样子一来,敢是我父独独地向来不守礼拜天了。可我父自问热心信主不落人后,少说也有甚于祖母和叔叔。圣经是无一日间断过每天念上一章半章的,祷告也是每天晨夜各一回。虔信到这个地步,不用说,"有福同享,有难同当",也多巴望能跟一伙儿哥们儿同享天恩。不问怎样罢,讲不清啥道,说不明啥理,祖父行的神迹奇事,倒是道不尽,也正合这般哥们儿胃口;而外这行事为人,敢是也有不少可跟哥们儿传讲传讲。就这些我父也都还觉着不大用得上力气,有亏天恩,怎可再把所见所闻那些神功讲给这般不大能分得清青红皂白的哥们儿?岂不是"长他人威风,灭自家志气"?连自个儿都还调理不过来地半信半疑,抖了出去,那才自搬石头砸自脚,这是三。

　　我父就是这种人,凡事都得弄个放心才成。调理不过来义和拳那一套邪魔歪道,又一直凑不上空儿再跟祖父提出来追问追问。叔叔书是念了不少,通情达理得多,不比那班哥们儿,可到底还太年轻罢,又是大白纸一张,落点甚么上去就洇开了。也为的是独自一人闷在心口儿老憋着,求告无门,才不得不找兄弟讨教讨教。

　　叔叔听了那些惊怪离奇也没的说处,只是还好,跟我父一般样儿,不是信以为真,是信以为假;可也跟我父一般样儿,一时也调理不清那么些咕咕丢儿。压过一天,弟兄俩上床闲拉,叔叔给我父讲了一段儿三国演义黄巾贼。讲完了才说,自古到今走邪门儿的总成不了事;真正替天行道的反而不沾这些邪魔歪道,全凭以德行政,以才治世,才终得天下。叔叔也给我父倒数了历来行邪术的,直到近世的白莲教、长毛、捻子。尽管叔叔也自认邪魔歪道他也弄不懂,却还是叫我父心里头实在多了。"邪不胜正""一正镇百邪",就这,也够叫人安心了。

不过事隔好有大半个月了,祖父冒猛子又旧话重提起来,我父一听也冒猛子愣住了,怎这样给冤枉了?好像爷派定他对义和拳那套邪术魔法儿一向深信不疑,甚而多少还有些心服的味道。这可叫人有冤没地方去诉了。不过爷还是挺体恤人罢,要不的话,干吗接着又提到甚么王公大臣——那意思好像说,连饱学之士、亲王郡王之尊,也都那么赏识神团,想必他义和拳还是挺有两下子罢?这么一说,我父亲算是服了他义和拳,也没啥不该了。

可我父一时仍然不知该怎么应对祖父那么一问。

躲伏

一伏饺子二伏面，三伏烙饼炒鸡蛋。

夏至过后三庚日起，每十天一伏，差不多也就正当小暑、大暑、立秋三个节气之间。夏日炎炎的大热天，人都胃口不畅，怏怏的懒食儿，不问贫富，也不问粗食细食，就得三餐两点上不时换换花样儿，开开胃口，才撑得住这段儿时节里，打高粱叶、地瓜翻秧锄草、收割玉米高粱、打场儿、垛草、收麻蕢，连连不绝的一应重活儿。

伏天里养生，不光是饮食，还有男女。

夏至阳极而阴生，五男才得伺候一个壮女。招架不得，索性遵礼归宁，年轻媳妇回娘家躲伏三十天。回到娘家就成做客的姑娘，不用照家常俭省过日子，油盐酱醋没大疼热，手头儿大多了，就正好有事无事摆弄些吃食，何止饺子面条烙饼；角子、包子、盒子、鱼子、棋子、片子、猫耳朵、玉带面，饼子就更多，发面饼、死面饼、烫面饼、油盐饼、酸煎饼、夹馅䐜煎饼、锅贴饼、溜糊子饼……就算餐餐不一样，也足够十天一轮换。面可不限定头箩上白面儿，荞麦角子、绿豆棋子、浆豆玉带面、豌豆黄馒头、绿豆面条、玉米饼子、地瓜粉条、地瓜面䰞上高粱面蒸的馍、玉米馒头……都比细白面还香还甜。馅儿也不必荤的，韭菜、瓠子、南瓜、萝卜、大葱、花椒叶儿、小茴香，菜地里伸手就是，顶多长上两把粉条，打两个鸡子儿。都说乡下佬逢年过节，才得吃点儿好的拉拉馋，就是富点儿、殷实点儿人家也不兴天天见荤腥儿，要不的话，那可要给左邻右舍骂个死。只这头伏、中伏、末伏三十天，吃食上才真的是过好日子，敞壳儿摆弄三餐两点见天五顿去。

回娘家躲伏的年轻媳妇儿，倒也不尽是闲得没事儿净摆弄些吃食。兴许就是要提防人太闲了，不定要出事儿，临回娘家，包袱里少不得合家大小的鞋样子、鞋面儿布、鞋里儿布、整捆靠子、整把整把麻线，要是事前忙不过来，少不得再一大包袱零碎破衣破布，大捆麻纰，回到娘家再打靠子、搓麻线。三十天里得给婆家人人至少做一双鞋。回娘家时，不问骑牲口、坐独轮小土车、还是步蹰儿，既带这么些家当，又逢青纱帐起，敢是得男人送了去，三十天出伏再去接人，接来整串整串新鞋。

躲伏是个习俗，真真的还是个礼儿。可礼是礼，还带礼儿管不着的，人之常情罢，年少夫妻三十天瞧不到、摸不着，好不得，又不兴三十天里小两口子见个面，都是二十三十郎当岁儿，送时先就心里慌，接时又已憋得慌，顾不得青纱帐里庄稼蒸出的热气跟灶房一般样儿，好在俩人儿热头儿上，赛过两口大灶都出了火。一路上进进出出青纱帐不知多少回。靠近路边儿的高粱地里，不愁不常见高粱棵子一倒就是一路，一倒就是一人片。一看也就断定那小两口子是骑的牲口、坐的小土车，还是步蹰儿。

照他高寿山供出来的，去他丈人家十二里，靠得住是去也五下子，来也五下子。孩子扔在一旁，找根哑巴秸啃啃就打发了。沈长贵可笑他："听你牛屄吹得呜嘟嘟响，日你的还走得动路？"只他高结巴子人大愣，狗大呆，顶真了起来："阿枯恰何止走路？不……不是还车子上推她娘俩儿？阿枯恰阿枯恰谁像……像你瘦干狼子，干……干一

躲伏　207

下子,阿枯恰要……要躲你奶奶的三天三夜!"

照这样子大伙儿一算,沙耀武抢先把账算出来了:"寿山,你他娘的躲甚么伏?三十天,你一头一尾通了十回,慌天忙地的,不划上三天一回,还有味道?"结巴子可不服气:"阿枯恰不……不是饿急了?人饿急了甚么都好拾扪一肚子,阿枯恰你奶奶的还讲味道!"

这也说不上啥划不划算了,大伙儿只有砍头拼命笑骂他高寿山比骚公鸡还赛。独季福禄不服气:"骚公鸡那算啥本事!趴上去放个闷屁儿不是?"齆鼻子又加上酸酸的慢言慢语儿,数他季瞎鼻子最逗人笑:"俞他,你那是吐唾沫,十二里,吐上百口也俞他的算本事?"

大伙儿笑罢了一阵儿,转过来再欺负老实人,逼他高寿山招供一回能多久,沈长贵叮着问:"你丈人的,总比公鸡擀茸多撑一会子罢?"

说他高寿山半吊子——这当地土话叫作"六叶子",牛肺六叶,有此一说,那是骂人蠢牛了——还真五百文不少一个皮扣子,人家吹荤的,自家床上如何从来都是守口如瓶,偏他阿枯恰、阿枯恰的啥都抖得出来。大伙儿也没怎么逼供,他高寿山合当是投案来了,结结巴巴连卖带送加上外饶,筐脚子都不留。说那小土车活活就是卡着妇道家仰脸朝上躺下来,罄等男人上马那样子做的,头枕车头,两腿叉开,脚蹬俩车把儿,"阿枯恰你奶奶的,不……不是要多得劲儿就有多得劲儿!阿枯恰、阿枯恰、铺上也没那么经日,怎不……不耐久?还公鸡擀茸了又!阿枯恰你奶奶的……"

可真把大伙儿逗乐得东倒西歪,鼻子眼泪都像屁滚尿流的一般。沈长贵小嗓儿又尖又细,笑岔了气儿,嗷嗷儿叫心口疼,听来又像号丧,又像鬼哭。

高寿山自个儿倒只落个愣笑的份儿,傻傻地揭着一口老长的驴牙,看看这个,瞧瞧那个,似还不大相信怎会惹得大伙儿一个个乐成这副尿样儿。

哥们儿里，只我父跟大李庄碣磨钉李永德二人还没成亲，荤的只有听的份儿；我父洁身自好惯了，素来也都得不凑这些热闹就不凑这些热闹，可单凭高结巴子那副草驴反槽的骚相，就够叫人捧腹，憋不住笑得浑身哆嗦失了声儿，也憋不住撩起高寿山，撇着当地土音打趣儿："大个子，各然你那张大铺拆蹬掉算了，推一挂小土车搁房里不省事儿！"

一时大伙儿起哄，抢着要去他高家拆床。也就有高寿山那么个六叶子，张起两长胳膊左拦右挡，阿枯恰了半天，才挣出急话来："睡女人再久也有限，睡觉才是常川，人哪能一天没铺？"

沈长贵扳开那根长胳膊，这就要一头冲过去的架势儿："那这样好了，哥们儿谁不帮撮谁呢，肏你丈人的，俺去帮你推挂小土车，搁到你铺头前，完事儿再爬上铺儿，挺你丈人尸，不是两全其美！"

寿山硬是顶真到底儿，胳膊也该抬酸了，还张在那儿挡着："阿枯恰你休胡来，你想叫俺家里……阿枯恰把俺嚼死？你奶奶的不……不安好心眼儿，想害俺呐？"那神情当真得有点儿哀哀上告味道，跟他顶天立地那么大的个头儿真不衬。

高寿山这话没错儿——这当地土话，嚼人就是骂人，他女人一应都跟他恰恰反过来，小个儿，削嘴薄唇儿生就的能言善道，心思又巧，骂起人来都是论套儿的，哪是他愣人个儿，直心眼儿，嘴拙又结巴的大汉子招架得了的，果要骂起人来不把他嚼个稀烂糊才有鬼。

跟手大伙儿就又硬派他这小土车上跳槽，定是他女人教他的，凭他高结巴子愣哩巴怔，哪琢磨得出这么个使巧劲儿干的巧活儿。这回高寿山就不嘴硬了，好似福至心灵，避得巧也转得巧，调过头来冲着我父跟李小矮子愣笑起来："阿枯恰、阿枯恰你大侉哥、碣磨钉儿，阿枯恰等你俩成亲时，俺他奶奶的啥都不……不送，阿枯恰是单送你俩一人一挂小土车。才叫是味儿,说你不……不信!"

我父没搭茬儿,李永德憋不住,给了回马枪:"信、信、信,日你妹子谁说不信了?留你自己个儿受用罢,铺头上一挂,锅屋里一挂——吃着吃的,饭碗一放就来你妹子一下。俺想想看,还有一挂搁到哪合适……"

沈长贵笑起这李小矮子来:"说你人矮是给心眼儿压的,丈人羔子你心眼儿哪去了?哪挂车子没有轮儿,轮儿是作啥用的?推到哪不就哪?除非罢,炮楼他丈人的推不上去。插上大门儿就他两口子,丈人的,哪都照弄,当院儿也中啊!"沙耀武也插进嘴来,装着做好人,好言相劝的味道:"俺日他,有那冤种要封礼小土车给你,就敞壳收下罢,还作假个甚么劲儿。要嫌小土车太高了,凑不上去,日他的,你是死人呐,把俩车腿儿锯短点儿不就行了?"沈长贵接过巧话儿:"要疼新车下不了锯,破磨钉儿,你丈人的,脚底垫两块土堼不就凑合了?"

……

大伙儿这么你嘴我舌,反把这东庄跑来凑热闹的李永德给数落得无味腊八。

一场笑闹胡调,小土车儿,便成了哥们儿暗话,不多久也都传进各房媳妇儿间。出伏天去接媳妇儿,除非丈人家太近,不成话事。可推了小土车去接,心虚,得用点儿心机彼此避避。只是同一个庄子,碰头卡脸哪儿遇不见?避过清早推着空车去接人,避不过过午车上推着人回来。去时若给拦到,那可好有一顿胡缠取闹,只有招架,无可反口。回来要给遇上的话,不单两口子遭殃,一受明罪,一吃闷亏,要比闹房还难对付;完了还有的账算,定给逼供逼得下不出蛋来,怎么招都跳进黄河也洗不清。这等屄事儿临到谁,谁都少不得要骂他高寿山一声罪魁祸首。就算是受用得很,也还是要消遣他高寿山帮大伙儿干了桩人事儿——功劳敢还是他女人的。

反正这三十个伏天里,哥们儿无分成没成亲,一律都是没媳妇儿的光杆儿,像都回头过起年少日子,干完了活儿,一放下饭碗儿,就都凑到一堆儿消遣。平日其实就是成了亲的,也没谁作兴蹲在家下陪媳妇儿——别惹人笑掉了牙罢!不过庄户人家早睡惯了,过过一更天上床的都少有。上了床不管怎的,摸摸弄弄媳妇敢也是家常便饭,乍乍的扑一扑凉席平平的,搂一搂怀里空空的,摸一摸长枕清清的,就不如外头游魂去,三朋四友碰到一堆闲嗑牙儿,瞎胡缠,不到二三更天不肯散,家来摸上铺儿倒头就睡,一觉大天光,省多少噜嗦。

哥们儿顶喜欢沙耀武家才盖成的新炮楼,顶上一层露天,四周大半人高的砖墙带城垛子,脚下是糯米浆和的三合土,泥得光滑滑像个镜面儿,也有磨光的青石那么硬,略微有些斜坡好流雨水,光脊梁挺在上头,就别说有多滋晕又自在。沙耀武又喜欢照应人,大壶大叶子茶、大罐儿旱烟丝儿、整斗子炒花生;沙家三大娘又好客,又顶疼这个正直正干的儿子,只要大伙儿没散就净听她三大娘一会儿喊耀武下去添茶上来,一会儿喊耀武下去捧一匾子林檎上来,再不就是青枣儿、拿井水冰的绿豆汤、咸水煮的嫩棒子。叫人念着这位沙三大娘单就为儿子这帮狐朋狗友,老在那儿盘算怎么掏心扒肺,才能让小伙子嘴别闲着,肚子别亏倒。灶房里烟熏火燎就够受的了,乌漆蚂黑还去菜园里打青枣、打林檎。那嫩棒子就不知道是不是现到地里摸黑儿掰米的。到他沙家炮楼上来乘凉,总就是吃喝不尽;三层楼上那么高,任怎么胡呲乱开腔儿,管保没人看了去,听了去,也惹不着谁,撩不着谁。

嗣仁嗣义弟兄俩儿也是一放下饭碗,抹抹嘴,就拖住我父一路去沙耀武家。意思是挺有意思,日笑三声,没灾没病,就只是太荤太骚了。荤骚不可交,不是指的这个;可这样子荤骚,久了也就没味道了。俗语说"三男一道没好话,三女一道比奶子大",怕走到哪儿都是一

躲伏　211

样，说不上谁好谁不好。不过有两回，一等闹兴过了，没的胡扯了，也还满可聊点儿正经的。要是早早就家去，碰上祖母不在倒还好，凑合着兄弟一盏灯，念念圣经或兄弟为他挑的小书。可只要祖母在家，似乎就看不得我父那么贪斯文，八下里找些事儿来支使，叔叔有时看不过去，抢着去干还不行。

说起来也没啥，整天在李府帮工，晚上家来之后，挑挑水、抱抱柴火、扫扫院子、木盆里灰淌水泡的大件儿被里子、褥罩子，进去踩踩，清水寨寨，完了轴干晾起来，所有这些零散活儿，大半都不是小脚娘跟文弱兄弟干得来的，少不得要自个儿来料理料理，也花不多大工夫。可祖母差遣人的那个居心，总叫我父烦心，索性收拾收拾床上一倒，反而啥事儿都没了。

这一夜就是这样，打李府回来，隔篱笆帐子缝儿，一眼就瞧见当间儿屋里，祖母跟叔叔共盏洋油灯拉聒儿，心一烦便调头就走。先前嗣仁拖他去沙家，还借故推脱掉，这昝子没处可去，只有觍着脸儿再摸到沙耀武家。

躲伏不躲伏地直闹过了二更天，大伙儿沉下来。看看时候不早，我父提醒哥们儿，别让沙三大娘再弄甚么吃的上来，不如早点儿散了。正待看大伙儿意思，只李永德碾磨钉儿，人脞精力旺，也不管散了独他还得走上二三里夜路回他东庄去，冒冒失失叶呼起来："釀！釀！敢是红灯照儿，釀那串红灯笼，西南上……"大伙儿一惊，连滚带爬，趴到城堞上张望。

我父听了也不禁心上一动，遂知是李矮子玩诈，欠欠身子重又坐下。

果然大伙儿给哄了，齐把碾磨钉按倒底下，一个个落上去压，揍他、搔他、要给他看瓜儿。整得小矮子直喘着告饶。

兴头又哄起来，绕着义和拳、红灯照，你嘴我舌各吹各的，敢都是道听途说，吹得过于离谱儿，不说没人信，吹的人自个儿也只当笑话扯扯蛋。就中只肥城教堂给红灯照降神火给烧了这个信息属实，可也是不知历过多少嘴巴传来传去传到这尚佐县来。那千张嘴、万张口，就是千壶万罐儿，添油添盐没个完儿——庄户人家是不管甚么好吃不好吃，有油有盐儿就是上品，肥城教堂给传成火烧红莲寺，多少精狸古怪都现了原形，一大锅死人眼珠子，洋鬼子和尚脖颈挂的念珠，就是死人眼珠子炼丹提炼出来的。末了连哪吒三太子风火轮儿也拾打出来了。

吹到差不多，再吹也没多大气儿，我父肚子里也打点出头绪来。轮到我父，这才把个半月前三元宫亲眼所见，憋了这许久的私密给掏出来。有嗣义作证，敢是更叫人信了。

可讲到三元宫之前，我父还是先把听自祖父、叔叔那里的道理说在头里。

多亏大半个月前那个傍晚，父子三人在下过学的塾馆里，祖父给弟兄二人说了些奇闻和道理，我父才得化解不少闷在心里许久的疑惑。那份喜欢儿也使我父老想找个时候，跟几个哥们儿拉呱拉呱。

祖父先就提起高祖打那个华山真人手上得到的两件宝，"大秦景教流行中国碑"的揭帖和拒铁丹。前者为基督教最早传入中国的记事和赞颂，已毁于牛庄家宅，祖父幸已背诵得熟，叔叔整整笔记下一大本。拒铁丹也是我父不久前从祖父那里听来的，当年不管是给官家押解金银来去盛京，或迎送海拉尔下来的名驹、押运盐车，家下保镖炮丁路上皆服这拒铁丹，不单刀枪剑戟，便是前镗装药的洋枪洋炮，也都血肉之躯一样地抵挡得住。

祖父意不在拒铁丹如何如何，只是借此申述一番世间太多事事物物不都是常理可解。也提到铁锁镇花武标恶鬼附身，祖父为之赶鬼的一些些参不透的阅历，又是一桩不可以常理解的怪力乱神，直到最近才得悟出此中道理；倒是不在学识上头怎么去懂得，考究的竟在德性修为上。至于拒铁丹，道家吐纳炼丹也得看道行，犹之看阴阳风水，凡是行术，总有道法与江湖之别。拒铁丹既然能够抵得住洋枪散弹，天下之大，也必定还有甚么上帝所造之物，可以提炼了来，顶得住快枪快炮。可这都是余事，炼丹术约已失传，人也不能把一应指望放在这上头。上帝的永世救恩，上帝的慈爱全能，更在天下人间之上，这才就是一切。

祖父遂又讲到可以刀枪不入的气功。耍把式的那些绕眼法儿、障眼法儿，敢都是玩假如真，除非打算跑江湖吃那行饭，大可不必细究。可真正练就的气功，还是极有道理，真而无伪。例如一根枣木扁担，两头各担在一落五块豆腐上，运足了气，一刀劈下去，扁担两断，豆腐无损。这还不足为奇，有那种利刀削铁如泥不是？然后换根扁担，照样还是两头各担在方才那两落豆腐上，这一回可不是使刀了，使的是一张黄表纸，跟这水烟袋媒子纸差不多，就那么对叠再对叠，叠到寸把宽，拿这当刀，两手攥住一头，举到当顶，运足了气，直劈下去，扁担一断两截儿，豆腐也还是无损。这就似乎不好拿常理来解了，可也决不是甚么邪术；地道的真本事，硬功夫。

祖父就笑问我父："你看到的那些小鬼渣巴，拿照葵秆劈土堃，一落五块劈到底，照葵秆无损不是？能是假的吗？比起黄表纸砍断扁担，不是小巫见大巫了？那夜打老城集回来，一路上你讲了那许多，又问了那许多，爷没透一言半语儿，就是想要你自个儿历练历练，遇到啥难处都先尽自个儿去对付。果真尽了力还对付不了，再去求人。不知道这向时你尽了力没有，对付过去没有……"

我父不知该怎么回应爷，经祖父拿拒铁丹跟气功一比方，一下子就像摸黑摸了半天，眨眼间大放光明，一时倒记不起自个儿尽力了没有，又对付过了多少。

叔叔见我父两手摊在位子上,抠手上趼子老皮,甜不嗦嗦的含笑不语,便照实把黄巾贼张角弟兄三人行邪术终归成不了事儿等等,讲给祖父来指点。

祖父敢是挺夸奖叔叔有见识,也认定邪不胜正为天地常理,不过还是回到义和拳的功夫上来,交代弟兄俩儿要辨别真与假,才好定出个邪与正。

那个傍晚,祖父把一个"气"可讲得透索,直到合黑儿蚊子出来叮人,惹得祖母找到学屋里来。

我父照转了那些道理给这帮哥们儿,也是打拒铁丹跟黄表纸砍断枣木扁担讲起。只是讲到气功就有些犯难了。祖父那些道理尽管听得明白,心里打那也碰实了;可那得换成哥们儿听懂的话来说才行。这就像开头彼此才认识时,自个儿这口大白话,土得可以的哥们儿常就听不懂,老是要再说一遍,一个字一个字儿吐核儿,才把意思弄清楚。这几年过来,一半儿是哥们儿听惯了我父侉话,一半也是我父尽量撇着点儿口音,学些当地土腔。可算来也有三四年那么久,才彼此啥话都说得通;如今要把祖父那番道理讲个明白,可不是换换土腔,撇撇口音就能通行无阻,是真的有些犯难。要是头里这些说不清楚,就把三元宫所见所闻照实说来,那就一准难保这般哥们儿火上加油,把他义和拳更有凭有据看作不知有多神乎其神,那才害人害己。

比方说火车和火船,过往虽曾跟哥们儿拉呱过;哥们儿信是信我父讲的,可就是怎想也想不通。两头大牤牛拉四轮大车,就够地动天摇,震得人家盆盆罐罐儿栗栗响,天下还有比这再大的车、能装几百口人?还走得比马跑要快?那火船就更加神奇,哥们儿连海也没见过,铁壳儿船不沉底儿?比端午节运河上划龙船还快?

祖父讲到气功,先就拿火车火船来开头。那对我父哥俩儿只须提到就成。打关东逃进关内来,得亏山海关到天津卫的铁道才铺成,一口气坐到塘沽,六百里,除了滦州府跟胥各庄停的久,一天一夜多三句钟就到了。不说步辇儿,饶是骡马车,只好白天走,少说两头不见老阳儿,也得走上四五天——又哪能一趟就坐上百把两百口人。火船的话,那可更不稀罕,牛庄、营口、青泥洼、柳树屯、连普兰店海口外,随时都瞧的多了,还曾不止一回上去停靠码头的火船里玩儿过。

有个窝囊"文登屄"嘴脏又愣瓜的笑话,说有一个乡下佬兄弟上城投靠他老哥,海口上头一回开眼界,见识到铁壳儿火船,愣头愣脑问他老哥:"屄养的哥哥,你说屄养的那船是铁打的不是?铁的怎不沉底儿?屄养的!"那位城里混得不错的老哥,没好声气地噌了他小兄弟:"屄养的你个二愣子,你都不瞧瞧,哪一条屄养的火船上不是一根又一根,老些根屄养的缆绳吊着?吊着还沉底儿?"

这帮哥们儿若有那么一天亲眼见到了火船,八成也强不过那对文登屄哥俩儿罢。那位码头上混过些日子的老哥尚且看不懂那些帆索船缆和卸货轮绳作甚么用,凭空跟这帮哥们儿还能讲得通?

祖父讲的是火车火船里头烧的煤炭是没错,可顶得跑的不是火,是跟烧水一般冒出来的热气。祖父讲这道理给我父和叔叔听,只有下等头脑才会以为硬的比软的有力道,就是俗语说的欺软怕硬。上等头脑才懂得柔能克刚,比方檐水滴得穿墙根石头、井绳能把井口磨出一道道洼沟儿来,城上青石大街给轮儿上包有蘼草辫子的独轮车打当间儿压出一条深沟来。讲耐用,硬牙齿撬不过软舌头,两三千年前,老子就发现这个道理了。庄子说得更实在——祖父吩咐叔叔找出《庄子集解》里的一段:"故九万里,则风斯在下矣,而后乃今培风。背负青天,而莫之夭阏者"——这里所说的风,就是火车火船赖以行千万里的气。祖父岔开了话头说:"倒是日本小鬼子叫对了,把火车叫汽车,火船叫汽船。敢是弄明白了这里面道理,才这么个叫法儿。"

如今是西洋人发明了用这个气来顶住它火车火船走,就正合这个道理；硬的软的都不及这抓不到、挠不到的气那么顶有力道。

祖父提醒我父和叔叔："其实罢，咱们朝天挂在嘴上说的，力气也好，气力也好，都说对了，说准了。可惜咱们毛病就是只能坐而言，不能起而行，才都让人家西洋人抢先给发明了去。这可不能光是怪咱们愣，老祖宗老早老早就已天地间啯摸出这个道理来了。要真得找个谁来怨怨的话，就只好怪咱们后代子孙不肖。这该怎么说，该说是夜壶掉了把儿——只剩个嘴儿了。"

不过祖父说着说着调转过来，倒又指出这种力大无比的"气"终还是有限。只因不问是热气、寒气、清气、浊气、香气、臭气、天气、地气、节气、呵的气、喘的气、数不完的这些个气，到底都还是个那把物儿，或是有形，或是有色，或是听得到、闻得到、挨得到、觉得到。可舍此而外，还有别一种气，玄而又玄、空而又空、无形无色、无声无臭，甚而至于无处不在、无时不在、无所不能。祖父拿这个问起我父和叔叔："你俩儿琢磨琢磨，这种气儿是个啥？"

叔叔心思快，祖父话尾刚落，出口就道："那不就是上帝？是啦。"

祖父笑笑，点头是点了，约莫对也是对了，可就是不那么很乐。倒是我父，只觉乎叔叔真快又真准，差些儿就猛拍一下腿，连呼三声"对了"，如外再没啥好琢磨的了。可眼看祖父瞧着自个儿，还在等他回应甚么。

慌张间，我父情急出智，忽想到祖父一起头就是讲的气功，便疑疑思思地试着说："是不是爷讲的气功那个气？"

祖父也是跟方才对叔叔的那副神情，略微有些点头的意思，笑却是祖父天生含笑的成色多些儿。照这势路看，八成弟兄俩儿猜的都怕连个边边儿还不曾沾上。叔叔约莫也是这么想，哥俩儿眼一碰上，叔叔缩缩肩膀，吐了下舌头。

祖父有一下没一下地扇着蒲扇，闲闲地东张张，西望望。这光景多半是在动头脑想事情。

这三大敞间学屋没别的主贵,就是一个凉爽,一个亮熿。屋前屋后四圈儿尽是够大够老的椿树槐树,东晒西晒都给搪住了。屋顶重修时,扎扎实实的红草缮有上尺厚。窗口本也就比住家的大许多,应祖父之请,开大到两尺宽,三尺来高,又安上可开可关的格子窗棂。前墙约有四尺深的出厦,不怕雨打,糊的是漂白棉纸,冬里就算严严的闭门合户,屋里也还是亮亮熿熿。

过好一阵儿,祖父这才自言自语地念叨:"都不错……都不错……"虽像跟自己个儿咕叽,敢还是夸奖了两个儿子。祖父看看叔叔说:"爷猜你会引出孟子'我善养吾浩然之气'的气。"又看看我父说:"你才念过创世纪,爷以为你还记得'上帝以地上尘土造人,将气吹入,亚当即成有灵的活人。'实在说来,也是难以一语道尽,就像文天祥所谓的,既是'沛乎塞苍冥',又是'杂然赋流形',在天是日月星辰,在地是山川河岳,在人就是浩然正气了。这又要问问你哥俩儿了,在咱们基督徒又该是甚么,说说看?"

这一回叔叔没那么抢,先前虽没说错话,可急言必失,此刻就算肚子里已有现成的答问,也要三思而言才不致冒失。便挺礼让地推给我父:"哥先来,我得想想。"

我父见爷在等他,只好试个试个地反问祖父:"是不是圣灵呢?"轮到叔叔,却说:"咱想的也跟哥一样儿,在基督徒来说,该是圣灵罢?"

祖父却摇起头来:"圣父圣子圣灵三位一体,该说是在上帝为圣灵。在基督徒该是'因信称义'的信心,基督不是说过:'你等信心即如一粒芥籽之微,便是吩咐这山从此处移至彼处,也必可如愿。'既然信心的能力可以移山倒海,那用黄表纸砍断扁担还算什么神奇?"

叔叔听了,不禁问道:"照爷这一说,信心不就是气功了?"祖父忙向叔叔横扇了两下蒲扇:"不可那么说'信心就是气功',两下里有相通,也有不相通。信心是信上帝为慈爱和全能的父,气功也是出于信心,只不过信的是'不运气办不到,运了气就办得到';气从哪里来,那就得苦苦练功了。咱们基督徒信的是'在人不能,在上帝凡事都能',是借用上帝的全能。爷给花武标赶走了附身恶鬼,爷有那个能耐么?门儿也没门儿。怎样才借得到上帝的全能?就是信心,信上帝有大能力。这也就是俗话所说的,'信则有,不信则无'。其实,就这信心,也还是要仰靠上帝降恩赏赐。人在这上头不必苦苦练功,只须遵行上帝之道,为了行义,就尽管跟上帝索讨信心,告借大能来用。这些,你哥俩儿早就懂得,不须多说了。"

不过祖父还是把那黄表纸砍断扁担的道理给我父和叔叔解说了一番。人是打一点儿小,只要懂事了,就已认命一样,认定拿一撕就破、一叠就折的仿纸去砍断扁担,无异是以卵击石,除非老阳儿打西天出。可练成气功的把式,就信得过只须气运得够,黄表纸就砍得断扁担。实则不问是泥丸之气,还是丹田之气,果真有这么大的神力么?有或没有,不好断言;只是信得过这气功就有这个能耐,这个近乎志气之气的信心,还是大有能力的,这倒可以断言。

祖父讲到这里,把蒲扇双手举起,"比方这就是黄表纸叠成的劈刀,这桌沿儿就是横担在两头豆腐上的扁担"。祖父就那么比画又比画说:"比方像这样劈下去,搁咱们平常人的话,先就认定哪兴有这回事儿,结果罢,敢就是没这回事儿。认定砍到这里黄表纸就自个儿折了、弯了,敢就是折了、弯了,结果也就手脖儿上的力道到此为止。可搁在有气功的话,信而不疑,这一下劈下去,扁担断两截儿,豆腐丝毫无损,手下那力道就另个样儿,可说是这一刀下去,直有九地十八开之势;心无扁担,自也目无扁担,刀下就没了扁担。劈到这里,也就心无蹭蹬,手无蹭蹬,刀固非刀,黄表纸亦非黄表纸,就是拔根头发——哪怕连一根头发也不用，单凭一个真意，这样就一下子下去了。所谓'精诚所至，金石为开'，就是这个意思。"

道理说到这里，我父跟叔叔本当再也没有不明之疑。可我父一头听着，一头心里出了个疑，静等祖父下头定会讲到。只是祖父看看天色不早，觉乎道理也大致说透了，打竹靠椅里起身，蒲扇拍拍麻布短打上的纸媒子炭，拎起水烟袋这就要走了，慌得我父忙问："那这耍把式的，练了气功，使出绝活儿，多不过为的走走江湖，跑跑码头，混口饭吃；又信的是气，不是上帝。这跟咱们基督徒好像不大搭调儿。不知道是不是还没听懂爷讲的道理。"

祖父认真地听罢我父这番疑问，点头愈点愈深，见叔叔在那里收拾，便挪挪脚步，回我父说："咱们边走边谈罢。小惠你也一起。"祖父便等等走走，走走等等，一面给我父解疑。待叔叔拿个黄铜荷包锁把塾馆门上了锁，打出厦下走出来，祖父却在屋前空地场子上讲讲住了脚，招来一人头上一团虻虫，上上下下打转转。

祖父挺夸赞我父有此一问。祖父首先打德与术说起，指出这难以常理通义的气，实则都在上帝创世的天地万物之中。圣贤从天地日月星辰的运行，发明了历数节气时令，以享万世万民、士农工商，这就是大德之术。至于走方术士，也是从天地日月星辰的运行，发明了医卜星相；若得济物利人，也是小德之术；至于赖以混口饭吃，那就是无德之术；若是以之损人利己，敢是败德之术。基督徒也是一样，不要说吃洋教的也跟赖以混口饭吃的江湖把式差不离儿，就是只图自个儿得救上天堂的，也属无德之徒，为上帝所不喜。又因这般基督徒一旦攀附上教会，便就视世俗为魔鬼世界；家国天下固不值一顾，也尽弃喜丧礼俗，亲朋往来，几至不近情理，因也无意于术。德术两失，何以为人？无异饱食终日，无所事事，坐以待毙，唯差一死，却美其名曰："永生之盼望"。

祖父因就讲起基督徒的修为——

"信心也就是信德，凭信心借用上帝的慈爱全能，正就是孔门的'以德通天'。有德则术生，比方爷给花武标这个大瓢把子赶鬼，爷既无术，也不是凭的自个儿一点点薄德，还是为的替地方上除一大害，方圆一二百里内境绥民安，这才是一德。有此一德，术也就因应而生，借得上帝的慈爱全能，把他花武标附身的娘俩儿恶鬼给赶走不算，还带领了这位朵把儿毛爷皈依基督。所谓'德者得也'，看这一德倒是得到多少——千家万户百姓得安、徒儿法孙洗手，不是得为良民，就是得为招安、爷是大得声望利于传道；上帝也得到不少，得一恶狼化作羔羊、得一穷乡僻壤的福音堂、得一传扬福音的忠心仆人。这也只是可见可知的所得；未可见、未可知，乃至来日还有更多的所得。这样不计其数的所得，兴许比不上先圣先贤的大德，施善一方总算是一场小小功德。以这样小德，就足可上帝那里借到慈爱全能，何况大德！打这样子来龙去脉里你哥俩儿就该领悟到，无论大德小德，爷都无德可言，这德是在整个儿事功。打这里你哥俩儿也该领悟到，凡事只为自个儿一人、自个儿一家有所得，不是德——基督亲口应许过，总要先求上帝的国、上帝的义；吃穿用度上帝都早有预备，不必为这些忧虑，尤不必为这些求。推己及人，到了为他人求、为家国天下求、为长治久安的世道求；能为他人、为家国天下、为长治久安的世道有所得，才是德。凭这样信德，无人不可以借用上帝的慈爱全能，那就无事不可为！"

叔叔还要问甚么，张口才只提到"那爷看义和拳呢？"却见祖母气愤愤儿找了来，一路喳呼着数说："这不是钻晕了！一个比一个钻晕！喂蚊子这么喂法儿……"可话头一转，便又冲着我父拿来出气："哎！饱汉不知饿汉饥，你是蹿过屎肚子了，好歹一个是你爷、一个是你兄弟耶，有疼热罢，陪你饿肚子啊，没人心的！人没良心——"

叔叔忙拦住那下面刺耳朵的村话："娘，好了好了，差不多就好了……"这上头，叔叔倒比祖父强硬多了，有用多了。

我父顾自去牵驴，逃到一旁去不要听。祖父这一席庭训，直把我父像通旱烟袋一样，这么久堵得人不透气儿，一下子烟渣子烟油子统都通干净，烟袋杆儿迎着亮儿，这头直瞅到那头，不知有多透索透心儿。

叔叔要问祖父的是义和拳到底有德无德，我父倒是有主张。弟兄俩铺上靠着讲话，我父是哑摩着那义和拳，别管是师父老师，还是大师兄、二师兄、外带管事儿打杂儿的，左不过江湖卖艺的都是一路货，靠那点功夫混事儿罢了。那般童男童女，没一个不是家贫，贪图那点安家粮食，家里少张嘴，外头有嚼口，出师还有花不尽的小钱儿；里外这么翻个个儿又翻个个儿，终归是捞口饭吃。再说那些王公大臣，还不是拿义和神团当作"官财本儿"，哪又为朝廷社稷百姓想了？跟他老城集尤二爷贪图个长夫管带不又是一路货？想得到的无非都是私心里贪图的荣华富贵，又哪里沾得上个德不德的边儿！

叔叔原是要跟祖父讨教的疑难，经我父这一调理，乐得直道："这就弄通了，这就说得通了。"可我父对自个儿还不怎么信得过，忙说要等祖父指点了才算数儿。

除了书本儿上的学问，我父搭不上碴儿；拉聒起家常来，吐吐体己的心事，哥俩儿多半无须多言，一句话说不一半儿就通了。可叔叔小上我父四岁，搁这十几二十的年纪里，差四岁就差许多了，通情达理的世故上头，到底还是做哥哥的要强些。

终究是亲兄弟才得这么贴切，跟这帮哥们儿再亲，当间儿多少还隔上挺厚一层。像这样子讲道说理，那就更加挡着座山。也正像爬山一个味道，上下对直了爬陡坡，能把人累死，也未必爬得上去。梯陡竖崖上总得横里打弯子，左拐右转，宁可多绕些圈儿，才省大劲儿，顶得住气力登到顶儿。河上拉纤的船夫有个唱儿："弓背儿行山路，弓弦儿走平洋，冤枉不冤枉，但看平洋抄近路，山坡儿大盘肠……"沙耀武炮楼上这一夜，陪一伙儿媳妇躲伏去了的光棍儿哥们儿解闷儿忍躁儿，拉聒起义和拳，我父可真是走尽了盘肠山路，矻矻嗤嗤够累的。

我父生性嘴严，一向懒言语儿，只说中用的话，这一夜可叽儿叽的没住嘴儿，长这么大，十九年说过的话合起来也没有这许多。

历来没有过的新鲜事儿还不光是这个；十六岁就卜德生牧师给施过洗，打那到今，我父也才这一夜懂得祷告灵验，就像乌黑乌黑的夜里打闪那么个亮法儿。只因念到怎么着帮这伙儿哥们儿解解事儿，懂点儿道理，总也算个小小功德，尽管自知说不清，道不明，"在人不能，在上帝凡事都能"，只此一念，黑里也没按规矩来，就凭信德求祷，也仅仅动一动心里一个意思，居然有条有理，不光是讲讲儿一般的受听，也衡情夺理无不应口而出，不像自个儿有本事说得上来的言语儿，真是有些害怕起来——上帝就活活地贴在身边为人加力。"举头三尺有神明"，该就是指的这个。

想必哥们儿也挺受用罢，只除了高寿山愣大个儿，打盹儿栽了一头，给大伙儿又嚼又捶了一通，可都一个个听得有滋有味儿，碰上我父停下来一阵儿，还都齐声催了起来。

躲伏

# 粮草

说起来还是年轻小娘们儿有福气,躲伏躲伏,哪儿亲躲哪儿去,哪儿凉快自在躲哪儿去,就说打早到晚都得忙新鞋——打靠子、搓麻线、纳鞋底儿、贴鞋面儿、裱鞋里子、整鞋梆子、锁鞋口儿、上鞋底儿,不定小姑子新鞋还得绣个花、奶孩子来双虎头软底儿鞋……数数真还不少活儿;可怎么说也都躲掉所有风飚日晒,汗流如雨,辛苦劳累,三伏天热得死人的日子。

两相较量,男子汉可就过的不是个日子了。辛苦劳累不说——应该应分的罢,婆婆孋孋那些家里杂活儿,多少得揽扒一些。妇道人做起来巧手巧脚的干净利落,轮到男子汉,顶天碰了头,立地绊了脚,灶房门矮,弓着腰儿拱里拱外,免不了还是时不时撞得火冒金星,烟熏瞎了眼,泪脸爬汉像哭号了一场。

像高寿山就流落得顶凄惨。他高家上无爹娘,下无弟兄姊妹,单蹦儿一对小两口儿带个小小子,日常里没人管,没人贪伴儿搬这个,争那个,想怎么都由着性儿,可媳妇儿一回娘家躲伏去,一日三餐都没了指望。媳妇儿走前也曾狠狠实实忙了些饭食留下来安家。只是就算三十整天的口粮都给掤饬齐备了,像这大热天,啥也放不到那么久。大麦炒面放上一个月,不喀了也该招虫了。酸煎饼经放是经放,却也至多十天就到顶儿了，不丝脓也非上绿霉不可。再说罢，见天都一把把掩炒面儿，见天一口口尽噎酸煎饼，又哪是人过的日子！可怜那么个愣大个儿，仓屋里一囤囤粮食顶到屋笆，落得顿顿玉米糁子煮薄饭，还尽烧煳了锅底儿。顿顿喝稀的怎成，瞧着叫人为他难辛，沙耀武跟嗣仁弟兄俩儿，便时不时硬拖他家来塞顿结实的，就那么搭把着度日。高寿山是人愣心眼醇厚，白端人家碗儿，少不得自家菜园子里寻摸点儿新鲜来献献宝，再不就拿小土车儿甚么的给大伙儿逗逗乐子，好歹都是没有别个本事的老实人那种思报之意。寒碜是有点儿寒碜，小时就是这样，受了人家一点儿好，没本事报答，就翻小老雀儿给人看。真是俗话说的没错儿，从小三岁看到老。

这段儿时节，湖里当令要忙的活儿，一是打高粱叶儿，一是给地瓜耪草翻秧子。这当地土话是打秫叶子、翻红芋秧子。

高粱穗儿一等灌浆满实儿，颗粒差把劲儿就熟透的当口，追肥倒不必，只须把叶子打掉，免得分力儿，就地里余剩点儿的养分直攻到穗子上，也就足够了。再就是高粱长到这个节骨眼儿，发热发得厉害，高粱地里比灶房架起大蒸笼还热烘，叶子不打掉，就都熇黄掉，牲口不乐意吃，当烧料也不熬火。叶子打掉才高粱地里通风散热四处透气儿。打下来的叶子趁青晒干，码成垛子，一冬里牲口嚼咕就指望这玩意儿。铡铡碎，倒进槽里喂牲口省得很，一点不糟蹋，牲口也吃了顶添膘，就数这是头等草料。庄户人家喜欢"一事兩够儿"，这打秫叶子可是一事好几够儿，怎样苦累也得拼这份活儿。

要说苦累，当紧还在抢活儿，加上热得死人的那么个火天火地。高粱叶子利倒不怎么利，可还是刺人，不宜光脊梁干这活儿，长袖挂子吪在身上像煀着顶老羊皮袄，一天下来管保煀出一身红通通痱子来。

叫是叫打秫叶子，可万不是拎根巴棍子，走进地里东打西打。该跟耪草差不多，全靠空空两手，一把一把去扯。只是要个巧劲儿，捽住叶根儿往下那么一得，不兴伤到包在秆儿上的叶裤子。除掉梢子上留一对叶子，打上到下一概打光。叶子打下来夹到怀里，积成整抱了，就到地边儿上，拿几根叶子拧拧劲儿，就捆成了草箇子丢在那儿，等打完了再拢到地头去上车——牛车、驴车，还是小土车儿，那要看收多收少甚么人家了。

李府今年只种了六十多亩高粱，三个壮汉打早到晚儿钉紧了干，倒可望三天就算干不完，四天也用不了，今年轻快多了。

这一带地方种的高粱不比关东拿当主粮。这里只合是打粗的杂粮，比棒子玉米还差一等，正式正道派得上两宗用场，一是枭给槽坊蒸酒，一是磨成粗糁子做猪食和牲口料。人是少有单独拿当主粮来吃；便是蒸个窝窝，也须跟玉米一般，得羼个一两成麦面儿或地瓜面儿，不靠这黏糊的话，那可散巴落渣儿搦不成团儿。烙煎饼也是要掌上点小麦或干地瓜丁丁一同研成糊子，不的话，烙成煎饼散在一鏊子上，揭都揭不起来。

关东高粱米儿可是又黏又细缓，煮干饭、熬稀饭，不输给江南大米籽儿，还比白米多一口粮食香。那种高粱米儿，这里倒也有，叫作黏秫秫或糯秫秫，颗粒儿泛白，又大又重，穗子一熟就散巴巴地耷落下来。要种这黏秫秫，像李府这么多人口，也只种两三亩就够了，磨成面儿包汤圆子，正月里吃上几顿应个景儿罢了；也是比白糯米的汤圆子多一口粮食香。

黏秫秫做的这种澄沙色红汤圆，大都包的是红糖馅儿，红糖本就比白糖多一股焦香，一出锅抢个趁热，一口咬下去，那可烫得人龇牙扭鬼，一包香喷喷的热糖稀，都好连舌头也吞下肚。

我父打小就把这嗜之如命，一个汤圆足有二两重，一顿就是十几二十来个，到老不改此好。人都说这等黏巴巴玩意儿不易消食儿，不宜贪多。对孩童更是小心，天寒，吃下汤圆就得提防积食儿，留神别让小人家哭哭嚎嚎，喊呼着东跑西颠，免得肚子灌风，那可不是玩儿的。我父倒是独独地与众不同，不光是吃起来没底儿，还数这些黏食顶不经饿，尽管一顿十几二十多个不当回事儿——合上两斤只多不少呢，却总是撑不到下一顿饭，就又闹饥荒，饿得慌慌的发抖。不想我也给遗传了这么个体质，汤圆之外尚有年糕、粽子、糍粑，莫不如是。这样子与众不同也未必佳，总是个毛病罢——吃别的可都不会一饿就发慌。

打秫叶子打到黏秫秫地里，我父就不由人地犯起私念——本就是汗滴儿掉在人家地里，可总罕有这个念头；兴许太过贪嘴这黏秫秫汤圆，打给李府上拉雇工到今，可从来不曾吃过这地里出的黏秫秫拧的汤圆。怎么不是？大正月里不在自家过过十五，好舍着脸儿去端人家非亲非故的饭碗儿？过过十五又不兴吃汤圆子了。放在关东老家倒有指望，二月二，龙抬头，家家户户总兴面条锅里下汤圆，叫作龙戏珠。偏生这个牢地方没这个节，就觉乎着汗滴儿都白滴了，地也清清楚楚是别人家的地了。一头打着比饭秫秫要肥一些、宽一些的叶子——那当中央的叶梗子也是白的，不是红的；一头发发馋狠，单等来日置了地，定要年年种它个十亩二十亩黏秫秫，不说顿顿都干汤圆，天天都干汤圆，好歹一馋起来就包汤圆，一下就下它一大锅，趴到锅台上，吃着添着，放开量儿嗵它个满满腾腾，扎扎实实一肚子。

也别说，打秫叶子这样子苦活儿，碰巧碰不巧也还是有点小乐子打打岔儿。千株万株高粱棵子里，免不了有那么一株两株不结穗子的，这当地土话叫"哑巴秸"，养分尽都局在整根秆儿里，长得又粗又壮，一秆儿水汁，就别说那个甜法儿，抵得上酒席上才见到的甘蔗——坐席吃喜酒，按这当地习惯，先上上来的八碟儿，叫作喜果子，不是当场就吃；贺客脸前除了碗筷杯匙，还有喜红纸衬厚草纸叠成三角的俗谓牛角包，一碟碟喜果子大伙儿平分盛到这牛角包儿里，各自带回家，

粮草　229

让没来赴席的家小分食，算是沾沾喜气。喜果子多半是桂圆、核桃仁儿、蜜枣、爆白果、状元糕、金钱饼儿、五香瓜子、橘子瓣儿、切成斜角块儿的山楂糕、去皮油炸花生米儿。甘蔗也是一道，江南来的稀罕物儿，与桂圆、荔枝、橘子等都算是南货，因才上得了酒席。甘蔗是削净了皮，挺像切香肠那样切成斜片儿，洒儿滴大红水儿沾沾喜。所有这些喜果子，但凡能一片片、一瓣瓣叠摞起来的，总都花上不知多大工夫，砌砖墙一般叠成个大半尺高矮的尖塔。上菜的伙计也得个功夫，连手带腕到胳膊肘儿，一边托上个三四盘儿，穿梭儿飞跑不兴一粒一片儿撒到地上。

碰上这哑巴秸，一吆呼就都顺势儿歇口气，连叶带裤儿撕个光，按节骨儿照蜷起的膊勒盖儿上一搙就是一截儿，一搙就是一截儿，一人捽住一截儿，拿门牙撕净篾皮，一个个歪着脑袋啃啃嚼嚼，唖得噬噬呵呵的，看上去倒像闹牙疼。腮帮子撑得鼓鼓的，也像牙疼上火肿成那样儿。

碰巧碰不巧儿又还有一号儿不生穗子的高粱，梢子上挑一柱比蒲棒小些的玩意儿，外表白粉粉的微似菌子，里头紧裹住一包子墨黑墨黑略含潮气的粗面子，大伙儿叫它"乌麦"，只须还未熟得裂散开来，就可掰下来吃着玩儿。甜丝丝儿、面墩墩儿、又有些沙哩哩儿，倒也有那么点儿滋味儿。只是宁可嫩一些才上口，过老了就同炒面一般样儿，又像白煮蛋蛋黄儿，干得噎死老奶奶。

再还有臭小小子干的好事儿，净挑粗实打直的粱秆儿，先把叶子从上到下打掉，连叶裤儿也一一剥个精光，只落薄薄一层白酿儿的淡青青光溜儿秆子，下一步就拿牙齿咬那上面啃出花纹儿，乐意啃个啥花样儿就啃个啥花样儿——要能单用两边儿虎牙尖尖儿下口啃才更得劲儿。可这将将啃过的牙痕儿并看不大出来是个甚么玩意儿，单等一夜过来，打了露水，又晒上一晌午老阳儿，所有牙痕儿可就通通变成血红血红的条条绺绺，有的是打弯弯儿荷叶边儿、尖来尖去的狗牙边儿一类的花纹；有的是环着高粱秆儿啃个螺丝转儿——那得扭住身子，牙啃在秆儿上，再绕着秆儿转转游儿，够多辛苦！这以外还有的好生细心又好有耐心，牙痕儿竟能竖也成行、斜也成行，织成网络那么样又密又齐正。淡青秆儿画上这么些红花纹儿，怎样摩弄也色气一点儿都不褪，喜欢舞枪弄棒儿的臭小小子就好二天捱回去，斩头去尾剁个两头齐，正合手耍他的孙猴子金箍狼牙棒，时新的就该夸口使的是义和拳齐眉棍。

高粱秆儿经这么一捯饬，顶上穗子才灌浆，那算一粒粒全瞎了。一棵两棵糟蹋了敢是没甚么大碍，可摆弄这个买卖三儿，总不止一两个顽童；谁家高粱发个儿发得旺，谁家合该倒个小楣，一窝小鬼头儿和在一道儿，拱进蒸笼一般的高粱地里也不怕热，赛赛看谁啃出来的花纹儿又俏又出功夫。一个臭小小子摆弄上三两株，十个臭小小子那就糟蹋一大片。獾狗子夜里出来偷啃高粱穗子、玉米棒子，拿手的本事就是凭它上百斤矮巴墩墩的胖头头，硬骑硬压给高粱秆儿或玉米秆儿推倒下来，按到地上啃穗子啃个半落糊渣，再去硬骑硬压别的一株，一糟蹋就是一大片；可兴许那还比不上这帮臭小小子作的孽大。

哥们儿仨蹲在地边儿上歪头啃哑巴秸，打这进去三两步，便是一大片给啃了秆儿的高粱棵子，满地尽是打下的叶子。将才大约莫着数了数，插七插八总也三四十棵，待会儿只好拔了家去喂牲口。嗣仁倒还腾得出嘴来骂人："日他祖亡人，该这伙小龟秧子白啃半天了！"那样狠狠地嚼嚼哑哑哑巴秸，正就像是狠狠地在那儿嚼人；狠狠呸掉一大口渣子，也正合毒口啐人那副狠相。手上水渍渍给啃光篾皮的哑巴秸，白白净净的瓤子却叫脏手给抹得上面尽是灰绺子。

打秋叶子这个活儿，怕那叶子汁多多少少染上身，干了就绺绺道道黑迹子洗不掉，白布沾上就很显，这哥们儿仨都穿的是青的蓝的小

粮草　　231

裆裤，可真又吸热、又吃汗，上下身儿全都湿得挂溚溚儿像打水里才爬上来，拧一拧准能拧满一小龙盆子水。

嗣仁唼完了一截儿哑巴秸，又再唼另一截儿，自在得唉声叹气："也别说，日他！这个天儿啊，哏！真叫人浑身发软老雀硬……"嘴里有得嚼谷儿也不肯闲着，似之乎要不时不时地嘟嘟骂骂撒撒村，就算不得是个汉子。

嗣义不像他老大泼皮；人生得腼觍懒言语儿，又一心要学我父嘴上干干净净，冷瞅瞅他老大半天，没搭那个碴儿。

我父敢也是装没听见，蹲在一旁瞧这挨肩儿胞弟兄俩儿。真是俗话说的，"一母生出九等人，十个指头有长短"，打这唼哑巴秸上也就看得出谁会过日子，谁不会过日子。

哑巴秸是我父碰上的，清理干净了叶子裤子，硬是擓成九截儿，不光是一人分三截儿正正好，长短也搭配得很公平。靠根愈近是节骨愈短，节骨愈短是味道愈甜。这嗣义跟我父性情相近，不用斟酌就顺手先挑节儿的来唼，嗣仁可正相反。要说这就注定了这一生一个是苦尽甘来、一个是甘尽苦来，怕也不焊定；可眼前这就现鼻现眼，甜的留在后头，嘴里只有愈来愈是滋味儿总没错儿，多少有个算计罢？有道是"算盘不打一世穷"，会不会过日子打这小地方还是看得出来。无怪李府二老爹凭他那样子少见的通达知命，这上头仍像看不开，老是免不了要嘀咕嘀咕这个嗣仁，老是要烦心这个相貌身架最肖自个儿，却恰恰人品眼光不肖自个儿的大儿子。

唼着哑巴秸，闲看那半边打过叶子的高粱地，一根根秆子清清爽爽，无牵无扯地直立着，恰才拿水洗过一般的干净，倒像个妇道人把那披头散发一副邋遢相，梳理刀尺了一番，寡寡净净这才受看。

瞧着这片庄稼比周遭地邻谁家的都壮实，我父就不能不服李府二老爹务农务得比谁都有为有守，更还有品有眼力。

李府二老爹置地尽置的是薄沙田，可下肥又比谁家都舍得。像这般杂粮粗贱庄稼，家家户户都用的家下出的沃圾，坑里沤久一些，沤黑糊一些就不错了；至不济再买批油坊打过豆油的豆饼，打过大槽香油的芝麻饼或晃过香油的干麻屎，砍巴砍巴丢进坑里一道儿泡泡沤沤，也就挺对得起庄稼，也对得起那块地了。李府却总是猛下大粪，不少过小麦大麦。

　　大粪得城上粪场花大钱买来。收一场大粪也像回大事儿，忙个三两天那是常有。粗拉条编的大箅篮，一装就是两三百斤，一车又一车，前拉后推，一天来回十趟八趟都有过。

　　头两年我父乍乍的还弄不来这买卖儿，尽管都是羼进灶灰晒干的硬硬小土块儿，不像鲜粪那么刺鼻，可到底不是一车子馍儿罢。干啥活儿，我父向来都不兴避重就轻躲滑儿，唯独这份儿活儿，能拉车就老着脸拉，哪怕倾着腰身使死劲儿使得手够到地都情愿。推起车来可就不是滋味儿了，满腾腾一大箅篮好货色，顶到鼻子跟前不到一尺远，一趟下来，饭也不要吃了，黑了歪到铺上还鼻孔里塞的尽是那股子气道，熏得人睡不着，睡着了梦见一口接一口吨大粪，吨的还都是鲜的，像吨大紫地瓜，挺噎人。

　　这两年才算家常多了。大粪不是打城上推回来就倒进田里，还得摊匀了满满一场，好日头再晒个两三天，一日里总得木铦翻它五六回才晒得透，就是腾得出手来也不兴捂住鼻子十沾儿罢。接下来得套上石滚子，赶着牲口一圈重一圈慢慢压个稀碎。也得一个长半天的工，压压翻翻，碾成细末子，挑下湖去，一趟趟盛进量粮食斗子，一手搂在怀里，宝贝一样儿，一手一把把抓来漫空撒开，不这样就下肥下不匀净。

　　啥事儿但凡习以为常了，便没啥干不来。人家开粪场的还不是摊满一场鲜粪，捧着碗炸汤面条，蹲到一边儿唿噜正紧，香得很呢不是？钱呐，抱着一斗子钱这么撒，能不疼惜？也倒闻得出粪香了不是？加上念到李二老爹那么疼庄稼，这可是捧着上好饭菜来请庄稼的客不是？……

照我父揣摩李府二老爹那个心窟，总觉这么舍得下肥意思不在收成——对直了算算，下的恁大本钱本来就不上算罢，我父真相信这位李二老爹是不忍心对待粗贱庄稼随便打发，凑合点儿沃圾下下肥就算了。仁心到得这个地步，庄稼都无分贵贱，对人那就更是不用说了。

疼惜庄稼还不只这，逢上要锄二遍留苗时节，这位李二老爹也总不忘提醒一声，不问是小秋秋高粱，还是大秋秋玉米，留间儿就要留上个尺把远，要让庄稼长得宽松自在，别受委屈。别人家可株株之间顶多留个七八寸。要不是害怕太挤了，卡得棵棵细腿拉秧儿只顾朝天拔高，横里发不开身儿，籽粒就要结得又小又少，那可恨不能密像木梳篦子才趁心。

可"饭不白吃，粪不白施"，李府不问种啥庄稼，不只强过地邻，左近几个庄子数遍了，怕也没谁家比得上。不知情的过路人，会说这家人家要发旺；知情的老熟人，也明知李府怎么长、怎么短，可就是舍不得疼庄稼疼到这样个地步。

放眼观看庄稼给照顾得这么漂漂亮亮，着实够心满意足。想必眼见儿孙个个体面成材，约莫也就是这样子又舒坦又得意罢。下肥下得足，留苗留得宽敞，光看眼前是真的不大上算，非要等到收成了，也才见得真章儿。

高粱这种庄稼，本就顶填还人不过，从头到根没半点儿屈费。像李府这样服事出来的庄稼，填还人这上头可更加一等。秆儿粗实又高出人家尺把，卖秋稽价钱又俏又抢手，买主多是买了去盖房子，做笆墙心儿，舍不得当烧草；就拿咱们家灶房笆墙跟篱笆帐子院墙来说，敢都是用的李府上秋秸，三四年过来还那么齐整，敢说一根儿断头都没有。就算是当烧草，也顶得上豆秆那么熬火。叶子又肥又厚，草箇子往那儿一搁，一眼就瞧出来与众不同，牲口敢是又喜欢又添膘。穗子也是那么壮实，结的籽粒又多又大，一棵穗子跟上人家一棵半，打过籽粒便是上好的扫帚梢子，扎笤帚、刷锅刷碗的刷把子，也都比人家的又大又经用。再还有梢上结穗子的那一节儿，叫作秫秸莛子，总都长过人家上尺，用处就更多了，撤下的篾子打凉席，那算是头等细货、芦席、灯草席、竹席、蒲席，没哪比得上这秫篾席光滑凉快，精细漂亮；不满两尺长的莛子，席行可是不收，白送也没人要。李府秫秸莛子总都足有三尺还长，席行收货敢是上好价钱；便是自家钉锅拍子上市去卖，少见这种连三尺大甑锅都足够盖的货色，锅拍子挑去赶集，才到集口就给拦下来，来不及还价就抢到手，三五十张眨眨眼儿工夫卖个光光。

那是拿穿针麻线把这秫秸莛子一根一根横串成约莫见方的帘子，两面帘子一直一横合贴起来，再拿穿针麻线牢牢钉上一圈儿，钉成指半厚的板子，抵得上这么厚的木板子一般硬强，只是轻便多了。这样子一块不成形的板子，周边敢是横的竖的、长些短些的参差不齐整，末了一道活儿便是修成块圆板子，当中间儿插根上鞋底的针锥，拿麻线套住，另一头套个快削刀，就看板子大小扯紧麻线，就这么切上一整圈儿，敢就切成一面溜溜儿圆的板子。

这家什不管乡下还是城上，家家户户都少不了它，用处可多了，不光是做锅盖儿，拿来摆饺子、摆汤圆、面条、馄饨、猫耳朵……光面儿一点也不粘面，洗刷起来也方便，再好也没有了。而外也啥都用得着它，盖水缸、面缸、腌菜缸，摊在上面晒个甚么细缓物，收干晾湿的端进端出也都挺轻便。粮食店、豆腐铺、豆芽小贩儿，就是庄户人家，莫不是拿它拣豆子、选豆种，不用下手一粒粒数着挑，只须摊到这个表面儿尽是一道道滑溜溜儿直沟的锅拍子上，面儿稍斜一些，

粮草　235

轻轻地颠颠抖抖，滚圆饱实的大颗豆粒儿就争先恐后纷纷滚下去，瘪的、烂的、虫噬空了的，便都愣在拍子上。用这个法子快得很，抵得上三五双手数着挑挑择择，也省得弯腰驼背磨弄上老半天，眼也瞅花了，腰脊也累酸了。

这钉锅拍子，我父一学就会，钉不几张便精到得很，让李府二老爹给夸奖成一等一的好手艺。

要紧还是到了我父手上创出了新方儿。人家一代一代传下来的都是那么一套，我父嫌那样穿针麻线硬串一根根秫秸莛子，一是太吃力，二是挺伤手，三是老把莛子撑裂了缝儿，日后很快就打那裂缝儿先断掉，四是麻线穿透过去，拉呀拉的，拉过刀口一般锋快的莛子篾皮，一刮再刮，串不到一半儿麻线早就起了毛，伤了线股子，串到末后那麻线眼看就刮成麻苤子，要断不断地凑合，日后也是很快便先打那里断了线散掉，补都难补。

对这些毛病，我父凭他拿这秫秸莛子配上竹签儿做鸟笼磨来的功夫（那也是我父独自个儿琢磨出来的，从来也没谁拿这材料做鸟笼），但凡莛子秆上要拿穿针麻线戳透过的两边，先用削刀割个小口儿，割断篾皮纵丝丝儿再下针，这样便所有那四大毛病全都免去了，下针一点儿也不吃力，敢也伤不到手、累不到指头，莛子管保不裂，麻线直到末了也还是全全和和的双股子线儿，拉不毛。

李府二老爹不是只顾夸奖就说了羼假的虚话，凭他李二老爹老手艺，也转回头来学我父，还咂着嘴儿称赞："看是多费了一道手脚，可照老方儿，戳一针得顶针子硬抵，歪来歪去歪上老半天，拉麻线也是嗤喇嗤喇的拉上老半天，莛子上这一割个小口儿，真叫又省工夫又省劲儿，做起来快当多了，使唤起来又耐久经用，真个没话说。"不由得翘起大拇指头晃了又晃，直捺到我父高鼻梁儿上："行！一等一脑瓜子，一等一绝招儿手艺，将后来用不着吃死力气饭！"

也是瞧着恁长的秫秸莛子打心里就欢喜,遇上农闲,除了早晚把三大砂缸挑满了水,整天可都守着旱磨盘那里——好天就蹲到老阳地里去摆弄,一天里钉个六七张锅拍子,一冬过来,一张落一张,两三落顶到屋笆那么高。凑上年根岁底上个城、赶个集儿,哥们儿三四副挑子,哼哈哼哈儿,一路热热闹闹乐和着,好天气跟上小阳春。讲定了卖来的钱里提个两成吃喝,辣汤肉包子伍的,撑死了也一人花不上二十文小钱儿,可是一顿吃热喝辣,过个小年儿一般的好犒食。

这跟挑秫秸上城去卖草,敢是另码子事儿。俗话说得对,"千里不贩粗",一挑子就算两百斤,好价钱也常不到五百文,上城不过三五里路,光是卖力气也赚钱,柴火算白送了。挑秫秸又比啥草料都苦,一头十捆八捆秫秸箇子,各码成一大捆,根子在前梢子在后,扁担两头插进捆丛子里,挑起来也还是后半段儿拖在地上,两边高过头,路两旁啥也看不到,人像卡在窄窄一条小巷口子里。扁担又大半担在后脖儿颈上,硬碰硬地压死了人,又还换不得肩,真够累人!

可烧料里头,除了木柴,这小秫秸还是最受城里人家喜欢,齐整又干净——不像麦穰子、秆草、豆秧子,乱糟糟到处撒草。秫秸好生火,省草也是一。乡下嫌卖草不上算,城上可又嫌烧料精贵,比不得乡下泼实,家前屋后顺手耙耙搂搂就够烧上几天。城里人家除非乡下有地,单靠论斤秤着买草,那可烧的是钱——又不是冥钱,哪是烧的草!

一回我父卖草卖到一家人家,把草箇子送进灶房里,只见烧锅的妇道人,手里攥住三两根秫秸伸进灶里烧,倾头瞅住灶门里,一看就知道是让火头儿对准了锅脐子燎儿。省草省到那么个地步,瞧着挺可怜人。回来跟大伙儿说:"那哪是烧锅,理着鸟枪瞄准了打鸟罢。"惹得李府一大家子听了都笑。大美姑娘也在一旁,笑得猛折下腰儿,像冲我父打个深躬儿施礼来着:"真是的!俺大哥不出口就罢,出口撩人笑死!"脸盘儿可都憋红了。

我父也止不住红了脸儿,心里好生受用。家来又讲一遍,连祖母也没防着,差点儿给饭呛住,擦着嘴噌过来:"嘴头子上积点儿德罢,别学那么刻薄!"可祖父一见祖母难得对我父这样好颜色,话头儿上又有机可乘,便顺竿儿爬:"看罢,住到城上去,一日三餐都得理起鸟枪儿打鸟,也不知道日子好过还是不好过……"算是祖母心绪好,没变脸,明知是调侃她老迷着要住到城里去,只啐了一声,愣愣才说:"那还不好?餐餐都有野味儿尝呗!"

打完了高粱叶子,就该翻地瓜秧儿了。

这当地是地瓜叫红芋,过了河东又叫白芋。红芋白芋都跟色气无干。按色气分,倒是可分四种,一是大紫红芋,个儿不大,可生得结实,煮熟了还是含点蓝尾子的紫红色,面得很,像煮栗子,噎人,只为个儿不大又结得少,下母籽时只下少些,当细粮吃。一是肉色红芋,一是白红芋,都差不多质料儿,结得又大又多,不似大紫红芋那个面法儿,可甜得很,吹糖人儿的糖稀、做牛皮糖、猪脚糖,都是这两种地瓜熬炼出来。还有一种洋红芋,白皮儿、白瓤儿,水汲汲的不大甜,也不大面,味道上没点儿可取,就只图它个儿大,又能结得很,打算多喂几头猪的话,就多种一些。

我父曾托祖父请教过洋人,人家可专吃洋芋,都还是打青岛运过来,压根没地瓜这玩意儿。怎么打听,也没谁清楚这洋红芋是打哪儿传来的种,不像近几年来兴起来的大花生,叫明了美国种。我父凡事好琢磨个道理,琢磨不出,只好瞎诌点儿甚么哄哄自个儿,因就想到遮不住是冲它挺像洋鬼子那么样的愣大个儿,才叫它洋红芋。

瞎诌是瞎诌,说来也还是有苗有母。城上教会有对美国姐弟俩儿,都是为上帝传道,定意不婚不嫁。有些教友调皮,背地里都不称梅牧师、梅姑娘,弟弟是梅大愣、姐姐梅大腚——可真绝了,真的是一个愣头愣脑的愣大个儿，一个屁股像座山，姐弟俩可地地道道的一对洋红芋。

这地瓜本也是挺省心、挺泼实的粗贱庄稼，清明下母籽，把地窖子里生了芽的留种地瓜起出来，栽进园子里，到得夏至前后，约莫三个月工夫，根根秧子阤地足有丈把长，一截截儿剪成半尺长短，栽进犁高的土垄子里，每尺把远一棵，此后翻两回秧子，耨耨草，四个来月光景，霜降前后就好收成了。怕就是怕栽秧时节缺雨水，新秧子一天晒下来准蔫掉，再晒一天便准死无疑。水太艰难，浇水保苗万万做不到，只有"搦土老爷"，棵棵秧子都拢起两旁的松土给盖住，再搦搦紧。人得蹲在垄沟里横着挪，一棵一棵去搦土，抢在老阳没出前就统统干完，土垄上不见绿秧，尽是一坨坨小土堆，是有点像一尊尊土地爷。晚上老阳下山，再把这些小土堆一一扒开，好让秧子打打露水。这样子总得三四天的工夫，天一麻花亮儿，合家老小空着肚子下湖去搦土老爷；傍晚儿再合家老小来不及晚饭，一律下湖去扒土老爷。费事劳神就尽在这上头，真够折腾人。

俗话说的"有钱难买五月旱，六月连阴吃饱饭"，我父是又讲实在又下心，两年下来也就认出来，五月里跟老天要太阳，真正还是四月下半个月，五月上半个月，一来要收油菜籽、蚕豆和两麦，都得好太阳；二来是大小秋秋、大豆、花生、棉花、西瓜小瓜，莫不这个时节锄草，天旱些才功夫不白费。轮到五月底到八月，跟老天要雨，倒是单为这地瓜一头庄稼了。

"水滴聚满盆，俗语成学问"，别说庄稼汉无知无识，可谁都是鼓鼓一肚子的俗语，就凭这些俗语行事，很少有差错；还不光是按时行令服事庄稼，人情世故，做人处事，也莫不靠这应口而出整套的俗语。可我父还是自个儿拿实情来一一对证；不是存心信不过，是想更实在，别老话怎说就怎是。像"五月要旱，六月要雨"这句俗语，我父就觉出要按实情的话,把月份改成节气,"有钱难买小满芒种旱,夏至小暑连阴吃饱饭"才来得准,碰上闰月也没出入。还有,要不嫌句儿拉得太长,"吃饱饭"改成"红芋大似坛",或许才合适——就只地瓜要雨不是?不过,后来一再品索,不改也罢,按照庄户人家口省肚搦过日子看来,无分贫富,莫不是尽量吃杂粮,能不动主粮就不动主粮,"积谷防贱"都是从这上头来省。有个说儿,乡下人是"八个月红芋,三个月番瓜"——这番瓜是朝北去叫北瓜,南方人则叫南瓜。照那么算来,一年当中,只才一个月吃主粮就打发了。红芋敢是常川里当饭吃了,"吃饱饭"该还是有道理。

起先我父也不大信甚么"八个月红芋",算算看,九月中收红芋,下窖子过冬,免得冻了瓤儿煮不烂。过过年正二月,这红芋一鼓芽儿,瓤子就长了瘩块一样的硬了心,吃起来也水汲汲的不甜也不面,比洋红芋还难入口,吃了也不压饿。这样便连前带后顶多有五个月红芋可吃,怎说八个月?

咱们家这四口人,到底大半都还是城里人家习性,地瓜从来只当点心,吃吃好玩儿,顶多粥里下个几截儿,且都是细细致致削了皮,头尾有细筋也给斩掉,吃起来当稀罕物儿。地瓜来路多是左邻右舍挑那俏刮些的送一筐半筥子,祖母总拿麻绳儿拴成串串儿,吊到屋檐底下风风干,火炉上烘烘熟,外表焦了皮儿,内里一包稀瓤儿,一头啃开个口儿,就能一口口吸吸咂咂,剩个空皮囊儿,就别说有多甜,能把人齁死。再不就切成片儿,裹了打进鸡蛋去的面糊,拿油炸它个黄皮酥壳儿,里面又沙又面,一点也不输给茶食果子。祖母可就是喜欢捯饬这些个伺候嘴儿不伺候肚子的玩意儿,算是白住在乡下却跟乡情离着一大截子。

我父是要到李府拉雇工,才晓得春夏两季带上半个秋,但凡吃稀的,十有八九都是汤汤水水儿煮上一大锅的地瓜干儿,勾个糊子、糁子伍的,倒也挺可口,一咬里头夹层干面儿,比鲜地瓜压饿多了。这么一算,没鲜红芋时节就红芋干子当饭,可又不只"八个月红芋"了。除此而外,况还把鲜地瓜斩碎晒干,上旱磨研面,羼点儿麦面蒸出黑馍馍,甜甜的、宣宣的,不就菜也一口气撑个饱。又或下水磨研成糊子,搅搅拌拌,澄成白白漂漂粉子,晒成干块儿,跟绿豆粉子分不出上下,随吃随拿水化了做粉条儿、粉皮儿、包角子,都是可口好菜,只不如绿豆粉条儿那么经熬有筋道。

这么一算,庄户人家的吃粮里,别说跟高粱比,便是把小麦、大麦、玉米、小米、绿豆、浆豆,统统都算上,没哪个能像地瓜占的分量重。可就一点不主贵,照庄稼人说,"红芋薄地",种过红芋的田,地力会给拔得净尽,二年不下大肥,别想还能种别的庄稼。也唯独地瓜不问生的熟的烂的,坏了倒掉却千万不可倒进田地,倒进沃圾坑里沤沃圾也千万不行。好在李府舍得下肥,不单地瓜收成强过人家,自也不怕它薄了地。

时令到这中伏天,地瓜秧子就该陁有四五尺长了,漫过一条土垄又一条土垄。说这地瓜贱罢,也真够贱,秧子蔓到哪里就哪里生根,由着它一路生根扎进土里结地瓜的话,结出来的只有指头大小那么几根,老筋盘头根本吃不得;可土垄里老根儿也因分了力,结得又小又少。既这么着,只有不让这陁长了的秧子到处生根,一个大暑、一个处暑,前后两遍翻红芋秧子,使唤一人多高的细棍了,贴着垄沟平探过去,试着一点点撬起来——太猛会把秧子拦腰撬断。待把根根秧子生的浅根挑出了土,这样还不算,得趁势儿扬起来,打左翻到右,或打右翻到左,总是要它那些须根儿离地远一些。这也是又得细心、又得使巧劲儿也使力气的苦活儿。

好在地瓜收成时节,约莫霜降前后,地里差不多没别的活儿了;小麦、蚕豆下过了种,绿豆、芝麻也刚进了仓,田里只剩棉柴还没拔回来。收成地瓜也算是一年里末了一桩活儿，往后便有四五个月农闲，家里家根儿零碎活儿，敢都是不紧不赶，不受风飕日晒，只摆弄些庄户人家手艺；除了打草帽辫子、钉锅拍子、如外也还不少，打麦秸苫、麦秸笼头、麦秸囤子、麦秸焐子、搓麻绳、蔺绳、玉米缨子火绳、拿高粱穗子扎笤帚、刷把子、拿棒子软荙皮跟麦秸编蒲团、蒲垫、蒲墩子、编拉条箅篮、架筐、挎篮、箕子……本都是家常使唤的家什，哪用那么多，挑上城或挑去赶集，都是钱——要想好价钱，那就看材料跟手艺了。李府的上等材料，我父又件件精通、精到、精细，又多有独创的好手艺，敢都没话说。

起初李府二老爹没好说找我父打长工，只跟祖父祖母打商量："人家城上开店作铺子的招学徒去学生意、学手艺，俺这是庄户人家来招大侄子做学徒、学庄稼。别看种地汉干的是出死力气粗活，真正要把庄稼摆弄精到，可还是要心思。俺大侄子要力气有力气，要心思有心思，俗说'衙门钱，一阵烟儿。生意钱，六十年儿。种地钱，万万年'，就算日后不吃这行饭，也一技在身不求人。再说罢，将后来置地当老板，自个儿种敢是要在行，就是给作户种，也不能太外行……"这三四年过来，我父这边是拜师拜对了人，李府二老爹也没看错人。半路出家学种地，比打小儿就摸弄庄稼的嗣仁弟兄伙儿还出活儿，还种地种得有心塵，有长进，顶得意的莫过李府二老爹了。

当初那么商量的工夫，祖父除了觉着挺委屈了我父，倒还算洒脱，无好无不好地谢过李二老爹提拔。祖母可不然，说着说着眼泪一把、濞子一把；那倒未必是疼惜我父行业上头就此订了终身，伤心的还是弥阴县大片祖产给族戚讹了去——约莫两三顷地，只剩祖陵不到十亩还算是在曾祖名下。故此一提到日后置地做老板，祖母就止不住簌簌簌的泪如雨下，泣不成声："……弄得今天要仗种地为生，咱们也不是原本没田没地人家，怎该落到这步田地！别怪咱骂人，'人无良心——'"祖父怕那下面骂出难听的,忙笑道:"要怪也怪东洋小鬼儿罢——交给上天去'复仇在我,我必报应'不是?"

祖母怨是怨的弥阴县那般族人老戚。

从太祖闯关东,尽管发到辽东数得着的首富,只有一点不单我父不懂,祖父也都不解——那就是三代下来,都不曾在关东置过恒产。

太祖之所以未置田亩,倒可以寻出勉强说得通的一两点道理,一是单打独斗初闯关东,能把马栈赤手空拳创出那么个局面,想来已实实地不易,兴许也就没有多少余情余力求田问舍了——可也还是在祖籍老家弥阴县置下几十亩陵地,托付老亲世谊以田地所出,代为照顾父祖坟茔祭扫,也是为自个儿终老归乡或身后归葬预为安排退路。二是推算那个世代,时当嘉庆年间,朝廷尚不准关内汉人跑去旗人祖源的关东开荒屯垦,田地买卖也敢是不许。

可到得高祖创起天日制盐,拥地数顷,虽属租赁,且为海滩盐田,总还是土地有得交易了,却仍只在祖籍老家置地,也仍为陵地之属,不图指靠它生息甚么——当然也是为的太祖归葬,遂又多置了百余亩陵地。待至高祖也葬回了祖陵,曾祖也便照例又在祖籍置有百亩陵地。只有曾祖横死,依元配大曾祖母主意,落葬普兰店田宅之地,算是没有再在关内老家续置养陵的田亩。

这样子三代下来,总共在祖籍拥田两三百亩,从来不曾收过一粒粮食、根草料,也从来不曾交代后人究有多少田亩。儿孙至多也仅知隔一片渤海,对岸老家有那么个老根儿,从来从来没谁放在心上,或是见过田契地约,也没谁算计过就算是皇陵罢,也无须两三百亩那么大的地面儿;顶多不过一直都挺放心,隔海的数代祖茔总不会无人修葺祭扫,以至荒失。像我祖父,偶尔跟青泥洼的大祖父、普兰店的三祖父相聚,兴头起来也曾商量过,哪年挑个清明节、或趁迁葬曾祖父,同回祖籍地去看看。可大祖父始终脱不开身,大曾祖母年事高了,

粮草　　243

三祖父全神顶住盐田那么大的买卖，也是难上加难的走不开，只有我祖父，上有二曾祖母撑住槽坊，一无牵绊，也进过关、上过京，见过世面，哪儿都能说去就去。可每回弟兄伫儿这么一时兴起的商量，总只合是瞎发狠的一场空话。不过我祖父还是比一兄一弟多少有个真心实意，也从去过老家的大曾祖母那里得知祖陵所在，要不然，弥阴再小也是个县地，哪儿去找咱们华家祖陵；弄不好就两相断绝个干干净净了。

总归是咱们华家累积三代的关东三片家业，一应尽是浮产。恒产则只有关内老家二三顷祖陵地罢了。

马栈和槽坊不说，一场席卷千百里的烽火狼烟，地面儿上一光，地面儿下便也啥都不存。就算光秃秃一片废墟的那两块地面儿谁也搬不走，可就有人把它占了走。霸占的人不是贪赃枉法的官家，不是强横霸道的恶绅地痞——咱们辽东首富没有势，可有财；有财也不怕搬不动势。要真是贪官污吏、恶绅地痞，还真没那个胆儿敢动咱们华家；纵有那个胆儿，也经不住咱们硬拿银子砸倒他。莫可奈何的还在霸占咱们家业的人，都不是人，都是东洋小矮鬼子，就连数顷盐田也一下子都给圈了去，派有重兵把守，划归它小日本儿，三四百口盐工拖家带眷一个也没逃出来。官家盐场就更别提了。

这样子看来，倒又好像咱们闯关东的那三代先人早就未卜先知，认定关东终要丢掉给外国鬼子，因才只发浮产，不置恒产；置了恒产也在所难保，终归还是替人家置的；也因才把老根儿扎到关内老家里来。

可咱们老祖宗果有上百年眼光么？要说有意扎老根儿，那就顶顶真真当回正事儿来办罢，却又不像有那个存心，也从没把关内的田地祖传父、父传子、子传孙，一路叮嘱下来。

只为这样子，才落得那么惨。待到人亡家破，关东大片江山，竟无咱们华家立锥之地——真是"驴驮钥匙马驮锁，经不住两条人命一把火"，逼得咱们祖父领着妻儿进关投奔老家，打算先站站稳脚步，有个老根儿，再设法打探关东家人家业续有个甚么下落，再从长计议怎么个善后，又怎么个长久之计。不料一翻两瞪眼，老家老家，牢牢靠靠的祖产，竟然只落得九亩六分遍植老松的祖陵地，再无片土是在三代先人或咱们后人哪一个名下。人家田契地约齐齐备备攥在手里，你华延吉空空俩手，无凭无据，跑来继谁家祖产？

那真是呼天不应，叫地不灵，皇天后土跟谁投诉，跟谁申告这个深冤？

两三百亩田产，居然也就不声不响、没吵没闹地那么断送了。那跟朝廷窝窝囊囊把他旗人祖先发迹的江山拱手割给外国没啥两样儿，一般的都是瘟败类儿孙。

祖母把这笔今世讨不回来的阎王债，全都算在弥阴县一个也不认识的那辈老亲世谊头上，敢也是对，敢也是不对；不是东洋小矮鬼子把关东打了去，又何至于投奔这从没理会过、只是模模糊糊知道有那么一片祖产的老家来？又何至于弄得咱们这元房四口走投无路，落到这步田地！

总还算凑合来一挂独轮儿小土车，有限那么一点儿随身带进关来的细软银钱，就此上路，与老家断念绝情，也不知该当作何去向。祖父给祖陵磕上三个响头，告罪不孝，临出县界，再回头给弥阴县下跪，狠狠磕个头，跺跺鞋上酽土儿，发誓来日不混上个有脸有光，再也无颜来见先人祖宗。

如今我父常来品索这前前后后，归根结底也只觉都是天意。若不拿天意来衡情夺理，关东有关东的家业，祖籍有祖籍的田产，却怎该跑来这里举目无亲，人生地不熟的外乡，玩儿大粪玩儿出香头来？

地瓜秧子一翻一大篷，趁住巧劲儿挑飞起来，一扬便是滔天的大

粮草

浪花，一扬便是滔天的大浪花，迎着才爬上地面儿那一轮金红金红的大日头。

但凡天意，无一不好。"小子要闯，姑娘要浪"。沈家大美有一回洗头让我父看到，许久总是眼前无端地一飞一飞扬起遮天的黑浪花，青泥洼外海老虎滩上每起大潮，便涌起滔天的嶕岩大浪花，一篷一篷的，昼夜不息……

要不是天意，哪来的甚么好闯！不败家就已算是孝子贤孙了。

天子下殿走

棉花炸包吐丝，庄户人家赶收棉包这段时节，到处都在盛传洋人打下了北京城，皇上跟太后跑反逃走，到今下落不明。

没人相信，可人心惶惶，人人听了就传，直像使徒保罗书信所言，"不传福音有祸了"，一个个赛着传，唯恐落到人后，传慢了有祸。还又挺有意思，尽管自个儿不相信，却死七活八地要人家相信，不惜加油添醋，尽量讲得活真活现，也不忘交代来处有多可靠。不过相不相信，不在洋人打不打得下北京城，也不在稳坐金銮殿的皇上跟太后用不用得着跑反。"十里路，无真信"，北京离这里千把两千里，越发有理儿不去信以为真了。

依我祖父细察人心看来，这样子的不轻信谣传，也未必就可视为"谣诼止于智者"。人心还是挺软弱又挺诡诈，不相信，是害怕噩耗成真；若是桩大喜信息，却又怕那谣传成假，狗咬尿泡——瞎欢喜一通。这就不如管它是报喜还是报忧，先来个统统不相信，留待来日应验再说，兴许噩耗成伪，也不定喜信儿成真。

谣传声中，教会似乎也关心起来，老跟闻弟兄打听报册来了没有。可一经碰面，涂稼农执事那副喜形于色的神气，却叫我祖父错愕，原来只为的是"果真属实的话，卜牧师他几位风快就该回来了"；且还可喜的不止于此，这涂执事眼光也挺远大："果真闹到那么大，城下盟一定给俺教会大有帮助，感谢神借这大事，兴旺神的教会……"

这真叫我祖父一愣一愣的搭不上话，不禁在祷告里问主："教会跟民心可以这样恰恰反着来么？"尽管光绪帝只能是个无用的好人，又尽管西太后"惟辟作福，惟辟作威，惟辟玉食"，民心颇有"时日曷丧"之愤，可当真拿这个去换来洋人烧杀抢掠不成？拿千万生灵涂炭去换来教会兴旺不成？逃去烟台的西人牧师教士回不回来也要拿城下之盟去跪求不成？……涂稼农执事的小人得志，兴许不值一顾，只是难保教会中不单他涂执事一人作如是想。

教会是上帝在地上设立国度，没错儿。凡在主内的弟兄姊妹不分西人国人，均属上帝国度里的子民，也没错儿。然则，在上帝国度里，可以不分中国人、外国人，可以相忘各自属国，只是兴师动众打进人家国度来的洋人，怎该就是替天行道？怎该凡是洋人统统都是上帝国度里的子民？中国人非得入教才算入了上帝国度，其余几万万人便都不是？合该给上帝国度派来的子民使用快枪快炮来烧杀抢掠，这般洋卒洋将难道都是慈爱的上帝国度的"基督亲兵"不成？就像当年约书亚带领以色列人过约旦河，进入迦南，一城一城地杀尽耶利哥人、亚摩利人、赫人、比利洗人、希未人、迦南人、耶布斯人、革迦撒人，而且杀得鸡犬不留么？是上帝吩咐的么，也这样来杀中国人？

涂执事敢是经不住我祖父这样子驳斥，可是只能说涂执事口拙心眼儿慢，说不过我祖父罢了；那一副口服心不服的神情，也自在我祖父的意想中。教会里不乏涂稼农这一辈上帝国度的子民，哪得一个个去驳斥？人家正自庆幸压宝压中了，乐见北京城破，皇上逃命呢；正像耶利哥城那位走运的妓女喇合，也是压宝压中了，只因把约书亚派进城去的两个探子藏到房顶的麻秸里，城破之日，遂得连同其父母、弟兄、亲眷，以及所有财物，一应俱被救出城外，成为上帝国度的子

天子下殿走

民,幸灾乐祸地观赏屠城焚城。

祖父唯有祷告里质问上帝,穷究紧诘,是这样的旨意么?是这样的旨意么?……上帝是用《马太福音》七章二十二、三两节,垂示了我祖父:

>当那日必有甚多人对我说:"主啊!主啊!我们不是奉你的名传道,奉你的名赶鬼,奉你的名行许多异能么?"我就明明地告诉他们说:"我从来不认识你们。你们这些作恶的人,离我去罢!"

这真是大可畏惧的垂示,基督亲口所言,不容有些许折扣。诚然,人若私心只为一己,尽管也传道、也赶鬼、也行许多异能,竟都可以不算数儿,到时候上帝转脸无情不认你曾为他做过工,反而视之为作恶的人。当下祖父除了引以为自惕,更还悟及驳斥无益,度人要紧;如其不然,终生碌碌,出入教堂,末了落得个作恶的人,为主所摒弃,天上人间,悲惨冤枉莫甚于此。

等候《直报》《申报》,说也跷蹊,南北两报齐心会儿似的相约都不来了。过往顶多延误十几二十天,这一回眼看快上一个月了,令人纳闷儿,也不期而然颇有乱局之感。看来谣传还是比报册快得多多。

我父跟叔叔也在等报册,祖父打城上回来,弟兄俩儿像小孩儿等大人买糖、带喜果子回来,弄得祖父空空两手直跟两儿子道不是,拿好话儿哄。这天又是哥俩儿听到串铃响,天还大亮,来到庄子头上迎接,却报册影儿也不见,又是一场空儿。祖父忙拿梁武帝的一段趣事儿哄哄俩儿子,并允等会儿天黑了来看看天象。

这段趣事儿,是祖父骑在驴上念到两个儿子一定又大失所望,顶着两张干巴巴扫兴的脸子,才想出来有个打发。

正史上有载，南朝中大通六年，荧惑星行进斗宿，走走停停，前后六十天之久，梁武帝鉴此天象异常，害怕触犯了谶语，"荧惑入南斗，天子下殿走"，朕兆帝君失位或崩驾，就想出个法子破此不祥，脱掉鞋袜，赤脚下殿走上几圈儿。孰料不久闻知北朝魏孝武帝为高欢所反，逃奔长安投靠宇文泰，梁武帝不禁深为前番失态感到塌台，自嘲起来："不想他番邦拓跋氏也有命应天象——倒跟咱们汉家一般，可他拓跋修也算天子？"

叔叔到底还年幼多了，听了祖父这一讲，直笑得咯咯嘎嘎的，笑那个九五之尊的皇帝老子光一对大脚丫把子跑着打转儿，像戏台子上小丑插科打诨，歪戴冠冕，肩上斜挂玉带，提拎个龙袍前后襟儿，长脖颈一伸一搨地跑圆场儿，一圈又一圈儿，真叫逗乐子。

我父一旁可是心期着念书真好，天文地理无所不知，又还有这么多有意思的趣事儿。遂问起祖父："是不是待会儿天黑，只要见得这个荧惑星进到南斗星里，就可断定谣传皇上跑反走了？"

祖父眨了会儿眼，嘴唇不觉一再张张合合，像跟自个儿划算甚么，抬起头来说："要是爷没记错的话，这'荧惑入南斗'，天上人间倒都有个定则，每隔二百二十一二年就一回。顶早出现在史书上的是晋怀帝失位后遇害——这个皇帝小惠约莫也不知道，可提起他上人，第五世的太祖父司马懿，那就大大有名了，连乡佬大伙儿也都熟识得很，中了诸葛亮空城计的不是？下一回二百二十一年后，就是将才咱们讲的，那位吃斋念佛，盖庙讲经，让达摩祖师当面指出一无功德，末了饿死在台城的梁武帝，应验的倒是北朝魏孝武帝。再过二百二十一年，安禄山造反，轮到唐明皇了，他是懂得天象示警，天命难为，所以隐瞒住满朝文武百官，带着杨贵妃、杨国忠、皇子皇孙，闲马九百匹，天刚一矇矇亮儿，打延秋门逃走，跑去四川了。再二百二十一年，那就是南唐后主降宋。这之后，倒有两个二百二十一二年，史书上既没记荧惑星行踪,天子就是下殿走,也没应在这年份上。不过崇祯帝出走煤山上了吊,倒又应在这二百二十二年上。从那到今,光绪二十六年了——"祖父停下来掐着指头算了一阵子,算出早已超过二百二十二年,约已三十多年。祖父笑笑说:"除非罢,荧惑星不照规矩来了;又兴许皇上逃没逃走,跟这天象不搭调了;难说,天意还是难测的。"

祖父讲史讲得头头是道,慢说我父,便是叔叔也算大半熟悉那些人物和史事,却也还是一时跟不上趟儿,就像扎扎实实猛嚏一顿饱的,也吃得有滋有味,可就是还没化食儿,得像老牛一样,好生倒嚼倒嚼,才好受用。不过祖父遂又斜吊吊嘴角,笑笑地略摇了摇头,似乎在调侃自个儿,半晌儿又说:"想来这天心示警,未必都死心眼儿专拿一个异象来显灵;老吃那一道菜,上帝也倒胃了。待会儿要是果真见到荧惑星走进斗宿六星里,当然十有十成可证皇上或许真的落难,逃出京城了。可要是见不到这样子天象,也未见得就断定谣传是假的,对不对?"

祖母手扶篱笆帐子门儿,又催一回祖父跟叔叔家去吃饭。祖母心绪敢情不错,捎着点儿风情味道地招招手:"有稀罕菜呦,还不快着点儿!"剩下我父一个贴李府后场边儿上蹓跶。

菜园四周杂树林梢上,像是灯火照上去的落日余晖。我父年幼时的老毛病又犯了,一路走走,一路仰脸张望,找树梢上鸟窝儿。眼睛还是尖得很,任它枝叶多盛,鸟窝儿藏得多深,休想瞒过我父尖赛老鹰的一对利眼。

种种鸟窝儿就数黄鹂最巧最难找也最难够得到,窝儿像个小小篮子,牛毛驴毛编结的提把儿,牢牢缠在顶梢软枝头上,窝儿跟上一片桑叶大小,风过林梢儿,它可只管摇摇荡荡好生自在,再大的风也刮不掉。一棵小麦榆枝梢上便吊着那么个小提篮儿,夕照里我父一眼就瞧见了。小麦榆白白青青相间的树皮，鸽蛋那么大的一片又一片，不时这里剥落一片，那里剥落一片，小石片儿一般的又薄又干净。我父顺手抠下一片把玩着。放在年幼时，哪管它黄鹂窝儿多高多悬，不弄到手饭也不吃、觉也不睡。一回就为的够这小提篮儿，冲天榆三四丈高，人已踩到再重一点就要蹬断的细枝桠上，挣直了胳膊去扳那梢上挂着鸟窝儿的软条，只差那么一扠远，就那么小小一扠，哪肯甘心。腿比胳膊长，学着猴子伸直了腿过去，拿脚趾头去夹，更气人，斜眼儿看后去，只差半扠儿。这再换个架势儿，一只手捽住不及手脖儿粗的枝榜，一只脚跐住树桠巴，人撇成个大字，另一边手脚齐伸过去，再乘着劲儿冲那边摆，晃，死定了心今天非把这小提篮弄到手不可，手脚齐上，几度碰到了那根软枝条，可就是勾不住。真是作死作活啥都不管了，可只听喀嚓一声，脚底下的枝桠劈了，来不及收腿收胳膊，连人带枝榜直往下栽。半腰给甚么挡了一下，也没能留住人，弹了弹还是两耳生风，直掉到地上。

只好说是命不该绝，人打三四丈高掉下来，必死无疑。要是头朝下，脑袋必定不开花也撞进腔子里，成了缩头龟。万幸保住一命，说是祖上有德罢，也是；祖上让一根横枝榜半腰挡一下，算是没从树梢上对直跌下来。祖上也叫踩断的那一大蓬枝枝叶叶捽紧在手里，漫空里拉风，多多少少慢游一点儿落到地上。最关死生一线的，怕还是祖上把姥姥家的老黑呌睡在冲天榆树下；不是树下随便哪里，要对准了我父打树上栽下来，半腰儿给打横的枝榜挡了下来，末了所要落地的那里；也不是头朝下，不是两脚直直地落地，那都准会不死即残，连带地我们亲手足雁行八人全都没命；是腤肉最多的屁股着地——且用这条喂了十多年的老黑作肉垫子；老黑是救主义犬，一命换一命；临猝狠劲咬了我父一口结实的，那也是狗之常情；可那一口咬得真悬，紧靠子孙堂的大腿腋窝儿里，偏一点也又没了我们雁行八人；祖上是连这毫厘之差也算得准；甚么都保了，都包了。这样的祖上真是多要几个。

如今敢是更要感谢上帝救命之恩；不光是我父一人要感谢。

打那往后，放上别个谁，十有八成再也不要爬树摸鸟了；可我父越发壮胆，必死无疑也都化凶为吉了，再没啥可怕。权当死过了一回，往后日子是长是短，都是白饶的了。

当年的冲天榆，眼前的小麦榆，凑得真巧，都枝梢上挂着这么个小小挎斗一般的黄鹂窝儿。我父抱定心意尽早为两老跟兄弟垒个像样儿的窝儿，仰脸瞅瞅这个废了的空窝想要爬上去给弄下来，爷跟兄弟八成还都没见过，给兄弟把玩把玩也不错——来看看上帝给百鸟天生的本事，万不是父传子，师传徒，磨练出来的手艺，天生的就行，奇妙得叫人自愧人不如鸟……可无意中琢磨又琢磨，只觉拿住家比方鸟窝儿也不是很妥帖。鸟窝可是只为的下蛋抱窝生儿养女，小小鸟翅膀硬了出窝，那窝儿也就废了，明年再垒新窝下蛋孵养小儿女，压根儿算不得住家。百鸟中只数小燕儿与众不同，不光是衔泥做窝儿，总在人家堂屋迎门二梁的横椽子上像砌砖一样，一坨坨泥丸垒上去，隔年回来时还是重归老巢，只不过修修补补，窝里脏旧的牲口毛换换新，便又生儿养女一场。就是这样，单等小小燕儿出窝儿了，留下来的窝儿也就从此空在那儿。饶是风风雨雨天，一对把儿女拉拔成人的老燕儿，也都附近树梢上、人家院心儿的晾条上凑合着歇宿，单等秋来南飞，不兴窝里躲躲。

小麦榆差冲天榆一柱直上就矮多了，也不大肯长，一人多高就分杈，满树尽是软枝条。我父估了估势头，就算凑巧又踏空摔下来，也跌不伤人；又瞧瞧四下无人，还是褪下草鞋爬上树去，鸟窝儿连着树枝一起掂下来，横衔在嘴里，也没打树干往下滑，扳住一根横枝桄，一甩身就悬空三四尺高跳下地。

我父那种爬树法儿，后来乡居时也传给了我，算是我所知道的三种法子里顶省劲儿、顶斯文、顶快又顶耐久的了。我叫它蛙式，跟蛙式游泳差不多的姿势，不过一是竖着朝上爬，一是平着往前游。两腿内弯，脚心相向对抵，夹住树干两侧，靠体重下沉，夹得愈紧。两臂搂住树干，仅在稳住上身罢了，不须着甚么力。只要两腿一蹬直，便攀高半个身子。这时两臂才轮到着力，抱紧一下树干，好让两腿蜷起跟上去，再两脚底对夹住树干。如此反复引体上升，两腿一蹬一缩间便爬高两尺以上，三丈高的树干，也只十几回合的一蹬一缩就攀爬到顶。人是腿劲总强过臂力，两腿又是撑惯了身子，爬树也就只合是平地上走走停停，蹲蹲坐坐，委实的一点也不累人。人又是脚底比掌心皮厚得多——乡下庄稼人家更是一年当中有半年打赤脚，不管树皮有多粗粝，蹬在脚掌底下也全都觉不出扎人。这样的爬树法儿，一天里爬上爬下，便上百棵树也算不得甚么，管保累不到哪儿，也伤不到哪儿。

庄稼户爬树可不是只为的摸个鸟蛋、小小鸟；立春前镞树，那活儿可不轻；桑柳榆杨不镞不旺，老枝榜由着它发，也影罩得庄稼受害。整行整行，几十几百株，一一爬上去，锯的锯、斧的斧，总有个几天好累的。碰上蚕过三眠四眠忙食儿，一天里上树采个三两回桑，也是一棵一棵爬上爬下，闺女妇道照爬，那都是常事儿。再就是春日粮食不充裕，上树采槐芽、槐花、榆钱儿，搭拌些杂粮塞肚子是真的；饶是不缺粮的人家，一般的也是采了来凑合几餐，能省一粒正粮就省一粒正粮，家常过日子贫富都一样。只所有这些镞树，采这、采那，可从不兴甚么扛了梯子去上树，别惹人笑死——也没那么高的梯子，就全靠爬树了。

这跟庄户人家蹲着干活儿一样，哪兴带条板凳下湖的道理！不光是不方便，当紧还是蹲着还要挪着，像割麦、割草、割花生秧子种种，都跟戏台上武大郎的矮子步差不多。这样子蹲惯了，场上挑挑拣拣的零碎活儿也都蹲着干，累了就地坐坐。习以为常，以至让人家里坐坐、吃吃烟、喝喝茶、歇歇腿儿，也都说"家来蹲蹲罢"——家下敢是现成的大椅子、小板凳、蒲墩子、木墩子，可不管是客是主，顺当得很，也还是小鸟一样，蹲在上头，总是蹲着比坐着舒坦。

除了我父这种蛙式爬树法儿，此外通常还有两种，我叫它麻花式和猴式。麻花式单靠胳膊用劲儿攀局，两腿像双股绳儿，一前一后摽紧树干，仅仅只在稳住身子，腾出胳膊好再往上攀。这跟蛙式一比，那可慢多了；还又胳膊肘儿、脚背、小腿前面的羊鼻骨，皮肉又薄又嫩，可磨得够疼，弄不好就磨伤了油皮儿，冒黄水儿，不定冒血针儿。故此这种麻花式又慢又累人，还又不耐久，树干太粗也就没辙儿了。

猴式则是四肢并用，两手向内攀住树干，两脚向外蹬紧树干，如此一步一步朝上爬，好处是腿臂不贴粗粝树皮，掌心脚底都是厚皮老茧子，皮肉无伤，爬行也快，树干若遇倾斜些，就更有利。可人到底比不得猴子四肢等常，又体轻爪利，啥树也拦不住它。人就要挑了，猴式爬树那可太细了不成，太粗了也两手攀不住树干。

这光景庄子上人家大半都还没吃罢晚饭，或是吃罢了还没收拾利落，庄头上只少些孩子出来玩儿，有的手上也还摔着半个煎饼馇儿，想起来才啃一口。我父手上擎着那根挑着个黄鹂窝儿的树枝儿，门前走来逛去，等着祖父叔叔。

天是似撒黑未撒黑，西半边都还金里透红，叔叔跟在祖父身后走出篱笆帐子门，走来李府后场心儿。没等我父把黄鹂窝儿拿来献宝，祖父就一指偏点东南的一颗有些儿泛红的星星，说那就是荧惑星，也就是金木水火土五行里的火星，秋后就该在那个位子。这时祖母也跟着过来，一路手遮眉际，顺着祖父指指点点也在找那颗星星。

不待我父和叔叔探问南斗在哪里，祖父恍叹了一声："看来，咱们没这个眼福了。这跟南斗星还差十万八千里不是！"

叔叔等不及地忙问那南斗星，不想祖父指的竟是西北上，那里匀匀净净的说不出是云还是暮气，敢是一颗星星也没有。叔叔挺迷惑地问我祖父："那不是一个天南，一个地北了？凑到一堆不是太不容易？"

祖父听了笑起来："就是说了，要是两下里靠得近，偏一偏就碰到一堆儿，那做皇上的不是动不动就得逃命？正就是东南到西北拉得那么个远法，难得一见这荧惑星跑进南斗六星，也才是个奇景，得有老天调度才会一显神迹不是？……"

叔叔追问的可多了，祖父一一为之解说。原来北斗星、南斗星，俗称就是大勺星、小勺星。南斗明明位在西北可就因位在北斗之南，所以叫作南斗……

可等了又等，北半个天一径没在云里，这一夜终未能见到南斗。祖父虽也讲了玄武七宿——斗、牛、女、虚、危、室、壁，却连一座星宿也没见到。

叔叔遂又问起，《东周列国志》里，荧惑星化为红衣小儿，散布儿歌，替上天儆诫周宣王的古事，"月将生，日将没，压弧箕服，几亡周国。"叔叔问我祖父："不知道那一回是不是荧惑星也跑进南斗去了。"

有没有这个异象，敢是不可考了，祖父就叫叔叔有空时不妨查查从周幽王被弑，到周平王迁都洛阳，看看是否落在这二百二十一二年的"哏儿"上。不过叔叔这一问倒提醒祖父，忽想起去冬今春一度流传很广的儿歌，只记得甚么红灯照不红灯照；我父和叔叔都没大在意把它记起来，一时间父子三人凑句儿不出来；祖母也似乎模模糊糊记个影儿，瞎諿了甚么苦不苦的，连她自个儿也摇手笑说不对不对。小脚拧儿拧到场边儿，拉了两个藏蒙蒙歌儿的孩子过来，问清楚了这才

天子下殿走　257

把那四句儿歌凑周全：

这苦不算苦，二四加十五，
满街红灯照，那时才真苦。

一经闲聊起这四句儿歌，疑心是不是荧惑星化作红衣小儿教的；尽管这庄口上朝北一无遮拦，不时来点柔柔小风儿，天还是挺闷燥，可爷儿齐心会儿似的光胳膊上不觉寒怵怵的有些儿发毛，好像那个作怪的红衣小儿就在附近，不定夹在那伙儿藏蒙蒙歌儿的小鬼渣巴里打混，又在教唱甚么儿歌了。

四句儿歌凑齐了，可也还是左品右琢磨，总弄不出个描摹。二四加十五，三十九，今是光绪二十六年，还有十三年，这就忙着示警了？只是想到这红灯照要闹到十来年后，越闹还越厉害，遍处都是义和拳，那还得了！敢是那要真苦了？

可没挨过两天，《申报》《直报》全都南北两路约齐了似的传送来了一大抱。

路途上不知搁哪儿耽误了，时日一久，蜷绉了的、受潮了粘张的，又给堂里同工乱翻乱扯，闻弟兄公母俩直跟我祖父道不是。三年前由原本漂白厚实的连士纸，改作现下这种油光纸的申报，又薄又脆，经不住蜷蜷绉绉，粘了又粗手粗脚地撕呀揭的，可费了半天工夫整顿。只是没等调理整齐，就给一眼瞭过便怵目惊心的京里信息给吓着了。先后问斩了五位大臣，皇上给列国下了战书，这可怎么得了！

上一批报册已经传信过的日本书记官杉山彬和德国公使克林德遇害，这一批《申报》接着有详闻，一是杉山彬，得悉日兵来京保护使馆，驱车往迎，行至永定门，遇甘军董福祥部自南苑入城，喝问何人，杉山彬答以日本公使馆书记官，兵即提其耳，令其下车。营官喝令：

"破腹！"一兵举刀刺之，立即倒毙。日使馆异尸入城殡殓。端王为此夸赞董福祥，嘉其有胆，予以奖勉。这是上上个月中旬事。二是上上个月二十三，总理衙门照会驻京各国公使，谓据直隶总督裕禄电告，各国水师提督索占大沽炮台，不交出则将攻取。似此各国显已启衅，因请各公使率同眷属随员人等于二十四句钟内离京赴津，逾期则恐难保护。各公使复以各水军逼索炮台事，实未知晓；照会限二十四句钟为时太蹙，请准西兵行抵京郊，决前往附之，与之同行迁赴天津；并要求翌（二十四）日午前九时，前来总理衙门面议。总理衙门接函未复。翌晨各国公使又致一函，请准用中国电线发报各国提督请西兵来京，护使赴津。稍后各国公使纷纷集议，德公使克林德欲往总理衙门探询究竟，众公使俱阻其行，德使不听。行至东单牌楼，端亲王载漪所统专为对付洋人而编立之虎神营——虎食羊（洋），神降鬼——加以盘问，附近比国公使馆卫士误为华兵挑衅，开枪而遭还击，克林德因而毙命，其译官高德士伤股，下轿奔附近福音堂躲藏得免。先是庄亲王载勋曾告示悬赏杀洋人，因而兵卒贪赏，有心为之。载漪当下命将克林德枭首示众，太常卿袁昶力争乃止，并施棺木殓之。

《申报》如此据实无忌地传报真信已足可贵，此外更有担当的是将朝议种种也都巨细不遗地公之于世。报云直督裕禄奏言洋人水军力索大沽炮台，请即与诸国宣战。太后震怒，立召军机处开议。端亲王载漪奉旨管理总理衙门，连同礼部尚书启秀、大学士徐桐，复进呈使节团照会一件，内言请太后归政于帝，废大阿哥溥儁，并许联军入京。太后益怒洋人干政。载漪乘机奏请围攻众使馆，军机大臣荣禄力谏不可，太后命其退去。复遍询诸臣，皆主战。太后复召王公军机六部九卿科道内务府大臣各旗都统，谕以协力报国。及宣皇上至，厉问帝意。帝答以请太后采荣禄所谏，勿攻使馆，护送各使节离京赴津。唯刑部尚书赵舒翘则请明发上谕，灭除内地洋人，以绝外间。吏部左侍郎许景澄进奏："中外缔约数十年，民教相攻之事，无岁无之，然不过赔款而已。惟攻杀外国使臣，必招衅端。倘各国协而谋我，何以御之？"太常卿袁昶奏曰："臣在总理衙门供差有年，不信有请太后归政皇上之照会。"不言而喻，指载漪亲王等所奏使节团照会为伪造，意图唆使朝廷与列国交恶。载漪当即怒斥袁昶为汉奸，太后亦叱袁昶退班。太常少卿张亨嘉也力言义和团宜剿，仓场侍郎长萃则驳斥之，指义和神团为义民，载漪等均称长萃言善，人心不可失。并奏董福祥甘军善战，剿回大著劳绩，西洋夷虏不足戮也。于此，帝意终不稍动。侍郎朱祖谋力言董福祥无赖，万不可恃。载漪叱之，廷臣皆出，载漪与协办大学士刚毅合疏，言义民奇术甚神，雪耻辱，强中国，在此一举。廷上乃决命兵部尚书徐用仪、内阁学士联元、户部尚书立山，分赴各国公使馆，告勿调兵来京，否则决裂矣。次日复行御前开议，载漪再请围攻各国公使馆，太后准奏。联元力谏不可，太后怒欲斩之，左右救之而止。大学士联元进谏亦不听。太后战意已决，载漪、载勋、载濂、刚毅、徐桐、崇绮、启秀、赵舒翘、徐承煜、王培佑等王公大臣复力赞之，五月二十五日太后终假帝旨与列国宣战。

朝议种种，历历如绘，我祖父尽管存疑，不信书此文者竟如身历其境，只是白纸黑字的开战诏书展现面前，以及此后苦谏止戈的五大臣遭诛，其文纵属向壁虚造如说部演义，却想来虽不中也似不远。

诏书刊布于五月三十，西历六月二十六日这一天的《申报》。一册八页，诏书可可地占满了首页全页。

> 我朝二百数十年，深仁厚泽，凡远人来中国者，列祖列宗，罔不待以怀柔。迨道光咸丰年间，俯准彼等互市，并乞在我国传教，朝廷以其劝人为善，勉允所请。初也就我范围，遵我约束。讵三十年来，恃我国仁厚，一意拊循，乃益肆枭

张，欺凌我国家，侵犯我土地，踩躏我民人，勒索我财物。朝廷稍加迁就，彼等负其凶横，日甚一日，无所不至；小则欺压平民，大则侮慢神圣。我国赤子，仇怨郁结，人人欲得而甘心，此义勇焚烧教堂，屠杀教民所由来也。

朝廷仍不开衅如前保护者，恐伤我人民耳。故再降旨申禁，保卫使馆，加恤教民，故前日有奉民教民皆我赤子之谕，原为民教解释宿嫌，朝廷柔服远人，至矣尽矣。乃彼等不知感激，反肆要挟，昨日复公然有杜士兰照会，令我退出大沽口炮台，归彼看管，否则以力袭取。危词恫喝，意在肆其猖獗，震动畿辅。平日交邻之道，我未尝失礼于彼。彼自称教化之国，乃无礼横行，专恃兵坚器利，自取决裂如此乎？

朕临御将三十年，待百姓如子孙，百姓亦戴朕如天帝。况慈圣中兴宇宙，恩德所被，浃髓沦肌，祖宗凭依，神祇感格，人人忠愤，旷代所无。朕今涕泪以告先庙，慷慨以誓师徒，与其苟且图存，贻羞万古，孰若大张挞伐，一决雌雄。连日召见大小臣工，询谋佥同。近畿及山东等省义兵，同日不期而集者，不下数十万人。至于五尺童子，亦能执干戈以卫社稷。

彼仗诈谋，我恃天理；彼凭悍力，我恃人心。无论我国忠信甲胄，礼义干橹，人人敢死；即土地广有二十余省，人民多至四百余兆，何难剪彼凶焰，张国之威。其有同仇敌忾，陷阵冲锋，抑或尚义捐资，助益饷项，朝廷不惜破格懋赏，奖励忠勋。苟其自外生成，临阵退缩，甘心从逆，竟作汉奸，朕即刻严诛，决无宽贷。尔普天臣庶，其各怀忠义之心，共泄神人之愤，朕实有厚望焉。钦此。

天子下殿走

祖父读罢，已满面泪水。当今虽非英主，却也绝非昏君，其受太后挟制，天下尽知。果如《申报》专文所传，皇上力反与列国交恶，则此诏书无异假传圣旨。不过其中除与洋人不辞一战，太过血气而轻率鲁莽，此外倒泰半俱属实情，所言几至一字一泪，莫不令人锥心滴血。

饱受这般罄竹难书的侵凌鸟气，不光是家国颜面尽失，国脉民命也已临到存亡绝续的危殆之秋，战是要战的，只是拿甚么打仗？就凭同日不期而集的义兵数十万？以至仰靠五尺童子去执干戈以卫社稷？要说恃天理以对诈谋，恃人心以对悍力，敢是不无道理——且是大道；可这得问朝廷是乎立于天理而尽得人心？单论太后幽禁皇上，独揽大权，朝中昏庸当道，忠良尽遭贬抑乃至杀害，便已毁弃天理于不顾，而况所谓义兵、所谓五尺童子，不过愚顽无知的义和神团一干徒众，决非列国兵坚器利的对手，且已大半流为乱民烧杀抢掠，是又人心何在？以之与辽东一战相较量，当年仅与小日本一国对战，出师铭军十二营、毅军十营、盛军十八营、嵩武军十二营、芦防淮勇四营、仁字虎勇五营、吉林黑龙江镇边十二营、神机营等不算，还调集了奉军、鄂军、湘军、淮军、桂军、粤勇等全国师旅赴战，尚且一败涂地，十二艘兵船三万五千吨，也被打得落花流水，损将一半，还给追打到山东威海卫、刘公岛，北洋水军于是而告全军覆没。

以二十余万大军败于日本一、二两军六万余众，今则欲以乌合之众，与英、德、斡、日、美、法、意、奥、荷、西、葡、瑞典、挪威等十三国开战，岂非志在自取灭亡而何？

一盏洋油灯下，祖父与我父、叔叔爷儿仨默默阅读"申""直"两报始自五月底至七月下旬所传朝廷谕旨、时局信息，及外国电报。而按其日期所披露者，皆为前一天隔夜之事。

## 五月二十五（西历六月二十一日）

上谕：近日京城内外，拳民仇教，与洋人为敌，教堂教民连日焚杀，蔓延太甚，剿抚两难。洋兵麋聚津沽，中外衅端已成，将来如何收拾，殊难逆料。各省督抚均受国厚恩，谊同休戚。时局至此，当无不竭力图报者，应各就本省情形，通盘筹划于选将、练兵、筹饷三大端，如何保守疆土，不使外人逞志；如何接济京师，不使朝廷坐困；事事均求实际。沿江沿海各省，彼族觊觎已久，尤关紧要，若再迟疑观望，坐误事机，必至国势日蹙，大局何堪设想！是在各督抚互相劝勉，联络一气，共挽危局。时势紧迫，企盼之至，将此由六百里加紧通谕知之。钦此。

董福祥部攻打东交民巷公使馆区，并击毙内有四三名洋兵、教民五〇〇困守之西什库北堂——此系明神宗万历廿九年（一六〇一）利玛窦所建，已历时整三百年。昨午后四下钟，华兵开战，击奥馆垣墙。英使馆空屋最多，西妇西孺均往该馆。英公使窦乃乐曾役行伍，故各使公推其为统帅。时至九下钟，华兵四处围攻，弹如雨下。法公使夫妇偕西使同往英馆。奥馆垣墙被毁。奥法两国兵与西勇退守法馆。华兵终夜攻打，达旦方止。

京师大栅栏婴堂病院经拳徒纵火尽毁。守堂之大人孩童二十余，工人十余，皆死难；一人逃北堂。

## 五月二十六

上谕与列国开战，颁诏书。

京市中店铺均闭市，端王谕复开，罕有从者。

奥、比两馆被火，美国福音堂被毁。

## 五月二十七

上谕：现在中外已开战衅，直隶天津地方义和团会，会同官军助战获胜，业经降旨嘉奖。此等义民所在皆有，各督如能召集成团，借御外侮，必能得力。如何办法，迅速复奏。沿海沿江各省尤宜急办。将此由六百里加紧通谕知之。钦此。

昨晨六下半钟，华兵自城上开炮，西兵不能支而退。法馆中人尽往英馆。意德日美斡五馆早已迁空。无何，前垒火起，税务司署亦火。既而华枪连发，经一句钟方止。英馆东邻被火，卒以力救得熄。钟鸣十一下，英馆北邻翰林院起火，相距仅丈余，火焰纷飞，堕于英馆马厩，阅两句钟方掩熄。法斡荷美西五馆之邻屋尽付一炬。华兵自城上开炮，弹丸入各馆。时至五下，翰林院又火，烈焰堕大树上，益危急，将树砍倒。院中二百年来所储极珍贵书籍悉毁。

官军董福祥部、荣禄武卫中军，于京城内乘火打劫。

昨拳众置炮于西什库天主教北堂前，放八百响，多不中。一教友中弹死，数人受伤。堂顶落数炮，堂仍屹立。法武弁恩理夺得其炮，乃止。

## 五月二十八

慈禧端佑康颐昭豫庄诚寿恭钦献崇熙皇太后懿旨：神机营、虎神营、义和团民，着各赏银十万两。甘军武卫军，前曾赏银四万两，着再赏银六万两。该军士等当同心戮力，共建殊勋，以膺懋赏。钦此。

上谕：现在中外失和，需用浩繁，库储支绌，所有各省应解各项京饷，着即迅速筹拨解京。海道不通，票号停歇，应拣派练事之员，由陆路趱程赶解。行抵近畿，探明道路情形，妥慎管解前进，毋稍贻悮。将此由六百里各谕令知之。钦此。

上谕：日昨单牌楼头条胡同、二条胡同，及长安街王府井一带，有勇丁持械抢劫住户铺户，情形甚重，当经荣禄派员缉捕，拿获各营勇丁十一名，冒充勇丁匪二十三名，均经就地正法，号令示众。即着统兵各员，严饬所属，认真约束兵丁，倘再有前项情形，即按军法从事……钦此。

华军以十五磅大炮安放前门，轰击英使馆，中屋顶。幸在高处爆火，未有伤亡。

拳众围攻北堂仍烈，放炮五六百响，未伤一人。西兵毙拳众甚伙。

## 五月二十九

上谕：义和团民纷集京师及天津一带，未便无所统属，着派庄亲王载勋，协办大学士刚毅统率。并派左翼总兵英年，署右翼总兵载澜会同办理。

即补参领文瑞，着派为翼长。诸团众努力王家，同仇敌忾，总期众志成城，始终勿懈，是为至要。钦此。

上谕：户部札放粳米二万石，交刚毅等分给义和团民食。钦此。

昨午前十一下钟，华兵再次攻打，呼声雷动。英馆大门洞穿百余穴，华斡银行及意使馆被焚。

拳徒进攻西什库北堂之东南隅，无害。旋架炮四座于北面，炮中经堂，壁为洞穿。

京中教民迁徙纷纷，教友三人道经南城，为拳众杀害。夜九下两刻钟，天主教东堂被火，艾、李二司铎及于难。

皇城紧闭，端王派兵守之。辰刻官军与拳徒烧天主教南堂，学生与教友之守堂者死大半。有人见兵拳纵火时，载澜与崇礼在旁督促鼓舞。

昨夜十一下半，栅栏西堂被焚，金司铎遇难。时势更危，众修女领圣事，决以身殉。

**五月三十**

上谕：李鸿章、李秉衡等各电均悉。此次之变，事机杂出，均非意料所及，朝廷慎重邦交，从不轻于开衅。奏中所称中外强弱情形，亦不待智者而后知。团民在挫毂之下，仇教焚杀，正在剿抚两难之际，而二十日各国兵舰已在力索大沽炮台，限廿一日二下钟交付。罗荣光未肯应允。次日各国即开炮轰击，罗荣光不得不开炮还击。相持竟日，遂至不守，原非衅自我开。现在京中各使馆势甚危迫，我仍尽力保护，此都中近日情况也。大局安危，正难逆料。尔沿海沿江各督抚，惟当懔遵迭次谕旨，各尽其职所当为。相机审势，极力办理，是为至要。钦此。

昨午前十下钟，华兵攻使馆东、西、北三面。两教教民借居肃王府，以日兵护之。意兵失防后，亦驻其间。华兵攻王府，放枪至午后三下钟始已。既而华兵登城，美兵逐之；去而复登者屡。时有官军及拳徒匿王府垣下，欲掘窟入，未果。北首大桥上，华人贴一纸，大书奉旨保护使馆，不准放火。子夜华兵又攻，较日间更烈，至一下钟始息。

**六月初一（西历六月二十七日）**

上谕：钦奉慈禧端佑康颐昭豫庄诚寿恭钦献崇熙皇太后

懿旨：京津各营兵丁及义和团勇，均已分别赏给银两。所有守卫之八旗满蒙汉骁骑营，着赏银一万两。两翼前锋八旗护军，着赏银一万两，由该王大臣等均匀分给。又天津军务吃紧，在事各军及助战团民，均属得力，着共赏银十万两。此项银两着裕禄先行拨给，并饬各营团将登岸洋兵分头堵截，不得任其北窜，一面规复大沽炮台，以固门户。现在宋庆所部之武卫左军，业已陆续到京，着一并赏银十万两，由宋庆均匀分给，并督饬将士等同心戮力，共维大局，迅奏朕功。

钦此。

昨华兵攻斡馆，终日未停枪炮。

北堂中粮食日少，洋人日膳本三餐，自今日始减为两餐。

## 六月初二

前日上谕：昨已将团民仇教，剿抚两难，及战衅由各国先开各情形，谕李鸿章、李秉衡、刘坤一、张之洞矣。尔各督抚度势量力，不欲轻构外衅，诚老成谋国之道。无如此次义和团民之起，数月之间京城蔓延已遍，其众不下十数万。自民兵以至于王公府第，处处皆是同声与洋教为仇，势不两立。剿之则即刻祸起肘腋，生灵涂炭，只合徐图挽救。奏称信其邪术以保国，似不谅朝廷万不得已之苦衷。尔各督抚知内乱如此之急，必有寝食难安，奔走不遑者，安肯作一面语耶！此乃天时人事相激相随，遂致如此。尔各督抚勿再迟疑观望，迅速筹兵筹饷，力保疆土，如有疏失，唯各督抚是问。将此电谕各督抚知之。钦此。

昨终日枪炮不绝。初击英馆北垣，既而四面围攻，猛不可状，肃王府几为所破。西兵麇集守御，华兵拆垣方倒，整队欲入，日兵望准开枪，不久即息。

昨晨有兵拳五百人，近逼北堂门首，前队皆老人，身穿红衣，头戴红帽，足登红鞋，俗称老道。中队为少年乡民，后队则官军。法兵十二人发枪齐射，少年及官军皆遁，唯老道独留。法兵复射之，老道多倒。盖其自信不能伤，而今始知给已给人也。

### 六月初三

上谕：中外开衅以来，我皇太后迭次颁发内帑，遍给将士义团。慈恩优渥有加无已。当此时局艰危，尔将士义团等必当感激图报，共建殊勋。其有奋勇力战，杀敌致果者，定予以不次之赏。如有临阵退缩，畏葸不前者，即在军前正法，并将统兵各员严治其罪。现在大沽炮台已被洋人占据，着裕禄督饬罗荣光等各营并义和团民，迅图恢复，毋稍迁延……勿谓言之不预也。钦此。

昨午前华兵击英、美、斡三馆，不甚力；旋攻法馆，凶狠若狂。西人以火油灌麦草掷于华垒，登时发火。华兵发开花弹，落英馆庭内，炮子直中洋楼，洞穿屋顶，后终夜苦战不息。

昨北堂前火发，拳所纵也。拳又以水龙掷火油炽之，猛不可遏。九下二刻钟，堂左侧亦起大火。拳向堂顶射火箭，法兵竭力灌救，教民鱼贯提水，垣外呼杀声、欢号声、咒詈声如雷。至十一下钟，拳力渐杀。是役无大害，然教民已魂不附体矣。

### 六月初四

昨自晨七下钟至午后三下钟，华兵放一百七十炮，枪声如连珠，未稍间。各使馆皆受击。晚十下钟，天大雷雨，炮火电火相和为虐，阴恶不可言状。至二下钟稍见平息。华兵穴法馆垣墙，为西兵所见，毙华兵甚多。德馆西兵也毙拳徒不少。上谕：李鸿章等奏"奉谕暂行停还洋款，据实核计请旨遵行一折，据称'洋款若停，牵动内地厘金，亦碍小民生计，转于饷需，有害京饷，及北上诸军饷项无从接济'"等语，初议停还洋款，原因凑济军需起见，倘各海关如常抽税，内地厘金亦不短绌，即着照所议，查照成案，按期解还归款，用昭大信。将此谕知户部，并由六百里谕令袁世凯，即着该抚转电李鸿章、刘坤一等。钦此。

## 六月初五

昨午后，华兵放七十一炮，发枪尤多，法馆边屋被火。傍晚，拳众向仁慈堂放廿一枪，无大祸。奉天拳众大举活动，辽阳以北与铁岭以南之间教堂，及东站煤厂与洋房，均尽毁。

## 六月初六

昨午前九下钟，德美兵苦战久之，不能支，遂退。兵拳自远发枪东西什库北堂，不得力，寻即息。

## 六月初七

肃王府垣受炮攻，日兵不能守前垒，乃退。夜间美斡兵冲出，拆华兵栅栏。华兵逐渐逼近，相距仅七八丈，于是短兵相搏，杀华兵甚众。虽大雨倾盆，华兵攻王府不稍懈。

昨终日大雨，西什库一带入夜枪声寥落。

## 六月初八

昨薄暮，华兵张八旗攻法馆，一弹穿大门，寻即息战。英馆自夜九下二刻至三下钟，受击未止。美兵所守栅栏亦受攻。西什库北堂自乱至昨日，小儿已死四十口。

## 六月初九

昨夕华兵攻西馆，放二百炮。计各馆自被围至昨，西人死于战者卅八：内法七、德六、意六、美六、日五、奥三、斡三、英二。

昨方晡，兵拳三面攻北堂，西兵应之，毙兵拳十四五。兵拳大怒，拥入堂前大路，法弁三喝发枪，毙拳徒十七八人。

## 六月初十

华兵自皇城开炮，颇能命中。法馆经堂受弹甚伙，饭厅已不能立。园中树木多为弹丸所折。

北堂内除西兵外，众人一日两次食粥，尚能半饱，惟盐菜已尽。

## 六月十一

昨华兵开一百炮，放枪颇稀。日兵冲出夺炮，未获。华兵架炮皇城，距英馆仅十五丈。通州耶稣教公理会庆四十周岁，教友二百八十余名，遭拳众杀害男信徒四二人、女信徒五四人、男孩二一人、女孩二〇人，总计一三七人。

## 六月十二

山西朔平府瑞典国教士伯瑾光夫妇、毕德生、赖生、甘公义、嘉利孙、女教士隆雅贞、祝汉生、思××、冷,及归化宣道会美国福斯伯夫妇与女等十三人,参加特别研道会。六月初一,遭旗人所领拳众拥至攻打,放火抢劫,逃入府衙求官保护。为官一齐收禁。六月初三官备马车二辆,送往张家口逃出。讵车甫出头层城门,至外城门口,忽来无数拳众,将此西牧十三人拖下车来全部殴毙。华人教民有王选、王展、胡星等三十余人皆殴死或杀害。

华兵放三百廿五炮轰使馆,奥员多满受弹死。兵拳纵火,西兵略退,以意炮击退。

昨拳徒以火药纳瓦壶投北堂,自四下至五下二刻投一五〇壶,幸皆未燃。竟日放三三〇炮,坍平屋二,妇孺避入大堂,午后始得稍食,多有终日未食者。枪丸火箭飞堕不绝,二三处火发。司炮旗人中弹死。拳徒所发火箭以钢铁制之,长二尺半,圆二寸,中藏火药,尾木长五尺余。

(直报至此日,以后断绝。)

## 六月十三

慈禧太后调李鸿章重任直隶总督兼北洋大臣。李氏卸任两广总督抵沪。

华兵攻使馆,发百余炮,拥入法馆,为西兵杀五十余人,余遁。昨午刻华兵攻北堂甚急,钟楼虽未塌,已岌岌可危。三下钟飞来火箭,幸皆未燃。华兵二百许携炮至皇城西北隅,意法兵全队放枪,华兵多倒地,余皆遁散。夜来枪声仍不绝。

## 六月十四

昨天津卫为列国联军所陷。

昨华兵发二百十余炮,法馆受损较巨。纵火拳徒藏身夹巷中,法兵悉数击毙。夜间华兵复开五十多炮,二弹落英馆。

## 六月十五

华兵发各使馆七十余炮,午后四十余炮,入夜复放二十余炮。法馆及肃王府皆危甚。炮丸平飞,高与人齐,非曲躬而行不可。

上谕:现在各部院衙门当差人员纷纷告假,殊属不成事体。着各该堂官查明,如未经告假,私行出京人员,着即行革职。其已经递呈告假者,将来到署销假,着将各该员前资注销,以示惩儆。

钦此。

## 六月十六

昨法馆附近出现种火拳徒十六名,为西兵所杀,擒获二徒,供称华兵藏药阴沟,拟轰使馆。日间华兵开九十五炮,夜开二十余炮。

仁慈堂东侧大路,昨傍晚轰然一声,路中陷一大穴,盖拳徒掘隧至此,实以火药发之。堂中边屋稍有震坏,坑圆六七丈,一土块重千余斤,堕一教士身上,顷刻压毙,受伤者八九人。深夜堂中人携火把火油入地穴,前行颇远未遇拳徒。

## 六月十七

上谕:统带武卫前军直隶提督聂士成,从前著有战功,训练士卒亦尚有方，乃此次办理防剿，种种失宜，屡被参劾，实属有负委任，昨降旨将该提督革职留任，以观后效。朝廷曲予矜全，望其力图振作，借赎前愆，讵意竟于本月十三日督战阵亡。多年讲求洋操，原期杀敌致果，乃竟不堪一试，言之殊堪痛恨。姑念该提督亲临前敌，为国捐躯，尚非退葸者比，着开复处分，照提督阵亡例赐恤，用示朝廷格外施恩策励戎行之至意。钦此。

昨晨八下二刻，比国参赞官擒得一拳徒，供称目下朝中大权在端王、荣禄、董福祥手，庆王不与，亦无能为力。至是兵拳已死二千余人。午后法兵贝育夺得荣禄所部李军门之旗，华兵大忿，终日猛攻使馆，开二百炮。

昨亭午，北堂中闻地下有斧斤声，立派二十人掘地，横截其道。炮声终夜未止。昨日始食马肉，人尽甘之，教友一日二食粥，人仅一碗。依次计余粮尚可持廿日。日杀一骡煮粥以充众饥。

## 六月十九

前日华兵开百余炮，专击英法两馆。午后开炮益密。及暮，兵拳云集。少顷，地雷作，轰坍洋屋一座，武员贝葛尔及一西兵亡。拳徒冲入法馆，四十年来法人所备陈设俱成灰烬。法兵于枪林炮雨中退守北栅，齐发排枪，拳势稍杀。不旋踵，拳攻德馆，奋不顾身，德兵杀拳众四十许。

荣禄致书英使，大旨谓请贵大臣暂居总理衙门，俟设法送回贵国，唯不准带西兵，请即示复，以明日午刻为限。各使阅之疑为诈；且馆中所属尚众，岂可弃之。遂未允。

## 六月廿

山西巡抚毓贤于六月十三通令全省除灭洋教、洋人及教民。毓贤遂全副披挂，亲率拳众及马步各营，先焚太原城南洞儿沟天主堂，转至猪堂巷矿路局前，直入耶稣堂，亲手剑刺洋人罗医生要害致死，使众捆绑西人牧师、医生、男女幼童信徒至抚署前审理。另亲屠一艾主教。遂令左右竞杀重赏。得四十三首级，分挂六城门号令示众。每城门两侧悬木笼六或八具，每笼内一至三人头不等。血脂淋漓，天热腐臭四溢，行人力避出入城门。又曲阳拳徒于北门街杀天主教徒五十六人，皆斩剁分碎。未死教民受命至衙中领票，谓为"奉官出教"。寿阳县有阎氏、陈氏等多家教徒均满门抄斩。忻州英国浸礼会，马、任、燕等八名西人男女教士被斩。大同府应州内地会教堂被焚，甘牧师及李保利等教友四人，俱遭刀劈斧砍。

英使馆中闻掘地声，初西员不之信，嗣以法馆为地雷所毁，遂将阴沟发露，以杜不测。是日华兵发二百四十五炮。

华兵对北堂开炮不止，自九下钟至夕，约百四十余响，恒中大堂之南与西南。或疑拳徒于西垣下掘地道，教民沿墙挖长沟以断其路。枪丸火箭相继而至；比暮，红火烛天如昼，夜深方熄。

## 六月廿一

吉林于六月十九日，二道沟火车站及城内西人医院、天主堂等，俱为拳徒纵火焚毁。

昨晨七下钟，英军官施德罗中弹丸亡。午间一人携白旗至，投庆王奕劻致英使函，谓将严禁拳徒再攻使馆，贵大臣亦当禁西兵放枪。英使复云：各使馆唯图自卫，别无他意，俟兵拳不开炮、不筑垒、不掘壕，各使馆必不放枪也。

## 六月廿二

上谕：裕禄奏天津失守自请处分一折，直隶总督着革职留任，提督宋庆着交部议处。钦此。

上谕：各国开衅京津，各军尚可用。唯聂士成一军，平日第讲洋操，临敌为洋教习所制，以至未战先溃，委械授钺。兵弁中有入洋教者，甚至倒干相向，甘心从逆，而其沿用洋装洋号，动辄自相猜疑，自相斗杀，误国亡身，实堪痛恨。各路统兵大臣凡夙习洋操及用洋装式、洋口号者，务即悉数更换，一律仍归旧日兵制。其中如有入教及私通洋人兵弁，尤宜严加分别，认真淘汰，俾兵为我用，不以资敌。将此由六百里通谕知之。此谕。

昨晨华兵开廿余炮，后静。二华兵携白布来，一兵曰军机大臣荣禄大人昨日下令不准攻使馆。西人不复战。华兵有登垒者无所顾忌，告西人若公使欲致书联军，愿效力代递。比晚，庆王致书各公使，大旨谓今和议将成，西兵所据城上地段，请归还中国。英使复云：西兵所据城上地段，为保守使馆起见，未便即日交还。是日有华兵及工匠数名，携蔬菜鸡蛋等求售，居然成一小市。

## 六月廿三

上谕：袁世凯代奏善联、许应骙请保卫使臣各折片，春秋之义不戮行人，朝廷办法亦岂有纵令兵民迁怒公使之理？一月以来，除德使被乱民戕害，现在严行查办外，其余各国使臣，朝廷苦心保护，幸各无恙。着即知照。钦此。

上谕：各路统兵大臣凡凤习洋操及用洋装式、洋口号者，务即悉数更换，仍归旧日兵制，钦此。

昨晚五下钟，总理衙门遣章京至法使馆，携荣相书，请商和事，行礼甚恭，殷勤致候。法使答以愿和与否，观华兵攻否而知之，空言未可凭。

### 六月廿四

上谕：现在天津失陷，京师戒严，断无不战而和之理。唯春秋之义，不斩来使，月来除德使为乱民戕害，现在严行查办外，其余各国使臣，朝廷几费经营，苦心保护，均各无恙。但恐各督抚惧会意旨，以保使为议和之地，竟置战守事宜于不顾，是自弛藩篱，后患更何堪设想！着沿江沿海各省督抚等，振刷精神于一地战守事宜，赶紧次第筹办。倘竟漫无布置，万一疆土有失，定唯该督抚是问。将此由六百里加紧各谕令知之，钦此。

庆亲王府致书，请众使速返天津，允以华兵护送。

### 六月廿五

昨京师各使集议，以不赴天津复总理衙门。中朝赠公使瓜果。法使遣一教民向华弁索法兵之尸，一去不返。

昨午前颇安。亭午，华兵反攻，群立皇城上伏击。法、意兵升垣击之，华兵退去。自是该段城墙为法兵所据。

### 六月廿六

据日本国报传：斡兵自六月十八由海兰泡越界渡江，进入黑龙江省。师出有名，代清国剿灭义和拳众。十九，幹驱海兰泡居民至黑龙江边。廿，幹兵以刺刀利斧砍杀，迫清国此六千居民大部分跳江溺毙。廿一，幹兵将江东六十屯清国之民，集中以火活焚。

庆王回札各使馆，不准各公使与本国通电报。

前夜十一下钟，义兵开炮击英、法、幹三馆，至昨晨六下钟始止。

（缺廿七、八、九等三日报）

## 七月初一（西历七月廿六日）

庆王函促各公使赴津，许通电报回国，经由总理衙门代办，唯不准使用暗码。

京师禁止民人售食物与西人。肃王府东已无人迹。

## 七月初三

大沽口既为西兵所占，各国援兵乃得源源不绝经此直抵天津卫。

昨太后赠各使馆冰、面、瓜、果，谕知京中安堵如常，使馆内教民尽可出外。各公使未之信。入夜枪声颇密。西什库北堂仍为枪炮火箭围攻。

## 七月初四

昨午后华兵堵塞御河桥。入夜，枪炮齐施，达旦不息。

## 七月初五

朱谕：吏部左侍郎许景澄，太常寺卿袁昶，屡受奏参，声名恶劣，平日办理洋务，各存私心，每遇召见，任意妄奏，荧言乱政且语多离间有不忍言者，实属大不敬，若不严行惩办，何以整肃群僚。许景澄、袁昶，均着即行正法，以昭炯戒，钦此。

## 七月初六

上谕：现在中外开衅，各直省军务倥偬，所有本年恩科乡试，如果展缓数月，未始不可举行；第恐天气渐寒，各士子倍形劳苦，且远省放榜过迟，于公车亦多窒碍。着即转缓至明年三月初八乡试。八月初八会试。以示体恤。各省已放正副考官，即着回京供职。至庚子正科乡试及次年会试，并着按照年份以次递推。礼部知道。钦此。

太常寺袁昶及吏部侍郎许景澄，已于昨日初五斩首。

西什库北堂仍为兵拳围攻不已。昨拳众约五十许，以童子当前锋，着红衣；其后为壮夫，着黄衣；排队前来骂阵，并以火箭发堂中。修士贾尔讷向童子放三枪，心甚不忍，遂止。一拳徒以开花弹掷入堂垣，未伤一人。

## 七月初七、初八

阙如。

## 七月初九

上谕：前因近畿民教滋事，激成中外兵端，各国使臣在京者，理应一律保护，迭经总理衙门王大臣致书慰问，并以京城人心未靖，防范难周，与各使臣商议，派兵护送前往天津暂避，以免惊恐。即着大学士荣禄预行遴派妥实文武大员，带同得力兵队，俟各该使臣定期何日出京，沿途妥为护送。倘有匪徒窥伺，抢掠情事，即行剿击，不得稍有疏虞。各使臣未出京以前，有通信本国之处，但系明电，即由总理各国事务衙门速为办理，毋稍延搁，用示朝廷怀柔远人，坦怀相与之至意。钦此。

庆邸致书各使馆，催公使回津。使馆四周仍终日枪声不绝。使馆中教民有食树叶树根者。

### 七月初十

列国援兵至津已逾两万，合上原有洋兵，总数达三万四千左右。

急信：洋兵于天津卫及周郊地区，大事杀人放火，奸淫抢掠，无所不至，较诸拳徒不可同日而语。传自日本电信：斡军已占黑河屯，攻略瑷珲。六月初四攻占陡沟子。守将满人凤翔与汉人程德全节节抵抗，终告不敌，凤翔负伤，呕血而亡。程德全已奉黑龙江寿山将军之命，与斡停战议和。

### 七月十一

八国组成联军援兵，昨自天津出发进攻北京。计日兵八千名，斡兵四千八百名，英兵三千名，美兵二千一百名，法兵八百名，德兵二百名，奥、意兵各一百名。总数一万九千一百名。据传尚有大批德兵二万余众已至青岛，不日驰赴天津。

上谕：刘坤一奏军情紧要，请饬各省修护电线以通消息一折，现当用兵之际，军情瞬息千变，全赖电线无阻，消息灵通，方可统筹因应，迅赴机宜。着各直省将军督抚严饬地方，迅将电线一体认真稽察，实力保护。倘有匪徒纠众掘断毁坏情事，即行勒拿严办，并将防范不力之员弁，从重惩处。至直隶保定及山西、陕西一带，电线被毁尤多，着裕禄等饬属查明地段，立即设法修复，不得稍有迟误。钦此。

英馆后屋，终夜受攻。

拳徒掷书北堂，指名将主教樊国梁等洋人交出，凡洋人财产，全体分与尔等教徒。若执迷不悟，破巢后玉石俱焚，今已掘成地雷数处，看尔等如何御敌。末署"乾字团具"。

（缺十二日报）

## 七月十三

联军北攻两日间，先后占领北仓及距天津百里之杨村。直隶总督兼北洋大臣裕禄督师中炮，伤重不治。清兵沿北运河退后。

昨子夜二下钟，华兵击英法斡三馆及肃王府。庆王遣书则责西兵开枪。

## 七月十四

辽宁拳众进攻营口租界失利，斡兵于七月初十占领营口海关。

## 七月十五

清军昨退守河西务，距京师仅两百余里。

帮办直隶军务李秉衡，率直军及各省勤王军，并三千拳众进驻河西务防守。

总理各国事务衙门函报各使馆，当朝已派李鸿章为议和大臣,吁请息兵。

前日华兵彻夜击肃王府及英、斡使馆。

## 七月十六

联军攻下河西务,李秉衡帮办退守通州。

## 七月十七

各公使馆获西兵已破杨村信息。华兵终日开炮。

庆王函请面商息兵事。时既晡,华兵来攻各馆,枪炮之烈,为从所未有。

## 七月十八

联军昨占领通州,距京师不足百里。李秉衡自戕。联军计于廿一日攻入北京。

兵部尚书徐用仪、户部尚书立山、内阁大学士联元,皆因力反与列国宣战,于前日系狱,昨午问斩。

申报有所理论,概云:前太常寺卿袁昶及吏部侍郎许景澄之遭处决,实因于太后御前指陈拳众纵有邪术亦不可用,见罪于力主兴拳灭洋之端郡王载漪与协办大学士吏部尚书刚毅。许景澄及徐用仪等以请今上"乾纲独断",深遭太后所忌,致遭杀身之祸。

积聚五十来天的报册,到此为止,可可是唱曲儿卖关子,说书压扣子,北京城到底给洋鬼子打下去了没有,皇上是不是真的"天子下殿走"了,只有耐心再等下一批报册了。可照这个势路看,不用等祖父怎么推断,小弟兄俩儿也都估莫个差不多,下殿走还算好,来不及走,又或走不了,搞不好别像崇祯皇帝上了吊,从此亡给洋鬼子,那可天下大变了。明朝亡给清朝,汉满都是中国人;亡给洋鬼子——还又是亡给八个外国的洋鬼子,活活把中国大卸八块儿,岂不永无翻身之地?当初拿台湾打日本小鬼子手里换回来的关东地面儿,这一回可不是让老毛鬼子不声不响拾了个便宜?关东算一块,那关内还要再分七块儿?往后就尽是洋鬼子天下了?……

祖父愣听着俩儿子你一嘴、我一舌来忧国伤时,只管喝茶吃烟,不言语儿,也没见有甚么愁容。祖父这么个神态,我父和叔叔倒似服下点儿定心丸儿,想必没么完蛋,便越发往悲处扯蛋逗小话儿,听来像是自个儿吓唬自个儿,却愈说愈离谱儿,似乎愈荒谬绝伦,愈断定任怎样恶坏也到不得那个地步。

叔叔甚至嘲笑起来,"不定梅大愣放咱们这尚佐县县太爷来,梅大腔就该是二老爷了,哥你说可会?"我父瞥了下祖父脸色,没看出甚么不悦,也就搭话说:"那大爆竹也得派个差事罢,刽子手还是仵毒子?"

哥俩儿偷窥了下祖父,听到祖父咂了下嘴,以为要接腔儿,却让祖父刮了:"小人家,别忙学着么吮,嘴上还是留点儿德。"

不光是梅大愣、梅大腔甚么的挺损,那个动不动就跟人蹦起来的鲍大夫,不用说看护的,病人都照揍。给人拔牙割疖子,都不上蒙药,开刀房里像杀猪,叫烦了他,蒲扇大的巴掌随时赏个两耳刮子,那是常事儿。敢是斩斩人头验验尸,都顶拿手。

祖父不管时已过了三更,还是发了话。顾忌奶奶给吵醒,嗓子压低得有声无响,叫哥俩儿觉着那是只可说给他二人听的私房话,在泄漏天机一样,最最可信不过。

"圣经上所有的老古国,埃及、巴比伦、腓尼基、犹太、迦勒底、亚述、希利尼、罗马,还有唐僧取经的天竺印度,没一个不是早就亡掉,有的连个魂儿都没有。咱们中国呢,也老得够瞧的了,果真如今要亡掉,也算比哪个老古国都长命。老寿星丧礼要当喜事办的,五世孙得穿大红孝衣,看看热闹不!"

"可你小弟兄俩儿放心,亡不了。小惠,论语'子畏于匡',夫子怎么说?"

叔叔敢是顺口就背了出来:"子畏于匡,曰:'文王既没,文不在兹乎?天之将丧斯文也,后死者,不得与于斯文也。天之未丧斯文也,匡人其如予何?'"

祖父跟手又以吟诗的味道,重又滤了一遍,仰天一呵,岸然自语:"天之未丧斯文也,洋人其如予何?八国联军!八十国联军又其——如——予——何!"

我父和叔叔可从没见过祖父忽像变了脸一样,祖父从没有过那样倨傲,那样那样的不驯服又大气凛凛然。

叔叔晚年时还曾跟我提过,对这番情景记忆极深。每逢想起此情此景,总不禁从祖父的神采上亲睹受困于匡的孔子当年。

祖父看看怀表,叔叔勾过头去报出时辰:"都十二下一刻了!"一下下工夫就学上报册上的口气。

祖父倦倦地挤挤眼,吩咐叔叔:"有工夫,先把这孔夫子这一段儿给你哥细讲个明白。压两天,抽个工夫,爷再给你哥俩儿讲讲天是怎样不欲丧斯义于咱们中国。时辰不早,都该歇去了。"

天子下殿走  283

斯文在斯

年怕中秋月怕半,一年又好剩不多少时日了。

一过中秋,油菜跟两麦一先一后布种的时令,天气又似三四月那般寒暖不定,横竖是天晴就热,天阴就冷;早晚秋凉,晌午心儿可又单裤儿一件儿,也仍像夏日那样动不动就出汗儿。这么折腾法儿,"二八月看巧云",风云多变,人也跟着"二八月乱穿衣",单夹绒棉,一日里扒上扒下,替换个三番两次不稀罕。

我父棉袄饥荒的噩梦重又找上身来,慢慢用得着沈家大美那条搐腰带搊搊一早一晚的清冷和那"一场秋雨一场寒"。

好在今年闰八月,暑往寒来往后蹭蹬了一些时日,多少给穷汉子救救驾儿。也好在春秋两季就算同等寒暖,添减衣物上头却有出入,俗说"焐春晾秋",打冬日走过来,冬衣焐到三四月还卸不利落;暑天过去,人倒一时懒得翻箱倒笼找出寒衣加身,不觉为意间,寒气也就多抗一两个节气。

尽管这样,我父凡事尽心有调理,还是早早就有了成算,这棉袄只有到估衣铺子去求。

除了叔叔用"子畏于匡"帮他明白不少大道理,棉袄不棉袄的显得寒碜,小小不言,不免要羞于出口,暂且瞒过叔叔不提;说到天下大事，也是把棉袄不棉袄的给比了下去，值不得搁在心上嘀咕。可天下大事也还没到叫人寝食难安的地步，只不过心头老有个甚么膈膈痒痒。可就算非亡国不可，也犯不着先就亡身；捱冷受冻路毙了又当得甚么？帮忙洋人来整自个儿不成？往后这棉袄要大半年的日子都离不开身，拖拖拉拉，说怎么也没别的可凑合。

打头上就得瞒住祖母，一路下来谋算个棉袄就非偷偷摸摸不可。乘着给李府上城卖草，我父顺便溜过几趟下街一带好多家估衣铺子，很不顺当。

交秋过后，俗说天火尽，却还有"十八天地火"。秋老虎没过到尾巴，可一入秋，估衣铺便好生快当，夹的棉的不用说，皮毛也都滴溜打挂的亮出来。想不到生意人比他丢了棉袄的还着急，还这么早班。

只是一趟趟去张望，夹袍棉袍皮袍皮筒子尽多，短打儿夹袄棉袄偏生少而又少，有也尽是女袄，又尽是"没盖官印——私（丝）的""三天吃不下饭——愁（绸）的"，不在贵不贵，庄户人家就算坤道，又有两个，也穿不得那玩意儿。

先只在铺子门外打转，当作等人，东张西望顺势儿溜两眼儿，估着或许那种打粗的旧袄子犯不着挂出来招徕，不定叠在山架子上。硬着头皮进入铺子里问伙计，果然没那类货色，五家都是一样，剩下两家也不必再白舍一张脸去打听了。就中有家老板过来搭话，我父也拜托帮忙给留着。老板倒是诚心，相相我父身架儿，答应会给留神，可还是道了声："难！"

估衣铺子里的货色，多半都是当典过期没来赎的死当玩意儿。粗贱货是押不到几文钱，当典怕也不大肯收。要就是偷来的赃物，三文不值两文的销赃到估衣铺子来。我父还曾妄想，不定见到自个丢掉的那件老棉袄——那就好了，省得祖母闹气；不管还能不能熬过一冬，或许着穿不上，祖母不能不再给他淘换一件，自个儿也少生多少闲气。可那也还是烦人，总不能跟人家铺子咬定那老棉袄原是自个儿，上面又没名、又没姓，赌咒发誓也没用，就算拉来一堆哥们儿帮忙见证，当真一件老棉袄还冲上衙门告状打官司？人家进货也是出了钱的，怎么便宜收进来，也总是将本求利，那就两相容让一步罢，照便宜算，假当是押出去的，这再拿冤枉钱赎回来。可哪来的钱？两百斤才卖掉给城里人打鸟儿的秋秸，六百来文许是凑合了，只这钱是人家的，回去就得交给李府上，过夜都不宜当。等拿到这月工钱罢，丢掉老棉袄的旧账还是要给翻腾出来，不是活败类也是窝囊废。不如新买件袄——不是买件新袄，倒多少体面点儿。没的自家老棉袄出去转了一圈，得拿钱赎。哪兴那么冤种！

我父败兴出得城来，扁担缆绳一放，一个人愣坐在五孔大桥青石栏上，空想那些没影儿的懊躁心事。黄河正发大水，涨到八成槽停下来。人是想得出神，一定不自觉地满脸愁苦罢，没料着撩起一位城外来看水的老先生见疑，约是错当我父亲想寻无常还是怎样，桥头柳岸那里招手："小大哥，来这边蹲蹲。"

柳岸边口，去水三五尺高，侧看大桥洞没进水里好有一半了。黄混混的又是大流，又是漩涡，南望那远处小戈壁早就沉进河底。老人家跟我父扯咕的净是人要凡事都得看开些甚么的，又是船到桥头自然直甚么的。可把我父逗乐了，看那五个桥洞前尽是大漩涡、小漩涡，船到那儿不乱打转转才怪，还自然直呢。不过人家总是番好意，敢是摔紧点儿，别笑出来。

照说家里别管谁，没哪一个能愣瞧我父上身顶件儿小单褂子过冬。娘怎么气、怎么嚼人没肋巴骨甚么的，末了还是得张罗张罗，旧的新的改的补的，不管怎样总得凑合件啥罢？到底不是晚娘，隔层肚子不知疼热。就算拿芦花絮个棉袄头儿——这当地人把那种短得盖不住屁股的小袄叫作"撅腚橛儿"，倒挺传神。就算是芦花套的撅腚橛儿，不也是人穿的？冻不死人就成。

说来捱冷受冻事小，我父怕还是怕的祖母黏缠人的冷言冷语冷脸子。平时没事儿都找着挑剔，况这个碴儿，说大真就无大不大。别指望到得明年春暖花开就跟着开江解冻——顶少罢，总也得拖过"吃了端午粽，才把棉袄撗"，非等身上不再顶着那件碍眼的棉袄，总别承望娘擅自罢休。祖母也就是这点儿好，眼不见，心不烦，啥都别让她看到，管保天下太平。

我父横下心要拿工钱买件旧棉袄，又也多找到个理儿——过过年好二十大岁了，该成人了，当真自个儿切身冷暖还得赖着娘老子操心劳神！

后来又再跑了两趟估衣铺子，都白跑了，还是没棉袄，弄得人没指望，难过得起意干脆买件棉袍子，一个月工钱，再拉几个哥们儿凑凑看。干活儿着实穿不得长袍短罩儿，那也不打紧，偷偷托高寿山、沙耀武他俩随便哪个媳妇儿，剪掉下襟子，长改短方便，压压底摆就成，敢是费不多少针线。

也相中过两件老大布长袍子，全都一吊钱打不住。长这么大，从没手心儿朝上跟谁借过一文钱——尽管哥们儿交往到这个地步，只须伸伸手，万没有空手揣回来的道理。打关东逃进关来，又流落到此，一路过的穷日子没错儿，到底自个儿不曾当家理事，总没觉出人穷会怎么样。单凭没捱过饿，没受过冻，就只知道穷，没尝过穷。可如今为件遮身棉袄没着落，才觉到难过得酸起心来，好似跟谁站到一堆都比人家矮半截儿。老板还是说："难！"退出铺子，像个花子讨饭没讨到，又给门坎儿绊了下子，险些儿再一脚插进铺子门前阳沟里。这真是人家俗话说的：人倒起霉来，喝凉水也给噎死了，还又放屁打到了脚后跟儿。

实说罢，添件棉袄哪算得上是桩大事！敢也不是桩见不得人的坏

斯文在斯　289

事罢?可跟谁都紧紧瞒住了,就这么憋在肚子里独自跟自个儿一人踢蹬。本不用瞒住小兄弟的——从来从来哥俩儿谁也不曾瞒过谁甚么。不过罢,这一回不让叔叔知道,该是另一回事儿——或许不是有心隐瞒,是羞于开口。

我父让叔叔给细讲了一遍"子畏于匡",先就惊异这天下大事原来人人都有一份儿——圣经上说的,施的一份儿,受的一份儿,还赘上一句:"施比受更为有福。"为此,就不光是圣人贤人在那儿独撑。周文王那一份儿,孔夫子那一份儿,敢都挺吃重受累,又各自清清楚楚肩膀上得挑多沉的挑子。相比之下,百姓万民看起来可就少谁不嫌少,多谁不嫌多;又都懵懵懂懂,哪管甚么天下天上。可士农工商还是人各有份儿,少哪行都不成其为天下,就是非要谁谁跟谁谁合起伙儿来,才有这个天下。不然的话,上帝单造圣人贤人就得了,何苦又费事、又多事,造出甚么百姓万民。

叔叔拿一首哥俩儿都会唱的圣诗来作凭证:"小莫小于水滴,汇成大汪洋;微莫微于泥沙,广土浩无疆。"要不的话,若不是把每个世人都看作宝贝,说"上帝爱世人",那岂不落得个赚人的空话了?人人既都给上帝这么看重,人罢,自个儿也该要自重的;尽了本分不算,还有天下那一份儿。

打这儿我父也才认清,祖父天天不识闲儿忙的些甚么——以前敢也知道祖父是贵人,一行一止莫不珍贵,那不是一句"给上帝做工"就能说得实在的——可跟老城集尤二爷对歪大烟铺,也是给上帝做工?若让城上那般给上帝做工的长老执事知道了去,不嗾哄洋人把我祖父赶出教会门墙才有鬼呢。

瞧着叔叔,我父不知道要怎么疼惜,年幼巴巴的,念得那么多书,懂得那么多大道理,敢是日后也要为天下那一份儿不识闲儿忙上一辈子忙不完的大事。

这么一比画，自个儿忙的些甚么跟甚么？士农工商，种地当真也是在干天下少不了的一份儿么？当真比谁也不退版么？可月头忙到月尾，不过就为的那一吊钱儿——人家李府是厚待人，不的话，实秉实还不值这一吊钱儿。眼前又为件老棉袄，弄得人少心无魂，做梦都梦见拿申报纸给自个儿糊棉袄，没出息到这个地步！

过过很几天，祖父才得空儿跟我父哥俩谈起报册上那些天下大事。

祖父这向时尽忙的是汤机房新开工招兵买马和收新棉的事。

打下边运到的新织机、新纺车、轧棉籽机、弹棉机，算是抢在新棉上市前，都在二十来间新盖的机房里架妥。人手还是照先前打算定了的主意，重又找上老城集尤二爷，把当初散了坛的小小子、小闺女给集拢了来当学徒。

大烟鬼子离不开烟铺，倒靠尤府上守寡的大媳妇，还有挺肯跑腿又挺管用的小二哥登科，挨家挨户去说动，练义和拳的小小子、练红灯照的小闺女、黑灯照的老嬷嬷儿，但凡能打家里走得开的，按月八百文，外带吃住，小小子管弹棉机、打棉籽机，小闺女老嬷嬷管大飞轮儿纺纱车，带着上织机。城里人大半不图这个有吃有住八百文，乡下可管用。有华长老做中保，尤二爷招呼——也是有心要补补前次练功练得半腰儿留下的亏空，十有八成都应了这自从盘古开天地没有过的营生来招人。

而外祖父少不得远至铁锁镇，四乡福音堂去托付众教友，齐心会儿说动家邦亲邻，新棉卖给魏机房的魏弟兄，价钱提高一成，比卖给走洋票的划得来。如此盘进的新棉，估着一年纺纱织布足足有余。

每一趟打外头回来，总累得七死八活。忙的那些到底所为何来呢？祖母总怨祖父整天"无事忙"。这话是说中了，也没说中。

这一回靠小兄弟帮忙，有条有理地弄清了祖父定下的功课，我父心下就暗自打定了主意，也算立了志气——

尽管天下大事，是不是真的也有自个儿一份儿；可凭自个儿这块材料，定规只有受的份儿，没施的份儿。看看祖父罢，倒又净为人家忙这忙那，但得能为自家多忙一些个——城上多少官的私的差事找上门来，闭着眼顺手接一桩，日子就不是眼前这样子。看来祖父独在本分这一份儿上头，怎么说也是亏了点儿，不好单怪祖母怨这怨那。不光是祖父，身边这个小兄弟，日后定规也是走的祖父这条路，去忙天下大事那一份儿，准又顾不到自个儿，顾不到自家。做爷的碰上他这么个儿子，做兄弟的碰上他这么个哥哥，使多大劲儿拉拔，总也死狗撮不上墙。转回头来说，碰上这样不顾家的一父一弟，自个儿不全心全意把这个家道拾扭起来，元房四口若说个个顶锅盖儿没得吃、没得喝，那倒不至于；可终有一天日子难过不比这没吃没喝好不多少。这个道理明摆在脸前，再清楚不过了。

可一父一弟偏偏又都全心全意去尽天下大事那一份儿了，对自个儿家道又不是懒，又不是滑，做儿子做哥哥的能不全都兜揽过来么？

圣经上说是说："无须忧虑吃甚么、喝甚么、穿甚么，你等所需这一切，你等天父皆知之。你等须先求他的国和他的义，所有这一切都要赐予你等。"可天降吗哪那个世代早过去了；忧虑是真的无须忧虑，干活儿可一点儿也偷不得懒，躲不得滑。不忧虑断不是不干活儿。祖父是真的从没为饥寒饱暖忧虑过——在关东是靠祖先上人，如今是靠天父，给上帝做工，比种地还忙，秋收冬藏也没闲过。求的是天父的国，天父的义，敢就是天下大事；有个塾馆犒食着，吃、喝、穿，都不用愁，可也就只是饿不死、撑不着那么回事儿。

只是人生在世，哪就这样糊弄着算了？

别的不说，哥们儿里，剩下沈长贵、李永德，都比自个儿还年幼两三岁，亲是早订了，年前都要迎亲，自个儿这还在哪儿？过过年二十大岁，亲事还没个头，够晚了；兄弟转转眼儿也到时候了——哥俩同命，也是打小就定了亲，也是给打仗打散了；按说十五六还没头绪，也够不早了。可别想爷娘顾不顾得到这一层儿；顾到也没那个能为。

不错，眼前有个沈家大美，再趁心合意不过。哥们儿热心肠，正经也不正经地瞎啜哄，可讨媳妇哪是靠的人家打包票？就算承蒙帮衬，讨得进门，活口儿暧，讨来挂到墙上当年画儿，不吃不喝不穿的？一件老棉袄都还半悬空儿吊在那儿，差讨媳妇儿十万八千里不是？照这势路，再打十年光棍儿也没章程，连累了兄弟也陪着晾在那儿。

钱是一文也攒不到，见月一吊，娘这手接，那手出；祖母手头仍旧当年那么大邋遢，早晚拜个干姊妹，认个干闺女，呆定是一对二两重银镯子，恰恰好两个月的工钱。

照祖母一向那样子行事为人，就又很难说难尽了；祖母该是自个儿本分这一份儿和天下大事那一份儿，两头都不着边儿。饶是这样，上帝也不单没有薄待她，给她的福气没谁及得上；做儿子的，生身之母又好派娘甚么不是？只不过指望母子二人合起心来扒插扒插这个家，别让祖父跟叔叔有甚么后顾之忧，可那是休想了。而外还指望啥？上帝那边儿，自有天意，强求还是听命，出入都不大；那就讨个媳妇儿，俩人儿一齐苦。多一张嘴是不错——不定要多出多少张小嘴儿，可总是省得顾外顾不到里，顾里顾不到外。里里外外一道儿吃苦受累，也才好把一个窝儿拾掇起来。

可讨媳妇儿要日后哪一天，那之前也就唯有独自一人闷着头干罢。就像跟谁都严严瞒住，独自一人闷着头盘算添置棉袄。来日只怕注定非得这样子不可了，单枪匹马，不知要苦到哪年哪日。

心事一经这样子调理出个头绪，祷告里算给上帝禀报清楚，当下也便立定志气，这一生的世路大半有个模样了。清醒明白里，上帝也回应了我父：人既都是上帝造的窑货——圣经上说的是器皿，各派了用场；就算一般样的用场，同是黄釉子盆、黑釉子盆、龙盆还是没釉子瓦盆，都是论套儿的，大盆子套二盆子，二盆子套三盆子，到五盆子也就和汤盆子大不多少，一个套一个，都是洗洗弄弄用的，一个用场，可大小之间也就有那用场之分，三盆子便多半放到铺前当夜盆子用，被窝儿里拿进拿出方便罢。

我父便估着自个儿是个甚么器皿，也跟上帝讨了份儿差事：我就是盛饭的碗、冲茶的壶，都要头号儿的，好伺候老的老，小的小。还要是四季厚薄不缺，棉麻皮毛俱全的箱笼柜橱。我爷我兄弟只管去求你天父的国、你天父的义，吃穿用度都有我去苦了来。我父就这么跟自个儿约定，跟上帝许下了大愿。

待祖父理论起天下大事，我父心下既有了个底子，听起来也就似乎一窍通，窍窍通。远在天边瞧都瞧不到的风风雨雨，旱又旱不到这里来，涝也涝不到这里来，心下直叮着说：爷你尽管去操心，去管那些是是非非，上帝要你管的，敢是要紧得不能再要紧。吃喝用度罢，也要紧，今时是凑合，委屈了爷，日后都找我来管了，别为这些俗事分心。

祖父指点出我父哥俩儿没看到的一些关节，还有一些过往的来龙去脉。首先是前年那场变法毁于一旦，当今皇上欲学日本维新，力图变法，能跟日本一般的前后二十来年便国富民强起来。这维新也不是东洋的，中国历来改朝换代，都是维新。不用改朝换代也有维新，像"周虽旧邦，其命维新"，周文王就把旧邦给维新了。没有文王维新在先，武王也得不到天下；得到天下也保不住八百年那么长久。

不料当今皇上起意维新，烧饼还没咬个边儿，就坏在强横霸道老太后手里，只为的是害怕皇上当政，就没她作威作福的份儿；当下把皇上软禁起来，把帮助皇上维新的左右整得逃的逃，散的散，砍头的砍头，差不多是斩草除根了。从此这个老嬷嬷专权朝政，奸佞当道，打杀忠良。如今不到半个月间，连斩五位大臣，历朝历代有过这样子胡来的么？就算如圣旨所降的罪名，也犯不上死罪罢？

那一道道上谕，打的是皇上名号，试问哪一道皇上知道？可不都是地道的假传圣旨——这一道谕示严令保护远人使臣，跟着那一道谕示又饬戮力杀洋。给赏银就老太后出面做好人，宣战灭洋就又皇上出面做恶人。好歹神志有个三分清醒，也知这义和拳万万靠不住。辽东一仗，全国兴师，水陆出兵，也没打过小小一个日本，如今单凭个义和拳小儿小女血肉之躯，去跟东西洋列国搦战，岂不是找死！枪炮齐发，打了两个月，连一个小小使馆、一个小小教堂也拿不下来，还不知厉害；一头拿议和哄人，一头拿枪炮打人，如此邦国之间一再一再失信于人，历朝历代可从没有过这样不义的朝廷。

祖父终归了一句话：大清帝国气数已尽，不出十年罢，清室必亡无疑。

不过祖父重申了前此给俩儿子丢下的包票："亡不了——清室倾覆，天下仍旧，未始不是维新机运。何况天必不丧斯文于咱们中国！"

这才祖父讲讲明白上帝为何不灭中国。

用《圣经》上的口气来说，那是异象，祖父亲眼所见、亲耳所闻、心领神会，铁案如山。

最早是高祖父在世时，和拒铁丹一同得自华山道人之手的《景教碑》拓帖。考究的是砑过光的乌金搨本，后来得知景教本为耶稣教唐朝古名，咱们二曾母既皈依了这门洋教，此宝也就曾祖父交给她收藏了下来。

光可鉴人的这幅乌金搨，足有一丈二尺多高，将近六尺宽，加上绢裱天地头合起来又约五尺，悬到二梁上垂下来，底轴也才刚好离地一拳，是挺壮观。

碑顶正中，三字一行，方峻遒劲的魏碑体，书以"大秦景教流行中国碑"。上端饰以莲花祥云烘托一座十字架，底边则以百合花丛拱衬。碑文序赞为大秦寺僧景净所述，朝议郎前行台州司士参军吕秀岩所书，大唐建中二年岁在作噩太簇月七日大耀森文日所立。

二曾祖母本识字不多，信教读经倒是大有长进。可圣经大半都是大白话，跟这碑文两码子事。别说这罢，祖父中了秀士，二曾祖母找他讲来听听，祖父也都吃力琢磨，仍有许多不解。碑文下方一些外国字儿，一般的也是洋人韩牧师等全都不识，也不知道是哪个番邦的番字儿。满文就更不是——二曾祖母籍隶镶黄旗佟氏，大脚板子，满文倒认得比汉文还多一些。

祖父尽管打很小就跟着二曾祖母上教堂，可合着那俗话说的，"小和尚念经，有口无心"。待到十来岁后，总是八下儿找借口，得逃就逃，怕上教堂，气得二曾祖母斥他："你可真是你爷的儿子！"曾祖父敢也是不肯上教堂。但等轮到慈命来解碑文，还又拉拢来韩岳稫牧师和堂里一些主事的听他开讲，不能不下点功夫先自解个清楚，这才对这耶稣教真正有个认识。

可比佛碑《圣教序》罢，可惜不是出自唐太宗之手。按碑序所述，这景教可是贞观九年入的中土。首先"远将经像来献上京"的大德阿罗本，太宗非仅遣使宰相"房公玄龄，总仗西郊，宾迎入内，翻经书殿"，还曾"问道禁闱，深知正真，特令传授"，下诏"济物利人，宜行天下"，造寺度僧，积下善业功德。高宗复于各州置寺，以至"法流十道，国富元休；寺满百城，家殷景福"。玄宗明皇则"令宁国等五王，亲临福宇，建立坛场"，天宝初年，"令大将军高力士送五圣写真，寺内安置，赐绢百疋，奉庆睿图……"，于兴庆宫修功德，"天题寺牓，额戴龙书……"。肃宗"于灵武等五郡，重立景寺"。代宗"每于降诞之辰，锡天香以告成功，颁御馔以光景众"。德宗"披八政以黜陟幽明，阐九畴以惟新景命"。景僧并于"中书令汾阳郡王郭公子仪"麾下"虽见亲于卧内，不自异于行间。为公爪牙，作军耳目"。这样看来，自太宗而高宗、中宗、睿宗、玄宗、肃宗、代宗，以至于德宗建中年间立此碑为止，已历八代皇朝。其后顺、宪、穆、敬、文，复历五代。依《资治通鉴》所记，至武宗会昌五年，"上恶僧尼耗蠹天下"——实则为武宗师事道士赵归真等，听其献策斥佛，景、祆、回诸教同遭禁绝。乃于毁天下佛寺四千六百余所，勒令僧尼廿六万五百人还俗之余，复勅"大秦穆护等祠，释教既厘革，邪法不可独存，其人并勒还俗，递归本贯充税户；如外国人送远处收管"。由是而景教断绝于中原。算是先后经历十四代，二百一十一年，不为不久。只是断了也就断了；人家佛教、回教，都又死灰复燃，着得更旺。景教再起来，要到七百多年后明神宗时传进天主教，才又活过来。等到耶稣教传来中国，为时可更晚；传到关东，哀长老会的英国人韩岳穑、魏德尔两个牧师到牛庄开教，算是最早的了，也已是同治初年，我祖父才三岁；后来又有一个英国牧师罗钺汉，在牛庄待过一个时候，我祖父还记得，把小孩子叫小把戏，说的话不全听得懂，不像先来的两个牧师，虽带洋腔，却是官话。后来这罗牧师去了奉天，听说办了学堂。

说起这牧师不牧师的，打一小儿我祖父就听惯了叫惯了，没想过那是个甚么意思。待至念到周礼，"设官分职，以为民极"，牧师原是个官位，可管的甚么呢？"孟春焚牧，中春通淫"，管的是牛马发情，跳槽配种，真把人逗乐了。青泥洼马栈，有的马倌就管的是淘换良马配种。祖父调皮，背地里都唤牧师韩马倌、魏马倌，那位罗马倌是远去奉天了。二曾祖母不解，每听祖父这马倌那马倌，八成只以为祖父瞧不起他伙儿洋人，总瞅一眼，至多斥一声"活脱脱就是你阿祃，遮不住你阿祃魂灵摽搁你身上！"曾祖父也是一径都瞧不起这般红毛子、黄毛子、银毛子；尽管花得大把大把银子盖教堂——其实那也是拿银子砸毛子,就是不要让毛子占上风。

讲《景教碑序》,教义上头有些地方晦得难解,好在教堂礼拜天长地久都在讲道,自有传授,都是牧师教士的职司,祖父就不在这上面抠抠挖挖,枉费苦思也不得解,多半含糊其词地闪烁带过。倒是当年这景教颇为风光过,演说起来,极有味道。

受到贵人扶持的景教,这般贵人大半都是家传户晓,说书、大鼓、曲子、小戏、大戏,常都听熟了、看熟了的英雄豪杰,祖父讲来神采飞扬,一些教友和传道听来也是神采飞扬。

讲起唐太宗,未必有几人知道,可一提小秦王李世民,那就老熟人一样,教友里即刻就你言我语来提醒:"那咱们熟,不是谁吗——你都知道的,天下第一条好汉李元霸,李世民就是他二哥,李元霸排行老四嘛,可惜年轻轻的,死太早了……"那口气好似拉耻到姑表姨亲谁家的老几又老几。唐睿宗罢,本也没谁知道,可一提"李旦走国",替他老哥报仇,讨伐害死他哥的韦皇后嫂子,重又登极坐大宝,那就无人不知了。还有玄宗唐明皇嘛、太监头子高力士嘛,郭子仪老令公嘛,谈起来都无不是左邻右舍,沾亲带故那么近乎。教友间跟声儿拉耻儿起来,聊起薛丁山他儿子——薛刚反唐、保唐甚么的,都是李旦走国血肉相连的大事,高谈阔论,真够热闹。教堂里除了祷告,教友从没这样自由自在地大声笑谈过;尽管大伙儿留意到洋人韩牧师早已脸色不大好看,只是大伙儿兴头来了,都不甘败兴,也不忍扫别人兴,只有装作没看到洋人脸色,喧呼更大声。还算好,这里不是做大礼拜的大堂;三十来个传道士和教友,只是日日晨更祷的地方,钟楼二层楼上。

对这么多的熟人熟事,不好热闹热闹就算了,二曾祖母本意更不止于此。

在那些年月里,我祖父还不曾把信不信教当过回事儿;仰承体恤慈母心意，敢是远甚过对上帝旨意的仰承体恤。起始是在家里，二曾祖母才一听祖父给她讲了一小段儿碑文，便叫祖父暂且打住，容她去跟韩牧师商量，挑个工夫，邀些传道跟有闲空儿的教友来，一道儿分享分享。二曾祖母敢是才听那么一点点"三一妙身"，又是甚么"判十字以定四方"，知是唐朝古碑，就一下子心领神会这传家之宝原来又是传教之宝，顶好能让多些人来见识见识，自必荣主益人。祖父秉此慈母心意，说怎么没情没趣，难得正正经经一报慈恩，也便尽心尽力来做。讲谈间，眼见慈母也和大伙儿一般的眉笑眼开，自个儿更不知有多乐和，就越发言辞间加油添醋，又是糖，又是蜜，五味俱全，逗得教堂里过圣诞节也没这么欢天喜地过。

祖父心下自是有数儿，不能光是承欢，热闹热闹就算。为这一番为时五个晚上的开讲，祖父少不得事先下了点功夫。打小儿受洗到这娶妻生子，做了十多年的信徒，这才认真地钻凿到一些教旨，虽未必就此虔信，总也见到一线亮光。可一来亮得刺眼，花花的还待还醒还醒，多看看仔细，一时与这般教友讲不清楚；再来是偶有一得两得，直来直往讲出来，众教友未必领受得了。末了也就只能趁热——趁大伙儿欢天喜地这个工夫，迁就众人胃口，也是拉拔拉拔信徒信心，当作个信息传传，祖父指出这些英雄豪杰，都曾上过大秦景教寺这个教堂做了礼拜，便是杨贵妃，一定也唱过圣诗、祷过告、听过讲道——这有见证，后来唐明皇跟杨贵妃都曾常川住在兴庆宫，唐明皇诏来大德佶和一辈十八人在兴庆宫修功德——也就是如今大正月里的培灵布道大会，皇上跟娘娘能不亲幸道场么？

果然诸教友听了有趣，深感吾道不孤、上下相去将近一千二百年，古人今人统在主内合一，倍觉亲切。教友里有的自个儿对讲起来："对罢？你说，叫咱们洋教。妈拉疤子！唐明皇信的教，敢说！还洋教……"

接连五个晚上这个小小道场，二曾祖母心疼亲生儿子自不必说，才虚岁十八，就这么着比在座任谁都有才学，都有见识——连韩牧师不知道的，他都清楚得很，为娘的那个心喜法儿，不知怎么才好；听着听着，就不由得眼泪丝丝的汪在眶子里。临末了祖父又透了这个信儿，常时连洋人带几个传道都口口声声辩白，咱们这是普天之下万民的福音，绝非洋教。可世俗总是那么叫你，教友也都给世俗叫得没多大主张。儿子借这碑帖，给了教友好大一颗定心丸儿，真是功德无量，二曾祖母敢更是喜上加喜，在神在人面前脸上不知有多光彩；除了感恩上帝，不知还要跟谁感恩的好。曾祖父的牌位前念念有词："老爷子，喳星（老二）这么成材，该你阿祸乐了；看看这喳星又管事儿了，又有本事给上帝做功德，敢情一日三回供你枣山鞑子香也没这么欢喜不是？……"

　　人前祖父喊这亲生娘二娘，只母子单独一道儿时，二曾祖母总喊祖父喳星，祖父也应声改口喊二曾祖母娜娜，都是旗人话。二曾祖母就曾三分凄凉、七分自遭地拉起调儿哼哼："娜娜也是喳星，小吉也是喳星。喳星生喳星，娘俩儿同一命。"二曾祖母似乎还是挺在意自个儿屈居二房；尽管两位曾祖母亲如姊妹，曾祖父也并非贪欢讨妾，倒是为的子嗣，大曾祖母一番苦心，挑挑拣拣，帮曾祖父看中个娘家远亲，镶黄旗后人佟家姑娘。

　　不过咱们这位二曾祖母给讨进门来，四五年也没见一点儿动静。妻妾二人沉不住气，起意再讨个三房看看，瞒住当家的，偷偷买进来一个丫头，不想曾祖父不受，加一翻儿银两把人打发回去。

　　这后来同治元年，松花江胳膊弯儿里发大水，淹得哈尔滨到长春、铁岭一带尽成泽国，淹得屯垦百姓东逃西散，一部分南来盛京辽东一带就食，卖儿卖女，可是一场大饥荒。官府合同士绅商家少不得赈济的赈济，收容的收容。咱们华家既居辽东首富，自也开仓放粮，单是普兰店盐场就安置下上百户人家——四五百口子老小。

灾民中有对年轻夫妻，拖着六个小子，顶大的才十一二岁，楼梯一样儿挨肩排下来，小的还奶在怀里，登门卖子。两位曾祖母一商量，收个螟蛉罢，曾祖父倒是点头了。

尽管人家六个小子任你挑，那大的两个眼看接得上手干活儿，不忍剜掉人家人手，也养不亲；太小的又还是个奶孩儿，不大好养，且又念在"天下爷娘疼幺儿"，也不忍夺人所爱。几经商量，便收养下三岁大的老五。二千两银子，收作压堂子——敢是没有绝念一妻一妾不再生养。按辈字儿取了学名延庆，这就是咱们大祖父——大老爹。不想过到五个年头，咱们二曾祖母一举得男，生了我祖父，排行老二。隔年，大曾祖母像赛着来的，快上四十了，生下咱们三祖父。虽说不曾绝念于亲生子嗣，一年一个这么紧跟着来，到底还是大出意表，乐得曾祖父直说送子娘娘真有眼色，冲咱们家三片家业，不多不少送来仨小子……一言九鼎，打那就把青泥洼马栈归到大祖父名下。二曾祖母一直就是掌管牛庄盛广德槽坊，祖父敢就是槽坊小少东。大曾祖母一向主事普兰店天日盐场，三祖父成人之后也就把盐场有板有眼儿接下手来。

说实在的，二曾祖母除了三门家人、掌柜的、伙计人等喊声二娘二奶奶，真也没甚么大的二的之分。往天人家都说，华老爷子马栈里跺跺脚，青泥洼跟着摇一摇。盛广德最鼎盛那个年月，真也套得上这句老话：华二奶奶槽坊里跺跺脚，整个儿牛庄都得跟着摇一摇。

如今眼看儿子有才学，这么管用，合该这一生一世，再没不如意的了。

一连五天，比如摆下道场弘法，虔诚信教的咱们这位二老太，心上那股子自在，尤更不必说了。

可末了洋人韩岳穑牧师，把这场功德褒贬得一文不值。一开头这洋人就不很乐意，起因于洋人以为石碑就是墓碑，依据教义"让死人埋葬死人",为死人营理丧葬的人既被视为死人,其所有行径,包括礼仪,便都属于降服于魔鬼权势下的迷信,应为信徒所不齿。故虽碑冠饰有十字架,也被斥为异端。后经我祖父纠正,略述树碑立传之义,加上祖父情不自禁蔑视其无知的一再嘲笑,越发触怒了这个哀尔兰(爱尔兰)红毛鬼子。不过洋人尽管百般的不是,却有一个长处,口角上怎样争端,少见意气用事——或许这种异类,生成的不懂得翻脸,也不会翻脸,总是甜巴嗦嗦的笑颜迎人。末了还是拗不过咱们二曾祖母——她老人家也太是这个教堂的大施主,不能不买这个账,终于首肯这番道场。

从头到尾,这个洋人牧师倒是有始有终,一刻儿也没错过我祖父的讲论。祖父敢也是明眼人,哪里瞧不出这红毛鬼子一径的不以为然——尽管那一对淡得像睁眼瞎子的银灰眼珠子,瞧着你也像没瞧见你的那样神不守舍,显得神色不定,可还是掩不住一肚子的不屑和不满。

打洋牧师"神天宣庆,室女诞圣于大秦;景宿告祥,波斯覩耀以来贡"这段碑文指责起,耶稣基督诞生于大秦,西洋从没有这个国。波斯是有,可朝拜圣婴的三贤并不是波斯人。既根本没有这个大秦国,所有"大秦国有上德曰阿罗本……""大秦国大德阿罗本,远将经像来献上京……""大秦国南统珊瑚之海,北极众宝之山……""大秦国有僧佶和,瞻星向化,望日朝尊……"等碑文,自都纯属无稽捏造了。

对此,祖父恼在心里,却笑笑地挖苦说:"你念的书太少了。不怪,你也不认识中国传世的古书。不知道又不懂得,还这么信口开河地随便乱说。大秦国,我也不是没查考过,咱们西汉时叫它犁靬国,东汉时叫它海西国,都有过往来。那时你英国还是蛮荒之地呢——不是说你英国立国到今才一千零几十年么?那不是小孩儿一样?小孩儿能知大人多少事?……"

祖父敢是要存心气一气这个自以为是的洋人。年幼巴巴的居然也就能老奸巨猾，学着这洋人那样甜巴嗦嗦的笑脸迎人，一点也不动气的样子，也算是以其人之道，还于其人之身。年少气盛，自是容易为此自鸣得意。如今记起这些旧事，才觉无聊得紧。

景教流行中国碑那一帖搨本已在炮火里付之一炬。好在祖父早即一字不落全都记在心上。前年把那碑文序颂默写下来，赶在任恩庚牧师去莫干山避暑，带去上海那边差会总会查考查考，看看有无深究的道理。孰料秋后回来，送给我祖父一部刻本《大秦景教流行中国碑考》，除序颂全文，并有天主教耶稣会士谢务禄、外国的骆哥博士、魏廉博士，以及前朝李之藻、徐光启，乾隆年间毕沅、钱大昕、杭世骏等人士考注，始知此碑出土于明熹宗天启五年。原来已有那么多中西才识之士下过那么些功夫，治学于此。尤以钱丈念《景教流行中国碑跋》，把这景教正本清源考证了一番，由而始知大秦即罗马，教由波斯传入中土也确有脉络可寻。祖父得此真如获至宝，感激任牧师不尽，那任牧师也越发钦敬我祖父的博学——这我祖父心中明白，只不过渊源凑巧，不期而涉猎；然而早自高祖父得此搨本，方有这番因缘，总是七八十年前，上帝即已定意要拣选咱们祖父——又因这碑序，祖父才真正起始认识基督，则这因缘早就定在一千一百余年前立碑之日的正月初七了。这是我祖父灵眼所见的异象之一。

曾被那位洋人哀尔兰韩牧师斥为异端的，尚有碑文所记的唐太宗崩殂之后，"旋令有司将帝写真转摹寺壁"，以及玄宗"令大将军送五圣（高祖、太宗、高宗、中宗、睿宗）写真，寺内安置"，指为崇拜偶像。当时祖父唯觉所斥不当，无以驳正，深以为憾而一径耿耿于怀。而二曾祖母虽则信教既热心又虔诚，就只是家中祖先牌位始终保住，初一十五上香烛，逢年过节则供三牲，加一道旗人枣山——小尖下厚，一尺多高排满红枣的发面糕。洋人也拿咱们这位二老太太没法子。碑文里讲到"五圣写真"甚的，二曾祖母可得意了，眉飞色舞跟牧师、传道和众教友谝示说:"瞧罢,没错儿,咱们可是遵照老祖宗的老规矩来的。"

二曾祖母所以那么坚志不渝,敢还是守住曾祖父生前的教训。祖父听说过这些,当年二曾祖母为求夫君福寿皈依了耶稣教,按教规不可拜偶像,所有旧礼祭天地、祭文圣武圣、祭祖先等等统统都要废弃。曾祖父倒也懂得拜偶像的愚蠢不当,可天地君亲师怎可拿庙里泥胎子偶像作比?尽管跟两位洋人牧师讲道理讲不通,曾祖父还是在自家里持守祖传的规矩;历代祖宗牌位本是立在老根青泥洼马栈家宅里,为的无法苟同这个洋教不通人性的洋规矩,曾祖父还特意又在牛庄这边家宅上房立了"华佟氏门中先远三代祖宗之神位",初一十五一日三上香,留传子孙永世遵礼,不容中断。

祖父对此不曾深思,唯觉曾祖父不失为通情达理之人,彼时也已对种种教规不屑一顾。待至劫余悟道,真心归主,祭事上头的辩难就不容规避。经过持恒的祈祷与内省,得见异象,从基督的两系家谱,发现了中国比犹太做得更好,更符上帝的心意——其他古今列国在这家谱上完全未解天意,犹未稍稍尽心;当下悟知并坚信"斯文在斯"。尔今天心属意中国之文,差遣教会来就中国,逐中国水草而食,福音当益肥壮,末世救恩乃得大成。

为此,定居这沙庄之后,家中重立"华氏门中先远三代之神位",塾馆中也立下"大成至圣先师夫子之神位",这都已是余事,而以五经四书求解圣经难解的奥秘,莫不迎刃而解,使洋人也不能不服的这份圣工,才是我祖父一千一百余年前即受拣选的天意之所在。

上帝这样恩宠钟爱中国斯文,且欲重用,则清室纵亡,社稷必仍长存。祖父重又抖着腿吟哦:

"天之未丧斯文也,洋人其如予何?八国联军吗?八十国联军又其——如——予——何!"

新袄

"一场秋雨一场寒，一场秋霜夹换棉"，我父跟庄户人家一般，没夹袄夹裤夹袍子这玩意儿，别等甚么秋雨秋霜，按部就班地单衣添夹衣，夹衣换棉衣，人家早就一早一晚棉袄上身了，我父重又过回头，晚春收大烟时丢了棉袄装硬汉，现下晚秋种大烟，又得让人笑他卖膘——卖那一身块块结成肘瓜儿上好的理肌。

我父才跟叔叔学了几首千家诗，头一首七绝"云淡风轻近午天，傍花随柳过前川。时人不识余心乐，将谓偷闲学少年。"背着背着，打李府回家来，身上冷飕飕的，倒是有意无意间拼凑到自个儿身上来，先是顺口冒出来"时人不识余心苦，将谓逞能称好汉"，乐得回到前头改改"云重风寒近晚天"甚么的。

也还算心上有个底儿，棉袍子改棉袄，再熬过这两天就可上身儿，有这仰仗才福至心灵，居然不怕人笑地哼哼起诗来。倒好像忘了前天几家估衣铺子转来转去，拿不定主意的那番为难和心酸。

一趟趟跑估衣铺子，扎边儿就没有短袄进货，几家铺子都一样。

不光是天气不架势儿，一天冷一天；上城也不是天天都能当正事儿办地说去就去。卖草、卖锅拍子、卖麦秸墩子甚么的，也不是天天都有的卖。还有那两串儿打李府领来就没交给祖母的一吊文，又沉又占地方，藏在后院儿喂驴的草料垛子里，上城时得装作调理牲口料儿，后院里磨磨叨叨的，得空就扯出钱串，慌三忙四缠系到腰里。买不成棉袄回来，少不得又躲进后院儿，再偷偷塞回草垛子里。真是"做贼心虚，放屁脸红"，草垛子前转来转去边伺着，怎看怎像里头藏了玩意儿，又少不得遮点儿甚么，挡点儿甚么，看看又像贴上"此地无银三百两"纸条子，赶紧再把那遮挡的家什拿开。自个儿出力淌汗苦来的钱，倒要像做小贼一样的偷偷摸摸不敢见亮儿。久了可真烦儿，比干啥活儿还累人。单为这个也得尽快把这悬空吊在那儿的死疙瘩给解开。向来行事为人光明正大，哪受得了这么身心交瘁的折腾！

末末了，还只有咬咬牙，挑了件倒有六七成新的厂布深灰面儿，白大布里子的长棉袍。穿上身试试，原主儿约莫是个矬巴墩儿矮胖子，没等拉拉伸，胳肢窝儿一扣上钮子，就觉出宽敞得四下里旷荡荡的，底摆让伙计怎样往下拉扯，也只顶到小腿肚子。

那掌柜的大麻子也过来帮伙伴说合，身里宽敞点儿才对，好再衬些单挟衣。短点儿干起活儿来才利落。六七成新也给说成九成新……真是嘴巴生在那张麻脸上，由他说吗就是吗，怎说怎有道理。

我父心里自有成算，短一些是真的无妨，横竖前后襟子都得剪去一大截儿改短袄。袖口原该包住手的，短到虎桠儿这里倒省得卷上来一层才干得了活儿。腰身还是宁可宽松些，没甚么衬衣那个作兴，倒是种地汉子没几个扣纽扣的，小襟儿往左怀里一揸，大襟子打上头覆过来。这么一裹紧，再拿老粗老长的搁腰带一圈圈绕了勒住，又结棍又暖和。可这些都还凑合过去的地方先不能讲，得留着做褒贬，以备还价之需。真真不如意的还在这棉袍有领口，没站领儿，委实不该——又不是夏天单褂子，没站领儿图的是凉快。棉袍穿上身，辫子打后领口里掏出来，锁纽扣上，伙计捧过鸭蛋镜子帮我父端详，这一照可滑稽，活是个小丑，脖子长得像只鹅。

好似可也找到了个碴儿,忙不迭解钮子褪掉,像是袍子里有条长虫。铜钮子黄亮亮的,不知是勤擦勤摩还是为的要出手,现钉的新钮子。

顶不中意要算这个没站领儿的毛病上,又丑又光着脖子没遮拦,捱冷受冻不朝天招凉伤风那才怪。这么褒贬着。加上底摆那么个短法儿,身里旷里旷荡,我父嘴上也挺损,连声追问伙计跟掌柜的:"不是挑剔,你俩都看在眼里了,说说真心老实话,穿得出门儿么?穿在身上可不像个二百五扎货?……"

这扎货指的是扎糊铺子扎糊的纸人儿,卖与丧家烧给亡者带去阴间使唤的金童玉女。

小伙计年轻脸皮儿薄,给逗得又笑又臊,红脸红到耳朵根儿。

说真的,没站领儿不打紧,裁下来的底襟儿想必凑合个领子绰绰有余。到底还是为的价钱,一吊二百文,不狠杀杀哪买得起!

毛病太多了不想要,把担在柜台上的棉袍推还给伙计收进去,带点儿丧气的拉起架势要走不走的。

几家铺子看下来,也只这一件还算凑合过去,料子、新旧成色、讨价倒也克己,差不多就这样了。一吊以内的那几件,根本陈旧得瞧不上眼儿,不定死人身上扒下来的——当典哪收那种货色!

伙计用一吊一来留住主顾,我父回一下头,摆出一脸不在价钱上计较的味道。心里可直数说:十商九奸!但凡买卖,就得这么真真假假——捂住真的,露出假的;假的要骗人家当真,真的要假的得手。

掌柜的超到门堑外头,拿一吊整来拦住主顾。人罢,免不了得一望二,我父可又不甘心卡卡好带来一吊,就尽这一吊,叫人暗里啐这小子拣样子弄故事,磨这半天只为身上只这一吊钱。遂跟掌柜的该一不二地弄清楚,这件棉袍不安个站领儿不能穿,看是铺子里请裁缝安好站领儿再来取,还是退让出工钱这就成交,回去自个儿再找人安站领儿。生意人乐意的是现钱现货,银货两讫,这在我父业已料定了。果然那掌柜的假假的为难了一下,退让了五十文。我父边走边摇头:"五十文找谁呀你大掌柜的?人家看面子肯干,你还没面子拿出手罢?要末你大掌柜的拿回去找你家大奶奶巧手儿动动针线,一文不花,咱们照一吊钱成交,压两天带钱来取,彼此省事儿。"掌柜的拦到大街心儿,假假地咬咬牙,假假地一副赔了血本儿的苦相:"好喽好喽,让你一百文,凑个整数儿,行了罢?谁叫你小哥子这么善买东西——又识货,又还价高手!"

钱串儿系在腰里,小褂子遮到腰下,我父便双手探进褂襟儿底,开宝一样地摸摸弄弄,解开绳头儿系子,一小落、一小落捋出来数给伙计,数够了九百文整,腰里还有意拨弄得哗哗响,让人估不透腰缠多少钱,面子可是挣足了。

数钱的工夫,掌柜的吧嗒着长杆旱烟袋,拿我父当他烟丝儿品味着,说我父不像乡下上城来的种地汉,又夸我父就算没来头儿,来日也定有个看头儿;头脑儿好,该做买卖儿人……我父听着没拿当真,生意人罢,好话又不用本钱,净赚不赔的,顺手拉拉下回再光顾嘛。可背着包袱回来路上,心里自在,便老拣些得意的回味回味。当真是块买卖人料子么?素来也没阅历过讨价还价像样儿买卖,早晚替李府上赶集籴粮,那是呆的,陆陈行牌价挂在那儿。也帮忙李府掌眼儿买卖过牲口,只是喜欢牛马驴骡大牲口罢了,头进卖出自有四蹄行那般讲行儿师傅拉拢撮合。卖草卖手艺玩意儿可又不值一提,哪沾得上买卖边儿!今让估衣铺子掌柜的一恭维,一吊二百文的棉袍子能还到九百文,敢还是很行罢?其间装模作样儿,无师自通。果若自个儿是块料,不禁念到咱们太祖、高祖、曾祖,一路下来都是大买卖人,二曾祖母打盛广德槽坊顶过来,就接手掌管,经济得头头是道。好几代这么积德下来,自个儿敢是生来就命里有这个所长罢?那就秉此祖

新袄

荫,日后走这买卖路子。士农工商,怕是只有营商才发迹得快;一翻两翻,庄户人家得苦上两三辈子;可抓个手艺、抓个买卖,当辈子白手成家就兴翻上好几翻。营生上大发迹,也才发家有巴望。家道兴起来了,一父一弟也才好一无后顾之忧,放心放手去忙天下大事。

包袱皮是挑草上城就掖在腰里带来的,棉袍子看起来也不算大,也不算厚,打成包袱倒挺笨实,扁担穿进去挬到脊梁上觉着挺抢眼儿,走老路怕碰见熟人噜嗦,我父绕点路,打大、小南门外头走火神街。还离老远就听到魏机房喊哩咔嚓织布机响得一片鸣。因就想到这么一项手艺,一下子就能吞得下几十上百口人手,千顷田的人家也没这个量。可见一二十架织布机,就富过千顷田多多了。

这尚佐县北乡倒有一家千顷田,上两代就奏准了挂千顷牌,免纳钱粮田赋。虽说朝廷遇有急难,凡挂千顷牌的,朝廷要征多少银子就征多少银子,可这家挂了两代千顷牌,朝廷也还没征过一分银子,真是越有越有,越富越富。千顷田到底有多大,难想。李府上两百多亩地,东一块,西一块,闭上眼把那一块一块凑到一堆儿,千顷田却有这五百块大,那得怎么去想?没边儿没沿儿不是?北乡就算不全是他一家的,一半儿也有了。这么一划算,那这魏机房来日的财富还了得?

当初李府二老爹来拉我父一把,要教我父种地,还曾说过:"衙门钱,一篷烟。生意钱,六十年。种地钱,万万年。"衙门钱,我父没考究,不知就里。生意钱罢,咱们华家关东三代可都是挣的生意钱;太祖手上创了马栈,高祖手上创了天日盐场,曾祖是顶下来一家大槽坊。三代下来,早就不止六十年。若不是千年不遇地碰上那么一场大劫大难,就算祖父祖母吃喝玩乐带赌博,守不住那片家业,存心败家也还够十几二十年踢蹬,总是远不止六十年。可这种地钱当真那么经用么?拿他李府上来说,尽管照李二老爹那种种地法儿,下大本钱,得大地利,却又怎么样?翻人家一翻儿只怕还是不成;这且不说,但等二老爹百年之后,家是定规要分的,弟兄五个,一家分不到五十亩,五下里动火仓,一下子就不是今天这个日子。再说罢,眼前还有没带媳妇儿的;带了媳妇儿的也还孩子少,孩子小,孩子只有一天多一天,一天大一天,没再置地盖屋,光啃这五十亩地,定规是日子愈来愈不好过。哪万万年!不出百年也就准现原形了。

差不多也就是这些时,我父尽在心里盘算不停——回头看看,四个年头下来,心没少省,力没少出,学种地学到能撒油菜种——只差还更细粒儿的大烟种,没多大把稳;好歹也凑合着出得了师。李府上本也不算短我父这么个人手,是人家行好不露痕迹,帮衬咱们落难罢了。往后但得有个别的出息,随时辞工都行,倒省掉人家见月多开销这一吊文——一年十二件这样六七成新的棉袍子呢;今年闰八月,得开销十三吊,好买薄田亩把地了。倒是祖父那个塾馆,人情上还不方便说散就散。

背着包袱绕路打庄子南头进来,丢在沙耀武家。打李府用过晚饭过来,找耀武媳妇儿帮忙,贴身比画了长短,袍子改袄子,加个站领儿。一百文的钱串儿,瞒过耀武,推来搡去的还是塞给他媳妇儿攒私房。我父也只说老棉袄又紧又小穿不上了,又怕让娘操心,就这么找沙嫂子凑合凑合,没提老棉袄给人偷走了的丢脸事。

长改短敢是不用花多少工夫,剪掉下摆,底边褶一道边儿,粗针大线缭缭也就成了;只是上领子噜嗦些儿。耀武他家里的也说,二两天罢了。可眨眨眼儿都五天了,有两个晚上起风变天,还真有点抗不住,又不好去催人家。这天晚饭过后,耐不过去,假扯饭后蹓蹓,闲蹓到耀武家门口大场上。耀武也是刚放下饭碗儿不大会儿,拉我父逛进场南菜园子里,看看才冒芽儿的两分地黑菜。这种贴地铺开来长的绿得发黑的叶子菜,耐霜耐雪,地冻得邦邦硬也拦不住它花瓣儿一样一瓣瓣儿贴地发开来。地面儿就数这玩意儿比雁来枯、雪里蕻还长命,过得了冬,跟马粪盖住抽长的韭菜黄,同是冬里两鲜。黑菜炖羊肉,那是绝配,挑到城上可是抢不到手的好价钱。

沙耀武像怕我父错认他在谝示本事,谝示他今冬有笔小财儿发,忙不迭说:"等冬里俺剜点儿送给干爷干娘尝尝鲜儿——熬个羊肉甚么的,加点冻豆腐咕嘟咕嘟,龙肉不换的。"

菜园围住半人高的矮土墙,我父蹲在那儿看牛毛样儿精细的黑菜芽儿,种还算撒得匀净。天短多了,转眼儿就要晃黑了。人站起来,先还没怎么,一阵小风掠过矮土墙,挺寒人,止不住抱了抱胳膊。却见场北分明沈家大美罢,贴墙小跑了两步,进去了沙家,怀里像揣着点儿甚么。

耀武身披件棉袄,小风里也不由得把大襟儿拉拉紧,裹严实点儿。耀武背对住他家大门,没看到大美去他家,像也没觉出我父身上这么单,站在风口儿里。这昝子棉袄跟大美都在他沙家,外头又一股儿一股儿小风这么寒人,简直个儿要埋怨沙耀武这么少心没肺,不让人走去他家蹲蹲。

结果挨着家门口不进去,沙耀武拖着我父走去东邻高寿山家里蹲了一阵子。二天晚上才明白,一人一黑窑子大碗抢锅炸汤豇豆面条,没唏噜两口,沙耀武就来李府上找我父,就近蹲在磨床一头等着,像只家养小鸟儿蹲在跳台儿上。棉袄改好了,穿上身试试看,不合身还改得。站领儿安上了,板板正正再服贴不过,真叫人喜欢,不知要怎么谢过。耀武他媳妇却说:"俺哪天才有这本事,还不是俺妈!"随后让耀武张起一件单褂子,伺候我父袄上再添件罩袄。我父愣痴痴地伸进一只袖子,这才陡觉不对,哪来的罩袄?来不及褪掉,耀武眼欢手快,掯住我父另外一只胳膊,硬穿进另外一只袖子:"少噜嗦,人家估衣铺子饶的,说卖给你卖贵了,良心过不去,才日他……"

刚听头上,我父还信以为真,愈吹呼愈不像,掉转脸来一看,只见这个藏不住心眼儿的家伙要笑不笑，一脸的假。再瞟瞟这件罩袄，全新的粗纱老蓝大布，下过水的样子，可染漂的气味还是有些窜鼻子。钮子是同一块布剪下来，缭成绦子打的菇钮结子。买旧的，饶新的，走遍天下也没这等好事儿；要有，那早就打破了头，把估衣铺子都抢空了。

我父像给烟火燎上身来，还是来不及地把这全新罩袄拉扯下来。耀武他家里的一旁端灯照着亮儿，一头劝合："不是俺说，划穿棉袄罢，总不大宜当，你大哥，有个罩袄外头护着，洗洗浆浆的省事多了。又说了，早晚肩膀子、胳膊轴子磨麻花了，刮个口子伍的，打打补靪也都好收拾，省得伤到棉袄你大哥……"

我父敢是心里有了数儿，八成现去扯了布，这两天比着这件棉袄宽窄长短，赶着剪裁了这件罩袄，不定点灯熬油地赶了夜活儿。找人家帮忙改改棉袄够欠人情的了，还又凭空惹人家破费，赔上件新罩袄，这如何使得！棉袄既已穿在身上，遂即冲着耀武他媳妇儿拱手一躬到底，作了个大揖："谢了大妹子，改天再谢过三大娘。"谢罢拔腿就走，那件新罩袄塞给了耀武："估衣铺子饶的不是？饶给你罢。"

耀武撵到院心，把我父扯胳膊拉住："你先听俺说清楚，你就晓道这件罩袄你非穿不可。"耀武像吵嘴一样，指手画脚地骂人："先不说别的，日他的，你不是赏了俺家里的一百文！甚么意思？糟蹋人不是这么糟蹋法儿！瞅这，俺日他的，得还你一百耳巴子——"抖抖手上罩袄，塞给了我父："乜，穿上！穿上俺就赦你一百耳巴子。这是一。这罩袍子可是俺妈出的主意。瞧不起俺，日他的，行；瞧不起俺妈，你拿去摔给俺妈。这是二。你休动，听俺说，瞧见没有，眼儿睁大些，这上头菇钮子，日他的俺数数看，一颗、两颗、三颗……六颗，不对，俺日他怎么双数？坤道家才双数不是？嘿，胳肢窝儿这亥还藏着颗，对对对，你晓道谁打的菇钮子？谁打的？易吗？匀匀净净，秀

新袄　313

秀气气,七颗一般大小,小手儿多巧!日他的俺可没这大福气……"

我父敢是心里有了个九成。想起头天傍晚,亲眼所见沈家大美跑来沙家,遮不住是送打好的菇钮子来——原先心里还有点儿纳闷儿,串门子总是清闲无事儿出来走走的,才放下饭碗儿没多大会儿工夫,就算是手脚那么麻利,也犯不着赶命似的跑来沙家串门子。越逗也越对了,他耀武自个儿家门口不让人家里蹲蹲,八成也是有意的,不想让我父看破诡计——那可是人家真心实意,不等事情尽善尽美总不先就忙着讨人情。

要说打那菇钮结子不易,那是真的,又要功夫又要巧儿。先要剪出一条条一指宽布带子,得斜着布丝儿剪下来——若顺着直丝儿或横丝儿剪,都会散了丝儿,又松松紧紧经不住拉扯。接下来把这布带子两侧毛边儿朝里卷进去,接缝儿一针一线密密缭个紧,缭成灯心草粗细的长绦子。再下来就拿这绦子绕过大拇指再绕过二拇指,两个环扣支棱在那儿,把绦子两头交相穿过来,穿过去;左穿这个环扣,右穿那个环扣,反复反复的连环套儿。然后再一个扣儿紧一个扣儿,一个环儿紧一个环儿。末了环环扣扣尽都拉紧,便结成一颗头头是道,条理分明的盘花小疙瘩。这样一颗小菇钮结子,手头再巧,再熟练,磨磨道道得打个小半时辰——如今拿洋钟来算,一句钟打两个,算是快手。还有就是打这菇钮子得有俩讲究:一是结子打成了,原本绦子上的缭线和接缝儿不兴露出来,要不的话,就给笑作龇牙咧嘴儿,又不受看,又不经磨搓。二是颗颗钮子两头留下的绦子,一定都要一般长短,才好钉到衣服上,要不就废了不中用,白打了半天,不只是给人笑作小瘪子不中看。这两桩讲究可是难,真难为她大美姑娘了。

原也不曾瞧得起成天灶前灶后忙些粗活儿的大美姑娘倒有这一手。给斗篷子钉帽箍儿、钉蚕茧护角儿,都挺细心是不错,可到底还是粗针大线的活儿。抚弄着这些布缝打的钮子,愈看愈觉出大美姑娘那股情意，不光是这么精巧的手艺。瞧着瞧着那一双巧手就在眼前，怎么穿，怎么引，怎么挑松这个鼻子，拉紧那个环儿，十根指头没一根儿闲着，大戏里拾玉镯调理绣花线地那么干净利落外带三分俏，多少花样儿变不尽地来去穿梭……十指连心呐，那心里怎么思、怎么想，可不都顺溜着十指尖尖滴溚进这环环扣扣里？挨个挨个系个紧紧的，一心只为一个人儿，许给一个人儿，只许这一个人儿怎么扣，怎么解……罩袄罩在棉袄上，摸黑叠齐整，搁到床头上。翻过两个身儿，还是摸索到一颗钮子，扯近来衔到口里，奶孩儿一样，咽着咽着，不觉为意地睡熟了。

敢是要感沙三大娘的恩，感他耀武小两口子恩。照说一件罩袄能值几多，也不是雪中送炭那么紧要——没棉袄别说过不了冬，大半个秋、大半个春，也都休想撑得住；多少年来都只剩穿光面儿棉袄过来了，没罩袄也不是活不下去。可凭沙家这么厚的情分，若是知道自个儿弄丢了棉袄，又得瞒着娘独自张罗，也准定会赶件新面儿、新棉、新里子三面儿新的棉袄送把自个儿。这还不说，没弄清是谁出的主意，总不信她沙家婆媳二人连个菇钮结子也打不会，却拉住沈家大美来帮这个忙，饶上一份儿重重情意。不用说，他沙家娘仨儿是把沈家大美看作个好头儿，看中这俩儿是再好也没的一对儿，好心来撮合撮合，便让大美姑娘来添上一份儿情意，真难为他娘仨儿上心上意这么成全。这才是恩上加恩，好比帮他两人暗里文定传喜一般。这叫我父感恩图报之外，还得谢谢大媒才是。

二天起个绝早，八成是新棉袄、新罩袄烧成这样——估衣旧袄，可总是新添置的——才鸡叫二遍，小窗洞蒙蒙亮儿，屋里都还看不清甚么跟甚么，却说怎么也睡不回去了。想想也好，这就起床出去，跟娘开宝一翻两瞪眼儿，挪到晚上去罢，免得大清早起娘俩脸红脖子粗，弄得两肚子气，整一长天不畅快。

轻悄儿偷偷开了屋门,出来篱笆帐子,返身弯进胳膊,把篱笆帐子门打里头放下横门杠子顶住。李府上这昝子定还没开大门,野湖里蹓蹓罢。

袄子还真当事儿,似乎这就遍地霜、遍地雪,也足足抗得住,袖袖手都不用袖。今儿也没系搐腰带,怕勒绉了新罩袄。不光是天还没冷到那个地步,要紧还是七颗钮子要一颗也不落掉地认真扣扣好,待会儿还要好生谢过人家大美姑娘。

放眼野湖上,分不清夜气还是上雾,只隔里把二里的东边南边两庄子还那么黑糊糊睡得好沉。夜来要不是阴天,瞧这冷清儿该下大霜了。

野湖上可是一点儿绿星也不见了。脸前是沈家的地,沈长贵是一张勤嘴,一副懒手,地上筛过花生的沙堆,人手再单,套上头牲口,四亩来地,拖拖耙,不用小半个天也就耙平了。没见过花生收成快上一个月了,这些横竖成行,一团挨一团的小坟头还留搁那儿晾尸现眼,也不怕丢人。

我父正还以为这时刻里,天底下没谁比他还早起,黑糊糊远处却露出人影儿,背着粪箕子拾粪,大步大步擩得好快,像要赶去哪儿抢甚么。那可是个拾粪老行家——湖里拾粪只有拾狗粪,一来大粪之外,就数狗粪肥;二来狗都有各自待定的地点,愈是老行家,心上的狗屎窝儿愈多,用不着贼白瞪眼遍地去找——偌大野湖又哪里走得遍、找得遍?只须记得几处狗屎窝儿,直奔那几处就收收拾拾小半粪箕,干完了一天里头桩活儿。

单说这个,我父就自叹还没做到一个地道庄稼汉。种地人哪兴这样空俩手出来闲溜达的道理?别说老人家,小子长到十二三岁光景,就算庄头走去庄尾闲荡,也得拎个粪箕,胳肢窝夹根粪勺,挂着也行,有粪拾粪,有草拾草,啥也没遇到,空着回家也没事儿。总别眼睁睁一泡粪没家什收拾,那可心疼得慌,又不兴下手捧来家。常时谁家大门外放几副粪箕粪勺,那家定有几个远近邻居走门子进去蹲蹲了。粪箕粪勺就是那么不离身;可有一点,不兴拽进人家家里去。

我父弄不惯这玩意,倒也不是嫌甚么,下肥时都能一把把抓了撒,还怕脏不成。可拾粪拾来家作啥?若是拾给李府上,还是顾个分寸的,不能巴结到那个地步去填还人。叔叔对祖母行事为人就常直言:"过与不及非礼也。"照这么一说,祖父出来的话口可更重,礼拜堂讲道便讲过:"过与不及皆罪也。"就不知也在那儿听道的祖母听了憝不憝心。

这么顺腿儿闲蹓,不觉为意蹓到了北边儿黄河岸上。沿河岸两头看不到尽头的白华华芦花,雪地一般,煞是好看。河上远处近处一团又一团的野鸭子,大清早正忙食儿,一只只不住地一倾头就前半身栽进水里,剩个尾巴尖儿撅朝天。这要李府炮楼上弄根洋枪来,整把铁砂子儿,给上一枪不知要撂倒多少只。可怪的是附近这几个村儿,从没听说有谁打过这主意。不由得心口一热,这玩意儿可干。看怎么啜哄啜哄李府上哥儿们,等阵子闲下来,不要多,打上个十只八只,腌腌风风,好过个肥年——野鸭子鲜着吃那是有点腥道,可拿花椒煳盐腌一腌,挂到屋檐底下风一风,野味儿到底比家味儿鲜多了,美多了。横竖那几杆儿洋枪、那些铁砂豆子、装在小竹筒子里的黑枪药,还有那些挺像一顶顶烟毡帽儿的火信帽儿,放久了不用,躲不掉要受潮、上锈,万一要紧当口儿派上用场了,一打一个瞎火儿,那可不是玩儿的。就算试试枪罢,照空里打也是白舍,何如捞点儿野味来犒食犒食。

越想心越热火,尽管时令还早,瞅空儿就引个火儿,扇扇风,还是不嫌早,啜哄啜哄哥们儿来打野。

可时辰不早了,我父脚底下加紧了点儿。赶到李府上,脊梁骨儿倒有点儿汗津津味道。不知是新袄烧的,还是命太贱,才愁着天寒了,

新袄 317

暖上小些儿可又嫌热起身，顺手就要解纽扣儿。可手指尖才一碰上，忙告诉自个儿，纽子是人家大美姑娘有情有意打的，忙啥？还没谢过人家。顺手是打顶下头那副纽扣来解，正就是挺丢脸衔了不知有没小半夜的那一颗。新纽扣本就紧一些，这一湿一胀，先前扣了很几回，走到场边上，两手一齐扣才扣上，这要再解开，又该抠撅老半天。自个儿身上暖烘起来，只觉别人见了也要笑他新袄没让钱的，穿了捞本儿，热死人也不肯脱。

四顾找扁担水桶，也是找大美姑娘。还是来晚了些，不知谁抢先一步去挑水了。我父索一水桶找到灶房去，适好灶房门口碰见打里头走出来的大美，一手黄窑子二盆，一手水瓢，敢是院心儿去舀水。没等我父张口，姑娘家心巧，忙说："俺二哥挑走了，俺大哥你就别急忙了。"

大美本就生来的有些儿肿眼泡儿，才醒来没多久，越发像夜来哭过一通，瞧在我父眼里，可只觉好生怜恤。左近还有人，我父索性大大方方谢她辛苦打的菇纽结子。

大美一听忙把水瓢遮住脸，打那水瓢后面转脸过去，直朝一房嗣仁他媳妇嚷嚷："休叫人害臊了，臊死人了……"嗣仁家里的愣了一下，瞧瞧大美又瞧瞧我父，立时也就明白过来："噢，说的这？"遂拿眼睛打量了一下我父罩袄上下，拿下大美兀自罩住半张脸的水瓢，噌过去一声："错吗？才学的，打到这个样儿，巧儿啊，还嫌，真是的！"

大美真还就臊红了脸，一下子赖到嗣仁他媳妇身上："俺大嫂就会糟蹋人，你没瞧见大大小小的，七个菇纽结子七辈子老小。"手躲在下巴颏底下指指上，指指下："你望，肩膀窝儿那个，比起顶下头那个，不是小重孙儿跟老太公啦！俺大哥不嫌死了，还谢人！"

我父真服了这大美丫头眼怎这么尖法儿，心也忙着一慌。当真衔湿了的这颗钮子胀得一眼就瞧出比别的大？吓得不敢低下头去看了个究竟，连声求饶的一般："是真的谢谢，真的，是真的谢谢……"简直有点儿害怕嗣仁他媳妇老干皮味儿的伸手过来，捏捏试试这颗老太公钮子果真比别的六颗都大一套儿。捏到湿湿的钮子，那我父亲就别混了。我父连连地又拱手，又打躬地再谢过几声，紧忙过去西院儿南敞间里，寻摸把大扫帚扫院子。

那两人东院子里还在叽呱着甚么，竹扫帚抓在硬疆地上从来没这么响法儿，唰啦唰啦，听不清那边叽呱些啥，瞥过一眼，大美赶着嗣仁他媳妇作势直捶，赶进灶房里去。八成罢，想得出的，拿我父跟大美姑娘凑着玩笑罢？不觉间心上甜丝丝儿的。

大美下得床来就抢早饭活儿，头都没来得及梳梳。扫着地，竹扫帚划出木梳梳过的细丝印儿，像正帮她大美把散散络在脸上的乱发青丝儿给打理打理清爽，手底下不由得体贴地放轻了，放和缓起来，怕不小心刮伤到哪儿。我父生性就是喜欢个条理，可想想大美方才那副模样儿，倒又有些儿吃惊，那么络络道道的散发络在白净子观音脸上，配上哭肿了一般的眼泡儿，不光是一样叫人出心眼儿地疼得慌，只恨不能一把揽到怀里，哄孩子一般好言哄哄，把眼泪粘湿的发梢子理理清爽，再拿粗脸擦擦那张细皮白肉的观音脸……

可这扫院子也挺失当，扫地是轻活儿，倒是最暖人，十冬腊月冻得人跳脚，小笤帚也罢，这竹扫帚也罢，爪不儿下子，便打心口儿里暖出来，比那烤火打外头烤进来还管乎，没烤到的地方照旧冰凉凉的沁人。这西院儿才扫了个大半儿，身上便给焐得不是味道。谅着——解钮子挺费工夫，我父没等扫完全，拉着竹扫帚避到南敞间早磨旮旯里，面墙抠掇那些个钮子，这才敢正眼比比，检点检点给衔湿的钮子到底是不是胀大了许多，弄不好倒是自个儿做贼心虚也不一定。

看来添这件新袄还真是桩大事，撇开这向时花的心机不说，平白

新袄　　319

拉扯进来恁多的又是好手、又是好心，带衬撮合成全好事。这头一天下来，实秉实的穿上身没多大工夫，脱下来就一直挂到早磨旮旯那面土墙的一根木橛子上，进进出出干些零碎活儿，补补菜园篱笆帐子，修修钩叉刮板那些松了榫子钉子的把柄。但凡瞧得到时，总忍不住瞄一眼那翻过来，旧白里子朝外，免得惹眼的老棉袄，合着是拿眼睛穿了它一天，不放心顶底下那颗钮子干了没有，不住牵挂的还是晚上家去，躲不过跟祖母有场口舌。

两天头里祖母就提过这个月工钱怎还没领，我父含糊过去。晚饭过后收拾收拾，我父披上棉袄出来，倒想蹓去哥们儿谁家蹲蹲，挨个差不多了再家去，别让祖母瞧见就少番噜嗦。可丑媳妇总得见见公婆面，避过今儿还有明儿个，心上老嘀咕这道关卡也不是回事儿。

这几日祖父是去北乡官湖福音堂开布道大会。年年秋后农闲，就轮到祖父南走北奔地忙起来。祖父不在家，倒省得夹在娘俩儿当间儿左右为难。

祖母是素来就懂得养生，"顿饭少一口，饭后百步走，活到九十九"，信守这个已不止一天两天。饭碗放下，就出去蹓蹓，串门子也是顶喜欢不过，一举两得罢；丢下来的家什自有叔叔收拾，有时也是我父家来洗洗刷刷。这晚上回来，祖母也是不在家，碗筷怎么的倒是拾掇清了。这叫我父松下口气儿，不用对付了，西房里倒头睡大觉去。可接着又烦儿起来，事儿还吊在那里，明儿个又得牵牵挂挂再拖延一天。

叔叔可也舍得打书本儿里抬起脸来，洋油灯有些晃眼儿，往一旁推了推："哥你昨儿遏了一晚上，今儿得背两首诗了——"约莫觉出我父跟平常有点儿不一样，说说顿住了。

我父有些腼觍起来，一时手脚没处放，把罩袍襟子拉拉直，两胳膊打平了抬一抬，好生尴尬说："瞧怎样？还有个人样儿？"

叔叔打量着，又把洋油灯挪近些，撩起罩袍大襟子一角，端详了一下底下的棉袄面儿里子，又捏捏厚薄，问道："是哥的？挺合身儿呢，怎是件旧袄？"我父长话短说，这才跟叔叔讲起春天收大烟时，那件老棉袄叫人偷走了，挨到如今，不能不自个儿凑合件估衣搪搪寒，罩袄却是沙三大娘婆媳俩现做了送的。

叔叔听着边皱起眉根子笑，一面像在回思回思以前那件老棉袄是个啥样子。我父又讲起添置这件旧袄，到今儿都还没让娘知道，估不透祖母饶不饶过自个儿瞒住她，这么自作主张。

叔叔倒挂搭下脸来，含着埋怨的味道说："先前那件就算没给人偷去，不也是又窄又小，又有的地方都快烂糊了么？娘早该给哥换新了。都过过寒露好些时了还没见动静，娘有啥好说！"

我父敢不是这么想，又不是小孩儿了，连那么大一件棉袄都看不住还不够折的！接下来瞒人瞒鬼、花了大钱、又拐上人家破费，花工夫饶上件新罩袄，真是一折百折，一路折下来。叔叔又操心起我父："这又不是有意的，'老虎也有打盹时'。可哥你哪有钱呐，这要不少不是？"我父忙叫叔叔别管这些。叔叔不放心，挺吃味儿地替我父不平："哥光挣钱，没用过一文儿，得叫娘出才行。要是拉了债，哥哪的好还？不成，得叫娘还钱才是道理。"我父扒住叔叔肩膀直晃："别给娘火上加油罢，'天上下雨地上滑，自个儿跌倒自个儿爬'，没拉债，你放心好了。"叔叔拐了拐肩膀："不成，我跟娘说，哥别搭腔儿就是，免得顶嘴。顶了嘴也成不了事儿……"

哥俩儿这么拉咕着，听到祖母跟谁说话，似乎还在大门外头。祖母个儿小，人矬声高，嗓门儿可大着。

叔叔把我父往西房里推，亮地看不清暗地，不知祖母进来院子没有，急忙间小声嘱咐我父："行说着就来了，正是时候。哥只管装睡，别理我跟娘说啥，装没听见就是了。"

只是祖母已一路不住嘴儿的数说进来，听出来咬牙切齿的味道，是一个人自言自语:"穷霉罢,穷得生霉罢这不是! 天底下也有这种甩料,拿买棉袍的钱买棉袄,穷霉可是穷到家了! 你哥呢?"

听这口风,分明祖母串门儿转了一趟回来——八成去了沙家,甚么都听来了。也罢了,省得兄弟花唇舌,也省得自个儿转角调弯儿才说得清楚。看这势头,休想拿装睡来装孬了。我父贴在门帘儿里面,没拿定主意这就出去。只听到叔叔软软的口气:"娘又怎么了? 带啥闲气家来生? 喏,椅子。"叔叔也该听出来,棉袄的事祖母知道了。

拍了下桌子,很响,敢是娘拍的,蓝大布门帘上影影的灯亮暗了下来,要末是洋油灯捻子给震得搐下去了。

祖母接下叔叔口声说:"闲气儿? 娘都不配做娘了,做干娘也都不知这张脸往哪儿擩了,这还是闲气?"

叔叔把灯捻子顶上来一些,支棱根沾到洋油的手指头,笑着给娘消气:"娘是母仪天下,干闺女满天下,怎一下这么败兴了?"叔叔转身去长条几那里倒茶。天也只才寒一些,茶壶焐子就已用上了。麦秸焐子是我父上心编的,不容易一见的那么俏刮;穿插出花儿来的紫红高粱秸篾子,也是少见。

我父轻轻坐到铺头上,只想但得能忍就忍忍;手又忍不住摸弄起罩袄上的钮子。

祖母约莫很气罢,老半晌儿才又一撮长指甲盖儿锵锵地叩响着桌子,不住清清嗓子说:"你说说,这不合着是外头人那儿去告状,去糟蹋娘吗? 噢,你这个做娘的,儿子捱冷受冻都不管,是你穷得一件小袄头儿都做不起吗? 还是这个儿子不是你皮生肉长的? 有这种娘吗? 你不是人嘛。亲儿子、湿儿子、你都这样,还啥的干闺女干闺女婿! 都假情假意罢不是!……"声气里竟带着哭尾子。

叔叔陪笑出声儿来,靠到祖母脊梁后,又捏筋,又捶腰。也才三十九还没上四十岁的妇人,当起老太太伺候。人家是惯孩子,叔叔这是儿子惯娘了；劝解起来可又像数说孩子那么个口气："娘这不是找气生吗？还说不是闲气，人家哪这么想了？娘不想想，哥还是个小小孩儿啊？缺长到短的，不自个儿去张罗，还凡事都倚靠爷娘不成？娘又不是针线活儿都拿得起来，不还是都得找人做？娘去找人跟哥去找人有啥不一样？这一点都想不透索，还师娘干娘呢！湿不湿、干不干的，都让娘占郊了，这样子想不透索，也配母仪天下？娘真是俗话说的，'聪明一世，糊涂一时'，不是我说……"

叔叔给祖母捶腰，没稍停一下，说话给带得一颤一颤的。我父做啥事都只能心无二用，不能不服叔叔高强，手底下做这，口上说那，说得有条有理，把娘一肚子气说掉一半儿总有。

祖母敢也不是那么轻易就饶过人，反口直顶着问："还怪娘糊涂？谁才糊涂？那又何止是糊涂？你说说看，拿买棉袍子钱买棉袄，买来棉袍子剪短改棉袄，天底下打古到今有这等折腾法儿？娘跟你爷——就是咱们姓华的、姓曾的两家朝上数，世世代代也没有出过个蠢蛋，怎该积德这么个二愣子！家有万贯也经不住这么抖、这么作法儿。我说穷霉穷霉，穷霉带转向儿钻死巷子，难道说错了？……"

口气不似先前那么咬牙切齿，算叔叔有能耐降得住祖母，先前咬紧了我父不该私自添置衣服的罪过，总算松了口，转到划不划得来这上头，这就容易应付得多。

叔叔那么殷勤地捶着腰伺候，或许也挺够诡诈，任祖母怎样气不忿儿，也经不住这一拳拳给捶散掉。有板儿有眼儿的，像是剃头铺子推拿手艺，只差响得没那么脆酥。祖母没完儿没了的那些数说，都给捶打碎了，气弱下来，舒坦得口声也软和多了。

歪在房里大铺儿上，三番两次我父原也忍不住要爬起来回嘴，都又算了。叔叔应承的没错儿，大事化小，小事化了，放心只管交给兄弟去糊弄罢。再一说，装睡也好，装夯也好，总归是亲生的娘亲，要

新袄　323

啥体面逞啥强？好比小时候尿炕，娘爬起来收拾，尽娘怎么数落，抽湿的，换干的，光屁股给揍个脆叭儿响，还自装睡装孬呢；小得还不会像真正睡着了那样自自然然地闭眼睛，眼皮儿挤出一道道皱纹儿才闭得上，就有那么假。我父是没那个福分，姥姥老早就替了娘，也还是一样儿，屎一把、尿一把地收拾，可不正就像眼前这光景，听任那么数落，只有装睡来装孬，也是装孬来装睡。尽管自个儿没多大错，可给娘找来的烦心，约莫也合当是半夜尿炕那么叫人着恼罢。

渐渐外间讲话声愈低愈和缓下来，有一阵子我父差不多迷糊熟了，似乎没目盹多大工夫，冒猛子给吵醒过来，耳朵里留下来将将听到过不知是梦是真的祖母在嚷嚷："……装死就算啦，你给我说，你哪的钱……"

我父一毂辘坐将起来，眼前兀自蒙眬不清，却已见房门那里，大布门帘搁开半边儿，外间晃晃的灯亮儿里，衬出祖母黑影子，一手撩起门帘，一手叉腰儿："……你给我说清楚，你哪的钱，嗯？……"

该不是做梦了。

可冒儿咕咚来这么一下子，我父一时还不是很清醒，魂儿不知蹓跶到哪儿去了。

外间，叔叔跟过来直唤娘："你还不放心哥吗？难不成是哥偷来的、摸来的……"

我父这才给提醒过来，龟着腰坐那儿，两手撑在铺沿儿边上，愣愣地说："棉袍子钱不是？工钱呐，一吊正，一文不多，一文不少，正够。"话说出口才觉不对劲儿，像要存心气一气人；要末就是人还没有十成到十成清醒过来。

果然祖母一听就崩了，跳起脚来，手里捽着的一握门帘直往腿上抽，狠得咬紧牙关嚷嚷："你说你有多毒！有本事了！赚钱了？你有钱了？你的钱不是？乐意怎甩就怎甩了不是？人没良心屄没肋巴骨,少美罢,当是扣了你那一吊钱就饿得死咱们三口了?生你的霉,休想!……"

叔叔过来拽住祖母往外间哄:"不好听,不好听,咱们信主人家,这么村法儿,人家听了去可不干净……"

我父有点儿给弄迷糊了,明明家是靠祖父教馆在养活,自个儿哪天居过这个功来?见月一吊工钱,不过贴补点儿家用,有它不多、无它不少罢了。除非一文不动,一年十二吊,四年加上两个闰月,刚好五十吊,我父算过这个账儿,薄田一亩三十吊上下,也才买得亩把二亩地,真不当啥。心头一愣睁,祖母还在房门那儿,拐开叔叔,一口连一声地逼问:"你说,你给我说清楚,日后你打甚么主意……"这更叫我父迷糊,日后怎么打算,这要打哪儿说起?怎说得清楚?或许是让祖母吵得昏头转向,嘴巴不听使唤,"这月不是闰月吗?活儿还是那么些,多出一个月工钱,挪用一回总成罢?"自个儿都闹不清怎冒出这种话来。

祖母重又给惹恼,嗓门儿一下子尖上去:"噢,早在这亥儿等着了?还闰月!闰月不是个月?不是三十天?不是一天天挨日子?闰月就不吃不喝了?你瞧,拿这臭话来噎人……"说说竟哭号起来,仗着叔叔打脊梁后架着,像个撒懒孩子,直朝地上坠,手又不肯放,硬把门帘嗤啦啦扯下来,两手一下下拍腿打地,没天没地哭闹起来。

我父脚底卜忙找麻鞋,没来得趿上就跳过去,一把去扯蒙住娘俩儿裹在里头来去的大布门帘。没想到一下子把两人拖倒在地——许是门帘缠得太紧,我父猛一股子气上来,手底下也重了些。别管怎么罢,糟极了,这可更毒了,下起毒手了。恼得我父不知冲谁出气——平素我父就瞧不起一个人家老是吵吵闹闹,不说兴旺不起来,还准定要败下去。一时里气冲脑门儿,只觉两边鬓穴一炸,猛跺一脚,浑身攒足了劲儿,死命地大喝了一声:

新袄　325

"闹——够——了吧——！"

像把人喊翻了过来，肝肠肚肺统都一口喊尽了，屋顶笆上尘吊子也该震得哗哗撒了。

祖母居然一下子噤住了，也不用叔叔扶一把，搀一把，溜活得很，一唿噜打地上爬起，人是给吓愣了。

娘仨儿就这么给点了穴一般，良久良久，立愣着一动不动，各自耳眼儿似还给天崩地裂那么一声震过后拖个尾子，噢……余响不绝，像在老远老远，又近在耳根底下。不信天已这个时令了，还会有那么长命百岁的蚊子。

一个家经不住这么吵闹的，我父满心懊躁，只觉娘很过分是没错儿，可到底还怪自个儿兴风，才惹娘这么作浪。随即冲祖母扑通跪下去，要赶紧把这场吵闹给平息了才行，喊了声娘："千错万错都怪我错，给娘磕头赔不是，好罢？"

# 天启

采过棉花包子，棉棵也就枯去了，就让它留在田里风飚日晒自个儿干个透。待到拔棉柴，已是岁岁压尾的湖里末了一道农活儿。忙完这个，便该尽早缮妥一堆堆各从其类的草垛子，圆垛方垛也各有道理。这也算桩农家大事，得好样儿本事来整，不那么容易，当紧这草垛子得抗得过雨雪老北风，不散不倒不受潮，才保得住一冬半春的烧草和牲口草，还得方便抽草取用，不是缮得齐整刮净留给人看的。可这都是家前屋后场边儿的零碎活儿，不紧不赶也就对付过去了，用不着拉人来帮忙。

忙完这些个，已是秋尽冬来，庄户人家才告清闲，往后就只带常了有的没的弄点儿小手艺，敲敲打打整整农具，再不就是修修树、泥泥墙，屋顶缮缮新草、整整篱笆帐子、紧紧门户，"勤扫院子少赶集，墙上天天抹梧泥"，农闲农闲，也还是勤利惯了闲不住，就是这般光景。居家过日子讲究的是个本分安稳，素素净净；只年轻小伙子才贪图个疯天疯地，八下儿找耍子作乐，要不也精力没处使，没的早晚儿憋出事儿来。

我祖父他这么样走乡串村儿一个传教的，总是人忙他闲，人闲他忙。说是与众不搭调儿，那也不大对。比如货郎鼓子、灌犁灌锅的生铁匠，也都是一路的，愈是农闲愈忙得欢儿死。

农闲奋兴大会，有培灵也有布道，祖父要北乡大槐树、关湖，南乡卜家集、铁锁镇这四处福音堂，连来带去，约莫一个月光景。培灵会我祖父是准备妥了讲传《大秦景教流行中国碑》，关乎天国与中国的信息。

自从美国牧师任恩庚受我祖父托付，将这碑文序颂携去上海寻求方家请益鉴识，居然带回来中西多位人士对此碑文所作的考据文章，不唯此碑得证正真，且有这许多佐证与解说，祖父自是十分珍视，投入不知多少心血寻索琢磨。

盛唐之世，大秦国——罗马，把这基督教传来长安，碑文所遗的那番风景，也足堪称之为一时盛况；从贞观九祀大德阿罗本远来中土，到会昌五年武宗逼迫道教之外所有各教，可谓一时盛况，也竟历时二百一十年，不为不久。而这其中对照今世教会光景，最为可庆可颂者，莫过于彼时的中西初遇，全无方枘圆凿，扞格不合之情；直如素相神交，如逅故知，哪似今天这样冤家对头一般。

敢也是不好尽怪人家的不是，这般东、西洋鬼子欺软怕硬惯了，你大清衰微到这步田地，真是说不欺负你也是白不欺负你，人家不欺负你还对不起自个儿呢。

贞观之治给大唐一开三百年江山，盛唐那个世代，国富民强，也是史上一个好年头、好节气，比如正当年儿壮像座大山的汉子，饥寒苦累扳不倒他，那副肠胃之健，生冷不忌，石头子儿下肚都降得住。古老年头尽管也有个三教九流十家，那三教可一个也不是个教，中国素来就没这一门儿。到得盛唐之世，外来的这教那教可就多了。释家佛教是个早就打天竺传来的外教，却都没初唐世代大大地发旺；土生土长的道教，跟佛教学来不少本事，也凑在这个世代兴盛起来；景教跟祆教、穆护（伊斯兰）教、摩尼教一样，尽都是外来户，可就是从不曾视之为外教,也都是你敬我一分,我报你十分,就像平常人家,来个人不过添双筷子,多半都当上宾款待。如今清室气数眼看将尽——太后当政,史上有过好结果么?也好比身子瓢弱个病秧子,忌这忌那,又口上嫌三拣四地死挑嘴,吃不下外教,还见了就厌食倒胃口,这个不吃,那个不喝,身子怎将养得起来?身子愈虚愈进不得货,愈不进货身子愈虚,循回报应个没完没了,日后甚么个结局就不用说了。

祖父常挂在嘴上的,"民以食为天,就是要吃;能吃又会吃,才啥都能干、啥都会干——人是铁,饭是钢罢!"

我祖父生来就是个细致人儿,念书又念得人细皮嫩肉,温文尔雅,并不是个正当年儿壮像座大山的汉子,可就是比谁都嘴泼,不光生冷不忌,粗的细的、好的歹的,全都拾掇一肚子。常时错过饭时儿,三更半夜回到家还空着肚子,祖母饶是醒了也不兴下铺来张罗,一个人寻摸到啥就是啥。桌上剩菜剩水儿,天热,罩上笊篱也挡不住馊掉,有时都馊得冒泡了,连这也没挑剔,酸点儿才消食儿,嗦噜嗦噜又是一肚子,点滴不剩。闹肚子罢?不怕,也没那回事儿,让他伙儿装进肚子里打仗去,哪边儿赢都是我赢。严冬茶壶焐子久了也不管乎,冷茶沍牙,噎下一肚子冷馍黑咸菜,咕噜咕噜茶壶对嘴儿灌下去。腊冬喝凉水,点滴在心头,何止心头就截了?脊梁骨儿从脖子一直沍到尾巴毂轴,也从来沍不出毛病。祖父便常说:"自个儿肠胃自个儿没数儿?不信上帝给的肠胃还信得了上帝?横直是好的就留住荣养身子,坏的都拉出去了,用不着你操心,劳那个神干吗?"

祖父是家教、传教,带常了都拿这作比仿。传的是洋教,不把这西洋来的人情物事对付出个条理来,那还传个鬼的教!

我祖父因此无论在家在外,不焊定只在会堂里说教,日常里有意无意总好勉人努力加餐饭——加的洋餐饭。还是那口边儿话,好的坏的都只管放开量吃吃喝喝，肠胃自有肠胃道理；好的留下荣养身子，坏的拉出去。至不济也要挑好的受用，别见洋就躲、就齉鼻子，这洋教就是极品的珍宝。

可说将这些，也只有家常聒儿拉拉，洋火、洋胰子、洋布、洋线儿、洋袜子，莫不价廉物美，方便省事，质料更没的说处。其实上海、江南来的这些洋货，现今大半也都是土货了，中国自个儿慢慢儿都出得出这些货色了。

乡下现今都种洋花生就是个例子，前五六年才传过来的种，粒儿大得一颗抵上土花生三四颗，结的又多，一泡子油。剥起米儿来不管手工、棒槌、还是碌轴压，莫不比土花生好收拾多了。收成更是翻上三五翻。到处抢着淘换这洋种，转眼土花生差不多要绝了种；要不是壳儿萧薄，易进作料，五香大料带壳儿煮，洒点胡椒面儿，长上点酸醋，连壳儿咂不尽的滋味，俗称"素呛虾"，最是下酒美肴。洋花生就这一点比不得，油多也腻人，土花生若不靠这一点赢人，是真的就绝种了。

还有那灯油，洋油敢是比菜油经点多了，亮堂多了，也不那么黏滹滹的，招脏招得油糊邋遢，沾上衣裳甚么的便洗不掉。那马灯更不是点土蜡烛的油纸灯笼赶得上的，亮闪闪的琉璃灯罩子又经得住大风大雨。这都是有目共睹，不必多言，提醒提醒就行了。倒是除掉这些眼面前儿熟识的，还有好多的洋玩意，不是这偏僻小地方见过听过，说了也白说，觉不到有啥贴心紧要；像火车、火船、电报、报册、邮传这些宝物，不下于当年李广利献给汉武帝的大宛汗血天马。可讲讲这些，自个儿也不由得觉着像在讲封神榜、西游记，远在天边，吹吹好玩儿就是了，当不得真的。或许这就叫作民智未开罢。

祖父敢是见到这般洋人更多的德性，见贤不能不思齐。只是跟人谈起来，没谁热火这些，便是教会的长老执事，净跟洋人腔后转来转去，却未必识货。一个讲究干净就叫人自惭形秽。一个不服老，六七十岁不当回事，愈老愈穿花花朵朵，一身鲜艳。中国人年过五十就倚老卖老，弯腰驼背，咳咳喀喀，都说是入土半截儿了，要是有口大烟瘾，越发的老早就老太爷子了。

还有一个好生看重时间，人家才真是一寸光阴一寸金那么爱惜。教堂礼拜敲钟，看堂的老秦最知洋人的洋脾气，分秒不能误。到时候就开礼拜，不管人多人少，不管来齐了没有，也从来不兴张郎等李郎，李郎赖热炕，按时行令，该怎么就怎么，没情面不情面那回事。

这个德性只有我父得真传，大半辈子都是守着一架用上几十年的德国造小闹钟过日子。赶集挑奶牛，捎码子里也嘀嘀嗒嗒走着钟。轮到我父给地方上推戴为镇长，不光是镇公所给整饬得人人非守时不可，区公所开会，我父无不准时到场——也总是头一个到场，坐在那儿干等。区长跟我大哥都是革命同志，区长不久发现到连自个儿也在内的这种坏毛病，当着诸镇长和区公所的干部直抱愧："往后咱们得跟人家教会学习守时，纠正社会不良风气。"到得我大哥接任区长，老区长也没忘记交代我大哥："你可当心，令翁那么守时，到这亥儿镇长得听你区长的，回到府上你这区长可得吃镇长的庭训了。"

我祖父也是拿古史上体会来的教训，人与人见贤思齐，见善则迁，国与国也是一般，较早是有周一代尚只懂车战，从戎狄才学得马战。往后传自异族物事，直至唐五代也还是来者不拒。又以中国素来只有礼教名教，算不得教——也没有所谓的神教，因也外传任何神教，照样来者不拒；不唯包容，还多有造就。比如佛家轮回之说，传到中土，禅宗将之纳入现前人世，即就儒家"君子不二过"，拖长了秧子铺散开来，成全了佛家的往世来世全都落地生根到现世里来，毕竟人在现世里才有作为，也才善业恶业有得证果。

就拿家喻户晓的唐僧西天取经来说，最是明证。玄奘大师原本一介儒士，学道修为，复皈佛门。当其归属道家，不唯不曾调回头来排儒，且以儒学融通于道而引入人世。及其依佛，亦未曾排道排儒，反而凭其儒道深厚根基，成全儒道释三家于一身，翻佛经于长安慈恩寺。犹之宰臣房公玄龄，奉旨宾迎大秦景僧"翻经书殿，问道禁闱"。接待异土传宝，心正意诚，既谙人家之好，不见外，又拿来使上一番心血，投合肠胃，即就是自家添置了产业，怎不有容乃大而可大可久！

只是宋明以降，内则儒士偏萎，外则强邻侵扰，显见国运民脉一蹶再蹶而不振。儒士不是玄于性命气理，便是惑于科举名禄，各极一端不复和合。讲性命气理，一则不必力排佛学明心见性，一则不必别立理学修心养性而别立之，两者本一，分明剽窃了人家却不认账，是吃喝了人家又转回头来怪怨人家，这就心不正而意不诚。不正则偏，不诚无物。

岂不知这明心见性也罢，修心养性也罢，结果度己虽有独到，却只可以内圣；无能度众生，治平之道仅属妄言而踏空，何能外王？那贪图科举名禄的，等而下之，就不值一谈了。唯这性命气理与科举名禄两者虽则各极一端，其与民有隔则一，抑且愈演愈甚，于农不辨菽麦，于工讥为淫工巧技，于商訾为市侩铜臭，益发地不屑。这可是明证宋明以后先就儒士堕入轮回。唯其不理现世，所以原是士农工商四民一体，而士独与众民脱桦，以至斯文失根，干枝无所依；又唯其歧视异己，欺生排外，器局萎小，不见他贤他善，无由思齐思迁，峻拒异土物事，一味固步自封，抱残守缺，所以仇新泥旧而至贫薄乏生机，无花可开，无果可结。上焉者也仅独善其身，允圣允贤倒是有甚于汉唐，却了无兼善天下之能之德，真所谓只须"一死完节报君恩"，哪管"苍生涂炭遗民泪"。而下焉者只管追逐名禄，其于万民如何，也不难想见了。

对于外来物事不识其好而不受，吃亏的是自家。两者互为因果，也就反复循环，轮回为恶了。还是那个比譬，身虚气衰所以拣嘴挑食，拣嘴挑食也所以身虚气衰。如此轮回不息，终必沉疴难治。恶坏到一个甚么地步，今日说来简直都是笑话了。

我祖父也是打报册上看来的见识。光绪二年头一回造成铁道，上海闸北到吴淞炮台湾，三十二里远，步蹿儿得日午走到日落，车马也得两三句钟，火车却三刻都不用，比那"日行千里不黑，夜行八百不明"的千里驹犹胜一筹，岂不比得上汉武帝汗血天马那么宝贝？又还一节拖一节，两三百人都上得去。可就因当朝王公大臣不准有这西洋不祥怪物，报请江海关道允用骡马拖挽，衙门才准。可行车之日，仍还是使的机关车头来拖拉，道台大怒，星夜驰报朝廷，自个儿又没担待，勉强行车不到两个月，一个兵士走在铁道上，被火车碾死，遂以铁案如山，认定其不祥，全部拆除。因为是英国出资造路，朝廷还赔偿了一笔巨款。到得光绪七年，才又千难万难，得到朝廷恩准，从唐山到胥各庄造成一条十八里长的拖煤铁道，仍不准机关车头，只有使唤骡马拉车。那铁轮儿跟铁道都因光滑平整，车行流利，六到八匹骡马，便拖得一节节装煤车直跑，到底也还是不得不识洋玩意儿之好。

懂得西洋之好的明达之士也不是没有，如贵州学政严修，奏请开经国济世科，考试内政、外交、理财、经武、格物、考工等项。又如工部主事康有为，刑部主事张元济，都曾奏请皇上筹划变法救亡图存，开制度局，分设法律、度支、学校、农、工、商、铁道、邮传、矿务、游会、陆军、水军等十二局，以求维新强邦。又如虽则未行，总还是前年告示行将更改科举章程，定规乡、会试头场试政、二场试时务、三场始试四书五经，废八股而替以策论。

这都是识得西洋之好的能臣献策。其实看看东邻日本即是一面镜子，同治七年明治天皇继位，力效西洋，锐意维新，不到三十年，小日本转眼大日本，东瀛也一跃而别创出一个东洋来。维新也非今代新事,"周无旧邦,其命维新",就那一新便开得八百年天下。论到当今皇上,也算是个锐意维新的明君罢;太后淫威下讨生活,但得一朝亲政,即一朝求得新党诸才人,即就下诏广开言路,博采众议,大办洋务,这几年还真兴革了不少新政。无如终仍拗不过一般陈腐老旧的王公大臣,重又搬出老太后复行专政,幽囚皇上,康南海亡命,新党尽遭屠戮,维新百零三日,一片好景竟就化为一场噩梦,这仅就是前年的新事。今又王公大臣转而撮弄起义和神团,更是彻头彻尾的灭洋起来。只是这一下祸可闯大了。

不过天下事祸福相依,孰是孰非反而难言难尽。真所谓"塞翁失马,焉知非福",而塞翁得马,又焉知非祸。西风东渐,传来福音是一宝;传来维新契机也是一宝;传来强食弱肉这种暴虐霸道,则是罪不可恕的大凶大恶。《申报》只报了京师大乱,烧杀奸淫,抢掠败坏,邪恶无所不尽其极。《申报》设在外国租界,非议朝政了无顾碍,敢言还是仰仗了外人翼护;今外人作恶,竟也不便指名道姓何国洋兵所为。其实那也不必,但凡出兵打来人家家里,管你师出有名无名,能有一个好东西么?春秋尚且无义战,那总还限于自家人阋墙;这外国人是吃不得一点点小亏的,如今大动干戈,兵戎相见,则拿中国黎民百姓哪会有一星星的疼热?

算他牧师、教士几个洋人跑掉了。拿这八国联军作恶北京去质问,几个牧师总不会说美国兵不兴那么乱来,两个教士总也不会说英国兵不兴那么乱来;除非睁俩眼儿说瞎话推个干净。

爷仨儿把这些当作家常聒儿拉拉,我父多半是只有恭听的份儿,到底所知太少。可就事论事,衡情夺理还是不时生出自个儿想头。"爷说的敢是道理,谅他洋人推不掉这干系,总也不至于睁俩眼儿说瞎话。只想想,这般洋人不也有难处?像那位梅牧师,三年过假一年,不是说回国连个睡觉地方都没有?住的是眠的人家仓屋一个旮旯儿,三餐都得自个儿张罗……"叔叔抢着说："是啊，谁都晓得，回国过假才受苦呢。哪比在咱们这亥儿享福，洋房大院子，还男伙计女佣人使唤着……"我父忙说："倒不只这个意思。想这批洋人搁咱们中国神气，回他自个儿国里去，约莫也合当是个穷和尚，谁理？谁管？他美国要出兵打谁，慢说拦不住，要拔他壮丁去当兵吃粮，跟人打仗，也得奉命行事。叫他烧杀抢掠，还不是只得照干！爷说是不是？"

祖父敢是很赏识我父这样子肯为他人着想，"说得有理，人人都有难处。这般洋人在他本国当然人微言轻，上头执政掌权的哪里听得到这般小民说长论短。可这些西洋列国一来在朝在野都是信徒，一两个穷牧师没人理，教会的能力可就大得很了；二来罢，这些国家在上执政掌权的，大半都是百姓层层推举出来的，多多少少要听从一些百姓公意，太过违背公意，也会给拉下台来。所以这般牧师若能使用教会权柄，拦阻在上执政掌权的出兵去打人家弱国小国，并不是办不到。何况这些国家，报册的论政权柄也很大，也常能左右执政掌权的主张。总归罢，不比咱们中国，百姓全得听从执政掌权的。遇上明君英主，才能探求民隐，为民造福；不然就拿当朝全没法子。维新维新地叫了这多年，还不就是为的借西术，行新政，真正做到孟子论政所说的，'民为贵，社稷次之，君为轻。'西洋多少国家在这上头做得早，做得得法儿；见贤思齐，见善则迁，这就非得跟人家讨教临摹不可。不过反回头来说，你洋人牧师教士不比咱们小百姓有理没处讲，有力气没处使，你都不能阻止住贵国强夺豪取，暴虐霸道，己不正何以正人，还传啥教？天职未能善尽，亏负上帝慈恩岂不深矣重矣！"

祖父谈到这儿，可连连地摇头，连连地摇起双手，像是来不及要把适才这番话给擦掉，讥诮起自个儿来："这不算数儿，这都不算数儿。凡事要是不懂天意，给人世间的是非恩怨纠缠住了，那就别想撕扯清楚。"遂跟叔叔说："这就是跟你讲周易讲的先天八卦、后天八卦那个道理。文王后天八卦是专指咱们中国人世之理,伏羲先天八卦虽不能说概括到全世界,照今天新学识来看,至少也概括了北半球,何况更还直通天道。所以要解后天卦,一定得关照先天卦,也就是天道人世不可分,不可偏废,定要以马内利,天人合一。总归一句要诀,这天道人世合则兼善,分则俱恶。爷在圣经跟五经里寻找到会通相合的至理,就是这个。"

祖父遂又回到大秦景教碑文上来——

当年只不过一个大秦景教僧阿罗本远来中土传教,前后仅仅三年,太宗便诏告"济物利人,宜行天下",随后也就"有司即于京义宁坊造大秦寺一所,度僧廿一人"。到得高宗,阿罗本已拜封"镇国大法主",教会兴旺得"法流十道"(唐初划天下为十道,那已是景教流行全国了);而且"寺满百城"。若非天命成全,何至二十余年间就能那样子飞黄腾达?

可如今晚儿天命又当如何?

打嘉庆年间洋人首传基督教至广东以来,西洋列国都有各宗各派,纷纷差来不知多少传教士,岂止九流十家——这属英国的、那属美国的,还有德国的、哀尔兰的、苏格兰的、加拿大的……差会更是多得不可胜数,单是我祖父所知的就有长老会、信义会、浸信会、圣公会、公理会、卫理会、路得会、宣道会、循理会、贵格会、巴色会、美以美会……还有连他西人也弄不清的许许多多差会。

就说尚佐县这个偏僻小城,也常川的总有牧师、教士六七八人,牧师还又拖家带眷,师娘也都任事讲道之外的种种传教事宜。照这阵势儿看,天命怎样?——圣经上有道是:拣选在主,呼召在主,差遣在主,这些成千上万不远千里而来的西洋传教士,自都是主所拣选,主所呼召,主所差遣,天意不难体悟,上帝似乎很着急,迫不及地一意要把福音传进中国,因才这样兴师动众,调兵遣将;甚而至于不顾

天启　337

人世间的节气对不对，时令合不合。

老实说，上帝岂不知中国这百年来是个甚么节气、甚么时令？依皇极经世推算，乾隆九年岁次甲子至今，卦气是数在午会姤运。姤者遘也，即就是中西两方人事不期而遇。同治三年以来，则值讼世，而这光绪二十年起，今后十年间适居九四爻，"不克讼。复即命。安贞吉。"合当与西洋交讼不绝，天下当回复正命，有所变易，大而至于不定要改朝换代，方可不失国，倒要应验在这上头；清室气数将尽，当属卦气所示了。

我祖父曾拿这些周易的道理与任恩庚牧师认真地谈论过——也只有这位年轻的美国牧师肯于虚心领教。别的西人一听到甚么阴阳八卦，立时便认定那都是卜筮邪术，甚至视为"交鬼"行径。占卜之术其实在《圣经》也常见，《民数记》《撒母耳记》《以斯拉记》等都有明文记载乌陵、土明等决疑之法，且为上帝所常使用，此由"扫罗求问耶和华，耶和华却不借梦、或乌陵、或先知回答他"的经文获证，又如"耶和华对摩西说……约书亚……要站在祭司以利亚撒面前，以利亚撒要凭乌陵的判断，在耶和华面前为他求问"，这都无非是上帝跟人间交通所用的器皿，就像今日天南地北不怕千万里，全世界都可使唤电报来交通信息，一样的称得上无比神奇。要说上帝只可以使唤乌陵、土明，不可用周易来与人交通，岂非胆大妄为，人而管起上帝来了？何况依于周易推演而出的皇极经世，犹如电报，神奇是神奇，却有道理可循可解；倒是乌陵、土明，多少近乎黄雀叼卦，铜钱摇课，怎说也兴撞上撞不上、碰巧碰不巧。

西人传教士中，卜老牧师那是圆滑，也很难得，可顶顶难得有像任恩庚这样子通达明理，稍一解说即领会到此中意思，至少总是相信了上帝不光是犹太人的上帝，也不光是基督徒的上帝。上帝用甚么法子跟甚么人交通信息，人有甚么能为跑出来夹在当间儿左拦右挡？做主做到上帝头上？

可到底中西风情民俗不尽相通，彼此怎样相知还是有隔。提起清室气数将尽等等，这位年轻牧师可瞪大了凹进深深的一对绿眼珠子，连忙四顾有没闲人听了去。那神情真就是可可实实的"眼都绿了"。

我祖父从跟洋人往来到今——远自牛庄的韩岳稽牧师起，还不曾见过天不怕、地不怕的洋人，怕飒飒成这个样子。打那弄明白以后，才知这般西洋人士何以从来从来不谈中国朝政。前此也只以为传道只传天国之道，不理会地国，可碰上大英王室、美国统领种种朝政，论断起来，大半是秕政甚于仁政，知无不言到得不顾家丑外扬，可中国当朝如今败坏到这般地步，比起英美那些秕政恶过不止十百倍，以任恩庚那样直言无忌挺性情的西洋人也从来从来是褒是贬决不置一词。经我祖父借此探问清楚了，才知原来这般西洋人东来，差传守约中列有一条，即是严禁一切言行触涉中国政事——此因中国朝廷官家差派的细作遍及家家户户，无所不在。中国民间俗话"隔墙有耳""路旁说话，草棵有人"，便足为明证。因有这样子严防，祖父才一提到气数已尽，清室将亡甚么的，即惹得任恩庚牧师如此畏惧，且是真心为的我祖父冒犯到杀头大罪而怕成那样。尽管该归西洋人不谙中国国情，以致过甚其实，我祖父还是极为感激人家。

说起官家细作无所不在，远如秦始皇，近如雍正帝，这上头算是严刻一些，却也远不至于到得耳目处处这般地步。我祖父就拿孟石匠修桥造反为例，到得明目张胆那么个地步，也才事发就逮，末了不过终身监禁而已。打那以后，祖父也才从任恩庚这里得知广东有个造反的孙逸仙。广西洪秀全之后，又一个造大清反的头目，西洋列国已很重视这个有学问、有章程、要打倒皇帝，仿照美国造就共和国的人物。

拿《周易》来解说《圣经》，我祖父下的功夫非止一日，偶与任恩庚牧师讨教，多半皆得首肯，间或也有令其讶异之处。譬如上帝何以喜亚伯祭物，不喜该隐祭物，西人只能解说预表基督为流血的羔羊。若说预表，上帝每一作为，莫不如礼记学记所言"大道不器"，诚所谓"圣人之道，不如器施于一物"。圣人如是，何况上帝！孔子也说"君子不器"，君子如是，又何况上帝！若说是预表但凡先知每不见容于世人，甚而至于为世人所逼迫、杀害，则其义更广矣。基督曾说："大凡先知，除其本地本家之外，没有不被人所尊敬者。"又指责文士与法利赛人为"杀害先知者的子孙"，并提到"义人亚伯的血"，基督自身也被世人所杀害，古今中外无尽的史例俱不脱此窠臼。然而更还有一深义在，即就是周易乾卦文言象传九五所言，"先天而天弗违，后天而奉天时"，上帝宁喜人能走在其先，亚伯当之无愧，上帝安得不喜其以头生羔羊献祭！

　　任恩庚牧师最是惊喜有此一解。《圣经·创世纪》仅记上帝喜悦亚伯所献其羊群中头生羔羊和羊脂。该隐则为种地人，献的祭为地里出产的供物，上帝却看不中。此外经上并未申明上何以看中和看不中，西人来解经，只能是猜测，诸如预表基督血祭、头一个为主流血的人、亚伯虔诚而该隐则否……多属强词夺理，说得过去，却在《圣经》里寻不到凭据，反而不如我祖父少年时一片天真所作的认定。

　　我祖父该说是受有天命并得天启，少年时习读《圣经》便于该隐以兄长杀死二弟这一事故存疑。少年混沌无知，唯有单凭猜想，不脱六书象形那种直感，亚伯这名字直指其人是个白白净净，聪明灵巧，人见人喜的文静小子。该隐二字笔画繁多挤塞，浊气沉重，其人合当是个黑粗多皱纹，一副要账脸赛似猪头，生就没人缘儿的绝户头也才会小小不言的就那么蛮干。上帝造出他这个人，自个儿怕都不如意，像个窑户师傅，窑里出了这么个歪翘瘪爪的瓦觥子。

　　祖父曾拿这段儿经文试问过我父他哥俩儿，兄弟二人反复念了这段儿圣经，敢也参不透上帝为何单单看中亚伯的祭物，看不中该隐所献的粮食。叔叔调皮一些，偷偷自语道："羊肉敢是比馍儿好吃。"

我曾祖父是继承的列祖列宗那个老味儿，二曾祖母口传的曾祖父生前行谊，"活脱脱是个孙悟空"，越是神圣越拿不正经去侵犯，取笑祷告是"鬼咕叽念咒儿"，连对上帝也常口出不逊。二曾祖母就说过："你爷果若落到上帝手里，八成也像孙猴子那个皮法儿，如来佛掌心儿上又翻跟斗又尿尿和薄泥。"教堂里那一套洋礼，我曾祖父一径都摇头不以为然，取笑二曾祖母说："你也念过几天四书，都不记得孔老夫子讲过，'获罪于天，无所祷也'，真正的作奸犯科，杀人越货，靠那鬼咕叽念念咒，就能脱罪了？那是个甚么邋遢菩萨？专讲人情说项？"又笑说："这帮洋鬼子真是化外之民，连名带姓耶稣耶稣的，佛门是称我佛如来，道门是称玉皇大帝，太上老君；人而不知长幼尊卑，那么没上没下的，岂非禽兽？开口闭口都是罪不罪的，这样子禽兽才真的是罪过！"

我祖父就不知是否也继承了列祖列宗那个老味儿，还是父子天性，一脉流传，尽管敬奉上帝如何虔诚，为传福音，昼夜奔忙；服事天父这位严父不敢有一分懈怠，一丝苟且；却也有时像在二曾祖母膝下撒赖撒痴，顽皮嬉戏，那样地承欢这位天地万物大主宰。我父哥俩儿——又尤其我叔叔，似乎多多少少会跟上帝来一下嬉皮笑脸。

我父心中有话没说，叔叔却替他道出："这桩事故上头看来，上帝倒有点像咱们娘亲，没道埋，喜欢老二，不喜欢老大，挺偏心。哥又偏巧干庄稼活儿，我罢，尽管没偏巧是个放羊的，可我这么清闲自在，不累不苦，也跟朝天东游西荡去放羊差不多。所好哥不会把我宰掉就是了。"

这么一说，敢是挺不正经；又像戳马蜂窝，戳到父子三人心照不宣，总不要去碰的祖母偏心这码子事——碰了只有彼此不快。

我父是嗯了叔叔一声，睒了叔叔一眼，怪叔叔不该把这码子事

天启　341

给挑明了。谁知祖父一拍大腿,指头点着叔叔,不知有多正经地说:"对,有个头绪了!只还差把劲儿,再往深处琢磨琢磨,准就摸到上帝心事了。"

哥俩儿不由得愣了愣。祖父说是有个头绪了,兄弟二人却没个头绪了。

祖父先是笑谈自个儿少年时如何无知又自作聪明,把该隐、亚伯二人名字和相貌,凭自个儿爱恶,揣摩上帝心意。尽管可笑,上帝却叫祖父看重这个疑惑,执意要来解出这段经文,或可称之为授以天命了。这要到《周易》读至逐渐领悟得更多更大,才在一念间发现了两经互为注脚,而至顿悟,一见亮光。

祖父当下盘问起叔叔,在前,上帝把该隐和亚伯他俩儿的老子娘撵出乐园时,曾给亚当怎样降旨下令。

叔叔推给我父:"《创世纪》前五章,哥背得可熟!"

我父领会了叔叔好意,想了想,就拣了三节来背:

> 上帝又对亚当说:"你既听从妻子,吃了我所吩咐你不可吃的那树上果子,地必为你的缘故受咒诅。你必终身劳苦,才得能从地里得吃的。地必给你长出荆棘和蒺藜来,你也要吃田间的菜蔬。你必汗流满面才得糊口,直到你归了土……"

祖父挺乐地看看我父,遂又一路追问下去:"这是天命。天命不可违背,传道人也一再申命,《圣经》不可有一字一句的更改。夏娃是领头违背了天命,魔鬼是领头更改了天命,亚当比较冤,米已成饭,不能不吃。夏娃、撒旦、亚当,都受到严苛的咒诅和惩治。将才小善背的这第二道天命,亚当两口子可是守住了,认命了。那么,下一代两个儿子对待这第二道天命,是谁守住了,认命了?又是谁违背了,更改了？听命的结果怎样？抗命的结果怎样？你哥俩儿说说看，不难有个断定。"

叔叔嘴快，可没等出口，又临时咽下去，惶惶地看看祖父，又惶惶地看看我父，手掩住口，接着啃起手指盖儿不敢讲了。

我父品索了好一阵儿才说："敢是亚伯没有听天命，没照上帝的吩咐种地，去放羊了。羊可不在乎甚么荆棘、甚么蒺藜，反而顶喜欢吃这些玩意儿。这亚伯也不用汗流满面才能糊口，也不用终身劳苦得吃的，倒是吃肉过日子。该隐反倒听天命，认命守他爷老行业，出死力气种地过活儿……"叔叔这才悟过来，抢过去说："是了是了，按讲，该隐才是规矩人，本本分分听他爷的，也是听上帝的。可上帝反倒不喜欢，奇怪了，上帝这不是爱爱恶恶没个准儿了？这么看来，该隐敢是不服气。我要是该隐的话，上帝我是怎么不了他，把亚伯宰掉才出得了这口气不是？"

这里头不少话头好说。像近年不知打外地哪儿传来的新种，就叫它绞瓜，乍看跟个圆圆的陶红甜瓜差不多，一破两半，放开水里滚儿滚，捞上来拿筷子插进去打转转儿一搅，瓜瓤就搅成一绺绺长面条，搅到后来就只剩下薄薄一层空壳儿瓜皮。白里带青的瓜瓤条儿脆脆酥酥，上好的凉拌菜材料，祛暑消蒸，清补佳肴。我父哥俩儿便好似一人手上半擦儿个绞瓜，搅着好玩儿，越发得劲儿。可搅了半天，条条绺绺纠缠不清，找不到个头儿，这小哥俩儿弄不清那小哥俩儿谁是谁非，谁贤谁不肖，还是要等我祖父来调理，巧配了作料拌上一盘冷碟，这才是上得了口的美味儿。

祖父到底是先已参透了其中道理，三言两语便解个明明白白："上帝自己个儿是个创业的，所以喜欢创业有甚于守成。这创业跟守成，在上帝的天平两头出入很大，亚伯抗命而创业，上帝宁可不在意他抗命，独独看中他创业；上帝并不因该隐听命行事，就看中他那么守成。瞧，这两下里差池多大！"

这一申明，不光是给我父哥俩儿释放了一个大疑，由而善解天意，这道亮光且一直高照着哥俩儿往后一生长远的道路——施比受更为有福，也就是创比守更为有福。

不过祖父为防有所偏误，还是把上帝的旨意申述得更加周延一些。为此乃指出夏娃的抗命非为成全，而属败坏；夏娃是人在福中不惜福，置身无善无恶因也无忧无苦的乐园里，自甘堕落于善恶两相缠斗交锋的尘世。其实即使两口子不被上帝怒逐，那以后也难再安于伊甸乐园，早晚终要偷跑出来。

祖父也将这创业帮哥俩儿打点得清楚。《圣经》开宗明义便以《创世纪》为首卷，人皆知这是天地万物创始之本，是属当然，并不悟识上帝为何创世的所以然。人也皆知上天有好生之德，基督徒是说"上帝是爱"，也并不悟识爱与创世有何关联。祖父得天启，套用了《中庸》词句："喜怒哀乐之未发，谓之爱；发而皆中节，谓之创。爱也者，天下之大本也；创也者，天下之达道也。致爱创，天地位焉，万物育焉。"这么一来，叔叔即就领悟了。事后叔叔给我父细心地一讲，我父也就明白道理了。

祖父遂又跟我父哥俩儿，用了老子所言"反者道之动"来解说亚伯的反天命。上帝之道静静的不动是爱，是未发；可不动则已，一动即就是个反，是个创始——在上帝是创世，在人是创业。故此亚伯的反，就是创业，是上帝之道在动。故此上帝非但包容了亚伯的反天命，且也亚伯的反，正合上帝旨意。故此，该隐献祭，亚伯即使不献祭，上帝还是看中亚伯，看不中该隐；因为《圣经》有言："上帝喜悦燔祭与平安祭，岂如喜悦人听从他的教训？听命胜于献祭，顺从胜于公羊脂油。"而所谓听命，所谓顺从，却有分别，一是创业的听命和顺从，一是守成的听命与顺从。两者皆为上帝所喜悦，只是上帝喜悦创业的听命与顺从,更胜于守成的听命与顺从。

对上帝这一心意说得又清楚又完全的,还数周易乾卦孔子象传所言:"先天而天弗违,后天而奉天时。"只可惜这等西洋人只领受到"后天而奉天时"的小道理,传道也就只能传守成的听命与顺从。

为此上帝一定挺着急。打明代万历年间天主教传入中土,起初懂得祭孔祭祖,原本合宜,能敬重孔圣,就能领受孔门这里所传下来的天意。在我祖父看来,摩西五经和福音四书,但得能让中国四书五经合而为一,互补长短,则上帝的旨意彰显具足完全矣。

只可惜利翁过世后,天主教从教化王到传教士莫不力斥祭孔祭祖为偶像崇拜,四书五经也被视作异端。从彼至今将三百年,天启中国圣贤所传天道,竟为此愚妄的人事所隔,一直无缘两相汇通,如此亏负天恩,以至天道不得彰显完全,身为上帝的中西仆人都该难辞其咎,难脱其罪罢?

祖父这一番论断,我父哥俩儿倒都十分受用,我父直到晚年,还在以这两者不合,又自叹无能为力,而叹惜不置,忧心不已。

上帝既见天主教会在这上头师劳无功,空度岁月,敢是把指望转而托付给基督教会。且看上帝呼召派遣了这么多宗派差会和圣工的仆人——不惜一个小小县城就安排了六七人,七八人,又还不顾时令合不合宜——让这般为主做工的差会和誓愿终生服事上帝,终老中国的牧师教士,跟随并仰仗其国人侵中国的强权而来,时令如此,这福音种子安得不恰如基督的比喻所说,大半撒到路旁喂鸟了,撒到石头浮土上干死了,撒到荆棘中给挤死了……时令不利,犹如腊冬播种,大地冰封,几近徒劳。

可尽管如此,上帝仍然执意非要福音传遍中国不可,不如此则上帝之道不彰。身为上帝的仆人,若尚领会不了上帝这样焦虑的心事,倒如何能替上帝做工?做又能做何工?

我父长久盘来盘去的心事，就是拿定志气要从家道败到一无立锥之地的这般光景里创业成家，只是在日日求祷中总觉这是私心，就算也为的孝心、为的手足之情，似乎也和娶妻生子、养家活口没多大分别，全都张不开口跟上帝讨要；不光是这样，不敢跟上帝索求，且还怕上帝不喜，遭受天罚。今祖父既传下了上帝旨意，喜人创业胜于守成，尽管满心欢喜，却还不大放心，就拿福音书里基督跟门徒讲传天国的一个比喻，求问祖父，是不是和亚伯去做牧羊人同一个道理。祖父一听就乐起来，深深地点了头又点了头。只是突又板起脸来说："你这倒提醒了爷。前后这么一照应，子比父可要严厉多了。天父对待该隐和亚伯，只不过看不中守成的，看中创业的。可基督这个比喻，借了那个主人，对那个接下五千银子又赚了五千，另一个接下两千又赚了两千，都是夸奖作'你这又良善又忠心的仆人'；对那个接下一千银子埋在地里，原数交还主人的仆人，那是怎么个看待？"

我父顿都没顿一下，接口回道："是说：'你这又恶又懒的仆人'，夺过那一千，给那有一万的。还说：'把这无用的仆人丢到外面黑暗里，在那里必要哀哭切齿。'……"

祖父环视我父哥俩儿，"对罢，看多严厉！主对创业的夸奖作'又良善又忠心的仆人'，把许多事交他掌管，还跟主人同享欢乐。守成的成了'又恶又懒的仆人'，撵他滚蛋。可西人传来的福音，正是要每个信徒都要守成的听命与顺从，你俩说这福音传得有多偏！"

祖父遂又把这创和守照他参悟所得，给我父哥俩儿解说了个清楚，又特重这个创——无中生有，创也；能其不能，创也；干知大始，创也；开物成务，创也。而知子莫若父，祖父晓得我父拿那个忠仆恶仆的比喻求教之意，因道："白手成家，平地青云，敢也是创业，可这里头倒有九品十八级那么大的差别。打天下跟王天下，就有一天一地之异；出力出汗的创业又远不及克仁克智的创业；刻薄成家该居忠厚传家之下。总归仍然要回到根源上去。一品一级的创造，还是本于仁，出于爱；依此仁爱的纯杂定品级。"

当下我父也便有了数儿，也是跟天许了愿，来日成家定规是凭的赤手空拳；克仁克智既不是个材料，全凭出力出汗也难——那得三两代积聚才爬得起来。估估自个儿这个能耐，怕只有上不着天，克仁克智；下不拉地，出力出汗；夹在当间儿来刻苦创业。说好那是既凭小仁小智，又须出个小力小汗儿；说歹，那该是个二半吊子。也就这样罢，胳膊轴花了改领衣儿（马甲）——将就着材料。但得上养得了老、下养得了小，中腰儿把就只这么个兄弟栽培起来去干天下大事，就像亚伯那样克仁克智去创业，家里能出个正一品，那就天欢地喜万事如意了。

祖父传道的年月不多，却因上天恩赐特异，三分人事上的尽情尽性所下功夫，也是中、西传教士所不为、所不及的。这在单独一回大礼拜的证道上倒不大费心费事，但凡给派定城乡各堂三五天的布道、培灵，或奋兴会，总在多日的预备里，先将一些紧要的关节，跟俩儿子谈论一遍，让我父跟叔叔把听不懂的、想不透的、费猜疑的，尽都一一提出来，以此试出听道的怎么想，领受得怎样，补苴自个儿口齿不清的、思虑不周的、亮光不足的种种欠缺。西人立的规矩是从来不让听道的人反问究竟，这就违背了问道受诲之理。基督十二岁时在耶路撒冷圣殿中听道，便是"一面听，一面问"。

祖父跟俩儿子切磋琢磨还不算，遇上教义精髓之处，或拿中国经书来解《圣经》，当与不当，总要虚心跟西人牧师教士求教一番。大体说来，西人多半悟力不够，大不能领受中国的圣贤书。像亚伯与该隐这桩公案，便只有任恩庚牧师领受得了，且表惊异，大有茅塞顿开那么的熹悦。说来也还是这个年轻的美国牧师不似一般西人的骄气；能虚心，即不至于瞧不起中国的经典。唯其懂得尊重，所以悟力也较其他西人高强得多。真是如基督登山宝训所举的八福头一福,"虚心者有福,因为天国为其所得",其他西人几乎全都没有这个福分。

祖父为这农闲头一季的布道培灵大会所预备讲传的《大秦景教流行中国碑》,敢是也跟我父哥俩儿先就不止谈论了三回两回;只是西人逃去烟台等地,没法讨教就是了。

碑文连同序、颂、前后落款总数一千七百六十五字,祖父以他"结体遒媚"的一笔柳体,书写了两幅立轴,裱糊铺子裱褙一番,即在会中张挂起来讲述。大抵是落在景教传入中土流行二百一十一年的前后光景。及至唐武宗勒令佛教僧尼还俗,连同景教、袄教、回教同时毁寺逐僧。其后佛、回复又兴起,景教遂绝。依于天意不可违看来,上帝像是挺不介意景教在中国传不传得开来,传不传得下去。上帝如若执意要景教流行不绝,别说一个唐武宗,就罗马皇帝那样残杀教徒无算,也拦阻不了上帝旨意要在罗马大帝国造起一个世界顶大的基督教国。

要想参透天意,敢是不易,不过上帝也并非一个绝户头,不乐意世人与他相知;实在上帝是"大而无外,小而无内",人是没本事知道完全,可天虽不言,人还是能从"四时行焉,百物生焉",多少参悟个一二。汉唐盛世直前,一向礼乐教化,斯文具足,景教有则不多,无之不少,从碑序所记足见皆是锦上添花,所指恶世"或指物以托宗,或空有以沦二,或祷祀以邀福,或伐善以矫人"诸病,古民皆有染患,犹太人则为个中之尤,独中国宋明以后方始渐染这些恶疾,明清尤烈,于今更败坏得必得福音来振兴华夏不可。此上帝焦虑其一也。

而基督福音历经欧美列国传来传去,旧教固已堕斁窳腐,新教也愈传愈为偏颇不足。天道不行,上帝安得不急于福音速传中土,使与其恩助中国圣贤所创的基业相融,得以规正而丰富。此上帝焦虑其二也。

由此也体悟得到，福音入华断不止于如西人所自命为施舍，却也是求助。故而中西文明合则互惠，分则相害。

这才真如使徒保罗的警世之言："不传福音有祸了！"借此以申其义：不受福音也有祸了！并且不传不受之祸，殃及中西，断非独祸中国也。

打野

入冬近腊这一阵子，我父开的头，哥们儿一大伙儿闲小子白天打野鸭子、打兔子，入夜打大雁、人脚獾、黄鼠狼。打野把人都打疯了，做梦都呼儿呼儿喘粗气儿，撒奔子踃兔子。

打野都是使唤的洋枪，狗是没有哪个庄户人家不养个一两头来看门的，不愁没的使唤。可真正够料儿的狗不多，就算个头儿细长善跑，肌理壮实，不怕兔、獾、黄狼子放骚臭，单那嘴巴筒子不够长，口张不大，要不是咬不住野物，也定会咬到了又给挣跑掉，数来数去，庄子上近三十户人家，也只有沈长贵家的小四眼儿，李府上的老黑它俩儿管用。

洋枪就不是家家都有了，洋枪总都收藏到炮楼上。洋枪跟炮楼、炮楼跟洋枪，比如焦不离孟，孟不离焦，两下里分不开来。庄户人家总要家财到得一个地步，也才要盖座炮楼来保身家性命。光是个空空炮楼没洋枪，总不能土匪马贼来了，跑上炮楼拿尿尿刺人家，这就得靠洋枪洋炮才顶事儿。再说罢，盖得起炮楼的人家，敢也买得起三两杆子洋枪；再还有洋抬炮，个儿又大又沉，得两个汉子才抬得动，也不像洋枪那样安的有卡机、狗腿儿、弹簧这些机栝，洋抬炮只合一大堆生铁钱，倒比洋枪还便宜。打炮楼上口朝直下打地上，也不怕枪子儿火药倒空着撒下来，跟上十杆洋枪还要厉害。

叫是叫洋枪，可都是土造，枪筒枪膛就只是翻砂模子生铁灌的。跟爆竹火药一般样儿的黑粒子枪药，逢集地摊子上就有的买，枪子儿也是的。冬腊里，走乡串村儿的生铁炉，现炼现灌锅、镢、犁头，剩的铁浆根子不够别的料儿，就便崩个枪子儿——拿几个大萝卜，横里一切两半儿个，就地挖挖窝儿，把切开的萝卜白儿朝上，半截儿栽进土里，端白子里西瓜汤那么鲜红鲜红铁浆子，冲这些萝卜心儿一一溜上去，立时放花爆竹般，冲到萝卜瓢子上便四下里迸散火星子，结成颗颗绿豆大小的黑铁珠儿，那就是洋枪用的枪子儿。

一杆洋枪，寻常总要备而不用地安妥二三十枪火药管子，管子跟打火用的纸媒子竹筒是一个式儿，只是长得多，四寸来长的一截竹管子，斜削的口儿，先装进三四成小铁珠儿枪子儿，再装六七成火药，口上拿火纸塞紧，这就够打一枪。要打枪，先把竹管子火纸塞拿掉，对住枪口灌进去，正好颠倒过来，枪膛里火药在下，枪子儿在上，这再拿铁通条打枪口探进去，捣捣结实，免得枪子儿火药撒出来。然后扳开卡机，火信帽儿戴到火嘴子上，下面护圈儿里一扣狗腿儿，卡机搊下来，火信帽儿打出火来，刺进枪膛里，火药一炸，颗颗火红珠儿窜出去，一出枪口就像个唢呐喷散开来，愈远火团愈大。古人百步穿杨，那是拉弓射箭，洋鬼子这玩意儿三百步也有了，还又一点儿力气也不用，只要端得平，对个准就成。

那洋抬炮比这洋枪还省事儿，炮膛是空的，炮心儿是个一头开口的圆铁筒子，约莫一尺长短，比擀面杖略粗一些。有个把手方便装进炮膛、卸出炮膛。铁筒子里装满火药与炮子儿——那可不是生铁珠儿；家里破锅破犁头，但凡生铁家什，又硬又脆，拿来捶成碎碴子便是。连同火药装进去，筒口用泥封住，口对炮筒安进空炮膛里。火信是以空心麦秸灌进黑火药，约莫寸把长，两头用泥封口，发炮时，这

打野　353

麦秸管儿插进炮心儿铁筒靠近底子的小孔里，火绳或火纸媒子都行，点着麦秸火信，炮火便从炮筒轰出去。这一炮足可打得墙倒屋塌，好样儿大树都能拦腰打得断，那震人的动静就别说有多惊天动地。

这沙庄上，总共五座炮楼，除掉顶西头汤家，是个绝户头，也是个土肉头，跟庄子上谁家都没大往来，生怕跟左邻右舍走近点儿给沾走了甚么，他汤家炮楼上到底有几杆洋枪、几架洋抬炮，谁也不晓得。顶东头的高寿山家，炮楼里只有两杆从没打过一枪的洋枪，火药更不知是哪年哪月就积存那里。经不住我父一啜哄——别到了紧要当口有枪不会使唤，有火药火信帽儿一枪也打不响——打野去？敢是顿儿也不打一个，又没有上人可顾忌，顺口就应了，又还直后悔，怎的向来都没想到"年年防贼，夜夜防贼"的这些玩意儿倒有这乐子可寻。"阿枯恰、阿枯恰，日他哥你怎那么些个心眼子！"真是服了我父，不知该怎么五体投地地重谢一番。

沙耀武家炮楼里是三杆洋枪，一架洋抬炮。打野是洋抬炮用不上，三杆洋枪又多了。炮楼尽管两房合共，老妈妈凡事由着耀武，试枪试药又是正事儿，敢都随他耀武的意。只有李府上，哥们儿上头两代人，大大小小啥事儿也不好要怎样就怎样，嗣仁反回头来赖上我父："日他祖王人的，是你打的主意，得你跟俺大说说，俺大定规听你的……"

话是真话，情也是实情。可我父就怕仗势儿不知进退，张口让李府二老爹不好薄自个儿面子，不能不允他，那就没分寸了。

庄子上就数李府炮楼里的家伙最多，两架洋抬炮，四杆洋枪，杆杆都是长筒子，打得远。有么些洋枪洋炮，那火药、枪子儿、炮子儿，敢也比谁家炮楼都藏的多许多。要打野的话，自数李家本钱顶厚实，叫人不能不心期眼红。

我父推掉了，跟嗣仁实话实说，怕顶着面子，二大爷心里不乐意，还非得点头不可。后来嗣仁硬着头皮去请命，李府二老爹爽爽快快一口就应了,还说:"好事儿,该派的,可就是千万要小心留神,别伤了人。"可临打炮楼里四杆洋枪都拖出来,擦擦弄弄的工夫,李二老爹独独冲我父嘱咐:"他华大哥,数你稳重,又阅历多,这些性命关天玩意儿,托付你,可多管着点儿他哥们儿几个小冒失鬼……"

我父只有满口应承的份儿,却心里不禁生疑,脸上也觉腼腼腆腆不大是味道。果不其然,两天打野下来,才闲话里听出来,嗣仁跟他大大请命,是拉我父垫背,说我父提醒众哥们儿,家里洋枪洋炮外带火药伍的,哪兴好几年不管,由着生锈的生锈、受潮的受潮,一旦用得着了,要紧当口枪炮打不响,还不如拎根八棍子有用。不错,这都是我父他亲口说过的,可万不该打着我父名号,把甚么都套到我父头上来。往后万一出个甚么差错,落了怪罪,这我父倒不在乎;敢作敢为就敢当罢,还怕顶事儿不成?只是你李嗣仁这么桩小事都不敢挺腰杆儿,背地里拿我出头,够不该的了;还又把我说的话贩过去——呆定贩不周全的,不知把正事儿歪扯到哪儿去了。换上别人谁,随谁怎么想,我父都不用放搁心上;唯独李府二老爹,我父眼里的大贤人,可一千一万个不乐意自个儿在这么一位长者心上有点儿推板,弄得凭空打了折扣。我父是真的挺在意这个。

嗣仁是他李府这一辈儿排行老大,哥们儿大伙也尊他为长。可一向没个老大材料,也没兄长样子,总只说是小小不言,都不去计较,这一回倒叫我父更看透了这个人,很有些灰心。打这往后,说要绝交敢是过逾了,实秉实倒也没恼到那个地步——再还有个难处,尽管说不上甚么"人在人眼下,不能不低头",也说不上谁是主,谁是奴——替他李府上干活儿,又不是替他李嗣仁一个干活儿;只可要在他李府上拉一天雇工,总是一天就得碰头卡脸凑合一道,两下里难道老拿后脑勺儿对后脑勺儿?那就没味道了。我父瞪住嗣仁,心下就此打定了主意:你李嗣仁滑头没担待,没胆儿顶事儿,咱们往后也就只能是嘿

打野

嘿哈哈对付局儿，皮交肉不交，彼此少牵扯就得了。

一开头给嗣仁那么小人地一搅和，我父心里难免挺不自在，简直有点儿败兴。可打野这玩意儿到底新鲜，乐子无穷，年轻人是烦是气都搁不久，一热闹起来也就啥都丢去九霄云外了。

尚佐县这个小地方，或许没山没丘的缘故，一片大平阳，野物稀罕，又或许庄户人家挺本分，枪枪炮炮只在保家，似乎打古到今想也想不到拿这些玩意儿打甚么野。哥们儿让我父这一挑起来，敢是新鲜要死，乐得像小孩子过年一般。

我父是进关四五年来，日子里也一直跟这打野无缘，至多下过滚笼、扯过网，捕小鸟来养养玩儿。早晚儿上谁家炮楼，不免眼馋那些个洋枪，看看差不多都成了废物，忍不住拿杆空枪手上反复把弄，舍不得放下。便是想到打野也可巧都不是那个时令，又还跟人家交浅，够不上那么不见外地拿人家保家的家伙拖出去作耍，提也不曾提过打野甚么的。

不知是生性如此，还是生在关东那种家道，习以为常了；别说青泥洼大爷主事的马栈，好几代都养的一伙伙儿炮丁，长短洋枪不知倒有多少，就是貔子窝姥姥家那边儿，屯子里安分守己的人家，也大半三两杆洋枪，防胡子是一，可从没像年年秋冬使唤得那么多，打鹿、打狍子、兔子、大雁、黑貂、草狼，在行一些的也打过黑瞎子——狗熊，熊掌熊皮都是上好行货。我父年幼时喜的是上树摸斑鸠，屋檐底下摸家雀儿，不管是蛋是小黄口。打咱们大老爷给了他一把双铳子，那可得势儿了，关东"九月九，大撒手"，重阳就已田里没庄稼，姥姥家养的老黑，跟上小牛犊儿那么大，那么壮，正当年又那么能跑，就凭这一狗一杆双铳子短枪，才十二岁就跟起屯子上一伙儿大人翻山越岭去打野，带常里几天几夜不回家，姥姥全都由着他。

咱们大祖父玩马玩枪敢都是一把手，送给我父那把双铳子所为不止一端。那时马栈炮丁多半都用快枪了——关东叫"德枪"。两相较量，快枪打得远太多不说，枪子儿有一槽五颗的，有一槽十颗的。一扳枪机，枪子儿就顶进膛，一扣狗腿儿就打出去，可真快得干净利落，不像洋枪那样，枪口儿倒进火药枪子儿，枪条通进去捣个半天，才得打一枪。要说快枪也有不及洋枪的，那就是洋枪打出去，像个扫帚一大片，快枪只那么单吊儿一颗，打不中就白打了。可那伙儿炮丁行得很，枪法儿本都有个扎实底子，练快枪要跟射箭一样练个千步穿杨不难，死枪打香火头，活枪打飞靶子，练不练的举枪就中，穿个透亮儿过，中了就没命，又打得远，不比洋枪，中了或许打出蜂窝儿来，只是稍稍远着点儿，身上穿得厚实些，任那铁珠儿红像点点火炭，就许连棉絮也穿不透。故此打西洋东洋传进来这快枪，没经多久，原先的老洋枪便落得只有打野的份儿。大祖父敢说就是把这不中用了的双铳子送给我父这个大侄儿。不过也不就单单这个意思，双铳子这把短枪也挺贵重，枪箍都是雕花包银，把手嵌的有象牙、鸡血红宝石，坠着金线裹的大红丝绦繐繐，高祖父玩过佩过，算得上传家货罢——传家宝敢还谈不上。可我父也不管那是个宝还是个货，嫌那碍手，把大红丝绦繐繐去掉，斜叉花挎在肩膀上，就那么去打野，再合手不过，真正的长管子洋枪，十二岁的小子还端不平呢，那么个沉法儿。

双铳子短枪，不光是轻便，使唤起来挺灵活，也是打草狼、打黑瞎子得手家伙。俗说草狼是"铜头铁脑袋，越打越自在"，头一枪就算打个正中，照样冲着火药烟气蹿上来，只有双铳子才得迎着门面再补一枪。那黑瞎子也是一样，老厚毛又老厚皮，头一枪就算打它个浑身上下尽是马蜂窝，也碍不着它冲上来，咧开血盆大嘴来扑人，可正好，待它挨近了，瞅准大嘴巴请它吃顿辣椒萝卜豆儿。吃顿饱饱的，不用再吃了。

我父凭那支本当好生收着把玩把玩的双铳子，可从没打到过甚么草狼黑瞎子。枪筒子短，敢是打不远，便是狍子兔子也不兴百步远还不溜掉，愣等着捱枪。可夹在表舅表姨父那般大人窝儿里，腿脚溜活得很，浑身都有用不完的力道，从来都没累人等了候了来就和他。追起挂了伤的狍子小鹿，我父多半还抢在前头。攆上去补个一枪两枪，给撂倒个老实的，也是常有，倒数这双铳子顶趁手。

那昝子一跑三五天可是常事儿。夜里烤火睡露天，净听大人伙儿东扯葫芦西拉瓢地卖唠药。烤兔子肉没油没盐儿的，啃着滴着血水，也还是喷香喷香得要命。那些个唠药卖的尽是当年勇，打野碰上的七巧八怪，总吹个没完儿，太过离奇，多半都一听就听出一成引子九成诌，瞎謅胡砍到前言不搭后语儿。可那一成真章儿还是给人长见识，九成砍空儿也挺逗人乐子。

如今漫湖里东跑西蹓的端着枪打野，没山没洼儿好去，别说用不着一跑三五天不沾家，得在外头露宿；也没白出黑回，多是晌午饭过后，才凑合齐了人，带狗下湖，没等日头下去也就又收家伙回头了。除非熬夜打大雁，再不就是白天见到哪个老坟有獾子打的洞，夜来撂远些围着那座坟堆守住，等那人脚獾出洞。可多半落个瞎猫等死老鼠，空等一场。就是那样，也都熬到三更天前后便收摊儿。逢到干巴巴愣等，没着没落时际，我父也会时不时贩些儿当年听来的唠药卖一卖，给大伙儿解解闷儿。

黑瞎子，这尚佐县叫狗黑子，只在玩把戏那儿见过。畜牲里头怕再没比这狗黑子笨的了，就只会两只前爪扶在鼻子上耍扁担，笨笨地把那扁担拨弄打转转；再就是翻跟斗，说来也不算它会翻儿，只不过玩把戏的拿长柄黑铁勺，里头盛了烂鱼甚么的，逗得它鼻头不即不离地紧跟住黑铁勺。勺子举高些，便学着人两腿站直了跟着走，是真的吊胃口。勺子低下去，少不得跟着弯下身去。勺子打那肚子底下过，再打像是穿了老套裤似的腿裆里抽到后头去，那它只有穷追不舍，脑袋探进裆里头,不翻儿上一翻儿也不成,可怜末了还是没捞到烂鱼吃。接下去再重着来,两腿站直了走几步,倾下身子,脑袋着地,身不由己翻儿一翻儿。这样子也倒能沿着圆场子边,翻上一圈儿十来个跟斗。

黑瞎子出得这一路货,敢是活捉为上。打死了的话,就只有取那一双前蹄儿做熊掌,再落一张皮;那还非得降霜下雪过后时节,熊掌才够肥,皮生厚绒也不掉毛。

可捉活的那得老猎户才行,下铁夹、掏诡阱,活捉是活捉到了,可就保不住腿给夹瘸了,哪里摔残废了,那可出不了手,饶是卖得掉,也价钱上推板太多。

捉活的要靠胆大心细沉得住气,弄不好要贴上性命。短把儿双铳子只为防身,万不得已才使唤得着。要紧还是几匝指头粗、擦了蜡的长短麻绳。寻觅到黑瞎子,绕到上风头儿,好让它迎风闻见人味儿,老远就挨过来。人是装死挺到地上,待它黑瞎子鼻子触上身,得暂且憋住别喘气儿——着实憋得受不住,也只可慢慢悠悠不露形迹地偷换一口气,千万别让胸口肚子显出起伏来。总是装死能装得怎么像,就装得怎么像。

就像唱本儿唱的两将对战通名报姓:"来者何人,老将刀下不斩无名之鬼!"这黑瞎子别说笨不笨、鲁莽不鲁莽的,也是一般的豪兴,"老熊掌下不伤无气之鬼",嗅来嗅去,认准这人没气儿了,可得意透了,不定自以为弄死了个人,疯疯癫癫绕着死人玩儿起来,撒阵儿欢儿,撅阵儿蹶子,过来舔一口死人脸,过去拨一下死人脚,乐得不知怎么才好。等玩儿够了,也玩儿累了,就好跨到死人身上,四蹄撑开来,恰恰把死人拦在滚圆肚子底下——干吗?半骑半蹲地蹭起痒儿来。

但须熬到这一步,十成就有个八成了。你黑瞎子老兄皮痒不是?别的没有,这可现成,就给你老兄挠痒挠个够呗。说它黑瞎子笨嘛,就真笨到了家,下劲给它抓痒痒,也觉不到肚子底下你这个死人怎又

打野　　359

活了过来。抓到煞痒处——最数抓到卵泡那一嘟噜杂碎儿,瞧那自晕自在劲儿罢,哼哼唧唧,哆哆嗦嗦,白沫黏涎儿滴溜打挂地固满一嘴巴子,快活得屎都刺出来。

这工夫可不能怠慢,别等它老兄自在到顶儿就得手底下放快着点儿,一边抓痒,一边腾出手来,四根粗腿一一给套上副愈拉愈紧的油瓶扣儿。套完了四蹄儿,再搐到当央拢到一个活扣环儿里。等把这些绳绳索索调理个利落,只须攥紧那根顶粗的钢绳,给它一个不留神,打那肚子底下连打几个滚儿,滚到八九上十来步,把那钢绳只一抽,攒住劲儿直往紧里拽,黑瞎子立时倒地不起,四蹄给搐到一堆儿,一动也动不得,捆猪一般绑个死死的。大伙儿这再偎上来,扎紧嘴巴子,再揽上两道辫索子,防它太沉给绳勒伤了皮肉。这再两根粗杠子,穿进个十字杠,前后左右四个汉子抬了跑,轻轻快快抬下山。卖给玩把戏的,跟上一头四牙儿壮骡子价钱。就算四五个人分,人人也还是发了个小财儿。

讲是这么讲,也讲得活灵活现像回真的;要不的话,哪兴那么周到得入情入理?可人世上又找不出多少正事歪事能那么入情入理地周到。可见得那样子活捉黑瞎子,躲不了还是瞎譄胡砍。许是不止一张嘴里诌出来的,打一张嘴里过一过,加点儿油、抹点儿盐,长了些味道;再打又一张嘴里过一过,再滴点儿醋、调点儿酱,就又滋味多了。我父这张嘴里再传出去,合着百张嘴尝过,添上过百色作料,敢是百味俱全。那些原本不入情、不入理的碎渣巴碎末子,到此也都挑掉个干净了,反而比真人真事还要入情入理地周到,叫人不光是听了信以为真,还又把听的人一颗天生仁心给打动了,为那头叫人活捉了去的狗黑子可怜又抱屈。

我父但凡贩过一桩唠药,止不住叮一声:"这玩意儿得讲锅气,趁热听才有滋味,凉了就没意思了。"可听的人才不那么想,听得有滋有味不说，品了品还又顶真地追问这，追问那，是头公的还是母的？公狗黑子跟没跟来找？撇下了小狗黑秧子没有？还又问那狗黑子公的母的怎么叫法儿——这尚佐县倒跟关东叫法儿差不离儿，牛是尖牛牸牛、马是骚马骒马、骡子是骚骡心骡、驴是叫驴草驴、羊是骚羊水羊、水牛是牯子牧子、狗是犴狗母狗、猫是男（郎）猫女猫，只有猪、鹅、鸡、鸭，才统叫公的母的。问得我父烦腔笑起来，噌了老是叮着问东问西的小矮子李永德一声："你这里都叫狗黑子，那就比着狗来叫罢——犴熊母熊？像话吗？"沈长贵紧跟着取笑过来："丈人的，亏你李永德是个人儿，你要是个卵子，这么坠着问，不是把人坠死了？丈人羔子！"

打大雁也是照听来的那些唠药试的。那倒还不算离谱儿，白日打飞雁，黑夜打上宿雁。打飞雁是不管头顶过的是一字阵还是人字阵儿，打那排尾的；打掉打不掉，前头的雁阵照飞不乱。依这个说法儿，敢是入情入理，可真正打起来，哪那么容易，先就得捧着杆枪愣等，又不是地上跑的玩意儿，还可撒点儿粮食甚么的引一引。好不容易等来了，未必正好打头顶儿直上飞过去。就算当顶飞来罢，离了枪够不到，低了又来不及瞄瞄中就又飞过去了，哪还沉得住气瞄那排尾的，来得及放上一枪就算手脚够麻利了。别看那么慢悠悠飞得有多消闲自在，一枪打不到，就算还有一杆在手，不用装药装枪子儿，跟着追也只有愈追愈远。说是那么说，打掉后头的，前头的不知道，怕也靠不大住，地上轰那么一枪，一二里远都听到，那大雁又不是聋子，不给吓个半死才有鬼呢，还保得住阵脚不乱？

打夜里上宿大雁也有一套说的。大雁是再合群不过——合群的飞禽走兽不稀罕，可像大雁那么守规矩，有条理，上宿还有轮番儿打更守夜的，那就不多见，恐怕只有大雁了。还有那三贞九烈的天性，人都赶不上这种比鹅小、比鸭子大的野禽；不问公的死了母的，母的死

打野　361

了公的，总就不再找个公的母的来配对，守寡守到底儿。故此老古代的人拿大雁当传喜文定时男方送给女方的聘礼，就是取的这个意思。

夜来打上宿大雁，便在这守寡的公雁或母雁头上打主意，说起来也是欺负好人。那些唠药是这么个讲法儿，整群大雁入夜上了宿，一个个脑袋盘进翅膀底下，都是一爪缩到肚底厚绒毛里焐暖，金鸡独立睡个熟熟的，只有那守寡的守夜打更。但凡有个甚么动静，觉出不大安顿，这守寡守夜的便嘎嘎嘎叫唤起来，把大伙儿嚷嚷醒，脑袋打翅膀底下探出来，齐打伙儿四处听听瞧瞧，果若不大对，觉出有个狼呀狐狸甚么的，或是有那打野的摸黑了来，那可不管天有多乌漆抹黑，眼头有多不济事儿，只有一齐拍拍翅膀，先飞起来再说。

故此夜来打雁的，得早在傍晚儿时节，就要相准了哪儿落了大雁，待天黑透了，偷摸到百来步远，找个陕沟子、坟头甚么的躲下来。拿火镰头把火纸媒子打着了，举高一些绕着红圈圈儿，百来步外准瞧得到。漫空里不停地那么挥着火纸媒子打转转，直到那只守夜孤雁见到，嘎嘎嘎叫起来，就赶紧收起火纸媒子，静等雁群醒来，散散落落地啼唤，好像你问我、我问你："怎回事儿？怎回事儿？……"半天，敢是甚么也没见到听到，慢慢儿也就安静下来，重又睡回去。这再耐住性子等着，等到全没动静了，打着火纸媒子，如法炮制，擎到漫空里打转儿，逗那只守夜孤雁重又嘎嘎嘎把雁群唤醒。这么反来掉去逗弄个三两回儿，那些成双成对的大雁给搅和得烦儿了，觉睡不好，又疑猜给促狭了，不是齐来狠啄这只守夜的，啄得哇哇喊冤，就是发誓任它再嚷再喳呼欺弄人，也不要又上当，只管睡回去。其实那只守夜的孤雁更冒火，苦苦地守夜不落好，给这些成双成对的咄得青头紫脸，发誓便是有人端枪来到眼前，再也一声都不声了。

这个当口可再好也没有了，四下里偷偷围上去，守夜的大雁饶是憷觉到了，要叫不叫的，来不及出声儿，四面八方洋枪泼火，十几二三十只大雁不定一只也飞不走，整担整担儿挑回来。

沙庄这里，东北两里光景，打黄河崖上来，好几家人家合共的一片百把亩榭条园，秋里条子割了编家什，剩下一墩墩盘在地面上大半尺高的虬根。一整天吃饱了麦苗的大雁，带常里总是整群整群落到这榭条园来上宿。冬日光秃秃野湖上没啥可挡挡风雪，大半尺高榭条虬根墩子，多多少少搪住些贴地的西北罡子风。那树根墩子恰似一只只大雁蹲缩在那儿，雁群落进去，混混杂杂真还分不清哪是雁、哪是树根墩子，也算是大雁藏身的好去处。除非落进了白大雁，白得惹眼，这地方叫绵羊䳛，远看倒真有点儿像一群绵羊。

这可是打夜雁的好地方，用不着傍晚儿费神去找哪里有大雁上宿。只这榭条园也有难处，偌大百来亩的园子，这一头瞧不到那一头，雁群落是落进去了，落在哪一头哪一边儿还是正当间儿，老远瞧去真还拿不稳。要用那个烽火戏诸侯法子，得在园子外举火，太远的话，守夜大雁不定看得到。就算看得到了，也三番两次逗得群雁把守夜的啄得哇哇喊冤，该靠近去动手了。可偷偷摸进园子里去，算夜不怎么黑，地面上也还能模模糊糊看清几步远，遍地榭条虬根，哪分得清大雁都宿在甚么地方？单凭方才听到的几阵雁声，也难估远多少近多少。百来亩地，对直走要大半里，怎么瞎摸去？万一宿在近处，弄得不好，踢到踩到了，不用守夜的叫唤，也全都惊动得飞走个光光的了。还有那一墩墩虬根，尽是割过榭条留下小攮子一般削尖的短橛子，遍地乂都细筋拉秧儿地跳根，摸黑走动难保脚底下不蹴到这些绊马索，难保不跌到那些尖尖朝天的橛子上。果若跌了一跌，那可了不得，戳到眼睛就眼睛瞎，戳到手心儿准打手背儿透过去，戳到肚子不滋出大肠小肠来，也该伤到子孙堂。打不打到大雁不打紧，白耗了枪药也事小，伤到人那就纰漏捅大了。

我父就是那么个挺有心麈的人，不光是打野这么着老雀上头挂镰

打野

刀——悬蛋玩意儿要这么谨慎小心；凡事不分大小，我父总在还没动手前，先把甚么都虑个周到，跟合伙儿的哥们儿一草一叶都调理全副，有难处先化解，有险先提防，不牢靠的先弄妥当，非得这样才敢放手去干。哥们儿久了也都学会了我父常时挂在嘴上的口头语儿："小心没小心过了火儿的。"可哥们儿后半生除了我父，都没一个成大事儿的，或许我父凡事小心归小心，"小子要闯，姑娘要浪"，闯还是定规要闯的。别的哥们儿把小心学去了，只算保得住祖产，小心得树叶子掉下来都怕打伤脑袋，哪还敢闯不闯的冒风险——或许那就是小心过了火儿。

小心归小心，闯归闯，也果然不错，个把两个月下来，三天两头哥们儿就约合着出去打一回子野，不说到底打到多少野味儿，像这么个枪枪火火、性命关天的玩意账儿，单就谁也连个油皮儿都没擦伤过，这就该归功事前有个万全之计了。

比起当年我父跟的咱们那辈表舅爹、表姨爹出外打野，多多少少出个枪走火的甚么毛病还要稳实——我父有个表姨父儿子，就中了人家误打，亏得离着还远，没中要害，枪子儿没打进肚子里。可还是够险的，扒开老棉裤，连腰带肚子，五六处蜂窝眼儿，一粒枪子儿就裹一小陀儿棉花嵌在膪肉里。荒郊野外啥也不凑手，倒还算方便，掐住拖出皮肉外头的棉花头儿，趁着劲儿防着别拔断，薅草一样连根拔出来，枪子儿就裹在棉花里，五六粒枪子儿算全都提出来了。伤口冒血，来不及烧头发灰敷去，就倒上黑火药，又吃血，又杀毒，又清住口子结了疙渣儿。那个表姨哥人生得壮，膘子厚，只合皮肉之伤；瘦一些怕就保不住枪子儿裹住棉花——塞进身子里，得找兽医来开肠破肚才行。

提防走火，火信帽儿交给不打枪的李矮子一个人管，不到野湖枪嘴儿都是光头，这是一。安不安火信帽儿，狗腿儿后弯儿里总要卡住个软木塞子,临要开枪才抠下来,这是二,也是万全。夜来打宿雁,得趁天黑儿前,把群雁落进椛条园靠东靠西还是靠南靠北,要偷看个实在;看不实在宁可不打,也不去瞎摸。那园子里遍地跳根儿,我父可花尽了心思,独自个儿跑去园子里又琢磨,又试了再试,终给他找出个门道儿,吩咐哥们儿黑里一摸进园子,每走一步都要跷起脚尖儿,让脚跟先着地,再脚掌踩下去;提脚也要提高一些,脚尖儿迈到前面再饶起来,跷早了还是难保不给跳根绊住。为这个,大伙儿还大白天现到那椛条园子里练腿脚;睁着眼练熟了,再闭上眼练。就便又散开来,百来亩的椛条墩子里去找大雁粪,哪里粪多,许就大半落在哪儿上宿,心里好歹有个底儿。待到万无一失了,这才把甚么都打点全备,二更天前后,一伙六条汉子依计而行,前去打上宿的大雁。头一回就打来十三只,九只当夜提回来,天亮又去找到四只挺棒硬的,翎翅儿上霜花还没化。

那夜月初,大晴天,一等月牙儿下去,大伙儿收拾妥当便等不及地朝椛条园开拔。风是没风,可就是那干晴的清冷清冷个天儿,腮帮子像一边儿贴块冰渣子。戴三块瓦兔毛帽子的,把两边护耳拉下来,下巴颏子底下打个结。戴狗头套儿的,整个儿拉下来裹到脖颈儿,只露俩眼儿。我父戴的是土黄驼绒卷帽,也把后半卷边儿拉下来,护住俩耳朵,脖颈绕上好几圈儿的大辫子,跟上好样儿厚毛围脖儿。就这样也还是一个个鼻尖儿上滴溜着耍掉不掉的清水濞子。我父还算好,多亏新置的大棉袄架势儿,沈家大美姑娘那条粗粗实实的摇腰带,裹上三圈儿一扎箍,好似兜腰围一道土圩墙那么紧衬,风雨不透,下边裤脚又是扎腿带子绑紧了的,一个热屁暖上半天也散不了。

嘈嘀着打上宿雁够久的,高寿山跟着大伙儿笨笨拉拉地练也练了,试也都试了,临到这头一回摸黑儿上阵,倒为夜来受了凉,痨伤鬼那样地哼哼哼儿,喀喀喀儿,炒豆儿一般咳个没停,大雁就算一个

打野 365

个都睡死了也定要给吵醒过来,大伙儿一条声儿不许他去。这就够叫他结巴子难过的了,还又给大伙儿寻了开心:"你奶奶的小命儿都不要了阿枯恰,这个天儿可是天寒地冻,又不是伏天,还光着腚儿土车儿上办屄事儿?受了风寒两脚一蹬,你奶奶的就老实了不是?"

土车儿不土车儿的倒不一定,可八成也不是好作,跟那档子事儿脱不了干系,被窝儿乱翻腾,不闪了风才有鬼。这样子给大伙儿消贬,老实人儿连强住舌头反口的本事都没有,阿枯恰和着啃啃啃儿、喀喀喀儿,一脸没滋蜡味儿磬着捱收拾,还送到庄头上,愣在那儿懊悔。

大伙儿蹲到史家大坟这边躲着,我父念起高寿山,心上还是有点不忍,不由叹口气,叹这高结巴子单蹦儿一个蹲在家,倒像只守夜打更的孤雁了。

哥们儿里数嗣义人实在,就公推去刺探大雁上宿地方。湖里放青的驴骡啃饱麦苗,老阳儿回家,牲口也各自回家。嗣义撂远了走走瞧瞧,磨蹭了大半个时辰,才算瞭到先后两批人字阵儿落进楝条园,两起都是偏南,扇摁扇摁落下去,可见粪多地方还真是都在那里上宿。偏南也就是向着庄子这一边儿。该是唱本儿上常听来的"天助我也",省得老远绕去园东、园北——多走个大半里,倒算不得回事儿,怕还是怕绕的路多,容易把大雁惊起,一飞一个光,到头来落得一场空。

拿火纸媒子死火头漫空画圈儿去逗守夜大雁,我父把这改换了,改换成灯笼。沙耀武家有盏黄油纸灯笼,比起家家多半都有的红油纸灯笼要亮得多,敢也照得远。取火自还是火镰头打火,那是死火头,黑里画圈子要画许久才得惹起守夜大雁嘎嘎嘎嘎嚷嚷。往时在关东就有过火纸媒子烧到手指头,也换不到一声叫唤。这回吹着了火纸媒子把灯笼里蜡烛点上,可就是活火了。果然只才举到大坟头上,立时楝条园那边儿就应了声儿,这再把蜡烛一口吹熄收起来。乐得爬到坟头上亮灯笼的沙耀武,打上头哧噜一下滑下来,喊嚓儿直夸我父

"神机妙算"。

待到群雁齐嘈嘈地惊起,大伙儿气都不敢大喘地缩在坟根底下,憋笑憋得直哆嗦,像冻得打冷嗝嗞儿;那股子得意劲儿直顶吞嗓管儿,愣就是憋不住格格格儿猛要笑,不知怎么才好。沈长贵这个急色鬼儿,等不及地把狗腿儿弯子软木塞都抠掉含到嘴里,这就要摸去梨条园轰上一枪。所好火信帽儿都还在李永德小矮子插口里。恼得大伙儿又是拧、又是踢蹬,压得嗓眼儿里不出声儿直骂他:"就是摸进去,扳起卡机再抠掉你丈母娘木塞子也不迟呗,日你的这么沉不住气儿⋯⋯"

可不么,往下可得耐住性子好等了。大伙儿口服心服了我父,敢是非听我父号令不可。

这么愣等工夫,只有轮换着吃旱烟的份儿。连擤擤潺子都不敢出大声儿,擤潺子也像挤小鱼儿,捏住鼻翅儿挤挤清水儿潺子,毛鞋头上抹抹。要聊两句,也只好像久咳成哑那么喊喊嚓嚓儿说私房话一样儿。

念起高寿山来,我父是把这个愣大个儿结巴子比作守夜大雁,孤凋凋落单儿一个挺可怜见,只得叹他时闭命薄。李矮子可没疼热,把高结巴子比作了狗——打野不都是带狗么?追追挂了伤的兔子甚么的;夜来打人脚獾,太近了开不了枪,也得靠狗围住了咬咬扯扯;独这打上宿大雁不光是用不着狗,还怕乱跑乱搅和,准把大雁惊走了,只得把一向跟出来打野的几条狗各自拴在家后院儿。可怜那高结巴子倒给咳嗽拴在家里了。

可落到沈长贵一张坏嘴里就更没好话了,听他一股子不服气的味道:"装的,你都给曚住了。喀喀喀儿,丈人的,听了就是假装的,还不是一夜不压老婆就过不去?丈人羔子他结巴亲口说过的,'阿枯恰,十七更更,阿枯恰,二十夜夜。'他丈人的,刚讨过门来那昝子,一更压一回,一夜压五压。这上二十了,才丈人的不如先前,一

打野

夜压一压，算他丈人的让价了……"

那副小尖嗓子，压低了下来，合是马苍蝇绕着耳边儿嗖嗖，要多鬼气有多鬼气。

照说也该是高不成，低不就，高寿山像座山，偏他女人又是个比谁都矮的小个子——打小就订的亲，那没法子。人都喊他女人小广鸡儿，小不小的，一身结棍可神气来着，挺胸跷腚，一张嘴儿能说会道。不知是天生的，还是老看高她半个身子的男人看惯了，一张小扁脸时时都愣扬着朝天，这也在沈长贵坏嘴里落了话把子；候着大伙儿憋住气儿笑够了，坏嘴又再饶上一段儿荤的："丈人羔子的，仰脸老婆低头汉，一个巴掌打不响，一夜不捱压压，丈人的也难过——老牯牛日小叭狗。婊子托生驴，还是捱压的货，不压她个两头不冒儿不舒坦，俺日他丈人。这畚子合着压过了、舒坦过了，遮不了又懊悔起来，不定啊，摸黑儿赶来个丈人了！"

大伙儿憋紧了笑，噌噌嘴上趁早修修德，老婆还没讨进门儿，只知道拿人家嚼巴糟蹋，留神儿别都报应到他媳妇儿身上。

估估是个时候了，我父发了号令，灯笼再一回亮到坟顶上。果又惹来雁群好一阵儿喧呼。待慢慢儿静下去，这又得一段儿工夫耐住性子愣等。

哥们儿臭到一堆儿惯了，乍乍少了个高寿山，少了份儿寻开心儿点心，遂又好话歹话拿他来嚼咕。出来时不带他高寿山，允过只要打到大雁，哪怕只打到一只，也准分他一条腿。那是哄他别难过，也是哥们儿义气，况还又用了他两杆洋枪，一大把竹管子装得满满的火药枪子儿，人情嘛。

等到重提这话，沈长贵倒又吊起歪儿来，逗趣儿寻他高寿山的开心："俺日他的，不公道。俺大伙儿这亥儿手脚都冻鳖个丈人的了，他结巴子凭的啥？热被窝儿里阿枯恰、阿枯恰，舒坦个没魂儿，还大腿？至多分他个腚眼儿带块尾巴毂轴差不多，正配上不是？他丈人的阿枯恰！"

无非是愣等这个工夫，逗乐子解闷儿罢了，哥们儿情分重，没谁这么小气。当夜拎回来九只大雁，先就高家去打门儿，还枪还火药，送上一只卯有八九斤的大雁。高寿山喜欢得嘿嘿嘿儿愣笑，喀喀喀儿猛咳，一连声的阿枯卡，像给大紫红芋噎得哑巴了一样。咳嗽敢是真的，嗣仁也是老图嘴上快活，冲着裹紧棉袄这才露头的高寿山他媳妇，临走还龇了龇牙："小嫂子，好生儿煨煨汤，给俺高大哥狠补一补。日他祖亡人的，这阴寒趁早治，久了可难缠，不是俺说。保重点儿小嫂子……"暗里后腰不知给沙耀武掏上多少拳，这才住口。

看来万物都斗不过人，不管你是天上飞的、地上跑的、水里泅的，人是飞不起来，跑罢泅水罢，也都差老远儿。可人只要转转心眼儿，没啥不能降服的。事不过三儿，坟头上亮了三回灯笼，待到齐嘈嘈的雁群重新安顿下来，估估该好睡回去了，我父再把千万要留神的那儿点，一一地嘱咐了又嘱咐，这才让李小矮子一人给颗火信帽儿，各自再检点检点狗腿弯儿里软木塞可牢靠，安上火信帽儿，扳合了卡机，五个汉子一字排开，李矮子背一插口火药竹管子跟在后头，挂着枪通条，齐往棜条园摸过去。这一字排开有个讲究，谁也不准超前去，不准左右转身枪口对上了人，都是提防万一不小心走火伤到人。

走进了棜条园，一个个可像提线儿戏木头人，抬腿跷脚儿试着朝前挨蹭，提防地上跳根儿绊马索。约莫着差不多是个地方了，大伙儿倒真的齐心，瞟着左右慢慢停下来，心都揪紧了，可又越紧越像打桩那么咚咚猛撞猛捶。前头黑糊糊一片，瞪久一些，辨不出棜条根还是真的大雁，似动不动的惹人起疑。人像沐在冰渣子水里，也都不觉得了。

棜条虬根约莫两步一行，大伙儿一人占一道空行，相隔两三步远。

打野　369

我父居中，约好暗号，指甲盖儿叩响枪把子，叩两声，抠掉软木塞；叩一声，扳开卡机对对准；下回便等我父一声"放！"了。

许久都一点儿声息也没有，还是不能这就冲着面前瞎放枪。可一个个捧着枪这么虾腰儿半蹲半跨的愣等下去不是个法子，胳膊腿弯儿都好累酸了。事先没料到这个光景儿，怕只有再弄点儿动静惊一惊，才好断定朝左朝右，远有多远，近有多近，这再放枪才免得落了空儿。

当下我父蹲到地上，左近摸了摸，想能找到块合手土疙瘩丢出去，或许有个用。可这椰条园比哪儿都更是薄沙地，抓起一把土就能打手指桠缝儿里漏个光，简直跟那黄河打弯儿的南沙滩差不多少。可一想，原本是怕一点点儿动静就把上宿雁惊走，弄得摔紧了腚筋连个响屁都不敢放，眼前近得不定抬抬脚就能踩到睡死了的大雁，还怕甚么不敢出声儿。就算惊起了群雁，大雁不比小家雀儿，一搧翅儿便窜个无影无踪；身子那么沉，一对蒲扇大的翅膀得扇揍老半天，凑合上两根蹼爪连跑带蹬，这才离得开地面儿，不低飞好长一会儿上不了天。行了，打醒过来呱呱叫，到笨笨邋邋飞起来，当间儿这段儿工夫，手脚再慢再钝也都来得及理平了枪杆儿，对准齐嘈嘈那一窝儿笨家伙，不慌不忙地扣狗腿儿，一屏儿火烟放出去。手头麻利的话，不说双铳子，要是带的两杆枪，这一杆打过了，兴许肩膀上取下另一杆枪，现安火信帽儿，也都来得及紧跟着再补一枪，打那刚离了地儿的。

这一点也事先没虑周全，下一回再来，得一人背上两杆枪才得劲儿。

主意打定，我父叩响枪把子，先两声，再一声，干脆发话："大鲁架朝前走了，哪亥儿叫，就往哪亥儿放枪！"果然，话没煞尾，一片鹅喊鸭叫，就在偏左约莫二三十步远。我父还是补上一声："放枪！"口说不及，五杆洋枪齐放，眼前打闪一般火光铺地，合响起那么大声像轰了一炮洋抬炮，只有一响慢了一下下，单挑儿一把火扫帚，又把人眼睛晃了下。赖不掉的，那是沈长贵。

大伙儿叫这一闪一响，眼前一黑，啥也看不见；耳边儿嘤嘤嘤的也像闭了气一样，耳鸣不止。好一阵儿这才听到高处大雁叫，似乎为数不少。嗣仁叶呼起来："奄蛋了，没打到，日他祖奶奶都飞了！"

可人人都不服气，说怎么也不信一只都没打中。只愣了一会儿工夫，待耳朵真真透过了气儿，前头地上冒出大雁叫，还有翅膀噼哩叭啦乱扑拉，眼前也才还醒过来，见出比黑地浅一些的天色，背后也模模糊糊有点亮儿过来。没想到李永德那么机灵，跟在后头一等枪响，他那里就打火把灯笼点起，紧跟着过来照亮儿。

跟估莫的差不离儿，三十来步外，灯笼擎高了照出好一片死大雁，有的还在动，撑长了脖子想叫却叫不出，看了叫人不忍心。只听这边喊呼又一只，那边喊呼又一只，天都给喊亮了，不忍之心还是抵不过大伙儿乐成一团儿。

沙耀武一手两只倒提着四只大雁，搭平了两胳膊亮相儿："俺日他，这可跟做梦一样儿——转转腰儿一只，转转腰儿又一只！"李小矮子灯笼提近去，照上照下，见那大散开的翅膀上有那么蓝不蓝、紫不紫、又绿不绿的几根老翎儿，认准了都是公的，顺口就糟踏起沙耀武："你妹子的，作孽！作孽！这又不知害的人家要多少母的守寡了……"惹来沙耀武甩起血糊黏黏的死大雁抽他："俺日他，有志气你碾磨钉儿一只也别要。没你妹子的发俺火信帽儿，谁也打不响枪。日他哥的，要报应，躲不掉你是头一个让你媳子守望门寡……"

憋住个把两个时辰不敢出大声，这可敞壳儿闹了；加上一下子就干到九只大雁——不定还有没找到的，大伙儿乐和死了。回庄子来，一路上哇啦哇啦又笑又闹的耍贫嘴，混扯得胡天胡地。这般庄户人家小伙子，横竖是乐极了也罢，火儿极了也罢，嘟嘟骂骂的村话，整架筐、整篦篮，赛着你㞗我、我泼你。

只有嗣义步步跟上我父学,嘴里干净多了。尽管大伙儿这么欢天喜地,啜哄着要过几天再来下一回。我父还是有心事。眼看哥们儿满载而归,枪带子挎在肩膀上,拎着只只七八上十斤许多不许少的血溶溶死大雁,怕沾衣裳,胳膊扎开来不敢贴身,走不多远就得换换手,或是放到地上歇歇。这也事先没虑周全,早知道带把麻绳头甚么的,两只蹼爪一绑,枪筒枪把子插上了挑到肩膀上,一杆枪挑个四五只,七八只都成。可谁也没料到能打来这么多,不能全怪没虑到。

此去庄子只里把路了,我父还是喊了哥们儿停停,解下枪带子,一对对蹼爪绑起来,挂到两杆长些的枪支上,一头两只三只挑上肩,一下子就轻快多了。乐得大伙儿直把我父又拍又打又搂又抱。庄稼汉嘴秃,生来不知怎么谢谢人,也没学过怎么称赞人,嗣仁攀住我父脖子,搂头抱腰直呃嘴:"俺真糊涂你华大爷,怎比俺都多个心眼儿?俺知不道的你都知道,俺想不到的你都想到,日他祖亡人的,吃啥饭俺大伙儿都怕吃不过你了!"要是还会谢谢人、称赞人,嗣仁这已是能言善道,把大伙儿要吐的肺腑之言说到个绝顶了。

说起我父,脸皮子还是挺薄,也知会这般土土的乡巴佬把他看作菩萨一样,脸上挂不住,也是一般的嘴秃,回应不了人,只得忙把话插开:"要说想周到些,咱们都还忘了一桩大事。咱们折腾了这大半夜,明个一大早怕都爬不起来。送大雁去给高大个子,可别忘了,只他起得早,叮他天一亮就带扁担缆绳去找漏掉的,榔条园里要多找找,四圈儿也走郊一点儿,不定有的挣命打扑落,拖拉了老远才倒下来……"

照嗣仁说的:"吃啥饭俺大伙儿都怕吃不过你了"——我父敢是懂得那个意思,说的是不问干啥活儿,靠啥行业,俺大伙儿算都抵不过你了。这话往深里品品味道,也挺叫人难过,似之乎大伙儿这么活着只是捱日子,前头没啥好巴望,过一天,了一天;再怎么干,怎苦，没啥能赢过我父这种生来就多人家一个心窍儿的命。

照实情看来，也不只这般庄户人家自认拗不过命，世人谁又不是差不离儿呢？

教友惯把没信道的人统称世俗人；兴许说，这所有世俗人，大半又大半尽是一个调调儿，凡事能凑合就凑合。天外有天，人外有人，事外有事；打我祖父借旧约里亚伯该隐两兄弟一个创，一个守，哪个才得上帝欢心，讲清了这个道理以来，我父可是受用无穷。这打野不也就是创么？有枪有炮的人家，从来从来没谁想到拖出来打兔子、打大雁、打野鸭子甚么的。没这个想头儿，也就没这个本事。

叔叔是佩服他这个哥哥佩服得五体投地："可惜咱们没打算搁这庄子上长居久安，要不的话，日后哥都该接手李二大爷当庄主，管事儿该比李二大爷还要强，地面儿还要广……"怕我父不信，只当是瞎奉承，又借古书为凭，说从前帝王秋冬狩猎，率领武将兵勇，打围打的是飞禽走兽，可练的是弓箭刀枪、马上马下、兵法武艺那般功夫；直到本朝康熙帝、雍正帝、乾隆帝，也都还行这样规矩。

我父听了藏起得意，手掌比作板刀直砍叔叔脖子："照你一说，我倒有坐龙墩的本事了。小心犯了砍脑袋大罪，可不是玩儿的。"

我父从来也不知皇家朝廷有这规矩，打野练练枪法儿，敢也是练的打马贼土匪的武艺，不正合祖父讲的道理？——无中生有罢；人家没干过，我来干了；办不到的办到了；这可都是创呢！

嗣仁自叹抵不过我父，敢也就在这创跟守见出高下了罢？尽管恼他嗣仁打算不理这家伙了，却又心上不忍起来。

说真个的，世俗人大半又大半尽是上人怎样过活儿，自个儿也怎样过活儿，子子孙孙也都是外甥打灯笼——照舅（旧）；前人推车压的甚么辙，后人敢就是顺这老车辙儿矻矻孜孜往前苦，命罢。总归一句话：凑合局儿。说得好，这是本实、本分；说得不好，可是只知照

打野　373

葫芦画瓢，依这当地土话，就该说是"以窝儿就歪"，将就过活罢，挨到不能再挨，窝儿散了，醢了，毁了，再来也还是将就着老车辙。这都不干贫富，也不干家道旺，家道败。

可世俗人大半又大半是这个样子，教友果真不一样么？却也不尽然。教堂里净教人做该隐，凡事顺从上帝，交托耶稣，这个不敢碰，那个不敢动，顶好愈远世俗愈好。分明都是照着该隐那样子认命，似乎人一在了教，就得先学会没出息。

信了道，把世俗上无数忌讳都废掉，那是好事儿；上帝立下的十条诫命，那也是没的可说，杀人、奸淫、偷盗、贪心，敢都是罪孽，无非叫人弃恶从善。可教会里又由人来捏造许多许多忌讳，不准拜天、拜地、拜圣人、拜祖先，不准过年、过节、吃烟、喝酒、看戏、上坟、宴客——洋人倒又可以过洋年、过洋节、吃洋烟、喝洋酒。这忌讳一多，就又跟该隐一般的认命了，只守不创，也一般的以窝儿就歪。除非我祖父，所有牧师、教士、长老、执事一应人等传教的，没哪个传的是教人做亚伯、做耶稣；总只教人顺从交托给上帝，上帝叫干吗就干吗，把天恩埋到土里——也还是凑合局儿。

这样说来，是唯独我祖父正信又真传了。圣经上说，信靠上帝是智慧的开端，教会里还没谁见出来有智慧。祖父是个智慧的人，没错；由祖父赶鬼，改邪归正，一手调理出来的铁锁镇花武标，也当得起是个智慧人；眼前李府二老爹，没信教，可信天比信教的教友信主还信得真——我祖父就说过，李二老爹这样的大贤人，用不着跟他传教；基督说的，有病的人才要医生。李二老爹不光是个没病的人，还是个智慧人。一个花武标，一个李府二老爹，就足够叫我父相信，人有智慧，不定要念书念得多，听道听得多；信上帝也好，信天也好，上帝就是天，天就是上帝，只要信得正、信得真，就一定得到智慧，这才是最大的天恩。

有这个人世至宝垫底子，也还是要有见识来教给人家常里怎样过好日子。我父若是年幼时没玩过双铳子洋枪，没跟过姥姥家那般老亲世谊到山里去打过野，怕就难得想到哥们儿炮楼上这么些洋枪倒能派个啥用场。

当初打青泥洼马栈咱们大老爹那儿得了那把又包银又镶象牙又嵌宝石的双铳子，天天把玩间，硬就佩服洋人心思巧，卡机连狗腿儿扣成的一套机栝，真亏他洋人怎的想得出。再早是普兰店盐场有辆咱们曾祖父打红毛洋鬼子手上买来的洋马车，废是废掉了，放车屋里只当曾祖父遗物留做念头。逢上过年，咱们大老爹、三老爹合到一堆儿，三家大大小小总喜欢拱到车屋这辆洋马车里耍。这般叔伯弟兄姊妹多是爬上爬下，跳来跳去，装新娘子的、带新郎倌儿的、全福人儿的，顶神气的还是爬到车辕上"唷——喔——"，抽响鞭驾马的。兴许只有我父迷上洋马车怎会打造得那么精巧又周到。座垫约莫半尺厚，蒙一层紫花缎，再罩一层滚上荷叶花边儿的老蓝斜纹厂布套子，靠背也是一般。小孩子尽好攀住车顶深紫烤漆横撑子，脑袋朝下打提溜儿，两脚一蹬车顶，来个倒栽葱儿翻滚下来，不论是小腚盘儿、后脊梁、脑袋瓜子，打那么高摔到座垫上，别说跌不着，还把人弹了弹再接住。练的是孙猴子一个跟斗十万八千里，那个自在劲儿，可不就是腾云驾雾那个滋味儿。

不光是座垫靠垫这么考究，任走多远多久，路有多颠，不兴杠得人腰酸背痛，腚给颠成四瓣儿。那后座儿一对大轮儿轴子两头，还各安了三条钢弓，别管路有多坏，车有多颠多跳，想来只合船走海上那个光景，又像骑的是跑起来打浪的好马。相比之下，三十辐拱一毂的花毂辘车，够比小铁车舒坦多了，可跟这洋马车还是差老远。还有那整个车壳儿，三面敞敞亮亮大玻璃窗，内衬薄纱窗，里头看得清外头，外头看不到里头。门窗又都严丝合缝儿，风雨不透。就连车门下踏脚板子不说牢靠扎实,板面儿还捶打出横竖成行的小麻点儿,不光是图的好花样儿受看,还在提防脚踩上去不留神打了滑儿。心思细致到这个地步,叫人好生服气。

再早也还到过那位韩岳稽牧师新落成的洋楼里,见识过洋人居家过日子吃喝拉睡那些个家私,没一处不讲究干净漂亮。洋牧师也不是甚么富有人家,可凭咱们家辽东首户,家财万贯,跟人家小小一座两层洋楼一较量,讲舒坦自在,那可一天一地,人家现世里就已住在天堂了。

就拿这洋枪来说,不是洋人用尽心思造出这神奇玩意儿,别的不说,打起野来不还是得靠拉弓射箭?那就差池远了。

让一身不正经的嗣仁有心无心那么一叹,惹得我父自觉背上了个甚么罪过。只是思来想去,所见世面不过就是那些。人也不是一出生就注定谁不如谁,谁强过谁。今是给他嗣仁家干种地伙计,要是没辽东大战一场,槽坊我祖父定规不管事,二太奶奶百年后,少不得我父接下来掌理,嗣仁这块料,要想当槽坊伙计,还兴我父看不中呢。再还有弥阴县的祖陵地,若不是平白给族人亲朋讹了去,几顷地的大户,要用多少雇工,也兴许他嗣仁登门来求个几亩地种种都求不到。到底谁不如谁呢?事后人人都会说那是命,事前怎么没人先知先见?以咱们家流落到这么贫无立锥之地,怎可倒反过来,叹哥们儿没谁吃啥饭能吃不过我父?

可说起来也挺是个实情——

人世看来尽管都这么反复无常,可这也只算见个表皮罢。这里头到底该还有个海枯石烂,也终究不改变的天理在不是?

这天理应验在我父身上的,合该是"信靠上帝,是智慧的开端"——却一定得信得正、信得真才行。

有这智慧做根基,加上见多识广,又远比主内教友和世俗人独独见得到洋人之长,识得清洋人之好——尽管早自咱们曾祖父就那么讨厌洋鬼子、祖父年少时讪笑洋牧师都是专管牲口配种的马倌,到我父小哥俩儿又有失厚道地喊人家梅大愣、梅大腔,可人家高明的地方还是高明,还是得真心实意地认这个账儿,总要多多学学人家之长之好。我父从那些疼惜光阴、老不服老、事事考究顶真、吃喝拉睡莫不讲个干净漂亮种种领受到许多,又分外懂得人在今世就要活在天堂里,穷有穷乐,富有富趣,由此也越发懂得"创比守更为有福",总是要自家、人家全都日子过得自由自在有巴望、有盼头,这才是教友常挂在嘴上的、真真的"荣耀上帝"。差不多罢,这就挺完备了。要问谁赢人,谁不如人,该都在这上头见个高下了。

打上回为这新袄,我父暴了顿脾气,祖母也似乎收敛了许多。像这样子放着好好的觉不睡,不归家,深更半夜还在外头野,祖母敢是不乐。我父也并没仰仗自个儿发过那场威,就不把祖母放在眼里,总还是怕碰上祖母心绪坏,防着别撞上推磨磨煎饼糊子误了事儿。八九上十斤的大雁弄来家,祖母还是心喜的。

二天高寿山又去拾回来四只,一身是霜,硼硬硼硬,哥们儿送上门来,死定良心非要我祖母收下一只不可。一只半拿花椒煳盐腌腊了留着过年,半只红烧了半锅。祖母舍不得说一声好,就算是夸奖了——没噌冷话罢。可还是挑剔了:

"带点腥尾子,就这不主贵。"

祖父咂咂响嘴儿:"嗯,有点儿腥尾子,野味罢不是?"暗里递给我父一个眼色。

# 铁锁镇上

北乡大槐树和关湖两地福音堂的培灵布道奋兴大会，先后半个月光景。风雪中祖父家来小住数日，大雪后初晴起来，便又远去南乡。卜家集一个礼拜的奋兴大会终了，这再赶去五十里外的铁锁镇。

冬阳下直朝南走，放眼还遍地都有残雪，所有屋舍、河堤、圩墙，乃至田里犁了养地掘起来的高高土块，庇荫这一面还到处积存尚未化净的斑斓白雪。回头北望过去，便唯见皇皇暖日普照大地，绿是绿的麦田，黄是在歇地力的耕耙地。贴地游游闪闪地汪着化冻的热气，远远瞧去流行似水。

县里对这卜家集以南，到铁锁镇的六七十里方圆一带，通称南湖。兴许古远世代这里是口大湖，年深日久冲淤了，只比平地略洼一些，可年年夏日雨量丰沛，也还是积水满槽，深处一样地淹得死人。到得仲秋时节，积水涸尽，便好播种小麦。上一季是端午前后收麦，跟平地贴根割麦有别，湖麦是大泼刀只收麦穗，剩下的半人深麦秸便一把火延烧成灰，不久涨水，一泡就是两个来月。这二五一凑，倒比上粪还肥地。平地麦棵不过没膝，这湖麦深可没腰，可见地有多壮。

麦秸放火烧掉，不单是留灰沤肥，还为的收了麦穗运出湖去压根儿不合算。湖里从来没有人家居住，一百八十多万亩（一万八千多顷），俱是大户、大寺的田产，租农佃农均为湖岸四周庄户人家。收割了麦穗，就在地里筑场打麦，算是五六斗一袋的净麦。拿两牛、四牛拉的大车来载，各家各户不要半个月，也得冒十天才搬运得完。要是再搬运起麦穰，再加一个月也不成。种地总是要下肥的，拉拉扒扒地把麦穰拖回去，就算卖了买粪，百斤麦穰买不到十斤粪。万儿八千顷的田，要的大粪堆起来怕要泰山那么高法儿，哪亥儿买得来？就算买得到，再拿大车一车车搬运湖里去——不是搬运了去一卸就算了，还得现筑场晒粪，晒干了碾成末儿，也才下得了肥。这么一来，少说也个把月都打不住。可要紧还在湖里存水一涸尽，就得赶紧耙地、撒种、石滚子压地。卖个呆，愣一愣，三两天一误，就错过时令了，哪还有个把月给你蹭蹬！

祖父催驴行在这纵目倒是绿野无垠的南湖里，除了路上遇见一些驮贩来去，两下里打个招呼，五十里地可没见甚么人烟，便连一棵小树秧子也没有——暑天若打这旱湖过，那就受罪大了。

六七十里荒无人烟，过湖再五六里便是相邻的五华县境。拿尚佐县城来说，八十里外这一遍敢算是偏僻边远之地，一向就都是响马湖匪出没的老窝儿——官军鞭长莫及，又是相邻两县两不管的地面儿，招安招不来，清剿清下了。到得三年多前，大瓢把子花武标——江湖人称朵把儿毛爷、朵子毛胡子，招恶鬼附身，找我祖父镇邪赶鬼，洗手归正，手下也都招安的招安，从商的从简，务农的务农。他自个儿又信教，成起一所福音堂，这才半个县地连同五华县北乡，全都平静下来。当地乡人逢对外人吹嘘会说："你来俺南乡，手上敞壳儿捧着洋钱大宝，包你没人多看一眼儿。"

当年那位杀人不眨眼儿的朵把儿毛爷，今天的花重生，尽管感恩上天赦罪救赎，无异起死回生，人世里终还是尊崇我祖父的恩同再造。五六月间闹义和拳，祖父还曾托了卜家集福音堂金长老捎信儿给花重生，将南乡两处福音堂和所有教友身家性命全都托付给他照应，并调侃了一下："果若有何闪失，我兄面子有损事小，天父必拿我兄是问，索命索赔，如何是好？……"那花重生立即差人专程进城面报我祖父，除了请我祖父可放一百二十个心，之外还就其妻舅丁昌业与城上汤七爷合伙儿兴办的新机房，拜托我祖父就近指点带领，鼎力帮忙玉成。

如今机房早即开工，当初帮找人手，收买新棉，我祖父倒确曾从旁帮了点儿小忙。祖父不解的是这花重生怎找到他来指点带领。

说起那位魏七爷，不过是个平常教友罢了，机房可跟教会八棍子也打不到边儿，这是一。要说去下边买办织机、纺车、弹棉机，须得借重洋人——牧师、教士之辈敢是没这头绪，可洋油厂、洋碱行等那般洋商，带常来去上海、天津卫，赶集那么方便，买卖上的门路自是多得很；教会去跟那般洋商交道疏通，也自是近乎一层，好办事儿多了。只是买办那些机梏，也沾边儿不用指靠洋人；就算用得到，义和拳一闹，所有洋人全都扔崩儿逃命去了，半个人儿都没留下，这是二。要说我祖父出的主意，把老城集的义和拳、红灯照、黑灯照练过半落儿神功的小子、闺女、老嬷嬷招来雇工，花重生压根儿先并不知道我祖父还有这么个头绪，这是三。我祖父素与经纪交易种种行业无干，倒能帮得上甚么忙、指出啥点子？岂不所托非人？这是四。

为此我祖父一到铁锁镇花府，寒暄一过，便动问起这个来。谁知这花重生倒说来简单："长老，没求错高人下是？恁大机房，所有师傅、伙计、学徒上百人，不是个个都戴上驴笼嘴子干活儿了？要不是求教了长老，凭着爱心怕人吸多了布毛子，害上肺痨，换谁能想得那么体贴周到？……"

花重生是见了我祖父心上欢喜，又知我祖父凡事归荣耀与主，下受奉承，便恭维里有意掺个笑话，咸汤对淡一点儿，把人戴的口罩说作防备牲口打场偷嘴戴的柳条笼头，惹得大家伙儿笑开来。

祖父吃水烟，喝热茶，避开奉承，趁笑说道："瞧我，一到这亥儿，一张嘴就忙得闲不下来。"

那都是花重生早就备妥的上好款待，烟是凤台极品皮丝，茶是六安头等瓜片。

这才花重生敛了敛笑脸，一副这要说正经话的神情："长老，俺是这么想，不晓得合不合适。信道既是换了个性命，干起啥事儿啥行业，敢是都得眼世俗走的不一个路道。俗话说，'十商九奸'，像办机房这么个大买卖，俺信道的人家，能去干奸商么？不能。学生意得打学徒干起，那他丁家舅子不去长老跟前干干学徒，学学生意，那还行？长老你说可对？"

祖父不觉动容起来，想这花重生是真的重生了，下光是听道、信道，还在行道；一心要把主道行于人世，百行百业都不可离道随俗。想今日天下信徒千万，究有几人能这样尽心尽性，行事为人无分巨细务求本乎主道呢？教友中不乏生意买卖人，不乏开店作铺的，物未必美，价未必廉，甚或比世俗还抠、还苛、还图高利；约莫独有一点守道，礼拜天不开门儿——可那也算不得守道，只是作态罢。基督在世曾于耶路撒冷的毕士大水池旁，医治好一个沉疴三十八年的病人，犹太人为此要杀基督，责他安息日替人看病。基督却对众犹太人说："我父做事直到如今，我也做事。"做的甚么事呢？行道而已。"谁在安息日见到有羊掉进井里不去捞上来呢？"便是救一只羊也都算做事行道了。家里开一爿药店，礼拜天人家急病来抓药，你关门不理，也算守道么？更不必说是做事行道了。

我祖父仍还是笑他花重生所托非人："凭俺顶大的能耐，也不过叫人戴上驴笼嘴子。生意买卖，俺可门儿都不门儿。着令内弟到俺这亥儿讨教，岂下问道于盲？"

花重生则连连摆手，不光是冲我祖父，跟一屋子人表白似的说：

"你都看，俺长老关东那一大片家业，又是盐田，又是槽坊，又还有骡马栈，可都是大买卖罢？就说俺长老光顾念书得功名，不理家务，管怎样也是上三十年家常过日子，没吃猪肉，也看熟了猪走。他丁家舅子找到俺来讨主意，俺可是连猪都没见过，不嘱咐他去求教长老，那去求谁？再还有罢，俺长老向来有一说一，有二说二，啥也没瞒过人。找行家讨教，有的是。他魏七爷人头儿熟，那不用说；就凭俺这个土佬，这辈子还没上过城，也还城上大点儿商家有个三两家够上交情，不是没处讨教。可奸商奸商，俗话说得好，'裁缝是你舅，也得赚只袖'，哪实话跟你说？'同行是冤家'，不坑你就算客气了，日他，还帮你出主意！"

一席话说得针针见血，众教友无下拍腿打巴掌地随声附和。我祖父听来也觉有些道理，不过还是数那开头提出来的"不论干的哪行哪业，信主之人总得高明过世俗之人才是道理——至低也算是信道没有白信"这个看法最有智慧，最有亮光。我祖父紧记在心，深觉受益处不小，当下也决定这几天奋兴大会上，要挑上一场培灵会，好生释放释放这个要紧的信息。

花重生尔今是真的重生并生长起来了。人中、下巴颏，连到耳根子，全都刮得青根根的好似白焦炭。那样子干净，就像嘴里出来的话语也都那么干净，叫人记不起来往天那一大把少见的骚胡子，和那一口一声骂人的脏话——尽管一不留神还漏点儿下来。总归是真的洗面革新，表里如一了。

那一大把连颧骨都包上一半的大胡子，早在受洗前一刻儿工夫就已刮净，那算是江湖黑道上令人闻之丧胆的"朵把儿毛爷"恶名给连根儿拔了。

不过三十刚出头的年纪，就能把一大捧络腮胡子留到长可及腰，比那关老爷五绺美髯还盛过一翻儿。人见到他花武标这捧胡子才算开了眼界。要不，还以为只戏台上唱铜锤的大面才有那把髯口——那可是马尾做的假胡子。

当初张罗他花武标受洗，我祖父顾虑容或还有案子没勾销，尽管洋人挺愿意为他这个大瓢把子庇护，却为万全，没让花武标上城去，还是请来美国老牧师卜德生乘了骡车跑来铁锁镇施洗。这工夫花武标尚未剃须，直把这位一乐起来就如孩童一般的洋牧师馋得不知怎好，发愿就此留起胡子来。施洗时卜老牧师还逗得很："可惜剃光了；你的胡子比辫子还长还多，要不然，这圣水该点到你胡子上才公平。"

那位卜老牧师，也真难为他，处处都极力要充中国人，每逢给他引见新识，总是一旁饶上一句："我是属老虎的。"若正好是我祖父为他引见，这位极力要入境随俗的洋牧师，还会再赘上一声，指指我祖父说："我比他华长老大两循；我是老老虎，他是小老虎。"可西洋人就算是个个都毛发重，后来这位老牧师蓄须至今，也才最长的胡梢子只到心口儿。那一把灰鼠皮袍子色气的络腮胡子，蜷蜷曲曲的净打弯儿，瞧着总叫人觉不出是受之父母的毛发。

花武标舍得把厚厚实实、搭腰带都给遮严了的大胡子剃个光滑，就够不同寻常的了；可还有更非常人所能的本事，把大烟、玩枪、玩马，乃至杀人越货全都一下子戒掉个干干净净，若非神迹，世间总没这不止一端的奇事。

这其中最难的莫过于又大又深的那一口大烟瘾。总是恣意纵欲，一无节制的缘故罢，见天一起床，先就灌下个半茶盅调稀的大烟膏子，然后这才来得及歪到烟炕上，消消停停安享小老婆轮换着烧烟伺候。遇上打家劫舍半腰里烟瘾上来，也是灌大烟膏子救急。常人吞鸦片寻死，枣核儿大小的一个烟泡子下肚，就足够一命归阴，可想这个响马头子烟瘾有多大、有多深。这口烟瘾说戒就戒掉——那要上吐下泻不止，害一场大病一样儿，身子穰弱些怕都撑不过去的。狠狠受了一场罪，那也该是换来一条命一般的换了另一个人。不用说，这样子常人办不到的绝处逢生，敢是定要靠我祖父带领他昼夜不辍地祷告，借重了神力才得到功效。

这样子的许多神迹奇事，风传遍处，自是见证了上帝对这个十恶不赦的响马头子赦之无罪。

我祖父据此力争，教会在西人牧师教士不得不认可后，也只好首肯这是耶稣基督的神工。嗣后又屡经这般西人跟前任知县衙门说项疏通，过去朵把儿毛胡子那些种种罪行恶业，终得一一销案，概不追究。就连那十天不到工夫，一连枪杀了四房侧室，也都让几位洋人往返讲情，终得知县太爷念在他恶鬼附体，身不由己；再者那四个小妾冤魂也曾附从恶鬼，齐来缠身，害他抓到小攮子就身上这里一捅，那里一戳，摸到食刀也身上这里一抹，那里一犁。刀刀都躲开要害，尽是皮肉之苦，分明这般恶鬼有意要他不死，才整得他生不如死地活活受罪，够得上惨到极点了；也总算恶鬼报足了仇，泄足了恨。县里下去了仵作——不是验尸，是验他这活人伤痕伤疤，果然大小新旧口，留下了红青紫黑各色疤痕八十四处。由是也便免了他花武标杀人偿命按律处死。况他手下那帮枪法骑术个个精到的徒儿徒孙，一一具结，大半都给安排招安，充当官军或团练，保住南半个县境平静安和，说得上将功折罪。其余喽啰则大半归农，也有从商，像花武标那位妻舅丁昌业，往日常川远在上海法租界，是个安排在那边备而不用的窝家，遇有大户绑来的肉票，为的万全，便窝藏到官家管下到的租界里。上海地面儿熟，便就跟这边老ές魏七爷开起新机房，专管采办机器，押船走运河水路搬运上来，雇用了长江也行得的张帆黄舸子大船。停到东关口码头，船头足有河堤半腰儿那么高。

天命人事见证于一身的这位花重生，两三年来，不义之财的浮产恒产，既都捐的捐了、舍的舍了、归公的归公了，便只守住本属祖产的顷把两顷田，本本实实做他地方上推举的铁锁镇乡董。人本一等一的头脑，兼之"信靠上帝是智慧的开端"，给地方排难解纷已是小事一桩，游刃有余，无不服人孚众；地方上造桥铺路、救急济贫甚么的，好在凭他那片家业，善事也都行得起，自都带着头来。城上他是暂且不去走动，给官府衙门保个面子。行走顶远的也只止于卜家集，不过为的是早晚给那边福音堂现身说法，做做见证。而外便哪儿都尽少走动。铁锁镇上供养的福音堂，在他花重生来说，可真算不得么；反倒想再多花些心力却都使不上去。福音堂的住持胡长老，是我祖父打城上求来的，合家都接了过来落居。胡长老是个家无片瓦的穷秀士，也乐得受此礼遇。跟我祖父一样，花重生的厚待，福音堂也就是塾馆，三二十个学生束脩，虽尚不及花府上的奉养，可到底也是为数不薄的贴补。比起咱们一家四口，祖父不受教会一文钱俸给，那胡长老合家五口，敢是富富裕裕的殷实户。

花重生大烟戒掉后，我祖父每来铁锁镇，只见他人一趟比一趟地白大似胖起来。每一回见面，偌高偌大的个子呼啦一声折成三道，矮到我祖父脸前，拳头拄到地上打个千儿："重生给长老请安，长老万福！"口称的重生，是我祖父应他所请，给起的别号。

寒暄过后顶要紧的话头敢是这一场义和拳所生事端。铁锁镇虽地处偏僻，也都知道了义和拳惹的大祸，招来八国洋兵打进北京，害得皇上太后跑反跑去西京。

乱事刚过，祖父尽管从《申报》《直报》所知甚多甚详，可心绪不定，是非恩怨一时都还毛毛杂杂的不易调理清爽。事从两来，莫怪一方。城上教会长老执事一条声儿地向着洋人，简直有点儿无耻，敢是不值一顾；可朝廷昏庸，所作所为那样子乖张，要护短也无从护起。说来道去，也只能是一场恨罢。恨洋人暴虐无道，强食弱肉；恨义和拳愚蠢无知，惹祸招灾；恨朝廷昏庸暗钝，误国误民；恨太后淫威专

铁锁镇上　387

横,断送社稷……这样子一恨到底,怎么可以?人世更还有啥章程?有啥指望?仇恨只有坏事儿,啥也造就不了。况福音传的大好信息莫不出自"上帝是爱",人当师法于天地,行仁于人世。故此世间唯有仁爱,天人联手,才生发得出开创和成全。仇恨决然只能传来噩耗,断非福音。

可这又如何劝诫众信徒化仇恨为仁爱?如何动仁心以对八国联军、义和拳、朝廷王公大臣和皇太后?终归这还是在人不能,在上帝万事都能。纵然孔圣之仁,也只可以直报怨;唯基督之爱,始可以德报怨,当其受难弥留之际,尤为那些凌辱他、陷害他、将他钉上十字架的罗马巡抚、希律、大祭司、众祭司长、长老、文士、百姓和罗马兵丁,高声呼求:"父啊,赦免他们,因他们所作的,他们不晓得。"尔今对待八国联军、义和拳、朝廷王公大臣和皇太后,也便唯有从怜悯"他们所作的,他们不晓得"为发端,呼求天父赦免他们,师法基督榜样以行仁,如此也才怜悯宽恕更在是非恩怨之上了。

我祖父把怎样化解了老城集尤三爷的义和拳,前前后后述说了一遍过后,众人也都曾打丁昌业那里略知一二,今又详尽地听上一遍,自都感恩上帝慈爱大能,感佩我祖父断事干净麻利,还又仁心仁术,连善后收拾烂摊子也都包了。

祖父谦称过奖,堆笑说:"要不是碰巧这个时机丁家大舅爷伙上魏七爷办起那大的新机房,难道把些小小子、小闺女、老嬷嬷,都拉去我家吃饭?一天不用!——一顿饭也把俺吃垮了;善后敢也不光是吃饭这档子事儿。可见都是天助我也,上帝做了安排,'万事互相效力',圣经上这么说,也就是这么个意思。"

国家大事,地方小事,我祖父一一地大致谈过,众人便齐大伙儿啜哄花重生也跟长老禀报一番归家寨子义和拳如何摆平了的那桩事。花重生却一再谦称不值一提,一再推托说万不能眼华长老断事相比;

说他道行差得远，不仁不爱，全凭唬人压人罢了。

我祖父敢是极想知道一下，便随众人一同催促："彼此彼此，俺那一套下也是唬人？啥风水不风水的？盗天之术搬出来不也是压人？救主也教人断事要灵巧像蛇，法子不怕多，只要是造就人的，真可以无所不用其极。所以，重生啊，你我不过半斤八两，上帝旨意得到成全，那就一好百好。"

一场神拳闹事，南乡这半个县地，我祖父只说有他花大乡董坐镇这个地面，花重生自个儿也拍了胸脯担保无事，实则也真的始终风平浪静，安度过去。却也还是生过事端，多亏花重生给按了下去。

照今谈起来，顶吃紧的当口要算五六月间，县上也下来过马队，可那不过大军粮子跟县里黎太爷有点疙瘩，摆摆颜色而已。那批马队下来，也只到得卜家集南边儿南湖边儿上拉拉架势；实说起来，不定还是让黎太爷给摆了一道，压根儿就是胡闹，既来捕风，自是影子也没捉到一个——倒是未如我祖父所料，并不曾随意抓几个无辜交差邀功，那已算功德无量了；不过总还是多亏卜家集上的团练，其中尽是朵把儿毛爷的老人儿，好歹也有十来名马兵，说好那是给人生地不熟的官军带路，说得不好，是有心摽住了那干吃粮的，提防乱来。他官军多多少少有个顾忌，算没出事儿。

可花重生若不讲那一段，我祖父一辈子也不晓得。这也是他花重生一番虔诚和虚心。虔诚是上帝知道就截了，人前没有瞒示夸功之意。虚心是任人怎样施展有为，摆到上帝面前就着实地啥也不算。

原来早在五月间，邻县靠近交界那边有个归家寨子，不过上百户人家，居然就成起义和拳来。只因都是清一色的归姓一家族人，对外瞒得紧，待九九八十一天神功快练就了，花重生这边也才得到风声。

义和拳既都叫明了"扶清灭洋"，大毛子、二毛子统要一律格杀，福音堂也须放火烧尽。他花重生不知归家寨子有了义和拳还则罢了，一声知道了可就别想瞎着眼捂住耳朵不管。在他是悔罪悔改，听道信道以来，除了打洋人卜老牧师手上点水领洗归到基督名下，从来想也不曾想到甚么吃洋教，甚么二毛子，为此也不知道该当怎样来对付这个义和拳，只能就素常的世道来衡情夺理：你练你的功，我在我的教；江湖上不也就是一个规矩，你走你的阳关道，我行我的独木桥，彼此井水不犯河水，谁也没惹了谁，干吗无冤无仇的你要来杀我的人，烧我福音堂？

当下花重生便星夜捎信儿唤来过往一名手下——卜家集团练一位长夫，领人去归家集丢下话："县界罢，拦得住官家管，挡不住近在不到十里地的家邦亲邻都要过安稳日子，地方上也容不得施疯作邪，挠乱人心，玩儿起枪刀棍棒。便限定三天之内，要就散伙儿，要就拉走，迟一日自有法子来收拾……"

起先花重生也还不知抚台大人有个甚么"死八条"，经卜家集团练给他报这个信儿，可更安了心，认定抚台既视义和拳为匪类，官家所不容，便更加感到气壮，就这个"死八条"又撂下了话，尚佐县是管不着五华县，抚台衙门可管的全省一百单八县，袁大人武卫右军也大县小县全都驻有营盘，越县清剿轻而易举。你归家寨子有种，跟自家脑袋有仇，不在乎省上"死八条"，俺倒看中得很"死八条"是个财路，只须告发就有重赏。到那时可别怪彼此轧邻居，事先怎不招呼一声。

一个是外县外乡乡董，一个是外县外乡团练长夫，按理说哪放在归家寨子人眼里？可这个乡董是个谁？这个长夫又是干啥的？归家寨子敢是不用打听就一清二楚，敢不买账？

如今官的私的、软的硬的、明的暗的全都亮出来了，吃不下也得吃。坛上师父师兄尽是外地人，无牵无挂，风声一不对，拔腿扔蹦子一走了之，归家寨子可是身家性命俱都不知多少代扎了根的，一笔写不出俩样儿归字,跑掉一户两户没用,跑掉和尚跑不了庙,上百户人家同宗同族,要不家家株连那才是怪。

他归家寨子这些算盘珠子敢是一一都拨到了。果不其然,归姓族长二天便亲身过来铁锁镇告罪,推罪给不懂厉害的年轻小一辈,担保神坛打今儿就散掉。所有徒众罢,皆是寨子门儿里的归家子弟,从此各归各门户管教,本本分分干他庄稼活儿。有那还要钉住师父老师把神拳习练下去的,身为族长也拦不住,也就在这一早一晚便跟师父老师一道拉了走。待定下了时辰,再来请铁锁镇着人前去掌眼儿,不光是看住这般师徒离开寨子,就是卜家集那边儿要差派人马来押解出县境,也莫不乐意听从,并摆酒谢罪。

那位归家族长末了还又舍了脸请求:"不瞒各位爷们儿,这帮师父师兄也是没多大章程儿,离了俺那亥儿,也没多少路好走。往南拉呢,没的投奔,不定还有自投网罗么个风险;只有往北拉去,那就得跟贵县借路。各位爷们儿罢,都请高抬贵手,放他大伙儿一马。要是借着熟人熟世,不能费神招呼地方上那么一声的话,保他师徒一伙儿打贵县地这西南上斜插花儿借路拉出去,那就更加感恩戴德了……"

看在他归家老族长委曲求全,一片诚意份儿上;又肯替一伙儿外地来的师徒设想那么周全,心宅也算挺厚道了,花重生哪有不成全人家之理,除了满口应允,索性人情做到底,送佛送上西天,着那位夫长领上个十来人马护送出了县境。实则也就是那位师父老师,领着大、二师兄跟使唤徒弟,不过七个大人儿,他归家寨子并无一人相从。

没想到闹闹嚷嚷了那一场,就那么把事儿平息了下去,也只算虚惊一场罢了。

末了,花重生跟自个儿解嘲说:"看这哪值一提!都还不是往天里吓、诈、唬、离、抨,尽用的是世俗那一套来对付人,还又多少仗了往天那个恶名声,叫人怵个三分!没哪点儿过节有个信主之人的行

铁锁镇上　391

事榜样,甚么重生不重生的——"

我祖父忙打断他这话头:"那可不焊定。将才俺借用主的教训说过了,信主之人行事,也常要灵巧像长虫,得花心思的。别管怎说,化干戈为玉帛,天下美事。不来这么一下子,等他翅膀硬了,练功出师了,他五华县那边不知多少教堂教友要遭劫;不定就近先来端咱们这个窝儿,那咱们怎么对付?他义和拳多少还是有个功夫的——对付洋人不行,对付咱们二毛子倒绰绰有余,直隶那边官军也都吃过亏的。可要紧还下在这上头,咱们铁锁镇也不是那么好欺负,好歹也八九上十来座炮楼?洋枪快枪敢也很有几支不是?——"

一位教友插嘴说:"毛有二十来杆罢——除了洋抬炮不算。"又一位教友忙追着说:"何止,光是快枪也二十来杆都不止这个数儿。"

花重生一旁清清嗓子,大伙儿都等他来说个准数儿。待他发见众人瞅住他,却连忙冷冷地打发一声:"这我倒久没留意了。"

我祖父听了觉着挺趁心:"可来的,要紧就在这上头。往天咱们毛爷凡事枪刀是问,没枪杆儿摆下平的事儿。如今头一个念头定规不在枪杆儿上,顶后一个念头也未必想到枪杆儿。说来这就难了,人家烧烧杀杀顶到鼻子跟前,你又不肯动武,怎办?一齐跪下来伸长了脖颈祷告?那叫甚么?——引颈受戮,正趁人家心,省人家事儿,一刀一个,砍瓜切菜。可那样子成么?——怎么不成呢?圣经上主不是教过咱们么?有人打你左脸,右脸也送过去给人打;有人要你里衣,外衣也脱下来给他;有人强逼你走一里路,你就同他走二里。以往咱们好像也谈论过这档子事儿,人一信了主,捱人欺负了,还要倒饶一份儿。该说是基督徒非这么窝囊废不可么?还是心存阴险,纵容他歹人多作恶,给他多加一份儿罪?可主的教训没错儿,遵照着行事也一定没错儿,打个七折八扫也不宜。怎办?谁肯伸长了脖子让人宰?那还谁肯来归主呢?不是自找倒楣?——这倒真叫人两难不是?"

到底花重生不单听过这个道，记住这个道，还又自个儿品过、行过这个道，鼓儿鼓要接过话去的样子。祖父早觉出来了，就收了话尾等他。

花重生欠欠身子告罪："俺不该插嘴的——长老正讲道不是？可俺憋不住要就着这个求教求教长老，看俺这上头得道没有，也让长老看俺有没长进了一点儿。"

敢是再没比这更让我祖父乐意一闻的了。祖父传道一向不肯苟同教会拿"只要信，不要疑"当挡箭牌，硬要会众"只许听，不许问"；祖父每读到路加福音里少年基督在殿中听道"一面听，一面问"的一段，便总面前显现出一幅好不动人的画子。那是个美好的榜样，不解教会何时兴起这个陋习。十二门徒，不也是一面听道，一面问道么？

尽管眼前这也不是正式正道的礼拜证道，可这也更该多听听信徒吐吐心事，不光是要替信徒解惑，还下定"三人行，必有吾师焉"，倒有宝贵的领受呢。于是催请花重生只管知无不言，言无不尽。

花重生又一番告罪，接过去说："当初俺听长老讲这段儿道理时，不以为意，心里热也没热一下。约莫也因俺一向是个罪人，一向只兴俺欺负人，从没捱人欺负过。一旦俺悔罪改过不再欺负人了，一时还没领略到捱人欺负是个甚么滋味。等到有一天人家不买账，稍稍薄了俺一点儿，都还说不上甚么欺不欺负，俺就受不了了。可一想到长老是个怎么教导的，就只有捺住性子忍了。忍不下去就祷告，求主帮助。有时呢，祷告没用——也不是没用，是那口气怎样也忍不下去；总还是有个是非不是？"

说着停下来，四周看了眼大伙儿，似乎稍稍有点儿顾忌，这才接着说："这事儿老早过去了，知情的也别再拉扯出甚么人来。俺不是要翻老账儿，派谁对，派谁不对，那又成了论断人。俺是要借这来回省回省自个儿。说起来罢，人这个肚量也真有限，遇到那样子不知高

铁锁镇上　393

低的家伙——还不是仗着俺一回又一回退让,尽管还没退让到打俺左脸,右脸也送过去的那个地步;可又说了,照俺往天那个坏性子,还等二一回?交手就把人撂倒了。可遇上那样子无理反缠的硬讹人,谁也吞不下那口怨气。俺祷告时就追问了主,信了你就得这么捱人踩到脚底下也不兴撑撑胳膊腿儿的么?他小子这么骑到人头上尿尿,都已'不是人'了。真的,你都别笑,跟上帝无话不说——你不说出口,上帝也晓得你肚子里要说甚么,不如都说出来。俺真是骂出来了,骂那个小子'不是人'。这一骂可真骂得好,把俺自个儿给骂醒过来,也感谢主提醒了俺。'不是人',这就对了;人对人罢,是好是坏,当央都有一道痕儿画在那亥儿。过了这道看不见的痕儿,那就嫌过逾了,也就甚么……也就不是人了——"

花重生说着停下来,翅过身子把长条几上一本挺沉的《圣经》够到手,匆匆翻看。翻到马太福音五章,书页间其实有根纸条夹在那里,不用翻来翻去。纸条是裁了搓媒子用的表芯纸,上面没写啥字儿,只当记号夹在那里。指头画着找那三十九到四十一节的经文,顾自咕咕叽叽:"将才长老引的一段儿就搁这亥儿,俺很熟。"

我祖父一旁心满意足地瞧着,像在塾馆里赏识一名念书念得好的小学生。

花重生念起这段儿经文:"有人打你的右脸,连左脸也转过来由他打。有人想要告你,要拿你的里衣,连外衣也由他拿去。有人强逼你走一里路,你就同他走二里。"

遍瞧了一遍一屋子人,花重生跟我祖父告个罪说:"长老就请容俺先胡摧一摧,回头再给俺指教指教。"接着就照他的摧起来:"也算俺灵机一动罢,打耶稣恩主这三个比方里,俺见到的都是'有人'怎样怎样,这三个'有人',可有意思!也是俺将才说的那道痕儿。痕儿里头的是人,痕儿外边的,那可靠不住了;说是畜牲罢,太骂人了,也还没落到那步田地。该说是没人味儿罢？就像俺往天无恶不作那样，没人味儿，没错。想想看罢，你打了俺右脸，你是个人；可送过左脸去给你打，你还下得了手？好手不打笑脸不是？但得你下得了手，那你可真没人味儿了。一个人没人味儿了，那还算是个人吗？敢就不是个人了。不是个人，敢就没法子拿你当人看待了。这就是那道痕儿。俺是愈喜欢恩主耶稣每给人一个教训，总不把话说尽，留给人各自去品味儿，也就各凭才智阅历，各有各的造化。俺是个肚子里连一滴滴黑墨星子都没有的粗人，也就只能得到这么一滴滴造化。长老，你可狠狠给俺个指点；要还觉到有那么一滴滴可取，也帮俺给各位弟兄各位姊妹说说透索，俺是哆哆嗦嗦，拙嘴笨舌说不清爽。"

我祖父等不及地附掌称好："借小事，讲大道，太有意思了！正就是这样子。天父上帝创造天地万物，为何只用六天，不用十天——十天也才十全十美罢？都是一个道理，留下一天让人来到福音堂接手。下来这三成，就交给人自个儿去下功夫——属你重生说的，任由人各凭才智阅历，各得各的造化。这跟主耶稣留给人的教训是一个样儿，八福头一个福儿'虚心的人有福了，因为天国是他们的'。圣父圣子至尊至圣，犹然这样虚心对人，凡事都留个三成给人，让人来成全到十成，这样也才成全了十字架功德圆满。"

花重生这一下可乐了，两手一捋袖子，不知有多得意："照这么一说，俺自个儿关上门儿琢磨的这点儿道埋，敢是中？长老？"

我祖父犹在拍手，只是作势，没拍打出声儿："你这不中，还有啥中？"遂又跟众人说："可有一条，'刀伤药虽好，不伤为妙'。事后收拾烂摊子，收拾再干净，总不如提防那摊子烂。要是能让人连你右脸也别打，省得再送过左脸去试他有没人味儿，岂不更圆满？也就是咱们老话说的，'防患于未然'。"

接下来我祖父顺口给大伙儿讲起《幼学琼林》里"曲突徙薪无

恩泽，不念预防之力大；焦头烂额为上客，徒知救急之功宏"那个小掌故。因道："所以把归家寨子拳厂给化解了，别管耍的啥手腕，就算是属你说的，使的是吓、诈、唬、离、押，可那是'曲突徙薪，预防之力大'，上上之策。'信靠上帝是智慧的开端'，重生，主给你这智慧恩赐，着实宝贝；虚心是个好德性，不宜落到这恩赐上，不然的话，是把这宝贝褒贬下来了？那对主恩岂不是拣样子弄故事了？你说可是？"

我祖父下到乡下哪所福音堂，总都差不多这个样子。真正在堂里正式正道地传讲福音，见天不过一场。一场里掐头去尾，扣掉一再祷告，一再唱诗，讲道多半不到一个时辰——依西洋时计来算，也不过一句两刻钟。可聚在当住堂的长老家，或哪位宽宅大院儿教友家下，常时都是连白加夜地论道；这铁锁镇地处偏僻，祖父至少也都两个多月来一趟，越发天天聚，天天都没完儿没了。过了饭时儿，过了二三更天，都是常事，一点也不稀罕。

冬里天黑得早，上灯老半晌儿了，当家娘子也不知催饭催有多少趟儿了，馍儿馏了又馏，粥也热了又热，菜菜水水的也一再回锅，好不容易这才勉勉强强暂且收了场，约下用过饭再聚。

# 道可道

祖父领着众信徒念诵《创世纪》第一章经文，然后从全章里挑出重上七遍的同一句话，"上帝看着是好的"，作这头一天奋兴会的话头。

经文是记述上帝以六日之功，创造天地万物，每日收工，看看所干的活，都自认是好的。最后一天把六日下来合到一起——连末了所造万物之灵的人也在其中，看来看去还是好的。如此简单明了的一句话，"上帝看着是好的"，道理却是玄妙无穷。

"人之初，性本善"，可见得人的天性本善，本是好的，也是慈悲全能上帝天父的本意所在。因为天地间事事物物无一不好，上帝在世人身上的所行，也凡百皆无一不好。唯其如此，也才好见证"上帝爱世人"的真道，纵然亚当夏娃夫妻二人同被撵出乐园，也无不是彰现上帝至善的本意。

我祖父现身说法，把亚当夏娃赶出伊甸园，比作咱们华家元房四口被赶出关东一样，同是蒙恩。

摩西遵照上帝显灵所示，记下这些荒远的上古之事，敢是没有虚假，应都可信。

可人在上帝面前，究竟太有限了。何况摩西是个其笨无比的家伙——这从他不懂得"设官分职，以为民极"，天天独自一人给百姓审理案子，累得七死八活，又吃力又不落好，就看出这个人挺差劲儿。想想看，当时以色列人单是能打仗的壮丁就有六十万，那所有男女老幼不是百把两百万？无怪他老岳父看不过去，成千上万的百姓愣等在那里，他自个累死了，百姓也等死了。多亏他老岳父笨不笨的，比他还强些，给他出了主意，帮他挑选出十夫长、五十夫长、百夫长、千夫长，替他分劳才把百姓治理得好。像这么个笨蛋，由他来记下上帝的所作所为，敢是挺不称职；那末记漏了的、记不清楚的、记偏了记错了的，自都在所难免。

我祖父举了一个例子，见证摩西懂得上帝的旨意太过太过有限。

上帝把亚当夏娃两口子撵出伊甸乐园之后，经上记的是：上帝并于乐园之东，安设天使及四面打转的火舌之剑，把守路口，不容他二人重回乐园。这就使人发见万物一性，万事一理，归结到上帝是独一真神，唯一真道。

我祖父讲这个道理："比方老燕撵小燕儿，老母鸡丢窝儿，至于老母狗、女猫、牸牛、水羊、草驴、骡马这些牲口，一旦要给它小畜类断奶，无一不是跟上帝对待亚当夏娃一样。这可是大伙儿日常习见的，想必再清楚不过。甚么个光景，哪位弟兄还是姊妹，请谁讲讲看好罢？"

这般庄户人，提起别的，那真所知有限；提到喂养牲口甚么的，一个个可再在行不过了；便争相你言我语，谝示自个儿所知比谁都多、都真。

说起小牛犊子，挺可怜的，乍乍不让再咂奶，也还是叮来叮去的恋奶恋得要死。那老牸牛罢，不光是躲来躲去，不让小牛犊子沾身，不光是弹弹蹄子把小牛犊子踢开，更还瞪一对大牛眼珠子拿角顶，拿角犝。那可不是作势吓唬吓唬就算了，是来真的，一犝能把小牛犊顶倒在地，抵住了还猛犝一气。那老水羊对付断奶羔子也是一样，狠得

道可道　399

无情无意。

驴、马一旦断奶,也是要猛尥蹶子踢蹬小驹子的,一样的没轻没重,踢倒在地一打好几个滚儿;火儿大起来,还拿那一口大板牙又啃又嘬呢。

丢窝儿老母鸡才更叫拐孤,小小鸡跟在后头走走都不行,想要挨近点儿更别想,烦起来便追着哆,啄得小小鸡吱吱叫疼。猫狗也没两样儿,轻则一副凶巴巴狠相儿,龇牙咧嘴地给小畜牲吼开;要还不识相儿,转左转右老想再叮一口干奶,那可来狠的,按倒地上胡咬一阵、胡抓一阵,给咬得瘸条腿儿,哇哇哭着逃掉。

小燕儿是每逢春暖花开,便打南边成双成对儿飞来,多半人家堂屋里朝门的二椽子或三椽子上,都还留有去年老窝儿,便衔泥来整整修修,再叼来牲口身上冬天过来攒成毡子的褪毛,窝儿里重新铺床叠被。椽子上没有旧窝儿,少不得从头来过。窝儿里下蛋抱窝,大抵四或五只小小燕儿。一对老小燕儿那才辛苦来着,衔泥、垒窝、叼牲口褪毛、铺窝,孵出小小燕儿那就更加地劳累。燕儿不吃落地食,一对老小燕儿你来我去,全得打活食儿来喂小小燕儿;不单辛辛苦苦去捉飞虫,还得把小小燕儿的粪便一坨坨叼出去扔掉。一张张黄口嗷嗷待哺,都是填不满的无底儿深坑,真够一对老小燕儿奔波劳碌,抽空儿还得蹲到窝沿儿上,帮小小燕儿剔剔翎子、理理羽毛、收拾打点带啄痒痒,不知要怎么疼法儿才好。可等到小小燕儿老翎新羽长得齐备了,一对老小燕儿就动手要赶走小小燕儿出窝儿了。一旦开了头,不管小小燕儿怎样撒娇撒痴赖窝儿不肯出去也不成;严得很,一点儿也通融不得。那有出息的,挣命打扑落,伸长了脖儿颈,扇搡一对从没使唤过的翅膀,几番落地,几番振翼,死撑活揑地扑拉上别个屋顶、凉棚。有那倒楣的短命鬼,不定起起落落间,已给馋猫抓了去。有那胆小没出息的小懒鬼,死定了不肯出窝儿,惹烦了老小燕儿,火起来叼住脖子硬扯出去；老小俩个头儿差不多少，本也叼不大动，起起落落，不知有多吃力才给提溜走。燕子都是在人家堂屋里做窝儿生儿养女，人人都看在眼里；燕子是这样子丢窝儿，那些树上做窝儿的飞鸟，想情也一定都是这样。要不然，要不那么强逼着习练翅膀学飞，那小儿小女哪天才得长大去自谋生计？俗话也说，"三岁不成人，到老驴驹子货儿"，三岁该有个人形儿了，那亚当夏娃多大了？

《圣经》上没记出这对小夫妻多少岁给撵出乐园，我祖父让大伙儿估猜估猜看。想了想又笑说："其实也还没成亲不是？撵出了乐园才结花烛之喜罢？夏娃只能算是童养媳妇儿，都还挺小呗。"

祖父是笑这当地土话，童养媳妇儿叫作"团儿媳妇儿"，圆头抹脑儿长不大的那个味道。还有个儿歌，祖父拿来凑趣儿，"团儿媳妇毛冬瓜，先养儿子后成家"，可照《圣经》上说的那光景，想必还没到养儿子的年岁罢？怎么不是呢？赤身露体跑来跑去不知害臊，该有多大？一般说来，约莫小子十二三岁，闺女七八岁光景。城上要早些，像铁锁镇这么偏僻乡下，丫头小子总也十岁上下，大热天里，还尽是浑身上下无布丝儿的精着腚东走西荡哩。那也不大关乎贫富——再穷也不愁一条短裤衩；总是图个凉快自在是真的。想那亚当夏娃也合当是下见人烟的穷乡僻壤无知小子丫头，不到十三四岁还是不知羞耻的——兴许还要晚一些，两小无猜，别无外人，不定要到十五六岁这个谱儿。

众教友你一嘴、我一舌，嚷嚷了半天这才安静下来。祖父站在高处看得清，见有个教友尖嘴儿猴腮，浮着一脸笑，硬憋得也像猴子那么红的脸子怕笑出来。我祖父认得他，便问："臧弟兄，别闷头吃独食，有啥好笑的也分享给咱们弟兄姊妹罢？——独乐乐不如众乐乐呗。"

这位看样子三十郎当岁儿的臧弟兄，给弄得挺忸怩，拗不过左右

道可道　401

教友啜哄，只好像是连吃加喝地笑下成声说："俺是想的长老提起来那个唱唱儿，诮贬团儿媳子的。又记起小时私塾先生讲的，念文章要念出虚实来，才算念出了道行。俺念这段经，又经长老这么一指点，就觉乎着夏娃偷吃善恶果子敢是实的；虚的是不定那个夏娃业已'毛冬瓜'，破过瓜了，怀上了，正嫌饭罢不是？贪吃酸果子嘛。俺是这么瞎胡猜想的，或许太对圣经不敬了。"

许多教友都给惹得偷笑的偷笑、憋笑的憋笑，有那挨肩儿坐一道儿的，暗下里直拿胳膊肘子你拐来，我拐去，不知借这话头又彼此怎么个逗弄。

我祖父一头听着，一头眼睛一亮一亮的，连声儿"感谢主、感谢主"，一再称许这位猴相儿臧弟兄。是感谢主差遣臧弟兄来指点他，也是感谢主赐给臧弟兄这智慧。祖父由衷地真心说："不是甚么瞎胡猜想，有道理；虚虚实实，对了。俺画龙，你点睛，这就对了。"

这样子坛上坛下声气儿相通，也只有我祖父弘法证道才兴这么旺盛、热闹、人人有份儿，让人奋兴得起。

接下来，祖父便就着这虚虚实实讲起。

依于我祖父过去与洋人灵修论道，即使任恩庚那么年轻、聪明、懂得并器重中国人世，也好不到哪里去；这般西人在圣经里头功夫尽管下得那么深，可始终只能字面儿上去认识上帝。这也就是臧弟兄提出来的所谓虚虚实实，西人传教士，就只能识得这个实，识不得尽在不言中的虚。屡屡我祖父提出一些言外之意来切磋，西人也多半不敢作如是想；比如"先天而天弗违"，深厚老道像卜老牧师，也先是听不懂，百般地为之辩难解惑，也举了亚伯献羊为祭等例，好不容易朦胧领略了一点意思，却大为震惊，人怎么可以走到上帝的前头？岂非大逆不道！

祖父又重了一遍前一天的话头："所以上帝留下三成给人来成全，

也是七成实，三成虚。这洋人信教也好，传教也好，都是只能见到圣经里的七成实，见不到这三成虚。连他以色列上帝的选民，也是一样地不懂得上帝把这三成托付给人来成全的一番慈爱、一番心意。像过红海、旷野里没吃没喝、过约旦河跟耶利哥那些当地人打仗，所有这些该当全力尽到的人事，全都赖给上帝，像话吗？那不是跟赖着不肯出窝儿的小小燕儿一模一样么？上帝就只有亡他以色列国、亡他犹大国，来试炼他，让他学着自个儿飞，自个儿打食、谋生，自个儿去独闯风雨，要不然，夏天去了，秋天来了，飞不去南海避寒，蹲在窝儿里罄等饿死、冻死？上天有好生之德，怎肯让你活活饿死、冻死？上帝定规是给所有生灵一条生路的，可这生路还是要你自个儿去闯，总不可以抱你驮你过去不是？……"

讲到这里，祖父领着会众祷告："感谢恩主天父，恩待咱们列祖列宗，先圣先贤，老早老早就懂得这七分天道，三分人事。善尽本分，应命天意，教给我们子孙万代，人人都懂得尽人事，听天命。也让咱们今天来查考圣书，领受了恩主天父那七分明明白白告诉咱们的实意，更参悟到虚留给咱们的那三分当尽的人事。只有这样才可以得到以马内利的福分；天人合同，十全十美，不负恩主流血为咱们献祭的十字架功劳……"

祖父仍自拿这虚和实的思路，给众信徒讲道。举的例证是十二门徒中脾气最大，疑心也最大的多马。当他听到主已复活，却说："我非看见他手上的钉痕，用指头探入那钉痕；又用手探入他的肋旁伤口，我总不信。"等到复活的主降临在他面前，吩咐多马："伸过你的指头来，摸我的手；伸出你的手来，探入我的肋旁。不要疑惑，总要信。"多马只有呼喊："我的主，我的上帝！"多马敢是就此深信不疑了。可主基督怎么说？哪位弟兄、哪位姊妹记得？在哪部福音里？几章几节？……祖父慢慢地、细细地问，意在拖长点儿时候，让查经多

道可道　403

半都还不大熟的教友从容点儿找这段儿经文。

到底还是花重生,报出《约翰福音》二十章二十九节,祖父是本就打开了这一张等在那儿,便跟这位花弟兄说:"一事不烦二主儿,候候大家伙儿找到了,就请花弟兄念一念。"

祖父遂又重念了这段经文:"基督对多马说:'你因看见了我才信;那没有看见就信的,有福了。'"——经文是"耶稣对他说",祖父以多马替代了"他",无非让意思更清楚,怕信徒中有谁一时又弄不清这个"他"是谁。可将"耶稣"改称"基督"却别有来历和心意。

当年二曾祖母皈依基督,尽管起初为的是替曾祖父祈祷,曾祖父虽深知这二房一片恩情苦心,也任由二曾祖母拆巨金献造教堂,却始终瞧不顺眼这个不合人伦教化的洋教,诸如禁祭天地、禁祭孔圣、禁祭祖先。"哪有口口声声又是耶和华、又是耶稣,那么提名道姓直称教主爷俩儿的道理?蛮夷之邦这般生番子,就是这么没教化、没人伦、没规矩!……"

二曾祖母敢是凡事无不顺从曾祖父,除了年节照祭天地祖先,家塾照设至圣先师神位,也嫌直唤圣父圣子连名带姓,委实地没上没下没个尊卑长幼,便不问是念经、唱诗、祷告、见证,还是跟同工同道言谈,无不是称耶和华作天父、上帝,称耶稣作恩主、救主。待我祖父出来传道,念及二曾祖母那样地尊敬天地主宰、救世之主,再则也竟出于孝思,便一直遵守慈母的至意。而因懂得基督即就是弥赛亚、即就是受膏的王,并非名氏,便索性以"基督"代"耶稣"——好在两者一韵,唱起圣诗来也还是顺口。又如"主祷文",翻过来的经文也是未能留心伦常习俗,跟"我们在天上的父"也竟那么你你我我,地上的父犹不可那么没上没下地造次。经我祖父调教出来的信徒,都已改口:"愿人都尊父的名为圣,愿父的国降临,愿父的旨意行在地上如同行在天上……因为国度、权柄、荣耀,全是父的,直到永远,阿们!"

祖父跟众教友论到这一点时,也曾举例申明:"像我这个为主做工的佣人,算得了甚么呢?你大伙儿尚且不以'你'来称呼俺,总是长老长、长老短,何况称呼咱们天地间至高的主宰!再还有像咱们为人父的,又算得了甚么呢?可儿女也都从没你你我我的称呼咱们。咱们老家那边是称呼爷,咱们这亥是称呼大大,都是爷长爷短的,大大怎样、大大如何的。便是他人面前提到,也从来没有他长他短;斯文些的谦称家父、家严,尊称人家父亲也都是令尊、令严;家常里也是俺爷、俺大,你爷、你大。想想看,称呼慈爱全能的天父,怎可又是你如何如何、又是他怎样怎样。说实在的,咱们称呼尊敬的人,你你他他的说不出口,咱们也没受谁教导,也没教导过谁,可见得都是自自然然地尽心尽意,天性就是这么通情达理——咱们老古书《礼记》头一句就是'毋不敬',对人对事对物,都以这个'敬'字为先。说真个的,这也不是制礼作乐的圣贤凭他自个儿主意,强人这么遵守;不过是提醒咱们,人人天生的就有这份德性,别让这份德性忘了、丢了,这个宝贝白白地舍了、不记得善用了……"

祖父借这十二门徒多马的言行,申述世人太过仰仗这一对眼睛,大事小事喜用这一对眼睛来作定夺。可这一对眼睛真管事儿么?未必;俗话有说,伸手不见五指,黑里这对眼睛就跟瞎了差不多,不管乎了。可这五根指头还在个是?总不能说你伸手不见五指,就这只手也没有了。所以不能单凭眼睛来断事。试想,门徒告诉多马的,同门的师兄弟都不信,还非见了主才肯相信主复活了,是否除了眼睛他谁都不信?基督不是也曾预言过,人子要被举起,三日后会再复活,多马不会没听到:师父说过的话都不信,还是非要看到才肯相信师父真的复活了,又是否太仰仗这对眼睛了?

祖父重又请会众再念一遍,接着指出:"这又是臧弟兄说的虚虚

道可道 405

实实了。主说:'你因看见了我才信,那没有看见就信的,有福了。'这是一句实话,你你我我都没有看到过救主手上的钉痕,就信了主,你你我我都是蒙福的。可那虚话该怎么说?是不是该说:'那看见才信的,有祸了'?总归一句话,单靠眼睛断事,就算不至于祸害,可一定也不是福分。看来臧弟兄今儿一开头就提出个虚虚实实,给咱们这场聚会,着实帮助很大,感谢主为咱们这样子安排。咱们也不妨这么说:见到实的,不算福分;见到实又见到虚,福分才算齐备。咱们今来传福音、听祸音、信福音,就是要传那实的福音、听那实的福音、信那实的福音之外,更还要传那虚的福音、听那虚的福音、信那虚的福音。这样虚虚实实齐备了,咱们也才能在主的恩宠里,得享福分齐备的全福人。"

成亲大礼上,从头到尾陪伴照应新娘子的喜婆子,和那引领新人拜天地、祖先、亲长,并送房酒席的傧相,一定得请父母公婆双全、夫妇恩爱、儿女成群又成材的"全福人"来充当主事。祖父以此期许所有信徒,而果能天道人事都全得齐备,今世来世皆福分无疆,自比人世间的全福人更加地圆熟丰满。

再次地论起虚实,我祖父重又回到伊甸乐园里的亚当夏娃这边来,指出这一男一女给赶出来的时候,少说也该十四五岁了,弄不好十八九也或许有了,知道羞耻了呗。像那么样的老大不小,还精着腚闲游浪荡,一点儿啥活儿也不干,尽赖着天父来养活,有这个道理吗?

祖父含糊含糊地遮不住笑意上了脸:"不定就让臧弟兄说中了,团儿媳妇毛冬瓜,上帝看看他俩生米已成熟饭,纵然还有意思让他俩在乐园里生儿养女,也断乎不肯'爱之反足害之',把小俩口儿惯成一对废物。衡衡情也是罢,长此以往下去,养活你一对废物事小,还得养活你儿女?好了,就算再养活你老子娘跟儿女一堆废物,难道还得养生你世世代代、子子孙孙？上帝敢是养活得起，满园瓜果任你大伙啃罢，啃不穷上帝的；可当紧还在养活下去到底养活出一堆啥玩意来着？三字经不是有这么一段么？'犬守夜，鸡司晨，苟不学，曷为人？蚕吐丝，蜂酿蜜，人不学，不如物。'刚开蒙的小儿都懂得怎么做人，人不干活儿还成？"

祖父这哪是讲道，袖着俩手儿趴在嵌有十字架的几案子上，跟大伙儿拉家常儿罢；那跟靠着草垛子晒太阳、围着柴火烤火、抱着手炉脚炉焐暖，说古道今，天南地北地闲拉呱儿没两样儿。

末末了儿，我祖父才把这一场拉家常儿、闲拉呱儿，归结到这头一天传的福音当中心儿上："凡是咱们在这世上所承受的、所遭遇的、所碰上的，别管是酸甜苦辣，别管是顺心还是不顺心，别管是福是祸，是生是死，是贫是富，是兴旺是衰败，总都无一不是上帝在疼爱咱们，要咱们自立自强于天地之间，要咱们做个地地道道'照着上帝的形象，按着上帝的样式'所造的人。这是上帝创造天地万物之初，就借着以色列人又蠢又笨又不通达天理人情的祖先所昭示给世人的真道——上帝是爱。咱们有幸生为中国人，承受天恩最深最高最厚最广也最久，所以最像天父的形象和样式，也最聪明伶俐、最善于察言观色，不需上帝明言便参悟到上帝的心事，也是天父最最疼爱的孝顺儿子。这从先圣先贤、列祖列宗，遗留下来这座福音堂装也装不下的经史子集可以见证。阿们。"

再一天，祖父才张挂起《大秦景教流行中国碑》序颂两幅立轴，一连五天讲述咱们中国跟上帝之间，如何由天人合一衍变到天人两分；如何由士农工商四民一体衍变到士与农工商的彼此脱落；又如何中国人今天急需基督拯救的福音引领，上接汉唐，重新跟上帝修好，以期回复天人合一、四民一体的圆熟人世，再把福音真传、正传到基督所期许的普天之下，至于地极。

道可道　407

# 远交近攻

年根岁底之际，差会和洋行的所有洋人，都分别从烟台、青岛、威海卫等各地，先后沥沥落落地回来。就中只有梅姑娘和梅牧师姐弟二人早在入秋时节便返回美国老家去过假，要一年之久。还有任恩庚那位最年轻的牧师，打烟台直接去了上海，招请营造师傅工匠，归期未定，怕总要随俗地迁就那班师傅工匠，过过正月十五上元节才得一同北来。

人家洋人早在一个多月前就过过了圣诞节和洋年，以至颇有一元复始、万象更新那么个味道。差会方面忙着准备开春就动工盖大医院。美利洋行则包下了全县城乡信局子，也在着手擘划，找人找地，找教会跟镖局子合伙儿来开创。

相形之下，城乡百姓人家可正忙年，没谁热心这些似乎无关痛痒、无关衣食的洋务。

教友人家尽管日常里如何避俗，过年大事，还是马虎不来。迎接一批批回来的洋人，好像不下于圣经上所应许的"耶稣再临"，有的喜极而泣，不知怎么欢庆才是。可擤擤鼻子，擦擦眼泪，只觉如今这个年越发当作"耶稣再临"之后的"千禧年"来过了，如此也就越发理更直、气更壮，真是万事莫过过年急，是好是歹都等过过大年十五再说了。于是也跟世俗人家差不离儿,没几个大人儿热心甚么大医院、小医院——大年下、晦气不是?生病才上医院,图个没病没灾的吉祥成么?那信局子又干吗来着?十年、二十年、一辈子没打过信也没啥稀罕。除非人在外乡有个三长两短,才用得着急死活忙给家人捎个信儿;打信出去也多半是上人病重,或是等着成殓甚么的。信了洋教百无禁忌,平常日子也真是觉着挺好。可这是过年呀,吉凶悔吝关乎来年一整年呢,怎尽闹这些叫人心里头犯嘀咕的晦气事儿!

教会中也有少数歪脖子不大服洋人的教友,议论起来就咬讥洋人心里有鬼——义和拳连根毛还没碰着,便扔蹦儿二百五,一跑走就八九个月,丢下教会死活不管。末了地方上又根本没个屁事儿,这等行径敢是够孬种的。如今觍着脸儿溜溜瞅瞅回来,表面装得人五人六的,那内里能不亏么?别拿大医院、信局子当裤子盖脸了,臭哄儿臭哄儿的,越盖越扇揌可不越冲鼻子?……这辈教友多半是挑挑儿摆摊子的升斗小民,教会里似乎仅能找到较比知心的我家祖父,吐吐这些气不忿儿的苦水。

别人会喝斥他们这是以小人之心,度君子之腹。在照样免不了势利的教会里,包括洋人在内,这般够粗够俗的一辈教友,非但一向不大受到尊重,遭到鄙夷的眼光更是常事。哈利路亚!哈利路亚!学到这样的外国话来赞美上帝,敢是很有意思,"放洋屁儿嘛!"挺新鲜。可要讲够味儿的话,那就隔上一层儿了,总不似打心底儿冒上来的叹赏。讲起我祖父赶鬼伏了南乡那个响马大瓢把子毛胡朵把儿,"我日你奶奶那假啊?哼,华长老那个法力,得了!"讲起耶稣把附在人身上的鬼群赶进猪圈,一圈子猪发疯起来,奔去悬崖峭壁,一头头都扑通扑通跳下去了,也是一口一声的"我日你奶奶",赞叹不绝,还带点儿可惜。

尽管咱们华家打我祖父下来,除了祖母偶尔嘴里不大干净,数遍全族四五代，没一个会口出秽言。可我祖父还是极懂得"我日你奶奶"比"哈利路亚"更能吐出这般市井百姓由衷的惊叹和赞扬——至于要矫正这种粗恶的村话，敢是必要的，却又是另回事儿了。只是教会里几几乎没谁不鄙夷憎恶这种粗野下流，也没谁能体会到那是这些无知无识的粗人最最真情的赞美。

单就是冲着我祖父懂得他们、敬重他们，这一辈教友便总与我祖父亲热，事无大小，也总找我祖父，人世里拿主意，求天求神则代祷。过去这大半年来，这一辈教友反而打祖父这里比大半教友更多知道不少外边的种种光景，义和拳的闹事、朝廷奸佞当道、洋人打进北京城的为非作歹。纵使还远远说下上民智大开，各个人至少不光是一升一斗地计较一人头上那么一点天儿，还都懂得直隶、天津卫、北京城尽管远在天边儿，风还是终会刮了来，雨也都要打到头上来，都要为这些灾难匍匐在上帝脚前诚心诚意祷告的。

祖父敢是不知哪里说起，怎会这一辈教友给喝斥作小人之心，度君子之腹。反倒经这些升斗小民那么一吐诉，好似给提醒了；再打量打量这般洋人，还真就是那么回事儿，一个个真就是觍着个脸儿，甜不嗦嗦地厚颜回来了，不由得敬服了这般够粗够俗的贩夫走卒之流，自有他们绝圣弃智的真元，眼力炯炯，真光可畏。

说的也是，要不，这般洋人一回来，怎的个个都把盖大医院、办信局子，成天尽挂在口上？当作天下就只有这是宗大事来重叨不休？又怎的一字不提不问这八九个月间义和拳怎长怎短？就那么偷偷闪开了、避开了，当初不是专为义和拳要杀洋人才跑的反么？

逢到礼拜天上午大礼拜、下午小礼拜，礼拜一、三、五晚上查经班，二、四、六晨更祷告会和午后教友人家探访，乃至私下里搭话交谈，这般西人牧师、教士、甚而师娘家小，莫不把这盖大医院、办信局子两桩大事放在前头，无非都是要所有信徒为此祷告、捐献、出钱出力，各尽所能。

妙在这般洋人每逢提到这些时，好似都曾事先串过供，都莫不乘机表白一番，让人晓得过去大半年间，他洋人一大伙儿非但不曾或忘教会众弟兄姊妹，也任谁都没闲着专为躲反避难，无事净享清福；反倒比在县里还忙碌，不断地修书、传信、打电报、分头奔走上海、天津卫、青岛等地，跟各自本国本土差会和各教会去募捐、求款、接头、张罗、招请营建包工打图样、聘雇各行工匠师徒……

毕竟不是家常里盖盖土屋可比，千头万绪，是够烦琐庞杂的，都不是一年半载说干就干的轻快活儿。可那样老是不断地重重倒倒嘈唠，愈只叫人小心眼儿疑猜，觉着那都愈描愈黑。

也并非我祖父怎样高人一等；疑猜也是照样疑猜这般洋人做贼心虚，放屁脸红。不过较比他人多些阅历见识，再来还是心怀体恤。想那八国联军恶行昭彰，烧杀抢掠，糟蹋妇孺，到底只在京津一带横暴；中国是地广人众，率多百姓都还不知不晓，反而他洋人信息灵通，比哪个中国人都再也清楚不过。这些由外国差会差遣来为福音做工的上帝仆人，行善积德之不及，敢是万难附和其本国出兵攻城略地，毁人性命，盗人家财，烧杀奸淫，无恶不作；且犹不止这些，来日必定又是割地赔款，百姓人家又不知要赔累多少。而这八国强盗放在眼前来说，有的是他英国人、美国人，说怎样也赖不掉他卜牧师、鲍大夫牧师就是美国人，她周教士、钱教士都是英国人，能脱得了干系吗？家国家国，一个家里出了歹人，能说跟他全家无干？家跟国岂不是一个道理？

只是也很难讲罢，同一国之人和同一家之人，到底还是有别。如若掉转过来讲，不说中国去打他英国、美国，由不得像我祖父这么个传道人主张打或反对打不是？就是西太后打着皇上旗号，假传圣旨对列国宣示开战，皇上又能怎样？百姓更是蒙在鼓里；祖父若没直报、

远交近攻　413

申报可看,岂不也是一点点都不知其情?

譬如那位学起花重生留起大胡子的卜牧师,雪花花的银须已经养到胸口儿——八九个月不见,似又长了不少;罕见那么个达练老到又极通中国人情世故的西人。可碰上眼前两国交恶种种,看得出来这位老牧师也就真的心虚得很,人老是疙疙瘩瘩的,不问讲道或个人相互搭谈,似都有些藏头露尾,闪闪烁烁,捂着盖着的忌讳去碰到那些伤疤儿;不复往日里动不动呵呵大笑,声震屋瓦的那一派豪情。瞧着这种光景,我祖父便挺不自在,挺替这位一向磊磊落落的西人难过。说起来,洋人不洋人的,强食弱肉,以暴凌善,已是理所当然的霸道恶风,可做了传道人,那心肠到底还是柔软多了。这就不能不有体谅。

一日,教会为大正月新年里开奋兴大会,集拢起众长老执事,于会堂背后查经房里共商布道和培灵的差事分派。西人已预先通知不与,只有卜牧师给请来指引。

历来这个为时十或十五天夜晚的法会,几位牧师、教士,也总分派五或七个晚间讲道。这一回却推托个干净,声言他几位西人教牧,皆将在鲍达理大夫带领下,分头从事擘划千头万绪的医院事务,无暇兼顾奋兴大会。这老卜举他自个儿为例,他是分担了跟本国和上海洽请敦聘各门大夫等事宜,只怕要很跑几趟北京和上海,去跟总差会、各家医院、药厂、电报局、招商局各处接头拉线,杂七杂八的事务可多了。

佩服敢是要佩服人家,大医院连块砖头还没砌,这么早就要人事药物预作安排准备了。人家这才真是所谓未雨绸缪,真够按部就班,条理分明;不似咱们头一把,腔一把,胡抓乱挠,泥萝卜不吃到那一段儿就不先下水洗一洗干净。这可得见贤思齐多学学人家。

不过照那么一说,三头六臂都使上了才忙得过来,却就是挪不出一个脑袋一张嘴来领会讲道,这通么?牧师牧师,丢下羊群牧养不管,岂不是不务正业？

"有甚么法子呢？俺这个属马的，生就的奔波劳碌命罢——任牧师也是一样。"这个老卜自以为学讲土话就数这个顶地道，经常挂在嘴上跟人拉近和，似乎可当百用，无往而不利。只须丢下这句土腔十足的老话，就足以抵得上前头声明的那些个洋理儿。

祖父怀里抱着只紫铜手炉，只觉得这是在哪儿泡戏园子，听这位老洋鬼子说学逗唱，在扮他独脚戏单口相声。众长老执事都给逗笑了。敢是存心捧角儿罢，瞎奉承一气，哪里有啥好笑来着。听在我祖父心里，反倒有些替他洋人这么媚俗讨好感到心酸酸的。

要说他洋人识时务，意在避避风头，别再反洋这股热烘劲儿上加把儿火，等避过这一阵儿再露面讲道——特别是布道会，对教外的世俗宣教，不唯福音的种子白撒，只怕原先冒了芽的苗子还会给带坏了——类此种种都放进顾虑里，不错，那倒不失为明智之举。可实秉实，又未必这样。

打住堂的吴宏道长老那里得知一些光景。洋人这都回来了，按说，做个住堂长老，别管怎样，都分当将这八九个月间教会种种提报给这般西人教牧。可不止一回两回，打算讨个日子，邀齐双方同工聚会，把这桩事儿作个交代。怪是怪的这位素来平易随和，啥事儿都好说话的卜牧师，要不是推托没时间，就是顾左右而言他，也总是拿盖大医院甚么的话头给岔开。那就不只是只在避过反洋的世俗民情；土内的自家人也这么躲躲闪闪，是连逃难后的真情实况也没意思理会了。

这样看来，像卖豆芽的詹老弟兄，辣汤锅的刘瘸子弟兄等一辈升斗小民，那样咬讥他所有洋人心虚、孬种甚么的，还真有个根由影儿。

像眼前这样，他老卜替代所有西人教牧把本当分担奋兴会上布道和培灵两项讲道的圣工，都给推个一干二净，又何止是心虚还是装孬，分明是因不谙世情，妄自羞愧，患了心病。多半罢，那是各为他本国出兵所干丧尽天良的祸害，无颜以对此间的父老兄弟不是？

若这小人之心揣度的洋人之腹没错儿的话——祖父盯住这位将近花甲之年的老牧师，心上倒油然而生怜恤之情，以至不能自已。

看来这般奉上帝呼召的使徒也罢，受差会支遣的工人也罢，或如世俗所传说的俱是其本国差派来的细作也罢，到底都该算是他国的有德之士，不幸又尽是无权无势，不涉世事的方外之辈——调个弯儿来讲，那是要寺里的和尚、庵里的尼姑、观里的道子道婆来承担义和拳的作乱罪行，并要引咎自谴，去跟外国人负荆请罪了；那合适么？宜当么？

可这般西人教牧，真就为八国联军承担罪过，引咎自谴么？然则，那也算得上其情可悯，其意可敬，其志可嘉了；只是，又何尝不是其迂可笑，其愚不可及！他老卜这上头尚且道行不足，不得豁脱，其余几个洋人也就越发地可想而知。

轮到我祖父发话，关乎为期十天的奋兴会所有讲章和日子，既已共商排定，剩下的是分派何人负担。祖父谦冲，礼让给众长老挑拣，带点戏谑的味道说："还是照往例罢，剩多剩少我包圆儿就是了。"说着转过话锋，冲着斜对面儿大白胡子，恭慎地陪笑说："容我冒昧，眼卜牧师讨教讨教。这新春奋兴会罢，年年例行，都已是老阅历了，也不是头一回生手生脚。会堂里不算唱诗祷告，掐头去尾，讲道大半不用一句钟光景。凭各位牧师教士深厚的灵修和学养，无须多作准备，站上讲坛也只不多那么一大会儿工夫；各位牧师教士为这大医院的事儿，忙是忙，可也用不着占用多少光阴，我看还是勉为其难一些罢，总不至忙得连一个晚上也抽不出来。两位牧师、两位教士，能够各自分担去一个晚上，剩下的六天，咱们四个长老再摊派摊派，也才谁都胜任，也较比合宜。布道嘛，教外人士反而喜欢听洋人讲道，也挺稀罕——'天不怕，地不怕，就怕洋人说官话'呗，事半而功倍。万一有甚么顾碍,就请培灵这五天里任挑四天也好。还望卜牧师斟酌斟酌,跟鲍牧师、周教士、钱教士疏通疏通——究竟讲道传教才是正业罢?"

讲这些话中间,众长老执事似乎都很不安,康宏恩长老猛递眼色。祖父装作没看见,只管贯注这位洋牧师。这也不算甚么,这般仰靠洋人甚于仰靠上帝的同道同工,洋人说一,当然不二。可我祖父的意思,终究还是为这般洋人好。果若如自个儿所料,是因愧对中国人,那就帮助人家开脱开脱。曹操"宁可我负天下人,不让天下人负我",固属一副好雄心肠。只是反过来的话,"宁可天下人负我,我不负天下人",善则善,却嫌别是一种私心;即便至善,若是陷于执着,老叫人家愧对于你,自责不已,也并没有甚么好。

老卜自始至终甜不嗦嗦迎着一张笑脸在听,祖父语罢,他老卜仍自一动不动,笑脸相对,似乎还在等候——不知是等我祖父再说下去,抑或在等别的长老执事相继进言。可那对浅灰浅灰的眼瞳不曾转转去看别人,便是瞅着我祖父,也像神不守舍地瞅着别的甚么。

趁这个势儿,几位长老执事轮番地插进嘴来,无非帮着洋人说话,有的忙于撇清,力言同工大伙儿没有意思要强人所难,四个长老分担十个晚间聚会,定能顶得下来。唐金生长老为人有些颟顸,也挺厚道,似乎以为我祖父失言,一再打圆场,曲意辩解我祖父不是那个意思……

既然老卜一径未置可否,众长老执事又体察不出我祖父真意,祖父遂又跟这位老牧师说了:"这一回义和拳闹事,招来了贵国跟另外七国出师打北京,也真是一场无谓的灾祸——"

这一下众长老执事更加地不安,徐庆平执事就近拿膝盖弯儿触了触我祖父。住堂的吴长老既有前两番碰了软钉子的待遇,给我祖父递眼色无效,便拦住话头说:"华长老,俺这是商量奋兴会的事,是不是暂且不提这些老账?卜牧师大忙人一个,不大好耽误卜牧师太多时候——"我祖父忙说:"不然。尽管看起来有些走了题,可自从两位牧师、两位教士回来,大伙儿都觉得出来有些不大是味道。推掉奋兴会讲道,这里头有文章。事忙?恕我老实不客气地说,只可算是个口实,是个托辞。义和拳造乱,八国联军打北京,兵连祸结大半都在直隶省京津一带,远是远,可国跟家一个样儿,不能说子弟遭了难,跟亲长无干,只因为彼此离得远。这一场劫难下来,单是开火儿,双方死了多少?叫人想起撒母耳记里妇女诵唱的,'扫罗杀死千千,大卫杀死万万'。约莫义和拳杀死了洋人千千,联军杀死大清军跟拳徒万万,杀了万万的敢是赢了。可别管谁胜谁败,给杀了千千的、万万的,尽管不好说这些冤魂个个都该死,只是这打仗嘛还有好事儿?打仗就是死人呗。不过罪恶滔天,大恶不赦的,还是八国洋兵打进了北京城,烧杀抢掠,糟蹋妇女,尽是手无寸铁的百姓良民呢,数目何止千千万万,翻上十翻儿也有了——这就无论如何也万不可说该烧该杀、该抢掠、该糟蹋了罢?——"

一时众长老执事几至群情哗然,有说谣诼、传言皆不足取信,有的归咎给拳匪首启战端,也有仰仗这是在教会里,乃把罪魁祸首全推给西太后一人……

卜牧师则在倾听我祖父的数说时,甜不嗦嗦的笑脸渐告收敛,只有下眼泡儿那里尚残余一丝儿年久积成的笑纹。及至面对这举座顿失斯文地争议起来,才又回复了一些笑颜。

祖父一向都是教会中的是非人,这已不是头一遭。别人见怪仍怪,祖父却已见怪不怪,当下就由着大伙儿七嘴八舌,乐得吃几袋水烟自在自在,安了烟丝,掀开紫铜手炉偎偎炭火,把纸媒子点着。咕噜噜咕噜噜吸上两口,只手罩在烟锅子上,轻轻提出水管来只一吹,烟灰核儿就跳起来,打掌心儿弹到手炉的死灰里,消闲得沉稳老练,干净利落。

本就没甚么可争议，说来说去不过重三倒四那么几点，经不住驳斥，祖父也无意于说倒大伙儿，叫他老卜心里有数儿就行了。待众家同工没的可说了，老卜始终不置一词，祖父收拾起吃烟家伙，顾自接上先前的话头说："所以这一回奋兴会不比往年例行差事，尤以布道会，不是关上大门，不理世俗民情就截了的。要问谁先首启战端，该还是洋人罢。要不是捱洋人欺负倒了，何至打出'扶清灭洋'这个旗号——这且不说；是是非非，不是你我现世之人所能公正论断的，日后自有千秋史笔，或褒或贬，庶几不涉恩怨，况且尚有最后审判，公义可信。不过，咱们固属现世之人，可都是大有永生盼望的基督徒，现世里就有福分，俯仰间异象昭然，天意至明，'国要攻打国，民要攻打民'，不一定只解作世界末日不是？更该是基督再来，审判活人与死人。今逢主后一千九百整年，是一节，也是一劫；一个世代告终，又一个世代起始，是个契机，此时此际的奋兴会，是否不同寻常？值得再思再想不是？"

众人倒都意外地闷声不响，抑且意外地尽皆盯住那位牧师头儿，等着看洋人作甚回应，没谁瞧我祖父一眼。

卜牧师真像盹着了一样，垂首注视那堆在胸前的银白大胡子，似乎想在那里头找根杂毛出来。大约这片刻的鸦雀无声把他惊醒了，忙冲我祖父笑过来："请再讲，请再讲，我在听。"

祖父在看怀表，遂即按合了表盖，清清嗓门儿说："说起来，咱们成天个劝告世人认罪悔改，认罪悔改，可咱们难不成把自个儿给单独放到人世之外了？天道无私，岂肯徇情？此时此际，审判台前可正是咱们做见证人的时刻，我所谓的这一回奋兴会不同寻常，就是这个意思，一个大好契机，在上帝殿里，在归主和未归主的众人面前，把过去一年里种种事端，各就所知——整年的报册我都存了起来，各位谁要，谁招呼我一声，我送到堂里来，供各位卓参，等摘要报给会众之后，要紧的是据此向天认罪求赦免，向人请罪求包涵——咱们做长老的罢，要为义和拳杀死千千洋人，跟你美国牧师、英国教士请罪。两位牧师、两位教士嘛，要为贵国的官军杀死中国百姓万万，跟会众请罪。世人皆知冤仇宜解不宜结，基督也教训我们恨人不可到天黑。光用嘴巴规劝人不要仇恨人，那没用。要化解，要化解仇恨才真正行得通。这就是咱们基督徒人人当做的见证。我这浅见，不知道牧师以为如何。"

没等老卜启启齿，康宏恩长老一副和事佬笑吟吟的菩萨相儿，低眉细眼尽在老卜和我祖父二人脸上瞟来瞟去："这个罢……华长老讲的这些个罢，不该俺说，总觉乎着有点儿所谓小题大做。其实，京上出的乱子，就是当今皇上皇太后跟反跑到西京去，这么个朝纲闹得翻了底儿的大事，老实说，搁俺这个偏僻小县里，倒能有几个人儿晓得？就是县太爷罢，知县知县，知的也有限；不知者不为罪，都不晓得也罢了，又抖出来做甚呢？越搅越馊。事儿，都过去老远了，再从头重提，只恐怕没好处，尽是坏处，让人更仇洋了——"

祖父忍不住打断康宏恩的话头："康长老，事儿不仅未过去老远，压根儿都还没过去，现下正还在谈和不是？末了，百姓死是白死，家业荡尽是白荡尽，反过头去，又不知要赔人家洋人多少银子，又要割掉多少江山给人家洋人。想想关东一战，东洋鬼子杀掉老百姓万万——先妣也在其中；北洋各军杀掉东洋兵别说千千不到，百百也没有，可倒赔了人家多少？两万万两银子——你康府上十七口老小，就得承担八两五钱银子，合上五五二十五，五八四十，四十二吊五百文呢，挑去上税，扁担够压折了的。舍下罢，分摊的可更重，家产百万两，就不折合制钱儿也得咱们关东七套马走大车，三辆拉不完——六万二千多斤呗。江山嘛，割去了台湾才换回辽东，可青泥洼跟旅顺，到今儿不还在他东洋鬼子手上？那是把咱们关东的咽喉都掐住了。这还不算,还拐上个威海卫——卜牧师才从那边逃难回来,可以见证,驻扎了重兵,不到赔款付清结账不撤兵;这期间,这成千上万的讨债鬼,吃喝用度还得咱们供奉。可那才只跟一个外国打仗,就那么个结果,如今八个外国一同来讨债,怕不把咱们大清帝国八牛分尸给分掉?那还瞒得尽天下人?到那时咱们还传教?还想跟上帝认罪?跟百姓请罪?不必等下一个义和拳再起来,只怕咱们弟兄姊妹也都要反教灭洋了——怎不呢?好啊,教咱们挨人打了右脸,左脸也送过去给人打,原来是为的这?亡咱们国还不准还手?这个洋教不反还待何时?……"

看看举座无言以对,祖父又接着说:"所以,仗着百姓不知实情,就隐瞒不提,那是欺民无知,愚弄众生。'天视自我民视,天听自我民听',欲掩天下人耳目,也就无异是欲掩天上神的耳目,可乎?"

祖父遂又专意冲着板紧面孔的卜牧师说:"再者,向神认罪,向人请罪,总不能单要咱们跟外国人请罪——那又成了单要咱们赔款割地给人家,咱们命贱,是死是活都是五六月红芋——该栽的。强凌弱,众暴寡,那是魔鬼世界里行的霸道;咱们管不了义和拳,你卜牧师、周教士也左右不了美国官军、英国官军,可在基督里有公道。把奋兴会的宗旨定在咱们双方相互请罪上——基督的教训、保罗的书信,处处都有足够引用的经文,'夫子之道,忠恕而已',不愁无经可引,无典可据。如蒙牧师教士垂允,恐怕不只是分担四个晚上讲道,十个晚上也全得拨冗与会,才好身受咱们请罪。请包涵这样子得寸进尺的不情之请——要紧的还是不这样就不足以见证基督我主的公义。区区浅见,恭候公裁。我的意思就是这些。"

卜牧师正了正身子,打算发话。许是闭口过久,乍一张口,咂出挺响儿一声。也别老笑洋鬼子都是些生番子,人家听人说话从不兴半腰儿里插嘴,不等你住口,总不横里打断话头。我祖父便常拿洋人这

远交近攻　　421

个德性，教导咱们后人见贤思齐。

是要有番长谈的意见，老卜收拾了个天官赐福的一副坐相，说一口字正腔圆的老官话，只除掉一个"人"字，ㄖㄨㄣˊ（音 ruén）呀ㄖㄨㄣˊ的咬不准。

"华长老所言极是，在耶稣基督里面，彼此肢体交通，本当这样推心置腹。感谢恩主赐给启示，也感谢华长老高明指点。

"正如义和团扶清灭洋，烧杀无辜，让我等弟兄姊妹受尽逼迫，伤透了心；一般样儿的，我等西人更为八国联军那么样儿凶残暴虐，罪大恶极，引为奇耻大辱。不过，我等西人也都束手无策。不错，恰如华长老方才所说，唯有替这般禽兽不如的魔鬼爪牙祷告认罪。

"本来嘛，在基督为王的国度里，我等都是他的子民，彼此都是亲亲热热的弟兄姊妹，不分国界，合成一体，不必再被世俗国界分出你等我等，也不必各为都要成为过去的本国承担甚么。只是耶稣尚未再临之时，我等也未蒙恩召接去天堂之前，活在地上一天，就得一天要顺服各自的国家和君王；耶稣体恤我等世人，也曾一再教导我等要顺服那在上执政掌权的人——因为没有若何权柄不是上帝所赐。所以暂且你仍是你的中国人，我仍是我的美国人，这就麻烦，可也是磨炼、造就。

"所以说怕就怕的是两国一旦失和，身在美国的中国人，身在中国的美国人，日子就不好过了，哪边才是你当顺服的执政掌权的呢？中国有句老话，'寄人篱下'，没尝过这滋味的人，不知有多苦。寄人篱下够苦的了，何况人家对你都没有好颜色了，你还厚脸赖在那里——或者是一旦交战了，身在敌国，那可是个人质了。中国有句老话，'过街老鼠，人人喊打'，又当是何滋味？若果恰巧又是你本国不对，无理，侵犯人家，偏生你又独独喜爱身在此中的敌国，那要问你，又当是个甚么滋味？"

似他老卜这等笑眯眯地慢言细语，叫人觉得非但谈的不是现前的事，也跟在座的两国人一无干系，讲的听的双方都这么平心静气，人是修行得堪称炉火纯青了。我祖父反觉自己血性了些。不过想一想，也有借口罢，自个儿小上老卜二十整岁，不血性些还成？三十来岁的人，就那么老成持重，岂不成了舀舀不护痒、锥锥不喊疼、攮攮也不出血的死木垛子了？教会之士对应世事都给养成乡愿，兼之对应洋人又极尽唯唯诺诺之能事，人就生瘟了一样，几乏生机。怪不得即使"乡愿亦无杀人之罪，而仲尼深恶之"，以至痛责"乡愿，德之贼也"。老卜能够这样摆脱四周重重包围的乡愿，虚心反思，明辨是非，勇于任事，守着这般长老执事作此宣示，实在也就够了；用不用再站上奋兴会讲坛，似乎也就有则更好，否则也无大憾了。

不过这位老练通达的牧师，纵不在意，但为他西人同工，还是不得不辩解了一点，那就是差会严禁差传教牧干涉所在国的任何朝政，即或行诸文字、言谈，亦所不许。因而，对于当朝如何重用义和团，进而与东西洋列国宣战，列国借口庇护侨民与教民而出兵对阵，以至大动干戈杀伐，所有这七八个月间大变故的前前后后，四万万多的大清子民，兴许四万万人都还蒙在鼓里——只那个零头知道个大概，但他所有洋人可都再也清楚不过。只是尽管心知肚明，却无人愿冒禁条有所论断，出头干涉则尤不可以。故此，即使欲将真相透透信儿给教内同工，多少是个心意，却也不便启齿，以至相约，只字不提这一场大劫大难。

教令所限这一点，在座的诸长老执事，连我祖父在内，自都体谅，有的甚而文不太对题的啧啧赞叹，深表感佩。但我祖父犹感不满，觉得老卜讲的实情，没错儿；却不免避重就轻，嫌有对付味道。这就是老卜通达中少不掉的圆滑。

严禁差传教牧干涉所在国的政事，祖父早即从任恩庚牧师那里获

远交近攻　423

悉,是实情,不是现编、现凑合的借口,这是真的。可惭然抱愧的良知必定也是有的,也该是真的,这半天大道理讲了不少,却不曾正式正道地摊开来表明表明,道歉道歉。

对这,倒也用不着疑心他洋人有意撇开正题,全不认账。说真个儿的,应还是他洋人习而不察的骄气,处身在中国人里已习于高人一等而自大惯了。就算他有意跟中国人低低头、折折腰,也似乎有如无知的民间所传说的,洋人两条长腿是硬的、直的、打不了弯儿,打倒了就爬不起来——那末,不光是两条长腿,连那裹在高领子里的脖儿颈、挺胸凹肚的脊梁骨,敢是也都弯不下来。

祖父笑了笑,是笑自个儿像小孩儿一样地淘气起来,试个试个,看看能不能让洋人低低头、折折腰:"方才涂执事提到这一场灾祸,该归罪给首启战端的义和拳,我已说过,不是外国人把咱们欺负倒了踩在脚底,又怎会原本是反清复明在闹家包子,一转脸扶起清、灭起洋、专冲着外人干起来?'有朋自远方来,不亦乐乎?'咱们从来不但不欺生,还分外厚待远人不是?显见外国人终是祸首,这是一。再说呢,别管拳民也罢,拳匪也罢,是杀的欺负上门来、欺负到家里来的外国人,万不是杀到人家外国家里去,是护的身家性命,这是二。再者,就算是义和拳首启战,这却要问,是杀人千千的祸首罪重?是杀人万万的祸主罪轻?这是三。还有就是,今之世道,除非有一位奉上帝差遣的先知,传下上帝圣旨,如同《圣经·旧约》所记载,依上帝的应许,将那一方流奶流蜜之地的迦南,赐给亚伯拉罕的后裔,并佑助希伯来人杀尽迦南地上耶利哥人、亚摩利人、赫人、迦南人、比利洗人、希未人、非利士人、迦巴勒人、西顿人、耶布斯人……一时记不得那么多,总有十几族罢,今天上帝若是借着先知向东西洋的外国人昭示,要将这一方四千四百多万方里的江山交给八个外国来分掉——那可比当年以色列十二支派分得的疆土怕不几百倍;除了美国、斡国，其他六国也都分到比他本国还要大上几十百把倍。那在这片疆土上的汉、满、蒙、藏、回，还有苗、夷、羌、彝，怕也不下十几族的黎民，敢是上帝也都要帮忙痛宰。只不过要宰掉这么多人，太难了；不像迦南地那般土著宰来轻快——多半都是一个族就只一座两座城，一座城又只几千口人而已，怕还抵不上咱们尚佐县这么小城人多势众。四万万多人，一天宰上一百万口，也一年三百六十天都杀不完。除非天命，上帝立意要叫中国人径自陨灭，天命不可违呗！不然的话，别说八国，再上个八国，尽他倾巢来犯，枪刺子不够用、东洋刀也砍卷了刃儿，拿水机关摇着扫罢，一扫一大片——东洋鬼子打关东，就干过这玩意儿；管保他杀得手软、人累倒了，也休想杀得尽中国人。咱们命不值钱，可就是个多，杀罢，杀不尽的……"

祖父这番又挺血性的话语，冲着老卜毫不容情，却其实更是说给在座的自家人听的；不是么？总也要提醒几位长老执事一下的，并非做了基督徒就不再是中国人了——别一跟洋人顶了面就那么忘本、那么妄自菲薄地看自个儿一文不值。

"提起这天命，尽管'天道无私'，可是'常予善人'。从异象来察看天意，迦南地的土著，一千一万个不可拿来跟中国人较量。"

"各位道长，《圣经》都比我钻研得又熟又透，都知道耶利哥人、非利士人、赫人那十几族的土著，无一不是上帝眼里的恶者。至其恶中之最，又臭过崇拜巴力、亚舍拉、亚斯他录等种种淫乱之神，诸如把童贞室女弄去献祭、女祭司无异娼妓淫妇。那该怎么说——佛家道得好，指这些行径为暗钝无明的恶业，正就是'忌邪的上帝'所最最憎恶、咒诅，必欲除恶务尽的淫乱之民。

"中国则不然——讲道我就常常讲过，咱们先圣先贤得自上帝的恩宠启示，所创所传的经史子集，莫不堪与《圣经》等量齐观。殷商之世所崇拜的怪力乱神，到得周公制礼作乐，即就将之扫除净尽，仅

远交近攻

拜天地祖宗，行的是礼乐教化，不设神教。要不是佛教传进中土，又因之引生出一个道教来，说真个儿的，中国人到今儿也不需要去求仙拜佛，弄出个甚么神来供奉供奉。

"说起来，中国要不是宋明以来江河日下，斯文扫地，孔门给弄成了个儒教，名教堕落成了禁忌捆绑，念书人上焉者独善其身，明明德而不知亲民；下焉者只求做官为宦，不知民间疾苦；要不是这样，中国就只一个礼乐教化，祭天祀祖，具足矣！是跟希伯来一般无二，一似十诫命头一条，除了上帝之外，别无他神，这就再好也没有了，是上帝所最最喜悦的。

"所以说，衡情夺理，上帝宁更喜悦中国这样察天颜、观天色而知天，委实远过于以色列人那样让上帝操心劳神，耳提面命，积聚而成这么又厚又沉的一部大经——你当上帝乐意这样子婆婆嬷嬷、舌敝唇焦的说破了嘴？就这样，他以色列人也从没好生听话，温良顺服。咱们卜牧师最清楚不过，亡国亡了两三千年，又流落天下各地的犹太人，给上帝惩罚整治到这么惨绝了的地步，到今儿也还是执迷不悟，至死不肯认耶稣就是基督，不肯信耶稣就是他列祖列宗一代一代渴望的受膏者——弥赛亚救世主。

"说到这儿，还又回到老话上，'天道无私，常予善者'，汉唐之世为止，中国礼乐教化是既明明德，又兼亲民，所以止于至善，上帝固然喜之不尽；即便宋明以降，江河日下，至今上帝也显示有些着急，欲以福音传入中土，将养将养这个尚不至于卧炕不起的病人；就算这样，也仍然只是病情不轻，决计没到药石罔效的地步，犹未恶至触怒上帝那么个坏法儿。有罪也非不可绾，罪还不至于死，因而上帝无意要将中国灭绝，交由八国来分尸中国。所以我也不信上帝会差遣先知宣告，要像毁灭连十个义人也没有的所多玛和蛾摩拉。

"故而单就咱们教会来说，异象显示，这一场劫难，正就是堆到差会头上的一摊炭火，是个大大的难处；不过也是试炼我等能不能解脱地上的国与国间彼此可见不可见的界限，我等势必要挺身而出，见证无我无私、推己及人、广济众生一无差别的基督徒形象——正如经上记着说：人是上帝照着自个儿形象所造，活出基督的模样就是回复人的原本面目，彰显上帝的慈爱与全能。打这上头，众位主内同工不难明白奋兴会该当怎样定下十个晚间讲传的题旨，也不难明白其中要义何在，又是何等急迫、切身、不可等闲视之。"

祖父虽明知这样把举座众同工都给压制得无言可对，未免过分了些，乃至霸里霸道，盛气凌人，只这当仁不让，为主得罪了人，也就无可计较与顾碍了。

没料这一席恳谈，诸长老执事虽尚心存刚硬，倒是把洋人说动了，一对灰不灰、蓝不蓝的瞳子，怎样视而不见似的虚空，还是一闪一闪地亮着我祖父。

卜牧师接过话去，除了重述盖大医院为眼前要务，并申明盖大医院正就是一尽赎罪的心意和负担。舍此而外，尚有一桩没到时候用不着先说的大事，那就是朝廷跟列国求和时，天津卫的内地会发起，通电所有在华诸差会及教牧，不分宗派，人人签署联名上书给参战国君主或统领，奏请媾和须本上帝的慈爱与基督的怜悯之旨，并权衡两造俱有理亏之处，不合单方索讨赔款赔地；纵令八国各持己见，无法齐步调，美国所得赔款赔地也应施用于中国，宜由各差会从事筹办学堂、医院、济贫等公益善业，以利宣教。

唯是此议一则仅止于联名上书。再则，各差会于其本国固有相当势力，但究能产生多大作用，尚在未定之天。三则八国中大半均未差传来华，英、美、德三国执政者即便准于差会所请，尚不及半数，自难左右其他五国；迩来复闻未参战者还有比、荷、西、葡、瑞典挪威等五国，也为其于战乱中公私所受损害索赔；如此以三对十，越发难以使上力气。基于如右三点，来日能否尽如人愿，唯有善尽人事，求靠上帝成全。

也正因此，现今就忙着说出来，到底还不算数儿，老卜套了一句俗话说："这才烧饼咬个边儿，早着呢！"便没打算让人知道，免得口惠而不实。不过卜牧师还是当下做了决定，奋兴会上果若他西人教牧须代本国责己而道歉的话，倒是良机莫失，未始不可一提，好在只在尽心尽意上头来申述申述，表明彼虽是英国人、美国人，谁错谁对，乃是首先要义，决不各替本国护短。彼此既都是主内的子民，这要比甚么都亲密，都挨得紧、挨得近和。至于日后究能践诺多少，唯有奔走关说，全力以赴，耸动他本国所有报册齐声鼓吹——搁在他美国，大统领都极听信报册提出的谏言。那也是我祖父挺着重和佩服的洋人又一长处，人家创了那么好的典章，是真正的"在亲民"——当然，要紧还是交托给上帝来成全。

卜牧师作了这番吐露，立即深得众长老执事的恭维，一条声儿赞叹不绝，"感谢主！""赞美主！"之余，终又落到人的身上，相互感慨系之："看看人家，替俺中国想的够多周到！"

老卜连连摆摆空上一截儿的两只长袖子，笑笑地自嘲起来："哪里哪里，你都过奖。想得就算周到，未必做到。"遂又喜孜孜像个要出出坏点子的顽童，低低身，双手拢在嘴上怕别人听了去地讲起私房话："这话哪里说，哪里完，别跟外人说。俺美国要真捞到赔款，答应使在中国，俺里的大医院不要多，只要争到甩下来的小小一笔尾数儿，那就不必拉长到十五年才能大功告成。这可千万不要出去跟人讲。"

大医院原本就打算分三批，须得十五年才可完事儿。最后要盖起一百二十间病房，容下毛五百张病榻，还有风车送水造电，还要开办农舍饲养奶牛、奶羊、蜜蜂、生蛋鸡鸭，辟地栽培菜园、果园……足可成起自给自足一个小小集镇。今若能从赔款中得到个尾数，那就不用十五年，三五年内就可一举功成。开年所要动工的，只不过是头一个五年的规模，仅五十来间病房而已。

老卜说得心畅口顺，遂也吐露了一些这五年营缮大医院的梗概。撇开先前所置的近千亩黄河滩荒地（我祖父约略记得的是九百八十七亩多少分多少厘多少毫多少系），地银两千九百一十两不算，这一动工，光是盖四层长楼和三十间平房等空壳房屋，依在上海那边招标估算定了的，就需银四万多两，款项尚在美国各地劝募中。西历年前虽已到手折合白银六万多两，可一个齐备医院所要添置的具材、药材种种，就是再加上这么多的一笔数目，也只许少，不嫌多。

如此大数目，动则万计，只能说他外国人才弄得起来，人家那么富有又热心公益，真没的可说。放在咱们，说一个财主万贯家私，果以一万贯计，折合库银不过可可怜怜两三千两；若不是个善士，还一毛不拔呢。开办那么个大医院——这头一个五年，也才三停里站个一停，就得十几二十万两银子，上百家万贯财主倾家荡产扔进去？那哪盖得起！

可再一算，就更叫人心疼个死，关东一战，赔给东洋鬼子二万万五千万两，够盖四五百家大医院。照这么看来，炎黄世代中，当今朝廷虽不至暴虐如桀纣，就算酒池肉林，穷奢极欲，说怎么败类也一下子作不掉两万万五千万两银子罢。

年三十几

尽管北京城给八国洋兵闹得个天翻地覆，皇上、太后、朝廷，全都躲反躲到西安去，义和神团也那么不声不响地下去了，可除了京津一带，所有万民百姓过的还是个太平年。

咱们家饶是挺操心国家大事，也明知尚在解和中的这场战乱，朝廷要吃大亏，倒大楣的终究是万民百姓，苦头还在后头；只是愁死了也无济于事。"年年难过年年过，总没有哪个给拦在年那一头。"这是祖母说的，"咱们上无片瓦，下无寸土，钱粮捐税都没咱们的份儿，管它！"

家常过日子，针线茶饭、收干晒湿，祖母一向不管，得过且过，只是逢年过节可在意得很，人家忙的甚么年，但凡自个儿弄得来的——弄得怎么紧力儿也不管，总要照忙。庄稼户没哪家不喂猪的，稍微日子过得去，大半留一口猪自家宰了过年。约莫就这玩意儿咱们家没辙儿；家家户户做豆腐、蒸馒头（要吃到年十五）、包饺子（要吃到年初五），这都要紧赶慢赶忙到三十晚上。祖母可一样也少不得——只是咱们家这元房四口，谁在那儿忙这个年？

祖父是向来"君子远庖厨"，士大夫罢，家事一概不伸手的，这就一点不买祖母的账儿。祖母也抓不到他人；敢是认定念书人就是这样子，也习以为常了——实则祖父外头奔走不大沾家，纵想帮点儿甚么也没那工夫。叔叔是生得腼觍细缓，出力的活儿干不来，地道的心有余而力不足，顶多做个下手儿；就像打弥阴县南来，我父推车他拉车，有的无的做个样子，单看那根拉绳带常都是打弯弯儿，光是日行四五里地就叫人瞧着心疼了，哪还指望他实顶实地拉个啥车；除非上个坡儿甚么的，长那么点儿劲儿，意思意思罢了。祖母嘛，不是金枝玉叶也是银枝玉叶，一对四寸金莲，愣站都站不多大工夫。手指盖儿日常都留得有半寸来长，那还能干啥？一双手细皮嫩肉，擀上个二三十张饺皮儿，手心就好又红又肿直叫疼了。

叫的是忙年忙年，终归还得我父来担纲儿。磨豆子、挤豆汁、羼面、和面、劈木柴种种出力的苦活儿，固非我父不可；便是揉面髻子、擀饺皮儿、灶下架柴火、杀鸡燎鸡甚么的，也都全靠我父从头干到底儿。半腰里叔叔插花儿伸伸手，当玩儿地耍耍还差不多，不几下子就嚷嚷手累胳膊酸了。

我父还又得两头儿忙。李府上体贴人，都推说人手够，撺我父家去帮帮干姥娘（依着嗣义媳妇认我祖母干娘，李府上下就都比着嗣义的孩子这么公称我祖母）。可人家老老小小都挤在这个忙头上，哪好临阵脱逃，少不得眼睛放欢儿些，打坤道家手上抢过那些吃累的重活儿干干。年年都是一样，总得过过祭灶（腊月二十三、四、五。礼俗上分得清，官三民四王八五，百姓是过二十四），家家熬地瓜、熬大麦芽擀祭灶糖，抹抹灶王爷嘴巴，好让天庭朝见玉皇大帝的灶王爷多说点好话，"上天言好事，下界保平安"，过了祭灶这才做雇工的各自回家。要不然，怎好工钱照拿，多多少少还有份儿过年的赏钱，却就大邋遢提前蹲到家里只顾忙自个儿的。就连帮忙扎裹扎裹旱船，尽管算作庄子上的公份儿玩意，也不大拉得下脸来，丢下李府忙年那么多的零碎活儿不管。

要说忙起年来谁也躲不过，我祖父尽管沾都不沾这个碴儿，也还是给拉扯上。但得祖父他人在家里在塾馆，庄子上和邻村儿上门来求春联门对子的络绎不绝，也够忙哄一阵子的。若是老等不到我祖父，便抓住我叔叔这位小二先生挥毫。叔叔也是跟祖父一般的一笔柳字，不懂书法的人或许以为叔叔的一笔字比祖父的要俊一些。总归是，祖父跟叔叔这爷儿俩，真正说得上忙年，忙的倒是这些个。

忙年之所以那么白天黑夜都不得闲——怎样农忙也跟不上这忙年；原是为的捣饬个吃的穿的，为的大年初一到十五这半个月里啥事不用干，扎扎实实歇歇辛苦，吃好的、穿新的、玩乐个够儿。论吃食，一旦三餐都不用费事张罗，只须饭饭菜菜一并放到蒸笼里，灶下加把火儿馏一馏就成。有那喜啃冷馍、肉冻、鱼冻、鸡冻、凉拌儿冷盘儿的，便连火仓也少动。

为的啥活儿都不用干，不光是赶在年根岁底这么日夜忙活儿；还怕人勤利惯了，闲不住，大正月里忌讳才叫多着，这个不能动，那个不能碰。比如铁器罢，动食刀主血光之灾，动剪子主破财，动针主害眼疖子，舀个汤汤水水，也都使木勺子。我父常说：信主之人百无禁忌，可对这些世俗忌讳要懂得那本意都是好的；为让一年忙到头的庄户人家别再贪活儿，好生闲下手脚来养息养息，不惜拿些兆头时运甚么的来唬人，也算先圣先贤用的苦心了，倒不用都看作荒唐迷信。

真正让教会视为迷信的还是祭拜天地祖宗。咱们家是用家庭礼拜替换了祭拜天地，无非祷告、唱诗、读经，祖父大半把读的经文简单地解解。一般人家逢年过节也才祭拜天地；了不起是吃花斋的人，才初一十五上上香，庄子上可还没有这样人家。但这家庭礼拜，不问祖父在不在家，每个礼拜六晚上从没过过一回，还不算城上的大礼拜、小礼拜。这就是景教碑序所言"七日一荐，洗心反素"，要比一般人家祭拜天地勤多了。

大年夜子时前,敢是把天地祖宗一道儿来祭拜,先是家庭礼拜,然后给祖宗上香,供奉祖父自嘲的"小牢"——鸡、鱼(吉祥有余)。

老仓屋改成的三间两头房,敢是简陋得很。迎门后墙设一架甚么雕饰也没有的长条几,也没有上漆,只是原木上擦一层桐油,平时一小半边搁进长条几肚里的八仙桌,也是这样;新倒还算新,李府接济的桑木料子,马庄一个土木匠打的粗家什,正黄桑木料子上了桐油,还当是羼了姜黄颜料呢。

贴后墙正中挂一幅我祖父隶书的中堂立轴,"基督救恩上帝慈爱圣灵感动与人同在世世无穷"。中堂下方居中安放一座雕有祥云的黄杨木牌位,上书"曾华氏门中历代先祖之位",是赶在年前一位雕花细木匠精工制成送来孝敬我祖父的——那位祝宝康弟兄,原是家中奉养黄大仙,见天十个鸡蛋供在黄大仙牌位前。一回没吃完,剩下三个,就补上七个鸡蛋凑成整数,谁知这就得罪了大仙,家下净出事儿,下一锅面条,开锅捞面,尽是一绺一绺长头发,叫人恶心死。类似的作祟一日数起,不堪其扰,请来道子、道嬷子,诵经禳祓,越发儿惹恼了大仙,作怪作得坑死人,晾条上晒的被物,收被子一掀开,花缎被面儿一涂一大片薄屎,简直不给人日子过了。后来请到我祖父,伴他祷告,其怪遂绝。感恩之余,决志皈依耶稣,便把黄大仙的神位给架火烧掉。

可归主之后,得有功课来做才得受洗,教会差派了传道来家带领念经祷告,吩咐祖宗牌位也须一并烧掉。这挺叫这位祝师傅为难,跑到咱们家来找我祖父。一见咱们家里也供奉祖先牌位,才知那传道讹传。经我祖父开导,指点祖先并非偶像,是确有其人。上人在世要尽孝,上人去世要祭祀,这该顶自然不过。祭祀的礼仪有那不合宜的、没道理的,譬如烧纸、焚化烧货,送钱、送衣裳、送房子甚么的给祖先、给过世的亲人,就分明荒唐无稽,可以省掉;就是供奉个瓜果、三牲，也只是尽心而已，上人逢年过节才捞到一顿犒食，那不早就饿死了？世人也是明知上人压根儿不会动一筷子，才舍得大鱼大肉不供奉，活人跟着大吃大喝罢——看戏有看蹭戏的，这上供也只是跟着祖先吃蹭食儿不是？挺有意思的，本来是孝敬祖先，祖先舍不得受用，都省给儿孙了，这样还是深受祖荫恩泽，慈孝皆得成全，敢是两全其美。

打那起，这位雕花细木匠师傅才放心念经祷告学功课，顺顺当当领了洗。也打那起，有个心愿，缘起是当初一见咱们家的祖先牌位就只那么块木座儿蒙上一层喜红纸套子，便嫌太过寒碜凑合，发愿要寻摸块上好料子，精心雕个像样牌位奉送，一报我祖父驱邪之恩，再报我祖父帮他开脱信教祭祖的两全之德。尽管这样的恩德皆当感谢救主基督，人情还是过意不去。这位祝弟兄跟我祖父敞壳儿说开过："叫俺祖宗都不要了才能信教，俺可宁愿下地狱。横竖不信教也下地狱，信了教还祭祖也下地狱，都是下地狱的命，那又何必脱裤子放屁——多费一道手脚？不是你华长老帮俺开脱，怕就别想两全其美，下地狱是下定了。"

这话说说也有年把了，也才不日前到底给他寻摸到两块好样儿黄杨木，连夜赶工赶在年前送过来。按说这种木料稀罕是稀罕，也还没那么贵重，又不需多少料子。只是黄杨木长不大，岁增一寸，遇闰反退，要想寻摸个半尺宽、尺把高的整木块，说得过火些，那比象牙还难淘换。这位祝弟兄是个实在人，事先也没放言还要做一块孔圣牌位。一时想要找到两大块黄杨木，敢是分外地难上加难，为此也才拖上年余之久。红绸子包住这两座牌位，抱着送来咱们家时，可是一声连一声地直告罪。

长条几当央一放上这块云头海脚、黄润光泽的牌位，真可说是蓬荜生辉。中堂两旁也是祖父自撰自书的大篆对联，"高天荣耀归于主，在地平安赐予人"。有些教友也都求了去张挂缀饰,只是供奉祖先牌位的教友人家还是少之又少。

后来我叔叔于神学院攻希腊文,懂得这"平安"二字更还广涵"圆融""圆通""圆妙"之义,我祖父听了吟思,愈品愈觉滋味无穷,且多悟觉,便欣然把"平安"改作了"圆熟",还为此做了讲章,多番讲道印证经文"信靠上帝是智慧的开端"。

祖宗牌位前,原先只陈设了一座锡铸三脚鼎小香炉。我祖父嫌蜡烛气味恶,烟子大,化油黏腻招灰,始终不用烛台。后见洋人过圣诞节用的洋蜡,又亮又干净,又还花样颇多,全无气味,才觉喜欢。任恩庚牧师懂得我祖父讲的祭孔祭祖的道理之后,虽不曾主张教友祭祖,却有体谅和尊重。一回从美国过假回来,竟送了我祖父一对缠有整串葡萄和叶须模塑的洋蜡烛,倒有小手脖儿那么粗。祖父这才配上一对锡铸两层仰斗的烛台,也只祭祖时点一点,完了取下拿油纸包裹,收藏起来。烛身八寸高,点一回短不到一两分,两年下来像还是原样儿,少说也用得上十年罢。

可今年打天棚上取下这一对洋蜡烛。外裹油纸一层层都给老鼠咬透了,有一根给啃去了小半边。腊月二十四,人家祭灶,咱们掸尘。屋顶蜘蛛网、尘吊子,得笤帚绑到长竿子上才够得到清除。香炉、烛台要用湿布沾上香灰擦擦亮。桌椅条台怎么简陋,也还是要一一洗洗刷刷。好在这些零碎活儿都不需多少力气,要的是细心,叔叔倒都搅过去了。祖母疼叔叔,破冰取水,手冻得肿成小馒头,只须叔叔动手,祖母就非搭伙儿抢着做不可。那都该是叔叔好心用的诡计,也好让祖母动动手。

等到里里外外打扫清楚了,就该摆设摆设。庄户人家多多少少总要赶集买个几张年画、门吊子甚么的来贴贴挂挂,图个新气。咱们家赖不赖的,大半都有叔叔来打扮,当央明间里,东墙上是叔叔年年都要画的"春、夏、秋、冬"四幅屏，西墙则是真、草、隶、篆四条幅习书，多摘唐诗宋词句子。这四幅屏也罢，四条幅也罢，敢都是不必裱褙的单张，拿高粱秸莛子一穌两半儿，上下天地一钉，服帖得很。一年过来破破旧旧，招灰褪色，正好也就写写画画再换一套新的好过年。

是等这些都拾掇个差不多了，蜡烛台也擦得个银亮银亮，不想洋蜡烛给老鼠糟蹋成那样儿，那么等样精巧的玩意儿，委实叫人又疼又丧气。所好烛芯子没伤到，贴底儿那个插签子的深孔也还全和，插到烛台上倒是站得稳当，只好转一转调个向儿让老鼠啃出缺口的一边朝着墙里藏丑，不很留意倒看不大出来。祖父打外头回家，叔叔诈问有没有甚么不顺眼地方，祖父直夸奖窗明几净，认真地遍伺几遍，只挑出东墙四幅屏冬景的一幅有些偏斜，也并没看出洋蜡烛给老鼠啃掉的那小半边。

条几在这当地是叫供桌，果真就是专作供奉祖先佛道等用。一般庄户人家也都是佛道不分，马马虎虎聊备一格而已，不如说是当作贴贴年画补壁补壁，过年有个新气儿。年底赶集，年画摊子上挑到关圣帝君就是关圣帝君，挑到福禄寿喜财五神就是福禄寿喜财五神，也有如来佛、观世音、穿开裆裤遍示小鸡鸡的胖小子，捧着聚宝盆的就是送财童子，抱一条大鲤鱼的就是年年有余。别管是啥，看中一张大幅些的，就当中堂一样张贴到堂屋后墙正当央。正归正的还是供奉的祖先牌位，香火三牲烧纸钱，这些年画只合是顺吃流喝，沾沾祖先的光罢了。

咱们家就算是叔叔不自个儿画画子补壁，敢也不至弄这些年画来供奉——那就太过分了。可家家供桌东首贴的一张三色水印的灶码子，咱们家倒都年年换新贴上一张，只不过把上半边的灶王爷、灶王奶奶两口子画像给裁去，留下下半边中用的码子，一年十二个月、二十四个节气，每月大尽、小尽，上面全都有，贴在那儿挺显眼儿，就省得时不时去翻黄历，除非支灶、上梁、红白喜丧挑好日子。咱们是叔叔管这档子事儿，祖父出外传道带常要知道日子，我父种地跟节气要紧，叔叔是在这灶码子上掐掐算算，再把每个月四个礼拜天初几十几二十几的日子一一记上去，就更加地顶用。这要到我童年过后兴起了日历、月历，咱们家才不再用这种灶码子。不过抗日战争中间，跑反住到乡下，遂又入境随俗，回复了庄户人家一径沿用的灶码子，我也就学着当年叔叔的加工，除了礼拜天，还又配上阳历月份；到底咱们一辈儿已是乡村父老所称的"洋学界"，有些行事须用阳历。这与叔叔当年相去虽只三十来年，世事改变还是挺大，也挺快。

这已是咱们家落户尚佐县第四个年夜，元房四口围炉守岁，佳节倍思亲，少不得拉聒儿些关东老事故旧。祖父是说，单等邮传局子开办成了，就好打信去关东，横竖是干熇鱼放生——有当无罢，带常不打信，一封没回音再来一封；青泥洼不成就普兰店，普兰店不成就牛庄，牛庄不成就田庄台。祖母她亲娘——我父他姥姥，后来把四房个侄子过继过来，迁到田庄台。那里遭到的炮火比牛庄还厉害，咱们外老太跟舅老爹的住家也是片瓦无存，人也不知去向，生死不明。貔子窝那边敢也不妨试试，就算外老太没跑回去，貔子窝还有些老亲世谊，尽祖母所能想到的熟人，也未始不可一一地试试看。

说起这邮传局子，祖父为人含蓄，凡事有个七八成把稳了，也还是不轻易说出来。洋油厂主事的何安东，教会里挂名长老，从没讲过道，可没缺过一回大礼拜，跟我祖父交往是谈不上，挺熟识就是了。今洋油厂跟镖局合伙筹立邮传局子，上上下下可要不少人手。约莫挺信任我祖父，也兴许听到祖父替魏弟兄机房张罗过招工——这是我祖父猜测，祖父也没追问，总之是这位挂名长老何安东，托请了祖父替他多物色些干才，不管是城上局子，四乡八镇几处大集市分局子，无不需要一个管事的,一两个办事的。这个洋人中仅有的一位长老,除了这一托付之外,还忒意看中了我父。或许也太不谙咱们家甚个光景,只在礼拜堂里留意到我父,也没看出我父是个庄稼汉。八成看准了像我祖父这样的人家子弟,还会错了不成。当然,不定也是为了酬庸我祖父代为物色人手,才指名要我父就近老城集哪里弄个分局子。何安东也只问了个年岁,似乎笃定举人府子弟哪兴出个白丁来着,就没管念书念到甚么地步。何安东也有说的,反正招募齐了人手,都要送去府城学本事两三个月,故此别管懂啥、会啥、能干啥,讲堂上自会调教。洋人做事是先小人,后君子——君子不君子,那还待怎么看罢;先小人也不过就是把钱放在前头。在洋人看来,既托付了我祖父,便都讲明在头里,人手分出两等来,管事的按月俸给是打五两银子起,办事的则月钱二两,尔后年年按照考成以定递加多寡。我祖父当下便一口应允下来,只是对自家儿子谦称要再加考量,也要估估儿子能耐,看看儿子心意。好在尚有半个月的时日才作定夺。

其实我父这差事,分明有了九成九,剩下的只在我祖父点不点头。何安东找来教会谈事情已过去五天,祖父是先尽教友子弟中探访人才,跟家里还一字未提。祖父口紧是一;恰巧家里虽仅四口人,文齐武不齐,老凑不到一堆儿——要紧还是祖父自个儿老忙着正月里的奋兴会和邮传局子的托付;再就考量到我父身上,尽管识字也不少了,到底不曾正式正道念过书,当个管事的少不得要写写算算,这上头儿子到底多少本事,祖父是真的不知,心里也就没太大把稳。要是退一步弄个办事的罢,敢是文事上不需多大本事,可又怕委屈了儿子——尽管月钱二两起,也不赖,现下银子折钱约合九吊上下,那是拉雇工九到十倍的工钱;再者,祖父深知这个大儿子的生性,凡事无不顶真、肯干、又有脑筋,果若弄到这份儿差事,必定干得比谁都强,日后不愁不年年多加俸给月钱。就算只干个办事儿的,照何安东谈的那些,慢慢儿熬着，也兴许不多久就能熬上个管事儿的干干，一辈子都不愁饭碗儿。

大年夜，元房四口齐齐全全，这就是顶大的福分。团圆饭少不得招鱼抹肉，丰丰盛盛，火锅儿木炭一着起火来，年味儿就出来了。饭后做了个小小礼拜感谢天父一年里的恩宠照顾，算是祭拜过了天地；再给华曾两氏祖先点烛上香，供上整鸡整鱼。等都收拾干净了，八仙桌推到条几肚子里，剩半边桌面在外，伺候祖父一个人烤火品茶吃年果子，少不得几本书伴着人，也有刚才礼拜用的圣经赞美诗。这边空地上架起尺把高的地八仙，娘仨儿张罗包水饺（庄子上叫元宝）、包汤圆，再少也要备个五天份儿的。这样也只是用个手，用个眼睛，嘴跟耳朵可闲着，正好就边做边闲闲地拉聒儿。偶尔祖父也挑一首都很熟的赞美诗，领头儿一齐唱唱。圆满和乐，真是美透了。

天是成全年味儿，十足的天寒地冻。堂屋门上吊着一面我父打的厚有一拳的麦秸苫子——东西房窗口也是，最暖人不过。

祖父心里还是一再地蹭蹬，不打算专意当回大事儿把邮传局子那个头绪提出来，想能瞅了话头顺口引一引，不轻不重——祖父太知道祖母的脾气，要是当回大事，又是替大房儿作打算，八成要惹祖母矫情——你说正，她来反的。祖父也打算把个九成九只说到了三五成，可有可无，祖母或就不大在意；免得给搅和不成，又惹娘儿俩多一层怨气。

待到过过午夜，聊起人人又长一岁，祖父数数自个儿都已三十六了，我父二十，叔叔十六——就没提祖母业已四十整，那是祖母顶顶深恶痛绝不让人碰的隐私。祖父一面慨叹岁月不饶人，一面对我父抱愧起来，嘲笑起自个儿二十岁时，叔叔也都出生了。祖父没有明说，意思还是操心我父到今亲事连个影儿都没有。

祖母立时护短起来，忙拿话打岔儿："你可想得好，生小惠你都二十一啦,还二十,美的呢!"

祖父认错地陪笑着:"差不多罢,照洋人算法儿呗。"遂把话头带过:"二十弱冠嘛,成人了,也该任事儿了,咱们到底不是庄户人家的料儿。"祖父冲俩儿子说,"你娘也是愁着你哥俩儿别落个四条滋泥腿,辱没了咱们书香门第。眼前倒有个小小头绪,何长老那边来托爷帮邮传局子物色些人手,俸给挺厚实,饭碗儿也挺牢靠——洋人的买卖儿不是!慢说拉雇工拿那几文干二钱,那是一天一地不能比;饶是有个一二十亩地,自家耕种收成,也未必赶得上那个差事。咱们素来没占过教会一星星儿便宜,可洋人兴办的洋务,有便宜不占也是白不占,不比咱们跟教会,那是只奉不取——上帝回报的厚恩,都是打世间得不到的。看看罢,小善要是有这意思,爷舍舍脸给你推举一下,不管是管事儿的,还是办事儿的,都强似风飚日晒,'汗滴禾下土',田地里头扒扯工钱。你就衡量衡量看。"

是个喜信儿罢,可来得太过冒儿咕咚,一时间,我父还赶不及拿啥家什接在下面等;慢说怎么个衡量法儿,就连听懂了没有,也似乎都不清楚。

可祖母等不及地插进嘴来:"真是的,你这个做爷的光就没衡量衡量,啥本事?瞎字儿都不识一个,还想吃当差的这行饭!"接着唯恐叔叔又护住我父,冒出来顶嘴儿,紧冲着我父揭短:"瞧吧,搁着这么好的差事,不是干瞪眼儿!当初给你请了先生来家,要你念念书,识识字儿,跟要你命一样儿,动不动就跑去田庄台你姥姥那亥儿找奶吃。瞧吧,自作自受呗……"

叔叔一旁猛拦祖母话头,攥住祖母大肥袖笼拽了又拽,搡了又搡,直噌:"娘不晓得啦,娘不晓得啦……"手摇到祖母脸上,只差没捂住祖母那张口。

叔叔是大年夜图个合家和乐,一劲儿学那老莱子卖小承欢;也是生来性情柔和，别管发脾气还是心存愁苦，就是皱紧眉根也照样笑容满面，这点挺像祖父。叔叔赖到祖母半边身上说："娘别门缝儿瞧人——瞧扁了哥。娘哪知道哥三百年前就把整一本《圣经》念完了，不像娘，到今儿也没从头到尾念全和一遍，念起来还到处都碰上短路的不是？前几天不是还问我'簸箕'两个字？是不是？娘，是不是？……"

祖母就是对叔叔没半点儿脾气，就近狠狠地轻捶了叔叔几拳，给逗得噌儿一声笑出来，还像小孩子家真真假假地磨牙一样："念书，好事儿啊，瞒得这么紧干吗啦！"叔叔忙说："瞒呐？一点儿也没想到要瞒谁咆，还不是娘一点儿都不想知道！稍微留点儿神也见到了，哥床头放本《圣经》是做样子嗒？还是镇邪的？——八成是当初哥跟念书有仇，让娘伤心伤透了底儿罢？"

……

娘俩儿你一口我一舌地这么穷逗，我父插不进嘴，这工夫也没听进耳，只知道兄弟替他开脱。我父擀着饺皮儿，只管等候祖父还有下文，指望弄清这邮传局子到底干些甚么。就先前零零碎碎听到的一点半些凑起来想想，也只知道这邮传局子无非是替人送信，别管天涯海角有多远，车马舟船哪里都能送到，算是一桩洋务，人家外国老早就有了。可就只送信不成？干的就是南走北奔去送信？驿站一段接一段地跑马邮传，敢也是听说过，"将此由六百里通谕知之"就是指的驿站不分昼夜快马加鞭传旨。可那是替皇上传圣旨，除非朝廷才养得起那么多驿馆人马。当年青泥洼咱们家马栈，就曾承担过十来处驿站，都有将军府或官厅不在少数的贴补和便宜。就我父所知，邮传是老早就办了，也都海口洋行、通都大邑才有，也是洋人在掇弄，偏远小地方像这尚佐县，天津卫的直报、上海的申报，都还是镖局子十天半个月地顺便捎来。照祖父所讲，但得邮传局子办起来了，就好给关东不断打信回去探听生死下落不明的那般亲族，敢是太方便了。

年三十儿　443

这倒又撩起我父心动，"小子要创，姑娘要浪"，这邮传局子是开天辟地到今才要办，敢是无中生有的创业，往日想来日出路总想也想不到这上头，"创比守更为有福"，上帝也要欢喜的——祖父就常将这话挂在嘴边儿劝勉人。

祖父是到房里找甚么，我父知道祖父还有话要说，只有顾自盘算着心事。半天祖父打房里出来，手上捽着一卷裱信纸。我父先还发愣，叔叔眼尖，瞭一眼条几上装纸媒子的酱黄瓦笔筒里空空的，一拍手嚷起来："糟了这下，只说万事俱备，只等爷家来罄过年了，单这火纸媒子没给爷预备。"经这一提醒，我父才愣怔过来，看看饺皮儿业已积了一大摞，忙说："我来我来。"拍拍手上面醭儿，打祖父手上接过那一卷裱信纸，要替祖父搓纸媒子。却不如叔叔眼欢手快，一把抢走。这裱信纸比一般草纸火纸都细密儿多了，也还是经不起撕扯，我父只有松手。

叔叔仍似小小孩儿一般，亮亮手上裱信纸，不知有多得意，一左一右地歪一歪脑袋。可还是得胜地大方起来："这样子罢，我裁纸，哥搓媒子。哥来不及的话，我再帮哥搓，成罢？"

瞧在祖母眼里，说有多心疼就有多心疼，单讲享儿子承欢的话，巴不得叔叔就别长大。儿不长，娘不老。别管世上没这回事儿，依着祖母那个强梁劲儿，假当甚么是真的，也就真的了——眼前这不是真的还会是啥？

祖母真还就像小媳妇儿偷瞧小郎君一样，瞟瞟祖父，咬着舌尖儿咥啦说："多好命呀，俩儿子争着伺候，俺就没这福气儿！"祖父笑说："这还不方便，这一杆水机关，咱们俩儿轧伙儿打罢。'夫妻本是同林鸟'，同一杆水烟袋敢是天经地义呗——有福同享，就算不享水烟之福，俩儿子争着伺候的这个福，还是要同享的。"

祖母后半生抽起水烟来，就是打这个大年夜起的头，使唤的是俩儿子轧伙儿搓的新年头一根纸媒子,咕噜噜噜、咕噜噜噜,烟打嘴进,再打鼻孔出,在行得很,才不像头一回吃水烟,更没有如祖父一旁打趣说的:"不会吃水烟有仨丢人,吹不着纸媒子一丢人,喝到烟水二丢人,吹不出烟灰核儿三丢人。"祖母一头神神气气地咕噜噜噜,咕噜噜噜,一头自夸又不忘损损祖父:"咱们没吃过猪肉,可也看过人家猪走呗!"说着还拿夹在眼角里的黑眼珠儿睨了祖父一眼,好生风情。

叔叔徒手裁纸,齐整整不下于刀裁;也匀净得一寸宽的纸条不兴有一分半分出入。裁出来的纸条,我父拿来,四条对正了叠齐,按在桌面儿上,纵着滚成卷儿,再抽出一条条来搓搓撵撵滚成细棒棒,末尾打个折儿,免得回劲儿散开来。这玩意儿本也挺简单,可松松紧紧上头有考究,松了火着得快,抽不几口烟就纸媒子烧完子;紧了吹不出活火头儿。水烟袋座子上都有两个约莫两寸深的小铜管儿,左边插一根铜镊子,说是说用来捏烟丝儿安烟,没谁用它,不如指头捏烟丝儿,多了少了有个数儿,还可以略略揉成一小团,安进小烟锅子里才方便。实际这镊子多半用来清理小烟锅子里积存的烟灰烟垢。右边小铜管儿用来插纸媒子,搓的纸媒子就得和小铜管儿粗细合适,粗了插不进去,太细了插进去火还照着,一时熄不死。不过左右那两个铜管儿,遇上左撇子,怕就要反过来,左插纸媒子右插铜镊子了。

兄弟当作个正经活儿干,裁的裁,搓的搓,一大把纸媒子,眼看酱黄釉子的瓦笔筒儿都装不下了;也像是在忙年,一口气搓了约莫足够半个月用的纸媒子。

瞅着祖母上房里添年果子,祖父轻描淡写地问了一声我父字写得如何,有没有写过的仿儿拿来看看。这一下把我父给问住了。写仿儿,笔还不知道该怎么捏、怎么攥,哪天摩弄过那玩意儿,别叫人笑死那么冒充斯文了罢。

年三十儿 445

叔叔倒抢过去说："哥写的字可不少，可都是拿手指头当笔来着。躺到床铺上，只要没睡着，手指头从没闲过，小老鼠唛东西一样，凉席上嘁嘁哩嚓啦画个不停，写当天认过的新字儿……"

祖父听着听着，一再地动容，眼圈儿红上来，吓得叔叔不敢再讲下去。祖父问了叔叔："你罢，也没想到给你哥备个本儿——"我父忙说："别糟蹋圣人了。小惠叮是叮过好多回，没的叫人笑掉牙儿，蛋清都不蛋清了，这么大黄子还搁那亥儿描红模子不成！"这话带点儿冲；几回叔叔打塾馆里带回来笔墨纸砚给哥习字，我父也是差不多这样子冲叔叔。其实都是跟自个儿使气，恼自个儿年少时不知长进——一半也是祖母偏心怄气，顺水推舟罢。

我父口气只要一含冲味儿。祖母就耳朵最尖，也顶在意；祖母正朝瓷盘子里倒樱桃酥，樱桃大的红珠珠，一颗颗上了白釀儿一般裹一层白糖粉末儿，滚滚跳跳响得好欢儿。没管我父讲的甚么，就噌起人来："你那又冲谁啦，大年三十儿的，图个吉祥成罢！"看也没看谁一眼，好在声气还算柔和——大年三十儿罢。

爷仨儿都没搭这碴儿，祖父装没听见，有心护着我父别又落了祖母怪，借着开导以正祖母听闻："别介，趁早别灰心，'苏老泉，二十七，始发愤，读书籍'，你这还早。人家那么晚，后来还当上皇上钦点的校书郎呢，他苏家父子三人都是大家——有志竟成不是？指写笔写都是写的笔画儿，知道笔画儿就成；剩下就落怎么拿笔罢了。往后小惠帮帮忙，交给你了，别倒笔画儿就成，打左朝右，打上朝下，就那么回事儿。够用就行了，又不是要练成书家。"

奉了严命，叔叔比谁都乐，喜孜孜地说："咱们打铁趁热，不如新年开笔大吉，我去拿家伙来。爷给哥开个头儿，我哪好教哥甚么——本该是父以教子，兄以教弟不是吗？"

祖母精神有些不济，又对写写画画这档子斯文事儿素来都没半点儿兴致，只顾着把多半都是人家冲着我祖父人情送礼的年果子，见样儿添一些给爷仨儿闲嚼咕，剩下的包包扎扎收藏起来——祖母向来，乃至到老，都喜欢多多益善地揽私房食儿——推说困了要去歪一歪，水饺也不包了，丢下大片摊子就进房歇着去了。

挂到条对一旁服贴中堂绷线的小钉子上的祖父怀表，此刻短针已走过一句钟。

幸好祖母房里去睡了，要不的话，守着祖母，尽管叔叔那么心热，又尽管祖父好生乐意等着要指点习字，我父定会犯下强劲儿，说怎么也拗着不干的。我父敢也是早就对祖母心存成见——你做娘的横竖把我看扁了，认定我这辈子粗汉到底，白丁到底，那我又何苦假充斯文来讨好献宝，到头来还不是白招揭短，拿张热脸去碰冷腚……

过往这几年，不问是找兄弟教认字、还是念圣经，也不是立意要瞒着谁，只不过总是避开祖母，别让祖母见到，因也连带地就没让祖父知道。反正认字是自个儿得好处，干吗要别人知道？叔叔贴体人，也摸清了我父心里结的疙瘩，也就从不张扬，从没向祖父祖母邀功在教我父认字念圣经。只有我父给误认不识之无时，像祖母说的"瞎字儿都不识一个"，叔叔气不平，才挺身出来替我父辩正，且把本事都归给我父刻苦自学。

叔叔把文房四宝摆弄妥当；墨也研了，一旁伺候纸笔。祖父一字一板儿地还是打研墨教起，砚台要怎样放，跟鼻梁对正了要有多远，挺身坐止，墨子要如何握个松紧适中。要紧还在聚精会神，书写之前就先要借这研墨的工夫，修养个意诚心正，鼻息要跟墨砚相通合气。功夫到的话，虽滴水成冻腊月心儿的天，这墨汁不兴结冰碴子。

叔叔为自个儿方才胡乱研墨，只顾求快，简直有点儿毛躁，故作吓得张口咋舌，逗趣儿掩过，心眼儿转得够快，忙说："爷，咱们那块洮砚好不好翻出来使使罢？开笔大吉不比寻常呗。"祖父先还愣怔了一下:"你倒好记性儿,不提我都忘怀了。那敢是好,去房里找罢,记不得塞到哪去了——轻点儿,别吵醒你娘。"

叔叔就着条几上明晃晃的洋蜡烛点上洋油灯,端进东间去。桌上研好墨的这块方砚,日常放在条几西头,那边墙上贴有一张叔叔画的数九腊梅图,冬至起,见天墨点一朵花,这三十晚上已点到五十五朵——七九头一天,照数九歌该是"六九沿河看柳"——也有一说是"沿河看溜",河水解冻,冰块儿你追我赶,顺水流窜,是挺有看头。可一般来讲,立春尽管多在这九天里("春打六九头,穷人不用愁;春打六九尾,饥寒了无期。"),慢说关东牛庄一带的沙河、浑河、开江还早得很;这尚佐县算是南来够远的了,天也够暖的了,老黄河封在冰底还一点动静也没有;还沿河看柳树吐芽儿?门儿都没有。到得这七九,"七九六十三,路上行人把衣担"——也有一说是"把衣宽",总归是说赶路的行人走热了,要脱掉棉袄棉袍子,担到肩膀上、扁担上。瞧大年三十儿这个寒法儿,顶着西北犒子,身上不添点儿厚实的,还真抗不住,哪敢扒衣服!

那块洮砚约莫真的不知塞到哪去了,祖父权且先教我父怎样执笔、怎样运笔。俗话没说错,"闻不如见,见不如干",我父也不是没见过人家拿笔写字,轮到让祖父把着手教,这才懂得五根手指头,根根都用得上,根根各有个用场。这大拇指和二拇指先打笔杆半腰儿捏起来,跟手三拇指、四拇指一前一后夹住笔杆下半截儿,这就好随心所欲,上下左右,永字八法:一侧、二勒、三努、四趯、五策、六掠、七啄、八磔,任你挥毫,可真神气。可手心里得空出一个鸡子儿大,那三拇指、四拇指才得称心如意要怎么动就怎么动。

窍门儿是懂了,也眼见祖父手底下龙飞凤舞,可自个儿来,照葫芦画瓢,笔一拿上手,全不是那回事儿。小小一支笔怕还没有半两重,却比一把锄头还沉。锄头重不打紧,两只手使唤罢,这笔杆又不兴两手合着攥，笔杆也没那么长法儿。说重不相信，一下笔便直打哆嗦，不就像捽一根攥不过来的粗杠子那样？悬空儿单手挑起来看看，不抖那才怪。

写春联对子还剩下些喜红纸。农家除了大门房门贴对子，仓屋是"五谷丰登""金银满仓"，牲口槽上是"六畜平安""槽头兴旺"，碌碡、石滚子、水磨、旱磨，也无不贴上个"财源滚滚"，或倒贴个"福""春"一张张字方儿。今年叔叔写的可多了，邻近几个村儿也都找了来，祖父不在家，差不多都叔叔包了。只有家家门楣上贴的剪纸门吊子，一溜儿四幅，风里飘飘卷卷，才是赶集买的，多半耐上一两个月。

咱们家就这三间两头房，叔叔给人家写了那么多，也还是手馋，便家里可贴的地方全都写了，驴槽、水磨，一处也没落儿，就连隔一片大场，约莫三十弓子远的对门儿那棵老桑树上，也贴了张"对我生财"，惹我父笑叔叔说："看来咱们要想发财，嗐，远得很！"

可这些年俗，教会也都视作迷信。富贵荣华，鸿运发旺，多福多寿，招财进宝……这些个除旧布新图图吉祥的祝愿，无异是一心贪恋世俗，甘与魔鬼同其流，合其污，怎么不是迷信？祖父借机教导儿子，圣徒保罗说的"我视世事如粪土"，敢是他看破红尘得到了解脱，却给教会训作四大皆空，五浊恶世，跟佛门一般样儿，无视万民福祉，则上帝豢养众生，期以欣欣向荣的至爱岂不虚妄无着落了？基督徒中，就和祭孔祭祖一般，这些年俗大约也只有咱们家行之若素，可也只觉万象更新，重新得力，一番热热闹闹尽是人世喜气，这样就好。

一方雕有双龙戏水的洮砚，到底让叔叔翻腾出来。这种兰州府名产的洮河石砚，说贵重也算不得十分贵重，只不过出处相去辽远，物稀为贵，不易到手罢了。祖父曾经用过，所以识货，城上逛校军场估货铺子，没花多少子儿买下来。买来家就挺宝贝了，收起来没大用它。

年三十儿　449

我父依照祖父指点，意诚心正地研起墨来。这墨要研到打路——墨汁中现出一圈圈干砚底，才算研到了家，浓淡适中。我父生平头一回研墨，只觉这和推磨差不多少，原地打转圈儿，磨出来的糊子也罢，糁子也罢，也是要厚薄粗细适中。推磨挺热身子，十冬腊月也照样头上冒汗，一层层衣服往下扒。这研墨也是，我父真也相信祖父指点的不错，中规中矩地这么研下来，拐了一场磨，身上比烤火还要暖烘；人热，敢是墨也热，墨汁定规上不了冻。

家里没备甚么仿纸，就用叔叔给人写春联对子剩下来大小不一的喜红纸头，倒也影得人脸上一团喜气。叔叔说的好："这才真叫新年开笔大吉——哥又头一回用笔，新上加新，大喜大庆，妙得很呢！"

祖父试笔，先写下我父大名儿"华宝善"，边写边提示我父留意怎么顺笔画儿。写罢让我父并排坐到右边，从头再来，祖父这边下一笔，我父那边照样子下一笔。这三个字笔画儿都挺多，一笔一笔写下来，"大姑娘上花轿——头一回"，喜红纸影得人脸红是不错，我父可是喜的、臊的、窘的、累的，分外红得厉害，红到了脖颈根儿。

我父是习以为常，晚上一挨上铺儿，别管怎么累，怎么乏，白天才认得的新字儿，总要手指按在席子上或褥子上，一个字写它个十几二十遍。华宝善这仨字儿，敢是分别都写过，只是从没想过凑到一堆儿来写。今祖父一上来就教他先习自个儿名字，写着这才发见挺重要，一个人怎能连自个儿名字都不会写，再就是一向都不懂得甚么顺笔画儿，倒笔画儿；鸡爪子扒土一般，只管铺儿上刮刮画画，这才懂得哪笔先、哪笔后都有规矩。再还有就是拿指头写跟拿笔写，硬是两码子事儿；笔可没手指那么溜活儿，笔头太软了，手底下一轻一重，写出来的笔画儿就一细一粗，一点也错不了。"华"字当间儿这一竖，一落笔就嫌太细。赶紧按下去一点儿，不过才稍稍着力一下下，可又顿时粗成黑墨团儿。不用说，略一提起点儿，细得又险些儿断掉。心里跟着一紧一紧,手也跟着一抖再抖,掌心儿哪还握得下个鸡蛋,握了也准摔碎了。待这一竖下来完了,不说一扭三调弯儿,直不了,还又粗一段儿细一段儿,合上俗话"长虫带肚子",那可是取笑小闺女家初学捻线儿粗粗细细不匀净,像条蛇怀着一肚子蛋。我父不等祖父、叔叔张口——要是夸奖罢,一定带假;照实说呢,这还是个字儿?狗爬猫抓的罢,自个儿也脸上挂不住——便大喘一口气,抢在前头笑起来:"这可比耪上二亩地还累得慌!"祖父叔叔也都笑开了。

可祖父还是夸奖了,只是夸奖得有分寸,头一回呗,头一回就写这么多笔画儿的字儿,挺不容易。一回生,二回熟,没巧儿可讨,就是多练多磨。

当下祖父便交代,过初五赶集,捎回一两本红模子来描描。叔叔也出主意,过十五动针儿了,要给哥钉个摹帖用的九宫格儿,或是米字格儿,看买到甚么格儿的仿纸再说了。

我父却冲叔叔求桩事:"那就每天下晚学时,多在学屋待一下。李府上吃过晚饭我就过来,你回家,我一个留在那亥儿写字儿。再不就赶集配把钥匙,你尽管上锁回家,我能开门进去就成。你看行不行?"

叔叔何等灵巧,立时就懂得哥哥意思,忙不及地点头,怎么说怎么好,还替哥哥添了点理儿:"敢还是学屋那边儿方便,笔墨纸砚,桌椅板凳全都齐备。"

哥俩儿这么从商,祖父写字写起了兴,像要把所有剩下的喜红纸全都写个完才行,似乎没大理会哥俩儿嘀咕些甚么。哥俩儿你知我知,明来暗去的私房体己,祖父怕就更没留神了。

包完五拍子水饺,上床已都四更天。寒鸡半夜啼,平日就该打鸣了。人是过年过节,鸡可是在数在劫,除非留种儿,家家卖的卖,宰的宰,真就现鼻现眼的,三十晚上听不到哪儿有甚么鸡叫。

钻进被窝儿，我父这才得空儿好生想想品品新年这么些新鲜事儿。做一个人，到得二十岁了，居然会写字起来，不说比起胞弟迟了十三四年，就是比起多少都曾念过两三年学屋的那般臭到一堆儿的粗汉子哥们儿，这也才冒猛子觉出来自个儿一向满是个人物头子，却在这上头差人家远了，人家多多少少总也涂涂抹抹过两三年的仿儿。可别管怎样，晚是晚了一大截子，到底还是自个生平一桩大事，也是新年一个好兆头。

可真正是个喜望的还数邮传局子的差事，意想不到的。近两年人长大了，不比刚到李府拉雇工，不光是凡事新鲜，也少思少想来日怎么个了局。一辈子都拉雇工的庄稼汉多得很，卖力气吃饭也不是甚么下贱丢人的行业，可人固属家贫才出去拉雇工，可要紧还因男丁多，少一张嘴是一张嘴，见月反挣个几百文回来。人家那么干下去，老老实实不生事端，兴许老板给找个媳妇、兴许熬到个掌鞭的，一辈子也就是老板一家人了。小老板，小小老板起来，少不得当老长辈来对待，养老送终也都包了。这光景一点儿也不稀罕。果若咱们家挨过三五年，叔叔成了人，得个差事，养家活口儿一应承担过去，自个儿也未始不可就这么拉雇工拉下去，不定李府上帮衬帮衬，现成的沈家大美，成亲成家，这一辈子两口子就卖给李府上了。遇上李府上这个买家，敢是卖家求不到的福气。要能这样子，想想也就罢了。

可李府上只须李二老爹在，从来不兴甚么上人下人那一套，何况当初本着救急救难，人家怕伤到咱们体面，转转弯儿只说是招我父学学种地这一行手艺，扎边儿也没提雇工不雇工的这码子事。再往后看的话，三五年一过，下边儿老四、老五也都好接上活儿了，百把两百亩地，五条壮汉足够扒扯的了。下边儿三个媳妇再讨进门，连沈家大美怕也做不下去。人家李二老爹可是往前看得到十年八年的眼光，三五年更不消说，到时候我父自有高就，留也留不住的沈家姑娘说怎么也该有个婆家了。

　　差事要是能成，想来也不远。料不到的，打信送信也要有个局子，我父只觉自个儿这世故阅历还太浅，加上洋务愈来愈多；按照老八板儿想法儿，自个儿找个前程，也只有百工跟做买卖，都是手艺，学手艺就得拜师做学徒，上二十的大黄黄了，谁收徒收个大汉子来使唤？那要给师傅倒夜壶、帮师娘抱孩子的，手艺还不知哪天才传呢。洋务带来了从没有过的差事，照祖父那个讲法儿，只须到府城去学个三两个月手艺就成，那敢是便宜多了。这样看来，别管邮传局子差事成不成，来日就怕也只有冲洋务带过来的甚么行业、甚么差事，去讨碗吃了。

　　想是这么想，就算邮传局子那边差事能成，我父真还无从知道要干些啥活儿，顶多也只能想到骑上牲口四乡八镇去送信，那不是整天都得牲口背上过日子（正好不是？生性就喜欢大牲口罢）？信往哪亥儿送？再小的集市也百把几百户人家，一家家去打听？……这都不必去费神了，祖父也不是轻易就保举自家儿子去当差的那种私心重的人，一定罢——一定虑了又虑儿子是哪块料儿，干得来，丢不了脸，不定还信得过儿子能干得叫人竖大拇指，才肯舍脸保举自家儿子。

　　我父尽管自叹太过无知无识，甚么都不懂，可有个爷好相信，好倚靠，便比啥都有仰仗。两年前，祖父那么心热朝廷行新政，纵使科举废了，叔叔白念了上十年的书，仕途无望，祖父也开导了叔叔，无碍、无伤；上洋学堂，不光是一己的前程照样辉煌，也足以强国强种，广泽万民……我父都很记得这些，也深知祖父从洋人那里明白了许许多多人家所以国富民强的道理。新政不新政的，其实就是洋务；新政给太后废了，可洋务怕还是要势在必行。祖父是那么断定的，大势所趋罢；听说洋人也是这么看事儿。洋人现下就忙着要盖医院，还要再办更大的中等洋学堂。

到底学写字了,这是一喜,心上反反复复地打浪儿,也像波浪那样一层层朝远处推搡,那喜气觉得出来通到胳膊腿儿,通到十根手指头,十根脚趾头。邮传局子的差事有个指望,这又是一喜;这又一喜可是好几个头儿。我祖父若现下有个甚么高就,多少还有点儿顾碍,不方便也不忍心把塾馆一丢,拍拍屁股就走。我父就不妨事了,要说种地做学徒,也差不多该出师了;这一走,李府上见月就省下一吊文;我父一声有这么个出息,顶喜欢的恐怕还算李府上二老爹,当初拉我父来学种地,人家可像理亏一样,再三再四地直说一千一万个委屈了大侄子。这三四年来还是没断过这么讲,不光是老挂在口上觉乎着亏待了我父,更还带常夸奖我父是个大才,不下于望子成龙那么心期,断定日后华家重再发旺起来,准在我父手上。如今邮传局子的差事但得有成,就算好事儿都落到头上,月俸五两银子,那可是一步登天,却也说不上就能靠这个发家起来,不过总是熬出头了,两腿儿打滋泥里拔将出来了,那李二老爹岂有不抢在前头乐和。

再来就该是跟沈家大美这边儿时刻在心的情分了。

今三十儿过午,我父去李府还人家小挎斗,里头装了两拜盒也是人家送祖父的茶食,算是压斗子底儿还还礼——这上头祖母总是大方,也不愿输给人。我父还是要看看东家这边儿有事儿就帮帮手,没事就闲叙叙,也算尽尽辞岁之礼。两天前李二老爹就已赏下红头绳串作两串儿的二百文。李二奶奶送了一小挎斗黏秫秫面儿:"粗粮,不是好东西,你大哥喜欢汤圆子的,就顺手带回去,真拿不出手。"也不知这李二奶奶听谁多的嘴,不觉心虚起来。是真的,这对我父比啥都宝贝。

李府上蹓这一趟,见沈家大美还在忙,斩饺馅儿甚么的,两把食刀,上上下下,敲的是急急风锣鼓点儿。大年三十儿了,还忙得这样子紧锣密鼓,我父瞧着可是说不出的好生疼惜。

原来是祭灶一过,李府上就撵人回家过年了。撵的敢是我父和这沈家姑娘，谁家忙年都只嫌人手少，不怕人手多的。大美可赖着不肯，抢活儿干，只管推说自个儿穷家小户没啥年可忙。

彼此心里明白罢，这姑娘就是个害怕回家，能挣钱拿回去了，用不着看脸色吃家里饭了，也还是能不家去就不家去。打这三十晚上一回家，就得半个月——其实年年一过初五，就又憋不住跑了来。新年里活儿是没的干，可活儿不找人，人要找活儿总有的是，抢着灶下填把柴火，灶上热个汤汤水水，馏馏现成的吃食儿，一天三顿省不掉一顿，多不过不用洗洗切切、斩斩剁剁就是了。

"年过初八，再来拜年往外拉"，拜年过去了，往后就该轮换着请春酒了。尽管摆上桌的大半都还是年菜、腌腊年货，总得多些个手脚张罗，那就更有的活儿忙了。

这样子算起来，想到大年里，少说要有五天那么久看不到人。瞧着大美忙，自个儿帮不上手；又怜她家去日子不好过，就够疼人的了；一念到就此要久久见不到她人，便不由人地心口儿一阵溜酸溜酸的，急忙调头走远点儿，假扯跟谁拉拉，耳朵里可没断一下那边儿紧锣密鼓的锵锵锵锵锵锵锵、锵锵锵锵锵锵锵……急急风剁饺馅。

不过也说不一定，除了大年初一家家闭门阖户躲起来团圆儿，谁也不去打扰谁，一到初二那就热闹了，各庄各村儿你来我往地出会，人也跟着东走西奔去赶会，彼此这儿不见那儿见。尽管各有各的伴儿，眼多嘴杂，两下里招呼声都不方便，可瞭一眼就好，看到她人一脸过年的喜气就放心了。提防着给别人偷瞧了去，装是要装谁也没看谁，眼里在看玩会，心里净盘算瞅空儿瞭一眼。不管隔上多远，她人杂在多少瞧热闹的男女老少当中；也不管眼前高跷、旱船、耍龙耍狮子，还有锣鼓家伙也争着亮相露脸，总是面前遮来挡去，不看不看的总归十拿九稳随时知道她人在哪亥儿，飞过一眼去准定落不了空。要能凑巧眼碰上眼，说不出口的心事都从那双灵巧透了的眼神里打闪一般传过

年三十儿　455

来,那可像冒猛子灌下一口烧刀子,烫人的火炭儿直通进心口窝儿里。

新年喜事儿接着来,也没挡住心里老念着一个人。就算心无二用抱住杆笔像抱住根横梁那么沉,一笔一画跟在祖父一旁开笔写仿儿——比榜地还累人,笔尖儿下照样儿一眨一眨显现出大美有红似白儿的观音脸,还有那一对小是不小,可总像将将睡醒、再不就是将将哭过一场,眼泡儿有些浮肿的丹凤眼,最叫人心怜。祖父提到邮传局子的差事有个头绪时,我父也是先就想到沈家大美姑娘。别管五两还是二两,打一个月工钱一吊文,一下子高升到八九上十吊;弄得好的话,二十多吊,头一个喜的是成家有了巴望。原本那可是遥遥无期的痴心妄想,居然说来就来了——尽管挺恼自个儿私心这么重,却总是身不由己这么盘算。

天这么晚才爬上铺儿,本该倒头就不省人事,反而翻身打滚儿没一点儿困意,被窝筒儿给折腾得透风活亮儿暖不起来。终也听到老远一声公鸡打鸣,要多孤单就有多孤单,可算是劫后余生;也算大难不死,必有后福,留做鸡种,往后就好三宫六院七十二妃,后福又是艳福。别管私心不私心罢,但得一有出头之日,大美妹子,俺可是要定了你。有了奔头,就有干劲儿,咱们一起来苦份儿家业罢。

叔叔早就睡沉了,贴近了听,也只像小小奶娃儿那样,一点儿声息都听不到。叔叔该是相书上说的"龟息",挺主贵。

临睡前匍匐祷告,几番想跟上帝求求这桩婚事能成,终不好意思出口——私心能跟自个儿辩嘴,跟上帝到底打不得马虎眼儿。自求多福罢,还是跟自个儿偷偷发愿得了;但盼新年新运道,新的这一年,只愿今年底三十晚上守岁,合家团圆饭,得多添一副碗筷。多出那一副好手,一个抵仨儿,忙年她一个人就包了⋯⋯满怀里揣紧这个心愿,抱紧了又抱紧,晕糊糊的,总算倒进黑甜乡。虽黑犹甜,光天化日的反而诸多不如人意,不称人心。

新春

过年,可真是桩无大不大的大事。兴许只因非比寻常,不光是忌讳多,这不能说,那不能动;可破例的不正经、不规矩的玩意儿,倒又尽心尽兴儿敞壳去闹了,花样不比忌讳少。

比方赌钱罢,说不上甚么忌讳,只不过不是桩好事儿,平日是连玩玩的念头也不生的,可大年里,打正月初一起,不赌上个十天半个月,总像亏了甚么,年也白过了。

像咱们在教的人家,吃喝嫖赌敢是都在禁例,也算是忌讳了。可大年初一,家家闭门阖户,闲蹲在屋里,三餐又不用费事张罗,怎来打发?早饭是水饺、汤圆,小小四口人的礼拜也做过了,也不好打早到晚净唱诗念经带祷告,年年都是祖母最心热,领着全家掷色子,一掷就整一个上半天。我父兄弟二人压岁钱当赌本儿,赢钱没话说,输的话,祖父向来都还给俩儿子,祖母可一个子儿也别想欠她的,这上头可顶真得很。

祖母是二曾祖母那里啥也没学来,张罗玩骰子就总提到咱们那位老太,谁也没老太信教信得虔诚,大年初一可非跟儿孙玩个一天半天骰子。祖母还学二曾祖怎么吆呼:豹子豹子豹子……四五六四五六四五六……轮到别人掷时,二曾祖母就会吆呼:么二三么二三,么二三,不拿钱……二曾祖母也是赢了儿孙的钱都给儿孙,祖父学到了,祖母就没学到。祖母搬她婆婆出来掷色子,看是凑趣儿,却总有些叫人疑心那是当幌子,挟曾祖母来令夫令子。

祖父早年曾经耽溺赌博,教规戒烟、戒酒、戒赌,祖父可从来都没理会;要不是惧内,当不了连戒嫖也不理会。是到得烽火毁了家,单看烟酒还照常,就知还因家贫才把赌瘾给去了。根底上祖父就从没把人立的教规放在心上那倒是真的。一年里就正月初一玩这么一回骰子,敢是可有可无,玩起来也挺兴头,祖母要玩也不能不奉陪,就这么一回事儿。

我父则是赌兴不大,下注手头可大;叔叔赌兴挺高,可是疼钱。俗话是说从赌品看得出人品,约莫有个准儿罢。咱们家这个年代的两辈儿四口,兴许打这年初一的一场赌钱里,各是怎样个秉性脾气,就瞧得出大致一个端倪来。

庄子上大伙儿赌起来,花样儿可就多了,开宝、推牌九、抹纸牌、打牙牌、掷色子、走升官图……小孩子家多半赌砍钱儿——叫是叫砍钱儿,砍的可是下功夫磨圆的瓦片儿,砂缸碴、瓷碗底儿都成;还有一种是四五枚的二十文钱通宝,拿槐树豆角砸出来的黏胶,焊叠成厚厚一枚,又沉又坚实又合手,砍出去也准,本事差点儿的也都照赢。可一枚值上八九十文,挺占钱的,到底少见。玩起来,土地上犁个一尺见方的小城,磨圆的缸碴瓷瓦当注子下,也有用家里偷来的地瓜干儿,厚薄大小差不多四五枚二十文通宝那样子——过年就用压岁钱的一文小制钱,一家出一枚,撂到城当央,离上十步二十步,划一道线,轮换着拿老瓦去丢,谁把注子掺出城去谁就拿来装进腰包儿。这是头一轮,不大容易赢。二轮三轮下去,才是拿老瓦绕在城外看要哪边顺手就从哪边把注子砍出城去,直到剩下空城为止。缸碴瓷瓦啥也不值,倒总是花上功夫磨圆了的,兜回去留作下一回赌本儿。有的当场兑现，照先前就讲妥的规矩，一个注几皮槌儿，揍完了还回注子就算结账，不赊不欠。过年砍真钱，敢就不用这么噜嗦。

再有就是掺土老爷，地上竖直三块砖，当间儿土地爷，左右各是土地爷他大老婆、小老婆，也是隔上十步二十步，轮换着拿石头蛋儿去丢，过年时来钱的，掺到土地爷，三文钱，大奶奶二文，小奶奶一文，输赢可比砍钱儿出入大多了。平日就来揍皮槌、扭耳朵，或是拧嘴巴子。有的手下无情，反比来钱的会生事，不是弄哭了，就是耍赖皮，不定翻脸玩恼了。

起初刚落户，我父入境随俗，也还没去李家拉雇工，就曾混在当初还半生不熟，后来才要好的哥们儿一伙儿里玩过这些，虽才十五上下，也都觉得玩这些嫌年岁大了点儿——又数着掺土老爷过逾粗鲁，伤人和气；加上这沙庄找块砖头比金刚钻还稀罕，尽到耕耙地里寻摸大块不大容易打散掉的土块，或偷人家托好晒干的土墼来打成散块儿替代砖头，一场玩下来，把人弄得灰头土脸，满嘴细沙碜牙，越发没意思，就改玩打嘎嘎儿——这当地叫打梭，规矩也有点儿出入。可这玩意儿打起来，一程一程赶，打到邻庄那是常事，不等湖里庄稼收利落了就玩不起来，要不的话，一棍子打出去，嘎嘎儿掉到哪片庄稼地里去了都没着落。一年里头只秋冬之交才行，真正入了冬，一场大雪就够十天半个月玩不成，积雪化雪都漫湖里跑不进去。这样子也就兴头起不来；兴头起来了，文齐武不齐的挑人又挑时令，愣愣也就冷了。再愣愣，也又过过了打嘎嘎儿年岁，真还就没啥可玩儿。先说打打锣鼓家伙算得上叫人开心的玩意儿，那眼前也便只剩这个。

差不多二三十户人家以上的庄子，多半都有个会。只是左近多少个庄子，没庄主的没庄主，没族长的没族长，公份儿大事都由大伙儿商量着来，小事儿谁管都行。沙庄年年大正月没少出会，可这样子不大不小的事儿，一向都是空架子，大半是些喜欢哼哼唱唱，带上厚脸又不大正经的年轻小伙子在那儿邀呼。生性好这玩意儿罢,大用项去大户逗逗粮,粜了来扎箍,小小不言的就彼此掏腰包儿贴进去,终归是说不济该当谁来董事,谁来传艺。

但凡有这么个会,尽管空架子,一整套锣鼓家伙还是要摆在那儿;除了遇上大旱天求雨,就算是长年不用,也总不能临时现抓来凑合——也没处可借可挪。

沙庄上的一套锣鼓家伙,带常里都是存放在庄西头的汤家。这汤家田亩没李府的多,可三四代单传,又代代吝啬成性,就显得比李府日子来得殷实,庄子上真正的首富还该数他汤家。当初置办这套家伙,算算也十几上二十年了,难得他肉头汤家肯割这么块肉——不知是一时糊涂大意了,还是碰巧哪里得来了一笔横财,四两银子倒出了八成,剩下两成就由有炮楼的四家人家分摊。汤家既是大份子,这套家伙放到他府上可看得紧,年年不过祭灶不让人搬出来熟练熟练。搬出来熟练也得当日天一黑就如数交回他家去,还要一件件翻过来,调过去,看哪儿刮了跌了没有,大伙儿讨厌是讨厌,也只好说这样倒罢了,管过了头总没闪失就是了。

一套家伙不过就那六件头儿,大鼓、大锣、二锣、小钹(这当地唤作镲子)、大铙,还有一面碗口大小,薄板儿敲起来清脆俏皮的小唐锣,敢是唐朝就传下来的。整套家伙数这唐锣顶小,却人小鬼大,不光是响亮,一声声都像歪着脖子刁难人——成吗?行吗?得啦罢——倒也不是专门扫兴,逗人就是了。吹糖人儿的挑子走街串巷,也是敲这式儿小唐锣,倒又叫人觉乎着那一声声都酸到人牙根儿里,甜腻腻,黏溚溚,合着是舌尖儿上挑一小坨儿糖酥那个味道,理该叫它小糖锣。没讨到零钱买糖人儿的小鬼渣巴,衔恨找气出,尾随后头喊呼:"吹糖人儿的,当龟不当?……"小糖锣明知吃亏,卖啥吆喝啥嘛,也只好老老实实应过来:当,当当;当,当当……小鬼那一头不如意,没讨到零钱,这一头占了便宜,乐得甚么是的,就地打个滚儿都成。

这两三年,庄会敢都是我父那般正当令的哥们儿来张罗。不问是去年的蛤蚌精(这当地唤作歪蚌精),还是今年的旱船,那女妖精、女船客,反正都是天生小嗓子的沈长贵来扮,龙长脸儿,算白净的,也照大戏里贴片儿,搽粉抹胭脂那么一刀尺,还真充得上数儿。亏他憨脸皮厚拿得出来——大男汉子一个,也不晓得怎好意思拿捏成那样子浑身骚劲儿,也不怕丢人。

玩旱船是连野台子小戏也算不上,可还该是个骚戏,只没周姑子那样子露骨露肉罢了。跑马头的周姑子小戏,荤得能迷住小媳妇跟戏班子跑掉。这玩旱船敢是没生过那种丢人现眼又伤风败俗的坏事;要紧都是家邦亲邻自个儿耍弄的热闹,非比周姑子今东明西,一去影无踪,跑了抓不到人。不过这也只是一;再还有那要嘴头子调皮撒村的戏文唱词儿,不比不觉得,这旱船甚么的就斯文多了。像那个一会儿摇桨又一会儿撑篙的老艄公唱的:

> 手把那船篙竖一根儿,
> 一篙撑进小河心儿,
> 水不洎儿、滑不溜、黏不津儿。
> 撑进漩涡儿深又那个深,
> 撩你小嫂打转转晕儿,
> 呦呦呦、唪唪唪、嗯嗯嗯。
> 小嫂小嫂你忍忍
> 都怪老哥哥认错门儿
> 旱船水船都不分……

放到周姑子小戏里，有啥直说，哪要这么捂着盖着。少说那"竖"罢、"撑"罢，早就忍不住直来直往唱将出来了。

我父生性爱干净，不喜欢嘴上这么腌臜买卖儿，饶是这些小曲儿要比周姑子干净多了，我父也还是嫌脏。可他人又不是那种拐孤鬼，净一个人打单儿。哥们儿都兴头大得很，农闲里不尽情找找乐子还行？好在单只敲敲打打锣鼓家伙也挺有意思。说是锣鼓点儿，也只是个搭配，看热闹瞧的听的敢还是那些唱念做表，只热闹劲儿靠锣鼓来闹哄，别管他歪蚌精、旱船、高跷、前走后退要跟不上锣鼓点儿，那算要砸了。

这两三年来，逢到年根底子练练锣鼓家伙，我父也给邀呼了一道儿敲敲打打，悟力强，学甚么都不难上手，倒也糊弄会一套"老虎嗑牙儿"，一套"狮子滚绣球"。入手打的小镲子，接下来竹筒子敲小唐锣。这两件响器玩起来都轻快不吃紧，跟得上就行。小唐锣更加是点到为止。人家大锣大鼓猛捶猛擂，一下也慢不得，省不掉，歇口气儿都不成；这小唐锣才是刁钻，不时亮一声，像抽冷子难人一难：这不行……遏了板眼儿不是？……重了罢？……数它是个教师爷，尽在那儿吹毛求疵的净挑眼儿，好像谁都得听它的。

去年的歪蚌壳子，今年的旱船架子，扎裹起来都挺费事。我父手巧，又多半无师自通。看几眼就会，那不用说；从来没见识过的，只须有人跟他讲讲，讲得周不周全都不妨事，总能举一反三，摆弄个玩意出来。那敢都是我父凡事留心，爱琢磨，又顶真不肯马虎那个生性罢。

前一年扎裹歪蚌壳子，就是照着打小儿没断瞧过人家正月出会耍的蛤蚌精那些个影子，多大多小，甚么个料子、色气、形状，一一打脑袋里找出来，现买现卖，加上多用点儿心，做出来的玩意儿还真不赖，简直胜过一些老行家。就看多出来的竹筋、绵纸、颜料甚么的，

新春　463

拉上叔叔画画弄弄，大美姑娘打点流苏繐繐，刀尺了两对八角灯，上有盖儿，八面都画了画儿，八边底沿儿镶的有丝缘刘海儿须须，够瞧上老大半天的。一盏盏八角灯，拿龙头凤尾歪脖子杖棍挑起，场子四角那么一站，别管白天黑夜都受看——晚上灯肚子里点上蜡烛，敢是平添一股荣华富贵，歌舞升平那番味道，敢是分外排场。

四盏八角灯，也亏叔叔想得出，一盏八仙、一盏八黑、一盏八龙、一盏八骏。八黑是楚霸王、张飞、阎浮天子、尉迟恭、金日禅、牛戊虎、胡判官和鬼王钟馗，都是大戏小戏里的花脸，庄稼人大半熟识，不比八仙生分。别个庄子都没这玩意儿，想扎裹也找不到这么冒尖儿人手。

年初一晚上，城上礼拜堂头一天奋兴会，又是我祖父讲道，全家就我父一个人没去。初二庄子上出会，扮老艄公的李府老大嗣仁，没正没经的一粗心把挂耳假胡子铜条架子打正当中给蹩断，胡子全散掉，要重做一副新的，这套手艺还非得拉住我父连夜赶工不可。哥们儿跑来咱们家求情。祖父一听这光景，就懂得要紧还在争个庄子上的面子，万事俱备，只差这把髯口就出不了会。庄子跟庄子说不上赛甚么，比甚么，可十个八连庄，一个庄子出一个会，打初二到初九、十，个个庄子就不愁天天都有会看了，怎可光看人家的，没的给人家看？那像尽张着一张嘴吃人家的，自个儿不请请客，可不丢脸丢死了？

祖父就想一口应允了庄子上这帮小哥们儿，可祖母脸色不怎么妙，祖父也只好无可无不可地让给祖母去定夺。

祖母收紧了溜薄溜薄两片嘴，直楞起三角眼儿，一瞟一瞟觑我父。碍着这帮小哥们儿面子——嗣义、耀武、又都是极孝顺的干女婿，冲这帮小辈儿，不能不点头，却又不甘心，就分外气恼我父这是要胁人，搬出大伙儿来降人，不外是强逼着人非答应不可。带上这点儿怨气照直说又说不出口，只有赌气冲了我父一声："主耶稣明察人心，横竖你也不在乎记你一笔账！"便脸一轴拱进房里去。

这边儿祖父笑眯眯地递个眼色，送哥们儿出来，拍拍这个脊梁，按按那个肩膀，像笑祖母小事生大气，又像笑自个儿没章程儿，尽在不言中罢，陪到篱笆门外才说："好生掇弄掇弄，整个庄子都光彩不是？"哥们儿千恩万谢，祖父应对着鞠躬虾腰，不让人见到地扯了扯我父袄袖，放小声儿只让我父听到："主没那么小气。果真欠了账，子债父还，都有爷了。"

那是大老实话，上帝哪那么小气，不做礼拜就记笔账，那得多少天使来管账？叫人想到堂里那位涂执事，大礼拜过午的分班主日学，就专程到一个个班里来清点人数。涂长老脊梁倒还没驼到罗锅子那个地步，带点儿缩肩膀，这当地人是叫"吝肩子"，人又尖头尖下巴颏，有点儿獐头鼠目，那样子拿杆儿洋笔，躲在一角清点人头，总像在那儿暗算人。天使就是那个长相吗？眼前涂执事跟天使经这一合拼，我父倒是憋不住，噌儿一声笑出来。

老艄公的三捽白胡子，敢是照大戏里刘公道一辈小丑儿二字髯扮相学来的。可人家那是马尾做的，滑溜溜，沉坠坠的，怎甩怎揉不兴乱丝儿。庄户人家哪做得起，捧着银子也找不到哪儿去淘换，只得拿蒟纸子凑合。蒟纸比麻纸白漂，也梳理得细。做老黄忠那种又长又厚的大白胡子是不成，动不动就千丝万条缠虬了，就成俗话说的其乱如麻。艄公戴的小丑儿二字髯那三捽白胡子，捽捽都像山羊尾巴那么又短又稀，乱不到哪去，乱了点儿的话，顺着毛捋捋也就平整光滑了。

可说说容易，做起来不那么简单，材料上头就少这个，短那个。蒟纸子摆在乡下那可不用愁，泼实得很，整捆整捆看你要多少，就有多少，一捆子抱起来比个大汉子还猛一些，也有大汉子个头儿那么粗壮；假胡子当然用不多，随手抓一绺就绰绰有余了。只那铜丝太难淘换，捧钱没处买。拿竹茎来刮细了点倒也凑合。要它打弯儿的话，只

新春

须拿文火烘烘烤烤,趁热入一入,入成了形儿,拿麻线捎住给它定形,倒也不难。

如今说来已是前年了,蛤蚌精那个老打鱼的也是戴的这种三撮白胡子,哥们儿谁也没弄过这买卖儿,看准我父手巧又心思灵活,又看过多少大戏,肚子里一定有个数儿,就缠上我父,硬赖住了。我父也只好打鸭子上架,琢磨着没吃过猪肉,总见过猪走,凭着有有无无那么点儿记事儿——除非票过戏,看戏谁还留意那各式髯口儿是怎么做的么?说是记事儿,也至多记得一点刘公道,或是崇公道那三撮白胡子大致一个样子。待到憋不住问了祖父,倒没想到祖父知道的可多了,甚么马尾(乍听竟不解干吗拉扯上啥的"蚂蚁")、甚么铜条……闹了半天才晓得祖父还曾票过戏,唱的须生行,刘备过江招亲里的乔国老。还教给我父髯口该怎么戴,若是顶到鼻孔,换气不方便不用说,弄不好呛得人老打喷嚏,那还唱个啥?再就是碍着扮相儿,髯口把人中遮住了那才丑,瞧着就不是人样儿,像个小叭狗儿。故此髯口一定得顶在上嘴唇边儿上,口里还得拿门牙梢儿抵着点儿才牢靠。

还算好,前年调弄这些玩意儿动手得早班。铜条既没处可找,我父依他扎鸟笼那一手,懂得竹性,扎圆筒子式儿的鸟笼,连顶带底儿顶少也得三道圆箍。箍子圆不圆,要靠竹苈子刮刮磨磨厚薄够不够均匀,厚了朝里凹,薄了朝外凸,怎样也圆不得。不过也不光是均匀就成,竹子都有节子,这节子就挺硬,不在厚薄,只好浸了水用火烤,烤了再入,弯到合了弧,再拿麻线给它定住了形儿,过个两三天,拆掉麻线也就不再走样子。

只是这髯口架子不像鸟笼箍子那样,越圆越好。髯口架子两头得像眼镜架子,要勾到两耳后,这就两个弯儿。打耳朵下来,得贴住俩腮儿,一路抹到腭骨拐子下方转个弯儿再拱上来,然后步步紧地凸上去,坎到上嘴唇儿边儿。这么一来,差不多寸寸都得打弯弯儿,像个小孩儿走道儿刁歪，左晃晃，右绕绕。这么弯来弯去，入起来就够麻烦，火烤也掐不准尺子，定形更加地费周章，前前后后怕不花掉大半个月才算有个样儿。拿这么副九转十八弯儿的空骨架子给扮老渔夫的大罗那小子试着戴，也照祖父教给的窍门儿，当中一截儿弯弧紧卡住上唇边儿，不伏贴就修过再试，试过再修，这么着又磨弄掉好些个时日。所好趁空儿，白蒟纸子也整得差不离儿了，拿顶密的篦子梳理了又梳理，怕比真胡子毛儿还要精细。待骨架子试试修修，总算靠得住了，顾到竹竿儿打磨太光滑，先密密缠一层棉线，打涩一些，再把蒟纸子一缕一缕结上套扣儿，扎扎紧衬——那可是细活儿，得看不出打结的疙瘩，弄起来只觉干惯粗活儿的手指头笨拉拉像脚趾头一般不听使唤。手指盖儿、手指尖儿、手指根儿，还有手掌心儿，到处都是茧子、裂口子、皱硬的干皮，手指盖两边儿难免又有倒戏子肉刺儿，碰上精细精细的蒟纸子，刮了缠了虬起乱丝儿，就够调理个老半天，真够人烦腔。可别管怎样不顺手，也总大功告成。完了再像剪头一样，剪剪理理刀尺一番，挺像那么回事儿。剩下贴着下巴颏儿的那一捽，本该就是活的，随着说说唱唱摆动才像真的山羊胡子，做弄起来反而省事多了。

把那三捽髯口做成了，这才得闲帮手扎裹那两扇包得住人的蛤蚌壳儿。

那个工夫儿里，天要变了，阴沉沉暖烘烘的，那叫"焐雪"，就快要下雪的兆头。只是时令不大正，焐雪多不过一两整天，却焐了一天又一天，老老攒着捽着舍不得下下雪来。时节进了大腊月还不嫌冷，日子敢是好过，不冻手不冻脚，洗洗弄弄的一些年活儿倒少受罪。

事后追究起来，猜想着或许就因这种天儿潮气重——秋冬两季少见这样子；两三天没去搭理，倒挂墙上的那副髯口，一夜过来就变成那个德性，九转十八弯儿的竹子骨架儿，硬像睡醒一觉，出腿伸胳膊

新春　467

舒舒懒腰儿一般，挺成一根直竖竖毛棒棒儿，整捽的蓖纸子扎煞开来，倒像一把扫炕席的长刷子。

是叔叔眼尖，头一个惊觉到，棉袍子穿一半，一只袍袖还没穿上，停下来直喊："糟了，哥，心血这一下全龠蛋了！"村话都急不择言地进出来。我父闻声抢进房里，一看之下，也只愣了愣，倒没像叔叔急成那样子，不光是喳呼，还双脚直跺。敢是只有叔叔顶清楚哥哥做这副髯口倒有多辛苦，花掉多少心血。

光是疼惜也当不得啥，就和着再入入弄弄也压根儿救不了了。带毛儿拿火烤敢是不成，拆掉蓖纸子再重新整这副骨架子，还不如另外弄一副倒省事儿。可看这样子也是白弄，竹子压根儿就不成，说变调儿就变调儿，到底还得铜条才行。只这铜条到哪去淘换，怕比求王母娘娘仙草还难。

算算年根子前还有十来个集可赶，指望不大，也得靠近的这两个集能寻摸到手才来得及。我父等不得后儿个去赶老城集，当天就拉了嗣义上城，找到校军场，记着是极乐庵门右首一溜几家破铜烂锡旧货铺子，弄巧弄不巧去碰碰运气再说。

校军场在北关外，四周多是戏园子、小馆子、旧货铺子、古董店甚么的。场子上除了一大片空地，带常是些跑江湖的把式，唱大鼓的、玩洋片的、耍把戏的、说书的，周姑子一类的小戏也兴搭个野台子唱上十天半个月。此外，周边儿挑贩、地摊、算命相面测字的都多的是，撑的大油纸伞、扯的布棚子，见天都有市面，来这逛逛蹓蹓，吃的玩的找乐子算是应有尽有，敢是比赶个集甚么的要丰实得多。

跑遍几家旧货铺子，压根儿没铜条这玩意儿，想寻摸个替代的也没有。我父不死心，蹲在一堆儿铜锡生铁熟铁破落家什跟前翻翻弄弄不肯走，提溜起一只当央烟筒锈烂掉的紫铜火锅，转来转去地打量，扳扳那锅边儿试试牢靠不牢靠。嗣义这才一下子瞧出个苗模，暗里拐了拐我父,喜唧唧地小声说:"中嗳,中嗳,把这一圈儿锅边子剪下来,八成够料,行吗不是?"

真是相知了,得到嗣义这一敲边鼓,我父心里实在了许多,遂又试试软硬,便跟老板讨价钱。

老板一嘴巴子又稀又荒的黄胡子,笑口一开,嘴里没剩几颗长牙,说话不兜风:"小哥们儿,要这吗啦?没瞧见,不光是烟筒烂糊了,迎亮瞧瞧,锅底儿也净是砂眼儿哩,漏。除了化铜,啥都不中用了。"

我父也不好意思说要买回去做啥,只管叮着问价钱。老板直挥手:"拿去,三文不值二文的,有用就拿去。不是俺说,就怕没的好补了。"

二人可乐死了,转过脸去高兴得直跺脚。掺个破火锅,一路欢天喜地赶回来,得了甚么宝贝也没这样欢儿。

回来忙不迭儿地找了把残了口儿的老剪子,将那扁过双层的锅边儿剪下一个圆圈圈,铰个断,比试比试,倒只许长,不兴短。再把锯齿一般刺手的剪边口捶捶砸砸,软硬正合手,好样儿一根铜条,想扳成啥样儿就是啥样儿。扳成了形,再给大罗小子戴上试试,略微推推、入入、蹩蹩,得心应手,竟就把个骨架子三捏巴两捏巴给弄得再合适也没有了。哥们儿齐拍手,我父没防着,肩膀、腰眼儿,捱了哥们儿好几下子又是巴掌又是皮槌儿,那可是真心夸赞。

谁想这副弄来不易的三捶白胡子,铜骨架子竟让扮艄公的嗣仁给蹩断了。赶这又一个新春年下出会,改了玩旱船,老艄公恰好又是要戴这式儿髯口,正喜外甥打灯笼——照舅(旧),免得脱裤子放屁——多费一番手脚,偏偏到他死嗣仁手上就出了纰漏。

他嗣仁干啥大事小事儿,都要有人跟在后头擦腚收拾烂摊子。好生生一副过了一年还那么新的髯口,一戴上就拣样子弄故事,要不是嫌这亥儿紧了,就是嫌那亥儿松了。大罗是一张窄窄的龙长脸儿,戴

新春 469

得合适是没错；换上嗣仁天生的一张像块木梏板子大方脸，敢是紧了一圈儿。可我父也已帮他修了又修，算很伏贴了，不知他自个儿避过脸去又怎么胡弄了，断掉铜骨子架，整挓白胡子也都散掉个孙子了。哥们儿可是气得一条声儿猛骂，除了他老二嗣义。

骂没用，揍人也没用了。明初二就要出会，除非老艄公改成个不用戴胡子的小伙子。只那唱词里都是"老无材"的口声，向来也都是要扮个老艄公，不是由着人要改就改得了的。这么着一来，还非重新掇弄一副不可。但这铜条要到哪儿寻摸去？城上校场早就百业收市了，为时又这么仓促，压根儿来不及了。

哥们儿骂了一顿嗣仁，却还是信得过我父定能生出点子。起头我父倒是无望中只想到把整断成两截的铜条看看能不能再接上，所幸那白蘹纴子也只散了一截儿，不难再续上一把纴子整整看。不想把两个断头给结起来，拿坚实无比的生丝纴子缠紧了，又缠上多少道，算很牢靠。可不经载，拿下来修修，拿上去戴戴，却因左边短了些，胡子老歪，连整张脸子看上去也嘴歪眼斜心不正的猛逗人笑，像给坏风扫成那样，倒也真就是个老来骚的老艄公，一脸邪气。

这倒也罢了，哥们儿起哄直叫："歪瓜裂萝卜，歪好歪好咆！"挑甜挑水分足，要拣生歪了的瓜，开裂了的萝卜，那是没错儿，可这歪得惹眼的一副假胡子到底还是不像话什。坏是坏在拿上拿下的，接头的断口遂又松脱了，把我父急躁性子惹毛了，摔到地上就拿脚又踩又踩，狠心不要了。

哥们儿一个个脸黄黄的，瞅着地上不成样儿的那一小球儿废物，将才还小小心心戴到嘴上试，摘下来修，当个宝儿一样疼惜着。瞧那个德性倒像一只白凤乌鸡，不知死了多久，皮肉烂光了，剩下几根儿黑骨头，几撮白羽毛，约合半斤重的小小鸡。

半晌儿，耀武唧唧嘴，强笑了笑说："还是生个点子罢，大侉哥指点指点,大伙儿一齐动手,赶赶看。"

放在今天,做得髯口骨架子的材料可多着了,铁的、铜的、铝的、铅的、合金的,乃至硬度较强的电线,哪儿都信手寻摸到。可摆在当年,管你上天入地也休想找到这些玩意儿。待到传进中国来的洋铁丝、洋铅条种种,至少也还要十年八年后。

大伙儿额盖子皮都搓熟了,苦思苦想怎么也生不出个点子来。我父自言自语说:"晚了,还是晚了。早个十天半个月,铁匠炉还没歇年儿那时候,打根细铁条,尽量捶细些,还是凑合得上……"

一听这话,哥们儿少不得又怨起嗣仁来,骂骂嚼嚼的:"日你的,要来尿也早班罢,还乞得干不是!"嗣仁可老实了,理屈,顾自甜巴唆唆笑笑的,只有馨捱诮撩的份儿。

瞧着大伙儿没头苍蝇似的,沈长贵憋不住这股子闷劲儿,找找凑趣儿的饶饶舌:"嗣仁你个丈人的,放个屁罢,大半天都闷屁筛糠不吭气儿了?依俺说,找截麻绳下水浸浸,摆弄好骨架子,搁到家院露天晾着,冻个一夜过来,硬像老屄,准行!"

嗣仁给欺弄了半天没气儿出,可也抓到个口子透索透索,冲沈长贵噌过来:"日你祖王人的,净出母点子——弄了半天,你不是个公的?小屄养的!"

沈长贵是苦中作乐找哏儿逗的,可冻硬浸水绳子也是大老实话。夜来天寒地冻,豆腐放到露天里冻成石块一样嘣硬,砸得死人。衣裳洗了挂到院子里,冻硬了敲敲像木板子那么咔咔响,裤子取下放到地上,直直站着活就是个半截儿人。可就是千万别折别叠,要不然准定咔嚓一声断成两半截儿。照长贵说的,拿麻绳泡泡水,摆弄成个髯口骨架子那个形儿,冻上一夜准够铜条那么棒硬棒硬。没错儿是没错儿,可那成吗?一化冻还不又现原形一根软麻绳?嗣仁骂他出的是个母点子,也是说的大老实话。

商量这急如星火的大事,是在沙耀武家下。我父先前就已情急生智,打起祖父那把洋伞的念头。

那把黑洋布洋伞,可宝贝了,任恩庚牧师打他美国带来送我祖父的。那跟咱们油纸伞一个道理,只竹筋改用钢筋,真够扎实经用。祖父祖母差不多都不曾使唤过,只撑开来给人见识见识,哪舍得撑来搪雨搪太阳。祖父出个远门儿,"饱带干粮晴带伞",也不过驴鞍鞯旁横系一把油纸伞就成了。那洋伞只合是个稀罕物儿,早晚拿出来——或是"六月六,晒龙衣",晒晒晾晾,叔叔拿来转转旋旋当买卖玩儿罢了。

哥们儿白晾在那儿半天都拿不出主意——我父头脑那么灵活管用,尚且无法可想,更别说动力气是把好手,动头脑转不多少弯儿的粗汉子。狠一狠心,我父到底还只有豁出去,丢下一声:"你都别走,候着,俺去去就回。"就拔腿跑出去。

我父急急忙忙赶回家下,没工夫磨磨道道去上灯,摸黑里一头拱进东间祖父母房里,脚上还穿着毛窝儿就跐上床柜,探手够到挡尘的天棚上头瞎摸。洋伞是拿油纸一层又一层裹紧包严,再用麻纸子两头扎住。瞎摸瞎摸的也还手底下有个数儿,洋伞是一头弯把儿,一头尖尖的像根大铁钉,手指头隔上几层油纸也认得出来。只是收藏时见空儿捅进去,尖儿朝里顺当,这笤子上面压了东西,又是倒戗着往外拔,揞住弯把儿晃晃松,半天才不大顺当地抽出来。

叫作挡尘真没叫错,这么一折腾,待油伞抽出来,动一动就哗哗哗地撒下油渣渣,弄得人有点儿灰头土脸,还有罗蛛网凑热闹,牵牵扯扯的,鼻孔也给迷了,直打呵嚏,嘴里碜碜的硪牙儿。

赶来沙家,一路上隔着青布伞面儿摸弄里头一根根伞骨,心事挺沉的。说不定抽出一根钢筋骨,整一把洋伞就全散了板儿。伞骨这么硬法儿,说不定压根儿就扳不弯,别说还想入来入去摆弄出左一转右一拐的款式来。要不就是费上大劲儿扳个弯弯，再也休想扳直了还回原形，安回洋伞上去。说不定好生一把宝贝洋伞，舍不得用舍不得用，没打过一回就这么拆蹬完蛋，那才够败类的咧……放着奋兴会礼拜不去做，在家又这么不干的好事儿，若照祖母那样子狠狠地吓唬人，这罪可要犯上双料的了。

所幸天可怜见儿，我父捽着这把洋伞奔进沙家堂屋，一眼瞧见耀武手上直竖竖挑着根细长的黑杆儿，一见我父闯进来，装作无事人儿地笑眯眯不言语，亮亮手上挑着的玩意儿，横过来，两手攥住两头，轻轻入了个弯弧儿，问我父："你瞧瞧这买卖三儿，管用不？"

我父不大相信眼睛看到的玩意儿，四遭瞥了一遍众哥们儿，一个个都那么咧开大板牙傻笑。我父如获至宝，一把抓过来耀武手上的那根黑杆儿，学着耀武那样扳了扳软硬，这才发见是根捅枪筒子的铁枪条，只是少见有这么细的就是了。

久久想不出主意，又拼着拆蹬把洋伞，再也别无他计了，得到这根枪捅条，真把人给乐死了。捅条是熟铁打成的，敢是想要入成啥样儿就入得成啥样儿。看看手上这把宝贝洋伞，心口上可就一块石头落了地，乐得我父直嚷嚷："这是谁个出的馊主意？得狠狠鞭他一顿结实的。"据着枪捅条一一指向众哥们儿，好像等谁招认就给谁一顿的那个味道。

"鞭"，也是个脏字儿，虎鞭泡酒叫大补，传说比海参例席还要贵得多的就有驴鞭席。骂人一声"鞭你"，够村的。可入得了药，入得了酒席，敢是多多少少文雅些，不怎么碍口就是。

该当捱鞭的不是别人，枪捅条指到沙耀武，只见他伪装害怕捱揍，双手护住脑袋告饶："手下留情，手下留情，下回不敢了……"

先是我父奔回家去拿洋伞，前脚刚出大门，后脚沙耀武就冒儿咕咚进出了这个鬼点子。耀武先没讲啥，闷头奔去东屋，穿过黑糊糊的

新春　　473

里间，钻到炮楼上去，一杆一杆快枪抽出捅条来看，捡那顶细的一根，像得了个狗头金，跑回来给哥们儿献宝。一个个传来传去细看的工夫，嗣仁一调脸儿跑出去，说要家去找找看还有还细的没有，立时好腿放到前头，撒丫子颠回家去，到这昝子还没见他人影儿，也不知道寻摸到更细的枪捅条没。

耀武这一根枪捅条，我父拿在手上试了又试，估了又估，只好说："马马虎虎，凑合罢。但愿嗣仁这个罪魁祸首能弄到再细点儿的，也让他将功折罪一下。"

愣等他嗣仁的返阵儿工夫，哥们儿留意起那把洋伞。多还没见识过洋鬼子掇弄的这洋玩意儿。一个个传着看，撑了收，收了撑，就着灯亮儿细细琢磨，可算开了开眼界。那青洋布面儿上扎边儿、缝线儿、针眼儿种种，精细稠密，好样儿针线巧手都没这能耐。这且不说，最数那根根铁骨架子，叫人糊涂想不透索，细得像纳鞋底麻线，试试倒有那么个硬法儿，怎能呢？——还又说了，单这个硬法儿还不算奇，还又搉不折、又弹劲儿大得很的那股力道，才更叫人直摇头，直叹气儿，不能不服那洋鬼子——人家真是能，真的行！

一个个只顾啧儿咂儿赞不绝口，倒没谁想到问一声我父怎的急急忙忙跑回家，平白提溜把洋伞干吗来了。待到一听我父说要打算抽根伞骨做髯口架子，才吓呆了，齐声喳呼千万千万使不得，真为我父不惜毁掉这么贵重的洋伞宝贝，感动得一劲儿骂人。沙耀武摔住收拢的洋伞，作势要搋我父："日他的，这才该鞭你一顿结实的！"

嗣仁还没进屋，就听到他人喘像个老驴。说也可怜儿，哥们儿里就数他李嗣仁不安分，单是那张油嘴，又碎又没好话，除非眼睛闭上，嘴才闭上。可打他鼓弄断了那副髯口紫铜骨架子，理亏，又弄得大伙儿束手无策，他人就闷掉了，没声没气儿了，瞧谁都觍起一脸心虚，只有甜不嗦嗦陪笑的份儿。直到这当口，可也捞到个戴罪立功的空子，跑回家下一下子捽来三根枪捅条。要是洋抬炮派得上用场，也少不得压得个屁唧唧的都能独自一人把它扛了来。

连同沙耀武这一根枪捅条，一齐并排放到大桌面儿上，大伙儿掌眼，比比看哪一根顶细。皇天不负苦心人，总算他李嗣仁弄来的里头有一根直叫细，只合地瓜粉条儿煮泡了那么粗，敢情也软和多了。经我父拿来试了试，点点头，凑合了。

纸子是早就打理出一大把，白漂，拿篦子梳了又梳，细过绵羊毛，足够三四副二字髯都用不尽。眼前到得这般时辰，毛有三更天的样子，这可得加把劲儿，赶紧把骨架对付出来。我父估着城上奋兴会礼拜该散过很有一大会儿了。不定祖父母、叔叔都已回到家，洗洗弄弄早做大梦，可这把假胡子还八字没一撇儿呢。

大伙儿把扮旱船女客的沈长贵撵回家去养息，明儿大清早就得扎裹扎裹抢在头里出会。扮老艄公的李嗣仁也本该一样儿，早点歇着养足精神。可这骨架子得像衣服可身，鞋子可脚一样，要服服贴贴可着他那张栝板子大宽脸。只是衣服量得出尺寸，鞋有纸剪的鞋样子，独这把假胡子还非得他人留在这儿不可，须得随时贴他大脸盘子比试，才知该打哪儿打弯、打哪儿翘上去，又哪儿放多长、哪儿留多短。等每入出一段儿，就得挂上脸去试试伏不伏贴。顶少也得等把骨子弄成一半儿，另外半边依样葫芦，将就着可以——好在他人不正经，脸倒正经，不歪不斜，凑合着免他愣等在那儿。

大伙儿都刺弄他嗣仁自作自受，活该留在这儿熬夜。倒是耀武铁脸豆腐心，人又是在他沙家，便去抱一扇春秸苫子来，给打个地铺，连身歪上去，别管睡不睡得着，迷盹迷盹也强似干熬；又随时拿那骨架子搁上脸去试试，睡没睡着都一样。

哥们儿这就动手来缠枪捅条。试了又试，光靠手劲儿还是没辙儿，非得借重榔头铁锤不可。捶捶打打那动静可吵死人。耀武他母亲歇在东屋,吵不大到,西间里睡的耀武他家里的,那就别想阖阖眼儿了。我父催着搬家,搬去大门过道旁的灶间,耀武也就把还没打开的麦秸苫子抱去灶房里安顿。这边沈长贵带着烟茶咕哩咕咚的家当挪窝儿,临回家去没忘记又嘱痒了李嗣仁一下:"锅门口草窝里凑合凑合就不错了,还摆个丈人的甚么铺?非要春秸苫子才停得了尸呀你!"

大伙儿分头家去寻摸来几把斧头、钉锤、铁榔头,顾不得大正月里忌讳动铁器,插手的插手,换手的换手,铁榔头垫在底下当铁砧,捉对儿学那铁匠铺子打铁,我父比方是个师傅,小钉锤点到哪里,掌大铁锤的就跟着落锤落到哪里。一个点到为止,是手艺;一个下死劲儿落锤,是出死力气。轮到一旁歇手吃烟的,嘴也不闲着,东扯葫芦西拉瓢的拉聒给大伙儿解闷儿。

说这是跟铁匠铺学的,到底差人家多了。人家是靠风箱炉,铁烧红了,软像面条一样儿,要摆弄它怎么弯,怎么扭,就得心应手地怎么弯,怎么扭。像这枪捅条,就能把它匀匀净净再打细些。

季福禄窝在墙角儿一大堆豆秆子柴火里,掌心里攥那枪捅条垫出的深沟,歇了这半天还没平整,人家铁匠铺子可是用的大铁钳咬住的。要不的话,风箱炉上烧得红彤彤的铁胚子,能拿手去攥呐?想起那铁匠铺子总是一个师傅俩徒弟,像打的鼓点儿,不紧不慢的叮咚哐、叮咚哐、叮咚哐……赶集还在集外头,老远就听到。人家就取笑打铁的没谁能发起来。季福禄嗝儿嗝儿笑出声声,打豆秆子窝儿里直起身子说:"畲!不是俺说,李嗣仁,害死人,害俺大伙儿不光是犯忌动了铁器,还找霉星来碰。不是那个讲法儿呗,别管你铁匠铺子拼死带命,从白到黑儿不住手的精腚光、精腚光、精腚光……多好的手艺,多好的买卖,也都让这个咒儿给咒穷了。畲!从早到晚儿,一年到头,没两句话,一拾起活儿就那么哭穷又念咒儿,精腚光、精腚光……哪有不穷得叮当响的道理?精着腚,是连裤子也没的穿,混得够呛了,还又家当伍儿的全都光了,囵!李嗣仁,你说你是不是个狗日的扫帚星,一扫就扫了这一大圈儿都跟着你倒楣!"

蹲在我父脊后,帮忙攥紧枪捅条,两手都震得麻麻的碴磨钉儿李永德,做出龇牙咧嘴受不了的一脸苦相,倒也有闲工夫来搭话:"那好啊,俺这可只一师一徒呗,日他妹子,你听听,精腚、精腚、精腚,精着腚,没光,啥意思你知道?精着腚干吗来?托嗣仁福,俺哥儿今年要走他妹子的桃花运咧!别怪俺说你季福禄不识好歹。"

先前季福禄那么数说,嗣仁只管装死不理,李永德这一来两句好话,他倒活过来了,顺竿儿爬,惹得大伙儿可又一顿好骂。连高寿山口齿不利落,也都结结巴巴插进嘴来,先收拾李嗣仁,再回头窝囊李永德:"阿枯恰阿枯恰,你可真行,顺着大腿摸卵子。阿枯恰也无怪你碴磨钉,只顶到俺卵子高,敢敢……是阿枯恰你满眼都是卵子。可他李家卵子阿枯恰轮不到你龟孙子李家来摸,阿枯恰是不是?你这个李跟阿枯恰人家那个李离着十万八千里,你还想……还想阿枯恰摔人家劳盆不是?日他妹子你小心叫他李府上阿枯恰一二十只大脚给你踹出来,阿枯恰不是俺说……"

这哥俩儿偎到一起不成对手,一个少见那么黑粗高大,一个少见那么矮矬矬矬的。动起手来李永德只有闪到一旁的份儿,斗起嘴来倒又正好反过来。不过也难说,个子小总来得溜活儿,耍刁不要力道。那高寿山夸过口,"俺把你碴磨钉摔到手里,日!包你两头不冒。"可人大愣,狗大呆,你摔他?那得先看你逮不逮到这个比泥鳅还滑的碴磨钉。斗嘴的话,高寿山也不算正宗口吃,慢言慢语也不是甚么毛病,不一定输给李永德,就他那"阿枯恰"来得碍口,不靠"阿枯恰"引路,话就出不来;早晚能把这戒掉,怕谁也没他那张嘴来得损。他哥俩儿或就像个讲讲儿里讲的:小燕儿仗它伶牙俐齿,要跟癞虾蟆比比谁打一数到十数得快。结果癞虾蟆不慌不忙照它平日那个慢法儿,只叫了四声"俩五一十"，结果赢了小燕儿。

把嗣仁留下来敢是留对了，他嗣仁也没吃到甚么亏，蜷在灶门口一堆豆秆子柴火里，钉锤榔头敲打得吵死人，也没吵到他睡得像口死猪，下巴颏都掉下来了。无恶不作的哥们儿谁希馋着想抓个甚么玩意儿堵堵。破磨钉就说过："俺真想放个屁请他点点。"

这边捶打一阵儿，但得有点儿形了就挂到他脸上试试伏贴不伏贴，一遍又一遍，也没弄醒他。只一回，铁捅条捶打久了些有些热，忘记吹吹凉，把他鼻尖烫了一下，才似醒未醒打了个嗝嗤，遂又黏溚溚嚼了几嚼，还是照睡他的。

也没算算扐弄了多久，整个骨架子总算捶打成了，只差余下约莫三五寸多出来的一截给去掉。耀武出的点子，斧头刃朝上放牢靠，该截掉的那道痕儿横担在斧口上，再拿铁榔头下狠劲儿砸。我父把那痕儿比画妥当，交给耀武去办，直到这时，我父才得空儿立起身来松快松快手脚，人是累得脚麻腿酸，直打呵欠。

把枪捅条捺在直竖竖的斧刃子上，加劲儿猛捶。这又让闲在一旁的破磨钉寻到开心，说这挺像立夏骗牛。亏他有本事想到那上头去，大伙儿都嗞儿一声笑出来，一个个都拉架子要揍他。高寿山正亮起铁榔头要捶下去，笑走了气，半腰停下来，似乎闪到胳膊还是哪里，揉着肘子骂李永德，作势要把他破磨钉拉来骗掉。

破磨钉仗着高结巴子身手笨邋邋的不灵活，像堆草垛子尸眽五年的蹲在那儿夯铁锕头，要爬起来得来去老半天，就存心撩他，扫堂腿蜷了一脚高结巴子屁股，随即海里蹦儿似的那么溜活，一个翻身闪到一边去，不知占了多大便宜，捂住腿裆笑骂高寿山："日你的大舅子，骗了你姐夫，不怕你妹子守活寡，难道？"

这边催着高结巴子"大人不见小人怪"，赶快下锤，又齐声骂开李永德少捣蛋，才又干起正经的。别看枪通条粗不粗，细不细，要截断它还不是三两下就行了。垫在底下的斧头给砸得陷进土地里，挪了个窝儿又挪了个窝儿。

骟牛总是在立夏这一天。个头长足的犍牛约莫一岁上下，不阉掉的话，野性难驯。骟起牛来也不难，不请兽医也成，四蹄系了扣儿，一拉就平倒下来。哪还用甚么麻药，只拿井里才打上来的冷水，不住手抄水浇到卵泡上给冻麻一些就成。斧头刃上垫两层麻袋，竖直了垫到卵泡底下，摸清楚卵蛋横搁到斧头刃上，拿根裹着几层红布的木棒槌，手底下高明的，对准了卵蛋只狠劲儿一棒子擂下去就成，这再把另一只卵蛋也如法炮制，就那么简单。只不过往后还得些日子调养，先是卵泡肿像副猪肚子，贴上大张红纸膏药，牛角系上红布，十天半个月做不得拉车耕田轻重活儿，也不能让它老睡觉，得牵着到处去蹓，防着瘀血。牛脸本就天生的一副受气相，平日不觉得，一旦骟过牵上路去蹓，就此断子绝孙，瞧上去越发的长了脸，还又嘟噜着厚嘴头，张大鼻孔喘粗气，不就是顾自生闷气生个没完儿么？

擂伤的卵蛋卵泡，要不了几天也就消肿了。往后眼见那卵泡一天收小一天。不出三两个月，卵蛋化掉，怎么摸也摸不出来。卵泡也后来缩到不如小孩儿拳头大。

说来真叫简单，可也还是请来兽医先生放心些。红纸上摊的草药熬成黑骚泥一般的膏药，人家家传秘方，兽医先生就是凭这玩意儿营生的，自家骟牛也终归要买他的膏药，其实骟条牛也不过二升小麦，养得起超大牲口的人家，谁又在意那点儿粮食！

花掉大半夜工夫，总算把这二字胡的白花花髯口给掇弄成了。喊醒李嗣仁起来戴戴试试。人是觉没睡利索，晕头转向的净烦腔；可哥们儿差不多连个盹儿也没打，他嗣仁任怎么嗜好闲言闲话糟蹋人，瞧一个个熬得红眼马狼，也就没半点挑剔了。等戴上髯口，都还没挂稳，就忙不迭拉起个山膀架势，提提嗓子像要唱两口，遂又走了气是的，装着醉上两步,一拱拳:"打道回府了,喽啰们的,后会有期。赶趟水路还来得及,先偏了众家弟兄。喔……哈哈哈哈……"学的是大花脸那个笑法儿。

"先偏了",是句客气话。"民以食为天",家常里彼此碰面,只要是三餐前后差不多时辰,打个招呼总一定是"吃过啦?"对应个"偏过了。"举筷时若一旁有人,就谦谦地道一声"先偏喽"。瞧他嗣仁眼见新髩口做成了,得意洋洋把那夫妻敦伦之事扯了来当饭吃,真逗,也够损的。可他就是那么个奸嘴,三句话不离荤腥儿,"先偏了"在他算是再斯文不过了,也只叫人笑不是,恼不是。嗣义替他老哥挂不住脸,嚼了一声"就是一张脏嘴!"说的是大实话,天到这昝子了,他那勤快麻利的大嫂不定都已套驴上磨了,又这么个天寒地冻的冷法儿,还赶趟水路?河里还上有尺厚的冰板儿,不知哪天才开江呢。

我父袖着手,怀里抱着那把免了一劫的洋伞,顶着下半夜刮死人的寒气窜回家来。先打外头弯进手挪开那根抵住秫秸笆帐子门儿的杠子,扁身进来重把门儿闭紧抵上。摸黑深怕踢到地上顺手放的盆盆罐罐,脚底贴地慢慢儿驱着挪步,像个瞎子。这再轻手轻脚试儿试地推开左扇屋门一拳宽缝儿,探手弯进去挪开挡门的木墩子,蹲着托起板门下沿儿,防着门轴太涩,跟门研窝子磨得唧唧呦呦响——像个戏台上武大郎走的矮子步。就么憋住嘴,大气儿都没敢喘一声混进屋里,这再回身合上门,轻托住门闩把门插上。

尽管这样子蹑手蹑脚,没弄出一些些动静,东间房里我祖母借着清理嗓眼儿——不是梦里,是醒着的那种干咳,不外乎有意叫我父晓得——娘我清醒得很呢,你别以为神不知,鬼不觉,谁都吃你哄了;娘我比神还灵,比鬼还精,你可领教了罢!

这样子也就够了,我父凡事都那么自重,犯不犯错从不等人指指点点就先认了的。我祖母瞎聪明,不识人,连对自个亲生儿子好在哪里、歹在那里，也所知甚少。加上那个抓住人家小辫儿不肯轻饶过人的性子，我父这边都已掀起西间房门帘子，还听到背脊后祖母不甘心地撂过来一声："游魂！"

大年初一，这可是挺重的一咒儿。

我父挺不满地摇摇头，把冲到鼻孔就要噌出来的一声"兀儿——的！"给擤鼻子一样抽回肚子里——若是叱出声来，不算撒村，也够大不敬——尤其是对上人。

除了尚佐县这西乡一地，差不多再没哪个地方拿这"兀儿——的"（或"门儿——的"）噌人。本来也只是有这个音，没这个字儿；该说是有音无义，倒又涵义混杂不一，大抵是种瞧不起人的不屑口气，近乎嗤之以鼻："啥玩意儿嘛！"或"去你的！""怎么这样子！"……这里之所以采用"兀"字，是承叔叔指点，我的求教，叔叔觉得有趣，倒认真地穷究起来。压两天，告诉我："你那个'亡'，似乎不如叔叔琢磨出来的这个'兀'字宜当些。"叔叔说"兀"字可作"怎的""咋"解，且还又举了董解元《西厢记》中的一句宫词"兀的不羞杀人也"为例。至于前此我自个儿凑合的"亡儿——的！"，原是取其意涵"完蛋！"勉强可通，但"兀儿——的！"更切近原音"ㄨㄣ儿（音 uenr）——ㄉ·ㄜ（音 de）！"，遂舍"亡"而取"兀"。至于"门儿——的"，约莫是"妈的"转音了。

且说当下我父拱进了西间房，摸到床前，先把洋伞暂且塞进床底藏妥，坐到床边儿，两只脚对搓掉自个儿年前新打的芦花毛窝儿，一边不禁心想：放着好觉不睡，真是有福不享，防儿子还是防贼？黑窟儿里一径儿那么瞪一对瞎眼儿守门户？只为咒一声"游魂"？……脱下布袜，又没扬，又没甩它，却一股冲鼻子的煮蚕豆臭味儿。三十晚上洗的脚，换的干净布袜，不该这就——可还是插在新芦花毛窝儿里闷太久了罢，日常里初更天不到就好洗脚上床了，这好，四更多，快

新春　481

五更了也说不定,少说也多闷了四个时辰,四个时辰就合八句钟头,怪不得闷出气味来。想着却有点儿疑心,凑近鼻子闻闻,果然没冤枉它。说来也奇,蚕豆这玩意儿,长上点儿盐、桂皮大料,煮个烂烂的,叫作五香面蚕豆,溜上两点香油,那才叫美死了人的下酒好菜,却就是有口脚丫巴子臭。那焐久了的脚丫巴子呢?——更数那好出脚汗、又不常洗脚换袜子的,敢是一股五香面蚕豆的臭。

为这脚丫巴子和五香面蚕豆,我父跟自个儿笑起来。想想娘总是娘,自个儿也有不是。兄弟教给的《论语》有一句是"亲在不远游",这样子游魂了差不多一整夜,不是远游也是夜游。别管干了啥事,夜游要比远游不正经多了,惹娘睡不着觉,也挺罪过不是?……正自这么犯有心事,没防着叔叔打脊后喊了声哥。小小声儿,可还是身上一颤。满以为这么小小心心惊不到兄弟的,却仍把兄弟吵醒了。

叔叔撑起身来,想凑近我父耳根儿说悄悄话,我父忙把他光身子按回去,把被口掖了又掖:"清冷清冷的,冻着!"赶紧三下五除二脱光衣服,钻进被窝儿躺下,挪近枕头说:"赔礼赔礼——才矇盹一下罢?又给吵醒了。"叔叔却说:"愣等哥回来,好给哥报个信儿啊。"

却原来这儿又有个放着好觉不睡,有福不享的。

叔叔摸到我父一边耳朵,凑近来喊喊嚓嚓说:"哥你看罢,大年初一都欢欢喜喜的,倒要给哥报个坏信儿,真是的——可还算好啦,早过了子时了,年初二了不是?好歹忌讳小多了。"

一听到"坏信儿",不由人的心里喀噔了一下。不过,从来也没有过甚么好信,坏又能坏到哪去呢?要说甚么忌讳不忌讳的,那倒好笑了。"人倒楣,忌讳多",不遂心嘛敢是疑神疑鬼,见不得甚么风吹草动。我父捶了捶叔叔,嗤嗤嗤差些笑出声儿来:"咱们信主的人,百无禁忌。真的,百无禁忌。"

只是押尾这又重了一遍,是自个儿心虚不成?叔叔倒像是挺解哥意，忙说："是啊，姜太公在此，都能百无禁忌，而况上帝在此。可是能避开的话，心里头不是更坦荡、更开敞？"

我父催起叔叔："好了好了，咱们都不用害怕犯忌讳，你就敞壳儿报你的坏信得啦！"

隔了被窝筒儿，哥俩儿贴得不能再紧。叔叔就把奋兴会礼拜散过之后，祖母怎样拉住了那个洋人何长老打听信局子的事，如何又把叔叔唤过去，跟何长老怎样有失体统地硬把他朝人家信局子塞，只怕全天下也没有一个做娘的好意思把儿子夸成那样子，没捧上天也捧到云眼儿里了。末了是叔叔从没跟祖母拗过却差不多翻了脸。祖母也给惹恼了，先还只怨叔叔怎么不识好歹，待何长老有事告声失陪，祖母可冲叔叔发了狠话："你别死狗搓不上墙，只管装你的孬。真没章程儿，怕你爷怕你哥怕成这副屄相儿。等着瞧，娘要让他爷俩儿得势儿，抹脖子给你看！"

从头到尾，叔叔都是喊喊嚓嚓贴在我父耳边儿说的，说的累，听的也累。我父只管听着，没插嘴。到得叔叔独自个儿把甚么罪过都揽到头上，我父才赶忙搡了又搡叔叔说："别介别介。谋事在人，成事在天，主自有安排。但凡主安排的，没有不好的。咱们还是跪起来祷告罢，你说呢？"

新春　　483

旧的去了，新的不来

大年初一，家家闭门合户，图的是一家团圆，倒把人整整憋在家里一长天。为此这初二天刚蒙蒙亮儿，就无分男女老幼等不及地倾巢而出，仿佛清早打开鸡圈门儿，飞的飞，跳的跳，展翅拍拍扇扇，你追我赶，呱呱鼓噪，不疯一阵儿不去觅食。恭喜发财，恭喜万事如意，尽拣吉祥话讨彩头，零散的爆竹不定就在身边儿炸开来，谁都听不清谁的，谁也都知道谁拱手说了甚么。

　　依着世代传说，"年"是食人灵兽，每隔三百六十五天出临人间捕人而食，盘桓一天一夜方始离去。这灵兽唯怕红色和响器，人就拿春联条对、穿红戴红、鞭爆锣鼓来惊吓"年"兽。照此一说，到得初二"年"走了，人真合当是劫后余生，瞧那人人欢天喜地，全新的穿戴打扮，硬像是得庆生还，托天地祖宗福佑逃过一劫。接下来顶少也有十天半个月的吃喝玩乐，啥活儿全免了。

　　"年"是前墙贴后墙，瘪扁肚子饿跑了——不是从来也没谁给"年"叼了去么？落到现世里家常过日子来说，那是年年难过，年年也就过过来了，没见过有谁落在年的那一边过不过来。

　　说这年难过，庄户人家任由日子怎么艰难，只须安分守己，抠抠省省，没大天灾、大人祸，为个年，到底凑合得上十天半个月吃喝玩乐。城上没个恒产的人家,大行小铺,混穷把式的斗升小民,谁都一年下来少不得有赚有蚀,放贷租赁,赊押挂账,这些通财往来,无非把钱玩活起来,一文当十文百文用,敢是强似乡下土财主只懂得银子装进坛子,坛子埋进地窖子,不光是生不出孳息;气数走了的话,一坛坛银子化作一个个银人儿,径去填还发旺走运的人家。

可这城上别管哪行哪业,一到年根岁底,没哪家不来一场清仓清债大结算。那是个无大不大的旋涡,是富是贫莫不卷进去,个个晕头转向,个个铁着脸没容没让,给逼债逼得上吊寻无常的也不算稀罕。所以说一个年过下来,家禽家畜是一劫,家家户户是一关。债主是债讨得到就是盈,讨不到就是亏;债主也不定还欠别人的债,讨得这边,还了那边还有余,也是盈;讨得这边,拖了那边,赖了那边,敢是大盈。只苦那尽欠人没人欠的,平日还可明日复明日地拖拖赖赖,到得这个急景凋年的大关,嘴巴可就秃了,怎么推拖撒赖,三十晚上子时前硬就是个大限,万不兴允到明年那个道理。再加上过个年偏又这里那里都急等着度支开销,吃吃穿穿不用说,送礼、年赏、宴客、敬老、抚孤,到处都是钱窟窿,多少钱才堵得过那些千疮百洞?一方把关,步步紧逼;一方偷关,东躲西藏,家都不敢回。年关年关,真说得没错儿,讨的欠的两边都日子难过难熬。

讨债的强手——人称"腚后跟",你到哪他跟到哪。你说到哪儿哪儿去想法了,他就跟在后头,陪着一团和气,"是了你老,省得你老再跑去小店儿,也省得我再跑一趟。"你蹲在家里,他就有本事陪在一旁,陪到你上床了他就坐在床前守尸一般的打盹守着。你吃饭了,不能不客让一下,他就万分抱歉地:"只好扰了你老。"他也不提还债不还债那回事儿,笑眯眯地摽住你。你说:"等我凑足了就给你送过去。"他却道:"不忙,你老,怎好劳你老大驾?再说,我空空两手回去,老板脸色不好看。"没半点脾气,每一回话还都欠欠身,客气透

旧的去了,新的不来

了,你能拿这"腔后跟"怎么样?可不管是偷关把关,单等大年除夕一到子夜,钟鼓楼上一声子午炮,千家万户鞭炮齐鸣,彼此好打好散,各自收兵,拜了年万事吉祥,仿佛一场噩梦,梦醒无事,讨债还债又是新的这一年年底的事了。"年"兽食人的这段鬼话,弄不好就是打这上头编出来的。"爆竹一声除旧岁",不如说是"除旧债",尽管旧债并没除一文,总是松一口大气,过过年甚么都好说,再从头慢慢儿过日子罢。天时是大地回春,种种都重新来过;人世顺遂着天时,家家户户也都重新来过。

乡下是少有这般光景,庄户人家或许厚道多了,就算也有个年关等在那儿,还是宽松许多,推小土车儿碰上个高崁儿,在行的呢,早早带点劲儿冲上去,乘势儿轻轻快快就闯过去了;嫩手或是没用心的,车轮抵到高崁儿才使力气,出尽了死劲儿也休想硬碰硬㧟过去,少不得退退后,再一鼓作气往上冲。不定能一冲即过,那就再来个二鼓、三鼓。乡下庄户人家闯年关就配比这小土车儿过高崁儿,难处归难处,不定那讨债的还帮忙拉一把,总没难到要去上吊寻无常。

这年关,别管关东、关内,怕连江南也都免不了一般样儿。往日祖父祖母尽管家财万贯,买卖上盈亏赊欠自有二曾祖母当家理事顶住,祖父祖母能不生事就是尽了孝心,还指望小两口分忧分劳管管事么?可祖父祖母吃喝玩乐积欠的债务才不老少呢。祖父背的大半都是赌债;祖母那般七大姑娘八大姨的,花销也不在祖父的赌债之下,金兰姊妹间婚丧红白等大礼不用说,今儿这个过生日,明儿那家孩子过满月、过周岁,后儿又谁收干儿子、干闺女,哪儿不是散财撒银子?人家酒楼、银楼、绸缎庄、茶食店,求着你华家大槽坊少奶奶敞壳儿挂账都来不及,还怕你老出手没个数儿、没个谱儿?讨债讨不到二曾祖母那儿,敢是都得祖父私下里跟账房拼当。祖父就笑过祖母:"你那帮金兰姊妹银兰姊妹,可只见金只见银就没见过兰来?"

账房却也不是金山银山任由不务正业的小两口掏不尽挖不光,年根岁底躲债回不得家,唯托账房搪来挡去,万不得塞给讨债的这个两成、那个三成——就只是千万别碰上个腔后跟,你躲到天边他跟到地角;你就是还个几成,他还是照跟:"不急,你老,真是紧逼了你老。"

乡居这四五年,祖母没停过唠叨,过不来乡下没滋没味儿就是泥巴多的土日子,睐儿睐的老要搬上城去住,祖父费尽唇舌哄哄劝劝、正理歪理,免不得也拿当年身负重债让人家逼得上天无路,入地无门来提醒提醒,也是可叫祖母迟疑一下的歪理之一——想帮祖母断念可办不到。

老实说罢,祖父也不光是哄、劝、诈、吓,倒是有八成怜恤祖母一向娇生惯养,乡居是真委屈了祖母,单说那细皮嫩肉又四寸金莲,就够暴殄了天物,心中难免亏欠。这四五年来日子不够过,缺长少短免不了,赊赊欠欠也不在少。就只是一来算一算,散开来拉的债,每个头儿到底有限,这家一斗,那家百文,还真算不得债不债的;二来罢,乡佬大伙儿都像没把这放在心上,你不说他不提,你提他倒先自脸红了,好似钱呀粮的借出去不兴再跟人家讨。就连这个,祖父也时不时半玩笑、半挖苦地拿来提醒祖母蹲在乡下有多安居乐业。

新春头一天的奋兴会,我祖父讲道即以主祷文中的"免讨我等之债,犹如我等免讨他人之债"为题,举年根岁底讨债还债之苦为例,不时引发会众叹一声"阿门",对于多多少少都不免受过此苦(有的就在今晨子时也才闯过年关——不分讨债还是欠债哪一方)的城上居民,可说是刺中了人心。这样也才使得会众切身地感到天父借着基督舍身代偿老账,一笔勾销赦免了世人世代积欠的罪债之恩;不光是明白了道理,还更深得行道之力。

不过祖父在经文上还是作了订正。尽管祖父并没轻率地指出经文有所偏误(经文不独是不可有一词一字的更改,一笔一画儿也是动不得的；否则那可触犯了离经叛道之大罪），却有他的另解。因照经文那么说，上帝要以人的行为作准儿了："你看，我们都不讨人的债了，你也别讨我们的债罢。"岂非人已作了上帝的榜样？因而祖父解之为"我们若肯免讨他人之债，求天父也能免讨我们的债。"像这种按义理解经，一直都遭遇到教会的非议，我祖父却也一直坚持己见："字面儿上明明的不妥，那就要从文理上来求通达。这中间又既经过传译，传话都免不了传错，传译更难保不会有误。"

我祖父与教会之间带常里时有类此的争执，教会敢是每每搬出洋人来论断——也敢是要请洋人来指责祖父的擅自解经之非。只是英美的《圣经》也并非原本，英美的教士、牧师也多半不识希伯来文原本的旧约和希腊文原本的新约，其于中文也语言上勉称通顺；文章则识字不多，解义更难，祖父与之辩解往往形同对着城墙发话，至多得到一些儿嗡嗡回应，像冲着坛口儿喳呼。圆熟如卜德生老牧师，人情世故没说的，欲与中国民情风俗亲和几乎到得逢迎攀附的地步，如同一些长老的崇洋媚洋，而比那些长老还要中国得多。就只是一旦临到这种经文辩解，那番圆熟的涵养可就化作躲躲闪闪、推推托托的乡愿滑头，一派公说公有理，婆说婆有理的无可如何；大事化小，小事化无的和事佬味道。通常是服于我祖父的理，又碍于众长老之情——众怒难犯罢，当众是宣告交托上帝，以祷告平息争执，然后再分别安抚双方。结果难处仍自源源本本、化明为暗地典藏完好。

叔叔自幼多在祖父身边，目睹或耳闻这些不论之争可多了，但也只是牵挂在心上，想替祖父分劳分忧也无从着力。这要到后来叔叔先后上了齐鲁大学和金陵神学院，都是专修希腊文；且依新约原文与赛珍珠之父赛兆祥牧师共同钻研迻译大事，以及赛氏猝逝，叔叔独力完成公认为译文善本的"一九二六本"新约全书；因于直涉原文，方见类似主祷文之例的相关解经，祖父的不谙原文却所断无一不中，不禁既惊且钦。而为祖父的得承正传,不世恩赐,唯有援用史记张良之赞汉高祖,赞祖父为"我父,殆天授!"

这边奋兴会散会,那边众长老等不及地相邀并请在场的诸教士、牧师,至教堂一旁的祷告室聚会。我祖父看在眼里,虽未受邀——也更因这个,随即交代叔叔陪伴祖母到门房那里等候,径自不邀而与,去至祷告室赴会。

这种六七百人的夜晚礼拜,教堂使的是洋油打了气的"洋气灯",像个倒挂的小瓮子吊在屋梁上,玻璃罩里白砂泡儿只不过拇指大小,咝咝咝咝的细响,亮起来却如日正当中的太阳,刺眼夺目不能逼视,瞭它一下下,眼前便大团大团儿绿花花的斑斓,久久不散。偌大的厅堂顶上悬上两盏,便像白昼一般,地上掉了绣花针儿都找得到。有那尚未信教的,还真是冲这"洋气灯"跑来看西洋景儿,把这布道培灵奋兴会唤作"洋灯会"。真正的花灯会可得等到正月十五上元节。

会散过,没等会众散走多少,后半厅的那盏煤气灯便打梁上松开穿过铁环儿的拉绳,缓缓垂下,停在半人高的悬空里。一时间散去的会众又抢回来,碰得长条凳歪歪倒倒,喀喀啷啷的。只见掌事的拧了下灯旁的转手,刺眼的贼亮顿时暗将下来,咝咝咝咝的细声也随即闷吭不响了,可那白砂泡儿仍自血红血红瞪住个独眼。有人探近手去试试,惊呼像个小火炉,烤烤手可暖烘。好半天那红眼马狼才闭上,空余一个拇指大白煞煞细网编成的砂泡儿。

叔叔走去北角门儿,漫过散落的人空儿间,只见祖母留住那位洋油厂总办何安东长老说东道西的,叔叔便停下来,撮远些等看,猜想祖母八成在跟那洋人打听邮传局子的事儿,先就心里不甚舒坦,觉着祖母犯不着跟一些教友那样,总溜着洋人,奉迎着洋人。不过也暗自有些蹊跷,娘这回怎么也对哥的事儿上心上意起来。尽管这样,叔叔也还是不喜欢祖母凡事都会过了头。人家洋人既托付了爷帮忙物色募人，又指名要哥这个人，还要做师娘的再叮上一叮么？人家洋人敢是深知华长老为人正直无私，过于自重，以至内举避亲，才先就说在前面。按理说，人家是用了心，定了意的，不比随便应承，恍惚未决，须得加把劲儿再敲敲边鼓甚么的。再者，这是他洋人求着咱们，那又何须去跟人家摇尾巴？

祖母一直瞟住何长老，东张西望地且走且讲，不知怎那么多的话，噜嗦个没完儿。待祖母一瞥见叔叔，就喳呼了起来："真是的这个小惠，到处找你人，快来见见何长老。"

两盏煤气灯已熄去后半堂这盏，叔叔站在暗处，不想祖母这么眼尖，还是给瞧见了。经那么一喳呼，叔叔不甘不愿地走到亮处。祖母忙跟何长老引见说："这就是给长老提的，咱们家二房宝惠，书念可多了，又一笔好字儿，过年人家都来请他写门对子，能者多劳，忙坏了！"遂命叔叔"还不快过来给长老请请安，拜拜年！"

没等叔叔凑近去，何长老先自拱手说："免礼免礼，同喜同喜。"可慈命难违，叔叔只好意思意思地作势儿打个千儿，略弯弯腿儿，随即作揖拜了拜年："恭喜长老，新年平安，万事如意。"当下心想，也就是逗逗他洋鬼子罢了，别那么计较甚么卑躬屈膝。遂又暗笑起这是"黄鼠狼给小鸡拜年"，挺占便宜，差点儿乐得喷笑出来。

该说是远从曾祖父那一代起，辈辈传下来的咱们家风之一，近乎不太正经的一种嗜好罢——玩赏洋人；就像曾祖父的玩儿大牲口，祖父玩儿兔子，我父玩儿鸟、玩儿花（特别是百灵鸟和八宝花），叔叔玩儿狗（后因婶婶怕狗才割舍了），大哥玩猫，二哥玩儿花，到得我们和下一代玩儿的不大集中，狗曾一个时期多到二十多条，猫、鱼、兔、鸟、鸡（死了埋葬的）种种。因为都是活物，所谓的"张口货"，养而不用，更非赖以生息以助家计，所以是种玩儿，是种不太正经的嗜好。玩赏洋人，敢情不用养活（但若追踪到列强帝国主义资本主义的侵略和殖民，无论其为军政侵占，还是工商贸易、传教、办学，还是寻觅得出人人皆多多少少出了份子供养他们的一些线索），唯就不曾利用他们、仰靠他们，只是止于玩赏，还应该是近乎不太正经的一种嗜好罢；而且相忘于溺宠或虐待，更完全无涉于轻蔑、戏弄、凌辱、玩物丧心或潜意识仇视等等。

从早先曾祖父的取笑牧师一词儿（青泥洼骡马栈的众马倌中即有牧师，专司选种选时调度交配的行家），并未碍着他老人家乐捐巨款兴建牛庄大教堂，便可无言地阐释这种不太正经的嗜好。

叔叔这个光景里，即兴地意识到"黄鼠狼给小鸡拜年"自也是顶自然不过的一种触景生情。一点也不错，愈看愈对路，那何长老从下颌到脖儿颈根子，都跟鸡冠一样的质料，皮子奇粗，红赤赤的一个小毛孔就是一个小疙瘩，活像拔净了扁毛只剩细毫的鸡脖子，哪是顶着人脑袋的脖儿颈？人是只在受冻时，打寒噤、起激灵，或是见到甚么森人、甚么虼痒事，汗毛直竖时，才会那样子起鸡皮疙瘩。小鸡碰上黄鼠狼，约莫也就是这个德性。叔叔不由得心里一馋，龇出獠牙来，冲上去就是一口。叔叔过这新年交上十六了，个头儿还没怎么发起来，人说那是心眼儿多，压得长不高。对面儿站近了，只顶这个不算很高大的洋人胸口儿那里，硬是要仰人鼻息的样子去伺候人家脸色。祖母身材娇小，敢是越发的高攀不上又越发的在那儿够着扒着贴贴近乎。叔叔听不进做娘的还在为儿子吹嘘得云山雾罩——净是些假齐斯文的外行话，也好在他洋人撑死了只怕听得懂一两成——就顾自一旁玩赏脸前这个显属异类的活物，从"黄鼠狼给小鸡拜年"到"九斤狸猫能降千斤鼠"，别看那么个愣大个儿，再壮再沉的大公鸡，犯到黄鼠狼手里，下口就唒住喉咙管儿，一声都不响，往后一甩，拖了就溜，墙照跳，柱儿照爬。那黄鼠狼连皮带肉合上一身骨头，顶多斤把两斤重罢，可就能轻轻巧巧拖走一只九斤黄大公鸡。

旧的去了，新的不来　　493

该怪有求于人罢,说实在的,祖母平素也是一式儿的把洋人当猴儿玩赏,每逢见到洋人穿戴长袍马褂,或是听到洋人冒出句俗话来,便觉着好玩儿地笑笑说,"猴儿专学人情事儿",那是指玩把戏的猴儿穿彩衣、戴假脸子、打伞挑担儿推小车儿种种说的。叔叔把他见过的洋人相貌约略分作两型,一是龙长脸、凸鼻骨的老绵羊;一是凹坑眼、长人中的猴狲儿。这何安东生的一张赤红脸儿,一对黄眼珠子,活脱脱一只县衙门马号里养的避马瘟大马猴。这新年里见人就拱手的有样儿学样儿,可不就是戏台上大闹天宫偷得蟠桃的孙猴子么?只是怎样子有样学样儿,四声不全,四肢棒硬——难怪义和拳都说洋鬼子蹭勒盖儿入不弯,打倒在地便爬不起来——学样儿也只是镜子照人,学话儿也只合是只八哥(这当地俗唤"八狗子")。偏偏那镜面儿又不平正,把人照走了相;八狗子又还没修剪过舌尖儿。就算是最老道的卜德生牧师罢,镜面平正多了,镜子里的人也穿的是左大襟儿。就像八狗子舌尖修圆了,终还是有舌无牙,口齿不清。如此这般,岂不是看看听听都很逗,很好玩儿?

叔叔曾经窝囊洋人咬不清"人"字儿,撇腔拉调儿促狭地甾出个四句头儿:"我们外国ㄖㄨㄣ,就是不骂ㄖㄨㄣ。要是骂ㄖㄨㄣ,就是王八蛋。"本是哥俩儿偷在一道儿逗乐子的,却像四句真言一般,成了咱们华家家训,居然代代传了下来。

叔叔是齐鲁毕业在家等候差事的那两年里,赋闲无事,设了家塾借着教教咱们哥哥姐姐念书自遣。教的念的有时难免枯燥,少不得来点笑话调剂调剂,就像哄小孩儿吃苦药,给块冰糖过嘴那样,四句真言就是那么传下来的。到得我们这些无缘受教于叔叔的幼弟幼妹,乃至再下头的侄辈甥辈,竟都如背千家诗,这四句头儿可是那一千零一首。但凡一伙儿见到洋鬼子,背过脸去便拍手打掌数来宝儿一般,异口同声起哄数起来:"我们外国ㄖㄨㄣ……"不知有多乐。

叔叔候在一旁，只有装作没听到自个儿让娘夸讲成那样子，要不那可脸红到脖儿根儿，手脚都没处放了。娘是一直没提到哥，叔叔还以为从大到小挨次儿来，约莫先前已帮哥吹嘘过了，这再拿二儿子来衬托衬托——不言而喻，有这么个神童弟弟，那做哥哥的再差也退班不到哪儿去。可愈来愈走了调儿，祖母的口气是要把叔叔也往邮传局子塞了。这就不大说得过去，人家要的是我父，就那样，咱们也要客气客气才是——自谦和致谢一番，哪兴这得陇望蜀，得寸进尺，要把两儿子一总塞给人家？叔叔忍不住再伪装没听见，便重重地唤了声"娘！"求着祖母不可那样子。

那洋人转过来盯住叔叔看，差不多就要贴上脸来，像是要仔仔细细在叔叔的皮里肉里五官七窍里寻察出我祖母吹嘘的神童奇才究竟在哪儿，究竟是个甚么样子。

也别说，人家可是一直折下身来认真地倾听我祖母的絮叨。先是散会的人声嘈杂，接着又是叮叮咚咚的重新排齐整那些长条凳，加上洋人听中国话非得专心一意不可，不那么折身低就娇小的祖母还真不成。叔叔也比祖母高不多少。盯了一阵叔叔，这才好似虾腰过久，挺起胸来舒了口长气，摇摇头说："噢，你们中国人，真难看出年纪，十八岁，只像我们美国十岁小孩。"我叔叔忙改正说："十六岁，我十六岁——过这新年才十六岁。照你们外国算法儿，还没满十五岁。"叔叔才一张口"十六岁"，就被祖母暗中扯了扯后襟儿，先还叔叔弄不清这洋人怎会认他是十八岁，这才知道是娘跟人家谎报了两岁。甚么意思？只为大两岁才进得邮传局子弄个差事不成？心里一阵烦、一阵恼，不禁没好声气地饶舌又饶舌，恨不得把自个儿岁数朝下拉到十岁八岁才趁心。

何长老听了，即跟祖母抱歉起来："华师娘，你的二儿子太小，还太小，还太小。"

太小，太小，洋腔听来是"太笑，太笑"，是太可笑，笑意上了叔叔脸。可我祖母却立时挂下脸来，狠瞪了叔叔一眼，折身就要走，不过还是冲着这位洋人正眼也不看地冷笑笑说："那就算了。算我白说，算了算了。"把洋人晾在那儿愣着，也不理叔叔，转身就走，手还在肩上向后扇着，不住嘴地嘟囔："算了，算了，这些生番子，洋鬼子，真拿价钱……"

叔叔紧跟在祖母后头，一路拾着祖母顺口扔下的零碎，一路想着怎么劝解劝解，帮祖母消气——尽管心里也挺不自在，一是做娘的从来从来都不曾那么怀恨地瞪过他，一则自个儿惹了祸，伤了娘无所不用其极的慈母心。

叔叔赶到大门楼子里，才不得不扯住祖母说："娘，爷到里头有事，嘱咐咱们待这门房等一等。"散了会的人众差不多都走光了。

祖母摔了叔叔扯她的手，顾自往外走，却也走走停了下来，哼了一声说："真是的啈，儿大不由娘！可愈大愈折了呗，书都念到哪去了？折啊！折啊！"

依着祖母那个任性惯了的脾气，人已气急败坏到这个地步，叔叔真担心做娘的随时都会跌坐到地上，搓起两脚脖儿，扯开嗓门儿一头号丧，一头数落。所幸守堂的闻弟兄老两口都不在门房里，敢是还在会堂那边帮忙收拾。这穿堂一侧的门房内也无别人，房门和内窗洞开着，里面只一盏靠窗的罩子洋油灯，灯捻拧得很小，焰子不比一小团死火炭儿亮多少。顾着省油，也别忘了给回家的会众照照亮儿罢——这门楼下可又是石阶，又是高门堑，地上铺砖也有几处缺牙少齿，不陷脚也会绊脚。

叔父几度启齿，动动嘴又咽了下去。娘正在气头上，说这也不当，说那也不宜，到底不知该怎么起头，劝吗？哄吗？先告罪求饶吗？还是索性吓唬吓唬——就算拿甚么避墙鬼、吊死鬼，也一样降得住娘，至不济也可让娘噤声一下子——老考棚,"三场辛苦磨成鬼",死在号舍里的考生冤魂不知多少,有名的"脏地",只有洋教差会不在意闹鬼不闹鬼的,也才打官家手上捡了便宜买下来。祖母可是怕鬼怕得要命。

叔叔担心是担心,哄劝也想哄劝,四下无人,祖母是闹不起来的;又还有的是,祖母再怎么怄气,也独自一个人走不出这门儿。两头不说,单是这中间整整一条太平街,石块铺的道儿,年深日久,磨通了多少鞋底儿,磨劂了多少车轮辫子、多少牲口蹄儿,大大小小的青石块自个儿也给打磨得滑不溜溜像膏了油。石块跟石块间不合缝儿,年久失修,这块高出来,那块低下去,坎坷不平。就算没雨没雪,没上冻甚么的,大白天若不看着道儿走在上头,也都难保不滑倒,绊倒,况这昝子乌漆抹黑,走去西门里拴驴的城汪崖,祖母凭那对四寸金莲,没人搀一把、扶一把,又一路下坡,还真寸步难行。上城来时,祖母就已咒怨我父一阵了。若是我父同行充当驴夫,必定进了城门,左转沿着城隍根的土路,绕到学堂边门才扶祖母下驴,剩下没几步路就到礼拜堂了。可小叫驴只认准我祖父和我父,谁使唤也不听。祖父看看时候不够,得先赶去礼拜堂预备预备,只有进了城门就让祖母下驴,交由叔叔搀扶着慢慢儿晃,祖父牵驴去城汪崖老地方拴驴。那一路祖母可把我父数落个够,怨这大年初一我父就存心让做娘的不顺遂。叔叔只有陪上好话,劝娘此去奋兴礼拜,做帅娘的总要欢欢喜喜才是呗,没的先就满心烦怆,好像不情不愿来聚会,上帝暗中察看人心,也不喜欢的。

叔叔先倒有些张皇失措,眼看祖母闹不起来,也一个人走不出这大门,这才不慌不忙,等娘冷静冷静,多消消气儿,再看怎样来好言相哄,和事和事。

门楼过道里两面来风,又没坐没靠的;祖母小脚,楞站着要比走道儿还撑不久。叔叔索性伸进窗口,够着拧亮罩子洋油灯,三哄两哄把祖母哄进老闻的门房里,安排在蒙着黑毛发亮的狗皮圈椅上坐定下来,这再茶壶囤子里拎出瓷壶,贴外头试试还算热烘,便给娘倒杯热茶,先焐焐手再说。

祖母自个儿就说过,"盐卤点豆腐——一物降一物"。叔叔合该就是盐卤,像这样哄哄劝劝,不光是一些些小殷勤,祖母多大的恼恨,只须叔叔转前转后,他人在祖母眼里,就像一大锅沸滚的豆浆,小半勺盐卤浇进去,不大一会儿工夫,一团团云块愈结愈大,清浆归清浆,豆腐就出来了。适才还咕嘟咕嘟翻滚,噗出锅来,愤愤然要把锅台也给淹掉的气势儿,转转眼就老老实实缩回去,安分守己等着变成又白又嫩的鲜豆腐。祖母坐进圈椅里,双手握住热茶杯,人倒像下知有多舒坦地往后一靠,长长透一口气,自个儿先找了台阶下:"这个老闻,还真懂得享福!"算给叔叔降住了。

叔叔袖着手,靠到祖母斜对过的木板壁上,眼看着当场戳破祖母虚报岁数,洋人面前塌台,跌得可不轻,这昝子倒像全然没有过那回子事儿。叔叔这才十拿九稳开了口:"娘,不是我说,衡情夺理罢,就算他何长老肯,他拿八抬轿来接,也还带我半点儿意思都没咆。要紧还是庄子上塾馆,我去当差了,那爷呢?让爷一个人整天整天困在一堆山羊猴子皮学生里打混?也休想传道了。要末让塾馆散了,可那怎对得起人家李府?娘的干亲家呗。再说罢,别瞧不起见月那两石粮食,平白丢了,单靠咱们哥俩儿挣那三五两烂银子?我罢,功名大事从没敢咍息过一点点,为那点儿顾了吃顾不了穿,顾了穿就顾不了吃的几两银子,难道十年寒窗统都前功尽弃不成?还又一说,哥一人去当差,再好也不过了;要不的话,哥一辈子拉雇工拉到底,能养家还是能给爷娘祖宗争光?没的哥俩儿都硬扒插上邮传局子,人家当面不说,背过脸去能不骂咱们爷吗?——可也逮着了,鸡犬升天,得一还望二,那华师娘也该摊一份儿罢。害爷让人背地里指指戳戳,后脊梁怕不捅得个千疮百洞?教会里就数咱们华家脖颈儿正,腰杆儿硬,不就是万事不求人么?不求洋人,连上帝也没求过——具足不求,无欲则刚,爷不是常这么说来着?还有——"祖母靠在圈椅背上一直安安详详,至不济瞅住罩子洋油灯发呆,强装没听叔叔在絮絮叨叨些甚么。此刻却撅拉一下坐正身子,也不看叔叔一眼,好像跟窗口外有个谁搭话,祖母皱齉着鼻子又撇下嘴角,一派把人瞧扁了的不满,气不忿儿地说道:"人家压根儿就没要过他华宝善,还美得很咧!又没上过学,又不识字,谁要?谁也没耳聋眼瞎!"

叔叔可是一愣怔,这话打哪说起。不就是昨儿夜里守岁才讲过,哥一本《圣经》都念完了,叔叔不时还给我父讲讲《论语》,祖母一点儿也没听进耳朵;还是听了又忘了?再者他洋人怎知我父没上过学,又不识字?难不成我祖父扯了谎?可祖母那么理直气壮,若非一直都不甩叔叔一眼,叔叔真就给唬住。

叔叔也够调歪的,侧着扭着身子窥探祖母的眼神,逗着祖母回看过来。想从那一双看来挺厉的三角眼里察觉出几分假。果若娘先就跟人家狠贬了一顿哥,用二房来换人,那可比扒插着把俩儿子都往人家洋人手里塞还要叫人摇头。祖母带常替她那偏心辩解:"都是娘皮生肉长的,都是这对奶头上打滴溜儿的,我偏谁?我偏啥?"是啊,哥俩儿都是同一个肚子掉卜来的,都是一对奶头喂奶的,又没有前爷后娘之分,怎就偏心偏到这么个地步?叔叔趴到桌边儿,偏下脑袋,腮帮儿贴到袖着的小胳膊上,仍然陪着笑脸问道:"是娘在人家跟前把哥拉下来的罢?也是娘跟人家说的罢?要不,那个洋人怎么知道哥没上过学,又不识字?"祖母变了一下脸色,拍着圈椅扶手斥说:"那是瞎话吗?假吗?重金请来的先生前门儿进,他后门儿出,扔蹦儿就跑去你姥姥那亥儿。有仰仗罢,跟我拗着来罢,还戳哄了你姥姥屃我

旧的去了,新的不来 499

不守妇道。——不是躲到姥姥脊梁后撩我这为娘的,'啊,骂我打野,我就是喜欢打野。骂我跟念书有仇,我就是有仇。'这是儿子对待娘亲耶。儿子不是前房撇下来的,不是小老婆养的,也不是娘跟野汉子私生的。娘亲娘亲,就算是晚娘罢,就算是你爷外头养的野娘们儿,给你请先生,念书是替旁人念啊?饶是逼得紧了些儿,也害了你吗?好啊,你只管打野去呗,只管见了书就见了仇人呗,只管去呗,干吗又来讨差事?……"

祖母但凡一气起我父,少不了都是这些苦水,就只是没有过这一回细水长流,吐得齐整有条理。是啊,对啊,一点没错儿,有你当年那么对待娘,就有今天娘这么对待你,一报还一报,不挺公道?

叔叔蜷在桌边儿上久了些,直起腰身来舒一口长气。过新年娘已四十了,今儿四十的娘亲,还在跟十来年前不到十岁的儿子怄这么一口气,叔叔软当当靠到墙上想,娘怎还是个小孩子?便是跟洋人编出不知多少谎话,费上那许多弯弯曲曲的心思,也仍然不出小孩子玩儿的扮家家——这当地叫作"办小饭儿",小孩子玩来当真,大人眼里看来可就滑稽可笑。你假当谁,他假当谁,不都是说话吗?骗人吗?顺这个理路追下去,那可都现鼻现眼,捂住前边,遮不严后头。这么看来,想干坏事儿没那么简单,没有那坏底子做根基,还是不成。可见祖母即使存心作歹,也只能玩玩办小饭儿。那一面那么样使坏,叫人生气,叔叔还是看得出这一面玩儿的儿戏,当下也就开脱了。

可办小饭儿是个乐子,损不到人的;哥那份儿差事呢?娘说何长老压根儿就没要过哥去当差,这话若是真的,那就是爷顺口瞎吹了?爷万不是那种人。娘若真的是在洋人面前说尽哥的坏话,吓住了洋人不敢再要哥这个人,那也不过只图把大房儿拉开,好让二房儿抵那个空儿,做娘的难道连这点儿家也当不得,这点儿主也做不了?只是如今哥俩儿果真都给掇弄得落了空,做弟弟的毫发无损,做哥哥的可就不能说没受到害了。

叔叔扶住祖母一步一试踯躅在又滑人、又绊人的青石街上,且走且等祖父赶去城汪崖把小毛驴给牵来。娘俩儿没大住嘴儿,却都各说各的。叔叔提到我父过这年都二十了,成人了,哥自个儿尽管啥都不在意,合家不能再哈哈呆呆不上点儿紧,多操点儿心。这都是叔叔凭着心眼儿灵活,绕着圈圈儿说的;娘总算心绪安稳下来许多,只可顺着毛扑撸,哪还能派娘甚么不是。就这样,祖母也充耳不闻——至少也是一直不搭茬儿。祖母只管埋怨我父躲懒、拿翘,害她摸黑里深一脚、浅一脚走这么远。这倒是实话,若是我父一同上城来礼拜,那可是个好样儿驴夫,不管是前头牵,后头赶,小毛驴莫不顺顺当当听他管,专走平整路面,遇上坑坑洼洼,从不兴踏空儿陷了蹄儿,或是耸耸身纵过去,害得驴背上的祖母颠疼了哪儿。不光是这,也一准让祖母骑到地头上才下驴。叔叔是不会使唤牲口,小毛驴儿也不听他的。祖父倒是小毛驴儿也服他,却到底身价儿不一样,祖母任怎么爱耍小性儿,面子还更要紧,不好让人家指指戳戳,又是长老,又是教学儿先生,跟在驴尾巴后头赶脚驴儿伺候她。可祖母就独独对大儿子没半点儿容让,我父伺候得那么周到是应该;这一趟儿没一道上城,祖母可不念半点儿我父好处,只管埋怨我父不该这么存心害她受苦。但凡脚底下滑了滑,蹭了蹭,总是冲口就冒一声"这个不孝的!"连个小名儿都不提。

一路上叔叔没停过绕圈儿给祖母进言,一面也没停过暗自祷告。一愿那位洋长老自有定见,不至轻易就让华师一位华师娘给说动了,给吓倒了!错不了,要不是娘一力贬老大,褒老二,昨夜年三十儿守岁,爷才提过人家洋人叫明了要哥去当差,何至于今大年初一娘又说人家洋人压根儿就没要过哥这个人?祷告是祷告了,可这头一个愿就怕难以得偿了,除非上帝开恩成全。

想情也是，别管他洋人还是土人，人就是人罢，连禽兽也尚且"虎恶不食子"，人家洋人难道不心里有数儿，哪有做娘的轻易就那么糟蹋亲生儿子这个道理的？想必这华长老大儿子外表看来貌似忠厚，内里着实地很不成器罢？哪还有比亲生娘说的亲生儿子坏话更叫人相信的呢？可这又好追问了，另外这一头倒又亲生娘把另一个亲生儿子夸成神童一个，这又可不可信呢？其实也不干好话里有几成真、几成假，先别管亲哥俩儿怎竟差得一天一地，做娘的谁不把儿子捧到云眼儿里看得有天高？不如说那才是天经地义，理所当然。如今弄得娘贬儿子叫人信以为真，娘褒儿子反能叫人体谅，这倒哪里说起！

想到这里，叔叔一下子丧气得要死。娘一向由着性子行事，往天罢，母子间不过尽是些鸡毛蒜皮的小小不言，了不起口舌上小起小落。今是头一回娘使小性子使到大事上，来日哥俩儿一天大似一天，定要各奔前程，各自去闯荡世面，立业、成家，讨不到好老婆一辈子，多少世事难料难测，娘若逢事就这么着插手胡掰，又凡事先斩后不奏，从不事先与人打打商量，照这样下去还成？这也才叔叔懂得怎叫没指望，懂得祷告上苍有多要紧。

说到二一个愿，那就只有巴望我祖父遇到大事该也试着多作点儿主了。

母子相伴走在青石街上，各说各话；出得城来，夫妇相伴驴上驴下，也还是各说各话。祖父亦叹亦嗤，不时冷笑笑，是那种嗤之以鼻的不屑，粗略地讲那辈半吊子洋冬烘长老如何食洋不化，如何咬紧了驴肾给棒槌不换的死揩一股黏。祖父只是讲讲给自个儿透口气罢，没意思跟谁诉说，来得头一句、腔一句，祖母便是有心听听，怕也摸不到头脑。祖母讲的是遇见哪位师娘，哪位干亲家，又或谁胖了、谁瘦了、谁抱孙子了……大年夜生的，落地就一生两岁，说怎么也攒得住个把时辰没的数算岁数儿这么冤枉。祖父敢是没啥闲工夫听这些个。

跨过五孔大桥，祖母才冒儿咕咚却力持平静地告诉祖父："大房儿那份差事，吹了。何长老尽管没亲口讲明，可话里有话，大愣子才听不出来。人家哪放心肥差事交把咱们？吹了也罢，没道理再叫你拿热脸去碰人家冷腚，就别再去找他何长老探听怎么长、怎么短了，免得自讨没趣儿。你可千万记住，咱们人穷志不穷，犯不着去跟他洋鬼子求爹爹拜奶奶……"

不知是哪根绳儿哪根线儿无意间搭上了，这叫祖父听到了。驴上祖母没停过嘴儿絮叨，口鼻包在左一圈、右一圈儿驼绒厚围脖儿里，倒扣齿的薄唇儿闷闷的絮叨敢是不怎么响亮，也不很清楚，总还是祖父只当耳边儿风罢。可风里柳棉漫天飞，独独这一小坨儿飘进耳眼儿里来。怎么说？多早晚儿又跟那何安东何长老搭巴了？

出城仍有一段不太长的青石路，再来就都是土路了，人骑在牲口上平稳得多。出得土圩子门，走不多远便上了当年孟石匠打算造反造的大条青石五孔大桥。地势高起来，老黄河躲在厚冰底下下了蛰儿。一无遮拦么敞荡的冰面上，没风没风也还是大桥上寒气扇揍着人，驴蹄子踏在桥面儿青石上蹦脆儿响，又不免滑滑擦擦地颠起人来。祖父稳着驴放慢点儿走，过完了桥重又走上土路，这才把也是绕上一道又一道的围脖儿褪低些，露出嘴来说："敢情那挺趁心不是？昨儿夜里刚一提这事，不是你就觉乎不妥当？也难怪，你都一直不晓得小善这愣小子闷着脑袋把整本新旧约都啃完了。也罢了，事成事不成都有天意，人怎么扒插，主不成全还是白罢。"

叔叔敢是比谁都操心这，连忙欺身过来，摘下耳焐子听清些。

巴望爷多掌管点儿主意的这个心愿，撩他这半天焦躁得一时一刻都难安。

祖父但凡跟祖母搭话拉聒儿，素来都莫不陪上笑味儿，久了，惯了，就像那位老洋人卜牧师，只须一引用到圣经经句，总是立时变嗓

旧的去了，新的不来　　503

子,抖抖地拉高了调儿,拖长了尾子。说神气也是活现,说滑稽也挺像暗笑。祖父尽管依旧陪上笑味儿,却居然直指祖母的不是——儿子差事吹了,正好趁心;又是甚么儿子不声不响念完了一本《圣经》,做娘的竟至一无所知;这可都是从来从来没说过的重话,也是硬话,委实太难得了。只是满心喜欢地听着,听着,正自禁不住直感主恩,怎又没了后劲儿,愈讲愈软和了。话是不错,"谋事在人,成事在天",自个儿也是万般无奈之余,末了把啥都交托给上天了;爷那么圆通旷达,啥样儿世面没见过、尝过、历练过?一似孔老夫子那样顶恼着不冷不热温吞水的"乡愿",爷在外、在教会、在纷纷攘攘这个现世,行事为人莫不顶顶真真,主贵就主贵在一个耿直守正,近乎《圣经》所说的"公义",不愧一个完全人。可怎的一旦对应起娘来,就耳也软、嘴也软、心也软,连"下有黄金"的大丈夫蹉膝盖儿也软了?要是信了教就必得这样子软弱无能,那倒宁可啥也不信。

叔叔这人尽管斯斯文文,很少动气,见生人就腼腆脸红,又添上祖母的亲传,生得眉清目秀,细皮嫩肉的白净柔弱,却到底还是不脱年少气盛,经不起甚么风浪就搅和乱了心性,这一恼了娘,又一时恼起爷,一场好事眼睁睁弄砸了,连自个儿也怪上——不是么,笨得没辙儿不说,单一个懦弱无能就够坏事儿的了。满怀懊躁,也无心暗自祷告——"获罪于天,无所祷也"。一时好似天下只剩哥一个亲人,只这个哥让他吐诉吐诉,透透冤屈。当下放快了脚步超前去,明摆着生气给祖父祖母看;恨不能一步踏进家门,哥脸前直橛橛一跪,磕上三个响头,替爷替娘受过赔罪。

倾听着叔叔吐诉这些私房话,我父不时隔着被窝儿搂搂兄弟,拍拍打打,直笑叔叔怎这么想不开,这么迂法儿。一只光胳膊老露在外头,冻得鬼冷也觉不出来。

我父口里是宽宽兄弟心,也是给自个儿找开脱,可哪那么松快!

口说不在意那个差事——本就像路上见到人家丢失的东西，别管值不值钱，拾起来就归自个儿，不拾也没少掉甚么。道理是道理，讲也讲得通达，就只是见月呆定拾来一样的三五两银子，不比横财，也不比意外之财——善财难舍，哪里说放下就放得下？还有就是来日多少打算也都指望在这上头，差事一吹，不是砸掉一只饭碗儿，一棍子打碎了的可是一只套一只，一路大套小，整套五只六只的龙盆；就算是比里外描龙上釉的龙盆贱多了的单面薄釉也都成套儿的黄窑子盆，好生的家什又干吗平白无故给砸个烂糊？

昨大年夜，打祖父漏出口风邮传局子要人用，那么有章程，撩我父翻来覆去睡意全无，想的是眼下见月一吊小钱，就算不用一手李家来，一手递给娘去，拼着一文钱也不使不花，一年下来也折不上三两银子，想拿这成家还是立业？门儿都没。除这而外还有啥出息？指望爷娘罢，爷娘可是上无片瓦，下无寸土。放着个大美姑娘，貌有貌，品有品，能有能，两人不声不响，可都有情有意；饶是这样子，又待如何？哥们儿早就起过哄，拍过胸脯，左不过盖个两间房儿，就这屋左屋右屋脊后，尽是空地，不说李二大爷，他嗣仁嗣义哥俩儿也打得下包票，打材料到把匠活儿，哥们儿全包了——小事一桩，不是大话，说到做到信得过，没错儿；可娶过来是个活蹦活跳活人咧，哪两间房就天下太平来着？吃也吃屋、穿也穿屋、花用也花用这屋不成？"花喜喜，尾巴长，娶了媳妇忘了娘"，爷娘兄弟能不养活？还不只这，日后丫头小子一个跟一个来，你能堵住门儿不让生？爷娘兄弟三口大人儿罢，有天兄弟人上人了，还怕不养活爷娘？唯独这丫头小子，无穷无尽——生多少？没个数儿；得养活到多大？没个数儿，要害多少病？没个数儿；要念多少学？没个数儿；人多了住不下，总不能老在人家地上不花材料、不花工钱盖屋是罢？那得买多少地、盖多少屋？没数儿……愈想愈没数儿，有数儿的只这一个月一吊文儿的工钱，还

旧的去了，新的不来　505

不叫人够撒气嗒!

想爷这个人，说命好也是顶尖儿命好，说倒运也是一倒到底儿。

就说命好罢，从小到大，啥都二奶奶一个人扛了去，风飚不到，雨扫不着。闯关东三代都是买卖人，到了老爹就巴望三个小子里能出个念书人，弄个功名荣宗耀祖。大小子是打小儿抱养来的压堂子，根底儿就不是念书的料儿。要说是个天生的买卖人，也早早就看出守成有余，创业不足；那倒没甚么考究，祖传的骡马栈就一把手交给这位大爷华延庆名下。老爹过世前，眼见一帮子也都两三代的马倌，赤心忠胆保幼主保得个风平浪静，产业没添多少，可也没损没短，老爹没甚么得意的，倒还算放心。三爷延祥呢，似乎很无能——大人都那么说。我父只记得这位三爷是个挺有小孩缘儿，整日家嘻嘻哈哈的老好人。三爷是大奶所生，没分家前，两代六口都居住普兰店那个老窝，大奶奶本就是天日制盐好帮手，老爹还在世时，盐场里里外外大奶奶便已大半当家作主，日后那份儿家业顺理成章都是大奶奶娘俩儿的了。三爷肯不肯念书，大奶奶好像都不大管。就二奶奶把老爹那个心事当真，牛庄这边槽坊本是一家败落得就要倒闭了的老字号，老爹盘过来交给二奶奶经营。二奶奶算得上女中豪杰，会使人，会管钱，年纪轻轻的啥事都罩得住，不几年就把个破破烂烂老字号给整顿起来，没停过添牲口、添酒槽、添酒把式，添伙计更不用说，那可是发了又发，把通化烧刀子独占的市面都给对半儿分过来了。

二奶奶那样里外上下都扛了去，放在爷身上的就是全心全意要儿子只管念书求功名，家业不让儿子动一根指头，重金请到家下一位又一位文登先生，打点儿子"你就给我闷着头念书，啥你都别管!"爷也挺争气，秀士监生不说，还高高中了举人，门前竖起带斗的旗杆就是响亮亮的功名，不关功成没成，名就没就。大片家业，睡着吃，躺着喝，三辈子也不愁，还去做个鬼官？再去顶个状元？

我祖母能说会道，人家奉承她能把树上小鸟哄下来；我祖父这上头只要愿意，本事又比祖母高明不知多少。祖父拿戏文说书里的讲古跟二曾祖母扯咕，说甚么哪吒三太子折肉还母，折骨还父，中举也算还了生身。祖父不忘拿旗人称呼，亲亲热热带几分撒娇地喊了声"爱奶！"就足叫做娘的骨酥肉颤。说是把这功名报得祖宗荫庇，父生母养之恩，还了上人，就此要现他元身本命。这佛道两家之理二曾祖母似懂未懂，祖父遂又拿浅显明白的圣经道理与二曾祖母说法，不外是世间荣华富贵无非过眼烟云，当求天国之义，积财如积德，积在天国无虞虫蛀锈蚀……那时祖父哪信这些，二曾祖母可是虔诚得很，也就对此一说信服了。祖父是给家门立了大功，就此大鲁架儿居家赋闲，笃定稳做他的饭来张口、钱来伸手、不理生计的大少爷——哪怕有朝一日儿孙绕膝也还是个老少爷、太老少爷。十七为人父，代代这么下去，五世同堂可不难，不到七十岁罢，准做高祖父，可不高老少爷了？总归是乙未而立之年这以前，祖父一径是好命，好得凡事用不着他管，骡马栈打海拉尔进牲口都是按沟子算的，一沟子多少头，摆开来又有多大一片？不知道。照样用不着他管的普兰店百顷盐田，一顷多少亩？一顷有多大？打这到哪儿？不知道。那都还情有可原罢，事不关己嘛。这槽坊呢？多少个槽？骡马多少？伙计多少？也还是一问三不知，你倒说我这位祖父命有多好罢。

要提起倒运罢，怕也少有我祖父那么遭难之惨，牛庄那片万贯家私，一夜炮火过后，就剩大片废墟上冒着几股小烟儿。待到擩擩扒扒投奔祖籍了来，祖陵前上了供，扫过墓，才知脚前脚后都是踩在人家名下的地上；除非元房四口都蹲到坟顶上去，那才是华家的泥土，华家的野草——倒还有稀稀疏疏秃子头毛一般的荠菜，五代五座坟上都剜了来，或许烫出来凑合一小碟凉拌。

可祖父到底是个蒙恩之人，世俗所说的有福之人。命好也罢，倒运也罢,祖母每提起这些那些,不是得意就是埋怨,祖父总是笑笑叹口气:"就是唠,这个人世罢,横竖享不尽的福,受不尽的罪——凡是上帝给你的,都是你承担得起的。"故此落难客居在这尚佐县黄西乡沙庄上四五年来,祖父既不曾为稻粱谋花过甚么心思,更是一些些也不曾想过甚么求田问舍。祖母也是一般样儿,且拿圣经上的话语来给自个儿宽心:"明日自有明日之忧,一天之难一天已足。"说来也挺夫唱妇随,只是祖父也不时唱过:"人无远虑,必有近忧。"不过忧的不在吃穿用度罢了。这上头相较,祖母的少奶奶日子可比祖父的少爷长久太多——祖母后来就是享寿到八十二岁,绕膝一大窝子四代儿孙,差一些些就见到五代玄孙,她老人家想的、说的、行的、受用的,还无一不是个地道的少奶奶。吃穿用度祖父是无虑也不讲究,粗粮细粮皆一般,隔夜饭菜馊了,祖母闻闻说没变味,倒掉可惜,祖父一个人照吃,也连说没馊。祖母则是吃穿用度从不算计,有今儿没明儿,过一天有一天的福享便从不放过。其实也都满合圣经的道理,祖母传福音也是最喜欢讲:"天上飞禽不种不收,也无仓房存粮,天父尚且养活。生身为人,要比天上飞禽金贵多多了,吃喝有啥好愁?还有了,野生百合,不纺不织,所罗门王就算富贵荣华到了顶儿,穿金戴银,也美不过百合花一朵。"可嘴讲出来容易,眼前乡居这么个家境,三天若没荤鲜进嘴下肚,准就要像祖父的三日不读书那样,自觉语言乏味、面目可憎。不过祖母她老人家是心烦气躁,是嫌人家语言乏味,面目可憎。要说夫唱妇随,祖母不能说是跟不上趟儿,不搭调儿;只不过里子面子上自有差池;要说是貌合神离,也有那个影儿,却总有些言重了罢。

好了,上头爷娘都是一个样儿不置家产也守不住家业惯了的,都那么没的指望;下头兄弟罢还太小,尽管看来日后家道要想大兴大旺,都非得仰仗这个兄弟不可,只是总不能就直愣愣干等上十年二十年再说罢？别的都不管，单是兄弟要想功成名就，秀士、举人、进京赶考，这一路上去，也断不是眼前这样子家境供济得起。爷、娘、兄弟如此这般，那不里里外外、上上下下、啥都得自个儿一人来一总扛起？

要不是祖父提起甚么邮传局子那份儿差事——想也想不到的一桩大喜信儿，我父还好像从来没有过那么多的心事，那么急躁躁地巴望甚么。

小窗口麦秸苦子缝儿透进灰不啦唧的天光，一似大年夜守夜到五更，却心境大不一样。前一夜，那份十拿九稳到手的差事，引人平白生出多少打算，又多少天马行空的睁眼大梦，才趁天明未亮前强逼自个儿目盹一下。可那是心上满有奔头才一点睡意也没，也才觉没睡到多点儿还是精精神神，大年初一起个绝早。可这开年头一夜，前半夜尽掇弄个犒口不犒口的耗走了；这下半夜，那些打算，那些睁眼大梦，都成了水底下冒上来的气泡泡，唰儿唰儿的一个跟一个都炸空了，啥都没落。鸡叫二遍才硬催兄弟睡去，落下独自一个思来想去，尽是坏信儿留下的懊糟，空空落落，没抓手，没挠头儿，人只觉乎着困乏无比，又偏偏一星儿睡意也没有，眼也涩，口也干，舌也燥苦燥苦的。愣等天亮，可天亮了又能等到个啥来？

# 热闹又冷清

大伙儿憋在家门里闷了一整天，初二清早天一亮，就像鸡圈门一开，一刻也等不到一刻，大鸡小鸡公鸡母鸡，急急忙忙就是要奔出窝儿来，啥也不为，奔出来也啥事都没有，看出会热闹那还早，出了窝儿，除了放放爆仗取乐，只管一片喳呼罢了。要说是彼此情分甚么的，那也没到一日不见如隔三秋那么热乎。

　　可这倒也不尽然，像我父罢，一日没见大美姑娘，可不止如隔三年。加上邮传局子那份儿肥差事，三十晚上金光闪闪的乍露出意想不到的巴望，好像明天就能跟大美姑娘婚配成亲；初一夜半这个巴望就如水泡泡一样炸了。那份儿肥差事十有九成是吹定了，这叫我父觉着跟大美两人一下子退开到老远，退后到天边儿，两人中间不光是隔上三秋，还两下里梗着千山万水，越发饥饥渴渴想见见她那个人，好似要能尽快看到大美，多少还可挽回一点甚么。

　　沙耀武领着忙不迭已从汤家把锣鼓家伙弄出来，吆呼哥们儿先"热热蹄儿"，早饭一罢就得先搁庄子里玩会。牲口要上磨、上碾子、驮粮食上路，得先牵出来活动活动筋骨，叫热热蹄儿。可锣鼓家伙一敲打，不用正式正道地出会，就整个庄子烧起火来。不单是孩童一听到锣鼓就撒奔子跑了来，大人也都沉不住，扯大步子踈跦。有那早饭吃的早的，端着黑窑子大碗粥，边走边唿噜；有的手里捽着卷成棒槌的煎饼，边跑边啃。锣鼓家伙好似呆定都聚在庄子当央一棵长成三层如盆景的老桑树下这片空场子上。尽管人在屋里或院子里，听声辨位常会走了方向，出门还是辨都不要辨，疎开大步就往这棵老桑树奔来。

男女老少就算这年没制新衣帽，总也挑那寻常打粗省着不大穿戴的旧虽旧却很干净齐整的衣帽，好生扎裹扎裹，没的让人瞧不起，自个儿也觉着不如人。

东天边先是黄瓤西瓜啃剩的瓜皮。太阳还没冒头，约莫也快了，黄瓤西瓜眼看慢慢变成了红瓤西瓜。

围成几圈儿的庄子上的人，孩童多半挤到前头来，小小子小丫头脸上可都胭脂了面花，多的是眉心一颗桃红小圆点，有的是眉心两点，再在两边鬓穴、鼻尖儿、下巴颏各点上一颗。孩童一个带头，全都学样儿，两手捂在耳朵上一紧一松，一紧一松，挺稀罕聒耳的锣鼓敲打声一阵大一阵小、一阵大一阵小，按快了又按慢了，嘻孜孜地享受各自虽还不会敲打锣鼓倒有本事变花样儿，也算凭自个儿一双小手借势造势寻乐子。

我父敲的二锣，不是吃重的家伙，刚想着大美八成不会来赶这个热闹了，倒是她老弟小根儿气喘吁吁挤到里圈里来，手上还攥着半落白馒头。八成不是现打他沈庄跑来罢，靠不住一大早就抓个馒头蹓跶到沙庄玩儿来了。我父挨近去，趁个空儿，握着锣槌的手，去捏了捏那馒头，冷硬冷硬的，止不住问一声："也没馏馏吃？"一面赶紧跟上锣鼓点儿。小根回了他话，听不清。我父弯弯腰，凑近了听。小根也凑到他身边叫道："冷馒头才煞食儿！"我父不禁笑起来。别瞧这小子愣哩八睁的，这句话算伶俐。"煞食儿"该怎个说法儿？煞渴、煞馋、煞瘾、煞痒，都有个讲儿，煞食儿，也就是那个意思，却不大有人说过。不由人的，我父多看了这小子两眼，这话怕只有他姐那样水葱儿一般聪明的姑娘，才出口就是巧话儿。小根儿也点了面花，是昨天点的，一夜过来，除溜掉了一些。少不得是大美给他点的面花。小子也不知疼惜点儿，护着点儿，要不然，总耐个两三天。

打了这几年的锣鼓家伙，我父还是弄不怎么懂，我父一向是为人正经，逢到这敲敲打打，规矩是规矩，锣鼓点儿一点也乱不得，那是没错儿，可到底这是戏耍取乐，好玩儿的买卖儿。这伙儿哥们儿就不是这回事儿，平素没一根骨头正经，一拾起锣鼓，个个板硬着脸，虽说还不至于六亲不认，可对每个围观的熟人，哪怕是自个儿老子娘，全都像素不相识的生人，别说招呼都不打个招呼，连堆点儿笑脸儿也没有。要说这好比摆弄个甚么手艺，纳着脑袋干活儿罢，哪还东张西望管甚么闲篇子来着，心无二用不是？那倒也不大一定，乡下人农闲里也有不少手艺，编个草帽辫罢、打个草苫子罢，伐个树啦，编个柳条筐子匾子铺篮伍的，可都算正经活儿了罢，那才是贫嘴聒舌大好时节，没挡着动嘴，还动手惹你惹他呢。也不都只年轻小伙子动手动脚，没半句正经话；老人跟老人也少不得口舌上你占我便宜，我叫你吃亏，嘴巴逗不过人，就来现的——打打闹闹，跷腿扫过蹲着的人头上拉个骚。

一个个一本正经地打鼓敲锣擦镲子，我父只才跟小根儿顺口搭讪了下，高结巴子打着小唐锣，就忍不住贴上耳朵来："阿枯恰阿枯恰入他的，见……了小舅子，就……打乱……锣了。"也亏这高寿山是个结巴，要不的话，那俏皮话还不知要多溜了。救火才打乱锣呢。

锣鼓敲打起来还真叫聒人，家家来喊人回去吃饭，喊看热闹的，也喊敲打锣鼓的，喊哑嗓儿也压不住锣鼓，有的小子就给拽住耳朵扯走了。锣鼓歇下来，才听见这里叫骂："讨债鬼，当饭就休回来噇屎肚子！"那里喳呼："看热闹，你娘的！五脏庙都不上供啦！"有的噌道："浑小子，指望牢饭送到你手里！"……

锣鼓一歇下来，敲打得如醉如痴的哥们儿，板紧的脸子这才立时放松，像下过了神的老道子、道嬷嬷回醒过来，还了人样儿，有说有笑地收家伙。最累的大鼓手季福禄忙把老粗老粗的揸腰带、三把两把解开搭到肩膀上，敞怀儿晾汗，不断拿袍襟子扇凉儿。

我父也不顾碍那么些尖眼尖耳朵，忍不住揪揪小根儿干像棒子缨的小辫子问他："你姐搁家里？可好？"说了方觉到这不是废话？——敢也是大老实话儿，暗自笑起自个儿想人想成二愣子了。

庄子上一个男人家、一个小人家，少有安安顿顿守着桌子坐下来吃饭的，净见到一手捧一大黑窑子碗的菜糁糊，一手㧟着卷进沙沙盐霜的黑咸菜跟大葱的煎饼卷儿，串东串西，想起来唿噜一口糁糊，想起来歪着脑袋截一口煎饼卷儿，哪儿人多哪儿凑，俚说话讲耍贫嘴逗乐子。糁糊喝完了，不定家里孩子一旁玩砍钱甚的，吆喝过来把空碗端回家，再添一碗端了来。

我家还是没法儿随俗，哪怕一个谁在家，也还是饭菜摆上桌子，坐正了身子用饭。全家人都在，不用说，得等到齐了，坐定下来再动筷儿。

年里顿饭总少不了喝个二两四两烧酒，只早饭免用——倒也不是"早酒晚茶黎明色"那个忌讳，免伤身子；尽管祖父从不考究甚么菜下酒，可摆置起来也还挺费事的。这几日早饭无非清水下汤圆——祖母嫌高粱黏米汤圆总是粗粮，说怎样也要自个儿包上些白糯米汤圆，白糖猪油黑芝麻馅儿，鸽蛋大小一顿六七个就成。高粱黏米汤圆就简单，红糖馅儿，下出来个个都鸭蛋大小，比雪青重一些的淡紫色气，趁刚出锅，一口下去红糖稀荡得人鼻歪眼斜嘴巴直哆嗦才够味儿。我父亲馋这玩意儿，一口气十几二十的不当事儿，到老都还是这样，俗说这样的嗜好主长寿。祖父、叔叔也挺贪这个，却至多五六个也就腻住了。叔叔吃得开心时就逗我祖母，说皮儿也香，馅儿也香，糯米汤圆就退版多了。一面嗞儿咂的，黏嘴抹舌品香给人看。总还因叔叔很看不中祖母一些习性，全家就这四口大人儿，还动不动独自吃小锅饭儿。

哥们儿吃饱喝足，又影照着到处的春联门吊子，个个红光满面，真个儿就是新年里一派欢天喜地。寒天热食，不免清水濞子源源不绝，鼻尖儿上老偷偷滴溜着个水珠，自个儿都觉不出。这种濞水无色无臭，也没多少黏性，积到非滴下不可时，就神不知鬼不觉，也不带甚么黏丝儿就吧嗒一下掉进糇糊里，觉不出来也看不出来，除了添点咸味儿，囫囵下肚也没多大害处就是了。

那样子吃热喝辣一场过后，好像为这一顿非比寻常的饱餐，嗞儿咂儿连打一串响亮的饱嗝不算，还附带不少配套儿的善后余兴。单说剔牙罢，顺手抓啥都是牙签，秫秸篾子、麦秸莛子、皂角树枝上的长葛针儿，扫帚或刷把劈根桄子都行，剔完了还夹在嘴角儿，照样吃烟、哼小调儿、俚说话讲也不掉，似乎吃了顿好的过后总得带个样子。有的腾不出闲手找牙签，就用舌尖儿、腮颊肉、上下嘴唇儿，加上连咂带吸，齐打伙儿动起嘴里所有的家伙来清除牙缝儿塞的残渣子，弄得人一张脸鼻歪眼斜，龇牙咧嘴，看上去一下子狠，一下子难堪，一下子狞笑、叫疼，又像是怒气不息，神情千变万化，无非就是吃了顿好的。

我父赶到李府，一路拱手放不下来，跟李二老爹屈屈腿弯儿打了个千儿拜年。李府人口众多，一片"恭喜发财"，只我父心下嘀咕"恭喜我破财还好些"，一面藏着个说妄想也不一定就是妄想的念头——大美也该来给东家拜年才是；要拜年，这早饭一过才顶宜当。要不然，早来晚来都正赶饭食儿，不能那么没眼色。

南屋三间大敞房，靠东头停着挺占地方的那架旱船，大红大绿彩布扎裹停当了。碾道里嗣仁正在那边捯饬艄公那副打扮。衣裤倒好凑合，扎到踔膝盖儿的长筒白布袜和细麻鞋也都拼当妥了，头顶那顶插花破烟毡帽也不知难为了谁打哪儿寻摸来的，挺不容易。一身披挂齐整了，独缺那副费去哥们儿大半夜工夫把枪捅条捶打成架子的髯口还没戴上，我父一时心焦起来，别又出了岔子，临到这一刻了，要再现抓可就抓也抓不开了，便忙赶过来过问。还好，嗣仁还算晓得这玩意儿得来不易，没敢马虎，找他家里的收了起来。等取过来挂上试试，叫他唱两声看看伏不伏贴，扎是有点儿扎嘴，害他上嘴唇儿老是瓦呀瓦的，也只好哄哄他撑一撑，过一会儿戴惯了就不大难受了。气得嗣仁嘈过来："又不是戴到你嘴上，兪你的没疼热！"

那沈长贵还没见他人，问了才知正躲在西间屋里打扮。嗣义媳妇还算才过一年没旧多少的新娘子，胭脂粉儿有的是，而外绒花甚么的头饰也不少。乡下房屋讲紧衬，窗口顶大也才尺半见方，就算把防寒的麦秸苫子拿掉，西间东晒这时刻日头直照进来，窗棂上新年才糊的喜红纸也还是挡光挡得暗塌塌的，人打外头一走进房里，乍乍的像瞎子一样。

嗣仁嗣义哥俩儿合住的西屋三间两头房，外间倒是早上金黄的日头照满墙。嗣义媳妇把陪送嫁妆的梳妆镜搬到这外间八仙桌上，梳妆镜四个小抽屉一一拉开，里头木梳篦子簪子胭脂粉儿的家什可不少，都尽他长贵摆弄。一旁还有三层落起来的小瓷盒儿，一层层掀开教给他，头一层盛的是松香木刨花泡的搽头油。二一层内好似雨打荷叶水珠滴溜溜儿滚的水银，经不起稍稍一动就滚来滚去，大珠珠散成小的，小珠珠合成大的，晶亮晶亮银膏子，是杀头虱用的。底下一层深一些，粉扑子揭开，满满大半盒扑鼻子香粉。嗣义他媳妇好似替长贵难为情地笑得挺害臊，半捂着口教给长贵道："俺沈大哥，你敞壳儿直管使它，俺都使不到，搁久了也怕搁害了。这咳儿滑粉，你看这么多，喷香喷香的，再搁些时怕都走了香味儿，还不是糟蹋了！俺沈大哥不黑，可还是粉搽厚实点儿才像个闺娘。要怕搽厚了挂不住,就先拿这边刨花油揉揉脸,包你粘得住……"嗣义他媳妇边说这些,边一阵阵儿红上脸来。这样子教个大男子汉搽粉抹胭脂,真还又好笑、又臊人。

长贵依着指点,泥墙一般把张脸抹得鬼儿瓜的,像打面缸里刚爬出来。去年扮蛤蚂精,是耀武他媳妇帮忙打扮,可没这么细心,家什也没这多的花样儿。接下来再捏了一小撮胭脂末儿放到手心儿上,两手研了研,搽起两边红腮疙瘩。嗣义媳妇还又教他指尖沾些胭脂搽搽眼皮儿,再还有上下嘴唇儿各拿胭脂涂个半圆点儿,合算是樱桃小口,戏台上唱小旦儿的就是这副打扮。可这么一来倒害得长贵翘着上嘴唇儿长长的,不敢大张大合抿抿嘴儿。嗣仁笑他是"叫驴闻骚!"——亏他嗣仁尖腔子,怎么想到那上头;大伙儿听这么一说,齐来打量,可不活脱脱就是公驴让发情的草驴给撩得笑天的那副又痴又蠢又逗趣儿的鬼样子。

玩旱船不光是玩的女客俏眼老艄公他俩,四面三角大旗、四面直幡子,还有四盏八角灯,锣鼓家伙就不算替手也得大鼓、大锣、大铙、二锣、唐锣、小镲子,六个敲打手。而外,沙耀武是带头的总管,里里外外都得他一个人招呼调度,可不容易。去年玩会,哥们儿都推我父来带头,都清楚我父待人公正没私心,干啥都叫人口服心服,天生有这个本事。我父这上头顶拿得准分寸,自谅是个外来户,玩会是人家庄子上出人出钱出力,说怎么也不肯点头。哥们儿这个情分只有心领,推脱到后来没法儿,才应允耀武一旁帮忙出出点子倒将就,碰到难处搭手调理调理,比仿谁谁不服调度,谁谁别扭了,刺毛了,不听使唤了,就居间调停调停,说合说合。去年是那么过来的,我父像个诸葛亮、刘伯温,让他沙耀武去当刘备、朱洪武。一个白脸,一个黑脸,倒把十来回出会到邻庄串门子,到城里奉承谁家老板,都糊弄得还算功德圆满,今年敢还是外甥打灯笼——照舅(旧)。我父这位军师罢,有事无事都不曾出头出角,人家也只见他打打二锣、有时换手敲敲唐锣、夹在锣鼓队子里,有他不多、无他不少地充个数儿罢。这都是先人的榜样,春风秋雨,滋润咱们华家往后好几代子孙,名呀利的让给人去,光亮体面也从不跟人家争呀抢呀,也从来都不曾觉得吃亏上当。

出会前这么闹闹哄哄里,我父跟大家伙儿一般样忙里忙外,心里可也没停过只想这李府上多待一会儿是一会儿,挨到李家后场上摆了一阵子队,挂鞭也放了,锣鼓也敲打起来了,耀武领在前头开拔了,一时整庄子上男女老幼都闻声赶了来,这番动静早该传到邻庄近村了,终也没见到大美姑娘半个影儿。她沈庄差不多紧挨着沙庄西头,只十来户人家。要人没人,要钱没钱,从来就出不起会,碰上这样子鞭炮锣鼓惊天动地响闹起来,也见到一些沈庄上的人头,可就是招引不来她姑娘一个人儿大驾,倒真有点儿说奇道怪了。不知是有本事那么沉得住气儿,还是她家下出甚么事给绊住了——今才大年初二,寻常忙的无非针线茶饭,收干晒湿,年下这些可全都放下了,没啥占住人手的;再说,寻常里她大美都在李府帮工,难道没大美她人姓沈的合家就都头顶锅盖儿愣捱饿不成?故此除非甚么大事才碍住她走不出家门不是?可小根儿大清老早就抓个凉馒头跑来沙庄赶热闹,照这看,沈家也不该是出了大事的样子。

这又好大一阵儿没瞧见小根儿他小子,又不知晕去哪儿了,八成还夹在纷纷攘攘的那么多的人窝儿里罢。那半落"煞食儿"凉馒头,想起想不起地半天啃不上一口,快成个摔在手上溜东游西拿当小买卖儿玩了。先前大桑树底下偷空问了他姐可在家时,还暗自取笑自个儿白饶舌头,贩的大老实废话,也就没心认真听锣鼓声中他小根儿回了啥话。有这一刻儿牵肠挂肚,早知道的话,将才真该听听清楚才是。

冲着最大份子出钱的份儿上,又是位在庄子顶西头的汤府,照例头一场都先到他家前场上献宝,他汤府肉头户也要的是这个体面。等献完了宝,再从这庄西往东,但凡谁家门前麦场够耍,又放鞭炮迎会,公公平平全都要各玩儿那么一场。

实指望沈家大美歪好也会挑个离她家顶近便的这汤家前场来看热闹——她大美生就是那么个伶俐又干脆的姑娘家罢。更不用说,大半都是她扎裹的旱船舱篷四周丝绦琉璃珠打的宝络、缏缏甚么的,也该赶来看看她这些心血手艺。可还是眼巴巴儿白盼了这半天,直到汤府引放送会鞭炮、沙府老大房也在那头放起鞭炮来迎会,前后夹攻的烟硝花火里,终还是没见她人;我父只觉脚底下踩着了黏胶,落到后尾走不动。头场那么近便都不来,还会挑这远的赶热闹么?想是这么想,不由人地走走还是回头瞭一眼随后跟过来的大伙儿,不放心自个看走眼,瞧抹了大美。其实哪会,人家说"仇人一见,分外眼明",男女要是两相情愿,那连眼看都用不着眼看,随时都觉得出来芸芸众生里心上那个人正在哪儿。

天是真的晴得响响亮亮,连个一丝儿飐人的纹风都没有,可真帮穿戴得不得不单薄的女客人沈长贵架势儿,才更耍得欢儿,小嗓子也唱得欢儿。唱词儿大半跟"小放牛"差不离儿,一语双关,专送便宜给老不成材的艄公开个过瘾。

……
问声女客人儿家,过河敢是找婆家?
俺打河东婆家来,回门河西走娘家。
婆家不差车来不差马,小姑爷也该来保驾。
十八媳妇九岁郎,还没断奶离不开妈。
小娘子十八一枝花,冷锅冷灶没破瓜。
公婆待俺亲生女,瓜熟单等郎长大。

十世修来同船渡。

百世修来好成家。

不如彩凤配俺这老鸹,九岁小郎让他做干大(爹)。

……

你一嘴、我一舌,就这么对口唱来唱去,愈唱愈荤,唱到大荤地方,定有叫好的,多半是半桩小子,随手扔进冒烟小爆仗,不定炸到女客人或是老艄公身上。有过出会出的"卖膏药",扮的八字胡老头,红糟鼻子上架副黄铜眼镜,翻穿皮袄毛朝外,打一把只剩骨架儿破雨伞,根根伞骨尖儿系根粘成串儿的红油纸黑圆心儿膏药,破伞溜溜转起来,串串膏药跟着平飞起来,八字胡老头就唱他膏药能治百病有多灵,数出的疑难杂症怕还不止一百种。唱到他膏药能壮阳,小肚子只须贴一张,老雀立时变了样:

要问能多长,赛过擀面杖。

要问能多粗,赛过石碌轴。

要问能多硬,赛过碫磨钉。

要问能多壮,赛过红缨枪。

……

一唱到这里,便撩得看热闹的直叫好,爆仗就炸到翻穿的皮袄老羊毛上。所幸羊毛烧不起活火焰儿,就那样也燎燎糊了一大片。可你是出会的,随你扮啥角儿,爆仗崩掉你耳朵也没好怨的,你唱的绝,扮的妙,人家给你迷上了,捧你疯你才么么开彩不是?那要回礼的,少不得扮女的飞个眼儿,扮男的拱拱手,作个揖,哪兴翻脸甚么的。

从庄子西到庄子东,除了李府打麦场在宅子背后,其余六家前场算是出了六场会。小小子小闺女场场看，又记性好，六场下来大半都会跟声儿唱了。别管那唱词儿荤荤素素，大年里不兴骂孩子，大人也都由着这些小人家忸忸怩怩唱着还学样儿，横竖也不懂，小和尚念经——有口无心。老奶奶把孙子当宝，还逢人就夸，笑得合不拢瘪嘴，一口稀稀朗朗几颗又黄又长的老牙。

扮女客人的沈长贵，人生得算白净的，一口好牙也还算白净，可脸上白粉搽太厚了，衬得也是一口老黄牙。嘴唇上点的胭脂经不住唱唱念念，六场完了也差不多正晌午，老黄牙缝儿染着些胭脂渣儿，加上人一累，不住张口喘呼，乍看像唱唱耍耍太卖劲儿，口舌冒血了。

叔叔生性安静，小小年纪就不大喜欢赶热闹，长大了些越发掉进书堆子里。饶是这大年初二，庄子上这头一天出会，要不是冲着我父出了大力玩会，叔叔陪伴祖父祖母挨家去拜年，路过沙家小房门前场上正玩着会，只怕碰到脸上来也瞧都不大瞧的。叔叔身子发的晚，新年十六了，看上去还像个十一二岁大小子。要他一丛丛挤进人堆里，都是庄子上熟人，得跟这个拜年，那个招呼，生性那么个馋孤人，先就心怯了。还是只远远地寻摸到一架立着的红石辘轳，跐上去张望张望，看到哥，看到他自个儿画的一只八角灯，好似就不用再看别的了。

祖母倒是又喜欢热闹，又好事儿，公鸡斗架都要赶上前去瞧个稀罕景儿的。去年出会祖母就是从头看到底，场场不落儿，还随身掺只小马扎子，赶哪个场儿——哪怕左近邻庄儿的，华师娘，哪个不知，谁人不晓？总给请到里圈儿，跟蹲的蹲，坐的坐孩童一起，稳坐马扎子观赏，孩童不是喊干姥娘就是喊师娘、师奶奶。单这些尊称，祖母就乐得闭不上嘴儿。可今天一上半天，六场玩下来，我父没瞧到大美不说，也没见过祖母她人，八成昨夜那口气还没消罢。那口气能怄得热闹都舍得不看了，可见不比寻常。过年原本是大喜的好事，今年怎就一开头这么不顺当！只怕今年这一年的日子都不好过了罢！

我父满心的不舒服，这才似乎弄明白年下何以一头是忌讳多，这个不可，那个不行；另一头又是八下儿里讨吉祥。忌讳跟吉祥说来无凭无据，委实可笑。可管你信不信邪，人就是不能不在意这些个无稽之谈。祖父塾馆里挂着几幅小立轴，其中一幅上书"一日之计在于晨，一年之计在于春"，念书人尚且在意这个，俗人那还用说？大清早起，听到的头一声就是老鸹子打头顶上叫过去，随后连自个儿在内，到处尽是呸！呸！呸！大声吐口水。谁都晓得呸这一声就把乌鸦黑亮翅膀上扑落下来的晦气吐掉了，是破它的邪门儿。可就算应声呸上一百口，这一整天也还是满心疙痒得慌，随时等着碰上倒楣事儿。妙还妙在忌讳罢，人就信它个十成；破这忌讳，讨个吉祥，人又至多只信它个三成了。上上之策还是把忌讳往好处解脱。譬如人人都信清早一出门儿碰见吉祥物就一整天事事顺心如意；碰见不祥，敢是这一天里大小总要倒个楣，有那顶真的家伙，就能一赌气，这一天死也不出门儿了。可出门儿就碰见人家出殡，棺材打门前哼儿呵的抬过去，那该咋办？没事儿，吉祥物罢——棺材棺材，又升官又发财嘛；尽管升官发财非一日之功，这一天至少总也日子过得神清气爽，少掉多少牵肠挂肚。这就是不当忌讳是忌讳，当下就来个逢凶化吉，转祸为福，上上之策的好点子，强似把臭老鸹子扇呼下来的晦气想给呸掉要灵验多了。

　　譬如我祖父常挂在嘴上的"信主之人百无禁忌"（世俗老话本来是"姜太公在此，百无禁忌"），就是打根底儿上给禁忌这玩意儿连根拔掉。可我父尽管多少事上都能依着父训去对付，大半也挺得心应手，可有时也会明知那样才是，偏又这样，总是身不由己，该怪自个儿无能罢。像眼前这么一个接一个难处，一回又一回的不顺遂——打昨天嗣仁把老艄公的髻口捣弄害了，临时抓瞎；去不成城上奋兴会，就够满心懊躁，不想又得罪到祖母；要不然，或许祖母在那位洋人何长老面前不至于把话说绝了；邮传局子那份儿肥差事算给捣散板儿，吹定了;没那份差事还出得了头?仗甚么还想人家姑娘;这一上半天没见大美露面儿,我父总觉着她大美也通神通鬼知道了自个儿没章程、没指望,连热闹也不要来看,连面也不要见了;祖母那么好赶热闹,也舍得不来看会,那口气不知还要怄上多早晚才能消……两天没到黑儿,又是开年才起头,便这么接二连三地诸事不利,要说今这一年还能过得顺顺当当,怕是很难了。心绪这么不宁,说怎样想拿"信主之人百无禁忌"来宽解,也除不去心头上一阵一阵儿乌云遮日了。

原本这个天儿响响亮亮的晴得万里无云,靠近这晌午时分,怎的不知不觉就起了云,老阳儿一阵一阵儿藏起来。不光是眼前一下子暗了,也立时身上一阵儿冷飕飕的。小半天的日照,也才刚把地上晒暖了一些,可经不住一少掉老阳儿就现了原形。

像季福禄,大鼓擂得一头大汗,老棉袄、狗头套新棉帽子,早都扔给他媳妇抱回去了,一时可冷不到他。

沈长贵也一样,女客人那身打扮单薄是单薄,俗话说得好,"要得俏,冻得跳",可谁也没他动得紧,肩挂手提大旱船,前走后退打转悠儿,一刻不停地那么"跑旱船",身上热烘得很。尽管船身左右系着两条大红粗攀带,打成十字叉儿分搭在两肩上,有如两副软扁担把整条六七十斤的旱船挑上肩,却不像扁担挑子可以不时换换肩,这可两肩都死死的坠得那么沉,没得轮替着歇歇。要末仰靠双手提住两边儿船框分点儿力气,可双手另有重活儿,船头总得一直昂起来再低下去、昂起来再低下去,那才像随着波浪一起一伏,这也挺累人。看来倒真难为他沈长贵,手要动、脚要动、肩膀腰身都要耸的耸、扭的扭,没哪根骨头哪根筋儿不在动。不光是这些个,嘴巴舌头喉咙眼儿也没一处不忙得不失闲儿,边还要挑上去小尖嗓子不兴断气儿、也不兴大喘气儿、可都得中气足,有股好力道。这又跟挑重担走长路打的号子不一样,打号子那是配衬上脚步、喘气,配衬上扁担一翘一低,无非哼儿呵的呼出口声拉长一些，把气儿喘个均匀又受听些儿就成。打号子也算分分心、忍忍躁儿罢，就像生了病，哼哼哟哟就能忍忍痛一般，敢是用不着跑旱船这样子撇腔拉调，花心思去记上那么长的唱词儿。总归是他沈长贵冷不着的，只许热出汗儿的份儿，反倒叫人替他担心，有红是白一脸的脂粉别叫汗流下来淌出沟子，小旦的打扮冲成三花脸儿了。

再来是扮老艄公的李嗣仁，厚厚实实那一身船家大敞袄，也是寒不到他。半篷子插满了纸扎的花花朵朵，一看就是个风流鬼；腰后系一只无大不大的轧腰儿酒葫芦，是个贪杯老酒鬼（本来是船家小小孩儿才背上拴只大轧腰儿葫芦，免得落水沉了底儿）；算是酒色财气四大运占了一半儿，才那么口没遮拦，老好调戏人家女客人。尽管傍着旱船也是跟着前走后退打转悠儿，也是拉长了嗓子唱个没完儿，行当可只一把没屁重的花桨在手，划来划去都划的空儿，怎样也累不着人。

……

我父把几个人物头子数了一递，也替他几个寒寒暖暖，多少辛苦多少忙，都想了个周全。会收了，锣鼓暂且拢至沙耀武家，旱船一些家什送去李府，天是正式正道阴了下来。祖母是一怄气就不烧饭的，蹓跶几个干闺女家串门子，少不得干闺女留饭。年下尽管不用烧烧弄弄，敢还是要赶去家下蒸蒸馏馏热热菜，要单是他自个儿一人，冷馒头黑咸菜就糊弄一顿了——沈小根说的，才煞食儿呢。可祖父叔叔还有两张嘴等在家里，那两双手可是找到筷子找不到碗的，不回去还真不行。

天冷了，热闹冷了，人也冷，心也冷了，大年初二就这么打外到里一路冷下来。

开工大吉

年过初五，大美还没来李府上工。

按说这也算不得甚么。城上店铺初五开市，图的是这一天五路财神才从天庭过过年回来——财神爷不在人间，做啥买卖也没进项。乡下没这考究，长工回家过年，不到十五过过灯节不来上工。真正说来，整一个正月也田里家下都没甚么活儿干。就算闲不住，也只家前屋后收拾点儿零散活儿，修补修补菜园篱笆帐子，再不就是蹲在家里编个筐子匾子家什甚么的。总要到"二月二，龙抬头"，才都动起来。勤快人家修修犁耙梏锄、套牛拉犁翻翻解冻的田亩，趁个好天出出粪、出出垃圾，摊到场上晒晒，牲口套上石辘辘，碾碾轧轧，调理细缓堆起来备用，过过春分地里下肥也不嫌迟，高粱玉米要到清明才下种罢。所有这些活儿也都可早可晚，可紧可慢，不用赶死赶活。再说家下妇人闺女，不出正月不敢动针线，年前办的饭食，不吃到正月底，也十五之前不用磨磨儿、捣碓儿，闲得难过也只能捻捻线、纺纺纱、打打麻线、靠子，积存着等出了正月，再纳个鞋底，粘个鞋梆儿，缝缝补补的都有得用。

可李府雇用我父、大美，压根儿就不是为的家下缺啥人手，总还是帮衬我父有份活儿干，平白赒济的话，咱们家也不会受的。大美是她爹娘人很甩料,嫌这个闺女命硬,克死定亲不到一年的小女婿,整天咒咒怨怨,在家日子不好过,才拉了来拾掇些灶前灶后杂事儿。别说到了初五还没见她人影,饶是再押个三五天,也不缺她一个人。只是过往这三两年都不是这样子,初二准来拜年,差不多也就此上工了,赶都赶不走。

这几日李府上下有的没的老记挂她大美姑娘。到得年初五,李二奶奶先就沉不住气,领着嗣义他媳妇,提个集上老姑爷家年礼送的茶食拜盒,走去西头小沈庄看望看望。

沈家两口子一见李二奶奶婆媳跑来,一时慌慌张张的手脚没处放,好似又理亏又心虚。病不轻也不是甚么丢人现眼的丑事,两口子却支支吾吾,嘴里像含根棒槌。婆媳二人一听出个头绪,连忙赶到东厢矮得普普通通的个头进出都得倾倾头的两间小草屋里来。

白日大晌午,窗洞够小,外头又遮着麦秸苫子。屋里暗得伸手不见五指,李二奶奶叫门堑绊了一下。沈老头赶忙退出去,扯下小窗口上的麦秸苫子,里间倒一下子亮了许多,这才看出来,塞满一屋的粮食囤子,坛坛瓮瓮多少杂物中,挤在后墙的一张软床上,大美蒙着头盖着条蓝底白点点花大布的老棉被,人蜷像只弯虾儿。被头边边露出头顶黑发,脸是朝着里墙。大美她娘跟进来吆呼:"丫头啊,二大娘来看你了,还不麻利起来!"

李二奶奶忙摆摆手,叫她别那么大声。挪近前去,轻轻地偏身浅坐到软床框边上——要再坐进去一点就会陷身下去,挤到大美身上。那是种长方空床框,横的竖的麻绳络成稀网的单身儿小床,睡久了绳子挣松了,网子洼下去,仰面睡也一样兜成个弯虾儿。李二奶奶勾过手去,摸到大美额头轻试了试,倒没有发烧,可无意间挪挪手,觉出水湿湿的,不像汗水,人似乎醒着,怔了下,不觉赶紧缩回手来。随即喊喊嚓嚓问道:"几天了?也没请先生来看看?"

两口子又是一番支吾，说甚么年下请先生不方便，又甚么避避忌讳——别一开年就看病，一年都不顺遂。嗣义媳妇一旁冷眼看得清楚，明明人是醒着罢，被窝靠肩膀那儿，一阵儿颤颤索索，这个时令又不兴发啥疟子，忍不住问了声："俺说他大姑，是咋啦？"不问还好，这一问把被窝儿里的姑娘惹得大噎大揞搭起来，不像病得难受的那样子。嗣义媳妇就猜是受了委屈。可做娘的拍手打掌抱怨起来："你都看看，逗是这屣样儿，问哪痛、哪不利索，逗是闷屁不响，净哭，净哭，二大娘你说不把人憋……"牙缝儿嗞出小小一声哕，又急忙收口，把"死"咽了回去。要不是怕大年下犯忌，不知要怎样咒生怨死。

　　李二奶奶也看出来这里头有些个疙瘩，遮不住这个烈性子丫头受了不知多大的气，才拗成这样，寻常挺懂礼数的，这么不理人，想来是气大了，这怕比生病还麻烦。谅来当着她爹娘面也问不出个根由，只好隔层老棉被，拍拍哄哄："俺说大美，过初五也差不多了。俺那边事儿是没有，也没啥活儿等你，要紧还是出来走动走动，跟你些嫂子拉聒拉聒散散心。老这么驼着不行，好好的人儿也睡出毛病来了……"

　　婆媳二人回庄子路上，李二奶奶忽一下揞住儿媳子手脖儿，脚下停住，前后看看近处没人，一脸板硬地小声说："古怪！难道这丫头听到啥风声了不成？俺可是嘴紧得很，沾边儿也没跟谁露过半点儿口风。那事只有天知地知，俺知你干娘知，任谁也不知，这孩子说啥也该知不道的。"

　　嗣义媳妇闹不清婆婆没头没尾这番话，天知地知二人知的都是甚么，待要问问明白，却见沈庄那边庄头上紧紧赶过来个妇道人，边朝这婆媳俩招手。瞧去挺面熟，八成是大美她家隔邻，方才在庄子里彼此打过招呼——不管熟不熟识，总是要道声恭喜发财的。妇人赶到跟前，不放心地回过脸去瞧瞧她庄子，这才说私房话的味道："二大娘来看望沈家大美是罢？也都知道了啊？"

又来了，又是个"知道"，看来是不只天知地知二人知了。嗣义媳妇不觉趔趄身子，两下里看看婆婆又看看这娘儿们。到底知道的是个啥呀——婆婆这边"知道"的甚么还没闹清，又来了个没头没尾的"知道"。

李二奶奶倒是愣怔了一下，一问才晓得大美年三十晚上喝了盐卤。

女人家寻短见，无非上吊、跳井、跳河、喝盐卤。年根岁底家家户户没有不做豆腐的。磨豆沫子、挤出豆浆上锅煮，趁着滚开，少许盐卤点下去，豆浆结成块儿，倒进蒲包压压紧，清浆挤净了就是豆腐。城上也有拿石膏水点豆腐的，那可嫩。乡下人家喜欢又硬又结实的老豆腐，夸口豆腐老到秤钩儿钩得起来秤着卖，那样才"煞馋"够味儿。

喝盐卤那可不是玩儿的，喝下去就把血给清了，血脉一不通，人也就完了。

所幸命不该绝，三十晚上守岁，人都清醒着，大美她娘觉出不对，人倒到床上，盛盐卤小瓦罐儿空了，一喳呼一哭喊，隔邻给惊动了，老阅历的就指使大伙儿七手八脚赶紧磨豆沫子，连渣带浆，筷子撬开嘴巴，黑窑子碗，一碗又一碗灌下去。总算察觉得早，救人又及时，小命总算留下了。

李二奶奶先是不大信，叮听到后来又不能不信，只管不住地握住拳头一下下捶着另一张手掌，不住地咂嘴儿。回得家来，想想又还是捶一下掌，咂一声嘴儿，除了叹气，啥也不说。看似疼惜甚么，又像生了谁的气，跟自个儿怄上了。吓得媳妇也不敢动问，一旁陪着也不是，走开也不是，只就近找点儿手边闲事磨蹭磨蹭，不时瞟瞟婆婆脸色，听候随时使唤。

嗣仁媳妇是不知就里，只当是婆婆生气，诸事小心点儿。嗣义媳妇倒是从头到尾都看在眼里,听在耳里,可又比哪个都还迷糊,眼见婆婆不言不语,闷坐磨床框上,看似晒着太阳发愣,不知心事有多重,哪还敢再问。

半晌,李二奶奶唤了声嗣义媳妇:"他二嫂,你过来。"压低了嗓子吩咐说:"大美这事儿,你可嘴上给俺收紧哗,就连你那口子也千切千切渣字儿都别提,万一叫他华家大哥知道了去,可要出事儿。得等俺把这里头鼓鼓囊囊查个水落石出再说。"

原来婆婆也有弄不清、解不开的疙瘩儿,真叫跷蹊,难怪自个儿也一头黏浆子。嗣义媳妇连声儿满口应承,只差没跟婆婆赌咒发誓——大年下这也是个犯忌,赌咒发誓总没好话罢。可婆婆那神情、那口气,简直个儿好像人命关天那么紧要,能出啥事儿?咋又华家大哥也拉扯进来了?倒把这小媳妇儿分外吓住了。

背着婆婆,妯娌二人还是偷偷咬耳朵,琢磨这婆婆说的"鼓鼓囊囊"。总还是嗣仁媳妇紧盯着盘问,弄得做弟媳妇的瞒不住——自个儿其实也憋得要命,想找个人儿讲讲,透索透索,不定抽丝剥茧,搭手找出点头绪。原想的是上了床跟自个儿男人诉说诉说——亏得没赌咒发誓。男人家罢,心思灵活,脑筋管用,说不准儿三下五除二就把事儿调理个明明白白。没想到让大妯娌掯住,给上了套儿,攒不住话,像个吝啬鬼花钱,毛瓜秧子当钱串儿,捋下一文钱不知有多难,秧子上又是毛又是刺儿,挨到不能再挨,上了锈一样儿恶涩恶涩地捋下一文来。可怎么舍不得,还是一文一文地给人讹了去。

嗣仁媳妇心眼儿刁,又有些喜欢逞能,三言两语没套出多点儿话头,便有了个谱儿,一下子喜上脸来,事儿看是让她猜出来了,瞧她人不知有多神气,有多自以为烙害,一时反像吃紧地喝叱起人来:"俺想起来了,你不记得,年前俺妈不是说过,想给华家大哥跟大美做个现成媒,唵?记记看?"

记是记得,嗣义媳妇心眼儿转没那么个快法儿,想不到那上头,不由得反过去问:"那跟这扯得上?"

嗣仁媳妇只顾嘴快,却也跟着起疑,想不大出下文,好似自说自话地叽咕:"难道他华家大哥嫌人家?是推掉这门亲事,才害得人家一臊、一气,出了寻无常那个念头?……照说,该派不会,俺都人人看得出来不是?两下里早都有那个意思了,也才俺妈说是做个现成媒。你品品看这个理儿呢?"做弟媳妇的摇摇手又摇摇手:"不对不对,不是跟你讲过了?妈说天知地知,人是只她跟俺干娘知道……"嗣仁媳妇忙道:"那是你不对,俺妈也是擀面杖吹火。就不想想,她华家干娘嘴敞留不住话,能不头一个就跟儿子提吗?怎好咬定她二人以外,就没人知道了去?譬比说罢,华家大哥一口就回绝了——要是又找她大美当面讲了,她大美那张脸儿朝哪放啊?还做人吗?你衡衡情儿,有道理没道理。说老实话,任谁都看得出来,大美喜欢华家大哥,要比华家大哥喜欢她多多了。你想想,她大美只要知道华家大哥嫌她,那她受得住?那不是伤心伤到底儿?敢是不想活了。"

嗣义媳妇不住摇头,只管"不对不对"地应着,好似一旁打着呱嗒板儿来配大鼓书,可就是一时想不出甚么道理好讲。半晌儿才搭上话:"人家大哥不是那种人,万不是那种人。就算根本不想要这门亲事,也定会托人好言好语转个圈儿推掉,哪用着自个儿找上人家闺女家当面去回绝!"

……

妯娌俩儿话头搭不到一堆儿,这一个觉着是这样这样,那一个认定是那样那样,只一点上头两个人一个鼻孔喘气儿——大美寻短见跟婆婆说媒这码子事定有牵连,可又不敢去跟婆婆打听。直到院子里婆婆喊人有事了,二人才心虚地赶紧应声跑出房去。临走,嗣义媳妇跟在后头急匆匆撂过话来:"不敢跟妈打听,倒是找俺个他探探华家大

开工大吉 533

哥口风，或许就弄清了。"嗣仁媳妇顿了下，回头丢个挺和善的笑眼，又瞅了下弟媳妇怨道："早不讲，那敢是再好不过！"可嗣义媳妇忽又想起得嘱咐一下大嫂子，趁婆婆正在招呼两位上门来拜年的表亲，没大留神这边，把临出屋的嫂嫂扯扯衣袖又拉回来，贴近耳边说："你那口子嘴可敞得很，千万休跟他提这个，传出去怕要出事，俺说是罢？"做嫂嫂的倒是挺认真地点了头。嗣义媳妇还又不放心地跟住叮了声："千万千万，俺妈要知道，准怪罪俺俩儿。"

两扇朝里开的屋门上大红春联，影得两人一个式儿的满脸喜气，又像心虚还是害臊成那样子。

旱船会照旧见天出一趟，这天轮到沈长贵的城上老板那里，靠近西南圩门里。作户到老板家出会拜年是礼数，却也有点儿打秋风那个意思。

正月初十，洋医院、洋学堂是早就定下的开工日子。我祖父帮教会张罗一场喜庆热闹，就跟沙耀武几位哥们儿从商，也就把沈长贵老板那边出会日子定到这一天，算是"一事两够"。老板家千挂头鞭爆迎会，千挂头鞭爆送会，烟茶喜果子款待，还又赏下两吊钱。出城近路该走西圩门，掐准了交午时，就近绕来西南圩门，下了大堤就是千亩大的洋医院跟洋学堂定下的地面儿。

盖新屋是上大梁才算好日子，洋规矩讲究的可是开工这一天，喜事也在大门口的地点上来办。教会洋牧师、洋教士、本地长老、执事人等，全都到齐了。大半都还是照本土礼俗，放鞭爆罢，也雇了一班细乐吹鼓手，只是唱诗、祷告、念经，替换了三牲上供祭拜天地。

哥们儿算开了眼界，洋热闹不说，单是洋人那么一大伙儿，男的女的都有，就够瞧稀罕景儿瞧上老大半天，可过足瘾了。古怪的可多了，单讲那卷毛头发罢，白的、黑的不说，还有酱黄的、栗壳儿红的、灶灰的、芦花白的……破磨钉李永德嘴顺，指指点点地数说：

"黑一千，黄一万，杂毛鳖花不下蛋"，拿挑拣下蛋鸡的老阅历给洋人插标叫价钱，撩高寿山"阿枯恰"了半天，扠把长小旱烟袋点着永德，哑巴样儿说不成话，笑得擦眼抹泪。季福禄齉子，酸酸的也喜欢逗笑，说小孩儿不听话，都拿麻虎子吓唬，"你都望望，不尽是'红毛绿眼睛，走路咔咔响'，地道的妖精！"洋人脚上皮做的又黑又亮看起来硬得像铁壳儿的鞋子，也成了哥们儿眼里骡马蹄子。洋人衣服穿得好生单薄，无分男女里头都是花裥子，越老越花，这些也叫哥们儿啧啧称奇。只那个大白胡子人喊卜老牧师的，脸红像喝醉了的酒鬼，跟所有本地的长老执事穿戴一般，平顶六合帽壳儿，长袍马褂，足登双脸儿大棉鞋，可个头儿太高，年纪总在七八十，腰杆儿还那么硬橛子是的挺直挺直，那一身想要冒充咱们自个儿人的穿戴，也就咋看咋没个人样儿，更别说帽壳儿底下那个后脑勺子上还少根大辫子。

洋人又还有惹眼的一点，人高马大，个个愣大个儿。说书的说三国，没一个英雄豪杰不是身长丈几丈几的，约莫就是洋人这身架。可现下要想找个大门底下出出进进都得倾倾头的高跳子，也了不起六尺来高罢，却千人百人里找不出一个两个。他高寿山算是哥们儿里顶高的了，只是到这般洋鬼子身旁一站，怕也比人家女洋鬼子怕还矬半个脑袋。哥们儿几个戳哄寿山走过去比比看，给推推搡搡惹烦了，急得越发结巴："阿枯恰、阿枯恰，人高……人高不为富，阿枯恰多多……多穿二尺布，日他……哥的！"半常都是矮矬矬桦的李永德拿这话诮撩高寿山的，今给洋人比高比下来，寿山倒把这份礼儿转手给洋人了。这边季福禄接过二话去，酸哩吧咭地冷着脸说："这别比，俺，个儿高，吃大粪长的罢。"这把洋鬼子跟高结巴都糟蹋了，遂又把人逗起一阵儿笑。

乡下人种地下肥，等级打底下朝上数，垃圾最退版，牛马驴粪上一等，猪粪狗粪都是吃粮食拉出来的，敢是又上去一等，终还人粪顶

开工大吉　535

肥,顶壮庄稼,比豆饼、麻屎(晃芝麻油沉下来的渣滓)沤的肥料还高一等,因才叫作"大"粪,那可是庄户人家一宝,还又以城上出的粪最数头等,花钱买都抢不到手。

洋人那一口官家大白话,也叫这一堆儿土土的哥们儿听来惹笑,议论着那味儿是怪;沈长贵顶着一脸的油头粉面说:"这帮洋大舅子,口音倒有点儿像东海过来的盐贩子,卯腔卯调儿,含着冤味儿。"大伙儿都应着:"是对是对。"破磨钉儿却说:"又还像个玩意儿,你都留神听听,妹子的,像不像小唐锣?话尾都绕来绕去净打弯儿。"可他洋人自个儿人对起话来,倒又叽里呱啦一个字儿也听不懂,足见那官话是硬撇出来的。嗣义难得地也接上巧话儿:"撇啥?洋屁是放的,趁热多闻闻。"居然逗得大伙儿不由人地捂住鼻子,一边喳喳笑。耀武这半天都没吭气儿,插嘴道:"还是找俺侉哥,人家懂得洋人,日他的,俺都只会胡扯八㻋!"

旱船锣鼓放在身旁,哥们儿等着上场,蹲的站的坐土窝儿的都有,就这么闲闲地扯和,瞧着洋人品头论脚。有稀罕景儿看,又这么看不够,一时倒忘了筋骨累,忘了肚子饿得慌,眼看就正响午了。

等到祖父把我父唤过去,说是快了,叫哥们儿这就收拾起家伙,等着上场,却才找不到嗣仁他人,船桨空自直橛橛插在一小堆沙灰地上,好像那么个黑粗黑粗汉子,怎一下只剩根骨头架子竖在那了。

沙耀武性子躁些,急得跺脚,一个个问过来,谁也没留神他李嗣仁哪儿游魂去了。嗣义有点腼腆说:"俺家老大罢,他这个人是'懒驴上磨屎尿多',不到节骨眼儿上不磨叨。"有人放马后炮:"怪不得这半天都没听到他放个屁。"耀武沉不住气,问哪个晓得这个老艄公去啥地方下桩去了,拉着架势打算跑去找人。季福禄慢言慢语地扯闲篇子:"人家是个大忙人儿啊,这才开工罢,禽他,下地桩还早班,去埋地界了还不是!"说着才见西北角上一溜小埠头那边,露出花斗篷，一点一点高上来，人家那儿慢慢小停地爬坡呢。沙灰陷脚嘛，要快也快不来的。恼得耀武跺脚，着急地老回过头去看看那边是不是等着上场了。

半天才见他人整个爬上小埠头，两手还兜在袄底下系裤带。沈长贵都已拱进旱船里头整那两根襻带，又伸出脑袋冲着嗣义笑出一口黄牙："日他舅子的，你这个老大，真没错儿，老无材，说啥也攒到家去壮地罢，亮黄亮黄金橛子砸到沙灰滩里，日他，真糟蹋好东西！"大伙儿你嘴我舌笑骂里，他嗣仁走来拔起花船桨，倒也有现成的老话回敬过来："管天管地，日他祖王人的，你都还管人拉屎放屁！"

……

一番真真假假的磨牙斗嘴，轮到上场了，这才各自收拾起家伙赶过去。

这场旱船玩得轻省，事先祖父交代过，十段只跑上三段就行了，故此也分外卖劲儿。祖父是讲，让洋人开开眼界，添添喜气就成，横竖洋人也看不懂听不懂。这还是小事一桩；要紧还是地方上县太爷差了二老爷、近乡几位董事出面，都带了份儿彩礼贺喜，招来几百口子瞧热闹，众多百姓欢欢喜喜当回事儿——把这洋医院、洋学堂看跟各自个儿都有一份儿是的那么亲热，那就一好百好。来日医院也罢，学堂也罢，都是要人甘愿上门儿来的，免得像过往城北天主堂那样，只见铁壳大门整天关得严严的，叫人疑猜洋鬼子窝在里头不知干啥为非作歹的勾当，弄得以讹传讹，甚么杀死童男童女做药，甚么死了在教的善男信女要把眼睛挖走，圣餐也给说成都是叫人绝后的毒药……去年义和拳才闹过，如今官民都来捧场，亲亲热热，有这么个场面，洋人和教会是又安心，又喜乐，也对来日医院、学堂，都满抱喜望。就只是有那么两位长老当场就有闲话，说这些都太随俗了。其实罢，平日总在洋人身前身后溜沟子奉承惯了，好像容不得这份光彩没他们的

开工大吉　537

份儿，人家做好做歹，这种人总是有话说。

这又是冲着被教会视为过分世俗的我祖父来的。开工是桩喜庆大事，教会没人说反话；医院学堂要不要跟官家民间打成一片，教会也只有点头；要紧还在洋人听信了我祖父出的这些主意。洋人出钱，敢是洋人说了就算。接下来官厅民间上上下下去打点，教会一向唯恐沾惹上世俗，一向跟俗世断绝来往，这些俗事敢是都得靠我祖父。去岁闹义和拳，洋人逃光了，教会成了没头苍蝇。尽管省里袁大人"八杀戒"（俗称也有叫作"死八条"的）硬把大槽拳匪压下去的压下去、赶出省境的赶出省境，可地方上小股拳坛多如牛毛，小来小去的灾殃还是不少。怎说也得对应得法，贴近城厢的老城集伏万龙开的坛，又跟县衙门私下暗通，要不是我祖父从中奔走折冲，及时化解，城北天主堂就头一个遭殃，城内的耶稣堂也难保幸免。世俗的乱子得靠世俗法子去破解，尽管信教的人，凡事交托给上帝，难道要学犹太人那么小胆儿无能，等上帝为他们把日头停下来照亮儿打仗才打得赢？如圣经记载的"上帝为以色列争战"？基督已曾亲口说过，"邪恶之世无神迹可求"。圣贤的教训是"七分天意，三分人事"，不尽三分人事，还愣等甚么听天命！可那一回逢凶化吉，教会里的长老们事后对我祖父也还是口服心不服，一副又吃鱼又嫌腥，不要领情的皱样子。

其实罢，祖父也不是甚么了不起的能人。早年在辽东老家，没把信教当回事儿，一则年少气盛，一则古书读多了，何曾把甚么洋经洋规矩看在眼里。总是真心正信之后，记忆中爷与二娘（我的曾祖父、二曾祖母）都是怎样出心眼儿帮教会兴旺、帮洋人入境问俗，就成了爱主之人的种种榜样；也是有那许多前例可援，也才虑事周全，多少门道都可走。所差的只是祖父眼前这个境况，非比上人那样家大业大，不光是出心思，出人手，还又出大笔大笔的钱财。就这样，祖父也还是年前就有预备，自个儿掏腰包，赏给出会的哥们儿一吊文。

这也还算不得啥,喜庆热闹只不过一时,过日子人讲求细水长流。祖父心思细,看得远,要照顾的不是一家人温饱就天下太平。单说盖这医院、学堂,多大的工啊,光是中等学堂这边,二十来间讲堂,学生住宿的房舍前后四长排,也三四十间,打算头一步就要盖上两年。连医院带学堂都是盖的洋房,为此只有包给上海那边一家营造作坊。至于洋灰、门窗玻璃、铁管、铁架种种材料,也尽是上海、青岛、水旱两路运过来。所有工匠师傅,不用说,本地百工都不是料儿,插不上手。祖父本意也只是想给河西一带贫苦人家,趁农闲——便是农忙,也一家出得出来一个工,谋份儿挖地出土打地基种种出死力气的粗活儿干干,工钱赚多赚少总捞得到些贴补,要紧是这一干就是两年,好歹跟上十来亩地的收成;至不济,糊弄糊弄度个年年总免不了的两三个月春荒也是好的。

可拜望了上海来的陆记营造作坊小老板一谈,方知自以为眼明手快够早班的,却已落到人家后头一大截儿。

我祖父衡量着,一般教友是少有知道内情的,遮不住还是长老执事人等透出去的信儿——不定大有好处,躲在人后主使,多少包工像蝇子闻见腥味儿,不单城里城外,四乡八镇也都齐打伙儿偎卜来,连砖瓦窑户也争先恐后赶来兜揽。

敢是这也不太碍着祖父盘算的主意,别人没啥利可争罢。那位小老板也估算粗工还是会就近招募,远乡来的划不来——日计工见天一百文上下,天天做满也才一个月三吊钱左右,刨掉吃喝住宿花销用度,落不下多少。陆记小老板一口应允我祖父,交代包工头儿就这河西邻近几个庄子上去招工。我祖父只为敲定这档子事儿,索性跟小老板不情之请,巴望但等合同订下来了,尽快会知我祖父谁家包的瓦工石工,他可亲自去接头:"你这是千头万绪大忙人一个,别分这些神。再说罢,业已包出去的工,你这儿也不方便再去管人家雇用甚么人。

开工大吉　539

我嘛，别的不行，地面儿上人头还算熟，这张憨皮厚脸多少值那么几文儿，凭这点儿薄面子，倒说得上话儿。你能尽快会知，我这边有个头好接，就够帮到大忙了。"

祖父已是胸有成竹，打算事情跟包工头说成了，就请李二老爹出面去招工，一来是借李二老爹的人望，邻近好些个村儿，南到老城集，这个方圆里要举个甚么公众义事，调解个甚么争持纠纷，只须他老人家站出来说句话，没人不应，没人不服。这招工招谁不招谁，总没谁说闲话。二来是李二老爹为人公正明理，不只顾到给七邻八舍的苦哈哈扒插个好处，也顾到人家包工头要的是甚么人手，万不至把个好吃懒做，两天打鱼三天晒网的无赖汉混在里头塞给人家，没的丢地方上的脸。

陆记小老板一家子信教，尽管起初只为冲着跟洋人搭上线，有利兜揽生意才信教，后来倒也真正归主了。主内弟兄不外，啥话都好说。人很年轻，精明又不失本实，不大像滑头刁钻出了名混事儿的上海人。像陆记小老板吃洋饭，发洋财，却也恼透洋人趾高气扬欺弄人的那帮生意人，据我祖父所知可也不老少。加上大码头上世面宽，见多识广，凡事都有一本明白细账——祖父没断过南北两地来的报册，自以为熟知天下大事（如今晚这"天下"可不止咱们中国一国了），可比起一个盖房子的商家小老板，可谓孤陋寡闻了。跟这位蛮子口音很重倒也官话说得挺溜的小老板，不单是打听包工的事，谈得投契，也竟天南地北尽都拉聒儿个没完。

谈起八国联军索讨朝廷赔款，这个小老板可恨得牙痒。恨洋鬼子强横霸道，也恨朝廷闯了大祸，一无担待。八国联军可也抓紧了这个碴儿大敲竹杠，起先狮子大开口，开价白银七万万两（这我祖父倒打报册上知道），朝廷年年岁收也才不过一万万两上下。打仗的八国索讨的是军费，还有个说的，死了人又花了不少枪药炮弹罢；另外还有五国，不曾发过一兵一卒，也来趁火打劫，抓住啥理？慈禧老太后对"远人"宣战，他伙儿五国也在其内；又且他奥、荷、西、葡、挪威瑞典（两国合一）等五王府，房屋家什也多多少少有些损失嘛。

去岁年底前（那段时节的《直报》《申报》至今还未传到），讨价还价结果，还好，十三国起内讧，互算损失，多了少了都在争闹，赔款反而减到四万万五千万（去年闰八月起始讲和时，就出过这个数儿），分三十九年付清。没再节外生枝的话，据说这上半年怕就照这个数目订约了。

十三国里，得款最多的是斡国居首，分赃可分到一万万三千多万两。英国居四，五千多万两；美国居六，三千二百九十多万两（祖父特意关问这两国，是因差会洋人牧师、教士，不是英国人，就是美国人）。单拿美国来说，平均每年虽只分去八十多万两，可加上余债四分利，前十年连本带利就年年都有两百多万两银子。赔给十三国的款子本息全部付清，就要九万万八千多万两。从今往后，中国不亡，也要被这天大的重债给拖垮了。能不叫人恨透了朝廷和这十三国么？

贪图这么大笔的横财，压根儿就是漫天要价硬把人逼死地讹人嘛，讹了去也于心不安罢——就像俗话咒人的：不义之财，得到手也吃药吃光了。十三国里，美国还算有良心，有点儿人味儿，业已昭告天下，索讨赔款仅在惩治大清王朝对外国野蛮搦战之罪，将来所获赔款不问多少，一概不取，取诸中国，用诸中国，悉数用在中国民间，兴办医院与学堂。医院给中国人治病，学堂协助开化中国人，出野蛮而入文明。

按说这是拯民疾苦和百年树人，行的是仁道。可但凡稍明事理之上，莫不以此为耻，堂堂文明大国，遭人目为尚未开化的蛮夷之邦。可话又说回来，这也是朝廷昏庸无能，也才自取其辱罢。

如今各地平静下来，逃命的洋人纷纷回到各自教会，开办医院学堂的款项早在乱事前就已差不多募齐，大兴土木自不止尚佐县一地。他外国人任怎么精明厉害，总还是没法儿肥水不落外人田，大工小匠总不能都打外国漂洋过海弄来罢；中国地面儿上盖房子，工匠材料敢是还得找中国人。如今别管上海人、本地人，说起来是挣洋人的钱，实在倒是把朝廷给人家敲诈去的银子赚回来。且不管他美国是否说话算话，这募来的款子总是他美国人出的，咱们挣回来一文是一文。要怎么算这笔账呢，上头是中国的银子给美国坑了去，下头却又美国人的银子给中国人挣来。两下里账冲账，扯扯平，那是办不到，可得回多少，账上总少亏多少。再说，咱们是凭正道将本求利，挣的血汗钱，他外国可是凭的霸道、无道、歪七扭八的邪道。大家尽管同心合力来发点洋财，倒都心安理得。

陆记小老板不单心安理得挣洋人的银子，照他这些高谈阔论，就是去洋人身上挖块肉下来，也都理直气壮得很。我祖父到得晚年提起当年建造"仁济医院"和"崇实学堂"，总不忘那位已是上海首屈一指的建筑公司大老板，竖起大拇指："那个人不发还谁发！"只不知庚子赔款项下他一家倒赚回来多少。

春来无痕

年过十五灯节,沈家大美才来上工,还是李二奶奶亲自去沈庄带来。按礼俗,按规矩,大年十五上工是正道儿,没甚么不对。可往年大美不是这样,初二来拜年,就此留下来,家下真没啥活儿做,还不是跟李府媳妇闲拉聒儿赶热闹。至多李府请春酒,里外招呼招呼女眷,年酒年肴都是现成,忙不到哪里去。饶是正月过过一半,李府也还是歇年儿,八下儿里找活儿,也就只是洒扫、喂喂猪、鸡、看门狗,过年一身新都用不着系围裙。

可这半个月下来,我父的日子不好过。早晚村头庄尾碰见沈家小根儿,当作没事儿的顺口问问,只说他姐身子不大利索,小孩子还不懂事儿,再问也问不出个啥来,多少也还是要顾碍惹人闲言闲语。

生的甚么病、轻吗重吗、看先生没有……就是问出个甚么,又该怎样?去看望看望罢,帮忙请请先生罢,问出病情找个偏方罢,这都不兴的。若是能像小惠,跟娘那么亲,无话不说;就算不方便有话直说,也旁敲侧击跟娘点点边鼓,戳哄娘去探探病,说不准还可跟娘一道儿转前转后,假装陪在一旁,亲眼瞧个究里,该都轻而易举。可拿我父来说,这却此路不通。换过我叔叔,不定早就撮合大美认我祖母做干娘了,哪还等到这个节骨眼儿,现在去跟祖母求这求那。

李府一家都是仁慈人，想必不会全不把这事放在心上——李二奶奶初五领着嗣义媳妇去看大美，过了十五又亲自去带大美，这都以后才打嗣义那里得知——要从别个谁去打听大美，敢是不好冒失。像嗣仁那样没正没经，大嘴又敞，就不能把话把子送上门去给他贩去嚼舌头闲磕牙儿。只嗣义跟自个儿彼此体恤知心，没啥不好开口，好歹转个弯儿打听打听，总能得个眉目。托他媳妇去探探，该也不大费难。总怪这上头太过脸嫩，生怕惹嫌，几番跟嗣义闲拉话儿拉近了话头，到底还是张张口又收住。

　　这么牵挂放不下，待到大美可也来上工了，才刚一块石头落下来；可没落到地，就又悬空荡起。人瘦了一圈儿不说，没了笑脸不说，原本有点肿眼泡儿的，这可真的肿了，这也不说；当紧还是碰到我父就避过脸去，当作个大生人儿。

　　我父是到李家邀呼嗣义一起去南医院上工，耳朵独对大美尖得很，没见人就听见只大美才那么干净的亮嗓子，像画眉学人声那么圆润，不带一点儿丝、一点儿沙、一点儿叉。立时就像大旱天盼到了一朵云彩，心也似给个火炭儿烫了下。

　　嗣义媳妇拿白大布首巾扎裹了两个点有胭脂的白面馒头，两片巴掌大的腌五花肉跟大葱黑咸菜，系到嗣义搐腰带上。我父不方便再磨蹭到瞧见大美她人再走，只好墙根拾起扁担架筐，跟着肩扛两把铁铦的嗣义开拔。我父从没觉过浑身没劲儿，像踩到粘鞋的黏胶一般拔不起脚来。可就这么一蹭蹭工夫，大美打东院儿端只等磨大木盆过来，真就叫情人一见，分外眼明。我父只觉脸子一白，脚下简直儿有点跟跄，上半身儿一下子血也没了，魂儿也没了，脑袋落下个空壳儿，偌大的个儿愣竖那儿，像跟栽得不是地方的牛桩。

　　大美分明也一眼就瞭到西院里我父要走不走这个光景，顿儿都没打一下，立时把手上平端的等磨盆竖起来端，大半个人都罩住了。说这姑娘有多机灵,像这样心眼儿一转,大木盆那么一翻,就如打闪那么个快法儿。要说蠢罢,那么又笨又沉杉木箍成的大木盆,人家放到老黄河上,蹲到里头采老菱的,扛着、拎着都成,干吗端在手上搬哪?省劲儿的不干,干那吃劲儿的。可也就那么蠢,也才正好机灵得起来。

我父装作架筐上系子有毛病,卸下肩来把绳扣重新打个结实。磨蹭的工夫里,一面瞒伺着,只当她半个月没见,乍乍的有些害臊,才把等磨盆遮遮脸。手底下磨蹭些,终还是等到等磨盆底儿朝上盖住了水磨,一张大白脸抬起来,应着西屋门前嗣义媳妇唤她,掠掠花箍儿走过去。脸是小了一圈儿,脸上板板硬,眼泡儿浮肿,像是才睡醒,又像才哭过,叫人瞧着疼死。

八成也让嗣义看出来?伙着庄子上出的工,除了先走的,也还有五人。刚出庄头,嗣义找着我父说,若不是他妈妈亲自去带人,大美可是死了心不要再来上工了。

我父听了一愣怔,顺口就问:"那想去谁家?还能找到比这还轻快的东家?"嗣义漫应着:"敢不是要换东家罢,俺也不怎么清楚,似之乎怄谁的气还是怎么了。"我父忙问:"跟谁?"

嗣义口说不清楚,眼睛可不是这个意思,眼神有些躲躲闪闪。我父不方便叮着再问。人家口上不爽快,想必心里有一段儿罢,那就别不知趣了。

洋医院和洋学堂新春开工,冲着堤上西南圩门竖起两丈多高杉木搭的架子,钉上一面炮楼外墙那般又长又宽又高的洋鬼铁,朱红洋漆打的底子,尽管书上两行约有壮馍大小的象牙白的洋漆字"基督教长老会仁济医院暨崇实中等学堂营建地"。只因位于城外西南上老黄河旱滩,城里人嘴上图个方便顺口,也不管还有个洋学堂,传来传去都只叫它"南医院"。排场上这么正经八百的大兴土木,小城从未见过,当作无大不大的大事。单只为瞻仰这面鲜鲜亮亮的大招牌，年下东走西溜赶热闹看的人众，倒凭空多出一桩稀罕景来观赏，咂嘴叹气儿比得看抬阁架阁出会那些热闹还赞赏不置。要紧还是洋漆、洋鬼铁这些物事，都是见所未见的洋玩意儿，又是这么通天扯地个大法儿。

教会里有些呆得很的长老执事，总不怕噜嗦地顶真来正名。人家哪有工夫跟你甚么"仁济"、甚么"崇实"的咬文嚼字，"看了南医院彩牌楼没有？"人家可顾自叫人家的。那般长老执事把这以讹传讹的无知无识，看得不知有多要紧，有的没的对这般世俗人如此"名不正则言不顺，言不顺则理不直，理不直则事不成"，不是叹气就是鄙夷。我祖父听了倒觉好笑有意思，宽慰这般同工道："南医院，叫得挺好，简便利落，总也强似'洋医院''洋学堂'那么不中听，'南医院'因方定位，因位定名——名位名位罢，顺口顺耳，又挺有道理不是？甚么'仁济'，甚么'崇实'，谁跟你践文儿来着？得跟人家一一开讲吗？说真个儿的，叫我开讲还讲不上来呗。要末，叫'济人儿医院'还宜当些儿，人家都懂，意思呢，可也没走不是？"

"济人儿"是这个地方上的土话。寻常日子里，家下选种、择菜、刳树、打理庄稼甚么的，淘换下来都该扔进沃垃坑沤肥的废物，顺手之劳抽些留着，扎成小把儿挂到屋檐底下，备而不用"济人儿"。谁早晚生个小毛病，哪里动不动就请看病先生，左邻右舍谁家去讨了来当药，炖水熬汤，或服或敷，挺管用的。带荚的瘪萝卜种子，治胀气；长不成个儿的小石榴干儿，止咳化痰还治泻肚；棒子缨、棒子花繐，都好治消渴病；端午节午时抓到的癞虾蟆，打嘴里塞进块小墨锭，风干后取出墨锭，沾水画疖腮，百治百验；花椒树干排出的虫屎，鸡膆子装了，治心口疼（胃病）……多得数不清，都归神农氏和华佗祖师流传下来的宝物。有心人家屋檐底下可尽是滴溜打挂这些"济人儿"玩意儿。

我祖父跟上海来的陆记包工小老板谈妥的招工一事，也该算是"济人儿"。祖父把这事托付给李二老爹，李家便是左近多少庄子都家传户晓收集"济人儿"药物顶多的人家，李二老爹一口就应承下来。沙庄东邻是前李庄、后李庄、东南钱庄、西南马陆庄、西邻小沈庄、大沈庄，总共两三百户人家。谁贫、谁富、谁旺、谁瘪，就连谁勤利肯干活儿、谁好吃懒动（李二老爹常道，"勤利勤利，一勤百利""受穷没有受冤枉的"，意思是勤则富，懒则贫），他老人家都像有本儿细账，记得一清二楚。几番琢磨斟酌，倒也招得六七十口子——即使到得春耕农忙，总也还出得四五十个工。这当中敢还是穷户人家居多。李二老爹为人正直坦荡，不曾有过私心，也才内举不避亲，五个儿子里也挑出个嗣义。我父更是头一拨就挑中，好歹还有两三个月农闲，干吗不去挣这合起来七八吊钱。就算二月底就得早班点儿拾掇粪肥甚么的，李府也不缺这两副人手。

起始是打地基，无非出土，填进砂姜石，打墩子——那是三百来斤的青石墩，四孔八根粗纤绳，八条大汉一人拽根粗纤绳，合力拉得趁手，青石墩提得尺把两尺高，一松手，青石墩沉沉地猛砸下去，领头的唱三国、唱罗通扫北，其余七条汉子和着"咳哟嗐"，有板有眼儿，一处擂个三五十下，挪个窝儿过去再来。平房尽管近百间，墙基都不怎么当回事儿；洋人住的两家两层洋楼，地基打下毛四尺深，也都难不倒人；唯独贴顶南边儿一栋四层大楼，长三百尺，宽一百二十尺，地下挖出一层楼十二尺深，不单打墙基，还打地基；别的不说，单是出土就堆起一座小山儿。说是沙灰滩，可挖土挖不到三五尺深，下面就净是水渍渍、黏溶溶的红花淤泥。脚一陷进去就没过小腿肚子，使劲拔脚拔得个老鼠叫一般唧儿哑儿响。春寒料峭，泥水沁人，可不是人受的。原先照日计工算一百文一天，挺够厚实的，干上这份儿苦活儿才知活活的就是老话说的"钱难挣，屎难吃"。累起来就有人叶呼了："谁个来替换罢，俺另外再贴他一百文！"也有人嚷嚷："这哪是出土，玩二鬼拔跌（摔角）呗！"肏他奶奶日他娘的越发不绝于耳。

还算好，我父跟祖父禀报了，祖父领了陆记小老板现地来看，及时交代了工头，是凡轮班轮到干这份苦活儿的，一天外加五十文了事儿。

再还有打一口深井。土话说是"淘井"，按老规矩，那得花大钱请看地先生找龙脉，寻泉眼。上海来的老板、师傅人等都不讲究这一套。江南水脉浅，爱在哪儿打井都成，平地挖下去三尺五尺就是一口井。可北方水脉深，先人经验，任你下死劲儿入地三两丈，该是干窟窿还是干窟窿。这口深井选在四层大楼靠东首，只看位子对就成。说法儿是入地五丈，笃定水源不绝——加上这大块地原本是黄河古道，通得到龙宫，还愁处处不都是龙泉！

可五丈深，那就至少得挖开十丈坑口，要不的话，四围的圆坡保不住土，随挖随塌。照这么一来，定下的打井地点差不多紧贴大楼东南角上，岂不准定不成事儿？只是上海师傅拿石灰粉画下的圆圈圈，拿大步对直走着量，折合窑起来还不到两丈，师傅也只要出土一丈五尺深，真有点儿胡来了。可师傅一副山人自有道理的味道，是师傅听你们的，还是你们听师傅的？

这般乡下来的土佬敢是不信这个邪。起先一听要打五丈深的水井，就笑那五丈多长的井绳，盘将起来那要多大的一堆！打一桶水又要多大的工夫？单这四层大楼住户用的水，那就得顶住两三个大汉轮换着日夜不停地打水才够用——挑水的还不算。挖土又要小半圈直陡，大窑里烧歪了的砂碗砂盆子。要到师傅领着江南来的工匠拿一种"洛阳铲"往下打洞，一丈两丈的通下去，七八天的光景，硬就是打下三丈多，铲子勾上来的泥土越来越湿，越来越稀，不用说业已挖到了泉水。

那洛阳铲其实简单，不过是七八寸长半落儿铁筒，通下去就带上

春来无痕　549

来半筒子泥土。竹把子约莫一丈左右，洞深竹把子短，就再接上一根丈把长的竹竿，完了再接一根，完了再接一根，挖有多深了随时都量得出来。乡下土佬可真开了眼界，个个称奇不已："这江南人真他娘的能！"总共掏出来的泥土有限得很，装不尖两铺篮，推两土车下湖上粪还比这多多了。

可还是看不懂这个，土洞从口到底儿一拢通都只五寸来大，倒要咋着打水？用纸媒筒子打？别笑死人了！

乡佬但凡抽旱烟的，身上总嘀溜打挂一套家伙，烟杆、烟袋不用说，火刀、火石、纸媒子带个拇指粗约三四寸长的小竹筒。火石贴紧纸媒子夹在虎口里，另只手拿钢砂小板儿火刀猛擦一下火石，火星星一炸，落上纸媒子头上黑烬，死火就生出来了。拿这死火也好，吹出活火焰子也好，都一样点烟。那火纸媒子得保住黑烬，就只有插进竹筒子闷熄。用这小竹筒子下井打水，敢是荒唐又滑稽。

这要等到安上机关，打出无尽无休的大水来，才叫人打心底儿服了。

也是打上海运来的一根根丈把长白钢管，顶头包上马尾编的密网子下到洞里去，再一根接一根，又是旋又是火焊，直到挂了底儿，挖土填回去，露出地面的白钢管约莫半人高，装上带有长长把手的机关，握住那铁把手，一按一掀、一按一掀，机关一旁那个歪脖儿铁筒子口里，竟然像石碑帽上刻凿的龙吐水一般，哗啦啦、哗啦啦……喊个没完儿的大水柱，还带着大喘气儿，是个活物，简直个把人给吓愣怔了。天下怎有这等样子鬼神也要翘翘大拇指的妖法儿。

说他江南人能，敢也是跟西洋人学来的。俗话说，"能得上了天"。夸他能，果不其然，不久后这洋水井上又架起四五丈高，十里外就看得到的大风车，二十八片扇叶子迎风滴溜溜儿转，索性靠风力来打水，水管接水管，送得上四层楼，不光是用不着人力打水，连挑水抬水也免了，只一个打扫小工管管开风车、关风车，啥都用不着烦人，可那都是到四月底的事了。

眼前人工操弄机关打水，已够离奇，这已过二月二龙抬头日子，不少人单为瞧瞧洋水龙跑来围观。这要是放在人人尽赶热闹的大年下闲着无事，一块洋鬼铁，上上洋漆的大招牌都能招徕那许多人赶来开眼界，像这种洋水龙，怕不四面八方不知多少扶老挽幼，拖大背小，挤破脑袋都要赶来瞧这稀罕景儿？

来这上工的乡下土佬更是逢人便贼眉竖眼讲这大奇事，讲得两嘴荚子冒白沫，好似那洋水龙是他自家的——真实又怎的不是呢？这条洋水龙打生蛋到抱出小龙，前前后后，来龙去脉，尽都亲眼看着它一点点长大，挖土挑土，一铲铲，一挑挑，一趟趟，人人都有一份儿，说咋不是各自家下的宝？！

这份儿工，我父顶顶实实干了两个整月（照教规礼拜天歇工，算扫除了八天），苦是真苦，累是真累。俗话说"春风裂树皮"，别看春风宜人，养得个草长花开，却就是伤人肌肤，像要把人皮刮皴了，刮裂了，好让皮下甚么嫩芽儿冒出来。可实说起来，也挺是那么回事儿，年年一入冬，人都不在意，浑身汗毛可就一根根顾自紧紧盘起来，盘成比起蚕子还要小的点点；这且不说，点点上顾自生出一层薄膜小盖盖儿，紧护住汗毛根儿，譬比是汗毛下了蛰，冬眠躲过小雪大雪、小寒大寒，整一个严冬。汗毛孔给封死了风不透、雨不漏，外头寒气进不得身子里，身子里的热气也出不来，这样子人才熬得过天寒地冻，交冬数九那九九八十一天。要到立春过后，身上处处刺闹起来，倒不一定就是一冬没洗澡的缘故，是汗毛要出蛰了。抓抓挠挠的，封住毛孔凸起像是鸡皮疙瘩的小膜盖儿脱落了，盘结了一冬的汗毛，便直如根根弹簧一般，委委曲曲支棱起来，似乎边打着呵欠，边舒着懒腰，揉揉眼儿醒过来。那春风敢也是像个做娘的，不忍心大声拉气地叫醒

春来无痕

懒觉睡得正酣的孩儿，轻轻柔柔，只合是摸摸弄弄挠挠痒儿，把孩儿哄哄醒过来。那么殷勤周到，数不清的根根汗毛也得一一来哄哄醒。

我父天生的一脸一身密密麻麻的黄雀斑，皮子也本就又干又粗糙——祖母一提起这个，就像人家要算账算到她头上，护短似的讥诮说："谁叫他打小就老鼓弄家雀儿玩？活该招惹来一身癞雀斑！"这话得要趁热听，冶了就没多少道理。要说吃多了尽是麻麻点点的麻雀蛋，好歹那还有个谱儿，喂麻雀玩麻雀能惹来一身的雀斑，说给谁也没人信的。

我父皮肤既生得坏，干农活儿倒还没甚么，好在一入冬就闲下来，没多少重活儿。可干起南医院这份儿工，春寒里泥泥水水的蹚来踩去，脚跟儿、手掌儿，便到处开裂，一道道活像一张张小嘴儿咧着叫疼，夜晚收拾清了，拿热水泡泡手脚，一张张小嘴儿又咧着红唇苦笑起来，血赤赤倒像小唇儿搽了胭脂。这只两个方子好治，一是跟人家讨来人脚獾油膏搽搽，润润皮儿；一是李府济人儿的槐胶，槐树干上淌出来黏液，收下来拿小锅儿熬稠了，趁着半热不冷捏成一坨坨枣核儿大小的胶嘎嘎，硼硬硼硬，使唤时凑近灯焰烘烤，化了滴到伤口上，又烫又疼又煞痒儿，说不清是舒坦还是难受，龇牙咧嘴儿直哼哼。算是拿黏胶把个裂口给焊上，可治下了根，只是免得夜来被窝儿里手脚焐暖过来，奇痒难忍，懵里懵懂的不是两脚对搓煞痒痒儿，就是没轻没重乱抓捏乱拧把，准弄得被里子尽染上斑斑血印子。

单是这个就够受罪的，别的苦累也便不必一一诉说了。这样子拼死带命，日计工是十天一关支，不缺工的话，吊把钱。两个整月扣掉礼拜天，也还挣到六吊多，跟上李府拉半年雇工。除掉零头留了点儿下来，悉数交给了祖父。正月里四乡八镇都来请祖父去开布道大会，祖母叔叔多半都跟了去。二月塾馆须叔叔看墩儿照顾，布道大会还是不断，就只祖母跟着去了。正月里家下时常无人，李府硬拉去一日两餐，午间也是嗣义跟他一人一份儿干粮带着。二月里，李府索性连叔叔也拉了去一日三餐。把工钱攒着等老两口回家来交把祖父，祖父总是这手接，那手递给祖母。

"还不是攒着给你讨媳妇！"祖母接过钱去可从没开过一丝儿笑脸，不言而喻，那是说"别指望我领你这份儿孝心！"还又像平白添麻烦看钱受累。叔叔听了也挺不平，避过去噌了冷话："天晓得，末了又不知便宜哪个干姊妹儿、干闺女！"

就像拗不过爷娘帮衬找亲事一样，过这个新年，不止一回，祖母把我父的亲事挂在口上，"过年二十几了，你当还小呀？你爷这么大，都俩儿一女啦——还搁那儿哈哈息息的！"每回这么念叨，好似都是我父的错。就像叔叔出生时，祖父明明二十一岁，夭折的姑姑敢是出生更晚，可祖母要那么说，二十就是二十，谁也别想让祖母改口。

每一趟打外乡传道回来，十趟有八趟都说又帮我父看中了谁家姑娘，还拉住祖父问道："你看呢？你看黄长老他二闺女怎样？"祖父也都应一声："不错，不错。"避开祖母，祖父多半是自嘲地笑笑："我哪留意到谁谁的几闺女！"有时也拍拍我父肩膀说："你还是不知道你娘秉性脾气，'人心昼夜转，天变一时刻'，你娘那些主意，比变天还变得快，顺着她，天下太平。"

又是哪一趟打北乡燕头镇回来，礼拜天过晌午，元房四口都在家，祖母没等歇歇脚，就叫叔叔来到后院儿，我父正替麦花驴卸套上槽，给唤到堂屋里。祖母少见那么眉笑颜开跟大儿子讲话："这一趟帮你看中了个黎家大姑娘，你爷也掌了眼儿，可叫合适来着，就口上先定了亲，慢慢儿再正式正道办个文定传喜。人家一家可都是识书达礼，日子也挺殷实。五个儿子就这么一个宝贝闺女，人家姑娘可比你强，还念过两年私塾，读书解字的。针线茶饭，收干晒湿，街坊邻居都赞不绝口。要紧还是信主的人家，都是你爷结的果子，施的洗……"直

春来无痕 553

说得这位姑娘和她一家人硬是只许天上有，地上没处寻，一面不时地拉住祖父做见证："不信问你爷！"

我父不吭声儿，拾掇着插了大半个的鸟笼子，只管闷着头拿碎瓷碴子刮他的细竹签儿，嗤啦嗤啦快手打磨着，看来是存心不搭那个碴儿。

叔叔沏来热茶，也打不断祖母话头。"娘润润嘴罢，哥差不多也都晓得了，娘好歇歇了。"

这也不成，祖母说说也就重三倒四了起来，看样子是要催催我父搭个腔，进而感感爷娘之恩罢。我父心下可只扭着一点："啥事儿不都是你说了就算吗？还兴我来讨价还价不成？"只是渐渐也觉出不比前几回，不大像祖父熟说的，你娘那些主意，比变天还变得快。敢情这一回来真的了？是的话，可要叫人烦腔。

打正月十五大美来李府上工，我父带常的都在李府吃饭，一早一晚不见不见也见到大美三五面。起先只觉出这个姑娘好似换了个人，往日见谁都不会不笑不说话，更是跟谁都满面堆笑地招呼，嘴甜出了名。喊我父都是一口一声的"俺大哥"，不知有多亲，叫人觉乎着生来就是她一个人的大哥，别人都沾不上；真是那样子，叔叔都不曾那么喊过我父一声"俺大哥"——同胞亲兄弟呢。往后，渐渐也听到点笑声了，那种噎噎的干净嗓子，也清清脆脆亮了起来。可就是一，李府上两进院子，从没有内外之分，纵是上工前、下工后才来李府，总还是难免碰头碰脸，但凡遇见了，大美不是能避则避，不巧顶了面，也没正眼。这对我父可真是要命的难堪，不由人不再思再想，到底是怎的得罪了人家，让人家恼到这个地步。莫说再思再想，就是百思百想，怎样也琢磨不出个根苗来。

尽管娘在那儿今天说个头儿，明天提个亲，我父都只当耳边风儿，可总是叫人惊心。大美这边既苦思苦想找不出个头绪，心下只好劝解自个儿，好歹不在一时，姑娘心难揣摩，那就愣愣再说。往天那么好过，又没啥深仇大恨，哪就从此绝情绝意，彼此都成了生人这个道理？

可说起往天么好过，怎么讲？是怎么好过？手都从来从来不曾碰一下，怎么个好法儿？慢说跟谁都讲不出口，饶是跟自个儿盘问起来，也把自个儿盘问住了。可这要怎说呢？分明两下里早已这个有情，那个有意，正合老话常说的，"如人饮水，冷暖自知"不是？哪还非得眉来眼去，打情骂俏，拉拉扯扯，像那戏台上唱周姑子骚戏的才算数儿？正经过日子人家，慢说小男小女各是各的玩在一道儿，扎边儿不兴有啥往来，饶是做小夫妻的，人前两下里多看一眼，多笑一下，都要惹上一大堆儿闲话取笑。合着难道要像嗣仁乌七八糟乱戳哄的"小秫秫地里偷偷摸摸睡她一下，睡大了肚子，日他姐的啥都别愁了！"要那样才算相好过？……

这么盘问自个儿，真真问到心坎儿顶里层，支支吾吾地只能招供说：怜她打小定亲就订了夭寿的短命鬼；怜她打那就给坏红名声害死了人，没人家敢要她；怜她爷娘八下儿里找碴儿恶待这个命硬克夫，找不到婆家的亲生女；怜她报恩李府心切，抢活儿做抢过了头儿，起五更，睡半夜，打一张开眼忙到闭上眼，干起粗活儿细活儿都一个顶俩顶仨……可所有这些个，连带的心思细，手头巧儿，还都是外饶的零碎头儿，盘问到心坎儿里层又里层，真章儿还就是她这个人，不说她生得白大似胖，水汪汪的吊梢眼儿，那么个俊法儿，就算她生得像人家糟蹋丑女的唱唱儿"疤扯扯，麻扯麻，盘龙嘴，菜花牙"，也还是除了她，换哪一个都不成，硬就是单要她这个人。甚么道理都说不上，常言道"姻缘三生定"，盘问得自个儿连个退路都没了，就只找出个口实来——那一辈子两个人还没好够罢！

好在这一向都在南医院上工，苦累打了岔儿，少想一些这份儿心事。盖洋房这码子玩意儿，差不多天天都有闻所未闻、见所未见的新鲜。别人只是少见多怪咂咂嘴儿，叹叹气，过了就过了；我父可是处处都由不得自个儿地多一番心塵，找找道理，品品意思。要还琢磨不透的话，倒到铺上也少不得翻来覆去地拼凑调理，这就分心许多。若不是这么着，祖母又三天两头地提么鬼亲事，那可真要让跟大美这份儿情给困死。

如今祖母玩起了真章儿，看来装聋作哑不成，当作耳边儿风也难了。祖母一时一个主意，一刻一个主意，说变就变是没错儿，可但凡主意打定了，九牛也拉不动；要是有人拗着来，那算二九一十八头老牛也休想让她松松劲儿。还又说了，这婚姻大事，大到非得父母作主不可，哪兴照着自个意思来的道理！

这就难上加难了。

似之乎只有一条路好奔，拐了大美跑掉，一了百了了。身无分文，又无常物，那也不怕，年轻力壮还怕饿死冻死？当年元房四口打弥阴县逃荒出来，还不是比叫花子好不到哪去。天无绝人之路罢，俗说"一个人头顶一滴露水珠儿"，两滴露水珠儿一条心，黄土变黄金，又都是有心思，有巧手，有干劲儿，能吃苦，一动百利……要甚么有甚么，讨不了饭的。这么想下去，想得心口热热的、烫烫的，好似这就一甩头抢出门去，拉住大美二话不说，跑！……手底下破瓷碴子飞快地刮，一不留神，竹签儿刮断了，二拇指给割了一下。瓷碴子嫌它不利，拐到皮肉倒像快刀犁豆腐，眼看破口子喜孜孜地冒出血来，下口便狠狠地呸紧，连一指头的竹皮渣渣也含了一嘴。

祖母正翻着老账，把东洋矮鬼子打关东毁掉的貔子窝姥姥给张罗的那头亲事，也算到我父不成材的账上。祖母自有她的一套——你不理人是吗？娘苦口婆心说破了嘴，你头也不抬一抬是吗？那咱就来个噜哩八嗦没完没了，叫你耳根子休想清静！

叔叔在给祖父搓水烟纸媒子,忙扯块火纸给哥哥沮血。我父含住二拇指不放,跟叔叔摇摇头。我父那张脸板得能敲出哪哪响来。"娘你好歇歇了罢!"叔叔这话说有百遍都不止。祖母脸一挂耷,咬着牙说:"你只嫌娘多嘴,就不问他这人不长耳朵!娘也是好意的?娘还是拿这嘴搁地上搓罢,说也白说,不识好歹!"

这当儿倒是娘仨儿都愣住了。祖父打院子涮清水烟袋,干布巾边擦着边走进屋里来,笑笑说:"你也真得歇歇了,三四十里土车儿颠到家,够累的不是?"

好似又提起了话头,祖母重振旗鼓,越发起了劲儿,拍了拍桌子说:"你当我不累?你当我不要好生歇歇?这么桩大事、好事,辛辛苦苦给张罗了,享个现成的,像害了他,挂耷个驴脸给谁看?还知道好歹啵?人无良心屌无肋巴骨!⋯⋯"

叔叔看不下去,忙道:"娘,有你跟爷作主,还用哥点不点头么?倒要哥怎样呢?给爷给娘三拜九叩,感恩戴德?不又干吗逼着哥怎样怎样呐?等哥答应?还是等哥不答应?答不答应由得了哥吗?"

这一连串儿一问再问的问到底儿,倒把祖母给问住了。可不是?大事小事,慢说从来不曾跟我父从商过,连祖父也不兴插过嘴。

可也没多顿个小半响儿,祖母又再卷土重来,眼谁抢嘴似的喳呼起来:"娘说他折料,二十大黄子了,连个媳妇儿还混不到,说错了吗?连姥姥给订的亲事都没那个命,说错了吗?⋯⋯"这么一一说对了下去,怕要连关东那大片家业、弥阴县那大片祖陵、那么平白丢了,也都要赖给这个败家星歹命的大儿子头上了;敢是也要照样问一声"说错了吗?"也敢是谁都没那个胆儿派给祖母"说错了"。

祖母这么怪罪已不是头一回,我父对这些压死人的恶言恶语听得两耳生糨子,像光脚丫子磨出糨子踩到杠橘子树那寸把长的葛针儿上都觉不出疼。由着做娘的数说罢,数说不掉身上哪块肉的。要就是调头就走,一走百了。祖母就是这一点好,挺不记恨人,出去转一圈儿再回来,大半没事儿了。

可大美如今还会一声吆呼就跟着跑吗?放在先前,我父有一百个把稳,这向时僵成这样,心下不知怎的恼着人,又百思百想找不出一丝儿头绪,人家还肯把这一辈子都一把手交给你?别木把子火叉一头热罢!

这可叫人丧气。

除掉拐她大美扔奔子一跑了之,要就还有一条路,商量嗣义传个话,拜托李二奶奶去跟祖母提这门亲事,两人干亲家;这多年来咱们能在这儿落户,老的开塾馆,儿子拉雇工,吃住都靠他李府,这个面子不能不卖,不能不买。大美怎么恼了,怎么生分了,以后都好说。这事儿要这么办的话,还真得宜早不宜迟,宜速不宜缓。

祖母还在数落个没完儿,好像牲口跑热了蹄儿,怎样拉紧缰绳也勒不住。数落到我父见月只混到个一吊文儿,混到老也穷光蛋打到底……我父着实忍不下这口气,憋了又憋,可这一回不是调头一走了之;一股气上来,把插了一半鸟笼,狠摔到地上,发起牛脾气:

"那还讨个啥媳妇儿!讨来不吃不喝挂到墙上叨!"

三脚两脚把个业已摔歪的鸟笼连踩带蹉,喀喀喳喳一阵狂风暴雨,头也不回,跺跺脚,大步大步奔出家门去,直把祖母、祖父、叔叔吓得张口结舌。老半晌,三个人都不敢相看一眼,好似一下子个个都凭空地心虚起来。

清明早雾

一进三月，差不多也就清明了。一年里打这个时节起，才算正式正道动手忙活。忙的是几样秋庄稼下种，麻、蒚、番瓜、南瓜，都还只是轻快活儿，家前屋后零零碎碎，顶多几分地，刨刨土，丢下种子踩踩平就成，少有使唤牲口拉犁拖石滚子的。地瓜没种子，先要下母，也无须多大地面儿。老地瓜母得挑那个头大些、匀净些的、皮儿光光滑滑没疤没癞的、形儿板正也别弯七扭八。另外还有个谱儿，要是专给人吃的，就挑白皮红瓤、红皮白瓤那两种，又甜又香又沙；还有那面得噎死人的"大紫"，只个头细长，长不怎么大，不出数儿，敢是划不来，少种些换换口味儿罢了。若打算喂猪罢，就多种些白皮白瓤的，这地方叫洋白芋，愣大个儿，可出数儿着，味道要退版多多了，水渍渍的又不大甜，秋后收成了晒出地瓜干子，也不经熬，清汤寡水稀花烂，出力汉子嫌它吃了抗不住辙——不经饿，像那路面儿不够硬，车轮一过就陷下去，挺不出力道。待把挑出来的地瓜母埋下地，冒芽躺秧子总得到五月底。一根根长可上丈的藤秧子，一段段剪成大半尺长短，那可得拉犁堆垄，论亩论亩栽秧子，算是重活儿，时令要过过麦口了。

这春耕春种秋庄稼里，论重活儿还数棒子、高粱——这地方叫大、小秋秋。不光是主粮里除了小麦就数它哥俩儿，二十亩地的人家要种上十亩八亩；活儿重罢还是重在费事拉把的门道儿太多，先下肥，拿木梧铲起拨匀，再犁地翻土。撒过种再耙地，耙子像一架木梯，横下来平放，下边一扎远就是一根一扎长的铁齿，套上牲口，人站在上头驾着牲口拉，碎土也是把种子跟泥土拌拌匀。这还没完，下一步得套上四五尺长的青石滚子拿牲口拖着把地压压结实，免得老鸹子甚么的飞来又刨又啄刚下土的种子，也让泥土愈压紧，冒出来的芽子愈粗壮有劲儿。这就够累人的了，可往后吃力的活儿还有的是，约莫一个月光景，一进四月，就得每隔十天锄一遍地，头遍间苗，二遍定苗，三遍松土培根，四遍搒草。种的田亩多的话，打那头锄到这一头，紧接着那一头又得锄下一遍。到得中伏天，正当一年里顶热的大暑，高粱又得打叶子，一来省得叶子白白耗掉元气，好让地力全都供济到穗穗籽粒上；二来高粱丛里热烘烘赛似灶房一般，叶子打清了好让里头多多通风，免得庄稼给蒸出毛病，净结乌墨穗子；三来一株高粱棵儿，除了梢子顶上留下一两根小叶子，足足扯得下肥肥厚厚六七片老叶，牲口吃了顶添膘儿。晒干了捆成草箇子，码成垛子，那可是半秋一冬上好的牲口草料。这么算下来，比起大、小麦、油菜甚么的，这棒子、高粱，虽都是粗粮，反倒得费大劲儿去服事。小麦是寒露下种，差不多全都不用去管，顶多开春地里化冻，套上牲口，拉上青石滚子，麦地里压上一遍，扎根牢靠些，也免得田土耙沟耙垄高高低低，镰刀割麦时老是碍手挡刀，也割不深，麦根剩太长，蚀耗烧草不少——其实罢，躲个懒儿，或是真正没空儿，少压那么一遍，也没甚么大碍。照这看来，大、小麦要比棒子、高粱，省事儿太多了。

打南医院上工以来，早出晚归，没多少工夫去李府上有事无事闲蹓跶，敢也是不大见得到大美一面。棒子、高粱下种前，整粪下肥就要动手忙活儿了。我父倒是巴望趁这工夫回来李府——一来为人总要识趣儿，尽管照实讲，不缺我父这把人手，连嗣义不回来干地里活儿都不嫌短少嘛，可不能只为见月多挣两吊钱，就把这边雇工丢下不管。况他嗣义是人家自家人，外头赚钱管多管少也是人家自个儿的，家里弟兄妯娌也都甘愿多分份活儿罢。不管吃亏还是占便宜，总不出一个家门儿——人家又没分家不是？这上头自个儿怎好跟他嗣义作比？况又一心只想回来李府上工，暗自还是想顾到大美这一头；真的，心下挺怵着两里里这么老不见面儿，久了下去，定要越来越远，越远越生分，末了许就不声不响，没盐没味儿断个干净了。

清明这天，咱们家既没祖坟可上，我父比平时上工起床还早，冷水抹把脸就赶来李府后场上。

四处放眼望上一圈儿，湖里雾重，除了不远处有个谁，背着粪箕，拉着粪勺，雾里大步大步拉着，奔北走去，庄里庄外没见半个人影。一看就晓得那是个拾狗粪的，家养的狗庄外去拉野屎，各自都有呆定的地点，俗叫"狗屎窝儿"，摸熟了几处狗屎窝儿就不用等到天大亮再茫茫无际的野湖里瞜东瞜西去找——那得碰巧碰不巧才找得到一泡两泡。

李府东堂屋的后墙外，倒头朝下一排靠上三挂小上车儿，我父一撩眼儿就挑了咱们家打弥阴县推来的那一挂，熟眼又熟手，使唤惯了的家伙。脚底顶住车毂辘，伸手上去够到俩车把子，往下一拽一捺，车身就放平了下来，推到场心儿嗣仁哥们儿这几天拾掇妥当，整成细末儿的大粪堆一旁。怕鸡来乱刨，粪堆周遭还围了一圈儿老旧的秫秸笆子。谁家这么早就放出圈的一窝鸡，有的就来试个试个地想找找秫秸笆子哪儿有下爪子空儿。不知这粪堆里有啥可吃的，嘘散了又绕个弯子再来。

干这些活儿，尽管隔上两个月没摸家什了，一来我父热门熟路，二来李府是个有条理的人家，收活儿时啥家什归到啥地方，就像狗拉野屎都有呆定的窝儿。靠近菜园那边的草棚子里，推着滚出一口柳条大簸篮，毛有一人高的大毂辘一般，滚到小土车旁，提口气端起来给架到车上，端详着挪个正。就这工夫里，没想到脊后喝斥过来一声："你那是干啥来，快马放下！"

七早八早就起来的李二老爹，没听到一点点动静就来到跟前，少见那么挂耷下脸来冲人，跟我父更是从来没有过这样。我父给冲得没颜拉巴地嗡哝着："这不正赶上忙活儿罢……"李二老爹没接这权儿，还是板着脸儿，拿长杆儿旱烟袋指指我父才拾上手的木栝："放下！放下！去上工！"

我父一头解下绕在脖儿颈上的大辫子。一头半求半赖地央道："那就甚么……那就再压个月，等月底锄头遍，咱再……咱可非回来不行。"

李二老爹那张赤红大脸膛子没见和缓多少下来，冷冷地丢下一声："到时再说！"转脸走开，一旁拾起粪箕粪勺，头也不回地往北湖去。粪箕挬到脊梁上，粪勺把子夹到胳肢窝儿里，敢也是去找狗屎窝儿罢。

给李二老爹噌回来，到家，三口人都还睡得沉沉的。我父轻手轻脚收拾家什，挑三张冷煎饼，卷上大葱、黑咸菜——一张路上啃，两张留当晌午饭。一头拾掇，一头搋拉鼻子，止不住叹口气，想着这一下，嘿，又得再捱上一个月了……差点冒出声儿来。

止待要出门儿，隔着稀疏的秫秸篱笆障子，已见嗣乂一肩的扁担筐子也正好来到门外。是李二老爹庄北走走又回家，撺他过来催着上工，交代递个话给我父："南医院那边上工，哪兴说不去就不去个道理。当初俺受长老好心所托，揽下招工这档子事儿，给人家上海老板拍过胸脯，只许你停工，不兴俺逼工，从头到尾，有始有终，不能短人一个工，误人一天工。除非病重爬不动，那也得临时找个

清明早雾　563

人替换……"

我父听了止不住红了脸。这些话似听过又没听过,八成李二老爹信得过自个儿,没有紧叮过;自个儿也从没遏过一天没上工。想想李二老爹只要允下人家甚么,定都认真到底儿,自个儿倒负了人家一向为人,真该捱那一顿冲——还该冲个重的、狠的。想着想着又禁不住心里一惊,李二老爹眼力厉害得很,瞧人瞧透到心底儿,难保瞧出自个儿偷偷还揣着另一份儿私心——明是打着旗号回来下湖干活儿,这也不假;可暗里还是图的近近大美不是吗?那不是往后都叫李二老爹把自个儿给看孬了?

我父跟嗣义一路啃着冷煎饼,东西堵着嘴,都没再讲甚么。穿过前李庄,早雾还不曾散净。各庄子赶去南医院上工的汉子,像灌进油壶的油聚口,沥沥落落尽都拢来庄东头断堤这一道大旱沟的沟口一带。许是一夜没见,还是一夜过来鼾打沉雷睡足了,养够精力没处使,碰到一堆儿就骂骂嚷嚷,没半句好话地打招呼。也有动口太村惹起动手的,追着撑着,你捋我大辫子,我拽你揪腰带,手上扁担、箩筐、铁杴、爪钩;作势戳戳扫扫,遮遮挡挡,好不乱马刀枪来得个热闹。不似傍晚儿下工回家,一路上个个累像龟孙一般直不起脑袋,嘴巴子都懒得动一动。

顺着旱沟坡子下到底,就是横跨老黄河的长长土堤,过过青石五孔大桥,走不多远该往右手拐过去,一边沿着河岸,一边贴着土圩子外堤,一条弯弯大路通往南医院。打河西过来这一路,叫明了三小里,意思是二里多,算近便。一路打打闹闹聒咕到这一带,才都安稳下来,闷头加快脚步赶一阵子。

横竖任大伙儿怎么样胡闹瞎闹,我父和嗣义从不去撩人,也没谁找上来挠乱,顶多一旁咧咧嘴儿拾个笑。首先他两儿嘴里不兴带个荤字儿,吐个村话儿,这就没啥味道;两人又总是一路上本本正正拉聒儿，跟谁都客客气气施礼招呼，人家也就不好平白随便。

一进三月，只一早一晚还寒些，天儿到底暖和多了。河滩靠近土圩这一溜儿地势高，不是发大水总淹不到，土质也不那么沙，住有零星几处庄户人家，倒也开出庄稼地来，种上小麦、菜花、蚕豆。眼前麦苗乌溜儿黑，可见地土比河西沙庄那一带肥多了。

嗣义那张嘴可算紧，也好也不好。直到这两天才似老黄河化了冰，野湖解了冻，总算松开了口儿；却也是我父九转十八弯儿地绕来绕去套话儿，才不知不觉透出些口风。

我父也着实给憋坏了，打大美正月十五来李府上工，到今毛有个半月了，算来跟大美没碰过几回。两下里这么近法儿，篱笆院子里踮踮脚就瞧得到李府炮楼屋脊，只怨自个儿还不如那座炮楼，终日大美都在它脸前忙进忙出，大美是哭是笑，它都比自个儿看得到，听得到。

他李府的炮楼跟庄子上另外三家样子都有别。打外看上去，顶上头那层，四面都各开两口窗洞，下来一层面面居中只开一口窗洞，正好就是两只眼睛一张嘴，长在那么大的龙长脸脸膛子上；再加上麦秸红荻合缮得那么厚实的屋顶，活脱脱就是脑门儿上留一排修剪好生齐整的刘海儿（这当地是叫"发箍"，只因发不出"发"这个声儿，听来倒成"花菇朵儿"那个意思）。炮楼这样子生得一模一样四面四张大脸，朝内院那两只眼睛一张嘴，可不是早到晚儿时时刻刻都看得到大美她个人儿！"你叫真有福！"我父时不时撂上一眼这座炮楼，心里那么想，偶或冒出口儿，自个儿听到都吓着了。

说实话，啥叫"有福"？——能看到她大美一眼，别管正脸、半脸、还是脊后；哪怕只听到噎噎的、干干净净的小嗓子吭那么一声，那就是"有福"——主耶稣登山宝训有八福，我父倒是偷偷给加上一福：凡是看到她一眼，听到她一声的，有福了。可不成了九福了！

只是打南医院上工到今，简直就跟大美中间隔座大山。就算上工

清明早雾

前，抢在前头先到李府去邀呼嗣义，只是多半路上、门前就碰到了，老老实实去上工。有限那么两回嗣义出门迟一步；匆匆进去李府大门，也没啥可磨蹭，就又匆匆出来，大美影儿也没见到半个。

再就是礼拜天不用上工，却又得一家上城去，上半天大礼拜，过过晌午敲钟，还有小礼拜——分开小班儿上主日学，查经、背金句，教唱赞美诗。大礼拜完了，总是一家四口找个小馆儿吃晌午饭——多半都在东城斜对面黄家小吃铺子，多少也算犒食犒食。就算早晚儿躲个懒，推说李二老爹那边有活儿得去帮忙，回来沙庄，有事无事蹓到李府转转，也跟大美没照过几面——八成还是存心避开我父罢，就只那么东西两进院子，哪兴那么藏蒙蒙儿一样，一个蒙上眼儿，一个轻手轻脚躲到死旮旯儿里；俗说"一个人放东西，十个人找不着"，人儿是活的，不是东西，要是存心躲着，一百个人怕也找不着。敢是也碰到过一回两回，一个是一闪就没影儿了；一个是不够愣的，等还醒过来，甚么跟甚么都凉了，直怪自个怎那么甩。

可就算没那么个上不得台盘儿毛病，又该咋着？总不好一照面就大声拉叫地喊住人家，不管人前人后，死七赖八忙抢上去说些从没出过口的体己话——那可是私下里有过琢磨，编排不老少。"加件衣裳罢，留神招凉儿就晚了……"要末接手搬个甚么重东西："我来，别闪着胳臂儿！"再不就……有过的，敢是窝在灶房里烧锅捣灶，沾上一后襟儿碎草截儿、麦穰屑子、带芒麦糠甚么的，瞧着比沾到自个儿身上还觉着刺闹得慌，不上去给扑落扑落儿手可痒着。"大美，瞧，一脊梁草渣子，帮你挥挥罢。"……

可实说罢，想归想，跟自个儿咕叽叽咕叽，事到临头又满不是那码子事儿了，嘴也秃，手也麻，全都不听使唤。那都是往天里时常碰到过的，只是那旮子不比这旮子，那旮子她大美满口俺大哥长，俺大哥短的，叫得多甜嘴儿，就那样也都还说不出口，伸不出手儿；这旮子，两人不知咋的一咧罢就十万八千里，再想说说中听的体己话儿，献献小体贴、小殷勤，拿热脸贴人家冷腚倒不怕，两下里离着那么个远法儿，够都够不到罢。再说，那也不是叫唤得来的，再体己的话儿也经不起大声拉叫给喳呼散了板儿。说起叫唤，打早到今儿，我父真还连人家姑娘个名字都从来没叫出过口。

关问大美到底怎么回事儿，我父倒是借沙耀武他媳妇小产起的头。跟嗣义扛着上工的家什打庄心儿那棵老桑底下过，仰脸瞧桑芽冒有多长了，"俺大哥可早班儿！"我父给叫得一愣，见是耀武媳妇，腕上横条扁担，一头一口花鼓桶浑水搁在地上，喘喘地歇着。她人没多少血色，额头勒一箍老青布宽带子，立时想起才添的头生小小子前两天得七朝疯糟蹋了。那不是还没出月子地？

我父也不方便探问坤道家坐月子不坐月子的，把肩膀扛的铁梧塞给嗣义，抓过耀武媳妇腕子上的扁担，一虾腰儿挑上肩，朝沙家前场快步奔过去。耀武家里的这才愣过来，忙追上去，拉到水桶系子，又不敢使劲儿，怕把水桶晃了，水泼洒出来，一面嚷个不停的"俺大哥，俺大哥……"我父头也不回，噌了声："他耀武腿断了还是胳膊折了？"心里也真有点恼着耀武，还有耀武他妈——只这话不能冲着他媳妇说，省得调唆人家婆媳不和。

耀武家里的跟在后头告饶是的："不是啦俺大哥，是俺要的啦俺大哥……"我父本想挑进门，倒进水缸才罢。水桶里数这口小底小肚子大的花鼓桶顶装水，敢也顶沉，都是大男汉子才使唤得起。来到沙家大门前蹭蹭了一下，心眼一转，别真弄拧了，让人家做媳妇两难，只好放下，捎指肩膀，撂句话："等傍晚回来，咱再跟耀武算账！"遂迎着赶过来的嗣义，接过铁梧上工去。

打这扯咕起："今年是咋啦？你瞧，你那口子大正月里才消顺了，结巴子媳妇年前就病病快快的，到今还没大利索……"数了一圈儿都

清明早雾

坤道家不顺遂。我父撇的是这当地土话,"消顺"就是小产,算文雅的;也叫"掉肚子",说来很难听就是了。

嗣义刚待搭上话头,却叫两个追打的家伙冲两人当间儿扭扭扯扯闹过去,话就打断了。路是贴着老黄河边儿,水面上一波跟一波,沿岸镶上整排唾沫般的白泡泡。前头那家伙给追下路旁陡坡,收不住脚,险些些一脚插进河水里;可脚上蒲鞋也还是蹽上泥滩,一只脚拔起来,蒲鞋留在烂泥里,金鸡独立挂着爪钩去够蒲鞋。

大伙儿乐得个热闹看,拍手打掌叫好:

"该!该!净看他惹猫撩狗的……"

"不屈!俞他这就老实了,真不屈!……"

……

这才嗣义想起方才话头,接下去说:"看来,今年敢莫是阴气太盛,流年不利尽找上妇道人——"我父扇扇手,打断嗣义话尾子:"你将好说反了,是阴气虚,才都妇道人流年不利。"

到得这一步,话就好顺顺当当调个弯了:"还有,你看那个谁——那个大美,连个姑娘家也都跟着不济,打过过年到今儿,眼看瘦了一圈儿,人没笑脸儿,八成儿也身子不大稳实还是咋了?"

嗣义咂咂嘴,动了动唇儿,要说不说的:"俺看呐……俺看你才是八成儿甚么……八成儿这么久了还不知情。这么久了,年三十儿,毛两个月了……可不恰好整整两个月,想不到的,喝下盐卤寻无常,你都不知道?救固救过来了——"我父一把揞住嗣义小胳膊,吃紧得嘴巴搐了筋:"你说谁?你说她大美喝盐卤?"嗣义不觉笑噜道:"俺这不都是在讲的大美?是说罢,救固救过来了,敢是身子要吃大亏了,你说不是啵?……"

我父才听到上半截儿话,就像呼咚一声栽进河里,一下子冷了下半截儿。急忙又问道:"是为啥?是又受大大妈妈气了?——这对牢公母俩！"

嗣义遂又收住口，黏胶粘住嘴了。我父紧催慢催："唵？为啥？啥逼的，年都不想过了？"

嗣义嗯嗯唧唧的，挺难为个老实相。眼看来到南医院了，上工的愈聚愈多，不光是河西来的，城上也有，一片嘈嘈喝喝，不少跟我父他俩儿打招呼的，老打岔儿，敢是不合适再说啥私房话儿。嗣义好似放下千斤沉挑子，喘口大气儿说："好啦大哥，等下工罢，回去路上俺再跟你讲好不好？"

这一天不知有多长，有多难熬，我父心事可叫沉了，少心无魂，倒三不着两的老犯小毛病，挖土挖出了石灰打的界，挖顺手了，闷着脑袋还一桔一桔劲儿足得很，挖得正紧呢；过会儿该挑缮顶瓦的，也误挑了砖，白白搬上屋顶半码子大青砖——我父向来啥都要强过人，砖码子一层十六块，半码子五层八十块，都挑断过扁担的。八十块大青砖怎么挑上去再怎么挑下来。挑上去只是累些，等挑下来就觉出板梯怎这么陡法儿，又离地怎这么高法儿，小腿肚子可不是直哆嗦。俗说"上山容易下山难"，没想着挑砖上下也应在这上头。

下工回到庄子上，也没照着清早沙家门前发的狠："等晚上下工回来，咱再来找耀武算账！"生平头一回说话不算话，当紧还是没那个心肠了。

下工回来，路上嗣义讲了不少大美的事，怎样怎样他媳妇大年初五陪李二奶奶去小沈庄沈家看望大美、怎样怎样她娘老子一副心虚相儿、怎样怎样沈家邻居妇人随后打庄子赶出来告知大美寻死觅活……嗣义也就到此为止，到底也没讲出大美为啥不想活。

我父品索了半天，照嗣义那个口气、那个神情——老实人啥都摆明在脸上，瞒事也顾头顾不着腚，断定这嗣义肚子里还是留住话了。不肯掏肚翻肠子往外吐，想必人家有难处，彼此都是知趣的，总不成来硬的。就说心有不甘罢,临了我父也只有冲着嗣义龇龇牙:"你可真嘴紧,咱算服了你……"瞧着嗣义连正眼也不敢看人,我父心一软,怕这个老实头儿心里不是滋味儿,遂又堆上点儿笑脸哄哄:"嘻!你哥俩儿也真是的;嗣仁老哥罢,嘴又是山东汉于开宝——那么大敞门儿,匀一半儿给你老大也罢了。"

一心顾着体恤人,怕给人家添难为,那就自个儿苦些罢。大美到底为的啥不想活,回家去自个儿摩弄摩弄着,也试试这个脑袋瓜子中不中用——说孤单嘛,也是也不是;有那么些哥们儿,干啥都是好帮手。可任怎么义气,为朋友两肋插刀也不含糊,只个个都"乡下佬拉屎——一直杠儿",心眼儿老转不过弯儿,讨商量讨不着啥主意,遮不住齐打伙儿一火,揎胳膊捋袖子来硬的,把大美她老子拖出来,绑到驴桩上揍一顿狠的,问他还敢不敢逼个亲生闺女寻短。可那又当得了啥?又哪是玩硬的买卖活儿?别替她大美造罪了罢。

平日东听西说的零零碎碎,我父多少也留意了些大美家怎么个光景。她那个老子,实说也是个老实头,至多罢,好话说出来也老那么冲人,小沈庄上就有人喊他诨号"冲倒山"。单说这一点,让老大大冲两句,总也到不了寻死那个地步呗。怕还是她妈罢,也是出了名声的碎嘴子,一句话讲上百遍也不嫌俗,家里有这么一个噜哩吧嗦的娘,倒够烦死人的。如外也有谁说过,他沈家任是怎么小门小户的,凡事都老头子作不了主,得听他老婆的。俗说"扬脸老婆低头汉",都是心机多,难缠难对付。大美她妈罢,看上去挺腰凹肚,两眼儿好似长在额盖子上,不大理人——这当地土话叫"大眼皮子",可生就那副相貌嘛,也不是好意要那样像人人都欠她两百钱是的。难说得齐整罢,有人长相儿就是讨喜,有的生来一副要账脸,没人缘儿。有一回我父就亲眼所见,大美她妈不知为啥找上李府来,李二老爹一向不管对老对小少见板过脸,那回我父头一遭见识到李二老爹么没有好声气,又是对个妇道人,一句一个噜儿——当地土话是说"呲八二噜",大美她妈又那么没眼色,瞧不出好脾气出了名儿的李二老爹那样子不耐烦,一股劲儿重三倒四叮住那两句臭话。所以说,看上去能得很,却也瞎能一个。可只为那是大美她妈,我父一旁偷瞧着,偷听着,倒觉得李二老爹不免有点儿过逾了,反替说不定就是日后的这位丈母娘好生难堪,又好生难过。

八成是罢,八成事儿就出在这不识相儿,不知轻重好歹的做娘的身上,怎知是咋着折磨大美,折磨得嘻嘻笑笑、勤勤快快一个好姑娘不想活了?

只是一连几天,我父都苦笑自个儿净钻进黑窟子里独自胡撞瞎摸。前也思了,后也想了,到头来总溺着那遍烂泥滩,踩来余去挪不出老窝儿来。像这么老怪老怪大美她爷娘千不该这、万不该那,怪的得法儿吗?当用吗?看来自以为高人一等的这个大脑袋瓜子(那般仁叔的草帽,哪一顶我父都戴不上),比起他几个哥们儿一直杠儿死脑筋也多不出三两道弯儿。

憋了一天又一天,镇日尽在身边儿的嗣义,该是个腰缠万贯的吝啬鬼儿,我父时不时瞄伺这个说咋也不肯再施舍一个小制钱儿的守财奴,只觉自个儿倒成了个转前转后总下不下手的割包儿小扒手。嗣义那儿分明一肚子货——可怜个老实鬼,最后下不下蛋,只好推说"讲了俺妈要气死,俺家里非倒楣不可……"敢是再也休想还能打他那儿套出 丝一线儿口风。咋办?自个儿又里头给掏空得山穷水尽;就像有时闹气甚么的,肚子明明空了,又不觉得饿,草扎扎的啥都不想吃、不想喝,人是空落落的,没处抓,没处挠。

南医院那边,让李二老爹平白屃了一顿,老老实实上工——也难怪,人家有言在先,李二老爹给人拍过胸脯,是凡他李某人替抬的工,除非病倒了,或是死了人,不兴三天两头空出一个半个工;敢是也怪

清明早雾

自个儿有那么点儿存心不良；回来回来，地里活儿两头不见太阳，敢是要回来忙忙才是，不能光图赚工钱——真心实意那是没假，可顺带也就早早晚晚李府上转转了，两三餐也都在他李府用了，好歹多看她大美几眼，也就知足了。天天碰头卡脸的，她大美总有理人那一天罢；老是三天两头的面儿也不照，敢就愈来愈生分。像这样子早出晚归，上工上得只觉自个儿合上那话——行尸走肉。好不容易干六天，歇工一天，又得城上去做礼拜，那也一样少心无魂，跟着大伙儿站起来祷告，跟着大伙儿坐下来唱诗，尽管时不时一愣怔过来，连忙提醒自个儿：你这样子小和尚念经——有口无心，还不如不来，少得罪些上帝，却也拿自个儿莫可奈何。当紧还是不知多少回，鼓了再鼓气儿，心里这些难处总拿不出来搁进祷告里——要跟上帝咋说？又求个啥？这些杂哩咕咚的家长俚短，自个儿都还一脑袋黏糊浆子，出不了口不是？我祖父教人祷告就常说过：甚么甚么都好上帝驾前求，只要你说得出口。

　　大礼拜过后，我父跟着一家人绕过县衙门背后，傍着马号边走边停停，贪看那马群里一眼就瞧出神气鼓鼓的良驹子。走走调个弯儿，兴国寺高墙外走过北、东两面，就蹓跶到东城门。吃晌午饭，也是一个礼拜过来，一家人犒食犒食。还是多半都来光顾这家的老地方，冲着城门正对面，酱园右手的黄家小吃铺子，今天是一人要了一碗雪里蕻肉丝铡刀面，再一人两大肉包子。一家四口一百二十文——六个大铜子儿就打发了。若照往天关东那样子整天家招鱼抹肉过的日子，别说这么个犒食有多寒碜，可放在乡下庄户人家，这一百二十文小钱儿可就大了，折合小麦三升左右，磨糊子烙煎饼，大肚汉子也够撑上十天半个月的屎肚子。饶是南医院那边发的工钱够厚，苦吧劳业的一天下来，也才一百文。算来咱们一家四口上城做一趟礼拜，一顿小小犒食，加上大礼拜一人捐一个大铜子儿，可不正好二百文整？这等开销法儿，到底还是祖父祖母往年过惯了的城里人那种日子。

方才大礼拜一散，我父便拉叔叔到一旁咬耳朵，约合着等会儿晌午饭一罢，编个口实，下半天小礼拜就省省不去了。我父说声"有事商量"，叔叔就估出事情很要紧，认真得惹人笑地连连大点头："成！"

叔叔要想口上随意编排个说法儿，那才方便着，何况明年二月童试，人家十年寒窗，叔叔他这儿一年总要罢——这可不用扯谎瞎谝，本本分分的大实情。叔叔又是爷娘膝下说啥算啥，祖母没有不听从的。祖母依了，祖父敢也咋说咋好，还又从旁锦上再添一朵花儿："行，那就快马加鞭去呗！"

我父性子任多刚强，就连爷娘兄弟也得能不求就不求；可着实闷躁够久、憋得够呛的，捱过一天又一天，烦腔儿事儿不说无从下手排解排解，想往哪儿下心也都找不到一丝丝缝儿。镇日老是无头无绪的，到底不能不认输自个儿扛在俩肩膀上的这颗脑袋瓜子不管怙了，只有求求自家亲兄弟罢。兄弟书念的多，心眼儿不动也在那儿滴溜溜转，又比谁都多一窍儿；只人情世故还嫌嫩些儿，倒也不妨事。就算这小兄弟也出不出多少汗儿，使不大上劲儿，单是积的这一肚子疙瘩块儿，能没顾忌地呼噜呼噜倒些出去，倒个干净，心里总落到透索透索。这话又说回来，除这个亲钉钉小兄弟，还找谁去？饶是嗣义那么个细缓人儿，处的又不外，一向也算无话不讲，到这昝子又馁孤、又怕事儿，话说一半咽一半，别再指望还能打他那儿分点儿甚么来。还再找谁？余下那几个哥们儿，别的事大事小都抢着帮衬，唯独大美，顶好知道都别让他几个哥们儿知道；不的话，遮不住又还是来那些粗的：

"吗？你说的吗？凭俺侉哥你这一身，那点儿屈了他沈家？白他娘的拿本作势了罢！……"

"给你侉哥出个好主意，你点个头儿，俺就去找俺那口子，哄她上套儿，让你上个现成的。哄不行，赚，赚她小屄丫头来俺家，唆糊唆糊，炮楼好还是地窖子？俺也不在乎给人笑话帮你伢哥扯纤拉缰绳。肯，就罢；不肯，还有点子……"

"对，日他的，软的不行，来硬的，不用你动手，俺几条大汉还缠不倒她个丫头蚌子，给她扒个精腔光儿，俺都四下里拽着捽着，敲壳儿上她个妹子的，看她还反不反缰……"

像这些口没遮拦，不入耳的撒野撒村，嗣仁、耀武、东庄那个破磨钉儿，都没少呲过一回又一回——那还是早些时，他哥们儿看出伢哥跟大美二人都有那个意思很一阵子了，皇上不急太监急，怪我父温沌水儿，迂着斯文，白把好事儿错过去了，八下儿里扇风点火生馊点子，一劲儿拉合，戳哄。如今要是透上一点点儿风声——她大美搁家里撑不下去爷娘给的罪受，又这向时老是跟我父躲躲闪闪没好颜色，生怕我父一口吃掉她的那副死样子，那——这帮老粗汉子饶得了人？那又哪能只当吐吐心事就算了？别白白捧出她大美来给人糟蹋了罢！

就因着这样子走投无路，求告无门，早两天我父就已决计要找叔叔数说数说——不管生不生得出法子来，还是只图透透气儿，都行。就只是试个试个总找不到合宜些儿的空儿。得等叔叔闲点儿，又还要避开祖父祖母跟别个甚么人。往时罢，睡早睡晚差不多大工夫，先上床的还没睡着，哥俩儿少不得聊点闲事儿，说说私房话。可开年到今儿，哥俩儿上床多半错开了。叔叔除非伤个风，精神不济，总是夜夜点灯熬油的，满是寒窗苦读么么回子事儿了。我父罢，累上一长天，一合黑儿，上下眼皮儿便黏糊糊张不开了——那一天要是没蹚到烂泥，蒲鞋没浸到水，脚都懒得洗，等不及给小毛驴上上夜草，就瘫掉一样爬上床，祷告祷告还没"阿们"呢，跪着就盹过去了。倒下来一睡，那个沉法儿可就死猪一条了。多半都是一觉到天明，难得半夜醒来，迷迷糊糊里还听到外间小兄弟喊喊嚓嚓，跟谁说私房话一般念念有词儿。真不容易，不用人叮，也没人逼，就是那么安顺。四书五经，供案西头两大摞，本本都得背个滚瓜烂熟。我父看在眼里都觉得挑砖担瓦哪算累、哪算苦；兄弟这不是念书背书，是在那儿啃砖头——一蓝布函子里五六本不等，一函子一函子摞成两落，可不就是一块一块老青砖，那可都要一块一块啃了嚼烂吞进肚子的；这要一直不停地啃到明年春二月来着！

左等右等老等不到个空儿，就只有礼拜天这下半天挺合宜。饶是三里路还讲不完，回庄子塾馆里，哥俩儿关上门儿再接着来。只巴望这一路别碰上个不识趣儿的二百五，钉前钉后套热烘，穷扯咕甩不掉，那算白费心机了。

弟兄俩儿进了东城门，拐俩儿小弯儿再下坡儿（这当地把是凡上坡下坡街道统叫个怪名儿"矼垞子"，或是"矼垞上崖""矼垞下崖"——见于我祖父手记，尚注有"矼者石桥，垞者土丘，借此二字形其声，字义则嫌似通非通"）。打这矼垞子下去到底，不远就横过县衙门三辕门前，整条街所以就叫衙前街。打这直冲西去，走不多远便是城门楼上悬有"镇黄门"黑漆涂金匾的西城门，要镇的敢是黄河发大水罢。

城里城外差不多的街道都是青麦条石铺的路，街当间儿大条石，块块全有尺把两尺见方，愈往两旁街边愈小块儿，不过也还是抵上两二块青砖人。敢是不少年代了罢，块块青条石都让千鞋万履磨来磋去，日久天长全都那么油光水滑的铮亮铮亮，逢着下雨下雪，特别这段儿矼垞子，净滑倒人。有人滑倒了定有赶上前去拉一把，一头还有个念叨："男跌阴，女跌晴，小学生跌倒放光明。"人跌到地上总因事出仓卒，由不得自个儿，那么个防不及的狼狈样子敢是挺难看，挺难以为情，也挺惹笑。可给这一念叨，打了个岔儿，反倒解了嘲儿，下了台儿。就算哪里跌疼了，也咬咬牙硬撑着爬起来，装作面不改色。比起

清明早雾

那么塌台，疼点儿个那算啥！

走在这条衙前街上——市井里没那么斯文，顺嘴儿方便罢，都把这一带叫作衙门口儿。教会眼里的这个"世俗"，都还不兴甚么礼拜天不礼拜天的，衙门照旧进进出出，不知那么些人忙里忙外，带着整条街来来去去的人挨人，人蹭人，一片闹闹嚷嚷。这光景敢是不合适慢言细语儿讲啥私房话。我父也不慌着怎样，估谋着时候还早，还多的是，等出了城再说——就像腰缠万贯，挥金如土花得起，眼前不必这就忙着见啥买啥瞧不上眼也不大中意的货色。哥俩儿边走边拿些闲话笑谈磕磕牙儿。

这矼垞子上滑倒人可是常事儿，滑倒牲口也有过，化雪天比下雪天还要难行，人畜宁可多绕绕路，能不打这儿爬上爬下就远着点儿。任是人住在乡下，早晚儿上一趟城，也都碰到过这类笑话看。叔叔见我父听了开心——这向时都没这么破颜过，越发讲着还学样儿，东倒西歪的喝醉了一般，还碰到了人，忙跟人道不是。我父明知叔叔一心逗趣儿，十有八成都是现编的，瞎诌的，也还是领情儿，跟着笑得开怀。

要说脚下这些青石，块块油光水滑，都是天长地久行人鞋底硬磨出来的，这还不算奇；街当间儿一方接一方的大块青石正当央有道深可上寸的凹槽，那就更加不知要多少多少年代来去的独轮车才能碾出恁深的车辙沟子。屋檐水都能滴答滴答把石头打出洞洞来，水有多软、多瓢；上城送粮送草，出城推粪推垃圾，那么终年不断的小土车，就算独轮四圈儿护的有草打的轮箍辫子，车载那么重，也够碾压出这道深辙沟子了。

哥俩儿倒为这个抬起杠来——车辙沟子到底是碾压出来的，还是人工凿成的。

我父是猜想铺路时，这些算定铺到街心的大块大块青石，先就石匠凿出一道三寸来宽的沟子，好让毂辘嵌进去滚，车子才走得稳。要不的话，车行在不大平整又滑滑擦擦的石面儿上，磕磴磕磴颠个不止，车身不稳，难保毂辘一打滑儿，仰巴拉叉的车底儿朝天，翻个结实。

推这小土车可是个功夫，我父是老阅历。当初打弥阴县一家四口逃荒一般流落过来，整个儿家当都在那一挂小土车上。那时我父才十六，从没推过这种不光是使力气，还得使巧劲儿才行的独轮儿车，上路就是一天六七十里地。傍晚投宿下来，肩膀疼是挎在肩上的车襻儿勒的；腰眼儿腔筋酸是下半身时时都得像唱大戏的"泗州城"里水母精那个身段儿，不住地摆呀荡呀。独轮儿敢是比双轮儿省劲儿又行得顺，窄得只容单身儿人走的羊肠小道，人能过去，小土车就能通行无阻；只就一点，单轮儿大不如双轮儿那么四平八稳，随时停，两手一松就搁下来。这小土车要是两边儿车把手稳不住，准定东歪西斜，弄得不好要翻车的。稳住把手也不能单靠两条胳膊，得仗腰劲儿，腿劲儿，还有两瓣儿腔筋就别说有多忙活，左歪左扭，右斜右拐，一天下来不酸得拧了筋才怪，坐都坐不下来，大小板凳都像滚钉板那么剧腔，人像得了痔疮甚么的，得偏下身子半歪半支棱着才行。就是那样小心又加小心，头一天就不止一回，不是一歪把祖母滑到车边儿，险些儿落地，就是来不及躲过个洼坑儿，屏水是的把祖母屏到路旁草窝儿里。跌是没跌倒，吓倒吓了个不轻。祖母恼得直怨儿子心眼儿不好，叫一双小脚儿赶不多远路，还只得坐上坏心眼儿的儿子推的车儿，好心眼儿的叔叔罢，又连车把手也端不起来，又矮又没那把力气，顶多早晚儿高高兴兴，系上车绳拉拉车，给哥哥省点儿往前推的力气；要是拉快了，反而车把手把不稳，给做哥哥的帮了倒忙，也颠得祖母嚷嚷起来，嗓门儿都显得直抖。

哥俩儿抬杠，那一头叔叔抬的是拿滴水穿石作比方，说那布鞋底儿、草鞋底儿、毛窝底儿、蒲鞋底儿、麻鞋底儿，还有雨雪天穿的桐油硬壳儿钉鞋底儿，都比屋檐水硬得很，落地也重得多了，连不大踩得到的街边儿石头都能磨得那么光滑，车毂辘又该多重多硬罢——眼前恰好有挂卸光东西的空车停在街旁，毂辘四圈包的铁箍磨得银子一般亮，没裹苹草辫子。像存心算准这个当口停在那儿，帮叔叔出个凭证。这种光腚毂辘也不少见，要不是苹草辫子磨烂掉还没再配，定是东乡地硬路矼才用得起的车子；放在河西沙庄那一带沙土路，能咬进半个车轮儿，推个重物那才累死人。可这铁箍的毂辘儿敢是这青石路的克星，走上一趟儿就抵裹有苹草辫子的小土车来去碾过十遍。

叔叔遂又跩起文儿来，甚么"时之为用大矣哉"，说岁月能把人催老了，也能把石头催烂掉。车毂辘今儿碾过来，明儿压过去，长年累月也照样凿出一道深沟来——十年八年看不出来，上百年准能磨劓下去许多了。

小城是明朝弘治年间黄河大水窜过来，城给冲掉大半落儿，人都逃东岸地势高得多的矼坨子上崖一带，重再收拾起家园。县志记的有正德皇帝微服出巡，路过这里，县太爷某某某到东关口运河崖儿接驾进城，驻到衙门里。当时敢莫是城池街道都已造齐。这么一算，小城毛有四百年了。四百年的工夫，这大青石还不磨劓出上寸深的车辙沟子？一百年磨劓个二分五，有个模儿了不是？

我父皱紧眉心笑怪着叔叔。是乐着兄弟一肚子学识，上知天文，下知地理；恼的是一张利嘴，黑的能说成白的。可那恼罢，也是恼得心疼的那种恼，哪里是甚么真恼！

我父只好搡了叔叔一把："去去去，跟我卖书本儿，不买！"

叔叔也跟着凑趣儿，抱头捪胳臂的，好似哥哥抬杠抬输了，接着就会赶上来给他个三皮槌儿。

# 黄河见底

"是说真的？真有这个兴头儿，嗯？"

我父一连三问，要榨出叔叔是真心要去南医院走走，还是顺口凑凑奉承。

哥俩儿走出西圩门，天好，风也好——盟风打河面儿阵阵迎面掠来，含一股水腥味儿。晌午过后，不由人的都有点儿迷迷盹盹的春懒，这水腥味可最能醒酒一样的醒人迷盹。

三冬少雪，三春也少雨，老黄河见底儿——敢不是整河都干了，只是河水涸得一遍一遍露出旱滩儿，尽是水草、浮萍、小歪蚌、小螺蛳……黏在软和和河泥上，有几处旱滩接旱滩，差不多就可打河底走过河，只还会陷脚罢。照这样再亮晴个三五天，上城就不用绕去青石五孔大桥，打沙庄对直穿过后李庄，步行过去直上西水门，不多远就是西城门，少绕多少冤枉路。

许就是带着水腥味儿的温风挺给人提神，叔叔一乐和，蹦蹦跳跳下着西圩门外一小段儿慢坡。走过左手路口，跑到前头去的叔叔，重又转回来，拖住我父说："哥你猜咋样，这么个大长天，赶回家去拱到屋里蹲着，多没味道！哥整天儿净是南医院长，南医院短的，那么些稀罕景儿又新鲜玩意儿，这就逛过去看看还是怎样？也领教领教哥为一家人苦巴劳业,造福乡里一番汗马功劳呗!"

说是调皮罢,可又挺正经;我父敢是乐意一同去走走,瞒示瞒示有自个儿在内的大伙儿这个把两个月来汗儿没白淌,苦没白吃,工钱也没白拿。可又怕耽误兄弟啃书甚么的——尽管那是拿来跟爷娘告假的,啃书总是不假。叔叔听了一扭头,嫌我父过虑了:"就当是做小礼拜呗,那还不是到家都好下傍晚儿了!耽误啥来?"我父倒又像把南医院当自个儿家下是的,客气了起来:"都还没盖齐全罢。真要去看的话,再压个把月,会许受看多了。"

末了,哥俩儿还是兴兴头头,好似走姥姥家,乐和着拐到通往南医院的大路上。

南医院这里,真是一天一个样儿,干得干净马利快。少见一盖就占地几百亩那么大片又是洋楼、又是整排整排大房子;敢也少见雇来本地外地百把两百口石匠、瓦匠、铁匠、木匠师傅;更少见打开工到今,只才紧卡卡不到两个月工夫,北半边学堂这厢先就盖起个七八成。

学堂一排又一排都是平房,一排就是五大间,哪一间都跟上住家一明两暗、三间两头房的堂屋那么宽敞。平房到底省工省时儿,早早这就看得出个眉目来。

我父领着叔叔,一一指给叔叔看。礼拜天,除了打杂儿的、看砖瓦木料家什的长雇工,到处空空旷旷见不着几个人影儿。

学堂内,偏东、朝阳,挨在一道儿的五排平房,这就五五二十五大间。另外,沿北、沿南,又是两排平房,比那五排更长,一排十间都不止,又是二十多间。这都叫人迷惑日后倒多少学生来上学——城北真妙山前那所书院,右手一旁有童试考棚,加上小南门外黉学,三处合起来也连这一半都不到。这且不说,我父偏指面前偌大遍空地,整沙庄家家打麦场合起来也抵不上这么个大法儿,问叔叔想不想得透一个学堂咋要恁大院子——估估看,少说也有个二十亩地的样子。叔叔咂着嘴儿寻思,也想不出啥头绪:"该不是学田罢?不像要种庄稼样子呗。"我父也说:"敢是的,学田要种庄稼养先生的;这种沙灰地,除非花生、地瓜,啥也不长。"

接这大空地往西,靠边上盖起两栋两层洋楼,是洋人住家的,也大体有个模儿了,只剩楼顶洋瓦还没运到,横梁直椽都已架定了,看上去倒像只剩骨架子的大畜类,脊椎骨当间儿拱起来,两边排下来根根肋巴骨儿,空架子单等材料到了缮顶儿,把肉长上去。

果真也就是洋楼了,大门大窗,楼上楼下四围绕上一圈出厦;外壳儿是这个角伸出来,那一只凹进去,真就是俗说的"里曲外拐",楼顶还又凭空探出个大烟筒,全不是咱们看惯的款式儿,讲究的是四合院拢个天井院儿,不问上房下房总得方方正正,堂屋定要朝阳背阴才成格局。这对我父哥俩儿,过往还在关东时,牛庄、青泥洼(大连),倒都见识过老毛子住家洋房;像这小城罢,慢说乡下佬,饶是城上人家,怕也从来见都没见过。

这还只是外观,我父领着叔叔绕过些坑坑洼洼,堆堆垛垛,摸进靠南头这栋洋楼,给看不懂啥好的叔叔一一指点出来。这内里所有楼板、四壁、地堂、出厦走道儿,全是上海运来的一种洋灰,羼上细沙,对水和成泥,拿泥抹子泥的,就能泥成这样光滑像面玻璃镜子,又还石头砌的一般硬实——拿块石头子儿敲敲,听那嘣嘣响儿,就知道跟石头没两样儿。我父讲给叔叔听:"这洋鬼子就是能,你不能不服。咱们大富人家——像普兰店盐场那一溜三间大堂屋就是的,是拿糯米熬成黏浆,和进三合土,用那玩意砌砖墙实壁,挖窟子小贼休想撬下半块砖头。可那比这洋灰,还是要推板多得多了。"

叔叔看看听听,摸摸弄弄,又敲敲打打,只有咂嘴儿伸舌头的份儿。

打学堂这边朝医院过去,这当间隔一片老宽的长院子,也算是一条大路罢，当央纵铺一道约莫三尺宽的麻石路。早在画地定橛子时，两旁便已趁着打春前，栽下两行一人来高，也是下边运来的洋槐树桩子——听说能避蚊子苍蝇又不招虫，到今儿都长出尺把长的壮条子，翠绿翠绿，到夏天该能遮点荫儿。可就是一，从梢儿到干儿，尽是扎人的疙针子，又因长得快，木质松瓤，不光是不成材料，连当柴火都又扎手，又不熬火。

医院这边，北东两边约莫三四十间平房，大致也都有模有样儿了。只那无大不大，又长又宽的四层大洋楼，这才砌到一层半。外观也跟所有平房、洋楼差不多，都是青砖卧砌到顶，门窗留出大空子，也是四围都绕成一圈儿的出厦，不过比起那两栋洋人住的洋楼出厦要宽上一倍还不止。奇是奇在那楼板，不用一根一片木材，是拿根根都有两三丈长，大拇指一般粗的生铁条，横的竖的密密编成网架，下头钉上木板托住，就在那上头铺上洋灰砂石和成的稀泥——就像年年都有一伙生铁匠走庄串村儿，支起鼓风炉炼铁，地上摆开犁头、锅子、䥽子各式儿沙模子，现炼现铸。庄户人家平日积攒的破烂家什，只要是生铁的，尽管拿来上秤换新的，多半得贴补点粮食给人家。洋灰稀泥㧟上去，也是一个味道，就只不像通红通红的铁浆子清得快，转转眼儿工夫，红一变黑就铁硬了；可这洋灰也干得够快，一夜过来也石块那么个硬法儿。

咱们动不动喳呼个甚么千年桩，子孙货，人家这才真是上百年，上千年，了子孙孙传得上好几代家业的根基。谁见了这大片一口气竖起来的上百间新屋新楼，谁都不能不服了他洋鬼子就是个"能"；也不能不服了人家上海来的这帮师傅、工头那么凡事又手巧、又顶真；还有那位小老板，天天钉在这里监工、指点、干啥都那么带劲儿，泥里踩，水里蹚，顶到蹭膝盖儿不透水的长筒靴子，不住腿儿到处爬高量低儿，没哪个死旮旯躲得过那双长筒靴子花底印儿。

黄河见底 583

叔叔到老只要念起这位兄长，总说他一生没见过几人能像我父那么有心麈。是真的，我父凡事打脸前一晃，便看在眼里，留在心里，比方牛羊骆驼倒嚼牲口，不是吃下肚就屎屁打出去，没停过馕上来，细细嚼，细细品，无分事大事小，总得琢磨出个道理才行。别人卖力气，苦工钱，干吗还找那么多想头；就我父干活儿干得比谁都来劲儿；那么多叫人眼花缭乱，来不及见识的新鲜玩意儿，别人来一声"日他奶奶，'能'上天了！"咂咂嘴儿，夸一下就过去了，我父可不让它空过。我父绷紧脸，好生正经地告诉叔叔："瞧这些时学到的……也不是啥本事、啥能耐，可就是挺宝贝；能学到这些个，别说一天赚上一百文，一天倒贴一百文也干！——真个儿的，花钱买不到的宝贝！"我父敢是顶真的，是跟亲兄弟掏心挖肺的知心话儿。

再又说了，那洋楼也罢，平房也罢，窗口都像门口一般大，别人齉齉鼻子："碰上腊冬数九个天儿，那不是清死鬼冷个妹子的！"打死了也觉不出那有甚么好，可我父不光是看出人家好的来——门窗镶上玻璃，严丝合缝儿，风不进，雨不扫，冷从哪儿来？再说门窗开的大，敞敞亮亮多透索！强似乡下那些老屋，连炮楼打在内，哪不是日头正当顶，窗洞不到一尺见方，打外头乍一进到屋里，可不是一头插进黑窟子一般，伸手不见五指，人都成了睁眼瞎子。这且不说，像祖父借作塾馆的沙家祠堂，花棂子窗尽管大得多，糊的又是溜薄的水棉纸，太阳一甩西，就是大敞着花棂子门，看个小点儿的字儿，也挺费眼力儿——这在我父可熟，李家用过晚饭，这个把月下工回去，都是照年三十儿晚上说定了的，尽先赶去塾馆练字儿，大仿还可，写起小仿就得凑近窗口那张书桌，老阳儿下去快得很，写着写着瞎巴瞜瞜的脸就不由得贴到仿纸上，混混糊糊老要揉眼睛。要末等天暖了，天长些，夜短些，许就老阳儿落下晚一些，屋里也就亮多了。可人家学堂一年到晚，一天到晚，都要屋里念书的，总不成只念个上半天，只念个春分后、秋分前罢,剩下那半年干啥去?所以这门窗开的大,人家自有道理在。

这都是我父指手画脚一一讲给叔叔听、亮给叔叔看的,敢是有那么点儿意思跟叔叔瞒示瞒示这一向早出晚归,不光是见月苦来两三吊钱,要紧还在拚死带命挺值得,盖这医院、学堂,该胜过修桥铺路更积德罢——尽管自个儿干的不过出死力气的苦活儿。可这样子瞒示也不是贩人家洋货、南货过来卖给不识货的乡巴佬,反倒一心只想讨得这个知书达理的小兄弟品品理儿,别老是一个人在那儿独自钻来拱去,扒扒翻翻找到手上的,自以为捧着个宝儿,不定到头来一文不值。兄弟这上头比自个儿强、比自个儿行,要兄弟点点头才能算数儿,自个儿也才觉有个仰仗,心里硪实多了。

再就是平日有心事也没人可诉,挺闷,挺孤单,捞到个近在身边却又老凑不到一堆儿的亲兄弟,原只想单就大美那些鼓鼓囊囊死疙瘩儿,帮忙松解松解,没料着南医院这边也倒积聚了不老少该跟兄弟扯咕扯咕解解闷儿的话头。来南医院逛这一趟又是兄弟打的主意,我父不知要怎样疼爱地深看叔叔一眼——知心不知心的,不是嘴上说说就算了的;叔叔把我父上工干苦活儿这么着当回事儿放在心上,单这一点就够我父叹一声弟兄之情比谁都亲,比啥都深。

平日早出晚归,一道儿来来去去摽个整天的也够人多势众一大伙儿的了;可就是俗说的"朋友有千万,知心有几人?"能搭得上话的也只有嗣义一人。比起一伙儿愣头愣脑庄稼汉,嗣义敢是耳聪目明多多了。不过嗣义也就只是很肯静下心来,听得我父讲东讲西罢了,可到底还是太过言听计从了;又老那么仰起头,看我父不知多高多大。我父生来就不像祖母那样软耳根子,单喜欢听好话,经不住人家一哄,皮都扒给人家。嗣义也不是虚心假意乱应承,就这样我父还是不由得时不时提醒自个儿,说千说万,别都嘴上搽石灰——白说白讲了罢;

一头也心下挺难过,像李二老爹那么个透明透亮老长辈儿,跟他老人家,话只用说个一句半句,心意就全给知道了去。看来他李府上风水都让李二老爹一个人拔尽了罢;还五子登科呢,五个儿子一个个都像猫狗丢窝儿,给撂到后头老远老远,没一个跟得上趟儿——就中还算嗣义这个二房儿为人本正,心眼儿稍微灵活些,倒也只能强说个"成材"就是了。凭这点儿跟他老爷子还是不能般比的;不说差上一天一地嘛,也该是一个山头,一个山脚,也十有九成指望不了山底下终有一天翻到山顶上。

到底还是同胞亲弟兄自幼一道儿长大,底细一同,又到底兄弟有的是一肚子斯文;尽管叔叔还很年幼,跟嗣义一样嗯嗯啊啊应的多,拿出见识的少,可凭那滴溜溜转的眼神儿,该喜的喜,该服的服,该皱皱眉毛的皱皱眉毛,没有不是恰恰落在格儿上,不似嗣义那样时常点错了头,叹错了气。看在眼里,我父就信得过这个年幼巴巴的小兄弟不光是甚么全都听得进耳朵,扎得进心里,还时不时补一把,添一捏儿我父没说到、没说透的地方。

不单是这些,回河西的路上,叔叔那份儿兴头一时还下不去,赞不绝口地乐着今儿可算大开了眼界:"亏得福至心灵,凭空跑来这一趟,要比做一回小礼拜合算多了!"叔叔重又提到那口洋井,不用井绳、桶量子,也不用绞辘轴,只捽住那把两尺来长铁柄子,一按一掀,就打地底下无穷无尽呼噜出大水来。叔叔重上一遍我父方才那番话:"哥说的可对了!人家洋人也不光靠枪炮子弹打败咱们,就凭这些洋买卖儿三儿,咱们也就认输了!"

总还是只为看不懂洋井这一类神乎其神的玩意儿是个啥门道罢,才这么不能不服气;我父重提义和拳那套神功——去年老城集赞化宫里亲眼所见的,贴了符,念了咒,就能刀枪不入,转转莲杆子变成金箍狼牙棒,也是看不懂是个啥门道。可我父总觉着这一个土,一个洋,其间很有个分别，只苦说不出道理。

叔叔连忙帮我父记记祖父交代过的教导。义和拳开坛练功，我父亲眼所见，叔叔全信我父亲口所讲，当时哥俩儿曾为那套神功又是苦想，又是胡猜，死疙瘩就是解不开。问到祖父，只说天地间奥妙奇事多得很，不是样样都可找出道理来，讲出道理来。引出老子讲的，可说可道的道，都不是常道。义和拳那一套，照咱们基督徒所信的道来说，那是种邪灵，出鬼作怪，差不多无所不能——不是把个儿孙满堂，骡马成群的约伯，没几天工夫就败坏得只剩个浑身烂疮，睡到城门洞里的穷光蛋了？不过要分辨圣灵和邪灵，也还容易——圣灵总是造就人，成全事；邪灵总是败坏人，毁灭事。像南乡那位杀人不眨眼儿的朵把毛爷，我父和叔叔称呼花大叔的土匪大头子花武标，祖父帮他祷告赶鬼，救了一命，不单改邪归正，还做了传道，盖了福音堂。那敢是圣灵动的工，十足的"造就人，成全事"，打败了"败坏人，毁灭事"的邪灵。

祖父借着圣灵行的神迹还不止这一端，祖父对我父和叔叔的教导，有凭有证的不是空话，哥俩儿自是深信不疑，可明白归明白，信服归信服，拿来对证一样看不懂的洋玩意这么多神奇，就只觉一个方，一个圆，活离活拉不扣杂儿。比方这洋井，看不懂门道，也算天地间奥妙奇事，要按圣灵、邪灵那个分辨准头，敢是造就人，成全事，难不成所有这些洋灰、出厦、洋井，都是洋人凭着圣灵来造就、成全的？似乎又不大说得通。

哥俩儿坐到桥栏上，隔着栏柱头上石凿望天狐儿，还在那儿聊着洋鬼子这个那个，倒把大美的事靠后去了。桥下不知多少妇人、多少棒槌，起起落落捣衣声，振得桥孔连连回响，像打乱锣，打的是那种厚厚的大肚锣。

桥栏每隔五六尺远便一座半人高石柱子，柱头凿有狮子戏绣球、猴儿偷桃、还庙堂大殿屋脊两头瓦当上常见的望天犼儿——只知是种祥兽，长得像狗，咧嘴朝天不住地长号，似乎也该是长长、长长狼嗥那般吠叫声。

哥俩儿聊起当年孟石匠筑桥造反，眼下这座大桥着实了不起，看得出来他孟石匠糊涂归糊涂，顶真倒真是顶真，说得上鬼斧神工——又精细、又浩大，很有那么点帝王气象；不只是只为搭个便桥，省得渡船不牢靠，跨过老黄河就可先拿下县城，再一路攻打到京城。看这大桥两头各有大半里那么长长的土堤大路，两旁护堤杨柳都已成树，长得快又壮的足有五扠粗，我父下手量过，也都是当年堆堤时栽下去的。大桥上这些精工钻凿出来的吉祥物，敢也不是有那份儿闲情——堂堂王业不就是打这上开头么？再看那桥上桥下但凡吃重所在，尽都是长三四尺，厚、宽也都一两尺的大青石，怎么拖来，怎么架上，实在是了不起的本事。

这些还都不算，更有这桥基，深得不见根底。春末夏初，多半河水涸枯，河底见天，桥孔全都露出面儿，单就是紧贴桥基南边的大潭，从来不干，总是清艳艳满槽好水，靠这就能养活西半个城住户，也便可想而知这桥基扎根扎到水下倒有多深。那种天旱水荒时令，大潭四周，五孔拱桥洞里，上半天尽是城上妇女趁个早凉赶来这里，捣捣打打，清洗大件头儿衣物、被单子、被里子甚么的。就么着，潭水照样清艳艳染不脏，鱼虾成群好生自在。响午心儿里，大太阳下火一般，拱桥洞底长年水流荡得光光滑滑的大清石上，尽挺着横七竖八歇午的汉子，两来门风，加上水气阴凉，直似神仙洞府，困觉困个百年不醒。

如今还在终身监禁，关在衙门大牢里生儿养女的孟石匠，凭这千百年不倒的五孔青石大桥，倒是造反朝廷不成，造福乡民不浅，真合那话"有心栽花花不活，无心插柳柳成荫"。

看看老阳歪西，时候差不多，歇腿也歇够了，估着小礼拜许已散了,哥俩儿瞭一眼日头,不用开口就不差先后地一齐站起身来开拔,总得赶在两老前头先回到家。

坐在桥栏上扯过一阵儿孟石匠,尽是些闲篇子。我父几番想要岔开话头,到底还是一提到人家姑娘就不免腼觍起来,老像嘴上碍着个啥,启不了齿。挨后又挨后,总得起个头儿,言归正传了罢。

这才咋也不好再挨,我父先就红红脸儿,忙又避开叔叔,假扯儿仰面瞧瞧结出花穗儿的杨柳条子。心里也明知叔叔愣等他开口才好搭腔儿,纵纵身子捋下一小撮绿中带黄的花穗儿,捧在手心儿细看,一头结结巴巴吞吐道:"也没啥啦,闲事儿呗……"下口吹散手上星星点点碎渣儿,吹不干净,两手扑落着,嗤儿一声笑得很干:"咋办呢,我这个笨脑袋瓜子不管用了,找你给我多掌个心眼儿就是。"

叔叔多聪灵啊,哪会看不出我父难以为情这副窘样子,嘴里像含个扎人的老菱,不知要等到哪天才吐出壳儿来,便调皮地勾过头来,要笑不笑地相相我父说:"猜到了,八成儿罢哥正烦着娘提的燕头黎家那头亲事,对不对?昨儿晚不又噜嗦了大半天——"恼得我父拿拳头朝叔叔后心儿顶一下,噌一声:"瞎猜!瞎精明!"叔叔给拳头顶得一冲一冲的变了声儿:"那就再猜另一头呗,横竖这头不对那头对,总有一头是罢——那是沈家那位大小姐,对了罢?"说着缩缩脖子,怕后心也捶一下重的。

我父没应声儿,放下拳头,半晌才平静一下说:"也没别的,也不是啥天大的事儿;要不是碍到咱们做人,哪有闲工夫理那些玩意账儿!"接着把大美大年下为何寻短、为何挨到十五才来上工、打那到今儿,又是为何看我父是个沾边儿都不认得的大生人儿——再生分总也不用有意躲躲闪闪,单只避开我一个人,怕还当个大仇人罢。有过的,早晚没料着碰上了,明明跟人家有说有笑,一见我父,老远就背过脸去,好似恨不能趟开个十里八里,两下顶好都别见到。

黄河见底 589

我父不禁叹口气："你知道的，咱们华家向来比谁都识趣，都挺在意人家眉眼高低，哪受得了人家给咱白眼看！实实说罢，这位姑娘真不错的，勤勤利利，脾气也好，手头又巧儿，挺讨人喜欢；年前扎旱船，还那么热和，多能干，连夜打的宝络流苏，你也瞧见过，多受看！可前后才几天工夫，人还是那个人，鼻子眼睛就不是那个鼻子眼睛了。这可得先检点检点咱自家了，哪儿没留神，啥话还是啥事儿把人家得罪了吗？没几天吗不是？要说时隔十年八年记不得了，还有个影儿；可就是咋想咋也想不出来有过甚么差池……"

我父不住侧过脸来，探探叔叔脸色，也用这催叔叔搭搭腔儿。看来叔叔似也有甚么碍口，一回回只像鱼喝水是的，张张口吐串儿空水泡泡又算了。

我父把这向时解不开的烦心愁闷都推到做人的难处上头，把对大美一番情意撇开不提，敢是为的方便跟叔叔开得出口，可这又觉出兄弟好像听不大懂，才弄得插不上嘴儿。想想也是，照这么遮遮掩掩白讲了半天，不露真章儿，倒要兄弟怎么样帮忙多动动心眼儿？让他去问大美为的啥不理人？是恼了吗？是怎么得罪了？还是听信谁居间说了小话儿？……那倒不是要兄弟多动动心眼儿——也没处可动心眼，就只合是自个儿不敢，唆使兄弟去探问人家姑娘家。那可不成；自个儿胆儿小，装孬躲在后头，使唤兄弟出面戳哄生事儿？敢是万万不可，那哪还有做哥哥的体统！

这么一想，不由得心惊，只觉好生亏待了兄弟，我父连忙揽揽叔叔肩膀，转个心眼儿陪笑道："还是你行，料事如神——两头总有一头对，老实说，两头都有份儿……或许这么说罢，两头逗得到一头……没错儿，娘闲得难过，提啥亲！弄得人烦腔儿，你清楚。烦的甚么腔儿你更清楚。明知俺看中了一个人，啥燕头鸡头的！那天鼓几鼓，真忍不住要顶回去：'咱早就看中了个人，不用爷娘操这个心！'

鼓儿鼓还是张不开嘴,你说为啥?将才你猜的那个大小姐,咱也跟你说了半天,就那么不明不白变了调儿,弄得剃头挑子——成了咱一头热。真的,翻儿了,平白无故,就那么翻脸不认人,叫咱俩手空空,拿啥顶娘?能放在早先那样……不就是年前罢,两个来月,还俺大哥俺大哥喊得可亲热,要是那样,早就理直气壮一口推掉啥的哪门子亲!"

话是说透了,也没再绕弯转圈子,却等不到叔叔搭茬儿。叔叔生性懒言语儿,可哥俩儿但凡挤在一道儿,又没外人在场,多半都尽听叔叔一个人聒咕。眼前这光景倒了过来。等不到一点儿口声,无怪我父见疑:"你这是咋啦?有难处是怎样?还指望你来个响的,尽放闷屁臭人你这是?"

叔叔真个有难处的样子,望着我父,作难得眼梢底下洼出讨好小窝窝儿,溜薄溜薄又倒扣齿的嘴唇子,哑巴样儿开合半天,才冒出声儿:"说罢,得罪娘;不说罢,得罪哥,也得罪沈家小大姐。就这个账儿,看哥怎么算罢。"

我父倒让小兄弟这么老哩老气给逗得喷了一口笑:"管怎么算,账目清了才行。要说得罪谁、不得罪谁,也不在说与不说罢。敢莫是怕咱怨起娘来?再怨,总是咱们亲娘呗,做儿子的还能拿娘怎么长、怎么短不成?"

叔叔还是犹犹豫豫的拿不定主意,倒让出空儿给我父品品怎又把娘给拉扯进来。难不成提亲燕头黎家姑娘这码子事,祖母嘴敞,忙就串门子掀腾出去,传到大美那儿了?人家避嫌才不理人了?或许不只是避嫌,若大美真的对自个儿有那个意思,那好,敢是要含几分恼,再几分怨,保不住还有几分恨;合上这一个又一个几分,岂不凑成个八九上十成了?那可不是个滋味,差些儿错怪了人家……可算算先后,又不大对榫儿,大美是年三十儿寻短,提亲燕头黎家在后,那是祖父大正月里去北乡布道会回来,早该过过十五大美上工好些日子了。这么一算,刚刚以为自个儿笨不笨的,心眼儿还算灵活,勉强够用罢,这倒又遇上短路的,又走不过去了。

叔叔眼看我父六神无主,心烦气躁,不似平日比谁都沉稳的哥哥,不免有点着急,方才哥俩儿都闷声不响这刻工夫,只得掂了又掂两头分量,看来难以两全,肚子里是留不住话了;加上叔叔尽管出口老哩老气,到底还是个大孩子,沉不住气,憋不住还是说了。

叔叔又问了一遍大美何时喝的盐卤,敲定了没记错,这才说:"……那就差不离儿了。年前祭灶那天——庄子上过二十四,咱们家过的是二十三,尽管打记事儿起,咱们从来没上供过灶君老爷,可还是照做祭灶饼、照吃祭灶糖、用祭灶糖擀的芝麻糖、花生糖。没错儿,记得可清楚,李家干姨娘还说:'你都是官宦人家呀,自然过二十三啦——官三民四王八五呗。'好像凡城里人都该是做官的,庄户人家才是做民的。哥那天敢还是在李二大爷家帮着忙年罢,就二十三那天,李家干姨娘拎两只风鸡送年礼儿来,干亲家俩儿就那么坐下来拉聒儿了。哥猜猜李家干姨娘提到啥了——咱一听,心里可欢喜了!哥猜猜看呐?"

我父没好气儿地嘘了一声:"去!冒儿咕咚的,朝哪去猜!"

叔叔说是"心里可喜欢了",就该眉飞色舞,脸上却没一星儿喜色。"娶到那么个嫂子进门儿,能不欢天喜地么?"

我父听了不由得心上咯噔一下,李二大娘跑来提亲?提谁?十有九成提的沈家大美不是?可看这样,提亲好事罢,提坏了不成?料来没啥好的了。"谁是谁啊,没头没脑的!"嘴上还逞硬,装作没听懂。

叔叔俯下脑袋,盯着一双蹬在深沙土路上,嗣义媳妇年前给新做的双脸青布鞋,尽量提着点儿脚跟,小心没脚的细沙漫进鞋壳儿里。好似俯首认罪地嗡哝着说:"也许……咱得担些儿过错,守着李家干姨娘,给娘下不去。可那理儿明摆那儿,娘嫌人家命硬,望门妨。咱们信主人家,怎可这么迷信?也怪咱要嫂子要得太心切,哥跟沈家小大姐又挺好的,不说天上一对儿嘛,也是地上一双,哪儿去找这么个佳偶天成!咱是直说了,原本也以为娘顺口推托推托,别让人家觉着咱们求之不得,一口就应允下来——当真咱们落难了,连个媳妇儿都讨不到。没料到娘沉下脸来,噌咱:'这事儿,咳,啥迷信不迷信!宁可信其有,不可信其无,小心没过火的。'娘那张脸真是千变万化,冲着李家干姨娘笑容满面,转过来就一下子拉长,咬牙切齿不知有多口!"

叔叔停一下,记记当时情景。"娘是堆下好脸,跟干姨娘又是赔礼又道不是,千谢万谢干亲家一片好意——哥顶清楚了,与人为善,笼络人心,娘啥都做得出来。可一旦下定了心,逆住她来,只有火上加油,更坏事儿。是怪我不识趣儿,没顾到娘颜面——哥平素这上头就吃过不少大亏;咱也是一时晕头转向,还在那儿不知高低,净拿爷说的甚么'信主之人,百无禁忌'来堵娘,愈堵愈噎得娘板脸板得愈硬。结果罢……哼!娘给逼得口不择言,一时情急,扯到哥关东貔子窝姥姥家做的媒,定的亲,连来带去翻腾出一大堆儿。说着说着,遮不住自个儿也觉乎逗不上谱儿,一转话头倒又现编了瞎话儿,说是南乡铁锁镇福音堂有头亲事甚么的,谈的有点儿眉目了,又说哥也挺中意。这不都是睁眼说瞎话?太过离谱儿了,咱还能守着干姨娘面前指娘全都是砍空吗?人家干姨娘也不是愣子,听不出你前言不对后语儿?咱都一旁就和得难过死了,低头不敢看人家干姨娘。咱们怎么有这样一个娘来着!"

我父愣上半晌儿,才自言自语是的叹道:"早让我知道这些个鼓囊也罢了,也省得错怪了人家转脸无情,自个儿也少瞎摸盹眼儿碰上鬼打墙一样,老找不出一星星亮儿来……"

叔叔连忙跟我父道着不是："哥跟娘一向都水火不容，早想透点儿个口风给哥的，就怕罢，给哥浇了水还是添了柴火，总拿不稳主意就是。你瞧，把这些贩给哥，不是让哥跟娘又多了层不舒坦？"

我父冷笑笑："那也不是一天两天了，也不在乎这一回火烧干了水，还是水浇湿了火。要紧罢还在李二大娘；李二大娘就算是受沈家之托跑来做媒，就算是沈家大美也知情，提亲不成，李二大娘难道把娘这边怎么推辞、怎么借个口又借个口，全都连锅端给沈家？端给沈大美？才弄得差点儿闹出人命来？弄得寻不成短，一口怨气发到咱身上？怎么想，李二大娘怎么不是搬弄是非，贩老婆舌头那种人。叫你说呐？"

哥俩儿喊李二奶奶各有各的称呼，这里头有分教，说来话长。

祖母认嗣义媳妇做干闺女，不一定为的喜欢这个小媳妇。咱们家是深受李府大恩大德，一时说不上图报不图报，祖母自有她那一套，两家能近乎，多几分亲情，受人家过重的恩情也敢是轻上几分。两家既找不到湿亲可结，那就结个干亲罢。祖母一生就是好这个，这上头轻重琢磨也最会拿捏分寸，譬如跟李二奶奶拜个干姊妹，本当直截了当，可除非人家找上来；落难之人去找人家结拜，不是高攀也是高攀。认个干儿子嘛，人家五子登科，认谁不认谁呢？要认干闺女的话，倒是现成，李二奶奶年过四十，老蚌生珠，压尾来个闺女，地道的掌上明珠，就别说有多宝贝了。只是咱们家落户当初，小丫头才三四岁，未免干娘太老，干女儿太小，不衬。再说罢，妇道家过过四十岁还生孩子，要给人笑老来浪的，不是挺体面；认这么小的干闺女也得先掂掂自个儿多大岁数儿才是。那皆子嗣义媳妇恰好刚进门，娘家又姓曾，干娘沾沾新娘子喜气，转转运：干闺女没出曾家门儿，祖母属犬，认个比两条腿稳当的四条腿干娘，也是大吉大利。就么顺理成章，嗣仁媳妇也贪不上伴儿，没小话好说。从那以后，祖母跟李二奶奶也就结了干亲家,也成了李府老小三代公称的干姥娘——果然两家子一下子亲了不知有多少,近了不知有多少,叔叔嘴甜,喊李二奶奶做干姨娘,喊得可亲着。只我父总烦祖母跟人家西瓜葫芦到处扯秧子,从不肯干这干那的,李府进进出出,只喊他的二大娘——这当地从来没有伯母婶子那套叫法儿,按排行都喊婶子几娘几娘,喊伯母是几大娘几大娘。不过吐字儿上有点儿计较,大娘这个"娘",定要舌尖儿轻轻抵一下上嘴盖儿,意思到了就成,似出声又出不大声儿。伯父叔叔也是一样,几大爷几大爷,大爷那个"爷",听来不是几大"夜",就是几大几大,连"夜"也吞回去了。

叔叔猜了猜说:"哥说得没错儿,干姨娘不是那种人,不至逢人掀腾,损到人家小大姐名声。当时罢,就只仨人在场。除了今天跟哥说了实话,咱可没漏过一点儿口风给谁。再就是……别管娘跟没跟沈家去多嘴伤人,娘啥事能搁在肚子里搁个隔宿来着?哥没听惯了娘口头语儿?讲了私话,还叮着人家'这可只跟你一个人讲的噢,任谁也别去传话呦',先不管那个人传没传出去,娘悄悄话哪天只跟一个人讲过?那还愁不转转脸儿就传遍天下了?……"

我父不知有多疼惜地盯着叔叔,按了又按矮自个儿一头的叔叔大脑袋,哄着说:"我没那个意思要追究出谁贩的老婆舌头,追究出来又当啥!不怪你瞒紧紧的不肯抖出来,也难为你顾念弟兄情分,源源本本都帮我弄清楚了。早就料定找你有用,要不的话,蒙在鼓里还不知要蒙到哪年哪月……"

说着说着倒为叔叔还那么矮小,自个儿又猛拔高,帮不上忙,平白心虚起来。一时岔开话头:"咱们哥俩儿能匀匀高矮也罢了。我看呐,往后,天天帮你这样拔拔拽拽得了。"遂用双手托住叔叔两边腮骨,只一捧,就把叔叔提溜个脚不着地儿,人悬空了起来,接着还掂了几掂,让身子坠一坠,沉一沉。这时要是拿尺棒子量量,或许真能

黄河见底　595

长个一寸半寸。

叔叔一直都不大肯长,人都说是给心眼儿压的。祖母尽管乐意人家这样夸奖叔叔聪明,心眼儿多又灵活,也还是总替叔叔护短——名副其实的护"短",说甚么"男长二十三,女长十八只一宵",忙啥?不忙,二十三岁才长足个儿。慢慢来,早着呢,还有六七年好长。没错儿,慢慢来,说上百遍也有了,说上三四年也有了——年年正月初一长一岁,哥俩儿脊梁贴紧门框上,照着身高画一道墨痕儿,三年下来,叔叔难得有一年高了五分多,我父倒是五寸还不止。祖母但凡瞧见就来气,皱皱鼻梁斥上一声:"人高不为富,多穿二尺布!年年净愁你一个长袍短罩儿的,劳不劳神的你!"话是实话,何止长袍短罩儿,俩脚丫子也跟着长,亏得长年都是草鞋换蒲鞋,三冬一双毛窝就够了。棉鞋今年做的明年穿不上,干脆不找那个噜嗦。

叔叔揉揉让我父一双粗手给箍红的两旁下巴颏儿,一面拧转脖子活络活络,笑怨着说:"哪有这么硬拔的,可十足是揠苗助长——树苗子不肯长,硬往上提溜儿?"

歇了会儿,沙庄大桑树在望。叔叔问我父,往后该怎么办,怎么对付,能有甚么从旁出得了力,效得了劳的。连问三遍,我父才愣睁过来,忙道:"这就好,这就行了,来龙去脉弄清楚,这就好对付。你也别再操心,咱还行。只是罢,托付你一件儿,燕头那边儿娘再提啥,帮咱……只好相机行事罢;也别像李二大娘提亲那样,娘啥都要面子,别再让娘脸上过不去。咱是凡事一直㨄儿,一碰就崩,你就多转个圈儿,多拐俩弯儿,能让那事儿吹了就一好百好。"

当然,叫人头疼的还是怎么解沈家大美心上那个死疙瘩儿。这一刻儿里,只能粗枝大叶儿想到,除非托嗣义他两口子帮忙儿解解,自个儿怕是无从下手……

乘凉烤火

城上邮传局三月半开张，小城里这可是桩大事，也是桩从没有过的新鲜事儿。

这之前都是花钱找镖局子传信，多半官家差唤；商家也只是跟外地有买卖的大字号；再就是洋人——传教的、开洋行的。传一趟信所费不低，百姓人家除非遇上病危丧亡甚么的，紧要招回外地亲人归乡才用着捎书传信，信套儿烧糊个角儿，再黏上一捽鸡毛，表明事关紧要，十万火急。

尽管邮传局那份儿差事让祖母硬给搅和吹了，也尽管祖父开导过"凡事成不成，都自有天父慈爱美意"，我父还是忍不住会不时想起它来。

百姓人家大半也都不大清楚邮传局，我父也是；不过更近一层，邮传局当差到底干啥？——给人传信敢是知道，可怎么个传信法儿？也只能想到怀里揣个信，不是骑马就是行船，俗说"坐船骑马三分命"，未免太小胆儿了；不过容易出事儿倒是真的。只是想到整天跨上牲口，人不离鞍，马下停蹄，东奔西走，跟牲口轧伙儿讨生计，那跟驴驮贩子没两样儿罢，雨露风雪的，辛苦是辛苦，可有生以来就好玩个大牲口——不管服侍牲口还是使唤牲口，单这一点就够对味儿了。有时也想到这传书送信总该比驴驮贩子自在得多，驴驮贩子得放单趟儿才有牲口骑，驮上粮食两三百斤沉——数盐最重，同样一袋五斗，驮上三袋的话，瓢弱些的牲口准压趴了窝儿，人就只有步蹽儿跟着跑的份儿。想那传信不过几张纸儿罢了，垫到帽壳儿里戴在头上可以，揣在怀里，塞进鞍鞯里，了不起肩上搭只褡裢儿——这当地叫捎码子；还有个猜谜，"山上坡，山下坡，一个兔子两个窝"，要是猜对了"捎码子"，出谜的没难倒人，得占个便宜讨回去，紧跟上一句，"你死俺打镲子"，打镲子干啥？送葬罢——怎说，也还是单身人儿，百把斤，就算骑的是匹两脚伸长了拉到地的小毛驴儿，像祖父骑的麦花小叫驴儿那样，压不到牲口的，轻轻快快儿，任你横骑、倒骑（学八仙张果老）、大走、小跑，由你作死作活，想咋就咋。天下哪找这份儿玩着乐着就挣银子的行业？

直到邮传局开张，一传十，十传百，大伙儿才清楚，传一趟信只用五文钱，不管传去千里万里，都这个价钱。这可叫人信不过，别说那怎能够本儿了；五个小制钱，吃两根半油炸鬼就上路送信？新鲜得不成话实。既然叫人信不过，连那个"邮传局"也说来别扭不顺口，甚么油船水船的！专管帮人送信不是？你嘴我舌，传来传去干脆就叫起"信局子"。就像仁济医院，咬文嚼字的多蹩口，也是你嘴我舌，传来传去干脆叫起南医院，也不管另外有没有个北医院。

信局了开张，新鲜是新鲜，可不当吃，又不当穿，家常日子里有它不多，无它不少，新鲜劲儿风快也就过去了，没多少人还再提它。只有我祖父罢，怕谁也没他把这信局子当回切身大事么热心又兴头，很快就从这上头得到受用，直隶《直报》、上海《申报》，四五天就送到，日日都有，偶尔空个一天两天，跟手也就追上来，不必如往常那样，隔上十天半个月，一来就是一捆儿，再新的信息也成明日黄花——该说是明月黄花，都成了旧闻。不要说南到两广，北到关东、口外，就是东西洋千万里，天涯海角大事小事，顶多四五天就传送到眼前。这才真叫作秀才不出门，能知天下事。

再就是一直牵挂在心，一直指望早日有了邮传局，就有了路道跟关东青泥洼、普兰店两处一兄一弟一通鱼雁。如今可也巴望到了，早就等不及修书给咱们大祖父、三祖父。一个马栈，一个盐场，都不是平常人家，不管还在不在——兵祸毁掉也罢，东洋鬼子霸占去也罢，前后也七八年光景，信使除非东洋鬼子、老毛子；只须当地人送信，两处华家都算有个名声，马栈盐场换了主儿，老方地找不到人，也不难打听出流落到哪里去了。还有，青泥洼已被东洋鬼子改名"大连"，祖父顾虑周到，特意把老地名、新地名，一并都写到信套上。虽不能说这就万无一失，能想到虑到的，也尽都在此了，其他只有完全交托上帝，把这放在晨夕祷告当中。

最让祖父不放心的还是宝地关东，先日本，后斡国，一再的兵祸连天。甲午一战，牛庄这边家破人亡，青泥洼和普兰店两地手足家人音讯全无，这还只是华氏家族所遭厄难。就整个关东来说，东洋鬼子也只糜烂了大半个奉天，小半个吉林；如今倒好，老毛子十五万大军，把关东差不多全都霸占了去。东洋鬼子炮火无情，毁掉的性命财产不计其数。可老毛子更加地惨无人道，炮火之余，烧杀抢掠无所不为，比那东洋鬼子不知要凶恶上十倍百倍，经去年八国洋鬼子那一大劫，关东还能落下甚么，委实地想都不敢去想……

义和拳闹事，招来外国兵灾，一场浩劫，祖父依照报册所报信息，桩桩件件都曾记入一个本子。山东是多亏袁抚台硬压下去。直隶方面是仰仗太后宠信，气焰最高。山西那边最惨，教堂全毁，本国教徒和外国教士杀害殆尽，总是巡抚旗人毓贤重用义和拳并命官军援助之故。只是这三省远比不上关东三省糜烂严重。自从去岁庚子五月二十六，太后降旨与列国宣战，早已蔓延到关东的义和拳越发仗势造乱，到处惹是生非，白白给老毛子出兵借口。官家又那么不成器，各自为政，莫衷一是，有跟拳徒轧伙儿对付洋人的、有跟拳徒作对招讨的、有跟老毛子挑衅也有不战而降的。总归是义和拳到处闯祸，官家跟在后头收拾烂摊子；却又没本事收拾，守土不力，失地连连，终至关东大好河山拱手让与斡罗斯帝国。

宣战后最先是奉天一位副都统，满人晋昌，率领官军拳徒，一鼓气拆毁沙河车站、铁路、铁桥，并打死护路老毛子。直是师出无名，不知所为何来，徒授口实与斡国老毛子军。

月初四至初六，拳徒于辽阳以北，铁岭以南，大事捣毁教堂、洋行、车站、煤场，多处纵火付之一炬。

六月十八，斡军大批由海兰泡越过国界，入侵黑龙江省境。

六月十九，海兰泡六千余居民被斡军驱至黑龙江岸。翌日，惨遭斡军砍杀，余者投江溺毙，生还者仅二人。

六月二十一，斡军将"江东六十四屯"一地居民驱入一寨内活活焚死。

六月底，斡军攻占黑河屯、瑷珲，烧杀无数。

七月初四，斡军攻大陡沟子，守将满人凤翔战败弃守，负伤而亡。

七月中旬，斡军攻占吉林省宁古塔、三牲等地。

七月底，斡军攻打黑龙江省城齐齐哈尔。

八月初四，齐齐哈尔不守，黑龙江将军满人寿山自裁。

八月初六，斡军进入齐齐哈尔，将衙署内银钱贵重物品洗劫一空。

八月中旬，斡军攻占阿勒克楚、拉林、哈尔滨等地。吉林将军满人长顺奉旨议和，献土投降，省城吉林不战而退，斡军尽掠全省枪械弹药及官府银库。

乘凉烤火

八月下旬，斡军攻占海城、牛庄、辽阳。

闰八月初八，斡军攻占沈阳，至此而奉天全省，亦即关东三省尽皆沦于斡军血手。

……

有了信局子，天下大事种种信息就又快又灵通多了。义和拳闹的一场大乱子，多少王公大臣处斩的处斩，赐死的赐死，以息西洋列国之怒——这都是年前腊月、年后正月的旧事了；眼前则是赔偿人家银两了，一赔就要赔个十三国洋鬼子的身家、性命、财产、军费等等。打年前就在那里漫天要价，其间讨价还价，十三国各说各话，朝廷无人，李相国受命收拾后事，又蹲在上海不肯北上，挨到闰八月中才到天津卫，然后磨磨蹭蹭进京，直到这三月初，才敲定个总数，列国各自分赃多少种种，不到签订合约还拿不准不变卦。

所有这些个交涉，都像逢集四蹄行买卖牲口那个味道，记流水账一般的报册上一天一个行情，日日都有增减出入。往天里所知天下大事，再快也总得十天半个月，换上信局子来传送，多则三四天，少则隔天即至，也别说，洋人弄出来的这些买卖厮儿洋务，还不能不服人家真"能"，真行！

可这倒害得祖父念报念上了瘾，天天多出一份儿不大不小的闲事儿，就像庄子上有那上城的，老来问一声要带个甚么。水烟袋抽的皮丝烟，一天也少不了的。皮丝烟一买半斤——多了保不住生霉。火纸包住放进砂罐儿，盖上盖儿，放到床底泥土地上，才保住烟丝儿免得受潮，也不致过干。取用时往往连砂罐儿都懒得端出来，蹲下去揭开盖儿，捏上一团儿塞满水烟袋烟筒儿就行，里头还剩多少烟丝儿都没个数儿。篱笆帐外人家好心的一问："三合庄皮丝烟半斤不是，华长老？"除非近两天才买过，多半得请人家稍等等，转过来跑进里间，指头伸进砂罐儿瞎摸摸，才有个数儿回人家。庄子上三十来户人家，但凡有谁上城总会左邻右舍问问要捎个甚么，又大半都会绕个道儿来问问祖父。如今又多出个城北教堂去拿报册，碰巧没人上城去，祖父少不得有事没事跨上麦花驴跑一趟；偶或报册没到，白跑一趟儿倒也落个安心。要不然，人会没抓没挠，烟瘾上来是的，牵挂着不知家国天下哪儿又生出甚么事儿，却还蒙在鼓里。

直到目前为止，敲定要赔十三国的总数儿四万万五千万两银子，一时还没有变卦。先别说当初德国要价七万万两，朝廷岁入也才一万万两，这四万万五千万两哪儿去哭得来！赔不出么？先付利息罢，年利四厘，年年要付给人家一千八百万两利息。念报给庄子上乡佬听，万万千千到底是多少，哪里弄得清！祖父给乡佬讲，洋鬼子是冲着咱们中国人口四万万五千万开的这个价，不分男女老幼，一个人头一两银子，像李二老爹府上老少十三口，就得出十三两。十三两银子二十六石小麦，薄地三十亩不定出不出得这么多粮食，三十亩白种，一年的收成全都便宜给洋鬼子，你说甘不甘心？这还是自家地自家种自家收个全数儿，那没田没地种人家田地顶多只收得一半庄稼的作户呢？哪儿生得出人头银子来？咋着活命？……这话又说回来，不是义和拳闹事儿，他洋鬼子就是存心要讹人，也嘴秃讹不出口罢。

经这么打比方一解说，再蠢再愣再无知无识的乡佬也都弄懂了。

众乡佬这就不由得不想到老城集上，李府老亲戚尤三爷招来伏万龙师徒一伙儿开的拳坛，眼看就要闹进城去生事，要不是我祖父知道厉害，赶紧疏通了尤三爷，化解一场劫难，果真练功有成，闯进城去烧毁天主堂、耶稣堂、洋碱店、洋油厂，杀掉那般洋神父、洋牧师、洋教士——还有二毛子，乡佬厚道，又敬重我祖父，都没好说出口；那可不止这四万万五千万两银子——这又轮到祖父不好说出口，你伙儿尚佐县小城小郭的，放到小戥子上，那秤杆儿纹风不动，休指望戥铊子要移出个一钱两钱的。祖父倒是提醒大伙儿，义和拳本出在咱们省里，要是没换上袁抚台领了武卫军进省镇压，一上任三把火，定出"死八条"，处死大头目朱红灯，又把泰安杀死洋教士卜鲁客的七个大刀会徒众捉去斩首；要还是前任巡抚毓贤的话，加重了赔款还是余事，先就打直隶的洋鬼子直接从青岛、威海卫各地上岸来烧杀抢掠了。现成的例子，毓贤从这里调去山西做巡抚，纵容义和拳杀尽了山西全省洋人，列国提出头一条的"惩办祸首"，朝廷不得不买账，头一个就把毓贤大年初四给斩首了。

列国开出的祸首单子，太后只得答应先将名列前茅的十名王公大臣处死。这十名有端郡王载漪，统领神机营，发配新疆禁锢。庄亲王载勋，步兵统领，赐死。辅国公载澜，统领虎神营（虎食羊——洋，神降鬼，对付洋鬼子），右翼总兵，发配新疆禁锢。惇亲王载濂，削王爵。恭亲王载滢，发交宗人府圈禁。甘肃军统领董福祥，保驾太后皇上奔逃西安有功，从轻发落，褫职解任。左翼总兵英年，问斩。刑部尚书赵舒翘，升任军机大臣，问斩。吏部尚书刚毅，升任军机大臣，逃往西安途中病故，追判斩刑。怡亲王溥静，发交宗人府圈禁。

此外，列国又补提四名祸首，有直隶军务帮办李秉衡，通州一役为列国联军所败，自杀身亡，追判斩刑。大学士徐桐，京城陷落时自缢身亡，追判斩刑。刑部左侍郎徐承煜，大学士徐桐的儿子，是和礼部尚书启秀，同于正月初八一道儿处斩。

这辈朝中重臣遭此下场，固属罪有应得——不是力谏重用义和神团，纵容或调唆拳徒杀洋人，烧教堂，整教徒，就是力主与列国开战。总是无知肇祸，以至京师沦亡，黎民涂炭，朝廷不保，家国危殆，甚乃如董福祥所领甘肃军，无异盗匪，凶残荼毒地方无辜百姓，不下于列国联军暴虐无道（因护驾逃亡，轻判褫职解任，第以洋人不允，始又改判"褫职听勘"）。只是这些惩治若由朝廷自行裁夺发落倒也罢了，却是任听外人威逼方始屈从，总不免令人兴起备受屈辱，哀哉戚然之叹。

大约稍堪告慰的就只有太常卿袁昶等获平反复官。一场浩劫中，以太常卿为首，有吏部尚书许景澄、兵部尚书徐用仪、户部尚书立山、内阁学士联元，还有戊戌维新被发配新疆的张荫桓，或因苦谏义和拳团邪术不可用，或奏请免与列国远人开战，或力请皇上"乾纲独断"，对太后颇有微词，皆先后遭斩，其忠烈可比百日维新被杀害的谭嗣同、康有溥、杨深秀、林旭、杨锐、刘光第等"六君子"。如今应洋人要胁，朝廷又一番屈从，终于去岁腊月底，一一为之平反，"开复原官"。然而冤魂无以复生，还复的甚么原官！也犹如惩治祸首元凶，这平反复官，若是出自朝廷——也就是老太后罢，鉴于冤案错斩六大臣，知过罪己，昭雪误决，倒也罢了；却又一样的也是出自外人威逼屈从而为之，明明可喜的一桩大事，也令人慨叹其可哀可悲了。

时已四月，"参星对门儿，门口蹲人儿"，俗语指的是入夜之际，参星位在正南照户，此时尽管昼暖夜凉，披个小棉袄串门子，闲拉呱儿，不用进院进屋，门口蹲蹲冷不到哪里去。

庄户人家田里、场上干活儿蹲惯了，蹲上多久也腿脚不酸不麻，便是有板凳、有椅子，还是像蹲在跳台儿上的小鸟一般，蹲在板凳椅子上。平素有人打门前过，往家里让让，也是招呼着"屋里蹲蹲罢"，都不说"来家坐坐罢"。

傍晚闲下来，谁家门口蹲的人儿愈来愈多，大半又是我家祖父又在那儿侃大山。祖父想要跟大伙儿一道就地蹲着也不成，定有人抢回家去搬个木墩子，趴趴凳儿来，死拖活拽，也非把大伙儿公称的"先生"按坐下来不可。

侃大山多半都是吹牛侃空儿，我家祖父见多识广，又不时加盐添醋，免不了编排编排，可大半还是侃的实在，一侃开头就没个完儿，又侃的尽是天下大事，倒也给这沙庄一带父老兄弟开了不少民智，或许还比塾馆教的四书五经更有教化之功。

说到有时轮上城上礼拜堂大、小礼拜讲道，或去四乡八镇福音堂去传教，这些天下大事，也都不免拿来做引子、举例子，再不就是教内所谓的"见证"。讲到这些时，会众多半都很乐意地竖着耳朵倾听，礼拜散了还有教友追着问东问西。

过往，小小县城里，城东不知城西出了事，南乡不晓北乡生的消息，单等口传耳、耳传口，传上七七四十九天才传到；弄不好，九九八十一天也是常事儿。再新鲜也放馊了。更别说谁还知道本省一百单八县、全国二十八省带上蒙藏。外国罢，也只粗略知道有个东洋矮鬼子，有个西洋红毛、黄毛鬼子。这一回义和拳惹下滔天大祸，招来攻打咱们大清，杀人放火不算，还把皇上、皇太后给撵跑，东洋西洋倒出来十三国。这真是人外有人，国外有国，天外有天。单凭这，也就教友比起世俗众生要民智大开得多多。

可乡下的福音堂还没甚么，城上教会人士——那些长老、执事，就都不以我祖父讲的引子、例子、见证等等为然；明说是祖父未免过于世俗了些，这地上人世尽属魔鬼掌权的地盘，说来道去无非主耶稣的预言，"民攻打民，国攻打国"，咱们蒙恩得救的主内儿女，干吗去蹚外邦人那些浑水！可暗下里嘀嘀咕咕，摆不上台面儿见亮儿的心事，还是害怕洋牧师、洋教士见怪见罪。

照这般长老、执事平日言行为人，私底下论断起我祖父，必定一个鼻孔出气，你言我语，臭味相投，指摘我祖父：你口口声声把人家比作五胡十六国大闹中原神州，岂不是守着和尚骂秃驴！人家待我们不薄，把如珍似宝的福音传入中土就够厚恩了；人家岁岁年年打自个儿国度募来多少多少捐款，不是放赈、布施，就是盖教堂、盖学堂、盖医院；还有，人家帮咱们多少子弟平步青云，南至江南，北至京师，去上高等学堂、大学堂、外国去留洋！就算他等国度洋军打到咱们家里来，也是咱们惹祸招灾先动的手，人家岂不是奉了上帝差遣，替天行道，降罪来惩治收拾咱们？……

要照这个理路说下去，我祖父何止是过于世俗了些，直是逆天而行，大违天命了。

教会的长老、执事这么不以为然，祖父也只一笑置之，笑的是自个儿也有一份。俗话有道是"宁做太平犬，不为乱世人"，祖父比配到自个儿身上："我要是条太平犬的话，定也是跟他几个长老执事一般无二。没尝过国破家亡之痛，哪里知道啥是个国？啥是个家？单说这个人人都恋的这个家罢，弟兄仨儿，不就数我这二房最甩料？"

大祖父罢，是个收养的压堂子，三四岁上买来咱们华家，既原本是个另姓别人，想必天分资质先就跟咱们祖父、三祖父有别，不定元性本命就是块做骡马买卖的经商料子。又中用、成材、上道儿，不枉曾祖父的辛苦教诲与厚望。曾祖父过世时，祖父才五岁，三祖父四岁，尽管宠两小儿子宠得上了天，"早晚二小子自个儿上得了马，做爷的就闭得上眼了。"搂着三祖父在怀里喝酒，巴着快点长大，"早晚你小子上了桌，一呼啦把这一桌子碟碗杯勺搉撸到地上，爷就乐了。"这种厚望可就不是对大祖父那么回事儿了。

曾祖父处事为人尽管火火热热，豪气万丈，精力总使不完儿，可就是一，老认命自个儿"丙寅虎，多不过六十五"（也果真阳寿就是那么多），或许那正是根鞭子，抽着老人家来不及地凡事赶命一般，一天当十天干。宠孩子、拉拔孩子，也是来不及地疼，来不及地打鸭子上架。祖父的亲生娘——二曾祖母便曾数说曾祖父对三个儿子"可是个短命疼"。大祖父才只五岁刚刚扎过尾巴，就等不及地揽到怀里，马上马下的东跑西溜，撒奔子大跑也是常事。没过多少时日，便放皮缰子，任由五六岁的娃子自个儿兜缰，怎么扯、怎么抖、怎么勒，大祖父生就有那个天分，曾祖父心花怒放之余，越发倾囊澌底子把甚么本领都醍醐灌顶,倒给这个儿子,也不管小脑袋瓜儿盛不盛得下。曾祖父享寿六十五,过世那年,仨儿子一个十三,二的五岁,三的正房大曾祖母所生,只才四岁。大祖父别说使唤牲口上套卸套、挽驾骑御,无不熟练精到;就连调理饲养,认认牙口、相相理肌、品品大跑小走、蹄拐收放,咬个价码八九不离十儿,两代马倌莫不竖竖大拇指。老爷子放心地走了,靠两位忠心耿耿老马倌,也就把大片马栈那份家业撑住,不烦大娘二娘去操多少心——大曾祖母要管盐田,二曾祖母要管槽坊,两下里相去一隔上百里,一隔五百多里,想照顾也难。

尽管"短命疼",大祖父成材,也赶上受教;俩小的都还在养而未教稚龄之年,就都给宠得上了天,才真正的是短命疼。惯成啥德性,饭桌上搂在怀里,小孩胡抓乱挠,打翻酒盅,扑落筷子,下手拖拉菜盘,不光是由着孩子,还不知有多赏识地呵呵大笑:"臭小子,多早晚你能一桌子碟勺碗盏一呼啦揔撸到地上——有种把桌子掀了,爷就乐了!"

所好小弟兄俩儿底子还不坏,又上有亲娘主事,惯到钱来伸手,饭来张口,手不提四两,油瓶倒了不扶一下,十足的大少爷。小家小户经不住那么招吃招馋,不事生产,不败家也把家败了。可家大业大,哪在乎你游手好闲!俗话"吃不穷,穿不穷,算盘不打一世穷",那片家业非但任你吃、任你穿,吃穿不尽;金山银山,还怕你打错算盘,压根儿连算盘也不打?别说吃穿,哥俩儿十八九岁光景,媳妇也讨了,也做爷了,外头三朋四友,吃喝嫖赌,少说也四分天下有其三。像那号人家,提防子弟外头吃喝嫖赌样样俱全的胡来,宁可单挑上个大烟瘾,一抽上鸦片,人就懒了,老老实实歪在家里享福。抽大烟败不了家,大片家业底子就靠这给守住。所幸两房曾祖母,惯儿子还没惯到这个地步就是了。

二曾祖母是信了教,尽管烟酒管不住儿子,打牌甚么的可管得严，祖父也只能外头去三朋四友摸两圈儿，瞒着娘。窑子勾栏那些地方，祖父可是不敢，十六岁讨了二十岁的媳妇儿，没有不怕老婆的道理；祖母又是到处广结不知多少干姊妹儿，那可尽是耳目，祖父外头大小事儿都休想瞒过祖母那些个"耳报神"。惧内，祖父是出了名的，又都是自个儿掀腾出去，不用假他人口舌。那样子不打自招，反而显得怕老婆怕得光光彩彩、潇潇洒洒——上等人怕老婆，下等人打老婆罢。遇上狐朋狗友黏缠着拉拉扯扯，情面难却，吃个饭、喝个酒、打打小牌，逢场作戏无所谓；寻花问柳甚么的，祖父就都归给惧内这上头，又轻易、又灵验的退兵之计，不费吹灰之力就推脱掉。也用不着人家取笑、挖苦，自个儿先就坦坦荡荡，嘻嘻哈哈念起惧内经——

"俺属老虎，俺家里她罢，属狗。俺要是大她的话——大上一岁也就中了，用不着大她多少，那就一准吃定了她——"祖父总生生硬硬撇着本地口音，俺这个长，俺那个短的。"你都没听说过？挖窟子小贼儿钻到人家家里，咋着狗都不咬一声。跟你说不信，身上都带的有老虎粪呗，再厉害狗，闻到那股子味儿——还是干粪呢，就吓得大气也不敢喘，还敢叫？可单单咱这一对公母俩，她可大俺四岁——二十岁的大姐十六岁的郎，一辈子都大不了她，一辈子翻不过身来。这叫啥？唵，叫啥？叫'虎离山'、叫'虎落平原遭犬欺'。怕老婆是命里注定——人总拗不过命不是？那就认了罢……"

跟这帮庄稼汉拉呱儿侃大山——拉天下大事，国破家亡；也砍当年关东三辈子创下的三大片家大业大，也砍自个儿公子少爷的给骄纵成甩料瘟败类。家丑也罢，窝囊也罢，从不遮前捂后，净夸口吹牛给自个儿脸上贴金。饶是朝廷上犯错，都清清楚楚一本儿账，也照样论长道短没个顾碍。伤心处听得人叹气咂嘴儿，惹笑时逗得人东倒西歪栽个仰八叉儿。

这也不光是我祖父能言善道一张好嘴，云山雾罩的乱扯凑趣儿；

要紧还是土头土脑过惯了，哪里去找天文地理、上下古今、无所不知、无所不晓这么个举人老爷，又肯跟尽是泥腿子的大家伙儿称兄道弟，无话不谈。一辈子都没出过县境的这般乡巴佬，更把我祖父走南闯北、见多识广，一肚子掏不完的鼓鼓囊囊看作不是菩萨神仙，也是大圣大贤。

祖父凭这些拉拉砍砍，广结善缘，敢是想也想不到要图个甚么。相机行事插花点儿福音和圣贤之道是有的，可从来也不曾摆个架势儿训谁、支使谁。大体说来还是随窝就窝儿，乡村父老家常过日子，吃苦受累，就只这么点儿拉聒儿侃大山的乐和乐和——说是茶余酒后都谈不上，有哪个过日子人家见天茶茶酒酒的？无非暑天乘乘凉，冬腊烤烤火，不用请，不用邀呼，串门子碰到一起聚合聚合，少不了的俚说话讲，逗趣儿散散心罢了。

就说乘凉罢，一天的苦活儿歇了，饭也饱了，澡也抹了——水太稀罕，哪兴一两桶水来泡澡？一长天下来，一身汗臭，一身泥泥沙沙，浅浅一小铜盆水就足够抹把澡儿。大辫子盘到脑袋顶上，下身半截裤衩儿，就那么方便，啥人也不避，当院儿来起来。大布手巾，脊梁后扯大锯，左上右下锯一阵儿，右上左下锯一阵儿，再横里打上到下锯一遍。抹下半身也不用脱裤子，一手提着松开的裤腰，一手大布手巾探进裤口前搓后擦，左搓右擦。半截裤衩儿不用裤带，只把肥肥宽宽的裤腰打个折儿，左右拉紧了再往下一搓就成，比系裤带又方便、又紧衬。上上下下抹遍了，要不打算穿草鞋、麻凉鞋，连脚都不用洗。那一小铜盆灰水，迸迸溅溅剩不多少，却也舍不得顺手泼掉，抄洒到干土地上湿湿尘、倒进沃圾坑里沤肥，要不就浇浇墙边儿香椿、花椒、女儿家种了染红指甲盖儿的夹竹桃（这当地把真正的夹竹桃叫作柳叶桃）。一小铜盆的灰水见不到底儿，"够壮二亩地！"说不清是自夸还是自个儿挖苦自个儿。

傍晚儿一等这些个收拾清了，就好有个人样儿的爽快起来，肩膀头儿上搭套吃烟家伙,筷子长短的烟袋杆儿在前,杆儿上系的烟荷包、火刀火石火煤子,滴溜在后,也有的拎着大秋秋缨搓成的一小圈火绳,闲蹓跶到人多的地方蹲下来凑凑热闹。

庄户人家可少见扇扇子的,便是顺手捞把扇子——麦秸扇、蒲扇、芭蕉扇,也只当拍拍蚊子用;蹲久了累了,扇子也好垫到腚底,就地坐下来——要是才换的干净白裤衩的话。可也有生就邋遢,推说是省水、省老是洗洗浆浆的,衣服没穿破磨破,倒是天天搓搓弄弄给扯拉绉了、毛了、破了、烂了;宁愿乘凉拉聒间,搓把干澡儿,搓出整把儿灰垢轴,净是一根根儿两头尖的黑嘎嘎,壮的能有半寸来长。

再说烤火,这尚佐县地不南不北;靠北罢,冷不到睡炕才过得冬,有个脚炉、手炉、殷实些人家主屋里生个焦炭炉,也就打发过去交冬数九冰雪天。靠南罢,也时有滴水成冻,大雪没膝,阴死鬼冷个天儿。这么着,烤场火就满当回事儿。可烧料艰难,好样儿人家要想天天烤火也都烤不起,家口不多也屈费了烧料,整个庄子上三十来户人家,大致上东半个十来户,西半个十来户(除了汤家绝户头、沙家老大房啬蔷鬼儿),各自轮换着,整一个月一户不过轮上回把两回,可天天都有场火可烤,多半就大堂屋里,桌椅家什尽量挪走,小板凳都少备——蹲就好罢,腾出个大光地,容下二三十口老小。烤火少有用木柴、高粱秸之类家常烧锅的烧料;得找那火又旺,又熬火——经烧又火灰耐久,便是烧料完了,遍地红炭还够烘上个老半天,那可数豆杆儿跟棉花柴。只是贫苦人家种的尽是主粮,少有这两种庄稼;家邦亲邻的热闹热闹罢,谁小气鬼在意这个,没谁嫌这号苦哈哈烤蹭火来着。

烤火说来是为的取暖,连带一场热闹取乐子,却还又外带一场洗洗干澡儿。

三伏天里都少有洗澡——这沙庄可真就沙土顶泼实,沙地留不

乘凉烤火 611

住水,别说池塘甚么的,连个水汪也找不到,除非两三里外老黄河里去涮涮,那也要看整个春天下了多少雨,存下多少水,发大水总得秋后才有个满槽。天寒地冻时节,抹把澡儿就足够把人冻毙掉。好在农闲里不大出汗儿,顶多妇道人家,大灶温罐里炖的热水对一对,用用水;裹小脚的也只十天半个月来一回,一道道解开没一丈也毛八九尺的裹布,温水里泡泡十里臭的一对金莲(我祖母便是);男汉子就趁这烤火工夫来把干澡儿——也有七老八十,又生就老脸皮厚,一样儿扒光上身,两只干剩皱皱囊囊长长的瘪奶袋子,滴溜打挂也不在乎,烤烤烘烘,嘻嘻哈哈,热闹像过大年夜守岁样子。

庄稼汉穿的老棉袍、老棉袄、衬在里面的单的夹的,件件都有扣有钮,可就是没谁那么费事的扣上一颗钮儿。穿上身只把右小襟朝左拉拉紧,左大襟覆到右边来,粗粗长长的搐腰带拦腰紧箍儿绕上两圈儿,打个活扣儿,就那么个省事儿,比规规矩矩扣上钮子还贴身暖烘,干啥活儿都利落溜活。脱衣也一样儿省事,搐腰带一松就成,真个儿就是"宽衣解带",只是顺序倒过来,先解带,后宽衣。烤起火来也方便得很,一褪就褪个大光脊梁,可烤得个透透的。

这般乡佬烤起火来,可不是一双巴掌伸近火去那么斯文;既脱成大光脊梁,也不只把胸脯朝着火那么老实;但见一个个轮着上阵,大戏里唱"滚钉板"般的武行功夫,挨近火舌头去惹火,胳膊、肘子、胸脯,不用说,肩膀头、后脊梁、大小腿、脚丫巴,要是没妇道人在场,也会扒开棉裤露出腚瓣子,一冲一冲去给火舌头舔,眼看惹火上身,给烫得龇牙扭嘴,"嚯、嚯"地穷呼呼。愈这么着,可愈过瘾;数那害疥疮、冻疮、湿气的,更加地杀痒,把人舒坦死,神仙都不换,比睡浪娘们儿还快活——就那么一烫一搓,一烫一搓,鼻歪眼斜,分不清是"嚯噬、嚯噬"还是"我日、我日"的大呼小叫,干澡儿就是如此这般"洗"的。别管洗干净没洗干净,回头上了铺儿,不怕被窝多冷，不用哼嗤哼嗤抓抓挠挠老是翻来覆去，这一夜可有个安顿觉好睡个死。

总要到不再添柴火，烤那剩下红通通一时不熄的灰炭，人才似乎安静下来，吃烟的吃烟，喝茶的喝茶，慢慢再拉聒儿侃大山。

祖父打小儿过惯了关东那种一年倒有一半寒冬的日子，来到祖母"迦南"和"江南"说成一个意思的这块不北不南的地方，单是冻得死人的严冷上头，这里就是块"迦南美地"——且不管流不流"奶与蜜"。

祖父也不是顾的斯文体面，一是不觉冷得怎样难以消受，再就是身上比这般庄稼汉暖烘多多了——绒衬褂、小夹袄、老羊皮袍子，不定外头还加件邶羊领衣儿。脚上又是骆驼绒老棉鞋，袜子也是绒布缝的，丝棉裤扎着腿，紧衬得清早放个屁，夜晚松了扎腿带才散出来。这还不算，祖父城上办事儿晚了，不时也去下个澡堂子，搓背捶背，修脚捏脚全套儿来，哪还用洗个甚么干澡！

谁家烤火来邀，称先生的、称长老的，像李府上，就称干老爷（干外公）。祖父不推辞，先谢了，"你先回去，待会俺就来。"心里敢是有数儿，早去也只是一旁瞧着大伙儿赤身露体，个个亮着"滚火板"全武行，火火烟烟里可不是阎罗殿上的火地狱？所多玛、蛾摩拉的天火焚城？烧得人龇牙扭嘴、鼻歪眼斜。

祖父也跟大伙儿讲过那些掌故，却笑说："看你伙儿这么水深火热的，倒是叫人宁可下地狱。此话怎讲？你伙儿这可是快活死人，比天堂还乐和的地狱呗！"

乘凉烤火　613

锄禾日当午

都说是"杏花白，桃花红"，说是这么说，不光是杏、李、梨、林檎、苹果……差不多大半果树盛开时，都是一树树白云、一树树白雪。或许万白丛中一点红，衬出桃花独独那么艳红。顶真说来，不过花心儿稍红，打这花心涅晕开来，愈朝外愈淡，花瓣儿边边已淡成粉红，远看也只是一树银红——桃红桃红，怕是熟透的桃子上那种含点儿淡紫的红罢。

庄户人家多半都家前屋后拿矮土墙或篱笆障子围一片菜园，图的是方便照应——怕人偷、怕天干、怕杂草，随时抽个空儿就浇浇水、拔拔草，带上两眼儿也就看住了。

菜园墙内四周也多半栽上几棵果树，哄哄家里小孩儿罢了，免得人家孩子有得吃，自家孩子一旁愣看嘴。遇上收成好，也只左邻右舍散散；有种地主田的，送个一两斗子上城去给老板尝尝新。都是没插过枝的果树，毛桃、棠梨、小林檎果儿，再甜再香，拿上市去卖，还是没人要的。

庄户人家最喜这桃树，桃花开得最艳不说，别的果树尽是光枝子上开花，只有桃花刚打菇朵时，枝梢上就冒芽儿了，花开起来，娇叶儿正成形，嫩绿配银红，别说有多俏死人、迷死人。人笑乡下佬土里土气，净喜欢大红大绿。那可不焊定，大红大绿是婚嫁喜庆；家常日子里，大姑娘小媳妇儿绣个香荷包、花鞋帮、方枕顶、贴身肚兜儿、包头佩巾两用大绢子，还有奶孩儿小风帽、围嘴、袜连鞋……不管那底子啥色啥料子，也不管绣的啥花样——喜鹊穿梅、蝶戏牡丹、花开并蒂、五蝠（福）团圆、松竹梅兰……奶孩儿的长命百岁、花开富贵（桂）、葱（聪明）菱（伶俐）双全、刘海儿戏金蟾（钱）……唱本儿里跟长虫（蛇）蜕皮夹在一起长保鲜艳不退色的绣花丝鞋，就大宗都是嫩绿和银红，绣起来敢也是嫩绿配银红——瞧那野台子上小生小旦、过年玩会的小放牛、旱船、高跷、抬阁架阁，但凡小妹小娘子，不都是嫩绿配银红？就算白蛇青蛇穿的是白衣青衣，头上戴的簪子拢子花花朵朵，还是嫩绿配银红，别的色气可都是个陪衬罢了。

还不单是这，庄户人家把桃树看作避邪驱魔的吉祥物儿；桃符桃符罢，老道子、道嬷嬷、作法下神手里攥的木剑、木棒槌，可都是桃木刻的、镟的。菜园子里啥果树不种也得种上棵把两棵桃树护家。娇点儿奶孩子少不得戴上副桃核儿或是桃木雕的小猴儿偷桃，穿上五彩绒线系在胎来胖，一道又一道深沟儿的手脖儿上——只是戴久些，那五彩也就灰绺绺儿一彩也不彩了。若是怀抱娇儿出门走亲戚、走姥娘家，定得折根桃枝儿捽手里，捽去捽回，要不就插到小土车、泥舾、骡车上。不那样就一路上心里头不踏实。

到这二月底，青杏疙瘩大半成型了，不怕酸的馋孩了，等不及，地上拾的、低枝梢上偷摘的，嚼上头两口，眉眼鼻口皱到一堆儿像个肉包子。这时节，桃子晚上大半个月，小毛桃也有衣钮大小了，躲在浓浓密密叶丛子里。就算不躲不藏，也没人理；桃子不到八九成熟，吃来不酸不甜像木头，还有那一身的绒毛，才惹不起，不小心蹭到领口儿里，散到前胸脯、后脊梁，又痒又痛又刺闹，咋样儿也清理不去，浑身抓红了、抓熟了，三两天里不得安去，罪可不好受。

锄禾日当午　　617

这昝子又轮到梨树、林檎花开时节。梨木、枣木、料子精细，都是擀面轴、蒜臼子、孩儿花棒棒之类镟工好材料，可没插过枝的棠梨子，个儿小，核儿大，味儿多半也单是一个酸，真的只好哄哄馋嘴小孩儿。林檎果可会结着，滋味比起插过枝的苹果敢是差得远，倒还算吃得上口，就只一个不好，老招虫。或许从干到枝，到果子，都含的糖分重，不光是林檎果——外表看来光光滑滑，没疤没癫儿，常就啃上一口，啃出个来来去去活的来，黑嘴白肉探出半个身子，昂着头曲曲扭扭，不知是重见天日乐成那样，还是冷不防乍乍现形，不免忸怩害臊，躲闪刺眼亮光。果子这份儿德性，那树干树枝也是一般，上上下下尽是蛀洞，小窟窿里哕出来黏溶溶的肉红渣渣，分不出来虫屎还是打洞排出的木屑子，有的蛀洞还沥沥落落恰似淌血流脓。枝枝干干那么的千疮百洞，深及树心儿，敢是啥也不中用，只合劈成木柴充烧料——就是烧火也还有个小毛病，只只藏在柴里的虫子都是一根根小爆竹；灶底火烧得旺，虫子给烧胀了，胀到不能再胀，嘣的一声炸得个尸骨无存。太冒失了，那动静老叫人一惊，担心锅底儿给炸漏；还又不定哪会儿来那么一下，防不胜防，抽冷子一炸，总吓人一哆嗦。

我父尽管老早就让李二老爹一言为定，四月初立夏，棒子、高粱锄头遍，就跟南医那边工头告假，回来忙地里活儿；又尽管李二老爹没答应，也没不答应；可才到谷雨，地里大活儿就忙得这一头、那一头，黄豆、花生、棉花、爬豆、西瓜、小瓜、都得抢上时令下种，麻间苗、番瓜压秧子也拖不得，尽都紧卡紧挤在三五天里。有些轻快活儿，妇道家、闺女家，固说下得下手，像点个豆子、花生，压压番瓜秧——单靠老根儿吃的地力，就算结出瓜来也发不大个儿：把拖长的秧子压进泥土里，逢节发根，地力可就一路吃到顶儿。可这些活儿不用出大力气是没错儿，正这个缘故，才更得阅历、更得手底下活欢老练。番瓜秧子得估着哪个关节准发根，才挖土埋上去。抓不准哪些关节，白费功夫也不作数儿，弄不好把一棵棵秧子给埋死了也说不定。妇道家、闺女家，这些阅历上大半都欠点火候，也就只能算个帮手了。

我父看不过去，决计提前几天回来下湖。

地是李家的，拉雇工的都把这当回事儿，他嗣义小老板儿能不抢在前头？可没把意思说完全，就让他父训个狠狠的。

李二老爹骂的是儿子，倒是一骂俩儿，把我父也给拐进去："你小子想咋样儿就咋样儿？湖里活儿是俺自家的，南医院那份儿可不是俺家的，他奶奶的要干不干都由着你？别个人家湖里没活儿？要是一个个都回头忙自个儿的，人家南医院不晾在那、晒在那啦？你大是跟人家作了保欸，别把你老大这张脸儿，奶奶的丢搁就地上拿脚蹉呗！……"

我父一旁也沾上了光，无味蜡巴的笑脸也不是，板脸儿也不是。事儿是自个儿起的头，不好装孬，装作没事人儿；再说罢，这里头也不是没理儿可讲，遂陪着笑脸搭搭讪讪说："二大爷，不光二兄弟，也有俺一份儿——俺倒是领头出的主意。湖里忙起来，这是一；要紧还是南医院那边儿，大楼大房大都完工了，如今晚儿泥墙、刷墙、门窗桌椅油的油，漆的漆，都是人家木匠、瓦匠、漆匠活儿。咱们这一号出苦力的，也只剩下平平地、铺铺路、挑砖搬石头，供济人家铺地砌围墙。人手多了些，可人家陆记小老板也是跟二大爷一样儿，招来的工不到整个清爽收工了，怕不会无情无义就把咱们辞了，赶回家吃饭。"

李二老爹倒是放下手里草帽辫儿零活儿，冷冷听着。

我父说："二大爷或许还不大清楚，有些家里真就没人手儿，只为图个一天一百文，愣把一季庄稼给荒掉。前前后后也走了不少工。好在粗活儿也一天少一天，陆记小老板明说了，都听大伙儿自便，不强人所难。"

末了,李二老爹还是点了头,只是嘱咐:"那就尽早跟人家说清,说定这个月干完,下个月算起回家干活儿。万一人手不够,也给人家少说三两天工夫,好去招工找替手。那才是做人个道理——先替人家想,多替人家想;自家吃不了亏的。"

事就这样说定下来。

我父丢下见天就一百文到手——那可是百工坐席,唯独石匠给推上上座的好样儿老师傅,才拿得的肥工钱——心甘情愿回来李府,干一天只合三十三文三的农活儿,敢也算是"先替人家想,多替人家想"罢。只是这事没跟家里提过一声。祖父到南乡卜集,铁锁镇传道去了;叔叔是我父做啥都万无一失,都是好!好!好!祖母罢,那可千万提不得;遂她心的都未必讨得了好,像这样往回走,见月平白少掉两吊钱,多大的蚀料,不给咒成瘟败类,也定骂个自讨下贱,还又少说也得数落个三天三夜;他日提起来又多出一笔揭短债。

果不出所料,四月头一个礼拜六傍晚,打李府用过饭家来,顶面祖母就伸伸手势,讨这六天下来的六百文。我父装聋没听见,拾起水桶扁担去庄西头土井打水。回来舀一盆还没澄清的浑水,端到后院儿空驴槽一旁抹澡。"只许人洗脏了水,哪许水洗脏了人?"俗话道的是,比这还混的,一样身子抹个清爽。

祖母溜门子回来,又跟过来催:"明儿大礼拜,要替你月捐啦,你那还摔搁手里过夜?能摔出个利钱来?唵?"

我父照李府一向都是月月初十打发工钱的老例子,随口回了祖母:"不是还早?今儿不是才初五?"

祖母一愣,心眼儿倒也转得挺快,半气半笑地噌道:"晕头啦你是?当你还吃他李家饭!"

也是祖母半点心思都不曾花到大儿子身上,南医院跟李府这两下里,上工多早出门,多晚下工回家。带不带家伙,带不带响午嚼谷,可大不一样。就连这接着五天晚饭过后才回家来,祖母也全都没看出来。

我父只好推说南医院那边早没活儿干了,叫人家拿闲钱养闲汉?李家二房还不是也回来了?……这才把祖母口给堵住。祖母只有打那堵缝里挤出点怨气来:"那你不早说!攒个屁不放,瞒谁来着!"就这个话,也重了一遍又一遍,到得歪上铺去闭上眼,才闭上嘴。可庄子上还是有人南医院去上工,早晚难免草纸包不住火,少不得再编排点瞎话搪塞搪塞。

种棒子、高粱(当地是叫大秫秫、小秫秫),都是撒种。打这朝北去,慢说邻县,北乡偏北一带,全都是矼子下种——不光是大、小秫秫,大、小麦、豆子、花生,也都是使唤矼子——约莫叫作矼地的硬土田才用这种农具,就取名"矼子",使唤起来像辆小车儿,里头有套机括,推着往前走,下头隔个大半尺打个洞,种子跟着就漏进洞里一小撮。待土里冒出苗子来,不是成行,就是成窝儿,锄起地来,头遍间苗,二遍定苗,不需甚么老手,单锄去瘦小瓤弱的,留住粗壮的就成。像老黄河两岸沙滩地,用不上矼子,打个洞儿不等种子下去,沙土就自顾填回去,种子漏下去也落到浮面上。便只有撒种才行。

撒种是先使牲口拉犁,耕翻了田土,种子盛个半斗,抱在左怀里,配着脚步,右手抓出种子,两步一撒,一撒一片大扇面儿(左撇子的话,敢是转个向)。看那撒种的大步大步标直了往前走,像个操洋操的小兵丁。撒完种,拉出钉耙来,像架只有五六枨的半截儿木梯子,两根梯架上约莫半尺就是一根,把长熟铁打的耙齿大钉。耙齿朝下啃进田土里,拉犁得两头大黄牛,拉犁只要一头——一匹驴骡也就够了。人站在横耙上赶牲口,把犁地抓成耙地。田也耙平了,浮面上的种子也随着耙齿埋进土层里。随手使唤牲口拖起大半一个人长的青石滚子,来去压遍个两遍,免得老鸹子甚么的来把种子啄了去。再来也是表土压得愈紧，芽子拱出来愈壮——拱不出来的，活该那种子不是瘪了欠丰实，就是让虫蛀过，走气儿了，力道也不够；就算硬撑着钻出来，也细腿拉秧儿没多大出息，头遍间苗就给锄头角儿拐掉了。

农活儿里头顶难人的就是个撒种，说来难不难的也就只那么一个窍门儿——撒得匀净就成。种子出手要能撒渔网一般，别稠的稠、稀的稀，那得靠阅历；就算种地种上十年二十年，也不定放得开手。譬如李府上罢，多半还靠李二老爹亲手来撒种。还有罢，种子是颗粒愈大愈粗愈好撒得匀净；顶难的还数那芝麻、菜花籽、小米儿、大烟籽……种子精细精细的，汗手下去抓，恰就是俗话说的，"湿手插进面缸里"，手心儿手背儿尽沾的是。就算老手罢，也得对上干砂，或是干粪末子，拌匀净了才合手。

我父一向干甚么是甚么；要就不，要干就又用心、又细心、又耐心，定要干得提尖儿拔眉下输给人。庄户人家认命，熬个一二十年，先就菜园、地边、小块儿地上撒撒麻呀蕢的粗种，再到田亩里撒撒棒子米，一步一步试着来，一步磨练个过得去了，再试下一步。我父可不认这个命，农活儿最数难上难的撒种，那就打这上头下手。可撒的是种子，要磨这门功，说咋也不能拿粮食来糟蹋，更别说种子是收成当口，先就精挑细选，专拣那满满实实，没残没伤，足可进贡的上好籽粒儿，源源本本整个儿麦穗、高粱穗、大秫秫棒子……扎成把儿、连成串儿、吊到屋梁上——怕招虫子就吊到灶房里，让烟炊熏黑好防虫、防老鼠，当作宝贝疼惜，怎可随意拿来胡作？我父凡事要强，抱定了"天下无难事"，只须用心用到家，啥都难不倒人。粮食是人的命根子，沙土可随手就抓个满把儿。起初当雇工，虚岁才十六，敢还是个贪玩大小子，农闲时，岁数儿差不上下的大小子净去玩打土老爷、打嘎嘎儿、砍钱儿、洋枪打兔儿、打大雁……找不尽的乐子，我父也跟着玩儿，带头儿领着玩儿，可就是玩儿啥都总有时有煞，有放有收，留着几成顾到正经的，袍襟子捆上来，兜个几捧沙，冬里到处尽是耕耙净地，大步大步操洋操一般，习着撒种玩儿。边撒边品沙子出手，五根手指头怎么个张，怎么个合，怎么才能一把沙子撒出去，面儿开得宽，一片黄烟匀匀净净散了、落了。指头轮着张合，快了慢了、早了晚了；胳膊过直、过弯；脚步大小快慢；还有迎风、顺风、风大、风向……任哪一点对不上，都遂不了心。就那么一遍又遍，不行再重来，不嫌烦，不急躁，是真的天下无难事，再难也经不住这么死掯、活钉、苦苦琢磨，头两年就棒子、大小麦、一撒二三十亩地，赶不上李二老爹高手多多了，那是没错儿；可比上不足，比下有余，李府老大嗣仁都快上三十了，种地也种有十来年了，早晚儿试个三五亩地，撒的又是大秫秫，撒得怎样？——谁也别忙吹牛，见青儿才算数儿。青苗冒出土，才要人好看儿，挤的挤，空的空，疤疤癞癞花头秃子。叫他嗣仁自个儿说，也只有没滋没味儿的份儿。李二老爹看了提提一边嘴角冷笑笑："这可不鬼剃头了——种不孬，人咋着那么孬！"

可又说了，就凭李二老爹那么个老阅历，老道儿老手，也休想神到撒出手的种子能像摆棋子儿一样，粒粒种子全都周吴郑王蹲到排定的位子上，横看竖看斜吊角儿看，全都成行——别忘了就算那么神，那么齐整，还得再耙上一遍，粒粒种子少不得再来一回搬家挪舍；尽管隔邻换对门儿，出入不大，到底由不得人；不的话，那间苗、定苗就都省了。

除此之外还有一层儿，俗话说的，"短铁匠，长木匠"，熟铁是愈捶愈打愈长，胚子宁可短；木头是愈砍愈锯愈短，料子宁可长。这撒种定要匀净是没错儿，却也宁可多撒些，密一些；多了锄掉容易，少了没的补，哭也哭不出一棵儿来。锄头遍间苗就是要把三两棵重在一丛的新苗拣那不大成器的给锄掉，免得挤挤挨挨连那壮实的也带坏了。待到十天过后再锄二遍，那就要定苗了，棵棵苗子前后左右四下里都

锄禾日当午

得离开大半尺那么远近才成,多出来的苗子哪怕扠把高了,小模小样儿长得不推板,惹人怜,也得狠心给锄掉——这大、小秋秋长成后,都说是"青纱帐",乍听好似飕飕小风儿挺凉爽人,那可想得离了谱儿;又数那高粱地里,不知哪来那么大的腾腾热气,昼夜都像个大蒸笼,别说走进这青纱帐里比如一头拱进灶房,立时烘出一身大汗,把人给焖死;就算傍着地边路过,也都加紧些脚步躲开喷上身来的那股子没烟没焰子绿火把。故此定苗要是定密了,烤人烘人拿人当馍儿蒸还事小,叶子先就黄了,枯了,秆儿也蒸干了,还想扬花结穗穗?

头、二遍锄倒的苗子,这当地人叫荄子,红秆绿叶儿,白净净小根儿上不定都还带有鲜铮铮玉米粒儿、高粱籽儿,拾拾拢拢收回家去,牲口嚼过一冬半春干草料儿,可喜欢尝这个新,吃了还又挺添膘儿,算来也没糟蹋东西就是了。

十天一锄,地多的人家,一遍锄完接着又得从头再来下一遍。尽管三遍培根,四遍清草,活儿没前两遍那么细缓,多少得有些阅历和眼力,倒是要拼上力气,快不到哪去。这当口还又插进来黄豆、花生、棉花种种也都得锄上个一两遍。横竖罢,打立夏到芒种,这三四十天,尽都让锄地给占尽耗。不等喘口气,紧跟上又是麦口、割麦、打麦,又好狠狠忙上、累上一大阵子。

我父就为的这立夏到立秋——也是直到三伏末伏天,整年里乡下就数这三个来月顶忙,说怎么也不能只为见月多挣个两吊文上下,就此转脸无情,丢下李府这边农活儿不管——要说有个计算的话,也是不花多少心思就想得到的,南医院顶多挨到六七月,一准整个完工,多不过再挣上三四个月六七吊钱。好了,到时那边完工,这边重活儿也忙过去了,你好觍着张厚脸再回李府来?

李二老爷是个仁义人,厚道人,行事为人我父暗地里看得多了,听得多了。那肚量更不必说;我父识趣才自思自想那么多,李二老爷未必曲曲拐弯把我父看成唯利是图,见钱眼开那种人,就算心里想到,也八成念头一闪就过去了;饶是存在心里又挺在意,也管保一言半语都不露,哪怕一些些儿脸色;饶是连让人识趣点儿知难而退的心思也生不出。可人家是大人,自个儿算啥?算谁?说千说万,总不可把人家"大人不见小人怪"那份德行拿来给自个儿拉裤子盖脸,搽粉遮丑。

不错,起初生念要回来,原本为的是大美姑娘。打去南医院上工,早去晚归两头不见老阳儿,一日三餐敢是都吃自个儿的,越发难得跟大美照上一面儿,人家又是有心能躲就躲,能避就避。那样子两不相干的味儿,真就休想把郁在两人心里你知我不知,我知你不知,弄得两下里你错怪了我,我冤枉了你的多少鼓鼓囊囊,摊开来见见亮儿,也好当面鼓,对手锣,表个清楚明白。要能那样的话,就算好事不成,只要各自心上干干净净,总强似各揣一本儿不白之冤的糊涂账,怨上、恼上一辈子。

回来李府这几天,一日三餐都吃李府的,只不过晌午饭是送到地头上来。可早、晚饭也还是抢的一样,磨蹭不得。李二老爹见我父那么紧赶慢赶,常笑道:"俗说'催工不催食',不差那会儿工夫……"多半是我父头一个搁下饭碗,李二老爹看看家人都还挂搁地八仙矮桌上埋头吃喝,就老是过意不去,找个头儿留人,掰半截儿煎饼招我父过去:"来来来,帮二大爷分半个罢。"一副求人的样子。那可是软功逼人加餐,我父怎不晓得?待到三口两口连塞带吞地噎完了,李二老爹手上煎饼才撕了两小片抿在嘴里细嚼慢咽,分明就是硬派我父多吃点儿。

尽管晚饭过后不好碗筷一丢就走人,又总还多少有些零碎活儿得顺手收拾收拾。可怎么磨蹭,人家也是一大家子老小,一天忙过了,两进院子里碰头碰脸尽是人,上哪找两人说句话的空子?大美又还有的好忙,刷锅洗碗,常事儿;煨煨猪食,天寒时也是常事儿;天热时煎饼放不三天就酾泞,太过焖热的话,不定生出暗绿霉点儿,只得隔天就烙一场煎饼——头一天晚上便要把上磨的粮食择了、簸了、淘了,若是玉米,少不得还得上灶温水浸上一夜……人家姑娘忙成那般,自个儿闲着两手穷等,就算老得下脸来,又能磨蹭到啥时辰?一更二更……《叹五更》小调儿那样,数着数着苦挨?行吗?庄户人家有二更天还在外游魂的么?那是啥样游手好闲,歪毛淘气儿,不务正业青皮混子?

一天一天呆呆苴苴儿过了,一天一天外甥打灯笼——照舅(旧),拖过去一百天、两百天,还是一样儿。我父到底憋在心里憋不下去,人吊在半悬空儿打滴溜儿,迷着跟大美直来直往道个清楚,表个明白,注定没指望,总得生个点子才行。点子是有,万不得已还是不去动它。如今走到这步田地,也只有舍下这张脸不要,求求人罢——那就先找嗣义谈了,再转托他媳妇把自个儿这一头心事捎过去,跟她大美好生说个透索,再好生掏掏大美那一头心事,给讨个水落石出传回来。但求两下里心事没瞒没捂——又没啥见不得亮儿,只求都知道谁也没亏谁,没负谁,就一好百好。饶是回不去往天那些日子(说客客情情也是,有情有意也罢),那也认了;又饶是还讨不到容让,她那一头心死了,这一头也只有死了心,那也罢了。要紧还是同在李府拉雇工,尽管各干各的,倒也像一家人一般,要都老是一照面儿就寒张脸儿,装着谁也不看谁,谁也不认谁,那日子可太难过了。

挨到不能再挨,我父挑个晚饭后,家去挑了两挑子水,抹过澡,再来李府找嗣义,迳到后场西头那口青石槽,两人跨上去,脚放进剩些碎草的石槽里,斜吊拐儿坐到槽沿儿上,倒像两人共一口大水盆洗脚。我父常就一个人蹓到这儿乘凉,是个小风口儿。

白天忙活儿,没空儿;也找不到甚么没人儿的僻静地方,这都没错儿。可挑个夜晚,还是为的脸皮薄,靠黑地里遮遮臊儿,这才是真的——要拉的聒儿又是跟大美俩的私房话，分外来得腼觍，如何大天白日的挂得住脸儿！还又说了，嗣义老实头一个，一向把我父看得不知多高多大，今要来求他，请托他媳妇儿，求的、请托的又是男女间私密事儿，又难保自个儿这边儿"剃头挑子——一头热"，人家姑娘跟自个儿一点儿意思都没有——单凭往天"俺大哥、俺大哥"的叫得那么亲，那也算数儿？她大美嘴儿甜，跟谁又不那么热烘呗。闲话传来传去，七弯儿八拐的，传话的任怎样没半点儿好意搬弄，酒坛盖儿老打开、老打开，也都难免走味儿；说不定做娘的打着儿子当幌子回绝了人家，她沈家好歹有个十来亩地，人家不笑你这个外来户上无片瓦，下无立锥，算好的了；你那明明高攀罢，还嫌好嫌歹，推掉人家不定乐不乐意的这门亲事……

无意间临时虑到这些，又差点儿打退鼓，想挨天再跟嗣义说说了。这么多的难为，那么多的顾忌，弄得我父半天张张合合开不开口。嗣义出门来也没见滴溜打挂带上甚么，这昝子却黑里摸索着安了一袋烟递过来，又摸索出火刀火石，咔嚓咔嚓打火，火星星闪眼得慌。看来这嗣义不是老手，打有十下也不止，火纸媒子才见红。

别看这个老实头，打火不是老手，体贴人倒是一把好手。这节骨眼儿吧嗒两口烟儿还满投合，心口蹦蹦跳给缓下来，跟着吐上几口烟，不觉为意透索多了；还有涩巴巴个牙骨，像膏了车毂辘油，也滑溜了些。

我父可也廾了金口："不瞒你嗣义说，出不了口的，有个大忙儿，非得请你跟弟妹她帮帮衬不可……"

头难头难，开头真难，可一开开头也就不难了。

要说套近乎，嗣义那口子，娘认的干闺女，甚么弟妹不弟妹，该唤干妹子、大妹子才亲；我父那个倔脾气，这上头硬就是死心眼儿，说咋也不认那账儿。

锄禾日当午　　627

嗣义嗓管儿里透出不知有多兴头，连忙催道："真是的，俺大哥你外气了，啥帮衬不帮衬的，咋啦？速说俺听，速！"

　　平日凡事都承华大哥指点，拉一把，拽一把，都是帮衬，今可也捞到这一天，得块狗头金子也没这么欢喜。

　　我父先还是有点儿结结巴巴，吞吞吐吐，慢慢儿也就像骡马跑热了蹄儿，勒不住缰绳。

　　大年下，大美喝盐卤寻无常，猜是为的李二奶奶帮她说媒，让祖母嫌人家望门妨，又拿我父打小定过亲，我父看不中大美肿眼泡子一副苦相种种给推掉，才一恼之下不要活了……其实都是那位干妹子说给了嗣义，嗣义守口如瓶，叫我父连瓶带塞子都哄走了气，才得知其中这么多的过节。可今要拉聒这些，我父还是从头略数了一遍回给嗣义，这才好往下诉说自个儿重重心事。

　　接下去我父说得有理，李二奶奶面子那么大，我祖母都舍得薄，不用说，有多不中意大美。照这势路看，就算想尽法子，费尽九牛二虎之力把大美娶过来，婆媳合不来那是一定。俗语道的好，"家和万事兴"，一个家里，婆婆当家，媳妇儿理事；家不合，一事也别兴罢；倒楣的还是大美，命定要受气、受苦、受罪一辈子，那可万万使不得，对谁那都亏个死，亏个到底。纵算她大美晓得了实情——答不答允亲事都在做娘的点头摇头，罪过不在蒙搁鼓里丝毫不知情的儿子——非要跟定了我父不行，那也除非双双私自跑掉，远走他乡那条路。可撂下爷娘给谁伺候？兄弟年幼，又跟爷一般都是白面书生一个，一肚子才学，啥也不当，单是喝口水就非得求哥哥拜姐姐不可；慢提肩不挑挑子，手下拎篮子，初来这地跟人轧伙儿抬上一桶水，扁担上桶系子采到人家那一头，还是压得白面书生龇牙扭鬼，村东头抬到村当央儿，就那么点儿远，叉巴两腿像喝醉了，扁担割肉凿骨，不放下来歇肩儿换肩儿三五回就抬不到家。祖母又好干净，水用得才叫泼实来着，从不知疼惜水有多艰难，常只娘儿俩两口人，见天没两挑子四大桶水过不去，定要干死人。碰上天旱，土井四圈儿围着人墙，姑娘媳妇儿我父一见避开远远的，少不得二三里外老黄河去挑水来。三天不吃饭饿不死人，一天不喝水可渴得死人。带个女人跑了，渴死爷娘兄弟三口人？害娘清衣服三遍省成一遍？那是人穿得的？

讨大美那要害苦了大美，还连累一家人不得安生；大美要是甘心情愿跟自个儿跑，又害苦了爷娘兄弟一家子骨肉，打死了也不能那么丧尽天良。横竖呆定了没的巴望，今生注定没了这个缘分，那就只求大美知道这么个心事，往天种种都是前生前世，往后彼此当就没赊没欠，比方阎罗殿上给灌下迷魂汤，托生转世过来，前世啥都忘记干净。如今好比两个生人，同来一个人家拉雇工，这才从头认识，从头再来相处罢——平平常常，安安分分，该都有个戒心了，不用有心冷清人家，也提防着好意热烘谁，譬如我知道你已有了婆家，你也知道我已有了老丈人，打根儿里就生不起啥念头。

黑里还真的合宜掏心扒肺，无话不谈——我父是真的没想到有一天跟谁把心底这份儿苦情给抖落得连点儿根子都不剩。末了，我父苦笑笑道："口说容易，心哪那么听话——不瞒你嗣义说，人是一旦碰上这……这甚么……就算是相思病罢，叫俺这条大男汉子，也都一摊烂泥是的，拿不起，放不下，心都给零镞了一样儿，咋好硬要人家姑娘家说甚么就甚么！叼别管这些个罢，谋事在人，成事在天，这就全都托给弟妹了，全都靠俺弟妹去好言成全，好生帮她大美宽宽心，平平气……"

黑里看不大清，可也觉得出嗣义连连点头地连连应着："中！中！一定……"遂又咂咂嘴说："就怕罢……就怕俺跟家里她都笨口笨舌的，比不上大哥你嘴巧儿，说不那么齐全周到……"

白煞煞大老阳儿当头直下火，好似还挺沉的打下来，浇得人浑身

锄禾日当午

冒烟儿，斗篷哪搪得住，下巴颏滴滴溚溚像屋檐水那么掉汗珠珠，不定掉到光膀子上、锄把子上，巧不巧掉到秫苗子上。掉到汗胳膊上觉得出，看不出；掉到干沙地上有乾隆制钱那么大的湿印子。

斗篷有一年了，斗篷带子整天给汗浸透透儿的，过夜干是干了，还是潮糊烂酱。一戴斗篷，带子朝下巴颏底一拉，总是刮到鼻尖儿、鼻孔儿，好那股子汗腥味儿，好比抹一层出口便臭的唾沫那股味儿。可这顶斗篷味儿不正是自个儿的，斗篷一年过来，没见哪儿叉出一根篾刺儿，都是大美她刀尺的。

去年这旹子，立夏那天，大秤称过人，北河涯挑来卖斗篷的，拣了一顶试试合适，大美一旁跟"俺大哥"讨了去，到家先拿黑窑子碗口顶住芦篾编的斗篷面儿、里儿，细心磨个遍，拿手到处摸摸扑扑，没一根跳刺儿扎手，遂又加了硬靠子裹上花布头儿帽圈，缝上撬有四层的布带子，尖儿子、角儿上，都钉上蚕茧壳儿护住，让"俺大哥"置的新斗篷，戴上十年八年也绽不了尖儿，散不了边儿……

念到这些，我父只觉真的是心给零镞着。

汗珠儿吧嗒吧嗒滴。要是眼泪也能这么滴溚，倒也透索些儿，心口也少疼些儿。

# 地瓜翻秧

不光是高粱、棒子得锄上四遍,那四五十天里,黄豆、棉花、麻、蒒、西瓜小瓜,也都要前后锄上两遍——除了麻、蒒、锄头遍也得间苗,别的倒只锄锄草就可。只是尽凑热闹地挤到这一个半月里,着实手脚不识,忙坏人,累倒人。

"锄禾日当午",总算忙过去了,下来,不是紧接着,是小满锄三遍时,就已兵分两路,收割大麦、蚕豆、油菜籽;末一遍时已到麦口,割麦、晒场、打场、扬场、进仓——种城上老板家田地的作户,还得推车,驴驮,往城里送粮。收麦这大票重活儿,一要抢穗子不太老到散了粒,二要抢有风有太阳个好天——顶怕的是下雨下冷子(冰雹)。死抢活抢,再怎么顺当,也得八九上十天好忙。这边完了,可又轮到地瓜栽秧子时节,总没松口气的工夫就是了。

去冬只一场盖不严地面的小雪,雪是二麦被窝,盖了床溜薄小棉被,觉没睡沉,精气不济,籽粒差多了;穗子短,颗粒瘦得打皱,收成退版了两三成。

庄子上一些十来亩上下的小户人家——沈长贵就是一个,眼看要歉收定了,早有拾麦打算,抢着把几亩地高粱、棒子锄罢,几亩地小麦收罢,留个人看家收户,照顾家前屋后果树菜园零散活儿,帮帮大户收割，混个一日三餐、四餐，喂喂猪，小鸡放宿上宿也都得留意数点甚么的……所有合家大小上路，一架独轮儿小土车，一头毛驴儿，镰刀、缆绳、锅碗瓢勺一应俱全，直奔南湖、北湖。来回多不过半个月光景，弄得好的话，捞得到两三石。湖麦白白胖胖才叫喜欢人儿，赶集上市也价钱俏个一两成；拾麦拾麦，真就是"拾"来的横财。

待这般拾麦的人家满载而归，回到家来，麦口过去了，一年里锄地的活儿算都了结了。夏至过后，白昼一天短似一天，黑天一天长似一天，已是五月底、六月初，田里就只忙地瓜栽秧这份大活儿了——这当地有句坎儿"五月红芋（地瓜）——该栽（活该）！"说栽不说种，十百种庄稼就数这地瓜生得古怪，也开花——太稀罕了，整亩地里不定开上一两朵制钱大小，也挺鲜铮的雪青色，近乎淡紫小花，可就是不结种。留种只有挑那没疤没癞光皮儿又个头匀称的地瓜，同收成的地瓜下到地窖子里，寒冬地底下暖烘烘的，保住新鲜；放在地上，哪怕放在屋里，定要冻坏冻烂糊。可一旦打春了，就得起出窖子，免得冒芽儿。地瓜一声冒出紫芽儿可就上不了口儿，也不甜了，也不面了，水渍渍的却又任煮多久也有个硬心儿，嚼起来咯吱咯吱，又不是正经脆，才不是个正味儿呢。

到了清明，把留种的地瓜下进地里，叫作下母。约莫上三个月，根根秧藤贴地长有丈把长——庄户人家没拿尺棒子量的作兴，横竖是毛估个数儿，两庹合一丈，胳臂左右伸张出去，两中指间五尺上下的长度便是一庹。地瓜母差不多空壳儿了，有的连个魂儿也找不到了。秧藤连根拔起，一截截儿剪成一扎多（约五寸多）。打算种地瓜的田亩先下粪，再打直耕成一道道半尺多高、尺把宽的长长土垄，地瓜秧儿便每隔大半尺栽一根下去，土上露出两三片叶儿。起高了土垄，图的是土松；若栽在平地，难保不挤得土下的结的地瓜发不大个儿。

别看地瓜这玩意儿只算得上粗粮贱庄稼，栽种起来可叫费事伤神。

下的肥薄，还就是不成。地瓜比啥庄稼都薄地——蚀耗地力；种过地瓜的田亩，再种别的庄稼得加倍下粪补补元气才好。地瓜下秧过后，要能来场及时雨——也不要多，有个一锄头两（锄头放平锄下去不见干土），灵验得很，原先无精打采的秧子，连叶带梗全都活生生支棱起来，片片紫红泛绿的嫩叶儿都是张张笑嘻嘻奶孩儿脸，撩人忍不住趴下去亲一嘴儿。可要是没雨，也只好求个阴云遮天，别让老阳打早到晚儿愣晒个一长天，也还凑合着保命。要不的话，瞧那垂头丧气，蔫巴苶拉，一副副病怏怏绉相儿，好不叫人心头紧紧的放不下来。要能夜来也放晴，有个露水润润，还可稍微还醒还醒，有点气神；可老阳一出，就又那么半死不活，苦撑苦捱熬下去。不用多久，照那样三天愣晒下来，包管十棵活不成一两棵，再补也没那么多的秧子了。

庄户人家过日子，一年里头倒有八九个月要拿这地瓜、地瓜干儿当主粮；喂猪更少不了它——左不过再掺上鲜的、干的地瓜叶儿，总还是地瓜身上长的。这么说来，口粮里少掉地瓜那还成？那得多少正粮填这个大空？可那得咋办？浇水罢，浇地瓜新秧子倒挺省水，一棵棵浇，不像菜园，大半都要一瓢瓢泼开去。可人畜喝的水都老是不够，哪水来浇好几亩、几十亩的地瓜？除非像前、后李庄，靠近老黄河，取水近便些。只是也太少见有几个人家出得出那么多人力，不是十挑二十挑就管用的。还又说了，一个春加上半个夏那么过来，老黄河水多半只有一天少一天、一天涸一天，这时节河面儿常时瘦成河心儿那一溜儿，不定还断成好几段儿，断成一洼洼水汪儿，不等夏末秋后连场大雨，还有上流发大水，滚滚大流涌下来，老黄河总满不了槽；漫过河堤淹上两岸也不是没有过，那一淹水可不是论亩算，要论顷论顷闹灾害——一顷百亩，看要多少庄稼遭难罢。只要河水涨得过猛，就纷纷传来传去，"黄河要回老家了！"黄河是打这儿迁走的，迁到渤海那边入海，看水势这么波浪滔天，难保不又走回头路。老黄河道淤得比平地低不多少，上哪盛得上真正的黄河大水，"黄河要回老家了"，怎不叫人人都心惊胆战，城西沿堤多少人涌来看水，看的可不是热闹，也不是看了就能放心，反正人心惶惶，愣等大难临头，半点辙儿也没有。

没水可救新秧苗子小命儿，庄户人家自有点子。没水，土可多着。地瓜秧栽下去，二天一清早先看天阴天晴。天阴无事，天晴的话，立时啥事儿都放下，合家老小齐下到地瓜地里，一人一垄子。新苗子两旁双手拢起泥土把它给埋住，随手一搦，按了个紧。就那么一棵棵埋住，用土遮阴抗晒，这叫"搦土老爷"，垄子上一堆堆小土垛子，也挺像一尊尊土地爷、土地奶奶。这活儿还得抢着干，抢在老阳出来前收工才行。傍晚时分，不等老阳全落，只要晒到脸上手上不那么热人，就又要合家老小一同下湖，一棵棵去扒开土地爷，让新秧苗子重见天光透透气儿，啜点儿夜露，好歹滋润滋润。这活儿也定要天合黑儿前抢完，等到天黑下来看不清，难保不连土带秧子一道儿扒掉，那才坏事儿。

像这么早搦晚扒，早搦晚扒，要是一直都是大晴天，那就少不得一直这么抢活儿，搦土老爷，扒土老爷，一早一晚忙个不休，顶少也得忙上个五六天，秧苗长出白嫩小根芽儿，才算保得八九成活命。菜园里留下的几摔地瓜母秧子，再赶紧剪下一截截儿来，补那短命死掉的一两成空子。

可忙过这一通，不是放心睡大觉去，单等到时候收地瓜就成。这当口没等气儿喘匀了，西瓜、小瓜、麻、蕽甚么的都赶上收成；瓜儿要上市，麻、蕽，晒的晒，沤的沤，剥麻丝，浣蕽绖，还有高粱打叶子，跟手又收成高粱、棒子、晒场、打场、晒粮，上囤子。那么抢完一场又一场，急死活忙里，还得腾出人手来服事地瓜，翻秧、拔草，六月一场，七月一场；头一场还好，秧子三五尺不算长，妇道、大孩子、气力穰弱些还翻得动；二一场秧子丈把长，躲过四五道垄子，藤秧上但凡节骨叶叉儿下头，都生出扎进地里深深的一撮撮嫩白细根儿。这些子细根儿一来太吃地力，吃了又没正用，尽去发旺藤秧儿了；再来更害得老根儿底下整串儿地瓜急等着发个儿，地力平白给分走了，回不到老根儿里头来，白白糟蹋了。那就不能听让贴地躲去的藤秧儿一路上到处滥扎根儿。

老祖宗传下来的法子真管，拿长可一人多高，头上稍尖些儿的细长棍子，贴地伸进藤秧子底下往上挑起来，一挑八九十来条，条条藤秧上的细根儿跟着给拔出土来。这一挑，功夫都在由着个巧劲儿，一下下试着往上挑，轻了挑不起来，重了快了都会挑断了藤秧儿。挑起来的一大篷藤秧还不来原地放下去，要不的话，保不住落回老窝儿，刚出的根芽儿又扎回土里，那就功夫白费了。藤秧儿要翻到另一边，别管它折腾得底儿朝天，就是要那一撮撮白根芽儿离土远着些，仰巴拉叉朝上，一口口细白细白的长牙儿，生疼生疼叫着天；就要那样才行，过不两天也便蔫的蔫了，干的干了。

李府家口众多，红芋一栽就是二三十亩。眼前这是二遍翻秧儿，尽是大男汉子干的活儿。细长棍子一贴地插进藤秧底下，就惊起一些小飞虫。待到打右手这边扬起一大篷子绿网翻到左手那边，连枯叶碎渣带多少飞飞跳跳的蚂蚱、翘翘婆、蛐蛐儿甚么的，全都惊惶四散地逃命。遇上活儿不怎么赶，不怎么抢，一个下半天翻秧子过来，我父总能随手抓上个几十只蚂蚱，拿老驴根的长萋子当胸穿起来，一串十几二十只。收了活儿，好几串儿提溜家去。祖父祖母叔叔都喜欢炸蚂蚱，一炸一大洋盘，脆酥脆酥的，下酒、零嘴，才可口着，不比炸虾退版多少。如今有点儿存心让祖母念念大美好处，不管抢不抢活儿、赶不赶活儿，见天弄个几串儿家去。一块儿干活的李府哥们儿，顺手抓来蚂蚱，也都凑给我父。

庄户人家嘴再馋，也不心期这个吃食；单一个炸甚么，太吃油了，不干。早晚碰上菜里放多了点儿油，当家的都会板下脸来："俺这还要不要过日子？吃了等着上天啦？"但凡油炸，油得没过头才算炸，油只染染锅底儿叫作烤，一点油也不放就叫作干燥。庄户人家只吃烤出来、燥出来的东西。早晚乘着赶集，扁扁的黑窑子油壶打上半斤豆油，吃得忘了年月；记性强的会说："不是去年黄豆开那沓子打的油么？"炸一回蚂蚱不就去掉一半啦。

大美那双手才真巧，心思更巧，红芋翻头遍秧子，伏天里蚂蚱还没那么多，也都抓了整串整串的。她大美才神着，蚂蚱是拿又韧又细的毛菇菇长莛子，一只只斜胸来个活扣儿拴住，拎了几串儿去孝敬我祖父祖母，也跟着嗣义的小孩儿喊我祖父祖母干佬爷、干姥娘。整串蚂蚱全是活的，一串串风荡柳条儿那般飘上天去，飞得欢儿着。可就是那样讨我祖母欢心，我祖母也说翻脸就翻脸——念起这些，前头那么和和乐乐，后来一下子像断掉桶箍儿，散了板儿，咋也逗不齐，拢不上了，照大美跟嗣义他媳妇儿说的，过错我父得揽到自个儿身上，都还是自个儿坏了事儿；就算是祖母也得分担多少，为人子的也该一股脑儿承当过来，要不又能拿亲娘怎样？

托嗣义他媳妇儿跟大美啥话都说周全了，其实也是一说就通。别看人家姑娘还那么年幼，可懂事得很。我祖母也罢，我父也罢，人家谁也不恼，反而有些回话倒提醒了我父："不是干姥娘嫌俺，也不是华家大哥嫌俺，这俺都看出来，心里晓得。倒是干姥娘嫌他华家大哥，华家大哥喜欢的，干姥娘都不喜欢。那，俺就趔远点儿，休撩干姥娘以为华家大哥还喜欢俺，惹人家亲钉钉娘俩儿闹气，一家都不和顺……"

大美那么体谅人，替人想得好生周到；那些真心话儿，大半都让说中了，我父从来都还没有顶真想到这一层，不由人不打心底儿敬重这个小小年纪,跟自个儿一样都没进过一天学儿,给人看作无知无识的乡下姑娘,心里越发难过自个儿没这福气,难过自个儿还不如人家姑娘解事儿。尽管娘是那么个性子,又那么总使小性子,那么个偏心法儿,可自个儿就能把甚么都推给娘,赖给娘,用不着落一点点儿不是?她大美也说出一半罢,还有一半呢?但凡娘喜欢的,自个儿不也是不喜欢?要说老是跟娘顶着来,都是不由人的;那娘偏心使小性子,不也是不由人的?是母不慈才子不孝,还是子不孝才母不慈?追究不出来罢,饶是追究出来又该咋样儿?倒是只为自个儿喜欢大美,娘才不喜欢大美,这才是子不孝才惹得母不慈,亏定了人家好姑娘的,归根究柢还是自个儿造的罪,作的孽;再也莫怪这,莫怪那,先就认了罢!

大美姑娘还有一个别人少有的好——干脆。恰似她大美说的,我祖母只为我父喜欢大美,才不喜大美,舍了李二奶奶那大的面子回绝了提媒,那就"趔远点儿";只是拿寻死"趔远点儿",敢是干脆过了头,可为的成全人家华家母子和顺,也不怪派人家母子谁好谁不好,都是自个儿夹在当央才生事;那这寻死不光是干脆,还落得干干净净。待到大年过了十五,才推不掉李二奶奶亲自上门来带她上工,到得李府就再也不理我父,干脆"趔远点儿"。惹得我父先是一团糊涂,不知哪头逢集——是咋的得罪了人家,咋也寻思不出。等到打嗣义那儿掏出根由,原来祖母谎说我父看不中人家姑娘,回绝了李二奶奶大媒,害得大美寻死觅活,大年下差些过不过来,人家性命都险险儿贴上了,敢是把我父怄死、恼死;人家只来个不理人,那是自然,该当的,还算人家心地厚道。可真没想到,祖母扯的谎儿,人家不信且不说,还把祖母动的啥念、存的啥心,摸得一清二楚,这真叫华长老家里一个师娘,一个年大二十的男汉子,双双臊个死死的见不得人——只落一点叫我父又宽心、又亏心;宽心的是大美不信干姥娘把恶人推给我父去当，想必心里有数儿我父一向喜欢她，不兴看不中她。亏心的是这辈子再难对得起人家了。

一拐三折，弄得人神魂颠倒，多承嗣义小两口儿当间儿传话帮衬，两人心事总算透明透亮儿，你知我知了。打那以后，大美敢还是照旧干脆，照旧"趔远点儿"，尽管还是不理我父，脸色倒不再那么冷得人心寒；有时没防着顶面碰上，好像和善多了——我父这么觉乎着；且别问大美真的放和缓下来，还是自个儿往好的去疑心。就只是剩下我父这里还干脆不下来，一边是心疼着这么个好姑娘再上哪去找？眼睁睁今生没缘了，哪里甘得了心！一边是来日怎么才能报答人家姑娘那么知心又那么成全咱们华家和顺的那份儿情，还那一笔亏死了人家的重债。

都说是姑娘家葱白一般十只嫩嫩手指，做不两天粗活儿，就给做硬了、做笨了。可就算那样，到底还是巧过男汉子多多。就拿毛菇菇拴蚂蚱来比方说罢，我父一向自认手巧儿，没啥学不会的。难如学写大仿，打大年夜头一回抓笔有千斤重，半年来差不多没怎么断过；那么精细精细的活儿，也没难倒我父，如今顺手顺心，剩下的写好写不好那是另码子事儿；算盘也是一样，跟叔叔学完小九九了，也没给难住；小小一桩拴蚂蚱，倒难上了天。我父敢是不服输，也不是没用心看过大美怎么个拴法儿，瞧倒是瞧出些门道儿，可自个儿一上手，笨笨邋邋，哆哆嗦嗦，扣儿没打成，莛子就是折了，不就断了。比起人美单用一手挽扣儿，挽一个是一个，没见过甚么折了断了，自个儿这双手可不像对脚丫巴？不中用又不听使唤！真的是没个轻重——拴紧了勒掉蚂蚱脑袋瓜子，松了罢，又让那对带锯齿的后腿一蹬歪，水绿水绿的翅膀一扇揞，哔儿一下就扽奔子无影无踪。毛菇菇莛子一到她大美手上，可听话得很，粗的一头拿牙咬住。单手巧指儿一挽一搐，就是个溜圆儿小圈圈，活扣儿、死结儿，套到另只手里捏的蚂蚱，打

地瓜翻秧　　639

那前腿儿根子前头,斜叉花儿拦到大腿腋子,牙儿咬住的莛子那一头稍稍往上一拉,扣儿拴得可叫合适,勒不死也跑不走。

我父也挺认真学过,还半真半假玩笑说:"俺这得拜你为师。"大美也挺认真教过,放慢了手,一点一滴叮一声:"不喋?……不喋?……不喋?……"不是这样吗?不是这样吗?我父只觉自个儿给教得不知有多笨,可心里甜丝丝的不知笨得多有滋味儿。就让大美这上头强过自个儿罢,高过自个儿罢,倒巴不得就也教不会,就也学不会,那才老教下去,老学下去。或许就这个缘故,死定了心也学不上来。

风风雨雨都过去了;恩恩怨怨说是过去了,也算过去了,只不过该欠该还的账还都一笔笔记在那儿。别管怎么说,一阵子心坎儿里滴血滴得人不想活了,血清了下来,日子还得照旧过下去。

照自个儿老法子,念到爷跟兄弟,不是天天,也穿成串的蚂蚱,绕个弯先送回家去好几趟儿了;就算是爷不在家,兄弟不在家,尽填还娘一个,也不是扔了;要过家常日子罢,能不事奉亲娘么?

地瓜长藤子翻没翻过秧,一眼就看得出。地瓜叶子有两张脸儿,朝天敢是油绿油绿里带点紫尾子,反面朝下可像新出炉的锡器那亮灰。藤秧给挑起来翻到另一边,叶背儿朝天了,老阳照上去一反光,就只见一片银闪闪的针芒四射,亮灿灿刺得人眼花。

这天几个汉子躲到地边儿桑树行荫凉底下目盹歇晌午。我父才一靠上往后斜着些的粗树干,瞥见身旁一撮撮毛菇菇草,又盛又壮,根根莛子大半都毛有两尺多高,不知地边儿上闲土怎还这么肥;不定谁蹲这儿出过野恭,招来大蚂苍蝇生蛆,给喺面了,摊开一大片,养得这一大丛绿得发黑的野草,莛子梢上毛绒绒穗子也跟两根大拇指接起来那么长,那么粗。

念起大美那手绝活儿,我父人也不困,晌午也不歇了,大丛毛菇菇,送上门来叫人试试看。我父就近够到一枝细长莛子,倒捋过去打根儿拔下来，叶裤儿剥掉，穗穗也掐去。趁嗣仁哥们儿一靠上树干就扯呼，全都不省人事这工夫，免得让人一眼看得出自个儿还在黏黏叨叨放不下大美。我父把这茝子靠根的一头咬在牙里，寻思大美那双巧手怎么来、怎么去，试着左绕一圈儿，右转一弯儿，一头小心防着折了，断了，耐着性子慢游试着先打个活扣儿。一回又一回，"不对不对"，差点儿冒出声来，再重来一遍。眼看穿过一个小圈圈就成了，吃紧得手直抖，越抖越穿不准，眼也瞅花了，一个小圈圈看成三个。记不清试有多少遍，没想到活扣儿到底给打成了，别说有多乐——也别说有多难为情，人家大美单一只手就一挽一个活扣儿。

可活扣儿是成了，手上没现成蚂蚱来试，拾蚂蚱才是个功夫呢。牙里咬着茝子这一头不能松口，左手捏着梢子另一头空活扣儿不能松手，像给点了穴一般动不得，动哪一头都定要前功尽弃——抠持老半天才多少有些碰巧儿凑合的活扣儿。睸伺着身边儿地上有个啥来使唤，这工夫就算左近蹦个蚂蚱过来，也出不出手脚去抓，只得伸过空闲的右手，就近够来一小根姜黄皴皮的桑枝干棒儿，抵在地上掐头去尾掰成蚂蚱大小一截儿，套进活扣儿里拴拴看。

哥们儿目盹一觉醒来，懒洋洋拎起翻红芋棍子干儿，却已见我父老远那一头，一挑一面破网，打这一边撒到那一边，好生卖劲儿；那个干净利落法儿，有板有眼儿，那劲儿像，也咋都卖不光。

这天收丁，走过那　排桑树行，找父找到那个老地方，顺手拨了一小把儿毛菇菇茝子，就中挑根儿短的当系子，绕上几圈儿扎成一绺带着。穗子太显眼儿，一路走去李府，一条条穗子掐掉，留着好生琢磨，熟练，把这拴活蚂蚱玩意儿当个本事学上身；别管那是小丫头、小小子玩的买卖儿，不当吃又不当喝，可多学上一技在身也不会累着人的——这是讲的桌面话，藏在心眼儿里层的才是真意思：好歹也跟大美那么一场，合该是小唱儿唱的"郎呀郎有情，妹呀妹有意"，还

地瓜翻秧

差马虎闹出人命来。那么一场情意，到头来两下里却都没落下个甚么念头儿；除这斗篷上有情有意缝进去大美那番巧针线，还是再留下点儿甚么长久念头儿罢——对，新学来的好词儿，那叫"记念"。尽管《圣经》从头到尾念过整整两遍，又尽管一年四季四回圣餐礼拜，都没有留意过这个词儿。

三月里耶稣复活节前，我父考上圣餐——二十岁算成人了，好像说那过往长那么大了，都还没成个人，比如狐狸、黄鼠狼、都还没修炼成精，没个人样儿。头一回领圣餐，敢是挺鲜铮儿、挺得意，跟一旁看人家吃吃喝喝就是不一样，也才留神到老卜牧师洋腔洋调，可一个字儿一个字儿咬得又仔细、又清楚："尔等食此饼，饮此杯，为要记念我……"真好词儿，又记住，又念叨。学会毛菇菇草拴活蚂蚱，也正是为要记念今世有情意、没缘分的大美姑娘，该当又该当的。斗篷就算不戴到头上风吹、日晒、雨打，当个牌位供奉，也有酥了烂了那么一天。学会大美那一手本事，用敢是一点儿也没用，正用更说不上；活蚂蚱、死蚂蚱，下到油锅一样炸，炸出来脆脆酥酥也没俩样儿。可不管咋说，毛菇菇拴活蚂蚱这一手绝活儿，学会了，就天下只大美和自个儿这俩人儿行，那就足够是个长久长久的记念了。

大宗重活儿大体都忙过去了，接下来就但见棉花地里炸包吐絮，一坨坨白雪团儿，像是摘下来就能塞进嘴里解馋儿，又甜又面，吃猛了还会噎人一样。棉花、黄豆，一般人家都种的不多，收成起来都不算大活儿。毛有四个月了，我父忙活儿忙得连城都没上过一趟儿，终还是跟李二老爹禀报了一声——敢也是农忙里有个半天空，跟家人一同上城，做个上半天大礼拜。

不比南医院上工，有个礼拜天，跟上帝一同歇息一天。见月拿人家李府一吊文，要说钱挣得少，又不如那边六天一歇工，可一年里倒有四五个月农闲，见月一吊文还照拿，相比之下，一年顶多不过五十个礼拜天，敢还是乡下农活儿歇闲多得多。

其实上城做礼拜，除了农忙之外，我父也还是要看自个乐不乐意。就像教会里人人都在那儿耶稣长、耶稣短的，听了好生刺耳，咋都那么提名道姓一点也不觉碍口？讲道的牧师、长老，都说人心就是上帝的圣殿；照那讲法儿，在家祷告、唱诗、念圣经，不也一样？又随时随地都行，不用六天才去礼拜一回。实说罢，礼拜堂总就是一件不合身的衣服，尽管说不出哪里长了、哪里肥了，得修掉多少尺寸；可要是短了、瘦了，那只怕改不成了，得舍掉重做新的。

说起对至高至尊的救世之主提名道姓，不单教会，我祖父也弄不清是姓耶稣名基督，还是姓基督名耶稣，只能说天使告诉马利亚，要给所生的儿子起名叫耶稣，那就八成是姓基督了。可不管怎说，只可以天使奉上帝之命传旨，定下这个名字，基督徒是拜这救世之主为师，徒弟不单当着师父面，就是别人那里说到师父，也不能提名道姓罢。我父拿这跟叔叔请教："不讲别的，塾馆学生张口闭口喊你华宝惠，喊你宝惠，成吗？更别说也连名带姓喊爷了。再说罢，爷也只是一位长老，教友他们也都没连名带姓喊过一声华延吉不是？要说是他洋人生番子不懂礼数，你喊老牧师一声卜德生看看，喊的人喊不出口，听的人也敢是不顺耳罢？怎么独独就把主指名道姓喊来喊去来着？我可是喊不来，连听也刺耳。"

叔叔一直"对了对了"地点头应着。叔叔一肚子学识，可就是从没想到这上头，哥哥一提起这，兄弟才自称"如梦初醒"，叔叔也说："耶稣耶稣的，一向说得碍口，听得刺耳，可都是这么称呼，久了，顺大流儿也就习以为常，不觉为意，亏哥提醒，这还真该好生思辨思辨哩！"

我父对这些个，就只是觉乎着穿到身上处处不合身，要问该怎么改，不懂得；甚么道理，说不清楚。叔叔听了可不然，立时引经据典

地瓜翻秧　　643

起来,说咱们素来是礼义之邦,非常非常注重名讳,不似洋人生番子,比如小卜牧师的名字就是他曾祖父的,摆在咱们礼义之邦,那可大逆不道,长幼尊卑亲疏远近一乱,那还有个啥人世!

叔叔拿过小张仿纸过来,写给哥哥看。比如孔子名丘,写"丘"字定要少写一划,写成"乒",念出声儿也要念某。无论童试、乡试、殿试,孔圣名字要这么写,当今皇上名字也得记住,要忌讳。叔叔翻出书经,找到尧典里的一段,指头指着一字一字地念:"乃命羲和,钦若昊天,历象日月星辰,敬授人时。"这里"人时"原本是"民时",只为唐太宗名李世民,自唐以后,全都改成"人时"。叔叔因又提到佛教起先是叫"观世音"菩萨,也是重了李世民名讳,"世"字改成啥字都不合宜,索性就去掉了,后世就统称"观音"菩萨了。

犯了皇上名讳,经文都得改,神佛菩萨名字也得改,想想看,倒有多重要。

弟兄二人你称赞我有大见识,我称赞你有大学识,哥俩儿美得很,除了说定由叔叔去跟祖父讲讲,当下弟兄二人来个三击掌,打今往后定不直呼上帝圣名耶和华,救主圣名耶稣。打那以后,不管祖父有他传道上的难处,我父与叔叔可都一言为定,无论当众和私下,再没有"妄称上帝的名"(其实是十诫命第三条),妄称救主的名。赞美诗遇到时,用救主代替耶稣,好在"主""稣"押韵,人家不大听得出来。

这一番咬文嚼字,叔叔所谓的"必也正名乎",到得叔叔念到教会中等学校,懂得"基督"就是"主"的意思,哥俩儿遂又坦然地直呼基督了。直到二十多年后,叔叔专攻希腊文,又学希伯来文,舍和合本,依原文翻译善本《圣经》,又编注串珠《圣经》,其间给祖父和我父家书中旧话重提,考据到以色列人起初在称耶和华圣名时,原也是避讳说出声来,只发子音,不切母韵,于是声促而弱,喊嚓如私语。那倒使叔叔思及老子道德经章十四所言:

"视之不见名曰夷（耶），听之不闻名曰希（和），搏之不得名曰微（华）。"

不光是夷、希、微，字字子音尽同，也将上帝形而上神性道得个妙而贴切。要说新约以后，何以不避耶稣名讳，那是"耶稣"虽作人名，词义却是"救世"，合"基督"而为"救世主"，希伯来文和希腊文称呼起来，自是不成名讳。此外，所有万国万民皆以音译呼之，又多半不知涵义，敢就成了名讳；西洋人许多都还暗钝无明，不懂得名讳之礼即是其一，传教到中国礼义之邦，除了明朝来华的利玛窦，先即悉心钻研中国典籍达二十年之久，深谙中国文化，自也重视名讳，因称三位一体至高主宰为：天、上帝、后帝、皇天、天主……做得极好；可惜也可叹者，接替利玛窦传教的龙华民一反其前任，废除先前的称谓，改用拉丁文的音译"徒斯"，龙华民实在是个冒失鬼，荒唐极了；还又上书罗马教皇。圣明如康熙，原本对天主教非常亲和、钦敬、了解精辟，有其诗为证，到后来礼仪之争，祭孔、祭祖，名讳也在其内，以至亲批谕旨：

"览此告示，只说得西洋人等小人，如何言得中国人之大理！况西洋人等无一人通汉书者，说言议论，令人可笑者多。今见来臣告示，竟与和尚道士异端小教相同。彼此乱言者莫过如此。以后不必西洋人在中国行教，禁止可也，免得多事。"

从那以后，历经雍止、乾隆、嘉庆诸帝皆曾三番两次禁教，不可只怪中国一方，佛教、景（基督）教、回教，种种外来的教，历来都如入无人之境，除却唐武宗听信道教调唆，一一逼迫过，强使僧尼还俗，庙产充公，或驱离中土，那可是教对教的争战，此外完全没有过排拒任何外教。可见不是中国文化固步自封，排除异己。不过但凡碰上外来文化与中国文化作对，甚而意欲消灭中国文化，那就必遭万民有形无形反击，譬如禁止祭孔、祭祖，又譬如名讳不忌，都是彰明昭

地瓜翻秧　645

著之例。

我父反反复复捧着叔叔家书和附在信中印出来的文章，不是不大容易懂才要一遍又一遍地细看，只因好似一道太逗味儿美肴，口里一嚼再嚼，一品再品，舍不得一口就下去。我父只觉这个兄弟着实撩人疼不尽，喜不尽。二十多年前三击掌那回事儿，想起那咎子彼此——至少自个儿有多无知无识，于今早就没再放在心上，这个兄弟早已当上了神学院的教授，还再思念当年不比儿戏正经多少的那场议论，又还当作一门大学问，投进多少心血，苦读了多少中国书、外国书，在那里著书立说。叔叔家书也直说是当初我父先点了睛，让他二十多年来都在画龙，是要感谢主的恩赐，也要感谢哥的灯火照亮；至于我父全心全力供济他念了中等学校，念了大学，那就只有求祷主来报答，为人弟者只怕是尽其所能也回报不了于万一。

叔叔那封真可说是值万金的家书，对我祖父更有极其重大的孝敬事奉。叔叔信上说，道德经那十四章，若单单是"夷、希、微"三字的奇妙，或只可是巧合，甚乃涉嫌牵强附会，奇妙还在这一章通篇俱是描绘造物之主、万王之王的玄奥，句句无不言中，紧接着"夷、希、微"之后，进而申明：

"此三者不可致诘，故浑而为一。其上不皦，其下不昧，绳绳不可名，复归于无物。是谓无状之状，无物之象，是谓惚恍。迎之不见其首，随之不见其后。执古之道，以御今之有。能知古始，是谓道纪。"

祖父除了为我父一字一句来开讲，并说与我父："老子以'夷、希、微'名'道'，又以'道'名上帝，这和新约约翰福音开宗明义所说的'太初有道，道与帝同，道即上帝'，岂不是完全契合？这老子李聃才真是一位东方圣者，一位大先知呢。"

祖父传道之始，就一直自许他是以中国四书五经，诸子百家，与圣经摩西五经、福音四书、诸先知预言、使徒书信，两相互解互证，现得叔叔这一发明，自是大为欢喜，大受感动，又一番会通符契，当下便以之为题，开列提要，分作四场接连着证道，除在城上大礼拜堂主日学开讲，并走遍四乡去布道。这时出门走远路，祖父不再骑驴，皆雇黄包车代步。用时才临时雇来，比自家养头驴省事多了，又不怕风雨，也舒坦得多。

这是二十多年后的后话，放下慢表。

且说我父打三月里头一回领过圣餐到今，一来农忙，二来不大喜欢教会许多虚假，像去扮戏，诸处都不合自个儿性情，隔有差不多四个月不曾上城去礼拜。这其间，祖母可是一而再，再而三地嘀咕、数落、挖苦，偶或让我父顶上两句，更是骂骂嚼嚼。原意本是催促"上庙进香"，虔敬礼拜，好事一桩，倒时常弄得母子反目，口出恶言，当是俗话说的，"菩萨面前磕三个头，放九个屁——行善没有作恶的多"。

换上白麻布裤裤，戴上祖父平顶麦秸旧草帽，都是出客才这么穿戴。扣着纽扣，我父消笑自个儿说："做礼拜倒成了图个耳根儿清净，你说这走味儿走到哪去了！"叔叔温温地笑笑，刚一张口就给外间祖母的数落给打断——

"天也要放晴了，老阳也要打西边儿出了。做个礼拜像行多大善事儿是的，施舍给耶稣不是！造罪啊——阿们！阿们！"耳根儿还是清净不了。

走出篱笆帐子门，哥俩儿衣帽整齐，乍乍的有点儿手脚没处放。逢这当口儿，不用说的，哥俩儿都走庄后两旁尽是金针菜墩子的小路，不大碰到人。祖父祖母都还在后头磨蹭，反正小毛驴儿都给备妥套儿了，就让爷去伺候娘罢。

我父笑笑说："你不觉着'阿们阿们'的，跟'阿弥陀佛'差不

地瓜翻秧　647

多?又都是'阿'字开头不是?"叔叔知道是指啥说的,拍了我父后脊梁一掌:"哥有时嘴上挺损呢!"我父打胳肢窝儿下抽出《圣经》、赞美诗,空里亮了亮说:"说损?还有嘞,你不觉着好些教友这么夹着,也跟夹刀烧纸去吊丧,去上庙差不多?"躲着兄弟再捶上来,两人你追我赶起来,叔叔直唤:"更损!更损!……"

哥俩儿为这么逗乐子,慢说进到礼拜堂,进了城门一上太平街,走往培贤小学堂这一路上,前头,后头,便不断有胳肢窝下夹着《圣经》、赞美诗的教友,也不断引起哥俩儿前张后合一笑一个半死。就是礼拜当中,领会的吴长老捧着《圣经》上台,哥俩儿也笑,领诗的徐长老捧着诗本上台,哥俩儿也笑。捂住嘴儿怕漏出声儿来,肩膀一抖一抖的可压不下去。没把人笑死,也把人憋死了。

一场没正没经的礼拜,可不容易撑过去。礼拜散后,爷仨儿走走停停,不断跟走过身边的教友招呼,单等姊妹席那边跟人絮叨不完,又小脚走不快的祖母。一个个超到前去的弟兄姊妹也都夹着《圣经》、诗本——姊妹多半是装在小布袋里拎着,哥俩儿倒又一点儿笑劲儿也没了。

这当儿只见高像染坊晾晒木架的大秋千那边,业已充当仁济医院总监的鲍达理牧师,高台上走动着东张西望像在找人。一眼瞧见打龙门这儿走出来的爷儿仨,摆了摆手,一下子就打大半人高的平台上跳下,大步大步赶过来。

难怪叔叔心虚,抓住我父咬耳朵:"完了完了,给老鲍看到了,一定。"指的是两人不知怎么的得了笑病。

一身肉墩墩的笨大个儿,那架势儿全不是平常散过礼拜,人窝里随意跟谁问声平安那个味道。饶是灵内交通,也只兴教友找到牧师。要末就是住堂长老告示会众哪位教友家下喜丧大事,唤请放在祷告里代为感恩或祈求,才会礼拜一散,牧师、长老,找来贺喜、安慰,或祝福。可咱们华家啥事儿也没。

一伙儿洋人当中，就数这位鲍牧师个头儿又高又大，教友都说老鲍手大像蒲扇，脚大穿的是旱船。再高大的汉子——就算跟他一国的老卜牧师，站到老鲍跟前，也只顶到个肩膀儿。小矮子胡执事，又专好洋牧师身旁转来转去溜钩子，跟鲍牧师一比，越发成了小人国儿。叔叔早就说过，三国、水浒净出些身长丈二的英雄豪杰，约莫就这副身架儿。

鲍牧师的大蒲扇伸过来，跟我祖父、我父、叔叔一一拉手儿，道声平安。要是爷仨儿一齐出手，那把大蒲扇定能全都握得进去。

老鲍这一找来——敢是跟哥俩儿笑病无干，找的是我父，打商量的是祖父祖母老公母俩。这一找上来，对咱们华家可是桩大事儿，算是我父这一生当中一个大拐弯儿。

好有一比，地瓜翻秧，翻过秧儿只见一片银撒撒，花人眼睛；反照着甩西的日头，又是一片金光闪闪，好样儿景致。

打这起，咱们华家才一步步兴旺起来。兴旺的不光是实业家产——那倒有限；人生一世，总不过图的富贵二字，富有家值万贯的富翁，也有学富五车之富，倒又算作贵人了。咱们华家发的宁是贵甚于富罢！

洋大夫管家

祖父上城给鲍牧师回话，照鲍牧师所出的按月六吊工钱，说定了；我父打定主意，不管老鲍用人多急，好在八月不剩几天了，李府上农活儿定要干到月底——拿了人家整月工钱，差个五六天就走人，不是做人道理；退钱给人家罢，反而两下里都难看，李二老爹也万不会收——那不是骂人吗？拿钱串子冲人家脸上摔吗？总归是九月初一，准到南医院去听差，工钱好算，这也说定了。

八月底，湖里只剩一个油菜籽下种，一个花生收成。再过去九月，还有重活儿，大、小麦、豌豆、蚕豆下种，等地瓜收成过后，整年农活儿才算忙过去；我父为这个还是心里挺过意不去，也挺难过，亏欠李府大了，敢也是难再看到大美她人了。

李府今年种的花生不多，只自家食用，不图上市卖钱，意思意思两亩来地，三两个人手，两个整天就好收上场了。估算着此一去老鲍那里当管事儿，这一生怕就跟庄稼活儿断了缘，禁不住手底下铲土，脚底下踩筛子，只顾疼惜活儿干得太快，干完就没的干了，尽量干得细致，放慢下来——人说吝啬鬼是拿毛刺瓜秧子做穿钱儿串绳，要打那长毛又长刺儿的钱串儿上抹下一文钱来可不容易。我父这几天干活儿就是那么吝啬，舍不得干，舍不得干，就铲去一大片地，转眼又是尖尖一座小坟堆儿，筛子架又得搬起来，挪个窝儿。两亩来地的花生，三个人干——两人铲土，一人踩筛子，真的不经干。

收成花生，先要镰刀贴地割净花生秧，晒干做烧料、牲口料。再用镶上铁口的长把儿木梧，平铲半尺深连上带花生的田土，倒进筛子，筛去土沙，留下花生。人上架子踩那下头脚踏子，筛子来去洸荡，时时用长把木槌捣捣筛子里的土疙瘩。那跟磨坊踩大罗差不多，只是一个取那筛子里的花生，一个取那罗下的面粉。筛花生是两人铲土，一人踩筛子，正好配得上——不大会铲土的多了，踩筛子的来不及筛；铲土的少了，踩筛的老得停下来，跳下架子帮忙铲土。大约半分地，筛下来的土会漏成一座尖尖像个小坟的沙土堆儿。尖儿顶到筛子底儿了，筛架就得搬到接邻的另一方半分地上再筛。

嗣仁、嗣义跟我父，三人正好搭配上。不问谁踩筛，谁铲土，谁也慢不得。我父贪着干久一些，只能在搬移筛架时磨蹭磨蹭，推来挪去，斜眼儿吊线儿，对正再对正定要筛下来聚成的小坟土堆儿打横、打直、打斜儿，都能成行成排拉成一直线儿才行。

别小看庄户人家尽是泥腿子粗汉，可看一家人家兴不兴旺，先就是田里照没照时令行事，再看家前家后场上打扫干不干净、草垛了立得直不直、四圈儿够不够圆、一垛垛排开来对不对得直、最数腌臜的沃圾坑沿边儿收拾利不利索、是不是隔着老远就戽得沥沥拉拉一路撒开来……打这些上头就断得出个八九成。这筛花生筛下的小坟土堆儿，尽管一农闲下来，总要套上牲口耙个平整；可收成过后，要是东一堆儿、西一堆儿，挤的挤、稀的稀，大的大、小的小，一眼看过去，胡里半差像片乱葬岗，那这个人家不败不散也差不离儿快完了。

当初咱们家刚落户这沙庄不久，我父还没到李府上拉雇工，好玩儿是的帮李府麦地里拔草，那阵数黄蒿儿最多。春草喂牲口顶添膘儿，只独独黄蒿儿有股蒿腥味儿，像菊臭又像芹菜佘鼻子，牲口不大肯吃，得晒蔫点儿，怪味儿散一些，牲口才肯吃，吃下去也不会拉肚子。我父跟叔叔一天下来，拔回满满两粪箕子。摊开场上晒太阳，我父也没人教，没学谁，领着叔叔摆摊儿，根朝里，梢向外，摆成一面小圆桌，外面套一圈儿再一圈儿，排得齐齐整整，厚薄均匀，才叫好看——野生黄蒿谁都没瞧进眼里，哥俩这么一整，里外四圈儿，圈圈都是打里朝外颜色一层重一层，心儿是白根子，往外杏黄梗子，再外是雁来枯大豆青枝子，叶子又细又密深成菉豆那般绿中带黄尾子，黄敢是零星小花掺在里头。

调理庄稼，阅历老到成了精的李二老爹，走过来端详又端详，不光是像别人夸赞的"真俊！""真受看！"当下告诉在场的小弟兄妯娌："这个人家要发！风快就要兴旺起来——俺说这话搁在这，你都等着看灵不灵验……"过不几天，李二老爹跟我祖父商量庄子上开个塾馆，商量妥当了，陪笑跟我祖父说："这还有个不情之请，想请大兄弟委屈委屈，来舍下帮个工；俺也不图大兄弟能做多少活儿，只想借重大兄弟心思巧儿，又细心，又顶真，带着俺家下头伙儿弟兄学好，学善，学做人。工钱是见月一吊，不低也不算高。往后大兄弟随时有头绪，随时高就，误不了大兄弟前程——再说罢，学学农活儿，来日买地置产，别管自个儿耕不耕、种不种，先就是个行家儿，不吃亏……"李二老爹的胸襟、识人，我父一生都有那么一个师父钉在身边，学不尽的做人处世，凡事多有设想李二老爹该是要怎么对待，自个儿就那么对待，尽管不一定全都照着来，总是有道痕儿刻在那儿，起码也得顶到那道痕儿；要是还能超过去的话，倒觉着那才是对李二老爹的一种报恩。往后年岁渐长，阅历渐深，悟得圣经道理也多了，也受到洋人榜样不觉为意的造就不浅，行事为人倒有不少高过那道痕儿——有的真还高出一大截儿又一大截儿呢，却也没觉出听你就不听他的，听他就不听你的甚么不合。

西洋来的物物事事有好有坏，敢是谁都要那好的不要坏的。断不是义和拳那样给抹得一抹黑，电报杆也锯，铁道也扒，车站也烧。敢也不是吃洋教一辈，绕着洋人溜溜儿转，洋屁也是喷香喷香的。这两头可都过逾了，有那八国出兵烧杀抢掠，有这美国牧师、英国教士，这里办学堂，办医院，都是说不齐整的，只有各归各的罢。

就拿这花生来说罢，早先刚刚传来时都还叫洋花生、叫番豆，如今差不多人家都种这洋种的了，就用大花生、小花生，来分出洋花生、土花生。原本千百年传下来的土花生还真够小，米儿只合个黄豆粒儿那么大点儿。论个头儿，一颗洋花生抵上三颗四颗土花生。比如鲍牧师那个蒲大个儿，能改四个小人国儿胡执事。只是"人大愣，狗大呆"，老鲍尽管能把小胡老鹰抓小鸡一般提溜起来四腿儿不着地，能像俗话说的"一把攥住两头不冒儿"，可腿长步子大，抵不过小个儿机灵，九转十八拐给你打滴溜转儿，抓不抓得到溜滑溜滑小鲇鱼儿，那可不一定。洋花生不单个头儿大，结的颗粒也多；这一个大，一个多，收成就翻上个两番儿三番儿，还又出油也翻上个三番儿四番儿都不止，价钱更是俏多了，走洋票的有多少收多少，那谁不争着种？可土花生还是有人种，图它壳薄、吸佐料、米儿含油少，吃多少也不腻。配上五香连壳儿卤，捞起来放上香油、醋，再洒少许胡椒面儿，"素呛虾"，下酒佳肴。也和活呛虾儿一个吃法儿，连壳儿入口，唖唖吮吮，才够味儿来着。这再像剥虾壳儿，别出化生壳儿来。也正为种的人少了，物稀为贵，一般的也都挺俏市，卖得好价钱。

说来就是这样子了，洋人、中国人、洋花生、土花生，全都各有所长，各有所短；采长补短，彼此哈哈拍笑，不是皆大欢喜？也是老话劝世，"莫夸己之长，莫道人之短"，都是金玉良言罢！

洋花生、土花生，收成起来也有点儿不太一样儿。土花生就是摊到场上晒干便完事儿进仓，食用时也很少剥壳儿，都是连壳儿煮，连

洋大夫管家

壳儿炒。洋花生不单晒干，打算卖给走洋票的话，人家只收花生米儿，不收带壳儿花生；又还非大宗不收，百把几十斤拿不出手，人家也没瞧进眼里——除非有那牲口拉车的走乡串村儿来收货，才多的少的都不计，只价钱上退版多了。

既是大宗，几百斤的米儿，一家子人全动手剥壳儿，手剥肿了、剥烂了也出不出来多少货、定要先晒干，摊得厚实些，牲口套上红石辘辘碾压，碎壳不伤米儿，浮扫去大碎壳儿，再拿小眼儿筛子筛，或用簸箕簸，筛去簸去碎壳渣儿。那都要很费些工。所好今年李府只收了连壳儿花生百十斤，还算轻快活儿。往后大半都是连壳儿炒了当零嘴，早晚烹个萝卜豆儿，年下擀个花生糖，现剥壳儿也有限。庄户人家花生也就那么几种吃法儿。

去年闰月，今岁农活儿时令都次第晚了些，油菜籽下种退后去了，我父没能等到这份活，好似掉了钱儿那么空落落的不爽快，我父是个好动心、好恋旧的人，剩下的一两天，湖里活儿、场上活儿、零碎活儿，抢着、省着、攒着干，也还是一桩桩、一件件，桩桩件件都打手底下偷偷摸摸是的溜过了，干清爽了。心里老是怯怯的、悬悬的安实不下来。也想跟李府上上下下一一辞个行，又觉犯不着那么老气，那么拿本作势玩起真章儿，这又不是出远门儿，一去三年五载；也不是家搬走了，往后见不到面了；只不过湖里、场上、家前屋后，不再一道干活儿罢了。可心里老有点儿就要生离死别那么点儿不是滋味儿。

恋的是报答不了的李二老爹一番恩情，恋的是干了不是三天两天、转眼五个年头的庄稼活儿，恋的是亏待了大美姑娘一场情意……倒是一伙儿哥们儿平日无话不说，这几天心事又谈得挺透，又定是这一生一世都要交往到底儿的相好，反而没啥恋头。

湖里掌犁的打着号子，场上牵着牲口一圈圈转着打场的也打着号子，此起彼伏。这才我父猛可儿心上蹭蹭了一下——也还不到后悔那个地步，就只是叹叹自个儿还不够做个地道庄稼汉，连个号子都不会打。说起来，甚么庄稼活儿都没难倒过自个儿，还又干得强过、精过同一辈儿的庄稼汉，可就是号子这玩意儿，说难罢，不难；说容易嘛，咋就不会？——实实想起来，没别的，总怪面皮太薄，生来腼觍，拿不下脸来大声拉气地长嚎。

这号子，硬就是一人一个调门儿，没谁跟谁学那回事儿。要说是随意瞎诌胡溜，嚎到哪算哪，可又万万不是。那调门儿只是一口气打着弯弯儿长嚎到底儿那么一小段儿；要问不换气儿能嚎多长，约莫合着"武家坡"西皮倒板儿一句"一马离了——西凉界——"那么长，一遍完了再重一遍。耕一个上半天的地，怕不重上个几百遍，至多两段接缝儿里，夹进"呼——嘿！"喝一声牲口。有那拉长一些的号子，也都从来没谁能再嚎上一句原板"不由人——一阵阵——泪洒胸怀——"那么个长法儿。

这号子还又不像玩旱船、歪蚌精、小放牛……哪怕那运河上拉纤的、盖屋打地桩的、也都扯号子，可不管唱的插科打诨、打情骂俏、还是三国、水浒、征东、征西、杨家将那些唱本儿记下来的，都有个唱词儿；不是对唱，就是领头的一个人唱，大伙儿"哟嘿！哟嘿！"过门儿一样地跟着和。独这庄稼汉号子有调没词儿，怎样大声嚎，小声哼哼，不用牙，不用舌，都是拿嗓眼儿嗯出来。

若问干吗要打号子，有说牲口喜欢听，比鞭子抽要有劲头，让牲口心甘情愿，吃奶的力气都使出来；有说为的忍忍躁儿，锄地、打高粱叶儿、收大烟土、翻地瓜秧儿，左右总有个伴儿，俚说话讲，玩玩笑笑，活儿再久也不觉为意就干完了，可耕地、打场，都是单人儿独干，一干就一个大长半天，耕地一行又一行，打场一圈儿又一圈儿，干得遥遥无期，没完儿没了，没情没趣儿，没拉个人来打伴儿陪着拉聒儿那个作兴，那就打打号子解解闷罢。这个说法儿，要比甚么牲口喜欢听号子倒有个影儿，约莫不大离谱儿。

像我父到今还没打过号子——不能说不会打，要不的话，唱起赞美诗来，怎比叔叔还洪亮、还字正腔圆？我父那样子自以为生性腼腆，面皮太嫩太薄，拉不下脸来大声拉气地长嚎，敢是有道理，到底不是个土生土长地道的庄稼汉罢。每逢做礼拜，顶喜欢的就是唱诗，可那是夹在众人当中个个开口唱得尽兴罢，就只单独一个人怎样也唱不来，至多哼哼给自个儿听，还要四顾无人才行，真的就是赞美给上帝听的，除非四口人做个家礼拜。

其实我父没想到的，我倒替他想到了。我父跟他那伙哥们和在一道儿，啥都合得来，直肠直肚，不大会耍心眼嘛。可一个满口粗话，处有五六年了，还是刺耳；一个不思不想——或许该说是头脑一直㧀儿不转弯；这两点都叫我父不敢领教。我父是个有心瘾的人，凡事打眼前过，哪怕都已见过百遍千遍，还是止不住玩洋片唱的"仔细观来嘛仔细瞧"，从不肯轻易放过；观了瞧了还要尝出别人尝不出的滋味儿，品出别人没去品的道理。

我父才十八岁那年，一出手掌犁，半天工夫就耕出十来亩地，快还不说，方方正正，条条理理，木梳梳出来的那般齐整，人见人夸，岂止是只图一个好看，那才叫田地给耕透了。再说打场罢，更不算回事儿，早就养出好样儿眼力，干得像把老手。说来容易也挺容易，牲口套上了红石辘轳，摊开满场的穗子上，牵着牲口打圈圈儿罢了。可要想干得拔尖儿好，那就无穷无尽了，哪是只管瞎不瞪眼儿赶着牲口，打打号子，一圈圈闷着头转就成；不光是随时留神牲口偷嘴、尾巴根儿要翘不翘不定要拉要尿，得眼欢手快，粪箕子尿罐儿伺候，免得脏了粮食，那就要个机灵，也哈怠不得。可这还是小事儿，辘轳得压个均匀，满场庄稼处处压到还不算，各下里压上多少遍，要看啥庄稼；尽管用不着数数儿那么呆板，可心里还是要有个数儿；压过了头伤籽粒，压不够的话，粮食定要减收。这都马虎不得，饶是说不上甚么眼观四面，耳听八方，却是五官四肢哪儿也不得闲，这么全心全意纠着放在活儿上，可是从没觉出有个啥闷儿要解，啥躁儿要忍。

相比起来，耕地是没那么一点儿闲空都没的吃紧，行行打直，行行不稀不挤，别像长虫爬的歪歪扭扭就成；深浅只在起行下犁，手底下按住犁把那个轻重功夫；牲口力道上也见得出来，犁头插下去，牲口一拱脊梁，犁头下深了；牲口走得轻快，敢是下浅了；随手犁把子略微往后翘翘，或是朝前推推，也便深浅掐准了。但凡起了一行，缰绳左右抖抖扯扯瞄个正，这一行就放心一直耕过去，闭上眼都成；若是使唤熟了的老牛，更是让它顾自拉着犁走——左手牛标着耕过的新土沟儿走，右手牛一蹄蹄都踏着未耕到的硬地边边，不用人费心；到得地头上，连左转还是右拐也都顾自摸得清；人便只管下犁、起犁，就行。挂到左肩膀上的牛鞭子可少用到——又短又粗不到两杈长的鞭杆儿挂在胸脯前，背后拖得老远，蔺苘编的长辫子足有丈把两丈长鞭子，少有拿来抽牲口，偶尔一段儿号子打过了，像嫌短油少盐不够味儿，一阵儿兴起，也会挥个响鞭提提神——有人响鞭抽得好，跟打上一枪那样震人，湖里传开老远，像还四方应起一波波回声。

没错儿，耕地这活儿是叫人闷，叫人急躁些儿。只是放在我父，倒是再好也没有，没谁打搅，打岔儿，恰好独自多想点儿事儿，背背圣经金句也是好的；叔叔也特为少年失学的哥哥精选了一些四书篇章，留做写仿儿、背记，这工夫也正好拿来背背，品品道理；再不就是心里头哼哼赞美诗。这么多好活欢的，忙不过来呢，真的就是无闷儿要解，无躁要忍。一趟地耕下来，不定又能品出些小的、大的道理，或许只是一丁点儿人世酸的、甜的、苦的、辣的小滋小味儿……只是说真个的，那又算得上啥了不起的能为？啥也不当用，成不了啥也没啥主贵罢。可庄户人家就是少的这些，才日子过不好，没巴望，城里人笑乡下人是"收了粮，卖了谷，不打官司就盖屋"，那也只日子过得殷实些人家才有闲情生点事儿神气神气。除非像李二老爹这么位爱思爱想有心廛的老长辈，不光是顾家、顾左邻右舍，前后东西邻庄也都顾着人家遇上难处、纠纷、地邻争地争陕沟子，手上忙着甚么都放下，赶去帮人生点子、排解、拿自家粮食、田产给人垫上或是作保。那可是上百上千的庄户人家里也难得出出来的一个顶尖尖人物头子。

李二老爹也是没谁听到他打过号子，敢是喜欢去想心思又有没完儿没了的心思好想，才用不着打号子解闷儿忍躁儿。

去给鲍牧师当管家的事，我父还没正式正道跟李二老爹讲明，李二老爹却先找来搭话，欢喜不尽我父去给洋人听差，忙说这几年委屈了我父日头浇汗，泥里打滚儿，终有出头之日。除了贺喜，倒也没啥嘱咐，没啥不舍，平平常常地拉呱儿，反而拉到老远老远："本想给你摆个水酒，一来多谢你这多少年帮了舍下多少忙，又把他哥几个带着正道，做人做事有个好榜样儿。二来给你贺贺，聪明才干到底有人看中了，也是老天有眼，你府上信耶稣信得好。再来也有给送送行意思。可这都嫌早班了点儿——舍下来日让你府上帮忙照顾的还很多很多，可不是就此就了断了；府上来日还有的是喜事要道贺，等多攒点儿罢；还有这送行也嫌早了，要等府上搬进城去，俺都再好生贺贺，这会子要送行，倒好像看茶送客，撵人走了……"说着呵呵大笑起来。搬上城去？凭甚么，我父还没想到这个。

李二老爹哈哈拍笑了一阵儿，像是说了番空话儿。收拾收拾回家来，出门没走多远，嗣义唤着撵上来，手上提溜个蓝大布揞口袋子："俺大大找俺交给大哥的，你非得收下才行，刚一当差要有个零用的。不多，可手边儿不能短了……"竟是两百文。怕当面我父难以为情，真难为他李二老爹这么诚心诚意体恤人，叫人忍不住眼泪。

搬进城去落户？我父给一语点醒过来，人家早就料定咱们不会久居乡下——教塾馆也好，拉雇口也罢，分明是帮咱们撑过这段儿落难日子再说，料定咱们没指望靠这营生，更别说靠这能重立门户，兴起家道。可见人家真的就是实心儿赒济咱们。当初要是没碰上李二老爹一家收留咱们，错过这个庄子没下个村儿，难保不终有一天拖根打狗棍，捧个讨饭碗，只怕还没到那地步，饿死也舍不下脸来，那就死路一条罢。

给李二老爹家常话儿那么一说，倒帮我父解脱一番依依不舍之情。原来也就只是平平常常罢，像当初南医院上工一般，改个活儿干干罢了，咋就生离死别起来，多没出息！不定洋差事难办，不三两个月又回过来吃庄稼饭。这上头得感恩李二老爹先给我父留个退步，也得好生学学李二老爹凡事多看远一些、周全一些。

九月初一这天，我父还是做礼拜那一套白麻布褂裤，平顶麦秸草帽，都是拾的祖父旧衣帽。上城先绕祖母干姊妹儿家，带了何二嫂跟孟繁章一道去拜见鲍牧师。

这份儿差事还是上个礼拜天提的头儿，老鲍亲自找上来的——我祖母拉着人、给人拉住、拉咕没完儿；小脚又走得慢，老鲍跟我祖父爷仨儿一一拉手，拉到我父时，另只大蒲扇按到我父肩膀儿上说："你就是大房儿？"一面又望了望我祖父。一口官话可溜着，放着"老大""大可哥""人少爷"多少现成的称呼不用，"大房儿"，咬字咬成"大蜂儿"，洋人能咬得这么地道，无非有意要耍神气，套个近乎，也有点儿烧包亮那么一手——入境随俗罢，都是学的常时长袍马褂双脸布鞋儿，遍示遍示中国味儿十足的老卜牧师。

不想这鲍牧师硬是与我父有缘，打这往后，拉住我父当作身边人儿，从管家、教官话、厨师，到学护理、干帮手，前后五六年。也不想这头一回"大房儿"出了口，一直都那么喊我父，没怎么改过口。

不知是这老鲍为人直爽，透明透亮儿，一点儿也不知道跟人转弯磨角；还是洋人都这般直来直往，干干脆脆不藏话；一开头就直说，要用六千文雇用我父给他管家。工钱会一年一年地增加，中国的过年过节，还会给赏钱。这老鲍居然还套用挺地道的俗话"先小人，后君子"，讲明他把工钱、赏钱，一一先说清楚，是照中国的道理行事。遂又笑笑说："我很明白，很尊敬你们的规矩，讨价还价是不是？不可以都被我说多少工钱就一定了。华长老、华师娘，还有大房儿的你，看看六千文可以不可以……"

祖父没经祖母点头还是摇头示意，脸色也看不出阴晴来，不方便冒失作主，就先把话头岔开，留个空儿好让祖母从容些掂掂，便谦称："犬子多承牧师厚爱，怕是错爱了。犬子从来没管过事儿，管过人，也没管过家，不晓得干不干得来。不如先让他试试一个月、两个月再说。"

祖母也才刚走近来，先头有些话没听完全，这才问道："想请教牧师，这管家是管文的吗？还是管武的？都管的是些啥事？"

别看这位鲍牧师外貌像个粗汉，心眼儿倒挺细，看出我祖母老是站不稳的样子，便商量能不能再走回头，到他单身儿住的寒舍去坐坐谈谈。

裹了小脚就是那样，说不上还有脚掌，全靠脚跟拄地，挺像踩高跷儿，两根棍子哪里站得住，得不时前走走，后退退，挪来挪去，小脚差不多也得时不时地换脚，老有点儿晃晃的，人像站在大风里。

绕过礼拜堂，长满爬墙虎的院墙隔开个别院儿，那一头双层小洋楼，住的是两位英国女教士。这边一溜约莫五六间平房，住的都是几位单身儿洋牧师。房子改过，尽是大大的玻璃窗，面面窗里都挂的有拉得开、拉得上的大花大朵窗帘儿。那门上也是半面玻璃窗，也是一样花色的窗帘儿。约莫每个人住的都是一明一暗两间房，里头白墙白顶,水磨砖铺地,真是一尘不染的干干净净,这叫我父头一回开开眼界,这才住着舒舒服服。关东三处老家,排场敢是不消说的,家什考究也没话讲,可饶是正堂正面四扇、六扇棂子门,棉纸油纸糊上两层,到底比不得这玻璃窗门亮亮堂堂,好似满屋都给老阳照遍了。当下心里就起念,来日盖起家舍,定要大门大窗全镶上玻璃,也要白墙白顶,水磨砖铺地,人住在里头明明亮亮,干干净净,才打里到外神清气爽。只是满眼桌椅条台东摆一座,西放一张,斜吊拐儿的,背着门窗的,全都没规没矩,像才搬家进来,或是年前掸尘扫除,家什都还没有归位安顿下来,这一点倒叫我父摇头了。"席不正不坐",近日才背过的子曰。不说圣人立下规矩,单凭自个儿这么个泥腿子也咋看咋不顺眼。鲍牧师让坐,一个小使儿给唤进来招呼茶水。不光是我父,祖父祖母叔叔也都挨挨蹭蹭坐不下来,哪是上位下位、客位主位,甚么左为上,右为下,庄户人家都懂都守的礼,这里都分不出来。

方才老鲍怕还没大听懂我祖母问的管家是管文的还是管武的,一时没有回应,看得出来边走边在琢磨,一路无话。

祖母时常有人奉承她:"华师娘你也真会生呵,两位少爷一武一文,文武双全呐……"祖母也就顺水推舟,拿这顺嘴恭维看待我父跟叔叔,也无非是一个凭力气,一个凭学识罢了。祖父听了敢是立时便知祖母的意思,忙跟祖母解说:"咱们等鲍牧师交代这管家管的是哪些事情,再看大房儿干不干得来,好罢?"

鲍牧师本就是个看病先生,敢是只有他内行,干得好南医院总监——实际盖这医院、中等学堂,从动工到今,也都是他老鲍钉在那里主事,千头万绪可不容易。医院、学堂,靠西头都隔出单家独院儿,各有亩把地那么大,铺上草地,四周栽上上海运来一插就活的洋槐,沿路都是冬青夹道,修成短墙一般。当央都盖成两层洋楼,是给两处总监居住。老鲍要接师娘母子过来,教友多半都听说了。就为这个,

洋大夫管家　663

老鲍才急等着用个人替他照料家里家外多少杂务。

这才老鲍说出鲍师娘母子打美国过来，此刻应在漂洋过海的大火轮船上，约莫月半先到上海，那边自有差会迎接，着人陪送过来。眼前要办的事是在师娘来到之前，先把那新盖洋楼好生收拾、张罗、安置，尽量能不缺这少那，好让师娘一住进来就能安顿下来，要像回到家里一样。

当然还不止这些，南医院十月中旬开张，现正紧锣密鼓加紧预备，最后一批中国跟洋人大夫、看护、药师等日内都会到齐，少不得师娘来到之前，有几位得临时暂在总监洋楼里住上几天，吃、住、洗澡、洗衣，都得招呼着，也都要管家来管——敢都是指使、调度小使儿、老妈子、临时招雇来的短工去干。为此，我父要肯的话，还要托咱们家帮他物色小使儿、老妈子、短工，能干可靠就行，要咱们看中了便带来上工，不用再找他商量。男女佣人工钱都是按月三千文——好样儿木匠、瓦匠师傅日计一百文，大进月干满了也才有三千文，小月二十九天还没这个数儿。那短工自是日计工，见天一百文。

洋人也都这么精，外面甚么行情全清楚，三吊钱找人，只怕挤扁了头抢这个饭碗的人太多了。

老鲍又再交代一桩事情——鲍师娘在美国老家也学过一些中国话，只是太有限了。往后顶少也得住这住上三年五载，教会、医院，不定哪边得做事情，中国话要够用的才行。为此一等师娘安顿下来，就要请我父日常里给师娘勤教些官话，家常话挺重要，见天念段圣经识识字也不能少。洋人罢，上哪听得出、分得清关东和北京两下里口音有啥不大一样儿；这本地话饶是不似上海话那么难懂，却也得用心侧耳细听，才明白个七八成。或许这也才是我父要比当地人多个长处给洋人看上的一点罢，要不的话，另外再特地请位先生，得会说官话，天天老远去南医院，要教说话，又要教识字，还真不好找这样的先生，教会里就没有谁会说官话。

当然,我祖母一听说要教官话、教念圣经,又不免心动,连忙要接话,老鲍站起来送客,说他尽管很急着用人,还是要咱们回到家把要做的事情,我父和男女佣人的工钱种种,统统商量定了再给回音,可以等候一两天。

走出门外来,太阳当顶让树叶筛下满地金钱,一枚落到老鲍高鼻梁儿和颧骨间,那张毛孔真够粗的脸膛子活似刮净粗毛的猪头皮。末了还开了个小玩笑:"你们有一句话说,'漫天要价,就地还钱',对不对?你们如果觉得事情多了,钱少了,我再去向医院交涉,要求医院加一些。如果觉得事情少了,钱多了,你们退还给我,那非常欢迎——但是退还给我的钱,还要退还给医院,不能放进这里——"握着短杆儿大头烟锅子的手插进上衣口袋里,空手插出来亮一亮,示意落不到他老鲍荷包里。

有谁会嫌工钱多了要退还么?咱们几个都笑了起来。祖父答应明后天上城来给回音,敢是诸事都要祖母来定夺。忽然祖母嚷嚷起来:"牧师,牧师,插口里冒烟儿了!"老鲍听了倒也不惊,贴着口袋外面摸了摸,笑笑说:"不要紧,不要紧。"烟袋掏出来,还在冒烟儿,大拇指贴烟锅子口儿上一拨,原来有个细网子小圆盖儿,再一拨又盖上了,绺绺拉拉的飘出烟丝儿来。

家去的路上,驴左身叔叔牵着缰绳,祖父傍着小毛驴儿右身走,驴背上祖母话可多了,不用回到家,事儿就分派个停当了。先要祖父跟老鲍说:"师娘学官话,念《圣经》,还是小惠去教才合宜——他老鲍花大钱雇管家甚么的,别省到咱们头上,他请先生不得奉束脩的难道?咱们干吗不去挣这一份儿!问你爷俩儿,是罢?"

祖父和叔叔爷俩儿可没吭声儿。

老妈子呢,敢是烧饭、洗衣、打扫那些活儿,祖母有现成的人,

洋大夫管家 665

干女儿凌素英，人喊何二嫂，"年轻轻儿就寡妇半边的，落下一男半女也罢，守下去也有个盼头，当紧又没有。可怜整天个婆家娘家两头来来去去，两头都不悦意儿。再寻个人罢，婆家不答应；守寡守下去罢，娘家又嫌委屈了。你都看看怎么好法儿，咱们别的帮不上忙，巧了有这个头绪，三吊钱，不错的。拉个雇工，谁也不靠，少受多少闲气。一个人儿花销不大，多攒点儿，见月存个两吊五，一年下来多少？就算两吊整数儿，一年就是二十四吊！来日寻人，做个填房，嫁妆够瞧的了。就算一辈子打单儿下去，抱个孩子，不也没啥，自个儿养自个儿老，有个晚福好享哩！"

男佣人也是现成的，"小使儿就找孟家干妹子他小儿子去。繁章，你都晓得讪，大小惠两岁，属猴儿的，也上过好几年学屋，才机灵着，能干着，就怕小善还抵不上人家呗。"

那口气好似要孟繁章跟我父调换一下才合适。

祖母这一番调兵遣将，头头是道挺拿手。总还算把招短工留给祖父、我父去打点——也是祖母没这个头绪，也没把一天一百文小钱儿又干不了几天给看在眼里罢。要说这一回没拿叔叔硬塞给老鲍，换下我父，还是谅着叔叔顶不下来这份儿差事罢——叔叔生性馁孤腼觍，到今都十六了，家里早晚来个生分点儿客人甚么的，还能躲则躲，顶面儿躲不过去，不得不招呼一声时，先就满脸通红，像个大闺女。当然，事后祖母和人提起，可不会替叔叔认输干不来给洋人管家，是怕叔叔年幼，怕太受累受委屈。

祖母倒像赏赐了甚么厚恩是的，半趄趔身子问了一声跟在驴腔后头的我父："看都给你张罗齐整了呗，都是好样儿能手，没话说罢！"

我父故意靠边走过去，攀住桥栏石狮子脑袋，垂首看下面水流，远处有两条放鱼鹰抓鱼的小船儿，装作没听到。不单不能领这份儿情，还挺恼祖母这么一把抓。那个甚么何二嫂，我父一点也不认识，倒没可说的；老妈子敢是要祖母去寻摸；可那小孟，真叫人摇头，我父不算很熟，名声很不好倒是知道一些，果子铺学生意，手不干净让师傅打跑过。这种人来日不出漏子便罢，出了漏子算谁的账？就算人家知道这个小孟是祖母的干外甥，又是祖母引荐的，一笔烂账还是算到华长老头上的，难保教会里不会传开来，祖父可丢不起这个人。那就只有严严地盯着——这哪还是管家的帮手，多添了一份麻烦罢。

走过老黄河，夹沟子里爬坡儿，叔叔借机放慢走步，驴缰绳塞给祖母，待我父跟上来，手掩到口上说："哥你肯？怕不好干呗。"我父应了声："到家再说罢——再不好干，还是要有人去干不是？"叔叔有点儿怄气地说："咋办？我可不要去教甚么，一来拉拉巴巴跑那么远，还要凑合人家鲍师娘啥时候有空儿；二来塾馆谁管？难道就此散掉？对得住人吗？要末单等爷在，我才能抽身跑一趟？哪如哥那么方便就教给人家？《圣经》又都从头到尾念过两遍，也没啥字儿短路。哥一旦当差，想必打早到晚儿都得钉在那亥儿，随时随地顺便教教就行。娘是想要咋样就得咋样儿，从不前后多虑一虑。这半天爷又一声没吭儿，不搭半句话儿。上回信局子那份儿差事娘给搅和吹了；这回可万万不要再弄得个一场空儿……"

我父也没好搭上啥腔儿，心事不止这一桩，拿不定甚么主意，还是那句话，"到家再说罢。"

莫可奈何，我父顺口应着"到家再说罢"，实情也是，到得家来，祖父二话不说，忙跟两儿子商量。所好一进家门，三个步躔儿的没怎么，一个骑驴的倒喳呼着嫌累得慌，上房歪一会儿，吃饭再喊她起来。

我父可忙起来了，牵驴卸套上槽，这再张罗饭食——也无非就是火刀火石生起火来，把前一天晚上剩的妈糊下锅热热，葱花鸡子儿一打，烤上四张油煎饼。叔叔帮忙儿收拾干酱豆、辣椒酱、两三小碟咸菜上桌。忙饭这刻儿工夫，君子远庖厨的祖父，居然也屈驾来到灶房，就着灶底烧的秋秸，咕噜咕噜抽水烟，有意避过祖母，爷仨儿来谈谈事儿。

我父只说别管怎么，李府那边定要干到月底才可，算是用这话答应了老鲍那份儿差事。这一头定了，祖父提到凌素英、孟宪章二人，问我父宜不宜当。那二人说来是给老鲍雇去的，不如说是雇来给我父调教使唤的，祖父敢是要关问关问。可祖母定规的事儿，慢说我父，便是祖父也蚂蚁搬泰山，休想移动分毫。我父手背擦擦额头汗，回我祖父说："看看罢，事在人为还不是！"祖父体恤人，挺替祖母那么强晃觉着对儿子不好意思，我父念在爷的份上，比这再挠人的事儿也乐意忍了。倒是叔叔的事几次张口都没能插上话。祖父把小锅盖儿上柳条扁子挪近一些，好让我父又一波烤酥了的油煎饼铲进去，免得滑出去了，一头宽慰我父道："我说大房儿，不打紧，他二人不管谁，果若干不好，又不听使唤，就让老鲍或是师娘给辞掉，你娘也没话好说不是？"锅里烫油不知哪落进水星星儿，一阵儿炸了又炸；祖父又像怕谁听了去，说得很小声，我父没能听完全，意思倒猜个差不多，遂道："爷别太费神了，有甚么难处没辙儿的话，随时再给爷请示就是了。倒是小惠，听那口气，那番道理——也是有道理；不会去教官话了，看这怎么打理，爷说呢？"祖父顿也没顿一下说："你娘瞎闹啦！"遂又跟小哥俩儿放小声儿说："跟你娘讲理讲不通，你是知道的，讲通了也是白讲。这爷路上想好了，明后天上城去回话，回来就说那六吊钱里就有两吊是束脩，小惠去嘛也行，让他赚那两吊，你这里就只有四吊了——这也不是说瞎话儿，实情约莫就是这样子罢。你娘那么精，敢是不要上这个当，至多骂他老鲍小气鬼啬腔刮苦罢。"祖父难得地当着儿子面，小奸小坏地笑了笑。

饭桌上祖父板板正正又是一套，说我父二十岁就去给人管家，是嫌嫩了些。可有些才干也是天分，命也是天生的。因就提到咱们二曾祖母,"尽管槽坊是打人家那里顶过来的,原本就有个根基,只是眼看都要倒闭了才出手让给咱们家的,到了奶奶手上,非但拾扨了起来,后来那么个兴旺法儿,发得赛过通化大曲呢,你哥俩儿都知道这。要问奶奶接下槽坊时多大了,也不过二十来岁,比小善你今弱冠之年,可大不上五六岁罢。再要问奶奶学过槽坊生意没,那更边儿都搭不上,怕连一滴酒都没沾过唇儿。你哥俩儿说说看,那不是天分还是啥?不是天生的那个命还是啥?"

随后祖父又讲了些二曾祖母怎样带人、管人、栽培人,提醒我父往后待人处事都要好生学学奶奶那样,有威有德,有宽有紧;要有严父之严,慈母之慈;不管是严是慈,总是一个推己及人,爱人如己,忍让人不止七次,要七十个七次。要能这样的话,就算年轻轻的免不了早晚有个差池,也差不到哪去……

我父十四岁离开牛庄老家,前一年烽火战乱里二曾祖母遇难,我父又时常赖在姥娘家,大人的事实在知道的有限,这位二奶奶怎样为人,只有像这样都是打祖父口里得知一些片片段段。这么说来,但愿自个儿真能有那个天分,生有那个命。

说来也好生奇巧,祖父口里讲的是二曾祖母,我父只觉得句句都讲的是李二老爹,难不成所有白手成家创出家业的人,都是一个模子塑出来的?也罢了,二曾祖母早就不在人世了,记得的、听说的,只有浮皮蹭痒那些些;这五六年来,李二老爹的为人处世——创家可比二曾祖母又难上加难太多了,寡母带着孤子逃荒到这沙庄落户,才真是地道的白手成家,实在是个大好榜样,所有有意跟着学的,无意受到指引、调教的,不觉为意给点化了的,不知倒有多少,倒有多重,那可是数说不尽——好像也不是数说不尽,是说不出来,说不上来——那要咋说呢,该像给李二老爹附了身罢——不是个好比方,可但愿能么着就再好也没有了,来日行事为人都有个替代上帝的魂灵——圣经上说的是无所不在的圣灵,李二老爷的法力附在身上,加上生来的天分,生就的命,那不是比事在人为还高一等,足可无所不为了——这真给自个儿壮了不小的胆。原先多多少少有些怕生,又怵怵落落不知干不干得来这份儿差事,爷还是行,让他又喜又担心了大半天,也就这么轻轻快快放下重担,心里踏实多了。

饭前谢饭,祖父业已把这事放在祷告里。饭后收拾干净了,祖父重又领着合家专为这事献上感恩,交托给上帝来成全,包括往后接下差事,帮助我父顺利圆满,给鲍牧师分劳解忧,专心去悬壶济世,造福一方,彼此可都是荣主益人了。

闲话间还都不离眼前这桩大事。叔叔凭空提到,实在也是全家都挺迷糊又一直还没讲出口来的疑惑——那鲍牧师怎的独独看上我父来当这份儿差事。

元房四口同声齐说这事来得蹊跷。祖父首先说他事前一点儿也不知情。教内常托祖父给物色人才,是信祖父识人,世俗里又广结善缘;凭他举人老爷名分,县太爷都引进花厅晤谈的;又凭他县境内到处传道,跑得比谁都勤,四乡八镇人头敢是比谁都熟。先前给尤三爷义和拳收拾烂摊子,把一伙儿红灯照、黑灯照的姑娘、娘们儿,给安顿到汤七爷的机房、丝厂去;替邮传局子何安东长老给寻摸人才;又帮上海陆记小老板招募土工……若照这样老例子,果真老鲍找来托我祖父给物色个管家,祖父还真不会把自己儿子塞给人家。

可老鲍就那么直不拢通冲着咱们一家四口找了上来,这中间并无何人引荐,我父又不是插头胜脸儿惹眼之人。说到祖父,众长老、执事、教友当中又是人人皆知独独不去奉迎洋大人的硬骨头。只能说洋人都有些犯贱,你不买他账,反而他专买你的账,比对谁都器重你;可这也跟看上我父扯不上甚么牵连罢。说来管家这份儿差事虽也算不上甚么金饭碗、银饭碗,可教会里争这只至少吃得饱一大家子,又是跟洋人贴肉贴心大有好处的洋饭碗的，准定有的是；难不成那老鲍守口如瓶，谁都不让知道就直对直找上来？……一大堆的疑惑不得解，那就只有感谢上帝，定是主的恩宠照顾，才有这样子意想不到的成全，那可更该顺从了。

这要我父在老鲍那里干了一阵后，才知是何安东长老、上海陆记小老板他二人极力推荐我父给鲍牧师的。

万想不到，那位挂名长老何安东，一则感念祖父给引荐的人才果然才德双全，再则我父没能当上差事，人家还一直放心上记挂着。是老鲍托他在洋油厂里物色个人充当管家，何安东二话没说，华宝善，华长老的儿子，家教好，能吃苦，没上过学塾苦读成材……不知怎会知道那么多。还有万想不到的，老鲍找来陆记小老板，帮他掌眼儿一些桌椅、地毯种种家什，哪些本地能做，哪些得去上海采购，哪些托付他陆记作坊代选代运……安顿个家实在又繁又杂，就劝鲍大夫用个管家照顾才行，老鲍告诉他洋油厂老板替他物色到华长老的大儿子，谁知那陆记小老板一听就翘起大拇指头；因说起华长老为人大智大慧，天下大事无不了如指掌，无怪是个举人出身。长老那个儿子别看是个出力气的苦工，倒是个干家，他日必成大器。陆记小老板我父也没见过几回，见了也没招呼过，人家倒是看在眼里。陆记小老板给鲍牧师举事两桩：一是工地上遇上难处，上海来的领班都没我父的主意高明；譬如掏挖那口风车大井，起上坑小，容不下两三条汉子，坑坡又陡，尽管搭上钉了踩脚的排棹板子，也只能单人儿挑上挑下，白白一大堆人闲在那儿，挑土、挖土只那三五个人干，我父找到工头，又找到领班，指说那像耳挖子舀一大桶量子水，哪年哪月才舀得完，一整下来出的土不够堆个小坟。领班生不出啥点子，我父的主意是搭起架子使唤滑轮儿拉土，挑土的不必下去白占地方，弄得调不过腔来。坑底挖土的多了人，配上拉土拉得快，地面儿上挑走出土人就多了。果然省力、省时，又来得干净马力快。大伙儿都夸我父会动脑筋，我父暗下里只偷喜自个儿记性好，那不过小时候待过青泥洼马栈，码头上看滑轮儿往火轮上吊货，打火轮上卸货，上千斤的货，三两个码头苦力轻轻快快就拉上拉下。是延庆大爷讲的一副滑轮儿减重五成，两副滑轮儿的话，一千斤就只有两百五十斤重了。其实那四层洋楼盖到三层时，就已用滑轮儿吊砖、吊洋灰和铁柱，只是工头、领班都没想到罢了。

二是陆记小老板亲目所睹，不止一回两回，当午人家全都歇午，找个太阳地，避风弯儿，靠着歪着目盹儿，独我父一个人到处走动，多是对偏僻小城还没见过，打西洋，打上海传过来的新鲜事物，样样都不放过地待在那厢仔细看，仔细想，摸摸弄弄，敢莫是要琢磨出个道理来。像钳子、扳手、洋灰、模板支柱、公母螺丝、风力水车架成前暂且使换的打水机、一截儿绑扎铁架钳断下来的铅条也在手上理来折去摸弄半天（其实是想到嗣仁玩旱船的那副髯口架子），就连洋槐树秧子也蹲在那儿老半天，摸摸刚下水洗过一般的嫩叶，试试还不大戳手的嫩刺，又凑近去闻那枝枝叶叶的气味……

这位小老板可说是明察秋毫，那些小小不言的琐碎都给他偷偷瞧进眼里，又看得那么重，叫人实在想都想不到。这位小老板且跟鲍牧师说："可惜人家农忙，工地上苦活儿也一天天少了，要不然，我真想跟华长老打个商量，等医院学堂全部完工，带他这位大少爷一道回上海，少许磨炼磨炼，就不难成个营造坊好手……"这话也曾陆记小老板跟我祖父辞行时说过。这时我父已在老鲍那里干管家干得挺起劲儿，老鲍也极放心，鲍师娘别说又多称心如意的年根岁底了。

照老话说，这是吉人天相，自有贵人扶持。照圣经看来，这是上帝开恩，主爱成全。我父把这老话和圣经捏把捏把和起来，说个简单的，总就是一个天意罢。可天意这么成全了打天上掉下来一般的这份儿差事，只没成全跟大美的亲事。天意拗不过去，也倒罢了罢，就此放下也罢。起先老鲍一提到要雇个女佣人时，我父立时心动了一下，忍不住想到大美，要是没经那一场提亲引起的连串儿周折，大美可真是再好也不过的剔尖拔眉一个灵巧勤利女佣人；那样的话，两人同出同进，同心同力做事，要有多美就有多美，日后敢也顺理成章成亲成家了。可天意当初没给成全，怎么懊躁也无济于事，就别再去白想了罢。

祖母不管家人谈这谈那，一直再三再四叮着祖父，二天回话千切不能忘掉把叔叔推荐给老鲍；还又异想天开，一家四口倒有两口给他老鲍做事，老两口也没闲着，都在为教会传道，南医院盖那么多房屋，不定全家搬进去住下来，那可就此脱身乡下这三间转不过腔来的小草房。为此嘱咐祖父，纵然不方便直说，也要相机行事，敲敲边鼓提醒那个憨头憨脑的蒲大个儿老鲍。

祖父瞅个空儿，背开祖母跟小哥俩儿挤挤眼儿，应道："那是自然，那是自然，忘记不了，你放一百二十个心罢华师娘！"

我父跟叔叔忍不住笑又不敢笑，怕祖母发觉到要见疑——连像取笑胳肢窝夹着《圣经》去做礼拜跟夹着两刀火纸去吊丧那样，止不住笑得浑身哆嗦也硬给憋住。

领着何二嫂凌素英、孟繁章来见老鲍，报了姓甚名谁过后，老鲍俯下身来哄小孩儿一样，指指白个儿额盖儿说："我这个记不清楚，大房儿你说，我耍怎样称呼他们——简单的最好。"

我父想了想回道："请牧师就喊她何嫂，喊他小孟，可以罢？"

鲍牧师指指凌素英，指指孟繁章，何嫂、小孟，何嫂、小孟，重重倒倒念叨着。

我父可又不禁想到，要是换过大美，不知该怎么简单称呼……

洋大夫管家　　673

# 金风送爽

鲍牧师住家这一片我父用步子量出将近三亩地的大院子，盖在当心儿偏西一些的两层洋楼占地不过小半亩——约合二十三方丈左右；除了四周贴着院墙五六步一棵栽的是洋槐，所有空地尽种的是当地土话叫作"老驴耨"一种长不高的墨绿野草。

照庄户人家看来，那么大空地啥庄稼不好种，偏偏种起野草来。野草还用得着有意去种？要还是先前啥都不肯长的沙灰滩也罢了，这可是花掉多多少少人工挑挑担担——沙地吃轮儿，牛车驴车独轮小土车全不中用，挖来河底淤泥硬垫起大半尺厚的地面，就只为的种野草？真是又离奇、又糟蹋了好地一大片。

医院和学堂的地面儿原本就是片沙滩。当年老黄河水大，打这一带拐起个小弯儿，想必长年尽在这胳膊弯儿里打漩涡，沉积下与岸边地势同高的沙丘，啥也不长，只稀稀朗朗生出小秃子癞疤头一般，这一撮、那一撮、短不过三两寸的苗茵，拔来扎成小把儿卖给小孩儿当零食。剥开层层红尖儿绿身白根儿外壳皮，里面包的是洋人头毛那样白里透银透红一绺曲发，嫩得不搪牙儿，甜丝丝、水盈盈、才逗味儿着。小孩儿一头剥着皮，下口啃进嘴里啧啧咂咂细嚼，舍不得一下子咽下去，一头叫它"死人头发"，逗着乐子又瞒示有多大胆儿——往年死囚多半押来这片沙灰滩上砍头。谁也不信却谁都传着说这苗茵都是脑袋落地冒出来的血浸到沙窝子里长出来的。小孩儿十个有十个嘴馋，才不管死人头发还是活人头发。

为这个凶地，小孟、何嫂一听说师娘来到以后，都要住进洋楼一旁三间平房里，只可礼拜六晚上家去，礼拜天晚上再回来，不禁都面有难色。小孟凭个男子汉反比何嫂还要胆小，怕飒飒地拉住我父偷商量，说他情愿天天起五更，睡半夜，跑来跑去，不怕辛苦劳累，也不要住到这种脏地方，看看鲍牧师能不能通融通融。我父恼得噌道："怎这么没出息！你让何嫂一个人住这？胆儿小如鼠也罢了，连人心也没？"

当地人叫这种凶地"脏地方"，凶死那么些鬼魂，难保不随时出没。

那小孟一副胁肩媚笑，拱手作揖，逗得我父只觉这个小人太可怜，有意吓唬他一下："照你说早出晚归，你就不怕来早了天还没亮，晚家去二三更天了，那些半截瓮子无头鬼拦在路上把你掐死！实在不敢的话，你不干也罢，要干的人多着，抢不到手可是！"

我父对神奇鬼怪不是不信，祖父给铁锁镇土匪头子朵把毛爷花武标赶鬼在前，亲眼所见义和拳符咒神功在后，还有多少想不通、想不透的古古怪怪，总不是教会一个"迷信"就能打发干净的——夹本《圣经》像夹刀火纸，把阿们阿们当作阿弥陀佛有口无心挂在嘴上的教友，又跟迷信有啥不一样？祖父常说"信是一回子事儿，信靠又是一回子事儿。"我父长久受教以来，已给自个儿找出一个准儿，"一正压百邪"，不光是对神奇鬼怪，对为人处世也是一样，是我父一辈子都坚守的根本。

对此，犹忆童年每个冬夜我父晚饭后出去蹓跶回来，我们一听那进门总跺一跺鞋土，接着有点儿像趿鞋的嚓啦嚓啦脚步声，便雀跃而

金风送爽

起聚拢到堂屋里，一旁等候像嗷嗷待哺的巢里雏鸟，张大黄口争接打食回来的爷娘喂食，瞧着年长的哥哥姐姐七手八脚张罗，总是先把玻璃罩煤油灯拿开，免得晃倒，再把小半边放进条几下的八仙桌搬出来，好让四面都能围上人。我父拎在胸前四五只小贩儿洗净削好，每只横两刀、竖两刀，划成根连九桠的绿皮紫心儿青萝卜，放到抹净的八仙桌上，只见我父一只胳膊伸直到桌心儿，肥大的皮袍袖笼哗哗啦啦倾泻出炒花生来，一倒就是一大堆，另一边袖笼又倒出一大堆，这再两手换着拍拍打打袖笼，多半还有几粒藏在哪个夹层里和着碎壳儿渣渣给抖出来。大家一声声欢呼，多少只大手小手揽在桌边儿防着花生蹦蹦跳跳滚掉地上。那是卖花生的小贩儿称足了秤倒进那两只袖笼里的，一只袖笼能装进一斤多又香又酥的带壳儿花生。

青萝卜就花生，或也是花生就青萝卜，可是佳配——花生米腻嘴，吃不几口就腻猥了，来口青萝卜正好爽口杀杀腻；青萝卜辣嘴，辣得人嗞嗞呵呵，嚼两粒花生米，立时就解了辣；这么着辣杀腻，腻解辣，吃得人没帮没底儿。这才有嘴空出来，探问我父："大，今夜又没找到鬼罢吓？"多半总是二哥和六姐才会跟对儿女不假辞色的严父说得上闲话。

我父常就是那样，晚饭过后出去闲蹓跶——跟洋人习来的散步，也正合老话说的养生之道"饭后百步走，活到九十九"，"找鬼"敢是顺便，人家传说的脏地方，要不是死因枪决的刑场——民国以后都在水门和西圩门之间的河堤圩墙内行刑，就是偏僻的街巷，诸如城根子路上，只门朝城墙的半边才有人家，敢是来往行人稀少，入夜家家闭门合户，就冷清极了——一肚子鬼话的大哥就讲过他亲身经历，一个月明星稀深夜，走过西城根子，见到一个妇人对着城墙抽抽搭搭哭泣，大哥停下来劝她，天也不早了，回家去罢……一劝再劝，那个妇人一烦，掉过脸来带着哽咽噌我大哥："你走你的啊！"一张煞白脸，上面没有鼻子眼睛嘴……

打咱们家搬进城,我父就养成夜来闲蹓跶习惯,算算也有三十来年了,城里城外,人家讲得活真活现闹鬼的脏地方,我父无不走遍,也不是逞强夸口胆子大,总就是考验他的"一正压百邪"罢。这"一正压百邪"的人生历练结果,成为留传给我们子女的庭训之一:"但凡谁讲亲见过鬼的人,你得对这个人的诚实至少要打个对折。"此所以我父不喜大哥的一个原因。庭训之二是:"你正,就是阳气盛,啥神奇鬼怪都不敢沾你、惹你。倒是仇恨、贪心、骄傲、欺人、嫉妒那些鬼才可怕,一旦给附上身,阴气盛了,也一定那些神奇鬼怪都给招惹上来缠住你。"说来说去总就是"一正压百邪"是我父为人处世一个不变的根本。

小孟是哄也罢、吓也罢、挖苦取笑也罢,可口口声声干哥哥长、干哥哥短,叫得要多亲有多亲,就差没下跪,只求跟鲍牧师疏通疏通,打赌他天一亮准到,天一黑就放他回去,碰不上鬼就行。

这太没个准儿,眼前,活儿还没干在哪儿呢,师娘还没来到,都只是收拾、打扫、整顿,不慌不忙,敢是由着你清早赶来,傍晚回去;可师娘来了以后,入冬又昼短夜长,一天里多少活儿?要打多早干到多晚?洋人过日子是怎么个作息?谁也不知道,只等师娘来定规。要疏通也得等师娘来了再说,跟鲍牧师去求个通融,那可是嘴巴上搽石灰——白说。

活儿忙里忙外,忙出忙进,我父倒不用亲手去做甚么出力苦活儿,可老鲍只给个大约某指点,全得自个儿一一去费心琢磨,把事儿干个圆满。像烟筒直通上楼顶的大厅壁炉,洋人不要烧焦炭、木炭,偏烧木柴。这也原本没啥作难,炭行、柴行,要多少都有;可相相那壁炉,不比大灶那么深,木柴长了粗了,不定稍不留神烧到炉口外头来,不光是木板铺的地怕火,脚毯也靠得很近,木柴难保没虫子,一炸就是四散的火星儿，羊毛织的脚毯可经不住火星儿崩上去。再说这一冬过去，总得几百上千斤木柴才经得住昼夜不停地烧火，而外也还要一些引火枝柴棉柴，这笔钱何不让庄子上人家来挣，价钱也定比炭行、柴行便宜得多多；这样也好吩咐把木柴锯短、劈细、留意柴火虫洞，尽量把藏在里头大嘴白身子肉虫磕出来，烤起火来才万无一失——别说那火星儿能崩散几尺远，单那打枪是的一声，就冒冒失失把人吓一大跳。

我父在这些上头可花尽心思来照应人家，不光是俗话说的"拿人银钱，替人消灾"，单凭人家漂洋过海，不远千万里而来这异邦外国行善做好事，就算一文工钱都没拿，也该好生照应人家——像咱们流落到此，李二老爹和庄子上许多人家都是素不相识，何止是照应——给房子住，给塾馆教，给上好工钱干活儿，更还有亲如父子弟兄的交情……人家可没图个，也没落个分毫好处。

再就是花大钱也不定买得到的见识，如今挣来大钱还又挣来个眼界大开；人家花钱学官话，自个儿不花一文学到洋话。好事儿连弯个腰儿也不用就都给拾来了。怎不叫人兴头大大的，更加感恩不尽天父的厚爱成全。

陆记小老板暗中观看，夸奖我父凡打眼前过一过的物事，总不轻易放过，仔细琢磨又琢磨，那是不错。这两层洋楼里，放眼尽是新鲜物儿，单是洋门栓、洋门锁、大门一个样儿，房门又一个样儿，可就够我父反来复去把玩个没完儿。往后日子里，从鲍师娘那里零零星星学到的一些英国话，才知各式各样的门栓门锁，都各有个名字，大门上有个酱色扁球儿陶瓷把手的叫作 Y 锁；各个房门上带了扣榫儿的一种叫作"司普铃"锁。

Y 是英国字一个字码，敢是指的那个形外罢；"司普铃"是个甚么意思呢？鲍师娘张口结舌讲不上来，四下里溜眼儿要找啥的样子，又想上半天，抱歉笑笑，还是不知道官话该怎么讲。想不到那么顶真，老鲍一回来，进屋不一会儿就出来喊我父："大房儿，请来一下。"老鲍也没进屋，把大门外层防备苍蝇蚊子的纱门打开，等它顾自扇回去关上，随后手指头叩叩像根小管子的纱门门轴，说那里面就有"司普铃"。我父尽管还懂不了，也只有含含糊糊点头应了。又更想不到的，老鲍二天回家来，天天拎的大皮箱之外，还又提来一只加上铁箍的小木箱。我父接过来跟进屋里，谁想老鲍平常到家就要换身家常衣裤的习性也省了。像口小棺材的木箱打开来，里面一下子铁器家伙，除了看得出来的钉锤儿、小锯子、长长短短的洋钉，别的可都不知道作啥用的家什。遂拉住我父凑纱门轴那里蹲下，小拇指都比我父大拇指还粗的大手，笨笨地先把门轴上下两个小圆球儿抠下来，放到我父掌心里，木箱内扒拾着找出一根儿细铁棒，插进门轴横一排小孔里，好似推磨一般蹩过小半圈儿，顺手取下小得捏不住的销子，又放进我父掌心儿里，立时纱门下半边脱了榫，卸开斜斜的缝子。门轴管子里漏出个寸把长一黑管儿，拣起来细看，才知是快枪栓里钢条打圈儿绕成的那种螺丝转儿。老鲍指指这小东西说："这就是'司普铃'，官话怎么讲？"

费上这半天手脚，就只为掏出这么个小东西，他洋人还真是拿啥事儿都当回事儿，叫人打心底佩服，这得跟人家好生学学。

这类螺丝转儿敢是早就见过，青泥洼马伐那般家勇，两个头目都各有一架二膛盒子炮，挂在腰里可跩得很。盒子炮拆开来擦净上油，枪栓子里就有这玩意儿，家勇叫那螺丝转儿，拉长了，布角塞进缝子里转着擦，一松手又缩回去。可这门轴里的螺丝转儿不知是太硬，还是不合手，使不上劲儿，我父指甲抠住两头，攒住劲儿拽了拽，松紧是显出一些，就不怎么拉得开，拉得长，白白给油垢脏了手。

官话怎么讲？"螺丝转儿"弄不清是官话还是土话，只好就这么

金风送爽　　681

告诉老鲍公母俩儿，外加用手比画，讲明敢莫是那外形挺像河里汪里生的螺丝，就起了这个名儿。鲍师娘就近取来纸笔，打开一小瓶蓝水儿，帮我父沾沾笔头，调正了笔尖儿，找我父把字写到纸上。

我父把纱门轴里拆下来的零碎腾到左手攥住，接过好似银子亮闪闪的洋笔，这可是生平头一遭用洋笔写字儿，可叫别扭来着，硬像刀尖儿的笔头，刮在纸上嗤啦嗤啦响。亏得是写在又硬又光的洋纸上，要是仿纸，早就刮毛刮烂，加上洇水，够一塌糊涂的了。就这样也两只油垢污手给纸上尽打了指模。

我父还算机灵，一看写得歪歪倒倒四个赖字儿，恐怕洋人未必认得出来；饶是认得出来，也未必懂得是啥意思，就又小小心心试着画出了长壳儿螺丝。

没想到这洋人两口子一下就懂了，大叹一口气，重叨着"螺丝转儿、螺丝转儿……"冲我父直竖大拇指。

还有更叫俩洋人服了我父的——十月底了，天黑得早，就着门口薄薄一点儿天光，要把纱门装回去，我父张开方才写字画画儿攥着螺丝转儿几件小零碎儿的两只脏手，挡开老鲍说："牧师，就尽我这手罢，别再脏了你手。"照着先前卸开门轴先后顺序反过来，犹豫也没犹豫，一一安了回去。待鲍师娘点起洋油马灯，拎过来照亮，我父已小功告成，把那纱门试着开开合合，门缝儿严丝合缝，完全原模原样儿，老鲍双手翘起大拇指，冲口而出夸道："你真真是一个'大房儿'，真真聪明！"

鲍师娘见我父扎煞着一双污手，没着没落的，连忙马灯照着亮儿，领我父到厨下来洗手，指了指池台子上一盒洋胰子，墙上毛绒绒手巾中一条纯白的，又帮忙打开水龙管儿。洋胰子喷香喷香的，只在手心儿打个滚儿，便搓出大团儿白沫来。

灶房里干干净净，见不到一点点儿灰星子。不只是房子新，家什新,才这么一尘不染,单那灶门开在屋外出檐下头,又有火烟筒、锅灶上头洋鬼铁焊的大罩子也有个油烟筒,都是通到外头,再用多久下去,该也不会像咱们乡下灶房那样给烟熏火燎得四壁油糊糊,屋顶黑漆漆。

何嫂正在背后收拾饭桌,两根白洋蜡烛(咱们丧事才用的)比任恩庚牧师送给咱们家那一对还要高出个一拳左右,明晃晃的斜对拐儿一角一根,照亮满灶房。那跟咱们庄户人家早晚锅前锅后凑合一顿可不是一回事儿——两碟咸菜,欠欠身就捞到锅边儿大黑勺,锅里盛到碗里,方便得很,无非稀饭、面汤、糁糊、小豆腐,坐回柴草窝儿里暖暖和和,唿噜唿噜烫得嘴歪眼斜,不住擤鼻子,不知有多知足心常乐。洋人饭桌摆在灶房里可不是凑合局儿:饭桌、靠椅、桌围、椅帔、手巾,全都一抹白(苦了何嫂,三天两头就要洗洗浆浆这些大的小的白单子)。杯盘碗盏、刀叉勺匙、洋蜡烛台、花插瓶子。尽是鲍师娘打美国、上海带过来的上好瓷器、银器、玻璃器。可够讲究的。想想关东三个家,一个也没这么阔气——兴许不算阔气,是洋人太会享福,衣食用度就是个不马虎,不凑合,不将就。

洋胰子不光是喷香,洗起油污来像剥了层皮一般,多少皱里,手指盖儿缝子里藏的灰垢,全都去除干干净净。可尽管这样,我父还是不忍心用那雪白雪白的洋手巾擦手,所好鲍师娘上楼照顾贝贝去了,人家那么好心不好不领情罢。

风车洋井就够神奇了,当初地下埋进那么多听说是铅做的空心儿管子,想不到就是洋井的水打到这些四通八达的管子里。想想正二月挖这水井那段日子,真是吃尽苦头——烂泥里没断过冰碴子,哪有那么多鞋子赔进去,就是蓣草打的草鞋,不是赔不赔得起,穿了踩烂泥窝也不当啥。赤脚踩进踩出,那可冻到骨髓里,脚掌脚跟冻得到处裂像小孩儿嘴,红赤赤张着,里头还没扎牙。可那一伙吃尽了冻苦,今

金风送爽 683

天倒只独自个儿来受用这水龙管儿之福，说来也挺不公平；俗话说的，"人比人，气死人"，真没错儿。

水龙管儿，该算是我父给诌的名儿。往时牛庄老家，槽坊最怕的就是火，两挂水龙时时都装满了水，得至少两个大汉一头一个跳起来压水，才能把水柱子打到屋顶那么高，也得好样儿大汉才掌得住那水龙管儿。鲍师娘问到官话该叫这甚么时，就像"螺丝转儿"，一向都没有过这种玩意儿，只得想想相像的甚么，权当官话教给鲍师娘。当下鲍师娘也就教给我父，指指水龙管儿，"哇特儿靠渴"。我父也学会了鲍师娘教人吐字儿，要把嘴头、舌头、门牙，怎么张，怎么合，怎么动，怎么咧……一一做给对手细看，重来倒去，说准了，说熟了，方才罢休。不几时我父便抓到窍门儿，也觉出洋人其实嘴比咱们笨，吐音咬字我父重个两三遍就对了，洋人总得八九上十遍；说是洋人认真罢，倒也不一定，百遍也吐不出那个音来，最是咬不准的，像"任牧师"的"任"、"上帝命日头照善者，亦照歹人"的"日""人"……都是打死了也咬不清的字儿。

一个教官话，学洋话；一个教洋话，学官话；可都是这么家常家话儿随时随地教，随时随地学，可不是塾馆里那样教的学的摇头晃脑，念念背背。祖母那样死塞活塞一心要把叔叔擩给人家去教官话，照这么个教法儿，压根儿就行不通罢。只有念圣经，每天午饭过后，鲍师娘把起名叫鲍永福的三岁贝贝安排了睡晌午觉，这才下楼来，总是道一声抱歉："总是先生在等学生，很不好意思……"

鲍师娘倒真是对待先生一样，每念圣经，总给我父备上调进白洋糖的热茶，切成一片片烤出来、不是蒸出来的洋馒头，涂上鲍师娘亲手用林檎、沙果熬成的甜酱，再不就是熬成添上不知甚么香料的牛油——总归是洋人喜吃甜食，就是放盐也只意思意思；这跟咱们口味恰正天南地北，咱们咸菜咸得"打死了卖盐的"，洋人甜食甜得响嗓子,洋馒头香是香些,可就是太泡太脏,要想吃得饱怕不容易,先就把人给响得舌头软了、嗓眼儿塞死了。

这水龙管儿——哇特儿靠渴,是一大奇巧古怪,除这以外,许多小奇巧古怪还有的是,一时数说不完。可一母生九等,等等不一样儿,我父和何嫂、小孟,一不沾亲,二不带够,三个人对这些大大小小奇巧古怪,更是各有各的一套看待。

何嫂罢,做了多少年下来,始终没改那套老调:"这些洋鬼子!"人嘛怎可不用筷子用刀叉!小戏唱的:"正月——十五——庙门儿——开——嗳,牛头——马面——两边——排——嗳。"那牛头马面不就是一个拿刀,一个拿叉么?"这些洋鬼子!黄毛绿眼珠儿,不是鬼是啥!"桌围椅帔手巾蜡烛,全都一抹白,也不讨个忌讳,见天都在办丧事不是!"这些洋鬼子!"一直都那么看不中洋人、看不中洋玩意儿。

小孟呢,但凡头一回不管见的啥玩意,一律来一声"脔他!"可也就是见了便过去了,总都这一声便打发过去,不兴再多瞭一眼,多摸一下。也弄不清"脔他!"那一声是赞美、是噌人,还是嫉妒。坏在他不比何嫂,人家任咋瞧不起洋人,勤利、干净、手底下又快当,老鲍常冲她翘翘大拇指;小永福也带得挺好,特别是鲍师娘病故后,小永福全靠她照顾,说得一口当地土话,英国话都不会讲了。可这小孟,土话说的"懒腔抽筋",十足算盘珠儿,拨一下才动一下,只要没人看看,宁可愣在那儿发呆,拔着拔着杂草,蹲在那里看蚂蚁搬曲蟮,闲得还帮蚂蚁搬一程。更要紧的还是心地不善,常使小坏,损人又不利己。有一回分派给他何嫂洗过的盘子、碟子,用白手巾一一擦干,居然擦干一件,四顾无人,伸长舌头舔上一圈;再一件,擦干了再舔一圈。说是调皮罢,也太过分;害了人家,自个也没落到一点好处。这么下作单巧隔着花玻璃窗和纱窗给我父窥见,走进去把擦过的

金风送爽 685

一落大盘子一只一只拿起细看，果不其然，盘沿儿一圈水晶晶的湿印，指头抹一抹，有点儿黏，不是没擦干的水。气得我父每抹一圈儿，就往小孟腮帮上涂一涂；再涂却没涂到，小孟一下子矮了半截儿，直橛橛跪下去了，怕人听到，喊喊嚓嚓央求着下次不敢了。我父给弄得恼也不是，笑也不是，还是吓唬吓唬这个小孟，定要告知老鲍，"不光是叫你卷铺盖走路，怕还要狠揍一顿——吃了你多少口水儿黏涎，能不恨死你！……"不只是吓唬，那可是实话。

小孟真是给吓住了，猛作揖又磕头，"亲大哥，亲大哥"地求着。吓得简直有点儿魂不附体的可怜相儿，但得叫得出口，也亲爹都叫了。

我父敢是不会去告洋状，只严严地规诫又规诫就算了。倒也不大是看在这小孟是祖母的人——不定还更要趁机赶掉这个不成器的小混蛋。可头一个念头还是别让洋人知道了去，很丢咱们中国人的脸；再就是老鲍的火暴脾气，这种下作犯到他手上，不把人打成残废也揍个半死；是真的不敢让老鲍知道，我父知道那个厉害，报册上洋人打死中国人不偿命不是没有过。洋人见官加一级，打起人命官司也只有洋人包赢的份儿。

我父也真两难，只有自个儿多担待，眼睛放欢些儿，勤盯勤叮，也是心不甘，情不愿，不得不多护着些这个没出息小子。

可老话说得没错儿，"江山易改，本性难移"，小孟经那一回惊吓，安分了一段时日——其实只是没出事儿；谁也不敢担保他避着人又不知偷过多少懒，使过多少坏。有一回重又旧病复发——兴许又是常时那么下作，只不过时运不济，给老鲍逮住了，又一桩害人落不到好的坏事儿——那大的院子，哪个墙角儿、洋槐树丛后不行？又还有现成的冲水毛房，偏就挑上后门出檐下烧火的灶门那旁撒尿来。撒得哗哗响，还怕人家知不道，给老鲍大吼一声，逮个正着，吓得剩下半攒不住，把半边裤腿儿漓拉湿溚溚的黏在身上。

老鲍敢是饶不过这臭小子，老鹰抓小鸡一般，一把摔住后脑勺上干草把儿辫子，腕子挽上一圈儿又一圈儿，晌示力大无穷是的一下子拎了起来。那么个又高又大的壮个头儿，硬是把小不点儿像只癞虾蟆的脚不着地悬空吊着，也像癞虾蟆那样四脚乱蹬猥。

　　我父闻声抢过来，一看这光景，吓一跳，也立时知道这小孟又捅了啥漏子。可忽有一念闪过眼前，那是听说过的耗牢事儿，就像脸前这样，辫子吊起人来，头发连根儿把头皮整个拔掉，人摔下来，血头血脸，血喷光了人也完了。且不管那讲的是真是伪，还是别闹出人命。我父忙赶上前去，抱住小孟身子朝上举，让那吊人辫子松松。老鲍气急败坏，忘了官话，一声声骂着一个字儿也听不懂的洋话。这当口怕也拎不动了，放下来趁势儿一摔，小孟头朝下栽到地上，幸亏下半身还给我父紧紧抱住，要不然一脑袋撞到石头一般蹦硬的洋灰地上，定要头破血流，门牙也保不住跌断。谁知那老鲍眼明手快，一虾腰，把小孟拦腰一勾胳膊，就夹到胳肢下面，脑袋朝后，湿掉半边裤子的腚瓣儿，没遮没拦撅在老鲍腰眼儿前，蒲扇大巴掌抬高落重，活像打腰鼓那般，一下下结结实实猛揍，又快又响。只见小孟空蹬两腿，直着嗓子大声告饶：“俺不敢了，俺不敢了，再也不敢了……"

　　我父一旁白白愣瞧着插不上手。屁股好在腚肉一堆，巴掌咋揍也不妨事，就让他狠揸一顿，好生给教训教训罢。只是，这么丢尽咱们中国人的脸，着实叫人难堪，我父只觉自个儿也有一份儿——自个儿带来的人罢，怎不无地自容，也求不了情。

　　还算老鲍有点人味儿，约莫也是鲍师娘面慈心软，一旁说了好话，尽管那么下毒手狠整了顿结实的，叫人一旁瞧着寒心，倒没有赶他小孟走路的意思。

　　小孟老实是老实多了，避地里骂骂嚼嚼可没住过口。往后日子里，动不动被老鲍打腰鼓儿揍一顿，不是家常便饭，也合着初一十五吃花

金风送爽　　687

斋罢。反正每捱过一顿，这小孟就眼泪一把濞子一把地赌咒发誓再也不要干了；仗着洋人听不懂，骂些脏话，却也就只图个嘴上出出气罢了。人家没撵他滚蛋，算开大恩，凭他这么个甩料，到哪去见月混到个三吊钱？不干不干还是干下去了。

起先我父还会把他拉到一旁规劝规劝，没用，你说好说歹，他只当耳旁风，这耳进，那耳扔，都是嘴上抹石灰，白说了。对这，我父气也不是，笑也不是，就剩个挖苦："横竖罢，周瑜打黄盖，一个愿打，一个愿捱。一个是三天没揍人，手痒痒；一个是三天没捱揍，腚痒痒。"久了也给打疲了。就这么着，居然一直干了下去。真叫人疑心这对冤家焦不离孟、孟不离焦；疑心他老鲍始终不提撵人，敢莫要的就是手边儿顶好有这么一个小贱皮，不时供他敲敲打打，揍人揍上了瘾。

就这么个小贱皮，好吃懒做又老是欠揍，直到给老卜牧师雇过去，长久调教，才算上了点儿道儿。那已是两年后，咱们家搬进城，我父准备迎娶我母那一年。

有一回偷嘴，让老鲍逮着，狠揍叫他把吞进去的烤鸡腿吐出来，提溜两腿倒过来控，给打成内伤，吐了好几口鲜血。老鲍还算有个人心，送到医院去疗伤养病。那么一来，反而因祸得福。医院里四个病人一房，除了家什用器，穿着被褥，里里外外，上上下下，一抹白到底儿，忌讳得叫人心里毛毛的直犯嘀咕；凭那吃了睡，睡了吃，像个老爷子让人伺候，洋药又没咱们土药那么苦，真是打小到今从没享过这种福日子。

老卜牧师敢是听到有这事儿，或许也是鲍牧师两口子请了来——其实老卜牧师本就常来蹓蹓，看看病人，传教，祷告，教病人唱诗解闷儿——亲自跑来房里看望，哄一阵儿劝一阵儿，又领着祷告一番儿。两句好话一听，小孟顺竿儿爬，倒大诉起苦来，哭哭啼啼说他再也捱不了三天两头揍人。冲着那一大把长过腰带的大白胡子喊起大老爹，求着大老爹救救他。老卜牧师跟老鲍商量过后，把自个儿使唤多年的小使儿——快上三十岁的小苗，对换小孟过去。

老卜牧师一家住在城上培贤学堂的对面不对门，也是个种满花草大院子当央一栋两层洋楼。小孟可真是得救了，不单逃出老鲍大蒲扇手掌心儿，离家近多了，还又躲远了出鬼的那个脏地方——我父也沾上光，起初为的陪着这个小胆儿鬼，一个礼拜里总要住在老鲍这儿四五夜；慢慢儿地小孟习惯了些，也还是常要陪他过夜。如今搬了家，租的靠近城东的三元宫大杂院儿，早出晚归来去南医院，也不比来去沙庄近多少，可才搬不久这个家，诸处都要时时收拾照料，反正是早出晚归，误不了人家的事就行。

小孟在老卜牧师家也是干不多久，又犯了旧病，一日洗地，家什能动的都搬到院子或出檐下洗洗抹抹。一时尿急，就在楼门旁撒起来，反正四处无人，出檐下洋灰地上会儿也还是要打水来洗刷的，又省得绕去楼后上毛房。谁知方才四顾无人，正尿得好生舒坦，老卜牧师不知打哪冒出来，一下子就走过身旁，哈哈一笑，把小孟吓了一跳——是真的跳起来。只见老卜歪起嘴角笑嘻嘻："真便利噢，以后，尽管都在这块儿便利罢。"一点儿也没生气的样子。

小孟跟我父讲起这事儿，口口声声骂他自个儿丢死了人，丢了祖宗人，丢脸丢到外国去……一来是他真的没有存心使坏，二来像老鲍那样揍人，愈揍愈要跟他洋人反着来，就是个不服气。可老卜这一手，算是口服心服；给老卜那一套软功嘻嘻哈哈一消撩，当下臊死了人，恨不得有个地缝儿钻进去。老鲍揍得他真告饶不敢了，那跟喊痛喊疼喊妈喊娘一个样儿，哪有不敢那回事儿，只发狠偏要干下去，干得私密，千万别让他老鲍逮着就是了。可老卜没使他告饶，心里倒大喊大叫，千声万声不敢了，一头骂自个儿不是人；是真的赌下血咒再也不

金风送爽　　689

敢了。那以后，别的毛病没见好了多少，他小孟自个儿说："白管甚么，至少俺明人不做暗事。俺大哥，这上头你就放一百二十个心罢。"

给洋人当差的、雇工的教友不少，像何嫂、小孟这样的倒不多——要不是说不出道理来的一味看不顺眼洋人，就是毫没道理地跟洋人捣蛋使坏，总是一点儿也看不到人家的好。除此而外，适好相反，大半都是把洋人看得不知多高多大，好似这般洋人都是上帝或耶稣的替身。能像我父不卑不亢对待洋人的，可少之又少。

跟老鲍一家两大一小三口人的家常日子这么贴近，日久天长下来，加上我父凡事莫不细嚼细咽，细尝细品，就像饮食一样，荣养人的就留在身子里，沙脚渣巴没用的就拉出去；又像筛花生那般，草渣土疙头筛下去，花生留在筛子里。总还是祖父的遗泽熏陶罢，养得个好底子。祖父讲道就曾拿长毛贼和义和拳为例，洪秀全那一套天父、天兄、自命天弟，实在荒唐，把路走偏得厉害；可义和拳那样把洋教洋人看得十恶不赦，又太离谱；祖父是要众教友莫忘咱们老祖宗执两用中的德性，"君子中庸，小人反中庸"，长毛贼和义和拳，就都是小人行径——小人得势，小人当道，怎不天下大乱！将我父和叔叔教养成君子这上头，祖父身教也言教，算是深到性命里了；又还不只德性，像这样对待洋人有喜有不喜的、有要有不要的，一跟祖父拉㖧起来，竟然无一不准，这就信得过心里自有个准儿作主，敢都是祖父平日教养有成了。

要问喜的、要的，不喜的、不要的，都是哪些个？当然，那哪说得清，说得齐，说得尽。倒靠祖父和叔叔帮我父调理出个根本来，截长补短——咱们土，人家洋，土洋一较量，谁长谁短不难比得出来，那就拿人家长来补自个儿短；洋人的短，不光是不要，还要当面镜子照照自个儿——有则改之，无则加勉。

要再问我父取到人家多少长处，他老人家自个儿大约也未必说得清楚，只因那都是不觉为意学到做到的。可我们为子女者备受其惠，尽管言之不尽，这"家珍"数说不完，却能取其荦荦大者，桩桩件件一一道来。譬如看来微不足道，但极其重要的日常琐碎可太多了。咱们一向都瓜桃梨枣当作哄哄小孩儿的零食；别说当年，便是五六十年后，一家人吃水果，分给雇用的老太太，总是急忙摆手躲开："看我多老了，留着哄哄小凤罢！"可我父当年便从洋人那里得知水果多有营养，多会帮助消化，多壮身子。家里人口众多，就说西瓜罢，都是整车整车包下来——不只是手推独轮土车满满一大拷篮，且有驴车骡车拉来的；有年老黄河发大水，河西上城都靠渔船来往运粮草货物，我父当回事儿那样跟伙计们轮换着水门守候，竟包下整整一船西瓜，牛奶场的伙计全体出动去搬的搬、挑的挑，三间堂屋出檐底下，一溜儿码有窗台那么高，再没有哪个人家这样子，人家甚至还不懂得除了瓜果行、瓜果贩子，这普通住家干吗像不要钱似的，一买就整船整车整担的进货一般？当饭吃呀！——本是噌人的臭话，却让说中了，咱们家还就真的是把瓜果当饭吃呗，少说也是当菜吃罢，一日三餐，两餐都有瓜果这一道"菜"嘛。为的冬不缺瓜果，南院儿前进三间东屋底下，还挖了大地窖子，里头收进大批黄菜、黑菜、番瓜等等，还有可充水果的红萝卜、紫萝卜、青萝卜、胡萝卜、手脖粗的甜大葱、甜又水分足的洋地瓜……都是可以熟食、凉拌、生吃的瓜果。大寒季节，地窖便又大批收藏老黄河上，用铁榔头破冰，泥舵拖到岸边，挑抬回来的尺厚河冰，留待过夏消暑，冰块、冰荷兰水儿、手摇桶制的冰淇淋种种应市，多少小贩挤破了头儿上门来批货——那可是清末民初，整整华北大地上，慢说小城小县，便是通都大邑也都罕有的新兴行业一项创举。

　　再如家居庭院种种，也俱见多受西洋好的一面熏染，即使三十多年后，也仍显得与小城一般人家有所不同而多新意，却又不失祖传本色，且是寻常百姓不须多少花费，便可享得的干净、清亮、安适、花木繁茂之美。

我父自从置下房屋，从洋人那里领受并当下即立定心愿要行于自家的种种，开始——如愿。广植花木果树，改装玻璃门窗，都是等不及地放在头一步。南院儿住家，北院儿养牛。北院儿贴围墙栽植防蚊蝇、不招虫、生长快的洋槐，不几年就成荫遮凉。南院儿花卉果树为主，北边墙爬满蔷薇，西墙根丛丛白丁香繁盛得高与屋檐等齐，蓬开如一两间房子大小的花棚，三春间单是这蔷薇丁香便香遍河堤上几十户人家，邻家姑娘们尽来讨花戴。盆栽更是遍置院落周边，且以八宝为主——八宝正名天竺葵，有些地方名唤毛叶或臭叶海棠。我父是个忙人，大半辈子守着陪同洋人莫干山避暑路经上海买的一座德国制闹钟过日子，非比闲情莳花养鸟，得图省时、省事、易养、易活的花卉来玩儿；八宝正合忙人来养，又四季花开不绝——冬日置于室内，照样地盛放。八宝或因品种繁多得名，我父十几二十年摆弄过来，幼年时已见有朱红、粉白、姜黄、桃红、银红、茄紫、白边儿粉红心的"美人脸儿"、姜叶儿、爬藤，都已超过八种；抗战前一年，升平二哥去济南公干，竟寻得两种珍品带回，一是略含红意的青蓝，一是紫红近黑，我父视为至宝，小城沦日前均已分枝多株，已足十宝还多了。而毁于倭寇者又何止这十宝，千宝万宝也有了。不想甲午阴魂不散，复继牛庄、大连、普兰店三地家业，相去不过四十来年工夫，重又毁掉咱们南院儿、北院儿两处家业，一样的又是个片瓦无存。

再说南院儿果树，那可是多彩多姿，打五月到九月新果不断，麦黄杏开头，水分足，甜头够，味美不下于枇杷，七月最盛，次第有葡萄、铃枣、桃子、黄梨、林檎、石榴、柿子压轴——撒上石灰水，一浸两三大缸青柿，俗名懒柿，其余留在树上的任其熟透（一般是支窑熏熟），霜后以竹竿梢上绑以布袋采撷，收藏地窖内保存到过年，自比人工熏出的久放不坏，甘美爽口，人间仙品。

农俗有道是"七月枣，八月梨，九月柿子乱赶集"，轮到这些果子当令，咱们家各种果树虽只一两棵，却总一家人食之不尽，还要分享给前院儿房客和四邻，那也是小城人家所绝无仅有的咱们一家。

不知该说是我父善养花木果树，还是一个人家兴旺起来，事事物物，一草一木，莫不顺心如意，欣欣向荣。我父当初侍候洋人所随时立下的许许多多心愿，多半都已在自家先后因地制宜地一一实现，大约独独的只有一项缺憾，不是单凭一人一户再能干、再兴旺，所能办到的——那就是"厕所"，连带的还有供水的难处。这就像我父尽管能言善道，一辈子也没能把这"厕所"二字咬得准，总是说成"拆夕"，属于地方性不易改变的口音；连带地把洋人——至少也把鲍达理夫妇的官话给教成"拆夕"，念圣经也是"玉圣夕""夕多玛城"……

乡居还不觉着怎样，天大地大，人口稀少；粪便，不管是上品人粪、鸡粪，次品狗粪、猪粪，下品牛粪、驴骡马粪，都是庄户人家一宝，疼惜不及自无厌恶之理。只是一经搬家到城里住下来，如同粮草一样，乡下再贫苦的人家也比城上大富人家来得泼实宽松；这粪便也是一般的打发起来十分扎手。尽管不愁没有混穷的孤寡以拾粪为生，粪场定期到千家万户收买为业——多少人家主妇、女佣，把卖粪的小钱儿当私房、外快儿，可不管使的是马桶还是粪池、粪坑，气味和形体都是收拾起来令人掩鼻憋气，反胃作呕的痛事、苦事。只是几百几千年向来都是这样，人吃五谷杂粮、鸡鱼肉蛋，不能只进不出。命定如此，唯有认命，无尽无休地忍受。乡下人会说，忙来忙去只为这张嘴儿，不用费多少手脚，抓把薄泥也就把这个小洞儿堵死了，往后再也不用耕种、不用收成了。那城上人敢也会说，下头这个小洞也不过一坨泥疙瘩就堵死了，从此以后再也不用为此所苦（臭），可算得人

金风送爽　693

生一大解脱。却可惜只当得笑话逗逗乐子,也还是只得认命,无尽无休地忍受下去。

我父尽管一进到洋人家室,目不暇给的太多新鲜事物中,见识到洋人对这家常里一桩说小也小,说大又太大的粪便治理得干净清爽,实在赞赏不已;却因乡下一住五六年,不觉怎样贴身贴心,也只打心里服了人家罢了,等到搬城内才感到事态严重,甚而至于要在这上头用点心思,礼拜天待在家里宁可憋住一天两夜,只小不大,要憋到礼拜一赶到南医院,头一件大事便是跑厕所——不一定要到老鲍家里,医院或学堂的公用厕所,也干净太多;水冲的粪池、粪坑,到底眼不见为净,尽管气味还是不免有那么一些,不似老鲍家里,不但"乏味",鲍师娘还不时洒些些香水精,人家如厕简直个儿是桩享受;"万岁爷的毛厕缸——没你的粪(份)儿!"想必咱们贵为皇上,也未必享受到洋人这种喷香的百花丛中出恭这份儿福分。

当然,不光是老鲍一家占了风车大井连上水龙管儿这个光,住在城内的别个洋人,一样也享这份儿福分,只不过另有一套儿。

我父当个管家,除了管老鲍家里内外杂务,还有一些跟教会、其他洋人接头的差事,报个信儿、谈个事儿、商个量儿……不管是单身儿居所还是家下,都是登堂入室,也还挺受人家器重、款待。因才见识到许多不为一般教友乃至祖父在内的长老之辈所知的洋人种种日常习俗——特别是同住一座洋楼,两位单身儿英国女教士,正事儿谈完了,还拉住拉聒儿,天南地北,教士拉她们英国,我父拉咱们关东。两位女教士说不上孤苦,少说也是极其孤单,但凡有个谈得来的,便留住吃茶吃洋点心。熟识以后,我父但凡登门谈事,也带上一两拜盒茶食,挑些不太油腻的甜点心,两位女教士倒也十分欢喜。待至咱们家发旺起来,每逢圣诞节、复活节,我父定跟同在河堤北头宰牛的屠户订下一整条牛腿送去,也就是念其一辈子都在咱们国度里传教、教书，又不时去医院与病人打伴儿，服侍病人，独身到底，无儿无女，不是孤寡也是孤寡。可别的有家有道，或美国中国来来去去的洋牧师、洋传道，我父从没有这种人情来往。

这般洋人所居的平房也罢、洋楼也罢，我父皆曾专心地一一察看。大同小异罢，无非都是屋后和屋顶各有一方青砖与洋灰砌成的水箱。地上水箱内是按月算钱地买水，约莫盛得二三十挑河水，一旁有架挺像救火水龙的打水机括，把水从管子打到屋顶水箱里，再走通进屋里的管子下来，接上水龙管儿——哇特儿靠渴，余下就统跟老鲍这边放出吃水、洗菜洗衣洗地水、冲厕所种种用水完全一个式儿了。

据说到得江南，都是用的水粪；放在北方想也别想借重水冲。北方普遍是地势高，水脉深，食水用水好生艰难，粪池、粪坑、马桶都是灶下出出来的青灰敷上盖上，算是吸收水分的干燥剂，让鲜粪变成干粪，气味淡得多，担挑、车载也都方便多了。有个谜语"干打雷，湿下雨，胡萝卜掉进面缸里——打一家常物事"，谜底"上马桶"。放在江南就该是"掉进水缸里"了。

咱们南院儿、北院儿，坐落在河堤上，高过平地三两丈以上，高过南医院的河滩地更多，好是好在挖掘藏冰地窖丈把两丈深也全无湿气，叵要是打井的话，那就比南医院那口风车水井还要再往下挖上三两丈深。风车是架不起——那得多大一笔钱！也委实犯不着。可就算安个压水机括一样也得挖下去那么深，又朱就要至少扒掉二四间屋、小半个院子，才能空得出打井头一步挖个一两丈深大坑的地方；还得拉拉𢀖𢀖老远跑去上海请师傅、工匠，都绝不是咱们财力可及的大耗费。就算退一步改用其他洋人居处那种把水打到屋顶再引下来的法子。河水倒不用买，北院儿伙计有的是人力，有的是空儿；可也还得上海去请人，洋灰、水管、压水机括、水龙管儿，也一样得打上海起水路一一搬运过来。再说，那种用水法儿，见天得费上二三十挑子水，还

金风送爽 695

不算北院儿饮牛、磨豆沫儿。南院儿平日两大水缸不过六七挑子水就足够两天还用不完。如此这般，敢是只有将就着，还是老老实实"胡萝卜掉进面坑里"——咱们家从来不兴使用"面缸"，只夜里才使唤夜壶或尿盆儿。

我父可从没死过这条心，根底上还是先要把"水"这个难处给化解才行——沙庄上的用水比城上还要艰难十分，我父一直不曾忘情，这要到宣统年间，李二老爹穿针引线，帮我父先后置下数十亩薄田，才得天从人愿。先是四亩、五亩、最多一笔十亩，都还是作户各自出牲口、出仓屋，收成二五分，为量不多，凑合得过去。等到满了三十亩，又适好祖母娘家堂弟咱们的老舅爹，奉从祖母的亲娘咱们外曾祖母，从关东逃来落户，我父只得在自个儿地上辟出宅地盖屋、垫场，仓屋两大间，住屋三家分别给老舅爹和作户安家。盖屋垫场皆须大量用土，真是上天成全，宅后取土不到五尺竟见湿泥，索性挖深下去，居然得到汩汩泛水的五六个泉眼，算是凿出一口深可三丈的水井。当时李二老爹过世，庄子上没人主事，出力的有、出钱的无，我父一肩承担费用，还贴上私地公用——一口井占地有限，井口四周和来去挑水的宽路，没有一亩也差不多七八分地。庄子上还没有一间砖瓦房，砌井的青砖却用去两百块一码、一共三十多码，足够站砖砌出三间六面墙了。为省去跟石匠订制按尺寸现凿的井口石一笔大钱，我父巧思选购了石匠铺现成的青石等磨盘抵用，中空两尺半做井口绰绰有余，四周半尺宽沟槽，泼洒的水汇聚到朝北一个出口，流到只有暴雨才会满槽的水沟里，终究还是渗进井里去，可算滴水不费。打那以后，沙庄三十多户人家，全都吃用又清又甜又再干旱的天也泉流不止的井水，不用再去庄西土井挑到家还得白矾打上一遍才能澄清又碱咸很重的浑水。我父总算稍偿一点点心愿。

这井凿成的七十年后，我这天涯海角的游子归故里省亲，尽管更名公社生产第六队的沙庄已有多户人家安装了压水机汲水,这口老井依然健在,等磨盘的青石井口给汲水井绳长久岁月磨刘出条条深沟;井水也依然清滟照人,照我背光的皓首华发。

伫立井旁,便可眺望到东北方向约莫三百公尺处,一排四座土坟和洋灰塑铸的墓碑——自东而西依次为外曾祖、祖父祖母、我父我母、升平二哥。凿井的我父,就长眠于斯。走过八十春秋的双脚,冲着这口老井……

父母的墓碑上,下款所署不孝仅我太平一人,只因和平大哥、升平二哥,皆走在父母之前故耳!

鱼鹰

事隔八个多月，祖父除了偶然念起，久了也已不抱若何指望，甚而至于渐渐冷下来，忘却那回事儿；万没想到居然冒冒偷风地接到关东田庄台祖母娘家打来的回音，令人心惊，又喜又悲。

城上礼拜堂看堂的闻弟兄，平日多少听说过一些咱们家片片段段的身世，断定这封家书对咱们真的值得上万金，又多日未见祖父上城，倒是专程跑下乡，把这封信捎给祖父。

城上信局子三月半开张，一阵新鲜过后，城乡百姓少有去照顾的，想也很少想到它了。大约只有咱们家当回大事，祖父连连几天都在猛写家书，抢在月底打出去。一封打去大连，注上旧称青泥洼，华家骡马栈，给咱们大祖父华延庆；一封打去普兰店天日制盐，给咱们大曾祖母和三祖父华延祥；一封打去牛庄广德槽坊，给曹家骏老掌柜转陈咱们亲的二曾祖母华佟氏太夫人；两封打去巍子窝和田庄台，一在东大街，一在南关，都是打给过继外曾祖母的舅老爹曾广春。打去巍子窝东大街，是顾虑外曾祖母娘儿俩万一田庄台过不下去，重又搬回去老家，且曾家还有不少族人仍住在那里，躲不住七转八弯儿有个信息也说定。打去牛庄和田庄台两处，明知不作数儿——槽坊本就地塌土平，片瓦不存；田庄台比牛庄还更惨，整个市镇尽成废墟，上万的百姓只逃出三四百人。却万万没想到外曾祖母母子婆媳三口都还在。所幸当初曾祖父、二曾祖父先后给这位亲家置下西郊十来亩地,日子勉可过得下去。

《马关条约》日本原是要咱们朝廷把辽东割让,充作军费赔偿,英、法、斡国竭力反对,才改换割让台湾澎湖。可六七年后今天,慢说辽东,整个关东也都等于给斡国老毛子并吞了去——甚么大生意买卖、江河海口行船码头、煤矿铁矿、粮市马市……全都是老毛子的天下,比起东洋鬼子出兵打仗,枪弹兵卒损失伤亡不计其数,老毛子可是不损一兵一卒,不费一枪一弹,就蚕食鲸吞掉咱们关东无尽的宝藏精华。

外曾祖母——咱们喊外老太,三口之家十来亩地,尽管只是个微不足道的小小庄稼户,也都受到老毛子搜刮压榨,日子也不好过——敢是很不好过,才头一封信就巴不得拼当拼当,投奔关内姐姐姐夫来。

咱们这位舅老爹不识字,托人修书敢是隔上一层,又简简短短只两张纸还没写满,一场离乱,五六年的音信全无,哪就这三言两语说得头尾来着。一家人传看看,只能连猜带想,再加上揣摩、估算、没味儿里品出个味来,才得拼凑出个大约谋儿。

提到咱们华家,青泥洼、普兰店,都离田庄台那么个远法儿——六七百里地,舅老爹是说,终日糊口都忙不过来,压根儿没那个本事跑去那么远探望探望,至今都还摸不清两下甲到底都怎么样了。说来也是情理过得去,舅老爹的亲爷亲娘还在貔子窝——普兰店附近,还在不在人世也不知道,一样也是兵乱过后没能去看看。这么一说,意思好像咱们总不好怨到他。想来都是老实人说的老实话,其实打个信去试试也是不用甚么思虑就想得到的法子,要不了几文钱——信套上贴的是十文钱龙票,出得起罢,不像过往要托请镖局子传信花那么多。只能说是这位舅老爹太笨了些,转不过这么点儿心眼儿。

鱼鹰　　701

祖母也噌了声："你这个舅儿，真是的，生就的傻糊糊少人一个心眼儿，毛病不在转不转得过来……"

信上说，牛庄那边近多了，只隔条辽河——另外还有条小沙河，算不得是条河，那倒五年前，东洋鬼子一撤兵，外老太就命舅老爹去牛庄走走。那可真叫人傻了眼儿，槽坊全完了，左邻右舍也都一般样儿，碎砖烂瓦堆子里长满荒草，鸡毛狗种绝了迹，想打探一下咱们一家下落也找不到人问，找到人也一问三不知，猜想是咱们全家遮不住都逃去普兰店或是青泥洼儿了——这可又是舅老爹笨得一点儿也不用脑筋了；东洋鬼子是从那边打过来的，谁会不顾死活，愣像扑灯蛾儿迎着炮火连天硬往那边儿跑？要末是停火儿才逃过去的——似乎不方便说猜想咱们全家五口统统完了。却万没想到亲家妈遭难，也万没想到剩下四口逃进关内，没回去弥阴老根儿，倒一跑就跑到天边儿了。

那是祖父去的信上没提回到祖林连立锥之地也没有，才逃荒一般南来落户；也没提如今是个甚么光景，仅仅报个平安罢了。

舅老爹把日子难过归罪给老毛子抢抢掠掠，固属实情，可也保不住别有想头——"你舅别看傻乎乎的，八成还以为咱们放着弥阴县老根儿几百亩林地不去投奔，那大片家业都不放在眼里，靠不住……哼，靠不住估猜咱们不知带走多少家私逃进关里来，敢是急死活忙要投奔咱们，那算做梦了！"这可是祖母说的，别人谁也不敢对祖母娘家有半句闲话，更别提甚么褒贬了。不过也挺怪，舅老爹，祖母的过继弟弟，到底隔一层是没错儿；外老太那可是亲娘，大劫大难过后，彼此好不容易接上头了，只一个"人还活着"，就够大善大乐，啥都不去想了，咋还有个计较？

外老太还健在，咱们家谁都没我父乐着，打小儿就丢给姥娘养的我父，敢是比亲娘亲；就是舅老爹，只大我父七岁，名分舅舅，像个亲哥，带着小弟弟玩儿。舅老爹不光是笨，无能，还不大本分；正事儿随手放到一旁,闲篇子比啥都要紧。单说玩鸟罢,谁也没那么全套儿,张网子、吊滚笼、下夹子、雪地趷鸟、爬树摸黄口、草屋檐底下麻雀窝内摸那光腔里蛋黄还没化净的小雏雀子……拿竹子、小秫秸篾儿插鸟笼更是拿手。所有这些子鼓鼓囊儿可尽都传给我父了。尽管不当吃也不当喝——赶集赚个几文儿还是有的,只太有限,比起耽误了庄稼那太得不偿失;可人总也该有事有闲,农闲里有个买卖儿(玩物)切弄切弄,至不济总强似聚合去打老杠、推牌九罢,只要别像舅老爹那样子跟正经事儿颠倒过来就再好也没有。

我父聪明伶俐,跟着舅老爹学,手又灵巧,不单学得快,还比师傅得法儿、来得精到,让舅老爹直竖大拇指,认输。

依着我父看事,舅老爹既然急忙想要投奔关内,那就打信去接姥娘、舅舅、舅母过来落户算了。我父问起当初咱们家到底帮外老太置下多少田地。祖父祖母少年夫妻,吃喝玩乐不尽,哪工夫过问家事,又上哪知道这片远在田庄台南关外那块田地一个准数儿来着,只记得好像十来亩——那要咋算?十一亩到十九亩都是十来亩,总要算算脱手过后,能在这里置下多少地,三口之家——来日免不了一窝子儿女,够不够过日子,得有个算计才行。

就算先不管这些,还是打信去问问田地容不容脱手,能落得多少净银,再衡量沙庄附近地价,折合折合看。日子得天长地久过下去,不是走亲戚,说来就来,说走就走。再说咱们罢,既要把姥娘接过来,除了要买地盖屋,做个万全安顿,姥娘也不好全都推给舅舅奉养;再说,照咱们家眼前这个光景看来,多个老人家多双筷子,也还奉养得起,少说也多个亲长,收干晒湿,照应个门户,"家有一老,如有一宝",只许对这个家好上加好;再说罢,咱们家落户到这,举目无亲,孤门独户,多门亲戚就是好的。相比之下,奉养姥娘有限那么一点开销,着实算不得啥。要说进关,当初咱们要赶去中后所才坐得上火车,

鱼鹰 703

如今可方便太多，去年就听说铁道铺到营口、大虎山了，从那儿直通天津卫。过来那道下山东的官道，车马不绝，随时雇得到。较比卖地那笔银两，这一路上盘缠花费还是太有限了，理该没啥难处。这都是我父看了信提的主意，一心向着姥娘、舅舅。

我父打从见月挣得六吊文回家，祖母面前说话拿主意硬持得多，祖母似乎也诸处容让不少；要不是这样，像今天这么从商舅老爹种种，也就避开免讨没趣儿，尽量少惹祖母你说白的她偏黑的，还又噜嗦没完儿，闹得两下里都生一肚子闲气。

当紧不是个时候，祖母才在那儿咬计舅老爹存心不良，凭空盘算咱们不知带走多少财富到江南来。我父这一提到想要迎接姥娘舅舅主意，又头头是道，有情有理，早就挂下脸来，躲不住又疑心这个凡事都拗着来的大儿子，又存心跟为娘的作对了，遂噌道："说啥呀，平白自找那个累赘？买地，哏！先别说那一头卖地卖不卖得出去；这一头罢，你当是买个瓜桃梨枣，挑挑拣拣，一手交钱，一手交货就截了，还没见过谁把个地契房契赶集摆个摊儿搁那儿卖地卖房子不是？冒冒失失给弄了来，往哪儿安插？等人家卖地不知要等哪一天，买了地等盖房子又不知要盖到哪一天；咱们这三间小草房，一间一个给挂到墙上？不吃不喝嗒？不穿不戴嗒？不花不用嗒？不歪个铺儿睡觉嗒？就是用踏勒盖儿想，也该想到嗒，脑袋瓜子长到裤裆里了不成，真是嗒！"

祖母那张利嘴，谁也说不倒。就算我父多有道理、多向着、多填还曾家这门至亲，只要是我父的意思，那就一百个不是。

祖父、叔叔，敢都觉着我父有理，也是人之常情，饶是这等大事难免没有顾虑周到，又不是逼在眼前，非得今儿明儿作了定夺，甚么都好从长计议，没的一口就褒贬得一文不值。祖母稀里哗啦数说了这一大套，也敢是无理反缠。啥都放下慢说，千不念，万不念，总是血生肉养的娘亲，再没情分、缘分，多年来两下里生死不明，彼此不知赔上多少眼泪濛子，如今一旦鱼雁相通，无异阴间还阳，死里复活，怎的一下子话顶话，倒在这么些不关紧要的闲篇子上较真儿成这个样子。

其实摸清祖母脾性的话，也没啥大不了。我父那番主意，要是打祖父口里讲出来，那得看祖母怎么个心绪，不一定能入耳；可要是换过叔叔来讲，定比祖母还会多打几个圈圈儿——叔叔说得比祖父唱得还好听，我父一开口，该就是老鸹子罢，听了晦气的。话顶到这一步，我父明知再抢白下去，只有讨祖母嫌，还是忍不住揹住个死理不肯退让——这跟得理不饶人还是有出入。几乎就要冲口顶撞回去："是你亲娘欸！"祖父、叔叔，一齐跟我父递眼色，这才算了。

祖父陪笑说："不慌，从长计议，从长计议。"叔父倒是逗起祖母来："花喜喜，尾巴长，出阁姑娘忘了娘。"当地把喜鹊叫"花喜喜"，童谣原是取笑，抱怨做儿子的"娶了媳妇忘了娘"，倒把祖母惹笑了，"你这张嘴儿啊，要多贫就有多贫！"一面还够过去，作势要拧叔叔贫嘴寡舌的腮帮子。

我父断不是个没算计的大马猴儿。尽管那么着急地恨不能立时就去把外老太接进关来，实在是姥娘的恩太深，情太重，可也不是一点儿都没衡情夺理，不自量力。放在先前只拿得李府一吊文那么点儿钱，敢是想也别想这四口之家还能再添个三两口人。

打从一下子挣到六吊大文，我父头个月全数交给祖父——敢是这手接下，那手就交给祖母；当场便跟全家人商量："往后总不能挣几个、花几个，好不好用一半，攒起来一半。爷束脩两石小麦，添上这三吊钱，家常过日子，不添置甚么，按理该够了。关紧咱们家太没一点根基，万一碰上个大点儿用项，可不就抓瞎了？这见月三吊，本不当啥，可一年积攒下来，连本带利三十七吊多，毛十两银子，就挺当用了不是？再说罢，咱们总不成老这样子三间小草屋住到老——又是在人家地上；爷也难道这个小塾馆教到老？横竖都不是长久之计。又再说呢，小惠来日赶考，上城、上府、上京，总不成《鸿鸾禧》那样，一路讨饭前去罢……"

说是意想不到罢，也是；说是意料中，也是。祖母一句也没插嘴，只管点头，咋说咋好，还又添上份料儿："就是啊，除这些以外，也别忘了，你哥俩儿也都老大不小了，年头赶的，祖产飘散光了，得看你俩儿怎么造化了罢，万事莫过成家急，攒是该攒点儿了。"

向来娘俩儿没这么通气儿过，都说是柴米夫妻，也该是柴米母子罢。不是小看了祖母这么势利，十有八成还是看在这六吊文的份儿上罢；打来到这尚佐县，到今儿五六年了，向来就没有过一把手六吊钱这么大进项，布插口里六串铜钱，一串一千文，四十来斤，祖母拎都拎不动。

我父把这六吊钱全留在家里，看看要添置点儿甚么。自个儿呢，只想添件长袍，两件罩袍好替换，再来双像样布鞋，逛逛估衣店买个现成的，合身就成。无非是给洋人听差，不说怎么体面罢，总得比何嫂跟小孟整齐干净些。这些也都承祖母一口应允，忙着要打布插口里取出一吊钱给我父添置添置。可一说到打下个月起，一半要拿去存留到银号子去，果不出意料，祖母差不多要翻脸的样子，顿时不悦怪了："那是干吗？啥意思，怕放我这儿给你吃掉？想到哪去了！"

敢莫是先前没留意我父讲的"连本带利"罢，不放到银号子哪来的子息！

所有洋人钱财，不管是从英国、美国，还是从上海、威海卫打来的银钱，都是存放在银号子里，用多少再去取多少，又方便，又牢靠，省得自个儿收这儿、藏那儿，又生子息。给老鲍、鲍师娘去取过多次银钱，跟银号子里办事的挺熟了，打听到子息按月七厘，利上滚利——我父现打怀里抠撞半天,掏出一搭儿折子,翻到夹在当中的一张小纸条儿,理平了说:"瞧,这就是,银号子算过开出来的,按月放进三吊钱的话,一年过来,还本儿三十六吊,子息一吊二百八十四文,连本带利三十七吊二百八十四文,划得来罢?要紧还是官家银号子,洋人都放心,咱们这算小钱儿了,更该牢靠。"

叔叔遂与祖母道:"这多好,放到娘这儿成了死钱——也成了圣经上救主讲的那个又恶又懒的仆人,把老板交给的一吊钱,挖个坑儿埋进去藏起来。那个老板不是说了吗,至少也该放给兑换银子的,到时候也能连本带利收回来。哥要把钱放到银号子,可不正是那个老板的主意?"

祖母这一来,连对叔叔也恼了:"谁说娘要挖个坑儿藏起来?娘也不是城上没人,打听到有那放利的,放个一年何止一吊多钱的子息;至不济邀呼人来认个会,也三五吊不费事儿。娘是那种笨人懒人吗?"脾气发到连这六吊钱也不要了,"都拿去,都拿走!往后也别拿回来,这几年靠你爷教馆,咱们不也是没饿死!……"

这一下可像捣了马蜂窝儿,祖母每吐一个字儿,就是一只带钩儿马蜂,没天没地的漫开来螫人,不单照顾我父,也一样分头去螫祖父和叔叔。

想不到平白惹来了一肚子窝囊气,我父只有惹不起还躲得起,走出家门邀呼几个哥们儿到沙耀武家去拉呱儿,就便托他几个给凑个五六白文应个急。留下的摊子只有偏劳祖父、叔叔去收拾。自个儿不在场,娘至少少生一半儿气。

不光是添置体面点儿衣物,这十天下来是怎么过过来的?不吃不喝不用的?本打算下一步再说——这头一回领得的六吊工钱,除下一吊文置点儿衣装,至少至少也还得再拿出个五百文,好跟何嫂、小孟搭上一日两餐的饭食,另外再一百文零用。一共六百文,算抠得够紧

鱼鹰　　707

的了。往后罢,说是说三吊文拿回家,实数儿也只能是两吊四百文。

实指望说出这个数儿,祖母兴许嫌多,叔叔素来用钱上头没个谱儿,祖父多半会嫌少了些,也不须做甚么主儿,但得能问一声"够吗?"叔叔只须应承个"一百钱能干吗?"祖母不定发发善心,应允再加个一两百文零用,手头就可宽敞一些。不过这零用罢,多了多花,少了少花,不关饥寒,倒没啥大碍;只一点,对待何嫂、小孟,不得不小气了,这对我父为人——宁可人欠我,不可我欠人,其实也挺要紧。可没等提到这些,祖母就恼我父宁信银号子不信娘,要怪人得先怪自个儿,惹毛了祖母没好处,自个儿更落不到好下场,何苦呢?

当下我父打定主意,这个月先跟庄子上哥们磨个五六百文凑合过去,往后只放个两吊文到银号子,整三吊拿回家。添了衣物,赌气不跟祖母伸手,借的何嫂钱,挨到圣诞节鲍师娘赏钱一吊,才还清账。祖母也没再关问一声,反而疑心我父赚的不止这六吊钱。倒是小孟替我父说了话,祖母盘问起老鲍到底给我父几个钱一个月,那可是谁也瞒不住谁,我父、何嫂、小孟三人,都是一齐到医院管账的那里去领工钱,各人各带一口帆布插口袋子装钱,小孟钱少数得快,总是过来帮我父就着钱串子一五一十、十五二十捋着数数儿,一文也不差。整整六千文,真够数一气的——其实每一回我父都是张着插口,等着管账的一串一串放进去,可管账的总强要当面点清:"守信归守信,君子归君子——数过一千,不多就短。数错了都不是好意的还是啊?"管账的是个江南老蛮子。

祖母还不放心,又问我父添置那些长袍短罩的,都是哪来的钱——祖母敢是外人面前专挑漂亮话儿讲,才不会那么直不拢通有啥说啥;先装作挺生气儿子不听话:"你那个干姨哥呀,就是个牛性子,扭死了!好歹总是出门在外当差不嘛,人要衣装,佛要金装,给他钱叫他置点儿体面的,就是死也不肯,自个儿挣的钱不是?死定了良心不肯。也不知上哪去弄的钱,少说少说也得上整吊罢,这个扭头!"用这个掏小孟的实话。

那时还没到圣诞节,我父跟何嫂磨借一吊文也约定了不让谁知道。小孟说他只好说:"这你干姨娘尽管放一百二十个心罢,俺干姨哥一不偷、二不抢,操那个心!"

小孟传话传到这,听得出来尽是讨好溜沟子,断不是诚心诚意,真事直说,不要让我父给冤枉了。果然,小孟接着嬉皮笑脸试着问:"那你干姨哥到底哪弄的钱?"

分明一脸的不怀好意,似乎我父本就有来路不明之财,他小孟这样替我父遮掩,功劳可是不小,你干姨哥看着办,看看怎么赏、怎么谢罢——倒真诈,好像真有甚么把柄摔到他手上,有的要胁,你就买买账罢。那副歹相简直个儿只落没说出口:"明人不讲暗话,休想瞒人了!"

我父差点儿骂出口来:"你这个小人呐!"可还是算了,拿我臭腚对你奸脸,装着认真地撇起当地口音道:"承你搁俺娘跟前美言了。'人不发横财不富,马不吃夜草不肥',俺还真就给你诈中了,真就是一偷二抢没打正道得来的横财。你算把干姨哥看走了眼儿,看得不知多粗多大了,小干姨弟!"

其实哪止添置点儿衣物穿戴要花钱,如外就不吃不喝不用了么?

我父要不是生性宽厚,气量也不小,凡事宁可刻苦自个儿,对人总是容让;若要真真计较起来,那真不要活了,憋也把活人憋死了。

为我父捞得这份儿洋差事——对个雇工种地汉,对个上无片瓦,下无立锥,咱们这破落户,也算是一份小小肥差事,尽管一家人莫不兴兴头头,头一天送到庄子东头,却没一个问一声身上带点儿零用钱没有,晌午饭、晚饭都怎么吃法儿。祖父三天两头不是上城,就是下乡,家用甚么的全不管,叔叔也没受过真正的饥寒,祖母既不管、也管不了我父，末了就成了不理我父——好像啥都由着你，也就由你自生自灭罢。不过那么兴头，也兴许以为这一去，一到老鲍那儿，就领到那六吊钱了。要不是把李二老爹送的两百文里抹下八十文偷偷掖进板腰带插口里，还就硬是身无分文去当差了，全天下约莫都没这种稀罕事儿。

　　这天一早就噎下张半煎饼，卷的是干酱豆子，水缸里舀上小半瓢水咕嘟咕嘟灌下去，算打发了。可响午饭呢？傍晚也不知啥时才得回来，弄不好还得再一顿。还多亏何嫂跟小孟轧伙儿，弄了响午、傍晚两顿炸汤刀切面，多备出一份儿，强让我父一道儿用，要不的话，得跑医院，颠去西南圩门外，通去城隍庙、东关口的那条小街上，找个小饭铺子凑合两顿——买的可比自个儿做的要贵多了。可那哪是打个一两天短工，好歹将就几顿就打发过去的？再说嘛，啥管家不管家的，不过当个佣人头目罢了，干起活来还不是抱着膀子一旁看不下去，一样帮忙打水、提水、泼水洗净，再一一抹干……洋人家舍打扫起来，就这么考究；不比咱们年根岁底才来一场掸尘，除旧布新，可也无非就是大小家什抹抹擦擦，屋顶墙角掸掸扫扫蜘蛛网、尘繐繐、泥地、砖地，哪怕讲究些的罗底大方砖铺的地，也只把平日不动，这时才挪挪位子的笨重柜子橱子搬开，死角旮旯统统给清除个爽利罢了；哪有这样救火一般，一桶桶水浇个没完儿，整整给房里屋外洗上一大把澡。我父分内本可不干这些出力苦活儿——头目头目，只须动动头脑调拨人、使唤人；动动眼睛盯住手下，别让偷懒躲滑就行；可不是，照规矩就该君子动口不动手，小人才动手不动口。可我父又不是个爱端臭架子的烧包，更不是那种专贪小便宜的小气鬼；何嫂、小孟，不管是干亲湿亲，同是给外国洋人做事的自家人，单凭这一点，哪还分个甚么谁高谁下？就比方这么说，干活儿出力，没啥头目手下之分，轮到出份子上头，不单头目要多出些儿，也至少不可占手下便宜。

像这样头一天事先没招呼就拉去混了两顿肚子,敢是定规没有白囫囵两大碗炸汤面那个道理,这上头不能不想到你是管家,人家二人是个工钱少一半的底下佣人。还算有这八十文在身上,当着何嫂塞给小孟。那何嫂红着脸喝叱小孟不准收,强说小街上二十文买的刀切面,打了半斤油,五十文够吃上十天,葱花、细盐更有限,焦炭又烧的是洋人的。鸡毛蒜皮可怜人的一点开销,收你大哥钱,骂人嘛⋯⋯

我父正经交代两人,今后见天两餐少不了,就三个人轧伙儿一道儿搭饭食,就劳何嫂办饭儿,简简单单就好。小孟记个账,三天两天算不出个数儿,十天下来就该有个谱儿了,再算一个人该分摊多少。不是一天两天凑合局儿,谁请谁都成,长久了那还行?亲兄弟明算账,这上头得一是一,二是二,切忌别哈理胡支的,得照家常过日子来算计。

二天我父把仅有一百二十文也全数给了何嫂。十天过来,小孟拉住我父帮忙算账,一人该摊一百五十文,照这打得宽松一点,往后就每人每月五百文,万一剩点零头儿,就月底多道菜,犒食犒食。

其实老鲍也挺能替人想,周到又细心,饭食的事三个都好去医院包饭,月中才算账。可我父跑去医院账房一打听,回来跟何嫂、小孟一讲,慢说他二人,我父也嫌贵了些。那边有个大灶房,足足用了上十个有男有女的办饭食,办给病人、中国大夫、看护、办事的。一日四餐,任包一餐、两餐、三餐,夜里一顿点心专给守夜预备的。可人家都是按月算账的,按月初十关放工钱时,先从工钱里头扣掉饭食钱。说起来也是省神省事,到了饭时儿,带着一张嘴、一口肚子,走去尽饱吃,完了抹抹嘴儿走人,烧锅捣灶省了,碗筷都不用洗——人家敢是至少也要赚你这份儿人工钱,哪有白忙的道理。照一日两餐来算,一个月九百五十文,毛上一吊了,那比三个人轧伙儿自弄自食,差不多整整翻上一翻儿,三吊工钱要去掉三成三,无怪何嫂、小孟都叫呼

鱼鹰 711

着不划算——横竖活儿再忙,小孟跑去小街买个菜,何嫂偷个空儿,熬个薄饭儿,拾掇拾掇,不大当回事儿也就把三口肚子打发了。待到鲍师娘来了过后,一日三餐,洋人从来可都不吃剩饭剩菜,餐餐剩下的零头碎脑儿,倒比三个人的正菜还多;碰上请客、过洋节甚么的,更够三个人吃上好几天,饭食钱就越来越花费有限了。差不多就跟管饭一样了,平白每月每人省掉三两百文。

往天待在乡下没啥花销,少有手头上紧不紧这回事儿,如今可是天天都有想不到的开销。大街上去给鲍师娘采办、打信、定做个甚么,本都可支使小孟去跑街,总顾虑这甩子手头不干净,又许多事弄不清楚,只有让自个儿两条腿辛苦些。这一跑街,麻烦多了。有时碰上一场雨,不能老躲到人家店里等雨停,我父又性子挺急躁,怕闲,怕误事儿,买把油纸伞罢,这种"天有不测风云,人有旦夕祸福",不止遇上一回两回,防也防得,"饱带干粮晴带伞"罢,可果真大晴天夹着把雨伞跑街,那可不是当地人骂人的"穷霉带转向又钻死巷子",弄得拿回家去两把,放何嫂那儿一把,竟成了笔大开销,上哪想到这;不用多,一年下来够开间伞店了。只有一个法子,免花这冤枉钱,任恩庚牧师送给祖父的那把钢丝撑子青布洋伞,收拢起来连着根细带儿一扣,细像根棍儿,柄子带个弯儿,合手又轻便,洋人出门常就提溜着,也是一派神气,不比咱们七老八十手拄的拐杖。只是家里拿这把洋伞当个传家宝一般,左一层右一层油纸包着裹着,藏到东间房顶棚子上,哪天给老鼠嗑烂了也就罢了。

还有脚底下一双鞋,想不到也会烦到心上来。俗话有一说,"闲人长手指盖儿,忙人长脚趾盖儿",这闲和忙也很难分清楚,就咱们家来说,祖父、叔叔,能说都是闲人不是忙人?自个儿往天是忙人,今又是闲人了?都不对。品品这话里味道,品出来人倒是向来把动头脑的看成闲人,出力气的看成忙人。倒也不是不对,是太貌相外表。

动头脑的人，肩不挑担，手不提篮，动手也无非就是翻书、磨墨、握笔、写字，算盘都很少去摸摸，那十个指甲怎不随由自便猛长长。脚上罢，一层布袜一层鞋，有那讲究的还裹上两层布，又不怎么走道儿，脚趾甲敢是长不起来。拿我父自个儿来说，过往干地里活儿，一年倒有四五个月赤着脚丫巴子，草鞋也省了。就算过冬穿上藨草夹着芦花打的毛窝，套上脚也只是双旷旷荡荡大硬壳子，走道儿像拖着靸鞋，脚趾甲无拘无束敢是猛长。这么着或许该说是"城上人长手指盖儿，乡下人长脚趾盖儿"才清楚些。可像我父这样子，只能算半个城上人，半个乡下人，两头不落好，单脚底下这个鞋子，慢说草鞋，连蒲鞋、毛窝，也不好意思人家洋楼里穿进穿出，那就只有布鞋了。以前是上城礼拜才换上布鞋、棉鞋。这多年大半是耀武、嗣仁他俩媳妇做的；大美也做过一双，穿上脚好生疼惜，要能两只脚扛到肩膀上走道儿才忍心。就算前几年人拔高，脚长长，一双单、一双棉，一年也就足够了。这可好，上城下乡，见天不走不走也得一两趟，一个月不到头，不是鞋梆儿扎了翅膀，就是鞋底儿透了亮儿。鞋梆儿飞了还能自个儿粗针大线打个补靪，缭上几针；鞋底儿透不透亮儿人家看不见，可脏了磨了衬在里头的布袜子，那才死要面子活受罪，非板不可了。如今不好再找耀武、嗣义媳妇儿做新鞋——见月一双，人家也别干别的了。你一个月挣六吊大钱，不老老实实鞋店去买鞋穿？抠人家省自个儿的？万万不可。就这么着，脚底下踩来踩去，想不到踩出一笔大开销。就算照那差的买，不一百文开外一双也休想；便宜货是有——扎货店纸糊的，十二文一双，买去火化给亡人穿的，绣花鞋、皂筒白底靴子……应有尽有。

　　这又得服他洋人的牛皮鞋了，漂亮、护脚、耐久经穿。可定规也是个天价，问都不用问——鲍师娘常时把一家大小三口八九上十双黑的、白的、酱红的牛皮鞋，搬到廊下，先干刷掉灰沙，再少许一些盆

鱼鹰　713

水洗洗鞋底干泥，等晾干了搽一层钻鼻子气味的油膏，白鞋刷白粉，各种皮色搽各色油膏，瓶瓶罐罐儿一盒子。末了拿干布打光，可亮着，照得出人影儿。过往牛庄英国牧师的牛皮鞋就很惹眼儿，那跟当地过冬也是牛皮做的乌拉全是两码子物，乌拉只是整块牛皮搐成个插口，塞上乌拉草套上脚，再搐紧口儿绑到脚脖上，哪说甚么款式、甚么皮色。我父从没穿过，就像没到成年不让穿貂皮一样，怕热性烧酥嫩骨出大毛病。后来在这当地重又见洋人脚登牛皮，自个儿懂得的人事也多了，挺叹咱们妇道媳妇单为做个鞋，一年里六个月都忙这些，打靠子、打麻线、厚厚的鞋底得一针一锥地纳……又数那躲伏走娘家的年轻媳妇顶苦，三十来天里，婆家人多人少，就得男女老少一人一双新鞋背上捚回来。洋人那些牛皮鞋，断定都是买现成的，倒叫咱妇道家眼馋人家洋婆子好有福气，不用自个儿一针一线那么辛苦，忙一大家子一日三顿，还得一年到头忙一大家子脚上穿的。如今眼见鲍师娘，动不动搬弄出一大摊牛皮鞋来，刷刷洗洗，搽搽擦擦，一忙就一个长半天；老鲍的鞋像条船，掂掂有三斤重，穿在手上清理，能把人手脖子累酸。跟动针线不一样，可也是另外一种辛苦。

  我父一旁略瞥几眼，也就看出窍门儿，待伸手过去帮个小忙，谁知惹得鲍师娘像只抱窝老母鸡护着一窝小小鸡，张开双臂遮住一大堆大大小小鞋子，一脸通红，难堪地笑着直摇手："不要，不要……"急忙忙嚷着。那副大惊小怪样子，不知是把这刷鞋一类杂事看得很低下，不方便劳到大管家；还是护住见不得人的私房物，连何嫂都不让沾手，才害臊成那样——敢又是一桩洋规矩罢——就像咱们坤道人用的裹脚布，不可扯到院子里晾竿晾绳上晒，得摊开在房里阴干、烤盘上烘干。打那以后，是凡牛皮鞋的事儿，我父再也不去碰，提防着别去犯家忌讳。哪还再问人家一双牛皮鞋多少钱！

  打十月领到工钱起，钱串儿扣子也不解，整整三吊文拿回家，两吊放到银号子，一吊自个儿饭食都在内。家里见不到我父在外怎么填饱肚子，就是见到一把把雨伞拿家来，也见到差不多一个月就是一双新鞋穿上脚，可都没有谁过问一声。这叫我父觉着自己连个鱼鹰都不如。叹总要叹口气，倒也笑笑自个儿这只鱼鹰，还是靠着偷嘴才有气力抓大鱼罢。

往常走过青石五孔大桥，见有鱼鹰抓鱼的渔家撑船漂在河上，就不由得想到牛庄西关外小沙河上的旧日情景。如今两地通得音信以后，越发思念起咱们关东的外老太和舅老爹。祖母尽管一时有点气急败坏，显得无情无义，终还是母子连心，终究还是会接过来罢——也罢了，等把这个家拾掇起来，好歹有个样儿了，也让外老太好生享个几年晚福。眼前三间小草房，也委实塞不进人了，别弄得外老太来这里，日子还不如留在田庄台——房子没给东洋鬼子全毁掉的话，三间大堂屋、东两间、西两间，连上大门过道还有三间小南屋，够殷实安稳的了。

这天走过青石大桥晚了些，渔家小船系到岸边儿，一人一杆船篙横挑在肩上，那上头蹲着左三只、右三只鱼鹰。随着船篙一上一下，只只鱼鹰翅膀儿一张一张地扇搊，不知是自在还是一惊一惊地站不稳。一连四挑，上坡进去西圩门。河上似有若无起了晚雾，杨柳荡起落尽树叶的千丝万缕细条条。

那些可怜的鱼鹰，没 只生得体面，尽都是一身翎毛不全，不是秃头就是秃腚。只只脖子上系根小绳儿，潜进水里，啄到小鱼就私自吞下，啄到大鱼得上船交给渔夫，听赏一条咽得下的小鱼，重再跳回河里。有那船头上蹭蹭的，或是河面上老游来游去不肯潜下水去的，不一定就是偷懒，总让人家喘口气，歇上一小会儿罢，可那无情无义长竹竿子立时被打上身来。真叫人疑心，那样子一身破破烂烂，不定竹竿敲打掉了羽毛。

鱼鹰

只是那鱼鹰但得逮住大鱼,听让人把大鱼硬从长喙里拔去,靠得住是定会赏条指头那么大的小鱼。小不小的,积少成多,还是有得吃的就饿不死。明知划不来,也只有动利些——有动就有利,李二老爹常时挂在嘴上的金言呢。

# 西体中用

我父给老鲍管家不久，就打鲍师娘那里学来一些洋人饭菜，有鲍师娘数样儿亲口亲手教给的，有留意几眼也就学会了的——满以为这一来有的好学，可过些时，重来倒去，也只就那么几样儿花色。总因洋人吃喝简单，就算像样儿请场客，请来当地所有洋人，除了何嫂做做下手，又拉我父帮忙照看，也仍然变不出多少名目；倒是这里那里多点上好几根白洋蜡，几瓶插花——打院子里现掐的花花草草，寒天只有养在屋内的八宝花盆，托着洋盘硬就是搁到桌案当央像一道两道大菜。咱们是待客时客气话，"酒不够，烟来凑"，水烟旱烟一齐敬客。洋人这是饭菜不够，洋蜡插花花盆拿来凑。

拿咱们去比，便是家常便饭，也够五花八门。菜馆酒席甚么的，更得学徒拜师，三把刀、二把刀，还分个白案、红案，慢慢儿熬上二师傅、大师傅，可不是这么稍稍留意一下就下得了手的。

单说洋人做菜的作料罢，盐、糖、醋、胡椒面儿，再没别的——原也以为这般洋人漂洋过海，老远来到这里，油盐酱醋杂七杂八的带不周全；鲍师娘也常叹缺这少那，不时思念那些往日人在家乡不觉怎样的粗贱之物，远离家乡之后却都成了再多黄金白银也买不到的稀罕之宝。可每逢老卜牧师人等来赴席，无不咂嘴舔舌，赞不绝口，饱食到地道家乡口味儿。可见也就是那么点儿货色。

说比起咱们，洋人吃喝简单，可一点儿都没错儿。我父经手给定的、包的、买办的，无非有限那几样儿，粮食罢，也就是面粉、棒子米。荤的罢，牛肉差不多当饭吃，而外搭配些鸡、鹅、鸡蛋，猪肉只吃里脊，要末牛骨、猪骨熬熬高汤——甚么下水都不吃，倒是便宜了我父跟何嫂、小孟；何嫂占了便宜也没好话："个洋鬼子，不识好歹！"素菜嘛，也只各色萝卜、黄菜（只吃嫩心儿）、甜葱，而外便是黄豆、豌豆、雁来枯青大豆，都是煮烂了当菜。地瓜要专挑那不甜的，宁可煮烂了再加糖，或是加盐。清点送上门来的这些，我父有时也不免跟何嫂那样，暗嗜一声："这些洋鬼子！"

倒是凡是树上结的果子，秋后也就只有柿子、枣子、林檎、黄梨，倒是有多少，要多少，几位有家道的洋人也都托我父替他们收买。除了每餐都当一道菜，大批都是下锅熬成果子酱。那比咱们晒酱要省事多了，只须果子洗净，去皮去核儿，丢进锅里猛煨猛熬，猛放洋糖，搅黏糊了就成。不似咱们那么费事，先得把黄豆煮得烂熟，把家常馍儿煎饼剩头碎脑并到一道儿，任由生霉，愈霉透愈好，丢进煮化的浓盐水里泡烂，拌成烂糊，一天天日晒夜收，晒晒搅搅，水气日少一日，由稀到厚，到得稠成黏膏才成。我父也跟耀武、嗣义几位媳妇出出主意，看看学洋人熬果子酱法子，上锅把水气熬干，费点柴火罢了，省得天天盼晴愁阴，盆盆罐罐儿搬里搬外，要上整一个月的操心劳神。可耀武家里娘家做姑娘时，就有过用锅熬酱，柴火也耗的有限，就只是锅熬的酱不香更不鲜；不光是酱，所有干菜：大白菜、豆角、茶豆、蒜薹、金针……不懂得甚么道理，老阳一晒干，不用口尝，下鼻子一闻，就香死人，鲜死人。谈起来就都笑开了，老阳还有这么个好，给人又添香、又提鲜。打这晒酱又聊起天稍稍暖上几日，酱里便不免给苍蝇叮了，下子生蛆了，挺恶心人。可酱园里，满院子大缸酿酱泌酱油，哪口缸里要是不生蛆，就一定有毒，得把那一缸不管是酱还是酱油，统统倒掉。俗说"无商不奸，无媒不谎"，酱园店老板这一上头，倒凭良心；要不的话，难保不吃死人，闹出人命来。

起初鲍师娘带了三岁四个多月的永福贝贝来——洋人总把岁数算到月份，有算到天数，真是数着日子过；咱们是日子不好过，才这么说。几大箱子行李之外，还有两大提篮的干粮。一提篮四五十铁罐封死又加盖儿的牛奶面儿——这也得服他洋人能干，能把挤出来汤汤水水儿的牛奶，做成精细白面儿。我父一看就知道这玩意儿是个宝，比新鲜牛奶容易带，轻便不占地方，不怕洒了泼了漏了；又经放耐久，像咱们晒的干货，不怕馊了酸了臭了霉了。就只是一时还不清楚是怎么做成，总不成太阳下硬晒的罢。瞧只两汤勺细白面儿，拿开水一冲就是一大盅，看要多少牛奶才做出那么一斤不到的一小铁罐儿。

另外一大提篮，尽是方的圆的铁罐，装的是方的圆的一片片儿干饼，还有白棉纸裹住烘烤得黄亮亮的洋馒头。几位洋牧师、师娘、洋教士去东关口运河码头迎接，一道儿跟过来，除了先已准备的放糖茶叶茶，叫作烤飞的洋茶，一些咱们的茶食：桃酥、羊角蜜、樱桃酥，鲍师娘忙碌中也拿出铁罐、纸包，让老鲍去打开款待客人。洋人还是喜欢洋玩意儿，可怜吃得眉开眼笑，不知有多知足。豆腐干大，薄薄的小块儿干饼，一口吞得下十块，可都个个疼惜着舍不得一口一块，不是嘴唇一点点抿进口，就是门牙一点儿一点儿对，一点儿一点儿截。老鲍夫妇俩算是挺大方，客人热闹过后告辞走了，一人送给一铁罐干饼。我父、何嫂、小孟这三人收拾客人走后零零碎碎，推辞不掉，也尝了一两片鲍师娘让过来的干饼，可真酥、真甜、真香，怪不得单拿嘴唇抿一抿就进了口；只是没法子比得上咱们茶食花色多，各有各的滋味。也不怪小孟一背过脸去就捂着口挖苦说："吃瞎屁一样，还不够塞牙缝儿！"

这些洋玩意儿，别管是小干饼、洋馒头，拿给咱们，还真是只能当作哄小孩儿的零嘴儿，当作点心点点心儿；可洋人是把这当饭食，都是打小到大吃惯了，一日三餐少不得的嚼谷儿。别的洋人那里，听说都有上海那边运来一些干粮，也只是意思意思，当不得甚么；也不是常川都指望那丁点儿东西就能填饱肚子。乍乍来到这个外乡的鲍师娘，动不动就念叨想这想那，我父一旁瞧着听着挺难过，咱们也是流落到外乡来，吃喝用度好几年下来才习惯了些，敢是懂得人家苦处，便老盘搁心上想帮帮这个忙，把他洋人往后日久天长都离不开思念的家乡吃食给生生法子，看看能做到哪里是哪里。

说真的，千不念，万不念，总念人家几千上万里，坐大火轮船要一个多月才能先到上海，再花上十天半个月水路才来到这——真是报册上西太后把洋人叫作的"远人"。好歹人家是来传教、治病、办学、行善做好事的，就算稍稍尽点儿地主之谊，饶是做不到招呼人家宾至如归，也该"拿人钱财，替人消灾"，帮人家把日子过得称心些，如意些。

鲍师娘母子未到之前，敢是都先有安排。靠祖父跟洋人的人脉，我父拜望了两位英国单身女教士、美国老卜牧师、任牧师两家。这般洋人反而像南边蛮子，大半都吃的大米干饭——帮忙做饭的女佣人，都跟何嫂差不多，像看家养畜生，吃食上头不识好歹——好的死不吃，差的反而吃个死。洋人那么喜欢吃肉，烧了有滋有味的红烧肉全不赏光，宁可炭火烤得半生不熟，血水滴滴答答就下口啃起来，不是生番子是啥？面食罢，个个洋人都一个式儿将就着吃点儿松散一些的饆子，吃不来狠揉得有劲道的馒头，嫌太费牙口，会把两边鬓穴嚼得又酸又疼。油嘛，牛油、奶油，可都是上海、烟台、青岛、威海卫各地差会传差会传过来的，城里可是拿多大钱也买不到。何嫂一辈也都说，小磨香油多香，秋油、甜油多鲜，这般洋人打死了也尝不来一两滴，真

西体中用　721

叫人拿他洋鬼子没法子。

我父是真的用了心，尽了力。小片儿干饼和一捺就扁了的洋馒头，别管多少，算都尝了，品了——可不是小孟那样，啐一声"瞎屁"就结了。一寻摸，再寻摸，总算抓到个窍儿，洋人喜的这些小面食，不外一是甜，二是烘烤，想想倒是跟咱们茶食较走得近。茶食里除掉盐条儿含点儿咸味，可全都是甜的，只分个稍甜如桂片糕、大烘糕、状红糕、驴打滚儿、驴屎渣巴、金果、金钱饼、豆角酥……很甜的有交切、寸金、百合酥、桃酥、条酥、澄沙月饼……甜得响人的像羊角蜜，寸把长的小羊角，外面滚了白糖，里头灌的蜂蜜，像樱桃酥，也是滚上厚厚一层白糖、像董糖，又叫董妃糖，全是糖和芝麻粉醅成的，还有枣泥、洋糖、冰糖做馅儿的月饼……这么些五花八门的茶食，又十有八成都是烘烤、油炸的。这就行了，尽管洋人不大喜欢咱们茶食，也只在味重味轻罢。再就是猪油、香油，洋人还吃不惯，就像咱们吃不惯膻味儿重的牛油、奶油——我父倒是打小在关东常吃，咱们二曾祖母又是旗人，家下这种口味儿的吃食不稀罕，我父不但吃得来，还吃得出美味儿。小干饼、洋馒头，敢是一入口就品出轻轻一股儿奶油香，进关五六年，似乎这才是头一回又闻到了膻腥味儿，硬就是喜欢。

心里有个谱儿，跟鲍师娘讨了几片小干饼，一个冷硬的洋馒头。我父少言语，鲍师娘也很快就放心放手凡事都依赖我父；要下这些吃食，我父没讲要做啥用，鲍师娘也问都没问一声。

我父上城跑了两家大字号的茶食店，找到大师傅一道儿来琢磨这些洋玩意儿，先看看除了小麦面，还掺些甚么配料儿；再寻摸怎么个烘烤、火候。本来我父打算兜兜买卖，要是咱们能做得成，算算也有将近二十口洋人，包下来三两天送上门一批，不定也是一笔收入。用这个主意打动茶食店老板、师傅，事儿该好办。谁知师傅徒弟头一回开眼界见识到这些洋玩意儿,稀罕不得了,比起洋人还要疼惜,小干饼也罢,洋馒头也罢,只捏点儿渣巴黏到舌尖上来尝,翻着白眼儿品了又品,七嘴八舌地说长道短,全下管这么猥到一堆儿干的啥,为的啥,干啥要这么花心思。我父见这伙儿师徒兴头这么大。也就留住话不提,免得事关生意人和洋人两边好恶——跟生意人玩心眼儿玩不过,洋人又不知有多挑剔,犯不着自个儿夹在当央,两头落怪不落好。果真茶食师傅做得成,洋人吃得合口味儿;一边有利可图,一边请托供济,那再居间说合,愿打愿捱由着两方定夺去,自个儿趁早别拉拢两方。护着哪方,向着哪方,都不合适。

  说这洋吃食都是用的小麦面,又都是活面,大伙儿都没二话。可这活面怎能发得那么透,尽是孔接孔,洞连洞,比咱们发团糕还发得透,到底这一手是个啥窍门儿,就各说各的了。有的说闻这洋馒头一股酸味儿,就知道碱放得少,面发过了头,敢是发得透;有的咬定是面和得软、和得瓢,揉成的芝子上火一烤,里头敢都是密密的窟窿;有的先认出这种小干饼,不管是圆的、方的,片片一样大小,还有四周狗牙边儿,定是一个模子刻出来的,这就保不住这发面是对上水,打成浆糊涂,浇进模子里再上火烘烤;还有的指说小干饼、洋馒头一点劲道都没有,可见得发成的面没怎么揉,还兴许揉都没揉——"打倒的媳妇揉倒的面",媳妇要好生折腾才中用;面要狠揉,不管是面条、饺芝子、馒头……就是要揉出劲道才中吃。

  这一点倒很有道理,洋人喜吃馇子怕吃馒头,就是吃不惯有劲道的面食。就是牛肉,照咱们红烧、清炖,哪怕小炒,全都挺费牙口,只有半生不熟血淋淋的烤肉块,吃起来才显得嫩,容易咬也容易嚼。这可又是一个窍儿。

  尽管几个师徒你能我胜,各说各的,实在罢也都说中了一点,合起几个一点,也就全副多了;再说罢,好歹也都让我父长些见识,学些本事。要能在这上头多套到一些门道，说不定能跟鲍师娘轧伙儿，一头生点子一头试着来，一回试不成再生点子再试。想必鲍师娘乐意搭手一道儿来"谋生"罢。

我父心上早有个谱儿，把茶食里拣那烘烤的大烘糕、桃酥（当地不知是走了音还是另有个意思，叫作"胎酥"）、金钱饼这几样儿，求教茶食师傅都是用啥家伙烘烤出来。说起大烘糕，才真该叫作茶食，吃起来非配上喝茶不可。敢是烘烤太透了，一点水分也没有，一入口就能把一嘴的唾沫吸得干干的，舌头热烫热烫打不过弯儿，给好淌口水的小奶徒儿当零食才再好也不过。那个硬法儿，刚长奶牙啃起来煞痒得很；刚长奶牙又口水涟涟，一天要换不知多少围兜，有块大烘糕啃来啃去，抵得上三五片围嘴子，也免得把手指头唝得白泡泡的。我父是把这大烘糕比作生石灰块——粉墙，和三合土都用到，一块块石灰窑出窑的生石灰跟石头一般样儿，堆成垛子拿水浇，遇水直炸直响像放鞭爆，又咕嘟嘟直冒大股白烟，乍看倒是泼水救水，大烘糕进嘴儿就是这个味道，像啃了块生石灰，多少口水赔进去，只差没有七窍生烟，嘣嘣儿炸响。

果然，这几样茶食都跟烘烤差不多，家伙是平锅，就像油煎包子、水煎包子、壮馍、锅贴、豆腐馂儿那种平锅，只是大得怕人，像面圆桌。可使唤的家伙一样，法子倒有讲究，少说也有四种：热锅不放油是干燠，大烘糕、金钱饼甚么的都是干燠出来的；只用少许猪油擦锅，免得黏锅，叫作烤；浅油叫煎，求个脆松；大锅滚油，大凡叫甚么酥的，多半是炸出来的，炸到脆那是不够的，得酥到入口即化才行。打这些讲究里，可就找出头绪，他洋人敢是只喜欢干燠的吃食。临走，我父把这些干燠成的茶食。招呼伙计给装上一拜盒——当地送礼，茶食都用的这种薄木盒子装，约莫一尺长、半尺宽、三寸深，有个抽拉盖子。吃完茶食还可装装小东西，塾馆学生喜欢拿这装书装小买卖儿，装文房四宝。我父自个儿掏腰包买了一盒提回去给鲍师娘和永福贝贝尝尝。

鲍师娘弄拧了，以为我父是拿这换早上讨去的小干饼和洋馒头，两下里一轻一重不般配；也别说，他洋人也是挺在意礼尚往来，抽开拜盒盖子一看，摆放齐整的四色茶食，或许觉着礼太重了，欢喜可欢喜，只就是好生难堪的不肯收。经我父一再说清这不是礼物，先挑出一块芙蓉糖给了永福贝贝，再把跑了两家茶食铺子大致光景简单说了说。鲍师娘初来乍到，官话有限，连打手势带画画，也许只懂得个两三成，却也会意到我父尽心尽意在为她大小三口人打算，一知半解地一再点头——"摇头不是点头是"，似乎不管哪国人，倒都一般；还有哭和笑，早晚小永福哇哇大哭，嘻哈傻笑，用听不用看，压根儿就分不出哪是哪国小子丫头。

我父挺肯动头脑，礼拜六何嫂傍晚赶回家去，我父照着那天跟几个茶食师徒讨教的，一桩桩一件件交代给何嫂，约合好二天去她家摆弄点儿吃的玩意儿。

礼拜六我父家来，天短夜长，总得灯下拣粮食、淘粮食，上磨推个二升小麦糊子——礼拜天，祖母不管上不上城做礼拜，守安息不可烙煎饼，糊子刮进大号龙盆，端去李府，托他嗣义媳妇明儿上鏊子，给干娘一家烙煎饼。二升小麦烙得出八斤煎饼，约莫五十张，足够祖父、祖母、叔叔三口吃上一个礼拜还有剩的。个光是嗣义媳妇，李府上下也都说，丁姥娘三口人都那么斯文，能吃多少呀，不说鸟食，猫那点食儿也就足够了，哪犯着二升粮食还研磨捣碓的，又是外头听差六天回来也够累的。他李府都是驴拉磨，累不到人。可怎么说，我父还是不肯。托她嗣义媳妇都够劳动人家了，耗费人家烧料也够过意不去了。再说，他李府从来不吃纯小麦煎饼；棒子米、高粱米，有时还夹上地瓜丁磨糊子。可祖母非小麦煎饼不能下咽，让人家单单为你家

西体中用　725

这二升粮食套驴上磨，先得清磨，完了又得洗磨，可费事大了。但得自个儿会烙煎饼这一手，也就连她嗣义媳妇都不用去麻烦了。

大礼拜散过后，我父也没跟祖父祖母去小吃，就直奔大南门外，黉学后巷子何嫂娘家来。等会试着摆弄些洋吃食，躲不住有碎的、坏的、没做成的，拾拾掇掇也就垫垫空肚子了。

照道理来到凌家，该喊这凌素英一声干姐姐的，我父怕来这一套，干脆连何嫂也不喊了。凌家老小都猥来，像等看变戏法儿一般等开眼界，我父也索性一律不喊，弄得只觉自个儿好生不懂礼数。

何嫂还是不错的，机灵、好记性、手底下干净利落。我父交代的没一项忘掉、弄错、临时乱抓甚么。先看发面，扒开了窟窿，里头匀匀净净尽是密密麻麻小孔儿，面算发得很透；那软硬也正好——做洋馒头兴许合宜，小干饼只怕硬了，那也不大碍事，待会使碱过后，再多兑点儿水也就成了。

碱水备好了，我父大致也会使碱，只是碱要略欠一点儿，保住稍微含点儿酸尾子，这就得靠何嫂拿捏了。

碱水浇到发面上，浇到哪里哪里泛黄，要把这碱水调匀，向来都是羼羼揉揉，我父就提醒何嫂，洋人怕有劲道，怕费牙口儿，就尽量别羼别揉，只有五根手指头插进面团里边拌边掇。接下来做馒头芡子，也轻轻揉出个形儿——不如说两手对着抟几抟儿，抟出个形儿也就行了。

何嫂倒是全听我父的，咋说咋行，就只是老不甘心地呸上一声："这些洋鬼子！"

镲子烧热了，怕粘镲子，摆上芡子前，还是拿烙煎饼使唤的油搨子把镲子面儿擦上一遍。芡子多远摆一个，得估算发面烤过后能发多大来排行子——对这，凌家老人家也都说不准；一向都是上笼蒸的，从来没用镲子烤过。蒸和烤，发个儿有没有大小，谁也没把稳。

为这个拿不定主意,未免太离谱儿,我父不管那些,动手把芰子一个个移上鏊子,一边跟何嫂说:"横竖这头一回罢,成不成还在俩仁儿,宁可摆稀一些。照理,烤的要比蒸的发个儿小点儿;可面和得瓤,芰子膧,个儿怕要发大些儿。别管了,一回生,二回熟,不成再来,豁出去罢……"

鏊子上头盖上麦秸编的笼头,斟酌着还是用文火为宜,火烈了只怕馒头底下烤煳了,整个还没熟。此外,我父约合大伙儿心里存个数儿,看看多久工夫才火候正好。何嫂她妹子倒出主意,点根香做个准儿。可白出主意了,凌家都是教友,家里缺的就是个香。

本来蒸馒头都有个准儿,笼里冒的蒸气冲到屋顶大梁,连带的屋笆上乌黑的尘吊子也让蒸气挠得飘飘甩甩的,那就十拿九稳馒头蒸得透熟透熟了。再说,就算蒸过头了,笼下的锅里水熬干了,馒头也万糊不了。

我父还是估摸得对,芰子只鸡子儿大小,面瓤得瘫瘫的站不起来,烤出来却有卡过来的细瓷饭碗大,亏得摆得挺稀,没哪两个粘住。火候上只能大约谋靠着鼻子,笼头边缝儿刚冒出气儿,就个个沉不住气起来,"馋猫鼻子尖,饿狗闻上天",可都尖着鼻子等着闻香,生怕一下子冒出煳味儿来。就这么吃紧地守着、看着,只差没拿出架势,瞧谁抢得头一手揭开那面秸麦笼头。

谁也没听过、没见过馒头是烤出来的,不是蒸出来的。焦香才一飘出那么一丝丝儿,何嫂顶溜活,先就抢上去,一手抓住笼头系子,身子趔开来怕被热气给呵到,这才转过脸来问一声:"要不要这就闪笼?"我父看大伙儿没谁应个可不可,估摸下该熟了,就是欠点火候,发面还有一半,还有二回,拼就拼了罢。开宝一样,我父爽快喝了一声:"好,掀开!"

都以为火候嫩了些,一见发得那么大,不由得一齐呼出声来。可都知道定很烫手，还没谁敢下手去拿。何嫂眼明手快，抓了把锅铲过来，轻轻铲一个，翻到一旁小桌上。试出没粘锞子，铲得顺手，索性手底下加快，一个个铲到小桌上，一边还数着数儿，无来由那么喜孜孜地忙起来。没数到一半儿，就有等不及的下手捏去一个，给烫得这手换那手，那手换这手，嗤嗤呵呵地又吹冷，又闻香⋯⋯

我父一旁冷眼瞅着，也听到说是熟了，味道有点儿酸；也看到一个个给烫得歪嘴斜眼；可心事早又转到别处去。瞧那烤成的馒头大小扁圆跟那洋馒头简直没多少出入，本来心里全没半点儿底子，这可是给瞎蒙瞎蒙恰恰巧蒙得八九不离十儿。只是根柢上还差得太多，烤出的馒头底儿焦黄焦黄，有的还糊出黑斑斑，亏得狠狠心狠对了，开宝再晚一会儿，只怕个个都烤黑了腔。可这倒不打紧，要命的是这个赖相儿跟人家洋馒头恰恰反过来，洋馒头是面儿上烤得油光光的焦黄焦黄，底儿倒不怎么变色。我父也怪起自个儿不实在；原也想到过，放在锞子上烤，该跟平锅里煎水煎包子、豆腐馂、锅贴差不多，都是贴下面一面儿亮黄，各面都还是熟面那个色气。适才何嫂一掀笼头，没等蒸气散尽，便已见到满锞子白糊糊一个一个不知该叫它啥，尽管大小扁圆跟洋馒头可像着——凭的甚么巴望能烤出来跟洋馒头一个样儿？枉想不是？

下一笼还是照烤了，候到一闻到焦香就把笼头掀开，我父连忙一一细看烤出来的馒头底儿，倒是一个糊斑黑点都没有，尝味道也跟洋馒头又近乎点儿，兴许二一波发面放那儿稍久些，多醒了会儿，发得更足。

我父斟酌了下，好歹还是挑出五个大小圆扁差不多的烤馒头，又没疤没癞冒充的假洋馒头搁进小挎斗，盖上何嫂找来洗得雪白雪白的手巾，提去南医院。

不晴不阴，俗话叫"白眼子天"，这种天气冬里清冷，夏里闷热，好在灶房里折腾这整整下半个天，倒不觉出怎么个冷法儿。可一出西南圩门，就不由得缩缩脖子，挎斗挪到胳膊弯儿里，两手袖起来。

这一路上我父心里怏怏的——原本打算挎上一小斗子地道的黄亮亮洋馒头，这个样儿简直拿不出手，真就是献丑了。只是让鲍师娘尝尝，或许指点指点该怎么来两面烘烤——他洋人一定有个法子的；想到这儿，灵机一动，两面烘烤，先前咋没想到？那就鏊子上别用笼头盖，改用平锅。平锅翻过来盖上去，上面放上灶门出出来的复炭，上下两面夹攻，兴许还烤得快一点儿，不怕不把馒头面儿烤出亮黄来。下个礼拜天再去何嫂家试试看，要是平锅不够深，卡上去压住苤子发不起来，就上下都用平锅，准够高了——上两寸，下两寸罢，高桩馒头也没那么高罢？我父还打袖笼里抽出一只手来，比画一下四寸有多高。可还要看平锅借不借得到，借不到两口，就先用一口当盖子试试再说。试成了，不怕鲍师娘舍不得钱买平锅。

琢磨到这，我父脚底放快，一边心里祷告，皇天不负苦心人罢，感谢上帝赏赐给一副好头脑。法子是人想出来，不管有时也想的是母点子，总是不停地想，上帝不给聪明还是不成。

鲍师娘接过我父害臊拿不出手的挎斗儿，才一掀开白手巾，不知是真的还是装出来的，闻见带点儿酸气的焦香，就连呼好呀好呀，等不及就捏出一个凑近高得好似不大通顺的鼻尖上，猛吸猛搐地闻，接着掐下一小坎儿放进嘴里。我父害怕给过于夸奖了，拼命找话说，都是褒贬这洋馒头做得怎么差、怎么赖、怎么怎么难吃……鲍师娘倒一劲儿摇头，不几口就吃掉一个，一边拿出盘子来盛另外那四个，轻手轻脚像怕捏扁了、捏破了那般仔细。看神情该是真的喜欢又疼惜。

我父原本是先不让鲍师娘知道，等试成了再来献宝。可相差这么大，即便路上想的点子也挺通的，只是多想几想，两口平锅对扣着，上下烧火加炭来烤，按理十有八成九成可行，只是这个点子还是不免有点儿母；想他洋人没这么个笨法儿，家常里做起来也太费事了，一定会有个好法子，有个可以把洋馒头烤得两面儿黄的家伙，这就得老老实实跟鲍师娘求教了。

鲍师娘没等我父仔细说清楚，先就从橱柜里找出个扁圆铁罐子，上面贴纸上印的有不少英国字，用银汤勺柄子撬开挺紧的铁盖儿，剪破里头又一层锡纸袋子封口，汤勺舀出少许像泥土干粒子的东西，官话夹着英国话，再加上指手画脚，半晌才让我父弄懂，大约是用来发面的东西，该没错儿。

咱们发面用的是"老面头"，发面下碱前，揪出一小坨儿，搓成长条缠在筷子上，像只长虫绕上一根竿儿往上爬。那叫老面坨，连筷子随意插到墙上哪里，听让它自个儿干掉。下一面再发面，就拿它泡成稀汤，和到面里，算是发面引子。万一忘掉留这一坨老面头，下回发面时，就只有左邻右舍借谁家的来用，那就下碱前留个两坨，一坨还给人家，一坨自个儿留着。

我父把咱们发面这一套，用了九牛二虎之力，说唱做表都施出去了，还把何嫂下房里泡洗衣服的洋碱拿来，比画着面发透了，要化上碱水和进去，要不的话，会酸得上不得口——敢是要做出给酸死了的模样儿，眼鼻口耳眉五家搬到一堆儿挤紧了。鲍师娘倒也懂得，还分外夸赞咱们中国话才说得很对很对——我父指的是发面叫作"活面"，不发的面是"死面"，灵机一动找出旧约圣经以色列人出埃及，上帝吩咐摩西叫百姓多做"无酵饼"带着做干粮。鲍师娘将英国字圣经找到这一段，弄清楚无酵饼是死面，酵饼是活面，乐得直拍手，一边重叨着：活面、死面，活面、死面……这一乐，似乎一下子跟咱们近乎多了，好像把她美国搬家搬到咱们中国做近邻了。

谈到使用甚么家伙来烘烤，洋人煎鸡蛋鳖子、煎死面（其实是和成黏糊子）饼、肉饼，都是用的平锅，不过小得很，还带着长柄子。

我父比画出一口大平锅，把带来的假洋馒头拿一个放进小平锅里，探问怎样才能烤出两面黄儿。鲍师娘不知怎样比画，加上有限的官话，着实说不清楚，只有拿来纸笔，边画边讲。可也才刚刚看出洋蓝笔勾出来的一点梗概，带点斜坡儿的圆筒子，我父猛捶起额头来，边笑着自骂自："蠢猪！蠢猪！"倒叫鲍师娘愣住，手底下也停住了笔。

蠢猪，是恼自个儿光想到茶食铺子，沾边儿也没想到还有个烧饼炉。他洋人是把抟成的芠子贴到上口粗一些，下口细一些的铁筒子里，当间儿煨上炭火烘烤；烧饼炉大体都是口小、底儿小、鼓腰儿的半人高砂缸改成的——靠近缸底儿开个三四寸见方小门儿，留着通气、出炉灰；要火强就敞开，不定还得扇几扇子，要火温静些——文火，也叫慢火，就堵上。缸里泥上一圈两寸来厚的三合土，半腰儿里横嵌出铁篦子，又叫炉钉，焦炭火就生在这上。烧饼刷层少许糖稀水儿，撒上芝麻，背面儿湿点儿水，贴到四周光光滑滑三合土上，敢是个个面儿都烤得亮黄亮黄。我父直怨自个儿先前搓疼了额头，只想到茶食铺子，就是一点儿也没想到这烧饼炉才真管用。可一面又好生欢喜，不用再迷着甚么鏊子、平锅，这烧饼炉准保比鏊子、平锅成得了事儿；一旦烤成了洋馒头，他老鲍夫妇俩儿，还有永福贝贝吃得称心如意，那就戳哄着买口烧饼炉来家用，不定别的洋人也看着眼馋，一家买上一口，就此迎刃而解洋人在咱们这儿吃不到洋馒头的苦处。

烧饼炉大半都只赶个早市。城里人大多不吃早饭，只吃早点，像烧饼、油条、朝牌、豆汁儿、胡辣汤、油煎包儿、水煎包儿……花样多的是，就算不全买着现成的吃，家下熬个粥、小米稀饭，搭配两三早点，更是常见。可一等日上三竿，差不多也就一一收市了。

我父找到西城门里一家烧饼铺子老板打听清楚，约好时候来借炉子一用，提到炭火钱，人家认得我父是华长老跟前老大，忙摆起两手推辞："哪这么贪财啊，你这太外气了。炉里又不用现生火，多把焦炭敷上去就中了。"算是欠份儿人情。

这边跟鲍师娘商定了,头一天先用洋面引子把面发起来,指点何嫂和个软硬适中,加上些奶油甚么的配料。二天看看日头多高,客厅挂钟九句半光景,领着何嫂进城,挎篮里包上一层又一层布手巾的发面团,怕天冷把发面又冻死回去。

这又是再一回来试着烤洋馒头,带着何嫂可不一定指望她下手揉荠子甚么的,只是就算一旁袖手愣看,总也得从头看到尾才是。试成了,往后就都是她何嫂家常活儿了——像咱们蒸馒头、烙煎饼,不是天天,总也三两天来一回罢。免不了的,何嫂一路上还是不服那口气,老不住嘀咕:"哪兴发了面不下碱这个道理,等着瞧嘛,看酸倒谁个大牙——俺可是倒不了牙,正好看笑话呗……"

赶的正是个时候,末了一炉烧饼刚一个个拿扁头火剪钳出炉。烧饼面儿上撒满芝麻,瓢儿里有葱花、板油小丁丁儿,刚打炉口里钳出来,热喷喷那股子冲鼻子香,别说有多撩人嘴馋掉口水。

何嫂放快手脚,打挎篮里捧出一垛子发面团,搁到人家收拾干净的大案板上,还有一碗干面醭,忙着揉面揪荠子。这昝子又轮到何嫂有价钱了,晌示她有多在行,老板娘想搭把手帮帮,给她搪开了,大声拉气地跟人说这洋馒头不光是要上火烤,荠子还不能多揉,生面也不能揉进去。那面团稀软稀软的,碰上就黏手,生面只当干干手来用。这么多的说法儿,又这一把那一把头头是道的好生熟练,别人一旁看热闹,还真不敢随便下手帮忙。

老板招呼过几个顾客,抽个空儿过来看。案板上一转眼工夫,倒是排成两行荠子,数数有十来个,遂道:"上炉了。你忙荠子,俺来贴。"何嫂不放心,挪过来看看炉子里,嫌火不够旺;又竖起三根指头比画,交代老板,至少要三指宽贴一个,防着发开来老黏成"一对双双"……老板直点头,一边说他会加炭,一边应着:"敢是的,敢是的……"

我父看看何嫂从来没有这么大的兴头，手脚好生伶俐；烧饼铺子老板这么热心，手底下熟练利落；那就让何嫂去露一手，老板这份人情也让他卖到底罢，自个儿干脆让到一边，袖着手闲着。这样也好，瞧瞧贴烧饼手艺——抓起个芝子两手丢个来回，免得粘手，右手水碗里一沾，拍拍芝子底儿，探进炉口里，对准位子，稍稍使点巧劲儿那么一拎，就钉到炉壁上。老板贴近炉口，半边脸给炉火烘出桃红一片，像搽了腮膏朵儿。老板原来是个左把捩子，我父一旁瞧出来，忍不住调理一下自个儿左右手，意思着右手抓过芝子，左手插进水碗里一沾，拍拍芝子底儿，还是要右手握住芝子探进炉口里；若用左手，笨不邋邋的像只脚丫巴，一定拎不准位子。

老板娘打后头搬来两张骨牌凳儿，让我父跟何嫂坐坐等，是要好一会儿罢。两个妇道家拉起聒儿，伙计也凑近来听。给洋鬼子拉雇工，敢是稀罕，都在问这问那，问洋人蹬勒盖儿到底弯不弯得下来，洋人身上是不是一股子羊骚味儿，还有的听说洋鬼子天一黑就啥也看不见了……只差没问洋人是不是用嘴吃饭了。我父听着倒不觉得有啥可笑，立时也就想到过去义和拳不知编排了多少这些传闻，如今还到处阴魂不散。不过有这些个探问，可见还是对那些传闻半信半疑罢。

老板又一回掀开炉口盖子看，香味可是传出来了。我父也抢过来探望，只见个个发起来，发得很是那个样子，也眼看慢慢儿黄了起来，心里叫真一喜，忙招呼何嫂围上来瞧瞧。炉口儿小，只容一人凑近去，只见几个脑袋鸡喝水一般，低下去饮饮，扬起来咽咽，一头看，一头搐着鼻子猛闻个不停。老板娘却皱皱鼻："香是满香，怎有点儿酸巴唧唧的……"似又觉出不该这么长短人家，不好意思地急忙掩住嘴。我父瞭一眼先前扭着说"看酸倒谁个大牙！"的何嫂，这当口合该赶上来搭老板娘这个腔儿，老板娘这不正跟她一个鼻孔出气儿么？没想

西体中用　733

到何嫂反倒装作没听见的样子。猜不出何嫂咋这么别扭,真是"人心昼夜变,天变一时刻"。

老板照我父前一天跟他讲的洋馒头种种,挺行家的估量十有十成定叫洋人合口合意。那神气儿像吃过洋馒头,做过洋馒头,不知有多仰仗:"放心啦,华小先生,俺这烧饼炉还从没出过推板货儿嚕!"实说起来,不过借他烧饼炉一用;肯舍得送这份儿人情,就够帮大忙了,哪还要他担保啥不成。人说"吃哪行,怨哪行",苦奔劳业的,打烧饼这行饭,饿不到人是不错,可也断定发不了人,混个温饱罢了;倒还肯这么"三文钱买头小毛驴儿——自夸其得(德)",说来也挺难得了。

临要出炉,老板还是招呼我父、何嫂,走前去瞧瞧。

扑鼻一股子酸香不消说,炭火照得馒头红通通一片。可人眼还是厉害,像能把火光剔掉不要,单单看得出圆鼓鼓的好生亮黄——顶真说来,该是酱黄深一点,栗壳黄浅一点。炭炉烤冷馒头就烤得出这么个色气。

老板卷卷袖子,拾起炉边扁头火剪,嘎嗒嘎嗒空钳两下,比方是摩拳擦掌,拿本做事的要亮一手绝活儿那股子劲儿。何嫂也赶紧把案子上杂七杂八的什物收舍干净,让出空来,一副打扫门庭,抹桌擦椅子,恭候贵客光临的味道儿。

这一回似乎信得过押宝押到准赢这一边,心喜多了,敢更是急等着开宝。火剪钳出头一个洋馒头,冒着热气,老板常年打火剪上接刚出炉的烧饼接惯了,也不怕烫手,翻来覆去看一眼从来还没见过的这么个玩意儿,亲手递给我父:"不假罢,华小先生。"那意思是没骗你罢。说着顺手捏了下,馒头上按出个小洼窝儿,遂又还回过来。老板得意道:"你望,多腯和,不瓢捍罢!"那口气好似这玩意儿从头到尾都他一人弄出来的,这一功该归他一人。

我父接过来，还真烫手，忙换几个手指尖儿顶住。色气是全对了。底儿一圈黄印子，也不错。可这个形儿有点甚么……不是周而正之那么个圆法儿，往一边偏了些儿。不过稍一端详，也就明白了，面和得太瓤，芰子贴上炉壁免不了要往下坠。要不拿火烤，由着往下坠的话，末了包会坠成老太太的奶袋子——耀武他老妈妈，庄子上数得着的几个老泼皮，三伏天热到顶儿，不光是夜里，就是大天白日，也光着上身，两只奶袋子长过裤腰带，活儿照干，簸起簸箕来，甩上甩下的，半桩小子红着脸，不敢拿正眼看。可尽管焦炭炉火够旺，连坠是坠，连烤是烤，到得半生半熟定了型儿，才不再下坠，却也还是成了这副德性，喂着奶的奶膀子——坤道家也挺叫人迷糊摸不透。做姑娘时手脖脚脖儿都害臊不肯多露一点儿；一旦开过脸，辫子握成髻子，做了媳妇儿，就变成另个人；待挺个大肚子，不知多有身价儿，当众扣着扣不上的钮子，衣襟一拉再拉，睮示肚子大得可以；等到娃儿一出生，那张脸一下子就有城墙厚，别管有人无人，大敞怀儿，扒出奶膀子喂奶，似乎全天下只数做娘的大。

这刚出炉的洋馒头，太像喂奶的奶膀子，我父不觉脸红，借着烫手，忙把几根手指尖儿顶着的热馒头半扔半搁脱手放到案板了上。老板一转眼工夫，已出炉七八个亮黄亮黄如假包换的热馒头。有几个倒正圆多了——敢是炉子里靠肩膀那一圈儿，炉壁斜坡儿朝下，芰子面儿正对着炭火，下坠也是直坠，不是偏坠、斜坠。

这工夫，何嫂已一头吹吹冷，一头掰开一个热腾腾馒头，两半再掰两半儿，让给几个人分尝。我父取过一块儿，先就见到瓤儿里发孔儿又密又匀净，正是这个样子。咬了一小口细赏，除了一冷一热、一干一软有别，味道还真没两样儿。

"成了！"我父合十大叹一声："谢主隆恩！"忘掉一旁还有别人，声音里金飒飒的像打闪那么亮法儿。

崇实学堂早有筹划，年前总算课堂、住舍全都完工。入冬便已聘定了先生，也招收了学生。万事齐备，单等过过大年十五就开堂了。照老说法只有塾馆"开馆"，如今既是学堂，敢是得叫"开堂"，这倒惹人说的听的都觉好笑，总会想到甚么开膛破肚。

倒也没甚么吉不吉祥，犯不犯忌；洋学堂嘛，开的是洋人膛，破的是洋人肚——老百姓人家说不上啥仇啥恨，也没啥定意瞧不起洋鬼子，只就是把洋人当个稀罕物儿瞧罢。洋人倒个楣，活该，乐着呢，当个笑话看；洋人神气、得意，也用不着红眼，只当是匹难得一见、挑尖拔眉的牲口观赏观赏，比如一匹高头骏马，油亮亮上下一根儿杂毛都没；或是一头钢叉角大哞犍，牛犊领垂到蹄膝盖儿，一步一昂脑袋，一步一抖耸；或是马号养的半人高大马猴，眼神儿机灵灵那么溜活儿，跟人没两样儿；可挤挤挨挨围住看个不够，顶多也就是咂嘴赞叹，啧啧称奇罢了罢。

洋学堂当家的不叫堂主、堂长甚么的，倒是叫起学监。这学监是位美国牧师梅克堪，愣大个儿，还猛过老鲍大半个头，只没那么横梁着就是。这位梅牧师还有个妹子，人称梅姑娘，两人像一对双生，像极了——咱们看洋鬼子本就觉着千人一面，何况又是兄妹。可还有相像的，老哥不娶，妹子不嫁，教会里称赞他兄妹是"全身事奉"，事奉上帝，也事奉世人。可在咱们这里，不管教里教外，也并不落好——男大当婚，女大当嫁罢，要人人都这么着，不是绝子绝孙绝了人种了么？别来骂了罢。叔叔有时嘴上也挺损，叫他梅牧师梅大愣，叫梅姑娘梅大腚，传神极了。信徒都不怎么敬重，教外的"外邦人"就更加地不用说了。

祖父去冬就给学堂聘定当四书先生了。

祖父举人出身，众长老里功名最高，脱籍举人除了仕途失据，学问可是分毫无损，教会学堂敦聘教习，怎么数也数祖父头一名。这四书先生月俸番圆四块——银子三两六七，算来要比乡下塾馆束脩二石粮食折合制钱多出五六吊。可塾馆是塾馆，除了麦假十天、伏假三十天、年假二十天，而外，天天打早到晚都是个整天。学堂另是一套规矩。一年里冬假一个月，伏假两个月，这就比塾馆多出一个月的假；一个礼拜又只上学五天半——礼拜天也只上半天做个大礼拜，过午就没事了；四乡的学生礼拜六晌午回家去，连这大礼拜也省掉。学堂里又是论堂来算，一句钟一堂，上半天和下半天各三堂，祖父分到的只是每天早上两堂，一个礼拜也才十二堂，别的堂课自有别的先生教，有英文，有算学，有厚生、化学、地理、历史，还有圣经，五花八门可多着，只是，教四书占的时间最多，洋不洋的，这上头倒还差强人意——四书五经，总是立国根本罢；若只聊备一格，装点装点门面，祖父说他，"给多少银子，还兴咱们不乐意呗！"

塾馆跟学堂两下里比着衡量衡量，沙庄塾馆横竖都由叔叔大学长看老墩儿，教念教背，改改文儿，圈圈仿儿，祖父这两年只是早晚开讲才到馆里，尔后教起洋学堂，一样还是教得土学堂。只是这里头哪能三言两语就作了断，除非祖母那样由着性子要怎样就怎样，不管甚么说不说得过去。

塾馆丢不丢手呢？丢手罢，欠的情多了，当初李二老爹人家是救咱们急，凑出这个塾馆可不容易，祖父叔叔爷俩儿拍拍腚，说走就走了，怎么收这个摊子？不光是沙庄十来个学生；还有左近三四个庄子二十来个学生，人家要把这笔账算到李二老爹头上的，尽管也不关甚么言而无信，有头没尾，到底一手捂不住众口，谁都生张嘴，再闲的闲话也用不着花钱买盐，咬嫉你洋学堂钱多，拔腿就走，那也没赖屈了人。要紧还是李二老爹，咱们丢下塾馆，我父又早就给洋人当差了，不管图的近便，还是进项也多了，用不着再蹲在乡下，搬上城去一走百了，闲话伤到李二老爹搁这方圆十来里的人望，那才忘恩负义来着。

西体中用　737

可不丢手罢，拿祖父为人来说，先就死定不肯脚踏两条船，土钱洋钱都往荷包儿装？那哪是做人的道理，更不配做主的儿女、主的工仆。

避开祖母，祖父招呼我父叔叔躲进下了学的塾馆，就这两难——难以两全其美，跟小哥俩打打商量。

"过一冬，长一葱"，是说冬至过后，白昼一天长一天。大葱横着算，粗的一寸，细的也有半寸，刚过过五九，进到六九，少说也昼长多出两尺两三寸了，可老阳还是早早钻热被窝儿去了。塾馆里黑灯瞎火儿，爷仨儿围着祖父书桌三面坐，先趴下脑袋祷告，祖父领祷跟上帝讨旨意，也是把心事说跟小哥俩儿听，祈主成全，求个两全其美，面面俱到。

我父或许就是信徒所说的，受到了圣灵感动，"阿门"完了，桌边儿给方才伏首祷告呵出一片潮气，正心里暗笑自个儿怎么这粗汉一条，忙拿袖头儿除溜除溜，就这一刻儿工夫，只觉灵机一动，不拿他塾馆束脩不得了；由不得犹疑便头一个开了口："照爷心意，先别管咋说，塾馆一准得顾着，不能说走就走，丢下不管。可顾要顾到多久，也难咬定一个期限，谋着罢，多则一年——也紧力儿了只怕；半载也还说得过去罢。这一年半载里，咱们骑马找马，多早晚引荐个先生来接手，咱们再多早晚走。爷不贪拿双份儿，单拿学堂那边俸银，就算将后来搬上城去赁房子住，也够头儿了。这边这份束脩罢，咱们明里照收，暗里统粜了钱，一文不花，存到银号子里，就算半年罢，连本带利十几两银子，捐给地方上，足够盖个三两间通间屋当塾馆，省得老借他沙家祠堂借个没期限，想必这几个庄子都乐意；咱们也算走得清清白白、干干净净，也管保没谁背后骂咱们，指破咱们脊梁盖儿、后大襟儿。看看爷的意思罢。"

说着工夫，叔叔直搭巴着："对……就是了……可是好……就这么了……"

半晌，祖父给水烟袋安烟丝儿，一面清清嗓子说："好，长大了，有心廑，有条理，情理都顾得挺周到，就这么着罢。"

我父身上带的有洋火，不等祖父去摸火刀火石，嗤啦一下擦着了火，照着祖父取出火纸媒子点上。

祖父吃了一袋烟，又重了句："长大了。"不知有多宽慰。遂又问道："也吃烟了罢？"八成是见儿子身上带了洋火，有这个猜想。

我父倒有点儿难为情起来，正碰上祖父吃二袋烟，火纸煤子吹出活火，遂着吃一口、吸一口，火焰儿一跳两三寸高，我父只觉乎脸给照得一红一红、一热一热，支吾道："老鲍罢，各式各样儿十几根洋烟袋——就那种大头小身子的，都见过，直杆儿的、弯杆儿的、带盖儿的、不带盖儿。出门都用带盖儿的，吃着吃着往插口里一塞，直冒烟儿都烧不到衣裳……"说说着倒忘了干吗要噜嗦这些，叔叔一旁提醒了下："老鲍送了哥哥洋烟袋，我猜。"我父笑起来，噜道："怎这么机灵，给你猜着了。送了根两截杠儿弯脖儿的，拧得下来，方便通烟油。还送了包洋烟丝儿，黏巴渍渍的，说是搓了蜂蜜甚么的。我也是瞎吧嗒，吃不出好儿来。"重又不好意思打袍子两边暗插口掏出方才说的弯脖儿洋烟袋、衬有银纸的一包洋烟丝儿，放到桌心儿，"就这玩意儿，闻比吃倒香"。

果真就一下子扑鼻子甜里带点儿酸的香气，叔叔拿近了猛搐鼻子闻，大舒一口气："逗味儿，逗味儿，闻着嘴馋噜！"叔叔逢到吃着美味，两片薄唇便不由得叭儿叭儿咂出脆响，这工夫空空一张嘴儿也竟馋馋的咂出声儿来。我父不知有多心疼这个比人多出个心窍儿的亲弟，手上洋烟袋轻敲了叔叔脑门："又让你机灵着了；照老鲍说的，他美国就有人拿这掩到嘴里嚼，咂那个汁子，倒省得动火仓，也一样儿过瘾。"只听叔叔连呸几声，误吃了啥坏东西，嗤嗤呵呵地叫苦："辣死我了，辣死我了……"八成我父方说着美国鬼子拿这烟丝儿嚼

西体中用　739

着过瘾，叔叔就摸黑捏进嘴里尝起来，祖父呲儿一声笑道："真是的，小庙儿小鬼儿经不起大香火——也别说，照这看，人家那才叫'吃烟'呗。咱们是说惯了不觉着有语病，喝茶也是吃茶、喝酒也是吃酒，这烟更离谱儿，明明吸的、抽的，说呵的也还通，就是跟'吃'沾不上边儿——别说你这个小鬼儿，就算爷这根老烟枪罢，你说捏一撮烟丝塞进嘴来吃，断了三天瘾也办不到，两档子事儿罢……"

"吃"不成，就吸罢，抽罢，呵罢，洋烟袋烟锅子可真大，水烟袋整一烟筒子皮丝烟塞进去也只够一两袋罢——吃水烟，那可够六七十袋也不止。祖父头一口就给呛到，连呼"太犒了！太犒了！这哪是人吃的……"忙还给我父道："这洋鬼子！张飞卖刺猬——人强货扎手，开头就吃这号硬烟，将后来只怕烟瘾够瞧的……"

我父待要给自个儿圆圆场，找个说法儿，他老鲍不过让人尝个洋新鲜——沙耀武去南医院找我父，哥俩儿蹲在下房换着烟袋吃烟谈心，让老鲍瞧见，好似可也找到自家人，不知道有多兴头，回屋里就掂出一把洋烟袋、一包洋烟丝、一盒洋火，递给我父。照好说，教会忌烟，洋人里就他老鲍一个，长老里就我家祖父一个，今又无意中发见还有人在；照不好的说，遮不住还是瞒示他洋玩意儿高咱们土玩意儿一等。再说，这两年跟庄子上哥们儿蹲到一堆儿，有的没的也吃它一袋两袋玩玩儿，从来不知道啥叫上瘾。老鲍送的这套吃烟家伙，差不多也是一样，随身带着，想到想不到地掏出来摸摸弄弄，把玩把玩，实在是精巧，牛角的杆儿连嘴，烟锅子是木头刻出来的没错儿，可甚么木头这么硬，火烧不糊，也不烫手，怎么也琢磨不出天下会有这种树，那要长得多慢、要几十上百年长成材，才木质这么个紧法儿？人前也兴亮亮，传来传去细看，也都卯不透甚么树上采的材料。反正玩儿的比用的有意思，少有正模正样装烟点火当回事儿的抽它。

想把这些小小不言的零碎，拿来跟爷谈闲心谈谈，免得爷——还有弟，错认自个儿才当不几天洋差，就这么不识惯地扬幸起来。还有，照我父看来，祖父早过了"不学好儿"那个年岁，不吃个烟、喝个酒，反像没成人，白活了；自个儿这才二十，就忙着"不学好儿"吃起烟来，多少总觉得拿不下脸来，壮不起气儿。

可我父回味回味，祖父尽管操心烟瘾不烟瘾的，那口气听不出甚么不悦意儿，也就算了，还怕给亲爷冤枉么？

祖父咕噜了两袋水烟，接着又书归正传，回到起先的话头上："说你长大了，对事对人都这么顾虑周到，就够不容易了；可打这情理再上去，还有属灵那一层，难为你了，胸襟那么开敞，'尽其在我，不求人知'。主也有一样的教训，'右手行善，莫让左手知情'。做人能做到这一步，可成圣人了。起先，不瞒你哥俩儿说，爷给个没想通的念头一直厮缠住，解开不来。塾馆是能再教下去，不能半路上撂下不管；可只顾有了那边月俸，这边束脩万万不可再收，又难在李二大爷万万不肯让咱们白教下去。这可不是小来小去的半斤皮丝八两酒，你推我让，可受可不受；李二大爷又是那么天生的德威服人，谁都拗不过他那份儿情义。只这不得不照收下来见月两石粮食，说咋也良心过不去，跟主也没的交代，又还有人言可畏也不能不顾忌点儿。真是前怕马狼后怕虎，亏你帮爷点拨了一线亮光；没错儿，拿就拿了，咱们攒住，一文不花销，存到银号子里，良心安了，跟主也有交代了，要说众口难掩罢，也用不着瞻前顾后，'路遥知马力，日久见人心'，这日久罢，再久也久则一年，少则半载，捱闲话，就算捱骂，不也就那么一年半载罢。好！就这个主意，就这么了……"

当下爷仨儿没再多费神，就这么商定了。

这事儿没让祖母知情，也是爷仨儿不用明说，全都心里有数儿。祖母只是瞎精明，瞎逞能，瞎拿主意，记性又不管用，轻易就瞒得过去。要不的话，用这个找祖母拿主意，那可要穷搅和个没完没了，会把事儿撑得四分五裂,没个了局儿。就算拼拼凑凑出来,不是个母点子,也是个馊主意,成不了事儿。

对这紧锣密鼓,就要开膛了的崇实中等学堂,我父可是满心火炭儿一般热烘,只是四顾周圈,人人都该把这当桩无大不大的大事儿,似乎没谁像自个儿"剃头挑子一头热"——别说何嫂、小孟这号儿的对啥都没心肠,就是一些挺有学识的教友,给请去当先生的祖父一辈,还有那几个洋人,也都没我父这么心切。

好些时以来,进进出出的,我父总情不自禁多绕几步路,弯去学堂那边走前走后,转转看看。多少木匠、油漆匠、花匠,天一亮干到天撒黑儿地赶活儿,差不多见天都有见所未见过的新鲜事儿可瞧。早先是打造一套套连成一体的小书桌小椅子,一律都是铁榆料子,可够又沉又扎实的,使个几十上百年的子孙货,看出洋人办事挺实在。还有那学生住宿的房舍里,尽是上下两层的架子床,独睡的小空地倒能睡上两个人,腾出的空地又恰好够摆两人用的长书桌,真能省,也真亏他洋鬼子鬼心眼儿想得出;可新鲜是新鲜,我父总觉眼熟,一时想不起来哪里见过,回家跟祖父闲谈,才给提醒小时候跟爷到营口去,上过靠岸的一艘洋火轮儿,迎接一位哀尔兰国来的洋牧师。船是挺大,跟好几间房屋那么长、那么宽;可到底船是船,陆地是陆地,几间房屋大,却要住上六七十口人,船舱里分出一个一个小隔间,一个里头要塞进四个人睡觉——海洋上要走个把月,不睡觉还成?容下两个人就够挤得头碰头,腔挨腔的了,可使的就是上下两层的架子床,两张当间儿紧卡卡一个人走动罢了。祖父还又提醒我父:"不知道你还记得不,洋火轮上那些船夫住的房儿,还睡的上下三层床呗,两层当间儿只才尺把高,都不知道是怎么打横里滚进去的。俗话说'吃屁也别想逮住热的',那睡下头的倒稳嘅到刚出笼的热馒头……"

连上小椅子的小书桌,都是桐油油上两遍;所有玻璃门窗框、两层木架床，可都和医院那边一般样儿，漆的纯白洋漆。这洋漆跟咱们油漆是两码子玩意儿，各有所长，各有所短。洋漆反光不透亮，再赖的材料也漆上一层洋漆就遮尽了丑；上好的材料上不得洋漆，那太屈费了，非得咱们油漆，又密又紧的条条纹路才保住；那些纹路可是画不出、描不来，有花有草，有山有水，由人想是甚么奇景就是甚么奇景。这都看得出门道，也都品得出情理。可有些就一瞧再瞧也懂都懂不得；像那些讲堂门口挂上白洋漆底子、黑洋漆字的木牌，写的是一、二、三级，级级又分出甲号、乙号讲堂，就不懂怎么是级，怎么是号。只有请教她鲍师母。

要说自个儿教她鲍师娘官话教得还不错——老鲍就没断过夸奖我父，好几位洋人也都说她鲍师娘官话学得好、学得快，可鲍师娘跟自个儿学到的，真比不得自个儿跟鲍师娘学到的多得太多；人家多么个聪明伶俐，咬字咬得准，还又记性一等一，学过的就不忘，硬要自个儿来说教得好，那可是给自个儿脸上贴金。

鲍师娘不光是教我父英国话教得勤，单是日常闲谈拉聒儿，人家都用的官话，又还有意无意带出多少外国洋事，不知有多满满腾腾。总是人家一个妇道人书念的多，学识好，天文地理无所不知，无所不晓，譬如摊开了地理图，中国在哪里，尚佐县在哪里，关东牛庄、青泥洼、普兰店都在哪里，她鲍师娘两口子的老家各在哪里，一清二梦，这都不用说，顶奇的还是脚底下这个地竟然是个大球，拿了鸡蛋来比仿老阳、良月、地球，摆来摆去，咱们这里正午，她美国老家就是三更子时……地是个大圆球，倒也是许久就晓得有此一说，只为太离奇，想不大通，也就没理这碴儿，经鲍师娘拿鸡子儿这么一比画，懂得了其中道理，便也轻易就相信了；对上帝的大能更加顺眼。从鲍师娘那里学来那么多，两下里一比，自个儿拿了人家钱财，能教给人家的好生寒碜；没给人家一文钱，倒是学来那么多见识，还真不公平呗。

学堂这边还没开堂，不过早晚绕过去走走瞧瞧，就有那么多看不懂、想不通的洋买卖儿，一向也给看成上通天文、下晓地理、一肚子知古老道精的胞弟，也都一问三不知；祖父那里给聘了先生，洋学堂种种也只知道了粗枝大叶，自顾记得何日何时上得讲堂，怎样一年里给一级讲完《论语》，二级讲完《孟子》，外带一年四回考试就得，别的都不用管；又还父子二人不是日日碰得到面，放着个鲍师娘随问随答、有问必答、一问三答、不问也找着我父说说谈谈，有这么位现成的好先生，敢是凡事都去求教了。这还不算，反更现贩现卖，鲍师娘那儿贩来，这边卖给叔叔，偶尔爷俩儿难得碰到又都有闲空，拉拉聒儿工夫，祖父不由得又诧又喜这个大儿子懂得的学堂种种，反比自个儿当先生的又多、又周全，又还有独自个儿看法儿，不只是"长大了"那句夸奖所能道尽的。

尽管培贤小学堂办得有年了——咱们家到这落户前小学堂就在那儿了。可哪工夫理这个，学堂跟垫馆不就那么回事儿罢，先生教书，学生念书。礼拜堂在小学堂里是不错，可做礼拜都是放假的日子，各讲堂闭门合户，小学生都给带进礼拜堂排排坐，打盹打得前张后合，东倒西歪。如今见了崇实学堂间间讲堂门上牌子标出的一级、二级……才想起小学堂讲堂的一二级合堂、三四级合堂、五级、六级，倒给弄糊涂这几级几级怎么个分法。从鲍师娘这里才得知跟自个儿胡猜的恰恰反过来，原来级数愈多愈高一等，远不是日常所说的剔尖儿拔眉才叫"一等一"。这小学堂要念六年，一年升等一级；中等学堂只念三年；再上去高等学堂两年；往后再上去就是四年大学堂了。照这样可得一口气念上十五年，才算出师成材出外去当差。算起来似乎要比咱们多耗许多年月罢——咱们五六岁开蒙，私塾念完四书五经，该合着小学堂了，可用不着六年罢，过过十岁，不到十四，就能幼童生考秀才，考中了进黉学（县里黉学便在大、小南门外），或许合上这中等学堂。接上去中了举人、中了进士、兴许就合上高等学堂、大学堂出身罢。不过洋学堂十五年念成书,那是呆定的,咱们这塾馆、簧学、尔后寒窗苦读、拜师苦学……这一路就要看各人造化了。那绝顶聪明的没到二十岁就中进士,算不得啥稀罕;不过也有考上一辈子,临老还是个童生,那也不少见,要不也不会有那副取笑挖苦人的对联——叔叔给我父讲对"对子"举的一个例子:

行年八十尚称童　可云寿考
到老五经犹未熟　真是书生

叔叔给我父开讲:"寿考本意是恭维人高寿,譬如郭子仪,人家就恭维他'大富贵,益寿考'。书生罢,当然就是咱们常说的白面书生,百无一用是书生的那个书生。这副对联不单字面对上,平仄对上,工工整整,妙还妙在别有所指,寿考含意'寿星还在考功名',书生也成了'五经念不熟,到老了书还那么生'。这样才面儿里子双股儿窝囊人……"

可一经鲍师娘往细处讲,我父才弄清楚单用念书化的年月长短来较量长短可不合宜。

比起洋学堂,咱们塾馆从头到底,无非教的念的不出四书五经,加上些诗词歌赋,写个大仿小仿,顶多冉学学算盘,能写写算算就是好样儿了。洋学堂学的就多多了。这四书五经——洋人敢是圣经,祖父讲道称作摩西五经、福音四书,学堂里只算一门。拿小学堂来说,除了经书外,还有笔算、珠算、博物、体操、手工、画图、唱歌唱诗等门。中等学堂除了这些,还要学英文、厚生、化学、物理,笔算要学几何、勾股、代数等门。咱们是念一阵子书去考个秀才,念一阵子书去考举人,再念一阵子书去考进士。除了秀才只够教教塾馆,举人、进士，都只中一个用，大小放个官当当。洋学堂可不一定，各门就是各本事，到得大学堂，各念各自挑选的专门，出了学堂，更是各凭所学，去做各行各业，不只做官一条路；一技在身，一样出人头地，是真的行行出状元，能富能贵，飞黄腾达全凭真才实学。咱们学手艺，像生意、石匠、木匠、瓦匠、油把式、酒把式……文的像看病先生、看地理先生、看命先生、讼师（这当地俗称"黑墨嘴儿"）、书隶种种，可都得拜师父当学徒，这跟塾馆、黉学、县考、府考、乡试、殿试，全不相干。可洋学堂倒把这些文的武的各行各业一一变成各门各类的书本，尽都收拢进去，当作学识传授。像鲍牧师就是在大学堂里学看病，学了七年，比咱们倒要年月少多了，三十郎当岁就给人看病，还带病家不敢领教的呢——四十留须，嘴上无毛，办事不牢，别说把命交给他了。她鲍师娘学的是看护，也是大学堂里学上三年就出师了，如今为的家务事和永福贝贝，才脱不开身去当看护；南医院像这一号的，女的有美国两位、中国四位，头戴白首巾，除了布料儿细缓，折出来的样子不大一式儿，简直就是孝首巾，病人病家瞧着都心里挺忌讳，犯嘀咕又说不出口。这六位给公称某姑娘、某姑娘的看护，也都专门学堂或大学堂出身，二十来岁罢，也都跟医生差不多少，打针、拔牙、换洋膏药甚么的全来。这么看的话，洋学堂倒又费时少多了。

鲍师娘为教我父多识一些洋务，许多事例里还特意拿仁济医院和崇实学堂盖成的大片平房楼房来解说。那是上海那边长老会总会管的，可动用了不少出身专门学堂、大学堂、留洋的各样人才——中国人、外国人都有。头一步先要查看地基，不单要丈量地面儿长阔大小高低，还得凿地打洞，探出地底下土石松紧软硬，把这些仔仔细细画出图形，列明尺寸，写成文书，带回上海交差，这要好几种人才。上海总会那边要把打算盖出多少房屋，作啥用场，连同地基文书，交给营造作坊，画出各种房子图形，尖顶平顶，门窗多大多少，计算各样材料、人工、水路、电路，各项价钱，一一精打细算，总会再跟营造作坊仔细商量，定了案之后，两方派出总管、监工，按照图形尺度规格动工，又是好几种人才同心合力来一步步筹划。大约各层监工以上人才，莫不是学堂教导出来。打这上头就可明了办学堂有多要紧，可说是国计民生一个根本。

等到全盘弄懂了洋学堂原来是这么回子事儿，这才见到了真章儿，两下里一比，各有长短是不错，洋学堂似乎好过塾馆许多。这样子多了个见识，该多亏鲍师娘的教导；可我父又不由得责怪自个儿在这上头粗心大意了。祖父一向都当作一日三餐般少不掉的看报，每逢报册上有甚么要紧些的消息，总不忘提醒哥俩儿也留意一下。朝廷有些大臣奏议要快办、大办学堂，似乎好三两年了，因也不止一回两回祖父提到这个，报册打开指点给哥俩儿看。初时我父不大明白那有甚么好留意的；也曾闪过个念头，学堂敢是井水会犯河水？顶了塾馆这个行业？可饶是两下里犯冲，祖父不是嫉心挖肚那种人，更没打算这一生就老死在乡下这个小塾馆。像这样看似远在天边儿不大贴身的闲事，尽管祖父一再娅哥俩儿看看的这桩消息，连兄弟也都没怎么在意，自个也便过过目就算了。如今懂得学堂的好，才知祖父凡事都像高手下棋，多看到好几步。

我父没再叮着求教鲍师娘这中学堂出师过后，是考举人、贡士，还是进士。一来谅她鲍师娘尽管洋务无所不知、无所不晓，大半还不大懂咱们求功名的道儿上这一套；二来想那洋学堂里教这教那，四书只不过当中一门学识，又天天只念上个一句钟的——塾馆里从早到晚念了背、背了念，都上百人考不考得中五十个，"行年八十尚称童"，洋学堂学生哪还够赶考甚么乡试、会试、殿试的料儿！赶早儿别蠢人蠢问惹人笑话罢。

只是这功名到底还有用没用；功名跟学堂两下里各是各的还是有你没我，有我没你；这对祖父教馆能一点儿也不相干？怕还是只怕多多少少要碍到兄弟求功名罢？

来年岁在壬寅，二月童试县考，四月府考，正月就要觅请廪生作保，去到县衙礼房报名。也因整天当差不在家，老觉着爷跟兄弟没事人儿一般，没甚么动静。知子莫若父，叔叔四书五经功夫到底咋样？从来没听到祖父操心劳神穷念叨过。倒数我父有些牵牵挂挂。也不是不放心叔叔，学堂有那么些个好儿，要能念学堂又求功名，岂不两全其美？在爷跟兄弟面前就算是蠢人蠢问也没啥顾忌——本来就又笨又没学识罢；何况我父向来都认定凡是甚么好的，就该让这个兄弟比谁都先得到——自个儿可是这一辈子跟塾馆、跟学堂都注定没缘了。

没料到祖父听了一拍大腿，冲口而出："大哉问！大哉问！"听那口气是夸奖，猜那意思是"问得好！问得好！"挺不好意思自个儿不是那么蠢蛋一个。不想祖父倒是道得干脆："一旦大办学堂，科举敢是势在必废——说不上水火不容，誓不两立，只是甚么……只是淘优汰劣罢。"

祖父一要长谈，总要先咕噜两袋水烟润润嗓管儿才行的。"老话说'万般皆下品，唯有读书高'，这话也对也不对。对的是读书长见识，不读书无知无识。前人世世代代传承下来的阅历精华尽在这书本儿里，'生也有涯，学也无涯'，书中宝藏可是学不尽、取不竭的；又最数大圣大贤留下的经典，天地至道，人世根本，修身齐家治国平天下，全都在此。从书里学到这些，才德自然上品。可不对的是自从科举大兴，八股当道以来，读书就只为科举，科举就只为功名，功名就只为做官，做官就只为啥呢？只为荣华富贵、高官厚禄罢了，哪还甚么'唯有读书高'，高在哪咳儿？不过，照今天这个世道看来，一向给看成'下品'的这个'万般'，可都让学堂巨细不漏地统统拾掇起来，咱们教会常说的行话'分别为圣'，各立专门，编纂成书，都不再是下品。要学本事，就非得来从书里学到。比如罢——听说教会已在南京办了农事专门学堂。看罢，来日也得读了许多农事书才能把地种好。泥腿子庄稼汉给看成下品，可学了农事专门，怎么把地种得更好，粮食出得更多——你都还记得，大前年春荒，教会放粮的美国小麦，颗粒又白又胖，一粒跟上咱们两粒儿；听他老卜牧师说，他美国小麦穗子上连扎人的麦芒子都不长了——咱们不是喜欢尝新，灶底下烧绿麦穗子吃嫩麦粒儿来着？那就不愁给长了倒刺儿的麦芒子卡住吞嗓眼儿了。那就是人家农事专门用了些方法，把麦种淘换了又淘换，发明出来的。说是人定胜天也不为过，把上帝造化的万物，下了功夫给琢磨得更好，才真正讨上帝欢心的。照这么来看，可不是荣主益人么？可不是'唯有读书高'么？这才是洋学堂的无量功德。再说，洋学堂能造就出各式各样人才，百工齐头并进，才是国富民强之道。这上头，东洋小鬼儿比咱们早走一步，又很上道儿，按部就班走的正途，敢是小日本儿转眼就大日本起来。关东那一仗，人家是整套儿来打咱们半套都不套儿，单凭大把银子买来现成的坚船利炮——尽管吨位重过人家，炮筒粗过人家，没用。打不过人家，打得一败涂地，一点儿也不冤枉。"

祖父比我父还把学堂看得更高强，眼光也更远、更大、更宽阔，我父也就不管叔叔不在场，也不顾忌冒不冒失，便直勃笼统问道——也是试着提提主意："这样的话，那就不如让小惠去上学堂算了。是不是一等找到先生来接下塾馆，小惠就去崇实学堂上学，也别甚么功名不功名的了。爷不是说过，咱们家多少代下来，从没出过个做官的料子——总共就爷一个中了功名，只不过想能咱们华家有个举人就罢了。就算没打过那场仗，安安实实还在关东，爷不也是一点做官的想头都没么？小惠罢，聪明绝顶是有的，一肚子学识是有的，可生性那么馁孤、腼腆，到今十七八岁了，见了生人还脸红；兴许再大些，脸皮没这么嫩，性情难能有甚么大改变，只怕也不是做官料子……"

祖父听着不断点头虾脑儿，一再张口想接过话去，我父只好收住话头。

祖父道："都说得对，看事儿想事儿也都挺准的，疼你兄弟处处都替他想，小惠就算一肚子学识，到你这么大时，也未必能如你看得远，想得透。没错儿，官家就是真心实意要大办学堂，废掉功名，也不是三两年里就能行得成的。可小惠改去上学堂，不在塾馆有没有人接手，一来学堂另是一套，不比塾馆学生，随时随意进学出学那么自由自便。学堂得一级一级来，一级一年不多不少；错过了今春开堂，就得再等明春。二来罢，小惠来年县试府试院试就算一路都考中了，也进了黉学，可下一步呢？后年癸卯乡试敢是来不及赶上，再过去得等到丙午年，那要打今儿起，四年以后了，到时候还办不办乡试，只怕十有九成没指望。就算苟延残喘再凑合一回，那会试呢？丁未年都靠不住了，还撑得到庚戌年？又得再过四年？十有十成是早就停办了。这些个爷可都细算过，也跟小惠从商过。照这么推算，能中个举都已挂边挂碴儿玄得很了；可那又咋样？像爷这么个德性，动不动还举人老爷罢，只落得个上不上，下不下，高不成，低不就的二半吊子，除了当当穷酸教书先生还有啥辙！还等来日半伯老大了，再熬到个举人大挑，赏你八品九品一官半职？那还是人干的？不是寒酸透顶惨到底儿了！"

亲如父子，我父眼中祖父大半还是当年牛庄槽坊那位大少爷，凡事大邋邋含而糊之的都不大放在心上，原来为了兄弟前程，也有这么些精打细算的心机。

祖父倒像是挺赔不是地说："你罢，事儿又忙又重，天天早出晚归，给他老鲍管家，尽力不说，还花尽心思，不然也不会他夫妇二人一见面，就二话不说，直夸奖不尽你灵巧能干，凡事又用心、又忠心。这也是给咱们华家争光、给咱们中国人争气。说到你兄弟前程，既有了安排，也就不去烦你。就这样，你也还没少了替他操心，又这么挺有见识，真难为了你——你那把洋烟袋带在身上？拿出来抽罢，光看我这咳儿一袋又一袋地吃。"

我父给让得腼腼腆腆，忙推托说还没瘾，能不吃就不吃了。其实就是后来抽上了瘾，终我祖父一生，我父始终没当着祖父面前抽过一袋烟。

祖父遂又笑道："放心罢，就算咱爷们儿懈息些，你娘向来都把小惠捧在手心儿呵着疼的，还会凉到么？早就在那儿紧叮慢叮了。是这么打算的，跟你说罢，来年二月起，你兄弟定规要去赶考的。凭小惠这几年闷声不响下的功夫，打县考到院考，不说场场案首连中个小三元嘛，县前十、府前十，可九成把稳靠得住。等中了秀才，除非院考前十去进府学，去就去了；若是留在县学，到时候凭这就可直进崇实学堂念上三级一年，然后再上府城去念高等学堂。往后再看情形念不念大学堂罢，那还要再压个四五年呗，到时候再看了。这都得指望你能把这个家道拾掇起来，有能耐供济才行。小惠是个地道书生，不把书念出来，可一点能为也没有，不靠你还成？"

这让祖父说中了，两年后叔叔到府城去上高等学堂，我父不光是把攒在银号子的存钱提光，还挑着行李步蹽儿陪叔叔一百七十里路赶了两天。

祖父想想又说："小惠去县里府里赶考罢，也是个阅历，不的话也屈费了十年寒窗不是？再说，不定就是压尾的一年童试了；行有千百年的科举，真说不定打他这儿就寿终正寝了。"

这也让祖父说中了，大清光绪三十一年，岁在乙巳，科举废除，这一年该轮到的童试也敢是就此停办了；叔叔也果然成了县试最后一名案首的童生——因病以致未能赶上府考、院考，只算是个三成三的秀才罢。

往后我父愈多知道这洋学堂内情，愈是视为人间至宝，到得一种嗜好，一种入迷地步。他日不只是供济了叔叔去到府城考进也是教会创办的齐鲁大学；连同前房婶婶撇下的两个姐姐，雁行十人，一总进到学堂念书，由着谁肯念上去谁就念上去。最盛时期七八个儿女在学，单是培贤中小学、县立中学，一开学缴钱，家里伙计整袋整袋铜板扛去学堂，不知情的路人奇怪地拉着问："这哪打的多大会呀，一得就这么多的会钱？"家里咱们这一辈儿统喊三叔的老伙计（其子也是我父供济读到商职，引荐到仁济医院做上一辈子会计管账），人是又风趣又吊歪，一本正经拍拍肩上钱口袋，逗人家说："对，学堂得的会，敢是个大会，百把两百家打的会，俺这才只一家的会钱呗！"

可那个年间，咱们华家还没怎么发起来，谈不上富有，单说我父我母两口子，避着高堂二老、儿女，还有伙计，顿顿都只吞煎饼卷糊盐，渴了舀缸里凉水咕嘟咕嘟。俭省到那个地步，只为的祖父母外地去传道，吃穿行李丰丰实实；子女上学体体面面；伙计强强壮壮好干活儿。自个儿不刻苦还刻苦谁？

还不单只这些抠抠省省，咱们华家落居这尚佐县还不到十年，一没族人，二没亲戚，可说还是孤门独户，就这样也左邻右舍，乡下那伙儿结拜弟兄，莫不时常数说我父的不是。先便不以为然的是"姑娘家念个啥书？念了啥用？终归终是人家的人罢……"饶是小子嘛，如今又没功名了，念那么多书做啥？但得写个信、春联伍的、算算账，不就足够了！年年纳给学堂一大袋、一大袋那么些钱，够置多少地的！就连通达明理的李二老爹，也居然专程上城来规劝我父："当差嘛，不养老，不养小。买卖呐，有赚也有赔，有起也有落，哪一行都是今天吃香了，明个无市了。独这田地从来不诳人哄人，万人抬不走，人生在世啥靠得住？独这田地才是不动根基，衣食住行都在地上不是？俺爷们处世素来仁义为先，经俺手给你大哥置点儿地，还兴强买强卖？还不是有当无、无当有的薄田才是俺们儿下得了手的，你大哥敢是放心睡大觉。有你一句话，俺就帮你带常了留意，早晚有那零头碎脑儿的三五亩不嫌少，十亩八亩不嫌多，撂在那儿也别去管，俺家哥们儿给你收拾，粮草对五给你大哥送上城，锅上灶下都有了，只就一个富不了，可也穷不到，有点儿根基，图个心里硪实，就百好千好了……"

李二老爹为人实在，八下里替咱们想得周全，句句实言。单讲这番情分，就不能不感念万千地领情。往后遇有李府小哥们儿上城来会知，真就是三亩五亩地拼当拼当，口省肚挪挤出大小钱，有时缺头少尾，李二老爹不是拍胸脯跟卖主打保票，就是先给垫上一些。我父看都不用下乡去看，啥都给办个齐全，只到成契摆酒，邀来卖主儿跟地邻签名画押，才到地上丈量下桩，陕沟地界只须李府小哥们清楚就行。后来连地找作户也都替我父包了，可见不只为他李府多得些田亩分种，好从中图利，才老戳哄我父置地。不光是新置的地给拉拢了新作户；原先李府接下的田地，也都一旦找到合适的作户，一一让出来。李二老爹给引荐的作户，也都是老实可靠、安分守己的庄户人家；又都是各白一无寸土，定会仝心仝意耕种咱们家的田亩。往后长久的年月里，这些作户跟咱们都像一家人，从来没有过更换作户甚么的。

不到十年工夫，就这么地零打碎敲，也竟置到七十亩薄田——其中只有十亩勉强每亩年产一石粮的好田，也只是含沙少些罢了。实则置到四五十亩田时，我父便已打算到此为止。一则已很知足，二则打洋人那里长来更多见识，把来想个全盘通达，自成一套，眼光也养得看远看大了。听说李二老爹卧病在床，我父连忙赶去乡下探望，除了力劝并接去南医院住进病房医治，也顺势禀报一番心事。先是感念指点帮忙置下那些田地根基，足够老两口来日养老，不用再贪得无厌。再就是吐诉吐诉少与外人聊起的知心话："别人罢，由人怎么看、怎么想、怎么说，那都不用理会，唯独你老人家，定要好好儿禀明一下，算跟二十多年来救急又救贫，照顾舍下无微不至的长辈有个交代，让你老人家觉到好心没有白费，总算还有点儿出息。恩是下一辈子也报答不了，但得你老人家觉得这大恩没丢进水里连个泡儿都不冒，兴许心上宽慰些——"

李二老爹连声直说："那可不对……那可不对……"我父刚一歇口气，便接过话去："也不用，也不用。俺是个庄稼佬儿，只认种地，别的啥都不中，也就只能帮你弄点沙地薄田。可你呢，识文解字就是不一样，又给洋人当差见多识广，凡事你看到人家看不到的，想到人家想不到的，休问对不对，单这个就高明过人，信得过你就中。"

瞧着李二老爹憋不住要咳不咳的撑着想坐起来，我父扫过一眼，连忙抱过放在那边脚头儿的一个长长的方头枕，稍稍扶起老人家，枕头垫到脊后靠着，半晌儿才安顿下来。生就赤红大脸膛的刚强壮汉子，经不住身子这么一穰弱，也就黄着脸不住喘呼了。这样子也算不得甚么伺候，甚么服事，老人家一头声声告罪："让你这么个贵人、这么个忙人，跑下乡来看俺，得罪了，多有得罪了……"一头叹道："岁月不饶人呦，不服老还是不行；人一上点儿年纪，你瞧，多蚀！连这么点儿小毛病都抗不住……"

这年李二老爹不过才刚年过六十五，身子一下子说衰就衰下来，合着那俗话"英雄只怕病来磨"，我父禁不住一阵阵酸上心头。就这样也还是不忘关问咱们家上面两老、下面八小，还有远在南京大学堂教书的叔叔一家，个个不漏地一一都放在心上惦记。问到咱们家上自大哥，下到二哥，当中还有大姐到四姐，现下都分别上了培贤小学堂、培贤女子中学堂、崇实中学堂，不由得皱紧两道浓眉："那不是六个小姊妹都上了学堂？都要一直上上去？你那位兄弟上了大学堂，都把你给累得七死八活了，你这副挑子可千斤万斤沉不是呗，那都得多大开销！"老人家敢是不知咱们家还有三叔和另外一个伙计的儿子也都我父供济上学，也是一直上上去，上到职业学堂，一个学的会计，一个学的吹玻璃，后来成了大师傅。

我父正好就顺势儿给李二老爹禀报道："可不就是二大爷操心的。也跟置地一样子，挺吃力，挺费劲儿。还好罢，牛奶生意做起来了，往后定会越来越轻省，你老人家放心罢。说起这个，像嗣仁老大、沙家耀武老弟，还有几个哥们儿，也都带常拿好言规劝过，要是省掉学堂那些花费，到今几十亩上顷的地都在名下了。话是句句忠言，都是热心肠为我好。可无奈这个世道大变了，就像功名都能废掉，皇帝都能废掉，从古到今向来都没这一二十年里变得大，又变得快。将后来下头这一辈儿起，可都得靠学识来成家立业，也都得靠自个儿单枪匹马去闯天下。实说罢，二大爷，当初关东没那场大乱的话，舍下有个大槽坊那座金山银山吃喝不尽的靠山，敢是过的福日子。可家父罢，仗着上有咱们家能干奶奶一手撑天顶在那咳儿，家母呢，也是仗着姥姥就这么个宝贝闺女，拼掉大半边家业底子陪送过门的嫁妆，两口子少年夫妻赛着吃喝玩乐，牌九麻将啥赌博都来。咱们小哥俩儿罢，也都没正没经，瞎混胡米没人管。不说金山银山终究要给吃个空，先就这元房四口饭来张口，钱来伸手，油瓶倒了都扶也不扶，一个个都养成废物——家父万万不会去教啥书。家母也别想镟子前烟熏火燎一烙就一个长半天煎饼。舍弟也是一样儿，哪肯像这几年专心一意死啃一肚子书。我这大老粗瞎字儿不识半个，啥本事都没，哪去苦学啥识文写字，更吃不得那个苦耕耘耙锄，蒙你老人家赏口饭吃，教给种地服事庄稼牲口这套功夫。说甚么祖产、嫁妆，不过养得儿孙个个倚三靠四，懒骨头的懒骨头，败家星的败家星，枉费了天地生我养我……"

讲着讲着，不觉为意地背后不单李二奶奶，儿子媳妇偎来一屋子人——沈家大美早就名声不好，行人做填房了。

李二老爹听得出神，这也才留意到一家人挤挤挨挨进来房里，遂道："都听到了罢，你华家大哥讲的这些可是宝贝，好生儿听着，多长长见识。"

我父倒有些害臊起来，忙让让大伙儿找个座儿，不好独自一人大模大样坐着。这才又接上话头："你老人家说得没错儿，这田地罢，可是万人抬不走的家业根基，人世大本。可那是太平盛世，家家户户都有百年打算；眼前这个乱世就难说难道了，饶是没出不成材的败家儿孙，也未必保得住。这一二十年来没平静过一天，不是南军打北军、北军打南军，就是东洋鬼子、西洋鬼子打过来，还有大刀会、小刀会，日日防盗，夜夜防贼。像城上太平街马愣子家，你老人家敢都知道，俩孙子给绑票绑去上海外国租界，他马家八十顷地卖了一大半，不是还没赎回来？田地够用就成，蒙你老人家照顾，帮了大忙置这四五十亩，足够足够了，多了反倒招灾惹祸。陪送闺女出门的嫁妆也是，更加耐不长久，纵算你金银珠宝、大八件儿、小八件儿，马桶脚盆全都齐备了，就像家母当年那大片嫁妆，件件都是上好料子，百年不坏的子孙货，还没等咱们小弟兄踢蹬漂散了，东洋鬼子一把火就烧个精光。为上人的哪个不一心想把儿女拉拔成材，再把一辈子血汗丰丰实实留给后人呢，可留下来的一则养了懒汉废物，弄不好惯出一堆败类，再则财产嫁妆未必不朽不坏，末了躲不住徒劳一场。枉费心机，枉给儿孙做马牛，更害儿孙做牛马……"

李二老爹一直点头："你大哥哥这些话，一点儿也不假，句句实在，又有见识。光仅俺这庄稼人，眼里看到的就那么大点儿，除了土里地里扒拉个生计，你当是还有啥本事！敢是也就把脚底下踩的这些土坷垃、泥块子看作命根子样儿，看有天那么高、天那么大。要说受了它苦,受了它害,那是有的,吃炒面儿还得赔唾沫不是?你大哥哥说的那些天灾人祸,肉票罢,败家罢,大军粮子派粮派枪派夫子罢,都是实情实话,可幸亏还有土地多少挤得出,拧得出油水不是?不的话,不是等死?也多谢你大哥哥帮俺开开眼界。这多少年常都去下边,下边比俺这些老土开通,不嫌弃的话,有空来乡下看看庄稼,也过来坐坐,给俺多讲点新鲜,学人家那是休想,能知道有人日子过得好,也就安心有个奔头了。"

有人日子过得好,不红眼儿?反倒安心有个指望?除非李二老爹才有这么个肚量罢,宁可人人都行,都有出息,自个儿退版点儿倒不在意。

也叫李二老爹说中了。这里把黄河北岸统叫上边,长江南岸统叫下边。下边无论是贫是富,都吃的大米子儿,单这就俗传成"上有天堂,下有苏杭",遇上荒年,逃荒只有直奔下边去找口饭吃,不兴往上边逃的。李二老爹口里的"开通",便是指的江南人不那么守旧——说好是大方,说歹是随便。江南的姑娘家、妇道家、站店摆摊儿挑挑子吆呼,啥行业都有份儿。可老北方就是上街买买菜,连扯个绸缎布匹都是男人家采办。这么着也才有走街串巷溜庄子货郎挑儿,摇着卜噔咚、卜噔咚拨浪鼓,闺房用的针头线脑、花粉胭脂、角拢头油⋯⋯送上门来,闺女媳妇才省得上大街去抛头露面,门里门外就好挑挑拣拣了。赶赶庙会、逛逛灯会,一年里头只有大正月里才开开闸门,放风放风。

江南人开通吗?比起洋人,那还是守旧多了。瞧李二老爹挺有兴头——李二奶奶也说:"你二大爷就是念着念着你府上一家子人。瞧,见到你大哥哥,他就去了三分病,精神大好了。"那就索性再拉拉罢。"过去那八九年罢,给洋人当差,钱是好挣,苦是苦下几文,积蓄也积蓄了点儿,倒很有限;那当口也学会不少洋人饭食,不是自吹,做

西体中用　　757

得挺精到，要是混到大城市去，就算不用开家洋馆子，做个洋厨子也是个肥活儿，可这没啥了不得；如外又跟随洋人跑去江西庐山、浙江莫干山去躲夏避暑，上海更是跑过不少趟儿，世面阅历也够见多识广了，可这也还是不算个啥；比这些个都宝贝万分的还是太多咱们素来没有的，人家外洋才有的好。比方说罢，咱们老话是说'积谷防贱，养儿防老'，可人家养儿女养到念成了书，长成了人，就不管了，就让儿女一肚子学识，一身的本事，单打独斗去闯天下，连男婚女嫁都由着儿女自个儿去，没本事就打光棍儿，做老闺女，别管怎么，自个儿养活自个儿总行。做爷娘的下半生只忙自个儿的，到老不靠别人，连儿女也不去倚靠。儿女肯尽孝的话，也只是情分，万不让儿女挨苦受累；咱们也有老话说'久病床前无孝子'，人之常情罢，硬派那是忤逆不孝，也没道理，上人也是要体恤小的的。别看不给儿女留遗产、陪嫁妆，似乎太没情意；可就得那样，才能个个刚刚强强、体体面面，凡事成了败了自个儿作主，不用倚三靠四过一辈子。这才人人都是有用的人……"

老人家没再点头称是，脸上似乎也黯淡了些。这也难怪，这么陡转，能把人拧了筋儿，扭岔了气儿。我父连忙把话往和缓处说："早先业已给你老人家禀报过，承你老人家关爱，府上哥们儿也没少费心，操劳帮衬扒扯了那些地，属我么，也只当是留着养老罢，等到上了岁数，牛奶生意做不动了，儿女各奔前程，不要他姊妹哪个来养活儿，老两口——就算爷娘高寿还在，啃这四五十亩，足够足够了。身后呢，就捐出去作学田，给这一带好生办个学堂。你老人家操心用到学堂去花销太大了，说实在的，口省肚搁，是很吃力，可那都不外是给儿女置地办嫁妆罢。有了学识在身，好坏都看他们自个儿了；那才真正谁也抢不去、夺不走、败坏不了，终身受用不尽，更害不到他们的祖产、嫁妆。"

不光是给那么一位乡人崇敬的长辈禀报自个儿这些"开通"念头和主意——兴许也能宽慰宽慰一向器重自个儿的这位长辈，勉强算得上也是一种报答罢，不单只是尽尽心。我父终其一生，真的就是一步一个脚印儿那么做，就像觉得到李二老爹的灵魂时时刻刻在盯住自个儿所作所为，不曾松过一口气——即便祖父故世后，我父也不曾这样子觉得。

# 附录

# 我们今生是这样的相聚
## ——写父亲西甯先生住院的一段时光

朱天心

父亲于三月二十二日清晨五点三十分，决定离开我们了。

之所以说决定，是因为依父亲的病况，有好几次都足可以松口气自由自在而去，只因为看我们瞎忙一通的念念不舍，盛情难却地只得咬咬牙撑过。

例如三月十八日，爸妈结婚四十二周年的第二天清晨，轮值守夜的妹妹天衣从医院急电我们赶去。

急急进了住了五十天，熟悉如家的万芳医院一〇六六病房，父亲盘腿坐起在床，浑身大汗淋漓，张口大喘，两眼大而涣散，片刻没认出赶至的我们，竟至不能言语，我握住父亲的手掌，心底近乎斥责地大喊："怎么会弄成这个样子！"

那是父亲罹病以来唯一我们感觉到父亲受苦的一次，我们镇日围床抓紧父亲的手，两眼盯牢他的眼睛，时而放声痛哭，不准他离去……

也许父亲看我们吓坏了，觉得这样的离法不妥，便决定暂缓几日。

暂缓不走的数日，父亲除了坚持大小便自理因此必须起床外，大多躺在床上，清醒时与我们有一句没一句地交谈，内容无关交代什么，实则他也无甚牵挂执念；此外较昏睡迷蒙时，他望着光影变幻的天花板图案，时而说出清楚但奇怪的观察结论，往往，随即我们与父亲同时笑起来，父亲会加一句："刚才又老年痴呆了"。但我相信，他看到的世界，已经是言语难以形容的了。

也就在那日，我们签了放弃急救同意书，并抽空回家准备父亲喜欢的旧衣旧裤、夜里改成两人陪父亲……终至必须面对最后的一刻了。

其实从父亲在荣总赵灌中主任关照、李毓芹主任非常认真密集的检查下，被证实罹患肺癌末期，我们就无时无刻不在揣摩、想象，甚至好奇最后的那一刻。

先用很多的哲言哲语或各式宗教教义来冷却烧得火旺高热的脑子，也曾经寻求初民或早期文化的诗歌，希望自己能单单纯纯如先民们一样，有一套不涉爱别离苦的简单态度，好比古埃及人刻在陶片上的：

> 死亡今天就在我面前，
> 像荷花的芬芳，
> 像酒醉后坐在河岸上；
>
> 死亡今天就在我面前，
> 像没药的香味，
> 像微风天坐在风帆下；

也好比阿兹特克族的：

> 不是真的，不是真的，我们来此居住，

我们只是来睡觉，

我们只是来做梦。

我们的父亲只是昨天打猎失手没有回来。

终至整理出一种自觉很理性冷静的态度：我们陪父亲这段是送君千里终须一别，便好好地一起走过这一程罢。

理性的女儿走在街上，一个熟悉的街景、一道美味的餐点、一场有趣的朋友谈宴……当场泪如雨下，因为父亲无论如医生们判断的可再活两个月或至一年，他都不再可能享受这些了，父亲明明还好端端地在医院，但与我们漫长未来的生活已开始彻底断开了。

年初，我们经赵可式女士、德桃基金会的苏莲璎、好友杨良雄伉俪不约而同的介绍，我们和父亲接受台大肿瘤科陈敏铃和周志铭医师（他亦是万芳医院血液肿瘤科主任）拟定的医疗计划，接受新药"健择"Gemzar 的化学治疗。

直至父亲离去前一周，也就是呈现有疑似感染之前，没有人相信父亲接受过七次的化疗，父亲的一头银发一丝未掉，左肺的小型细胞肿瘤也较数月前缩小，父亲气色精神甚佳，有时一顿饭可吃掉鼎泰丰的小笼包一笼、鸡汤一杯和半份八宝饭。我们的十楼病房视野甚佳，有阳光的日子，父亲在临山景的窗畔或一楼的咖啡馆边吃下午茶边看报或断续看《孙立人传》，一定不错过的是《商周》和《新新闻》上 CoCo 的漫画，躺床上时就拿黄宝莲的《简单的地址》随意翻到哪页看个几段。

一度，我们错觉，父亲会这样一直好下去，直到痊愈。

但当然也有两次化疗之间的谷底期，通常为期二三日，父亲会口腔溃烂只能吃流质食物，有时红血球指数会掉得较低，体力衰、喘，这种时候，简直觉得日月无光，有几次轮我班，我沮丧得找借口不敢去医院。

　　平日，我们一天好几回地沿病房长廊散步，加起来该有个两三公里的脚程。医院长廊四端，皆可看到捷运，可看到我们家后十来层新建的大厦住宅，可看到福州山公墓，我最不喜欢在公墓那端凭窗，同样的，大多是重症病房的十楼，大概每一两天就会有人挂掉，那过程既熟悉又从不例外地叫人心惊，先是走廊上狂奔杂沓的脚步声、护理人员迅速搬弄仪器和彼此呼叱声、随后病房门口站一堆老老小小疲倦的家属、再然后就会十分灵敏地翩然出现兀鹰似的葬仪社人员……哭号声、线香味、诵经声……不幸和父亲的散步日课里次次没错过，我不知道父亲什么心情，更想当场拉他掉头而去。

　　一次父亲精神很好，边走边勾头打量处理后事的病房，我问父亲："虽然我们的情况好得很，离那情况远得很，但看了会不会有感触？"

　　父亲摇头："完全不觉与自己有什么关系，更就谈不上恐惧什么的。"

　　我竟然不满意父亲的回答，再追问："那作为一个写东西的人呢？也没有感触吗？"

　　父亲乍然表情生动起来："那可就多了，而且还观察到真不少！"

　　是我熟悉的对待创作颠沛必于是、造次必于是的父亲，是大春所言"不厌精细"的父亲。

　　因为有了十八日的震撼演习，我们于父亲沉酣并乍然鼾声停止那一刻起，没有痛哭，没有拉住父亲不准他走，我们在他身畔念他喜欢的圣经经句、哼圣歌，我们在他耳边说："大，我们很舍不得你，可是这一阵子还是辛苦了，就自由自在去吧，去见爷爷奶奶，做做家里的老幺。你只是先为我们探探路，早晚我们要去的时候，想到你在我们就都不害怕了。"

三个女儿不同，我并没法打心底说出宗教的话语。三年半前父亲膀胱癌，天衣问过父亲有没有想过死后的世界，父亲说，大概是在天父脚边继续做他喜欢的事例如写小说。

那样的画面于我简直太迪士尼卡通了，完全不能说服我。我当然没如此告诉父亲，但我的不驯服多年来一定叫父亲多少不安吧，我不仅从来没告诉父亲我从宗教出走的心情，我甚至几度在谈到某某朋友的宗教信仰时，屡屡把话题转向父亲，质疑他："一不贪念所以必须割舍，二心中平和，我不知道你为什么需要宗教信仰？"父亲沉吟着，几次答："是啊。"

一直到盟盟有阵子反复看印第安纳·琼斯第三集《圣战奇兵》，哈里森·福特演的儿子质疑讥笑一辈子在书斋里做考古工作的父亲冒生命危险要去寻回圣杯的举动是"老天爷！Jesus Christ！"轻蔑的话声没喊完，父亲啪一记耳光重重劈下，肖恩·康纳利演的父亲说："我打你亵渎神明。"看得我呆半天，好险几次应该、而没有被父亲这么做。

叫父亲不安的不只这些，父亲一生对待朋友晚辈完全是日照大地似的照好人也照坏人，于是我又常常批评某人如何如何不值如此相待。我还小的时候，父亲尚会提醒，除了神没有人有资格论断其他人。我大大地不以为然，一次次表达自己想法：人生在世如不能快意地对好人好、对坏人坏，那还有什么意思。我甚至妄想说服父亲："如果不想法辨认出魔鬼，天使来的时候你岂能认得出？"

当然我一定是过虑了。在小说中能如此淋漓尽致描述人性幽微晦暗的父亲，在现世中岂会是没能力锐利洞察人生的人？父亲离去的短短一日，我们接到能打进来的数十通电话中，那些我以为不该那么熟或好些年没来往的父亲同辈晚辈的痛哭失声，我在想，也许父亲与人际遇一场的款款深情和从不去评估不去计较的纯真诚恳，可能有不同于我老爱穷究是非黑白、害怕被欺骗蒙蔽的价值吧，我很觉惘然。

父亲的两次癌症皆被医生诊断是烟龄长达五十年的缘故，但父亲毕竟在膀胱癌治愈后戒了，只因我们叮咛"这样才能与（比父亲大九岁的）姑姑长久一年一会"，因此有探病的友人痛怪抽烟一事，父亲笑笑不语，事后说，他喜欢女婿材俊的说法，材俊也在三年前戒烟，最好奇的莫过阿城，阿城问材俊戒烟的感想，材俊说："像告别一位老朋友。"

三月廿八日的追思仪式会场，我们会放大一张王信十来年前为父亲拍的与老朋友的合照。

这么一场过后，我最想、而明知不可能的，就是问父亲："欸，在那么重要的时刻里，到底到底，是什么感觉？"

过往，父亲一定会"不厌精细"地道来："其实根本不像我们想的……""没想到……""我看到……"我好想问他，当我们在他耳边低语、念经句，而他从门口走过并勾头观察一番后会怎么说，会不会说，还不错，那样的告别相送，挺好的……那个妈妈的斑白头发看起来可能原先是染的，不知为什么现在不了，他们家可能也养了流浪狗，个个衣服上沾的尽是……不过挺好的女儿们，挺好的一家人。

我从来对前世今生那类书和说法甚反感，觉得是叫人懒惰过活的鸦片，因为什么都可放弃计较、努力，只因为反正是"前辈子欠他的"。但是，我们做小孩的一个个都长到那么老了还一直不愿离开父母别住。种种原因之外，我竟然以为，老久老久不知多少百年前，我们一定是遭满门抄斩的一家，而那材俊、盟盟是江畔曾收留庇护我们因致也遭累的打鱼父女，是故我们今生是这样的相聚，不舍得分离。

三月廿三日万芳医院

# 做小金鱼的人
## ——读《华太平家传》

朱天文

　　盟盟做完功课又伏到茶几上不起身了，是用明彩粉亮的牛奶笔在深色纸材上画昆虫或蜥蜴，工笔的程度到了像做珠宝镶嵌。她画过一只蜥蜴，斑斓得如卡第亚佩饰，叫人好想拿来别在胸前。每每这时候，盟盟的阿姨跟盟盟母亲互望一眼，心底叹气："上校又在做小金鱼了。"

　　上校当然是《百年孤独》里的奥雷里亚诺·布恩迪亚上校，打了二十年仗，最后重拾少年时代做小金鱼的技艺，整天埋在屋里把金币打成鳞片。他专心串鳞片，装红宝石小眼睛，锤打鱼鳃，安上鱼鳞，以此忘掉战场上的失意。因为工作太精密弄坏了眼睛，坐姿亦压弯了背脊，短短一段日子他老得比打仗那些年还要快。盟盟母亲很可怜盟盟坐姿愈加不良，近视愈发加深，总想办法拉她出去走路做户外运动。

　　盟盟的公公过世了，生前正写着的《华太平家传》已达五十五万字（这个字数最早是由盟盟透露出来的），报社希望能先刊载一部分，打电话来给盟盟的阿姨，并请写一篇导读。盟盟阿姨好想婉拒这件事，理由很简单，她根本没有看过这部巨著（如字面所示，字数巨大的著作），她非常害怕在父亲那浩瀚的文稿书堆里根本找不到这五十五万字的踪影。她也许三十岁以后就不大看父亲的新作了，小说是看到

《春风不相识》那个时期。

她从小读父亲的手稿长大，写《八二三注》时她念高中，放学回家爱跑上楼翻父亲桌上的稿子，看父亲一夜过来又写了些什么，千百余字的，她总嫌太少不过瘾。后来她也开始写小说，成了父亲的同业，眼光日益变得挑剔。后来，她感觉到这位同业的创作力正在倾斜——若非朝向衰颓的那一方倾向，也至少是，停顿了。这样的感觉让她忽然回到女儿的身份，回到小时候忠实读者的崇拜眼光，"不许美人见白头"的，她闪躲了一下眼光，把脸回避过去。这一闪躲，一回避，十数年过去了。

此间她大概知道父亲进行已久的长篇写了又毁，毁了又写，白蚁吃掉三十万字的时候，全家人也把它媲美成"百年孤独"式的荒谬好笑。甚至到了父亲癌病住院，家人们慢慢建设起父亲终须离去的心理准备时，也从来没问过这部巨著的下落。巨著是一个抽象概念在乌何有之乡摆着似的，代表毅力、勇气，以及属于已逝世代里才有的那种愚执。与其说它是作品，不如说是父亲总体人格的表征。这表征，她认为将渐成传奇，而文本的巨著也许真被白蚁吃掉了不复存在。

现在报社说要刊登巨著，天啊巨著在哪里呢？

盟盟带阿姨到公公房间，靠阳台纱门里侧的带轮轻型档案柜，最底下两层抽出来，一层五册共十册手稿整整齐齐的就在那里。五百字稿纸，一百页订成册。一度盟盟极关心公公写了多少字，公公答应她写到某个字数时让她标页码，盟盟翻给阿姨看，九〇〇页、九九九页、一〇〇〇页，都是她的大大拙拙的铅笔字。翻动中扇出来陈年的猫尿骚味，巨著，一点不难找的就在那里。

盟盟再带阿姨下楼，在沙发一角桌几底下搬出个盒子，常见的那种吉庆红的茶叶礼盒，打开来，还有散装未成册的手稿，一〇六六页，半张没写满。还有若干纸本笔记，就逐件检点起来。盟盟说："有一

做小金鱼的人　　769

个叫宝惠的活到最老。"便翻开一本硬壳笔记簿指给阿姨看,高兴说:"是他没错,八十五岁。"

簿子开始是祖先及活人的年表,横向列着名字,直行列着包括公元、干支、清纪、民前和民国的纪年。往上,推到一八六二年,壬戌,同治一年,民前五十,广德五十七岁,萧氏三十二岁……往下,载至一九九七年,丁丑,海盟十一岁符容六岁。年表制得像手风琴那样可以展开收折,坐标纵横一目了然的生死簿。

年表之后,录着章号、章题、页码、章字数、总字数的表格,一页尽览在内。盟盟说:"这是公公研发了几次才成功的。"耐心解释着之前研发失败的表格,却怎么也无法使阿姨懂得。

表格之后有半页乡县地名,半页金兰谱。有数行长老执事、洋人名字,小吃种类,马群保丁,一页戏台楹联。寥寥几笔民初物价:肉包子、一枚小铜元(十文),卖鲜草一斤、二文,瓦匠工、一日一百文,二十文大铜板、民十四年始用。再有封底黏附一张信纸,是老家还在种地的亲族手绘寄来的农事作物节气旬期一览表。此外,就也没有其他资料了。

盟盟的公公最后几年搬到楼下写稿,起初是为了方便于接听电话,应付挂号邮件或送米的修灯的,并且帮盟盟录影平剧,接盟盟放学回来,祖孙俩看戏吃点心。渐渐,客厅的沙发一角成了他们的老窝,公公盘腿窝坐沙发里写稿,稿纸夹在压克力板上就着椅子扶手当书桌来写。人往人来,猫逐狗奔,皆不妨碍他在那里安静写字。有一阵子,他受托编辑《山东人在台湾》,发函收信,剪修大头照片贴牢,琐碎不堪的个人生平资料他也刻字那样地一点一点誊录着。家人看见十分生气,认为是工读生即可胜任的工作为什么要他来做,嚷着交给认识的谁去电脑处理吧,尚待付诸行动,厚厚一本砖书已经印好出版了。客厅一角的老窝,变成了奥雷里亚诺·布恩迪亚上校的银饰工艺坊。

于是盟盟阿姨翻开《华太平家传》手稿看着,看不几页她抬起头,万分惆怅地对盟盟母亲说:"好看吧。"

这里有她早年读父亲小说时的充实感,饱满,有趣。

她惘然面对,若父亲是像人们陈述的八〇年代以降被台湾文学社会遗忘,那么近二十年来,他在做什么?想什么?

《华太平家传》开笔于一九八〇年,十年里七度易稿,八度启笔,待突破三十万字大关时,全遭白蚁食尽。他重起炉灶第九度启笔,就是眼前这部手稿了。他像奥雷里亚诺·布恩迪亚上校后来不再卖出小金鱼,却仍然每天做两条,完成二十五条就融掉重做起。

手稿里充满了实物实事和细节,它们经常离题,蔓生。写上一页又一页的如何种鸦片割鸦片,如何喜鹊筑巢,如何神坛练拳,着迷其中不再记得归途。父亲似乎跟卡尔维诺一样清楚,离题是一种策略,为繁衍作品中的时间,拖延结局。是一种永不停止的躲避,和逃逸。躲避什么呢?当然是死亡。

手稿的开章叫《许愿》,从一个五岁小孩和他的银铃风帽写起,末尾后设地插进一段关于择九九重阳日第九度启笔事,"数不过九,于此祝告上苍,与我通融些个,大限之外假我十年,此家传料可底成……"卡尔维诺说,如果直线是命定的,两点之间最短的距离是直线,那么偏离,就能将此距离延长。如果这些偏离变得更迂回纠结,更复杂,以至于隐藏了本身的轨迹,也许时间就会迷路,而我们就继续隐藏在我们不断变换的偏离之中。

是的,是那段她感觉到父亲创作力倾颓的时期,父亲已默默地在选择偏离,偏离当代一切正在进行的潮流,这项举措,让他的写作生命延长了十年。

父亲属丙寅虎,盟盟整整晚公公一甲子,家里两只丙寅虎。命理曾有一说,丙寅虎,活不过六十五,但父亲已七十二。有一天当马尔克斯热泪如倾地下楼来,他的太太看见说:"上校死了吗?"这一天,工艺坊的锡桶里共有十七条小金鱼。

一九九八年三月二十六日

# 看电联车的日子

刘慕沙

　　夫妻俩同属狮子座，一个狮子头，一个狮子尾。男狮缜密安静，是个外冷内热的暖水瓶；女狮热情敏感，却少心思，是个健康宝宝。他们是朋友里第一个成家的，两人的家打一开始便成了那票大兵哥儿们休假时的歇脚处，也是当年南台湾爱好文学的小伙子们共同织梦的巢窝。日子虽穷，吃喝起来，大碗盛汤，大块吃肉，几可媲美梁山泊。

　　他是亦夫、亦父、亦师、亦友地搀扶她，勉励提携她，待她也正式正道展开日本文学翻译工作，他更成了她一部全方位的活辞典。

　　调职"国防部"举家北迁之后，演讲，文艺营，为各类文学奖担任评审，开办军中文艺，与找上门来的青年交谈（两人戏称是文艺营的售后服务），占去他大块创作时间。有爱惜他的朋友劝他不该把过多时间耗在年轻人身上，他却答以当年作为流亡学生的他们这辈，对文学满怀热情的抱负，也孜孜埋首于创作，只差能够为他们点睛，使其茅塞顿开的前辈或良师；推己及人，想到不定他某时某一句话能够发生开窍的作用，或某次评审中发掘出的某部作品因而造就出一个新的作家，他就不觉是在虚掷生命了。

　　他勤劳成性，自奉甚俭，而也能欣赏孩子们放纵情趣的一面，且乐于看到朋友们在另一半大锅大灶的大手笔之下尽兴地吃喝。他包容所有接近他的人，谆谆提醒小辈多看别人长处，少计较他人短处，因为日头照好人，也照坏人。每见欠成熟的伴侣和女儿脸红耳赤地拌嘴，他就拿郭子仪的话劝她："老的不老，小的不小。不聋不哑，怎做翁姑？"

他被宣判确实是肺癌的时候，家人着实慌乱了一阵。稳定下来，孩子们组成一个照护团队，以理性的态度，敌忾同仇共赴这场家难（吃苦不要有苦相，是他们的家风）。她们排班轮流看顾，各人任内巨细靡遗地记录血压、体温、如厕状况、几点钟服过什么药、吃喝了什么食物，比赛着以能叫老爸多吃下一点东西为乐。一家子都是老饕、大胃王，老爸不做化疗，舌头不溃疡，可以戴假牙的日子，她们就带着各家美食，把病房变成开心的野宴。

家人管理他的起居，要他吃这个，喝那个，要他这样，要他那样，他都柔顺到令人心酸地配合着。有次他对来访的小辈自嘲，早一点回天家也没什么不好，省却刷假牙、洗澡种种麻烦事。

女儿担心来自信仰上的豁达削减了老爸的求生欲，不时挑一些问题刺激他："大，你想不想家？"

"家？哪个家？"他的语气，显出他根本没有意识到这件事。好好地过日子，哪来什么想不想家，难不成女儿是文学性地遥指黄河岸边，麦田里葬有先人的那个家？

"大，写到一半的那个长篇，你着不着急？"

"也没什么，也许主认为有人会写得比我更好。"

大伙儿还拿小他一甲子，同属丙寅虎的孙女儿盟盟来拴住他。祖孙俩一同欣赏相声、平剧，一起莳花种草，共度过无数黄昏。"盟盟在等你回家替她录电视平剧哪。"他听着，也只是平和地笑笑。

他真就不写了，甚至记了数十年的日记也宣告停格。有一回他倚坐病床，老伴在旁揉搓他原就削细的腿，想问他何所思，却觉语言是多余的；想为他唱首诗歌，也嫌戏剧化。他变得陌生而遥远，她第一次真真实实地感觉到他将离开她，再也不会回头了。

从医院返家的路上，她伫立冬夜空无一人的捷运月台上，万念俱灰，在心底嘶喊："你我是共负一轭的良伴呀，怎么可以撇下我一个人说走就走！"

就在一九九八年三月二十二日清晨五点半，那人真就卸下重担，回去他天父的身边了，没有为他的赖皮向倚靠了他大半辈子的妻子说声抱歉。

他病中居住的万芳医院十楼，走廊有个角落可以俯瞰每五分钟来去交错的两班电联车，以及马路上熙来攘往的人群。医院与捷运桥之间丛生大片绿毒毒的皂角树林，风起处，汹涌波动，叫人错觉某种吃人的千年怪兽就要现身。为了锻炼体力，轮值的家人总要陪老爸推轮椅围着两翼楼房廊道走上一大圈。临捷运的这扇窗口，他们习惯驻脚，目送电联车一班又一班交错而过。瞥见他动了动轮椅扶手，她总说再送一班吧，巴望他多站一会儿，多添一点脚力，哪怕短短的五分钟也好。

车厢里乘载着寥寥无几，却也一枝草一滴露的各样人生。这对白发夫妻（从他卧病开始，她就不再染发，赶着与他白头偕老），俯瞰脚底风景，沉默中生命的时光一点一点流逝。此刻他们或许正在为相共过的岁月倒片，或许设想有朝一日如何在天家相见；也或许什么都不思不想，他轻轻按住老伴手背的那只手，只是单纯地央求她："我好累，巴不得赶紧躺回床上去休息。"她很想告诉他："到时候你可要来接我喔，你知道我是个不认路的睁眼瞎子。"但出口的却是："黄春明写过看海的日子，有天我们也许可以写篇看电联车的日子。"

携手同行的伴侣走了以后，有段时期，打单的女狮子时常从相距一站的自家来到医院十楼，伫立这扇看得到电联车的窗口。

她还才三个月大时,便由外婆接去邻镇抚养,每年春节,外婆带她回乡,搁到父母家,自行前往西边河坝那一头的老家祠堂祭祖。那年她四岁,一心急着找外婆,两个哥哥便趁大人忙乱的当儿,牵她手离开家,单凭一些模糊的记忆要去找外婆。三个小萝卜头来到西边河又高又长又窄的木板桥上,大的那个颤颤巍巍过了桥,小的两个却搁浅桥当央,趴在木板上号啕大哭。如今,她兀立医院高处,儿时那种孤独、无助、恐惧、绝望,排山倒海而来,更多的是自责和懊悔。

　　近些年来,哪怕有天大理由,为什么没有好好去阅读他晚期的作品?谦逊的他,即使守着晚辈,也极少陈述意见,他可曾感到落寞?他给她的最后诤言是叫她不要太在意,别把自己弄得太累,一针见血道出了她太在乎客观眼光的毛病。是她拘泥于世俗的一面,掣肘了他的创作能量么?他曾对女儿说还好妈妈是个没心思的人。什么意思?是说一个人缺乏心思,悲伤也沉淀不下来,她将复原很快地忘记他,如此他这个老伴儿就可以没有牵挂地走了?这得好好儿问问他,她想。后来女儿提及老爸曾回忆,他与她隔着千里时空谈恋爱时,相约同日同时同刻,同步哼唱《霍夫曼的故事》里那首《船歌》。她哭了。为什么不早说?早知道的话,再怎么戏剧化,也要再唱一遍给他听:"啊,良夜,五月之夜,体恤爱你的心……"

　　然而来不及了,来不及问,来不及唱,人就走了。

　　她苦涩地反刍着与他相共的时光,从日常起居而做人处事、而写作灵修;对内有他照拂鼓励提升,对外有他遮盖抵挡,天塌下有他顶着。什么共负一轭,四十余载迄今,她只是可耻地赖在他驮负的轭把上,她是一头不长进的懒狮子。

　　如今该是还债的时候。上帝给了她上好的福分,她错失学问的机缘在先,又白白糟蹋了人格成长的机会。上帝收回了祂派来扶助她的器皿,叫她自己站起,寻摸着前行罢,哪怕跌撞得鼻青眼肿。

整整一年，在众多亲友和小辈关怀之下，她活得似乎平和宁静，哀伤似已远去，精神上却千疮百孔赛似游魂。任急切的女儿如何扇火激将，也都迟迟未能振作。直到他付出了半生心血的《华太平家传》即将付梓，她分摊校对工作，情况有了转机。

她以赎罪的心情一个字一个字地读着，读着，蓦然回首，那人就在灯火阑珊处。原来相随大半辈子的伴侣并没有离去，他从没有放下与她共负的轭把。他透过他的心血结晶，娓娓向她倾诉，谆谆开导她、指引她，一如他生前所做的那样。他仍是家人和学子们心目中善心诚实的君子，温柔的强者——因为柔和谦卑，不易折断；因为深沉自信，不易受伤。

妻女们发现，尽管五十多万字仅占老爸预期要写的四分之一，但他一生所信守、且身体力行的理念，宗教的，家国的（想要让子孙承传的家风和中国文化），全都涵盖了。若再写下去，那将是文学部分的无限想象和延伸，这个，已然有女儿女婿们同样勤勤恳恳地在坚持。难怪他不着急，那么样坦然而了无遗憾地停笔，他并未离开携手同行四十二载的妻子，也难怪他没有说一声抱歉。

记下这些，是想要提醒丙寅幼虎之辈的年少儿孙，学习自立要趁早，也不要错失任何长进的机缘。再就是告慰关切他们的亲朋好友，她挺过来了，尽管那人宛在身旁，她也不再倚三靠四，叫大家为她操心。

无论如何，该是睡狮奋起的时候了。

一九九九年三月十五日

# 朱西甯文学年表

**一九二六年**

六月十六日,出生于江苏宿迁,祖籍山东省临朐县。本名朱青海。排行么子。

**一九三七年**

七月,抗日战争爆发,遂离开家乡,流亡于苏北、皖东、南京、上海等地。

**一九四六年**

南京第五中学毕业。

**一九四七年**

发表第一篇短篇小说《洋化》于南京《中央日报》副刊,连载二日。

**一九四八年**

就读杭州艺术专科学校。

一九四九年

　　弃学从军,加入国民政府军队。

　　随军赴台,居于高雄县凤山黄埔新村。

一九五二年

　　六月,短篇小说集《大火炬的爱》由台北重光艺文出版社出版。

一九五三年

　　与刘慕沙初次见面,并持续通信。

一九五六年

　　三月十七日,与刘慕沙在高雄公证结婚。

　　八月二十四日,长女朱天文出生。

一九五七年

　　六月,发表短篇小说《刽子手》于《自由中国》第16卷第11期。

　　十二月,发表短篇小说《新坟》于《自由中国》第17卷第12期。

一九五八年

　　三月十二日,次女朱天心出生。

　　六月,发表短篇小说《捶帖》于《自由中国》第18卷第11期。

一九六〇年

　　五月七日,三女朱天衣出生。

　　配得桃园侨爱新村眷舍,合家迁入。

一九六一年

七月,发表短篇小说《锁壳门》于《诗·散文·木刻》创刊号。

七月,发表短篇小说《铁浆》于《现代文学》第9期。

八月,短篇小说《狼》连载于台北《中央日报》副刊。

由侨爱新村迁居板桥浮洲里妇联一村眷舍。

一九六三年

二月,短篇小说集《狼》由高雄大业书店出版。

十一月,短篇小说集《铁浆》由台北文星书店出版。

一九六五年

七月,迁居内湖一村新眷舍。

开始动笔写长篇小说《八二三注》。

十月,收到张爱玲自美国第一封来信。

一九六六年

十一月,长篇小说《猫》由台北皇冠出版社出版。

一九六七年

二月,短篇小说集《破晓时分》由台北皇冠出版社出版。

一九六八年

十月,短篇小说集《第一号隧道》出版。

主编《新文艺》月刊。

一九六九年

三月二日至七月四日，长篇小说《旱魃》连载于台北《中国时报·人间副刊》。

一九七〇年

四月，长篇小说《旱魃》由台北皇冠出版社出版。

四月，短篇小说集《冶金者》由台北仙人掌出版社出版。

六月，短篇小说集《现在几点钟》由台北阿波罗出版社出版。

九月，长篇小说《画梦记》由台北皇冠出版社出版。

一九七一年

十二月，短篇小说集《奔向太阳》由台北陆军出版社出版。

参与筹组黎明文化公司，并担任总编辑。

一九七二年

一月，主编《中国现代文学大系》小说辑（共四册），由台北巨人出版社出版。

八月一日，自军中退役，专事写作。

十月二十八日，由内湖迁居景美。

一九七三年

短篇小说集《非礼记》由台北皇冠出版社出版。

一九七四年

五月，长篇小说《八二三注》连载于《幼狮文艺》第245期至第276

朱西甯文学年表　781

期,一九七六年十二月刊毕。

七月,短篇小说集《蛇》由台北大地出版社出版。

十一月二十至二十一日,《迟覆已够无理——致张爱玲先生》连载于台北《中国时报·人间副刊》。

结识胡兰成。

## 一九七五年

一月,短篇小说集《朱西甯自选集》由台北黎明文化公司出版。

六月,收到张爱玲信,信上说"希望你不要写我的传记",自此音书遂绝。

十月,短篇小说集《春城无处不飞花》由台北三三书坊出版。

## 一九七六年

八月,短篇小说集《将军与我》由台北洪范书局出版。

八月,长篇小说《春风不相识》由台北皇冠出版社出版。

## 一九七八年

二月三日,发表《乡土文学的真与伪》于《联合报》副刊。

四月,长篇小说《八二三注》(三册)由台北黎明文化公司出版。

九月,《曲理篇》由台北慧龙文化公司出版。

## 一九七九年

四月,长篇小说《八二三注》由台北三三书坊出版。

七月,长篇小说《猎狐记》由台北多元文化公司出版。

十月二十二日,获第四届联合报长篇小说特别奖。

十一月四日,居南京的六姊辗转来信,获知父母、两兄均已不在人世。

一九八〇年

一月，短篇小说集《将军令》由台北三三书坊出版。

三月，短篇小说集《海燕》由台北华冈出版社出版。

十二月，《日月长新花长生》由台北皇冠出版社出版。

开始动笔写长篇小说《华太平家传》，经历多次易稿，至一九九八年病逝写有五十五万字未完。

一九八一年

一月，《微言篇》由台北三三书坊出版。

一九八三年

八月，短篇小说集《七对怨偶》由台北道声出版社出版。

一九八四年

七月，短篇小说集《熊》由台北皇冠出版社出版。

八月，短篇小说集《牛郎星宿》由台北三三书坊出版。

十月，长篇小说《茶乡》由台北三三书坊出版。

一九八六年

六月，《多少烟尘》由台中省训团出版。

十月，发表《三言两语话三毛——唐人三毛》于《台港文学选刊》第5期。

一九八七年

七月，中篇小说《黄粱梦》由台北三三书坊出版。

一九八八年

四月,携妻女赴大陆探亲,于五月二十一日返台。

一九九一年

四月十二日,发表《被告辩白》于台北《中央日报》副刊。

一九九四年

一月三日,发表《岂与夏虫语冰》于台北《中国时报·人间副刊》。

一九九五年

十一月,发表《金塔玉碑——敬悼张爱玲先生》于《交流》第24期。

一九九六年

七月,发表《恨归何处——评王安忆〈长恨歌〉》于《联合文学》第141期。

一九九七年

三月,主编《山东人在台湾——文学篇》,由台北财团法人吉星福张振芳伉俪文教基金会出版。

十一月,身体不适,入荣民总医院检查,得知罹患肺癌。

一九九八年

三月二十日,长篇小说《华太平家传》连载于《联合报》副刊,至七月二十八日刊毕。

三月二十二日,病逝于台北万芳医院,享年七十二岁。

一九九九年

五月，短篇小说集《朱西甯小说精品》由台北骆驼出版社出版。

二〇〇一年

一月十八日，家属捐赠朱西甯手稿、图书、信札、照片、文学文物等共1393件，供台湾文学馆办理典藏、研究及展示活动。

三月十六日，台湾文学馆筹备处举办"朱西甯文学纪念展"，至四月十三日止。展场依照其一生的创作历程规划成六个时期，展出不同阶段的聘书、证件、照片、创作手稿，与亲友往来的书信及珍藏的文学书籍、杂志等。

二〇〇二年

三月六日，遗作长篇小说《华太平家传》由台北联合文学出版社出版。

九月十六日，《华太平家传》获时报文学奖推荐奖。

十二月，《华太平家传》获联合报最佳书奖（文学类）。

二〇〇三年

三月二十二至二十三日，举办"永远的文学大师——纪念朱西甯先生文学研讨会"活动，与会者有王德威、应凤凰、吴达芸、黄锦树、庄宜文、陈芳明、杨泽、范铭如、张瑞芬、张大春、朱天文、吴继文、郝誉翔、杨照、舞鹤、骆以军等人。

三月，短篇小说集《破晓时分》《铁浆》，长篇小说《八二三注》由台北印刻文学出版社重新出版。

五月，《纪念朱西甯先生文学研讨会论文集》出版。

二〇〇四年

十二月，短篇小说集《现在几点钟：朱西甯短篇小说精选》由台北麦田出版社出版。

二〇一〇年

一月，第18届台北国际书展"台湾作家书房"主题馆展出朱西甯文物及图片，其他参展作家有王拓、白先勇、钟肇政、赖和、李昂、萧丽红、蔡素芬、杨逵、钟理和、黄春明、王祯和、朱天文等。

（参考台湾文学馆出版《台湾现当代作家研究资料汇编：朱西甯》一书整理）